国家社科基金
后期资助项目
GUOJIA SHEKE JIJIN HOUQI ZIZHU XIANGMU

新月派考论

A Study on The Crescent School

付祥喜　著

中国社会科学出版社

图书在版编目(CIP)数据

新月派考论/付祥喜著 . —北京：中国社会科学出版社，2015.6
ISBN 978 – 7 – 5161 – 5587 – 5

Ⅰ.①新… Ⅱ.①付… Ⅲ.①新月派—文学流派研究
Ⅳ.①I209.6

中国版本图书馆 CIP 数据核字（2015）第 037421 号

出 版 人	赵剑英	
选题策划	吴丽平	
责任编辑	张　湉	
责任校对	王　楠	
责任印制	李寡寡	

出　　版	中国社会科学出版社	
社　　址	北京鼓楼西大街甲 158 号	
邮　　编	100720	
网　　址	http://www.csspw.cn	
发 行 部	010 – 84083685	
门 市 部	010 – 84029450	
经　　销	新华书店及其他书店	
印　　刷	北京君升印刷有限公司	
装　　订	廊坊市广阳区广增装订厂	
版　　次	2015 年 6 月第 1 版	
印　　次	2015 年 6 月第 1 次印刷	
开　　本	710 × 1000　1/16	
印　　张	24.5	
插　　页	2	
字　　数	430 千字	
定　　价	89.00 元	

凡购买中国社会科学出版社图书，如有质量问题请与本社营销中心联系调换
电话:010 – 84083683
版权所有　　侵权必究

国家社科基金后期资助项目
出版说明

后期资助项目是国家社科基金设立的一类重要项目，旨在鼓励广大社科研究者潜心治学，支持基础研究多出优秀成果。它是经过严格评审，从接近完成的科研成果中遴选立项的。为扩大后期资助项目的影响，更好地推动学术发展，促进成果转化，全国哲学社会科学规划办公室按照"统一设计、统一标识、统一版式、形成系列"的总体要求，组织出版国家社科基金后期资助项目成果。

全国哲学社会科学规划办公室

序

林　岗

　　看着这本分量不轻的文稿，眼前就浮现那位瘦削、外表有点木讷而内心倔强的苗家青年付祥喜的身影。他和我的其他苗家朋友一样，你多看几眼，交谈几句，就会明白他内心善良却完全不可以征服。这苗家的禀赋沈从文早就写过了，我有幸和付祥喜几年师生过从，印证了这一点。倔强的性格用在追求学问上，那就是再好不过的了。我自己向来觉得，读学位无非就是找个机缘在知识追求上发挥其天性。至于做得怎样，在知识训练上是否合乎通行的标准是一回事，而天性是否借此机缘得以淋漓酣畅地发挥，则又是另一回事。回想付祥喜当年选的新月派研究这题目，我没有抱过他后来做得这么好的期望。可是他做着做着，那感觉就出来了，而且还爱不释手，一直专注于补充它，完善它。2009年，他的这个论题的博士学位论文答辩就通过了，获得一致的好评。可是他自己内心有什么是好学问的标准，自觉追求实现这个标准。时隔五年再读付祥喜这本书稿，与当初的博士学位论文已经不可同日而语。经五年之久的思考、磨砺，他的学问已经再上层楼，又现另一番境界。可以想见，这五年他或者风尘仆仆，四处搜求资料，或者安坐案头而心游万仞。不然，何以有那么多学术的发现呢？他跟我说，当年的博士学位论文决定分拆成两著，这本《新月派考论》汇集的是关于新月派资料考订的部分，而另有《新月派研究新论》等待将来的出版。我相信他在那么多资料发现的基础上一定会萌生许多富有启发性的论述，期待他的大作早日问世。

　　付祥喜的大著看书名即知，一考二辨，全都是关于"新月"及其人物的。考辨内容有大有小，例如新月社、新月诗派、新月派之间的异同辨识属于大问题，不少浸润多年的学人也未见得说得比他更清楚。其间有时间、人物、地点、性质的交集和差异，付祥喜均据信实的资料一一辨清，这是对"新月"研究扎实的大贡献。而如闻一多诗《奇迹》的本事人物再确定和《新月》准确的出版日期，这大概可算是小问题。无论问题大小，付祥喜都一一为之穷根究底，为我们展现清晰的答案。我特别赞赏他搜求资料中的辑佚努力。辑出来的佚，虽然不见得都有理解该作者的大作用，但辑佚工夫却特别考验研究者的努力程度。要知道在多少前人编辑、汇集、整理基础之上而再能添砖加瓦，这是多么不容易做到的事情。没有金睛火眼，没有专心致志的精神，辑佚是无从谈起的。付祥喜的这部"考论"，辑佚上有多少发现呢？用他自己的话来说吧："新月派各类佚作共440则，其中：徐志摩诗文信共6则，方玮德诗文8篇（首），刘梦苇诗文信7则，朱大枬诗文19篇（首），方令孺诗文7篇（首），于赓虞集外译诗10首，臧克家诗4首、文1篇，凌叔华诗文信9则，卞之琳诗文34篇（首），《胡适全集》未收诗文信共120则，《储安平集》未收作品215篇。"我想，光凭付祥喜辑佚的发现，今后凡做"新月"研究的，可能都绕不过他的《新月派考论》。

  坊间的议论，时常愤愤于学界浮躁，大有为学不得其时，英雄无用武之地的慨叹。其实追求学问，比不得赴宴入席，自有门人引路带位，又有侍者端茶送水，更有厨师做好了可口佳肴，单等我们食客起筷品尝，人间哪有如此便宜的事，简直如"天上掉下林妹妹"一般？我一向认为，学问之途与做其他事业并无太大区别，都是有志者事竟成。首先自己要有志，至于周遭社会如何，人既不是西天如来，焉能跳出五行？然而光是这个五行天地，对人来说，就已经足够大。是僧是道，是神是魔，都可以一展身手，而人间向来如此。我作为付祥喜曾经的老师，十分庆幸他是人间的有志者，这本《新月派考论》就是他在学问路途迈出的坚实的一步。他的书即将出版，嘱我写序，于是欣然命笔，写上几句，为好之者助兴。

2014 年 7 月 9 日

目　录

绪论 ……………………………………………………………（1）
　第一节　论题缘起及研究意义 ………………………………（1）
　第二节　论题研究的历史与现状 ……………………………（3）
　第三节　本书的研究方法与结构 ……………………………（9）

第一章　新月社考论 …………………………………………（13）
　第一节　新月社名称由来和缘起 ……………………………（14）
　　一　新月社名称由来 ………………………………………（14）
　　二　新月社缘起 ……………………………………………（16）
　第二节　新月社始末 …………………………………………（18）
　第三节　新月社创始人和新月社成员 ………………………（25）
　第四节　新月社不是文学社团流派 …………………………（31）

第二章　新月诗派考论 ………………………………………（34）
　第一节　新月诗派名称由来 …………………………………（34）
　第二节　新月诗派形成和瓦解时间、分期及主要园地 ……（37）
　第三节　新月诗派成员辨析 …………………………………（43）
　第四节　新月诗派与格律诗派的关系 ………………………（52）
　第五节　新月诗派与新月社的关系 …………………………（57）
　　一　新月诗派主要园地《晨报副刊·诗镌》与新月社
　　　　无关 ……………………………………………………（57）
　　二　新月诗派与新月社有少数成员重叠 …………………（59）

第三章　新月派考论 …………………………………………（61）
　第一节　新月派名称由来、起始和瓦解时间 ………………（61）
　　一　新月派名称由来 ………………………………………（61）

二　新月派的起始和瓦解时间 …………………………………（63）
第二节　新月派中有"派" ………………………………………………（64）
　　一　新月诗派是新月派的一个分支 …………………………（64）
　　二　因文学观念不同而派中有"派" …………………………（67）
　　三　因文体不同而派中有"派" ………………………………（68）
第三节　新月派成员身份考辨 …………………………………………（70）
　　一　辨认成员身份的依据 ……………………………………（70）
　　二　若干成员身份考辨 ………………………………………（73）
第四节　新月派与20世纪二三十年代其他文学社团流派的
　　　　关系 …………………………………………………………（85）
　　一　清华文学社：前期新月诗派的渊源 ……………………（85）
　　二　创造社：新月派曾经的"同调者" ………………………（87）
　　三　现代评论派：介于前期创造社与新月派之间的
　　　　"我们" ………………………………………………………（94）
　　四　京派：新月派的余绪 ……………………………………（98）

第四章　新月派重要成员若干史实考 ……………………………………（101）
　第一节　徐志摩生平史实新考 …………………………………………（101）
　　一　求学杭州府中行实考辨 …………………………………（101）
　　二　求学沪江大学行实释疑 …………………………………（106）
　　三　何时开始接手《晨报副刊》………………………………（114）
　　四　不是新诗格律化"始作俑者" ……………………………（115）
　　五　为中华书局主编"新文艺丛书"考述 ……………………（122）
　第二节　闻一多与新月派关系新辨 ……………………………………（128）
　　一　闻一多与新月社 …………………………………………（128）
　　二　闻一多与《晨报副刊·诗镌》……………………………（129）
　　三　闻一多与《新月》…………………………………………（133）
　　四　闻一多与《诗刊》《新月诗选》……………………………（134）
　　五　闻一多与新月诗派 ………………………………………（136）
　第三节　闻一多、方令孺恋情考述 ……………………………………（142）
　第四节　陈学勇编《林徽因年谱》补正 ………………………………（147）
　第五节　刘梦苇出生日期考辨 …………………………………………（157）

第五章　新月派传媒考论 …………………………………… (161)

第一节　新月派传媒的生态环境及生存、发展形态 ………… (162)
一　新月派传媒的生态环境 …………………………… (162)
二　新月派传媒的生存、发展形态 …………………… (166)

第二节　《晨报副刊·诗镌》考论 …………………………… (173)
一　《晨报副刊·诗镌》创刊、停刊及名称由来 ……… (173)
二　《晨报副刊·诗镌》与前期新月诗派
　　——兼论《晨报副刊·诗镌》的文学史意义 ……… (186)

第三节　《新月》考论 ………………………………………… (197)
一　《新月》实际出版日期考 ………………………… (197)
二　《新月》发表文章数量统计及分析 ……………… (215)
三　《新月》作者群及其个体命运 …………………… (225)

第四节　《诗刊》若干出版问题考述 ………………………… (247)
一　创刊缘由 …………………………………………… (247)
二　创刊经过 …………………………………………… (250)
三　编辑出版情况 ……………………………………… (254)

第五节　新月书店若干问题考辨 ……………………………… (262)
一　创办原因 …………………………………………… (262)
二　开始运营的时间 …………………………………… (263)
三　闻一多、梁实秋与新月书店 ……………………… (267)
四　新月书店经理及其更替 …………………………… (269)
五　新月书店开办时股金数额 ………………………… (277)

第六节　《学文》月刊：新月派的余晖 ……………………… (279)
一　《学文》月刊是新月派刊物 ……………………… (280)
二　从《学文》月刊看后期新月派的分化 …………… (284)

第六章　新月派佚作考录 …………………………………… (291)

第一节　《梦家诗集》版本再考 ……………………………… (292)
一　《梦家诗集》版本沿革 …………………………… (292)
二　初版与第三版及其汇校 …………………………… (293)
三　再版本 ……………………………………………… (294)
四　关于初版本与再版本几种说法的考订 …………… (297)

第二节　梁宗岱译莎士比亚十四行诗汇校 …………………… (299)

第三节　徐志摩《威尼市》为译作考…………………………（305）
第四节　新月派作家佚作存目………………………………（306）
　　　一　徐志摩散佚诗文和书信……………………………（307）
　　　二　方玮德诗文补遗……………………………………（310）
　　　三　刘梦苇遗作补述……………………………………（310）
　　　四　朱大枏诗文补遗……………………………………（311）
　　　五　方令孺诗文补遗……………………………………（312）
　　　六　于赓虞集外译诗……………………………………（314）
　　　七　臧克家佚诗四首、挽联一则…………………………（316）
　　　八　凌叔华佚文、佚信……………………………………（316）
　　　九　卞之琳散佚诗文存目…………………………………（318）
　　　十　《胡适全集》佚文、佚诗、佚信………………………（320）
　　　十一　《储安平集》未收作品存目…………………………（337）

参考文献 ……………………………………………………（351）

附录一：新月同人简况表 ………………………………………（360）

附录二：《新月》各期出版日期与实际出版日期对照表 …………（373）

附录三：《新月》广告中的新月书店新书目录 ……………………（375）

后记 ………………………………………………………………（380）

绪　论

第一节　论题缘起及研究意义

梁实秋曾肯定地说："新月根本就没有派。"① 此言出自新月派重要成员、公认的新月派理论家之口，确实让人感到意外。多年后，人们早已普遍认定朱湘是新月派重要诗人，另外一位新月派诗人蹇先艾却撰文说："朱湘不是新月派。"② 学术界公认的新月派重要作家沈从文，生前多次辩解说他不属于该派，闻一多甚至早在20世纪30年代，就对自己被人说成新月派很生气——长期以来，"新月派"似乎不是个好名称，也不是个准确的名称。

对于上述情况，人们熟视无睹，依然在各种文学史书、著作、文章，乃至中国现代文学选本中，以"新月派"指称当年的一批作家：胡适、徐志摩、闻一多、沈从文、朱湘、林徽因、凌叔华、陈梦家、臧克家、卞之琳等。朱光潜对这个名单不满，他说："'京派'在'新月'时期最盛，自从诗人徐志摩死于飞机失事之后，就日渐衰落。"③ 依他所言，京派应当归入新月派。那么，周作人、杨振声、废名、朱光潜等京派作家也属于新月派，如此，前列名单扩大了。然而，直到近年还有

---

① 林清玄：《揭开历史的新月——梁实秋与梁锡华的谈话》，《中国时报》（中国台湾）1980年7月24日。
② 蹇先艾：《朱湘并非新月派》，《花溪》1992年第1期。
③ 朱光潜：《作者自传》，《朱光潜全集》第1卷，安徽教育出版社1987年版。

研究者以"新月社"指称新月诗派或新月派①，如此，前列新月派名单又缩小了，即不曾加入新月社的朱湘、陈梦家、臧克家、卞之琳等被排除在新月派之外。

虽然当事人所说，容有出入，后人见仁见智，也可理解。但新月派名单时大时小，令人不知所以，这未必是件好事。究其原因，在于新月派的内部构成及具体起止时间，迄今尚未敲定，导致该派名单时见增删，现代作家中较早成名的梁启超、郁达夫，较晚成名的朱光潜、汪曾祺，都被列入该名单中。

时至今日，虽然人们普遍承认新月派并肯定它在现代文学史上占有不可替代的地位，关于这个流派，却仍有一些基本问题尚未弄清楚，譬如"新月派"这个命名怎样得来？新月派与新月社、新月派与新月诗派是什么关系？与京派又是什么关系？新月派怎样聚集起来形成文学流派？为何解体……

追问下去，就能发现，原以为熟悉、了解的新月派，竟然还有如此之多的问题等待我们去探索、去解答。而这些问题，竟然像链条一样环环相连。要解决其中一个问题，就得牵出并解决连带的另外几个问题。

当我们把这些问题放在中国现代文学史的学习和研究视野下时，将会看到，它们竟然与新月派作品的创作、传播和阅读，有着千丝万缕的联系。进一步说，这些问题甚至能够影响人们对许多相关文学、历史现象的理解。比如说，闻一多、徐志摩等新月派，为了在文坛"打出一条道来"，不得不采取了一些文学策略。弄清楚这一点，就能从新月派的文学策略角度去观察和了解 20 世纪 30 年代的"鲁梁论战"，而不是简单依靠阶级的或文学的观念。

基于上述认识，本书将做一些基础性的工作，即以新月派为具体研究对象，在尽量搜集、扩充新月派史料的基础上，细读原版书刊，从具体的文学史事实出发，对新月派作家作品的基本文献、重要史实及其他相关问题进行考察辨析，力求在新月派具体事实方面和文献资料方面，有若干新的发现，以便丰富中国现代文学史尤其文学流派史研究、巩固其文献基础；进一步描述与澄清新月派及其相关史实，通过对若干具体问题的考证和辨析，提供可信的文献和史实信息，促进中国现代文学研

---

① 例如叶红《生成与走势：新月诗派研究》（东北师范大学 2010 年博士学位论文）中以新月社指称新月诗派，刘群在其博士学位论文《新月社研究》（复旦大学 2007 年博士论文）中以新月社指称新月派。

究界及其他学科的研究者对新月派的认识和研究。

第二节 论题研究的历史与现状

1949年以前，虽然已有研究新月派的文章出现，如石灵发表于1937年1月的《新月诗派》①、鲁迅等左翼作家对新月派的批判文章，等等，但显然并未形成研究气候。1949年元月上旬，北大学生在教学楼上悬挂一条巨幅标语："打倒新月派、现代评论派、第三条路线的沈从文！"当时在北大中文系任教的沈从文认为自己会遭到灭顶之灾，遂于3月9日试图用保险刀自杀。此事说明，曾作为新月派一员的沈从文，当时已预见新月派此后被批判的命运。事实如沈从文所预见。新中国成立初期，新月派尚且被区别对待。在胡适思想批判运动中，艾青发表《爱国诗人闻一多——纪念闻一多先生逝世四周年》一文，指出，"'新月派'成员在中国革命的严重考验中分裂成两部分：一部分以胡适之为代表，走向反人民的道路，奴颜婢膝，向美帝国主义者献媚，给中国最后一个暴君做殉葬的侍女；一部分以闻一多为代表，从不丧失真诚，以严肃的态度对待人生与艺术，努力探求真理，在认识了真理之后，毅然决然走向人民，参加了革命行动"。②此后的30年里，在中国大陆，新月派被贴上了三个"标签"（属性是资产阶级，思想是自由主义，艺术特色是贵族的、强调趣味的）③，甚至连闻一多、臧克家等进步诗人也受到批判。这种不正常的状况，直到20世纪80年代才开始改变。改革开放初期学术界对新月派的研究，逐渐走出并抛弃简单的阶级分析法，在研究中不再"政治挂帅"，研究角度转向新月派作为文学社团流派具有的特征并且开始重视新月派的创作，但这些研究整体上具有替新月派"翻案"的性质。到了20世纪90年代，关于新月派的研究基本上围绕两个方面展开：一是以新月派某个方面的特征或某种文学实践为切入点，从大文化视角展开的宏观研究；二是集中在关于新月派、新

---

① 石灵：《新月诗派》，方仁念选编《新月派评论资料选》，华东师范大学出版社1993年版。此文原载《文学》第八卷第一号。

② 艾青：《爱国诗人闻一多——纪念闻一多先生逝世四周年》，《人民日报》1950年7月30日。

③ 刘群：《新月社研究》，复旦大学2006年博士学位论文，第1页。该文收藏于复旦大学图书馆。

月诗派整体性或个别成员创作的美学风格、思想特色等具体分析上。第一个方面的研究侧重于从文学外部研究出发对新月派予以宏观的文化考察，第二个方面则侧重于从文学内部研究出发对新月派进行整体性考察与探究。毋庸置疑，这两个方面各有所长、各有所短。

除此之外，由于对新月派长期存在较大争议，新月派及其有关的一些史实模糊不清或者众说纷纭，因此相关考辨文章令人瞩目。这批考辨文章大致可分为三类。

第一类是考辨新月派演变过程的文章，如王强的《关于"新月派"的形成和发展》、瞿光熙的《新月社·新月派·新月书店》①、胡凌芝在《新月派与徐志摩》一文中对新月派的考述②、黄志雄在《关于新月社》一文中对新月社发展演变和活动的考订③……有必要提出，黄昌勇发表于 20 世纪 90 年代中期的《新月派发展轨迹新论》④，上伸和下延了以往一般认为的新月派始于 1923 年、终于 1933 年的发展时段，认为新月派的发展经历了胚胎、形成、发展、分化四个完整的重要时期，其活动内容包括清华文学社、大江会、中华戏剧改进社、聚餐会、新月社、新月社俱乐部、中国戏剧社及《清华周刊》《大江季刊》《努力周报》《现代评论》《晨报副刊》新月书店、《新月》《诗刊》《独立评论》《学文》月刊、《自由评论》《文学杂志》，可谓将新月派及与之有关联的团体和刊物"一网打尽"。黄昌勇尽量放大新月派发展时段的做法，有主观、随意的嫌疑，但这种分期在新月派研究史中是第一次，尤其他从刊物兴衰和人物聚散两方面切入的研究思路，为新月派研究提供了某种方法论上的启示，如刘群坦言他的博士学位论文的写作受到黄昌勇这种研究思路的启发⑤。看得出来，这一类文章基本上都试图梳理新月派的演变过程，使之清晰、明确，但新月派本身所具有的模糊性和松散性决定了这方面的研究只能达成大致的认识，难以出现一个能被普遍认可的说法。由于这个缘故，尽管这些论文几乎都认为，新月派起止时间是从

---

① 瞿光熙：《新月社·新月派·新月书店》，《中国现代文学史札记》，上海文艺出版社 1984 年版，第 257—284 页。
② 胡凌芝：《新月派与徐志摩》，上海学林出版社 1989 年版，第 167—168 页。
③ 黄志雄：《关于新月社》，《抚州师专学报》2002 年第 3 期。
④ 黄昌勇：《新月派发展轨迹新论》，《常德师范学院学报》（社会科学版）1995 年第 1 期。该文脱胎于黄昌勇的博士学位论文《新月派研究》第一章，后来以《新月派发展史叙略》为标题收入黄昌勇《砖瓦的碎影——中国现代文学论》一书（吉林人民出版社 2003 年版，第 145—159 页）。
⑤ 参见刘群《新月社研究》，第 5 页。

1923年新月社成立到1933年《新月》月刊停刊和新月书店关门，中间经历了《诗镌》《剧刊》《新月》时期，笔者仍在本书中对新月派起止时间予以重新考辨，并提出新的见解。

第二类是辨析一些重要作家的新月派成员身份的文章，如凌燕萍、刘君卫的《沈从文是"新月派"吗？——"沈学"文艺思想探究》依据沈的挚友巴金和新月派诗人饶孟侃对沈的不同回忆作出推断："沈从文不是新月派人士。"[1]而魏晓东通过对沈从文"都市题材小说"透露出的对城市资产阶级生活的讽刺，指出沈与新月派关系微妙。[2] 此外，张劲考辨闻一多与新月派的关系，认为闻氏不是新月派。[3] 塞先艾也在1992年发表文章指出"朱湘不是新月派"。[4] 由于作家的文学流派身份认定至今没有一个统一、明确的标准，研究者对相同或相似的一些史料和史实作出不同的解读，以至这类考辨文章所得结论未能令人尽信。

第三类是考辨新月派相关史实的文章，倪平撰写的《新月派的两个支柱：书店、月刊的起讫》《〈新月〉月刊若干史实之考证》两文，对新月书店的成立与结束时间、创办人、经理等细节问题以及《新月》月刊的主编、性质、编辑"轮流坐庄"、停刊原因等作了考证，基本上澄清了这些一直有争议的问题。[5] 胡博的《新月派前期的文学梦》一文通过钩沉和辑录散见于若干种旧报纸期刊、传记年谱、出版史料、文坛史话以及公开或未公开发表的私人信函和日记中的线索与信息，连缀并缝合起新月派早期活动场景。[6] 侯群雄根据硕士学位论文改写的《一份杂志和一个群体——以〈新月〉为中心》，对新月群体的聚合、《新月》的缘起、新月的态度、新月的文学实践、《新月》和国民党的关系、新月的沉落作了细致的考析[7]，尽管其猜测多于说理因而说服力不足，却仍然是考析《新月》若干问题较为详细的文章。

中国台湾地区和香港特区出现的新月派文献资料、研究成果也不宜忽视。一方面，晚年生活于台湾的新月派重要成员梁实秋、叶公超及旅

---

[1] 凌燕萍、刘君卫：《沈从文是"新月派"吗？——"沈学"文艺思想探究》，《中南民族学院学报》（人文社会科学版）2001年第2期。
[2] 魏晓东：《沈从文与新月派》，《晋中学院学报》2004年第1期。
[3] 张劲：《闻一多与"新月派"》，《贵州社会科学》1988年第12期。
[4] 塞先艾：《朱湘并非新月派》，《花溪》1992年第1期。
[5] 倪平：《新月派的两个支柱：书店、月刊的起讫》，《中国现代文学研究丛刊》2005年第6期；《〈新月〉月刊若干史实之考证》，《编辑学刊》2004年第6期。
[6] 胡博：《新月派前期的文学梦》，《中国现代文学研究丛刊》2004年第2期。
[7] 侯群雄：《一份杂志和一个群体——以〈新月〉为中心》，《新文学史料》2004年第2期。

居海外的陈西滢、凌叔华夫妇等人发表了一批关于新月人事的回忆性文章，为人们了解新月派当年的活动情况提供了珍贵的第一手材料。① 另一方面，出现了一些研究新月派的专题论著。例如，陈敬之著《"新月"及其重要作家》，该书前半部分以"健康与尊严并重的新月社"为题，概述了"新月"的形成、"新月"的态度、"新月"与左翼及鲁迅的论战、"新月"的成就等，后半部分则是对徐志摩、闻一多、梁实秋、沈从文、朱湘、臧克家六位重要人物的生平、作品的评析，一直写到1949年以后他们的经历和作品。② 与同时期中国大陆刊发的多数研究成果相似，这部书也以新月社贯穿了"新月"的全部历史，把新月社与新月派混为一谈，而且言辞间带有鲜明的政治色彩。此外，它的特点也是它的缺点，即有关"新月"的发展历程、在文坛上的影响等方面的叙述过于简略，对作家的评述流于传略性，而未能强调他们与"新月"的关系。徐志摩研究专家梁锡华对新月派有过比较深入的研究。梁锡华有意识地对当时还健在的梁实秋等新月派当事人进行了采访，因此留下一批珍贵的研究新月派的口述资料。他的专著《徐志摩新传》③，对徐志摩与新月社、新月派同人的交游特别是新月派研究中一些存在争议的问题作了辨析、钩沉。还须提及苏雪林的《中国二三十年代作家》，此书虽然直到1983年才由纯文学出版社正式出版，但部分章节是她1932—1938年在国立武汉大学任教时撰写，其余写于20世纪70年代。书中第六、第七、第八、第九章论及新月派诸诗人的创作，包括徐志摩、闻一多、朱湘、孙大雨、饶孟侃、陈梦家、林徽音、卞之琳、臧克家、刘梦苇、蹇先艾、沈从文、孙毓棠等。第十三章论现代诗人，论述戴望舒、何其芳等。其中一些篇章在1949年以前发表后，受到学界注意，有的观点甚至被普遍接受，如对朱湘长诗创作的肯定、把邵洵美称为"颓加荡派"、指出沈从文小说的语言特色，等等。另外，中国香港

---

① 这些资料以梁实秋晚年撰写的一些关于新月派的回忆文章最为引人注目，后来大都由陈子善选编入《梁实秋文学回忆录》（岳麓书社1989年版），《梁实秋文集》厦门鹭江出版社2002年版也有收录，但不完整。此外值得注意的，还有林清玄笔录的《揭开历史的新月——梁实秋与梁锡华的谈话》（台湾《中国时报》1980年7月24日、25日）。蒋复璁晚年撰写的回忆徐志摩的系列文章，也值得关注，这些文章包括：《徐志摩小传》（台北《传记文学》1962年版）、《徐志摩先生事略》（台北《大陆杂志》1963年版）、《追怀徐志摩》（《浙江月刊》1984年版）、《我与徐志摩》（台北《大成》1990年版）。

② 陈敬之：《"新月"及其重要作家》，台北成文出版有限公司1980年版。

③ 梁锡华：《徐志摩新传》，台湾联经出版事业有限公司1970年版。

特区学者王宏志、台湾地区学者秦贤次对新月派的研究，也颇有创见。王宏志完成于1981年11月的硕士学位论文《新月诗派研究》，应该是最早的新月诗派专论。该文比较全面地研究了新月诗派的定义、主要成员、诗歌理论、创作及其没落。作者依据新月诗派作品条分缕析，推理严密，以史带论，态度客观，语气平和，时有精彩议论，从而使该论文体现出较高的学术水平。① 秦贤次近年对徐志摩若干史实的钩沉，也引人注目。②

海外学者中较早涉及新月派研究的夏志清，他在1955年基本完成的《中国现代小说史》③中，首次在文学史著作中辟专章论述新月派重要成员徐志摩、沈从文，不过他的研究并不是在文学流派视域下进行，自然更不是新月派研究专著。旅美（旅加）学者董保中1971年所作博士学位论文《秩序和形式的追求——新月社及现代中国的文学活动（1928—1935）》，很可能是最早以新月派为题的论著，它的主题是论述新月派追求的规范、秩序和形式。围绕这个主题，该文从多个方面展开讨论：在文学理论方面，主要论述了梁实秋对白璧德新人文主义的接受与宣扬；在新诗理论建设方面，阐述了闻一多的格律诗理论；在政治思想方面，主要阐述罗隆基的政治主张；而《新月》杂志的发刊词《"新月"的态度》，也被用来证明徐志摩是重视规范和秩序的。④

新月派作为一个课题引起人们关注、越来越多研究者加入探索新月派一伙人及其作品的行列，却要等到1980年以后。截至2014年2月16日，1980年以来公布的以新月派及其相关内容为主要研究对象的博硕士学位论文有38篇，其中博士学位论文有5篇，硕士学位论文33篇，⑤说明这一论题已有相当的研究规模，并受到以中国现当代文学专业博硕士研究生为主体的青年研究者关注。从这些博硕士学位论文来看，大体上1990年前以新月派及其创作本身为研究对象，而1990年后

---

① 该论文收藏于香港大学图书馆，部分章节曾发表于报刊，如王宏志《新月诗派的形成及其历史：新月诗派研究之一》（台湾《当代文学史料研究丛刊》第一期，1987年版）。
② 详见秦贤次《徐志摩生平史实考订》，《新文学史料》2008年第2期。
③ 1955年夏志清离开耶鲁大学至他校任教前，已完成《中国现代小说史》主要部分的写作（参见夏志清《中国现代小说史·序》，复旦大学出版社2005年版）。
④ 参见董保中《秩序和形式的追求——新月社及现代中国的文学活动（1928—1935）》，美国哥伦比亚大学博士学位论文，1971年。Tung Constantine, *The Search for Order and Form: The Crescent Moon Society and the Literary Movement of Modern China, 1928 - 1935*, Unpulished Ph. D. Dissertation, Columbia University, 1971.
⑤ 此数据系2014年2月16日笔者在中国知网以模糊检索方式输入题名"新月派"，检索所得。

《新月》《诗刊》等新月派刊物引起越来越多的关注，甚至有人以《新月》杂志刊载的小说或者翻译乃至"书报春秋"专栏为选题。①这不但表明新月派研究领域的拓展，而且体现出了相关研究的深化和细化。虽然如此，无须讳言，已有的新月派研究成果尚存在一些局限和不足。

第一，缺乏整体性、系统性的探讨。多数研究成果局限在个体与局部研究层面，尤以新月诗派研究居多。例如，笔者于 2014 年 2 月 16 日在中国知网以"1979—2014"为时段模糊检索篇名含有"新月派"的论文，共得 183 篇；以相同条件检索"新月诗派"，有 75 篇，占以"新月派"为篇名检索所得总数的 1/2 强。姑且不说硕士学位论文和单篇论文，即使以新月派为题的博士学位论文，也大多数是从某个层面入手对新月派作局部研究，如朱寿桐《论新月派的绅士文化倾向》（导师叶子铭，南京大学 1993 年），黄昌勇《新月派研究》（导师陈鸣树，复旦大学 1994 年），周晓明《多源与多元——从中国留学族到新月派》（导师黄曼君，华中师范大学 1998 年），程国君《诗美的探寻——"新月"诗派诗歌艺术美研究》（导师孙党伯，武汉大学 2002 年），胡博《"新月派"的报刊书店与文学梦》（中国社会科学院博士后报告，2004 年），叶红《生成与走势：新月诗派研究》（导师罗振亚，东北师范大学 2010 年）。对新月派及其历史作相对系统、全面考察的，只有刘群《新月社研究》（导师陈思和，复旦大学 2007 年）。该文将新月社（派）置于文学史与政治思想史的统一框架中，围绕新月知识分子以聚餐会、出版物及出版机构等开辟的"公共空间"，着重从社团内部发展史、人事变迁的角度探讨新月社起源、发展和演变的历史。可惜该文对新月派诸多史实和存在问题，要么不曾涉及，要么浅尝辄止。

第二，新月派的研究看似火热，成果丰富，其实还有许多基本问题有待弄清，更有一些被遮蔽的研究盲点与研究空白有待填补。比如说，时至今日，连"新月派"的得名、新月派成员名单、新月派起讫时间等都存在较大争议；从文学流派角度研究新月派小说、杂文、翻译、戏剧，也极少见。对新月派聚合生成与现代文化语境的关系尚未作进一步的梳理，对新月诗派的意象、新月派散文和小说的研究，也有待开拓。尤其是，新月派若干基本问题存在较大争议或至今模糊不清，导致已有的相关研究或多或少地存在值得商榷之处。进入 21 世纪后，新月派基

---

① 参见本书"参考文献"之"四、博士学位论文·博士后出站报告·硕士学位论文"。

础研究薄弱的副作用开始显现，不仅相关研究成果的数量较以前大幅度减少，而且整体质量也有所下降。

第三，研究范式有待突破。当社团流派研究备受关注时，在发掘新月派历史的前提下，从其作品形式、美学观念层面展开的审美研究，成为主要的研究思路。在20世纪90年代，这一思路体现了现代文学研究对自身学科品质的追求，也呼应着对"现代性"以及"自由主义文学"等命题的向往。就所取得的成果来看，在某种意义上，这一研究思路已成为此类研究的一种主要"范式"，影响了后来对20世纪30年代文学思潮和现象讨论的展开。社团流派研究"范式"的存在，使得新月派研究具有了一定的历史连续性。近二十年来，不仅新月派在现代文学史中的地位与影响几乎不再有争议，连新月派研究也像文学研究会、创造社等社团流派研究一样自成体系，形成一套自足的方法、问题和框架，新月派历史中交织的诸多问题，出现了一些颇有创建的讨论。此事如同一把"双刃剑"，人们在享受近年新月派研究成果的同时，成功的快感刺激他们倾注更大的热情追新逐异。但是，新的学术生长点的出现，必须有相应的基础研究背景。如此一来，相关基础研究的薄弱成为制约新月派研究发展的"瓶颈"。目前，新月派研究中课题的重复、雷同或者相对停滞不前，已成为不容忽视的现象。譬如，在中国大陆，直接以《新月》月刊为题的硕士学位论文有9篇[①]，尽管它们切入的角度不尽相同，但存在一些研究内容相似乃至主要观点雷同的情况。鉴于这种状况，加强新月派基础研究，爬梳、辨析一些重要问题，特别是挖掘有关新月派的新史料，显然已成为新月派研究获得更大活力、新的发展的关键所在。

第三节　本书的研究方法与结构

本书无疑属于以考辨为主的实证研究，故有必要界定"考辨"的概念并提出自己的思考。

所谓"考辨"，就是"考证、辨别分析"的简称，它在程序上至少包含两个步骤，一是根据证据（文献资料及依据文献资料合理推理、归纳得到的结论）进行考订、证明，去粗取精；二是对多种可能性进行辨

---

① 此数字系笔者于2014年2月16日以"新月"为题名，在中国知网模糊检索所得。

别分析，去伪存真。考辨的前提是有据可依，但光有可靠的依据（如材料）是不够的，考辨的生命力在于辨别分析。辨别分析可以依据文献资料展开，也可以依据文献资料得到的合理推论，还可以是科学理论或者绝大多数人认同的价值观念。从这个意义上说，考辨并不排斥理论和价值观念，也不排斥任何可以成为依据的方法。因此，考辨得到的结论可能并不是真相本身，但它至少显示出了人们对真相的追求和尽量接近真相的努力。当然，考辨作为文学史研究方法，它的功能和作用并不限于此。

许多琐碎的考辨，单个看起来没有什么学术价值，一旦把它与相关史实联系起来，就有可能解决一些单纯依靠作品解读不能圆满解决的问题。文学本体性对学科丰富性的要求，也使考辨成为中国现代文学研究不可替代的基础性方法。比如说，作家必须有张扬的艺术个性，而艺术个性主要不是通过千篇一律的作品，而是通过各具个性特征的作品以及作品与创作、出版、阅读过程中若干细节的互动得以呈现。更何况，梳理、澄清有关史实，是研究者接近事情真相的前提。文学史中的作家言行存在于复杂的社会关系和具体的相关联系中，只有首先厘清这些社会关系和相关联系，让作家的关系和性格随着细节的逐渐丰富而呈现，后世研究者才能"亲临现场"，尽可能全面地了解所有当事人全部有关言行，并将各种不同的记录相互印证，从而揭示言行的所以然，整体把握错综复杂的文学事实。换言之，文学历史的真相建立在对所有相互纠葛甚至相互矛盾的相关人事"了解之同情"①的基础之上。

所以，为了厘清或考辨新月派的社会关系及其相关联系，本书中的考辨，并非单纯的文本梳理和解读，而是把文本（史料）放置到具体的历史中，在历史中解读这些文本，这种做法可以使研究具备两个特点。第一，重视文本反映的历史细节，在细节中展现历史的自在情境。如此用细节叙述的历史，固然避免了宏大话语的空泛，却也因为重写历史的大厦建筑在解读文本的基础上，使历史成为话语构建的历史。这种话语构建起来的历史，比单纯用史实堆砌起来的更能还原历史的亲在性，它可以使历史最大可能地进入研究者和读者的视野。第二，研究者在没有预设的前提下进入历史，实现自身与历史、与文本之间的对话。

---

① 陈寅恪曾说："凡著中国古代哲学史者，其对于古人之学说，应具了解之同情，方可下笔。"（《冯友兰中国哲学史上册审查报告》，《陈寅恪集·金明馆丛稿二编》，生活·读书·新知三联书店2001年版，第279—280页）

这两点使我们能够朝着"借助细节，重建现场；借助文本，钩沉思想；借助个案，呈现进程"①的研究思路前进，也使我们可以发现一些被单方面从文学或历史出发所遮蔽的史实和文学现象，从而收到"文本中见历史，细节处显精神"的效果。

在研究资料方面，本书不再拘囿于文字材料，而是不论与新月派相关的报纸杂志、书籍还是照片、实物等，悉入眼底。现代文学研究以作家作品作为主要资料，这并无疑义。不过，史实有多面，研究资料有多种，尽管记述不一，却不同程度地反映了历史的真相。主攻文学批评者偏重于作品，文学史家则往往强调史料的第一手第二手、主要史料辅助史料之分。其实，一方面，任何资料，哪怕是文学作品集，也只能反映作家文学思想、文学活动的某些方面，而且任何单篇作品的创作，都会受到作家当时创作环境下偶发事件的影响。另一方面，即便类似《鲁迅日记》那样的"流水账"乃至现代作家遗迹，也能被视为某一方面情况的真实记录。四面看山均为真，不宜以某方面的资料轻易否定其他方面。而应该把各种相关资料视为从不同方面反映真相的综合体，尽力网罗。套用傅斯年的一句话，就是"上穷碧落下黄泉，动手动脚找史料"。

本书除"绪论"外，共分六章。"绪论"简要交代论题缘起及研究意义，论题研究的历史和现状，研究方法及本书框架设计。正文由六章组成：

第一章新月社考论。通过梳理、考辨新月社若干史实，认为，出现于20世纪20年代的新月社，不论从其始末、缘起、创始人和成员来看，还是从其既无明确文学宗旨也无社刊，在当时的文坛没有什么作为、对中国现代文学谈不上有多少影响来看，该社只能是文艺沙龙，而不是文学社团或者文学流派。

第二章新月诗派考论。主要辨明新月诗派名称由来、形成和瓦解时间、成员身份，并指出，新月诗派是格律诗派在20世纪20年代后期至30年代初期的一种变体。

第三章新月派考论。辨析新月派名称由来、起始和瓦解时间，厘清新月社、新月诗派、新月派之间的关系，辨明哪些现代作家属于新月派、哪些不属于，并对徐志摩、林徽因、刘梦苇等新月派成员若干史实予以考辨。

---

① 陈平原：《导言》，《触摸历史与进入五四》，北京大学出版社2005年版，第5页。

第四章新月派重要成员若干史实考。主要依据相关史料，考辨徐志摩生平若干史实、闻一多与新月派之关系，补正陈学勇编《林徽因年谱》，考订刘梦苇出生日期。

第五章新月派传媒考论。考察《晨报副刊·诗镌》《新月》《诗刊》、新月书店和《学文》月刊所处的生态环境和生存发展形态，在此基础上考辨、论述相关问题。其中，考察了《晨报副刊·诗镌》与前期新月诗派之间的关系，认为《晨报副刊·诗镌》对新格律诗起到了塑造作用；而《学文》月刊不仅是"新月的继续"，还为后期新月派向"现代"诗派转化或者融入京派提供了契机。

第六章新月派佚作考录。本章先是考订《梦家诗集》的各种版本问题，对1930年代和1970年代的两种梁宗岱译莎士比亚十四行诗版本予以汇校，考实徐志摩的《威尼市》一诗系译作而非创作。然后辑录新月派各类佚作共440则，其中徐志摩诗文信共6则，方玮德诗文8篇（首），刘梦苇诗文信7则，朱大枬诗文19篇（首），方令孺诗文7篇（首），于赓虞集外译诗10首，臧克家诗4首、文1篇，凌叔华诗文信9则，卞之琳诗文34篇（首），《胡适全集》未收诗文信共120则，《储安平集》未收作品215篇。

书末有三则附录：《新月同人简况表》《〈新月〉各期出版日期与实际出版日期对照表》《〈新月〉广告中的新月书店新书目录》。

全书的框架设计体现了笔者在研究方法上的旨趣：以史实考辨为主，论述为次，"考"和"论"结合。笔者认为，对于文学史研究来说，史料是基础，也是前提。只有在尽量掌握具体、详备而且准确的史料的基础上，论述才能充分、确切。基于这种认识，本书偏重于考证、辨伪，占全书多数篇幅。但"考"和"论"不是截然分开，而是有机结合。每章"考"中有"论""论"中有"考"，"考"是"论"的前提、"论"是"考"的升华。书中第五章发掘、整理的新月派佚作，则像塔基一样奠定前几章"考"和"论"的基础。由此，全书自上而下呈现出结构严密、稳定的"金字塔"形，构成前后互相呼应的开放性文本。

第一章 新月社考论

在中国现代文学中，有不少重要概念，几乎大家都认为不辨自明，其实不然，由于这些概念的模糊性和歧义，导致一些文学事实被一种约定俗成的认识所掩盖。例如，学界对于"新月社""新月派""新月诗派"这三组概念的使用，长期处于混淆状态。程凯华等主编的《中国现代文学辞典》（1988）、董兴泉等主编的《中国文学艺术社团流派辞典》（1992）、陆耀东等主编的《中国现代文学大辞典》（1998）对这三组概念的解释有较大差别。① 钱理群等主编的《中国现代文学三十年》，以新月派指称新月诗派②，王瑶的《中国新文学史稿》、刘绶松的《中国新文学史初稿》以及著名诗人艾青都使用这种指称方式③；另有论者以新月社指称新月派④，还有论者认为新月派包括俱乐部时期乃至

---

① 程凯华、龚曼群、朱祖纯编：《中国现代文学辞典》，华岳文艺出版社1988年版，第374—375页；董兴泉、任惜时、冯传玺、黄万华主编：《中国文学艺术社团流派辞典》，吉林人民出版社1992年版，第212—214页；陆耀东、孙党伯、唐达晖主编：《中国现代文学大辞典》，高等教育出版社1998年版，第486页。

② 钱理群、温儒敏、吴福辉：《中国现代文学三十年》，北京大学出版社1998年版。钱理群等在该书中以"新月派"指称"新月诗派"，并明确把"新月派"分为前后期（"前期新月派，是1927年以前，以北平《晨报副刊》'诗镌'为基本阵地的诗人群。"见该书第129页。"后期新月派是前期新月派的继续与发展。它以1928年创刊的《新月》月刊新诗栏目及1930年创刊的《诗刊》季刊为主要阵地。"见该书第357页）。

③ 王瑶：《中国新文学史稿》（上），上海文艺出版社1982年版，第222—224页；刘绶松：《中国新文学史初稿》（上），人民文学出版社1979年版，第301—302页。此外，1984年10月，艾青在为《中国新文学大系（1927—1937）》作序时说："二十年代末期、三十年代初期，中国诗坛上出现两个主要的流派，'新月派'和'象征派'。"（艾青：《序》，《中国新文学大系（1927—1937）·诗集十四》，上海文艺出版社1985年版，第1页）。

④ 魏晓耘、魏绍馨：《新月社作家与民国前期的人权法治运动》，《齐鲁学刊》2006年第5期。

更早时期的新月社①。多年来，陆续有一些研究者注意到这种混淆状况，并试图予以辨析。②遗憾的是，他们的努力没有引起学界应有的关注，而且他们或是未能提供某些结论的合理解释，或是其观点仍有商榷的必要。保存下来的"新月"文献资料有限，这是造成前述三组概念混淆不清的主要原因。然而，新月社、新月诗派、新月派之间存在互相纠缠、千丝万缕的复杂关系，以致即使是当事人也很难厘清，这也是不争的事实。

据笔者浏览所及，要厘清上述三组概念的关系、分辨彼此，首先要弄明白新月社若干模糊不清的问题。令人吃惊的是，当笔者梳理史料、厘清史实之后，竟然得到这样一个结论：新月社既不是文学社团，更不是文学流派。

本章拟先考辨新月社名称由来、缘起、始末、创始人和成员等若干问题，最后在此基础上辨析、澄清新月社的属性。

第一节 新月社名称由来和缘起

一 新月社名称由来

关于新月社名称的由来，说法不一，有的认为是从泰戈尔的《新月

---

① 周晓明认为："新月派的社团活动，起于1922年新月社成立，终于1933年《新月》的停刊。"（陈安湖主编：《中国现代文学社团流派史》，华中师范大学出版社1997年版，第378页）朱寿桐也认为："新月派在其前期（新月社俱乐部时期）和后期（《新月月刊》的最后几期可以看出），它并不是一个纯文学性的组织。"（朱寿桐：《论中国现代文学社团的研究方法》，《文艺理论研究》2005年第3期）

② 中国大陆学者中，尹在勤、王强对这一问题关注较早也较多。尹在勤在《新月社的形成——新月派研究之一》[《四川大学学报》（哲学社会科学版）1983年第1期]、《"新月"派中有派》[《四川大学学报》（哲学社会科学版）1984年第4期]中，指出了新月社和新月派的历史渊源，但没有予以详细辨析。王强在《新月社四题》中梳理了新月社的历史演变（《齐鲁学刊》1983年第5期），从而为澄清新月社与新月派之关系奠定了基础；在《必须历史地评析"新月"》一文中，王强明确指出："新月派之所以得名根本与新月社无关系，而且新月派之所谓历史也根本不应从新月社算起。"（《上海师范大学学报》1995年第4期）然而他没有说明理由。此外，施建伟明确指出："新月派和新月诗派是两个既有区别又有联系的概念。"他从新月派和新月诗派的成员、性质、存在时间三个方面区分了二者（施建伟：《新月诗派是新诗格律运动的必然产物》，《中国现代文学流派论》，陕西人民出版社1986年版，第197页）。赵遐秋认为："从整体上看，它（新月社）是一个社交团体，既和1926年《晨报副刊·诗镌》的诗人群有区别，也和1927年后上海的《新月书店》《新月》月刊、《新月诗选》的出版者、编辑者、作者群不同。"（赵遐秋：《徐志摩传》，中国人民大学出版社1989年版，第98—100页）

集》而得名,有的则认为是取"新月必圆"之意。梁实秋曾明确说:"在北平原有一个'新月社',新月二字是套自印度太戈尔的一部诗集《新月集》,太戈尔访华时,梁启超出面招待,由志摩任翻译,所以他(徐志摩——引者注)对新月二字特别感兴趣,后来就在北平成立了一个新月社。"① 陈源也说:"他(徐志摩——引者注)那时对太戈尔极崇拜,等于狂热,社以新月命名,也是当然的了。"② 梁实秋是新月派重要成员,而陈源更是新月社创始人之一,故学界取其说。但新月社成员张彭春之女张新月近年认为,新月社的命名者是张彭春,并强调指出:"外传先有'新月社',不确。"③ 此论受到新闻媒体和一些学者的关注,但尚无人置疑。

据说,1923 年 11 月次女出生后,张彭春给她取名"张新月"。"这一时期,张彭春正在北平同胡适、徐志摩、梁实秋、陈源(西滢)等朋友筹备组织文学社,社名尚未确定。他便把'新月'二字推荐给朋友们,大家欣然接受,于是就产生了'新月社'。"④ 这里有两个疑点:第一,下文将证,新月社成立于 1923 年 3 月,换言之,新月社成立八个月后才有张彭春之女张新月出生及为女取名"张新月"之事发生,既然如此,"外传先有'新月社',不确"从何谈起?第二,倘若如张新月所言,新月社的名称来自张彭春"把'新月'二字推荐给朋友们",那么,为何新月社创始人徐志摩等言及新月社时从未提到此事?

新月社于 1923 年 3 月成立时,张新月尚未出生,可见她的上述回忆并非本人亲历,而是来自其他人的述说,因而难免会有错误。例如,她说"张彭春正在北平同胡适、徐志摩、梁实秋、陈源(西滢)等朋友筹备组织文学社",依照她的讲述,当时胡适、徐志摩等"筹备组织文学社",但不论胡、徐等人的日记还是书信中,都没有提到这一点。而且事实上他们筹备组织的新月社,在创办之初只是一个聚餐会式的沙龙,基本上与文学无关。又,张新月说梁实秋"参与筹备组织文学社"(新月社),而实际上据梁实秋自己说,"我没有参加过北平的新月社,

---

① 梁实秋:《忆〈新月〉》,方仁念选编《新月派评论资料选》,华东师范大学出版社1993 年版,第 13 页。
② 陈源:《关于"新月社"——复董保中先生的一封信》,(台北)《传记文学》1971 年第 4 期。
③ 龙飞:《"新月派"的由来》,《今晚报》2004 年 8 月 25 日。
④ 同上。

那时候我尚在海外"①。综此可见,新月社得名于张彭春的说法不能确信。

根据叶公超的回忆,当时新月社同人对"新月"这个名称"并不曾正式讨论过,只是徐志摩一时的灵感,我们觉得也不错,就用了"。②这里所说"新月社"这个名称是由徐志摩提出来的,以及并未经新月社同人正式讨论过这两点,是可信的,也与梁实秋对新月社名称由来的解释相吻合。又,考虑到徐志摩崇拜泰戈尔、喜爱泰戈尔诗歌,特别是当时(1923年年初)正在张罗泰戈尔访华事宜,他因为泰戈尔的诗集《新月集》而得"新月社"名称,应该是合理的。

二 新月社缘起

徐志摩等人创办新月社的缘由是什么?学界大致有四种说法:一是胡适的《努力》周刊办不下去以后,为了继续《努力》周刊的精神和在思想文艺上给中国政治建筑一个可靠的基础,于1923年发起成立;③二是1922年印度诗人泰戈尔访华后,为了纪念这位"诗圣",徐志摩等在1923年发起成立;④三是为了探讨新诗的创作和艺术表现形式;⑤四是因戏剧而缘起组织⑥。笔者认为,除第四种说法"因戏剧而缘起组织"之外,其他几种说法都与事实不相符合。

首先,1925年4月7日,林语堂在写给钱玄同的信中说:"新月社的同人发起此社时有一条规则,请在社里什么都可来(剃头、洗浴、喝啤酒),只不许打牌与谈政治,此亦一怪现象也。"⑦林语堂言及的新月社不谈政治,与徐志摩基本上不和朋友谈政治的习性相符合,而胡适的《努力》周刊是以谈政治为主要内容的,因而说新月社的缘起是"为了继续《努力》周刊的精神和在思想文艺上给中国政治建筑一个可靠的基础",未免牵强。何况,新月社最主要的发起人是徐志摩,而不是

---

① 梁实秋:《忆〈新月〉》,方仁念选编《新月派评论资料选》,第13页。
② 叶公超:《新月拾旧——忆徐志摩二三事》,《新月怀旧》,学林出版社1997年版,第174页。
③ 薛绥之:《关于"新月派"》,《中国现代文艺资料丛刊》第3辑,上海文艺出版社1963年版,第253页。
④ 据笔者所知,此论很可能最早出自吴奔星,见《试论新月诗派》,《文学评论》1980年第2期。
⑤ 胡凌之:《新月派与徐志摩》,《文艺丛刊》第11辑。
⑥ 王强:《新月社四题》,《齐鲁学刊》1983年第5期。
⑦ 梁实秋:《剪拂集》,北新书局1928年版,第7页。

胡适。

其次，印度诗人泰戈尔一生共访华两次，一次在 1924 年，另一次在 1929 年，而新月社成立于 1923 年。泰戈尔第一次访华期间，为了纪念他的生日，新月社同人还曾专门为他排演了短剧《齐德拉》，故泰戈尔访华时新月社已成立，两者不成因果关系，第二种说法不能成立。

最后，1925 年 3 月 14 日，徐志摩曾在赴欧途经西伯利亚时写下《给新月》一文，在文中提到新月社的成员有政客、大学教授、银行职员等，梁实秋的回忆也证实了这一点①。这些身份复杂的成员有些毕生与新诗无染甚至反对新诗，如余上沅、冯友兰、熊佛西、张君劢、林长民等。退一步说，倘若新月社缘起是"为了探讨新诗的创作和艺术表现形式"，那么，为新月社垫付经费的徐申如、黄子美至少是新诗的热爱者，而事实上我们知道，他们两人毕生与新诗无染。此外，直到 1926 年 3 月底，徐志摩"才知道闻一多的家是一群新诗人的乐窝"，于是加入进去，并于 1926 年 4 月 1 日创办了"专载创作的新诗与关于诗或诗学的批评及文章"的《晨报副刊·诗镌》，②可见，1926 年 3 月底以前，新月社并未正式"探讨新诗的创作和艺术表现形式"。所以，第三种说法也与诸多事实不相符合。

徐志摩在《给新月》中谈到发起新月社的缘由时说：

> 我们当初想望的是什么呢？当然只是书呆子们的梦想！我们想做戏，我们想集合几个人的力量，自编戏自演，要得的请人来看，要不得的反正自己好玩。③

徐志摩是新月社主要发起人，上面是他本人于新月社成立两年后的陈述，相隔时间并不长，应该不会存在记忆失误，因而可信。1924 年年底张君劢在新月社演讲时的说法可证实这点，他说："诸君之结社，诗人之结社也；以编新剧演新剧为目的之结社也。"④况且正是在新月社成立之时的 1923 年春夏，徐志摩连续发表了两篇长长的剧评连载在

---

① 梁实秋：《忆〈新月〉》，方仁念选编《新月派评论资料选》，第 13 页。
② 徐志摩：《诗刊弁言》，《晨报副刊·诗镌》第一号，1926 年 4 月 1 日。
③ 徐志摩：《给新月》，《晨报副刊》1925 年 4 月 2 日。
④ 张君劢：《诗人之反柏剌图主义——新月社之演说》，《晨报六周年纪念增刊》1924 年 12 月 1 日。

《晨报副刊》上，其中《我们看戏看的是什么?》一文与陈西滢的《看新剧与学时髦》一道发表在 5 月 24 日《晨报副刊》"戏剧谈"里，这两篇剧评同时出现在《晨报副刊》版面上，形成了一股谈戏剧的声势。同年 9 月，陈西滢又在论坛里连载剧评《高斯楼绥之幸运与厄运——读陈大悲先生所译的"忠友"》。此外，徐志摩还翻译了《涡堤孩》与《死城》两个剧本。尤其值得注意的是，新月社社员不曾正式提出过什么文学主张或文学理论，除了戏剧。

因此，"想做戏""想集合几个人的力量，自编戏自演"，是他们发起新月社的缘由。新月社成立后的两年内，主要成绩就是排演了"几个小戏"，也证实了这一点。正是因为新月社主要因为戏剧而创办，所以 1926 年 6 月《剧刊》创刊时，徐志摩才会"不由的不记起三年前初办新月社时的热心"。①

第二节　新月社始末

1926 年 6 月徐志摩在《剧刊始业》一文中说："我今天替剧刊闹场，不由的不记起三年前初办新月社时的热情。"② 可知，新月社成立于 1923 年。又，胡适在 1923 年 3 月的日记中曾提到"新月社成立"。③ 因此，新月社应该成立于 1923 年 3 月，学界对这一时间基本上没有异议。但近年韩石山通过考证认为，新月社应该成立于 1924 年 3 月。韩先生的一个重要证据，就是徐志摩 1924 年 2 月 1 日写给胡适的信和 1924 年 1 月 5 日胡适的日记中，都提到"聚餐会"，于是韩先生断定："此时仍是'聚餐会'，还不是新月社。"④ 然而，韩先生所言，无法解释两个疑点：(1) 韩先生由 1924 年年初徐、胡提到"聚餐会"而断定"此时还不是新月社"即新月社尚未成立，按照这种逻辑推理，1925 年、1926 年闻一多在书信中、胡适在日记中多次提到"聚餐会"，岂非直到此时新月社还没有成立?(2) 假若新月社成立于 1924 年 3 月，如

---

① 徐志摩:《剧刊始业》,《晨报副刊·剧刊》第一号，1926 年 6 月 17 日。
② 同上。
③ 胡适 1923 年 3 月日记,《胡适全集》第 30 卷，安徽教育出版社 2003 年版，第 15 页。
④ 韩石山:《徐志摩传》，北京十月文艺出版社 2001 年版，第 108—110 页。

何解释徐志摩1926年说"三年前初办新月社"?①

聚餐会是从新月社成立以前到该社解体一直举办的活动，而且只是新月社众多活动当中的一种，所以不论徐志摩、胡适等人何时何地提到它，都不能仅据此就断定新月社成立或解体的时间。

新月社成立于1923年3月，仍是令人信服的。

学界较大的分歧在于新月社的解体时间。程凯华等主编的《中国现代文学辞典》（1988）指出："1927年，新月社由于胡适、徐志摩等人离开北平而解体。"而董兴泉等主编的《中国文学艺术社团流派辞典》（1992）和陆耀东等主编的《中国现代文学大辞典》（1998）都认为，新月社解体于1933年6月。②学界大都赞同后一种说法。

由于至今尚未见到任何有关新月社宣布解体的文献，我们不妨认为，新月社并未正式宣布解体，而是逐渐自行解散，因此没有准确、具体的解体日期，我们只能给出一个大致的时间。可资参考的资料有以下几条：

（1）1925年3月14日，徐志摩曾在赴欧途经西伯利亚时写下《给新月》一信，可见此时新月社尚未解体。

（2）徐志摩在此信中以一定的篇幅谈到会费收缴困难，导致"单就一二两月（即1925年1月、2月——引者注）看，已经不免有百数

---

① 《中国现代文学研究丛刊》2007年第3期刊登了刘群的论文《关于新月社成立的时间、地点及相关情况的考述》，经考述后，该文认为"韩石山的推断是基本成立的"。为了考证新月社成立时间，韩石山共提出了四点证据，但在笔者看来，不仅笔者已引述的韩先生提出的证据不成立，其他三点也尚难置信。兹简要辨析其他三点证据，与韩、刘两位先生商榷：第一，在韩先生所引的1923年3月21日徐志摩致成仿吾信中，徐志摩仅仅表达了对创造社成员的仰慕之意，并没有涉及"他还没有自己组织社团的想法"；第二，徐志摩接受为泰戈尔访华作翻译的时间在1923年春天，因此新月社成立于1923年3月在时间上与韩先生所论"新月社成立必在……徐志摩接受翻译任务之后"并不矛盾，换言之，新月社成立时间并非如韩先生所言在1923年7月26日之后；第三，徐志摩在《给新月》中说"去年四月里演的《契玦腊》要算我们这一年来惟一的成绩……"这里的"这一年来"指的是新月社俱乐部成立一年来，即1924年4月至1925年4月，所以此言表明的是新月社俱乐部成立时间而非新月社。

② 程凯华、龚曼群、朱祖纯编：《中国现代文学辞典》，华岳文艺出版社1988年版，第374—375页；董兴泉、任惜时、冯传玺、黄万华主编：《中国文学艺术社团流派辞典》，吉林人民出版社1992年版，第212—214页；陆耀东、孙党伯、唐达晖主编：《中国现代文学大辞典》，高等教育出版社1998年版，第486页；陈安湖主编：《中国现代文学社团流派史》，华中师范大学出版社1997年版，第378—389页。

以外的亏空"。① 这些亏空由黄子美"每月自掏腰包贴钱"。长此下去，不难推断，新月社难以为继。

（3）1926年1月23日，闻一多在写给梁实秋的信中说："新月社每两周聚餐一次。"② 说明，直到此时新月社仍然存在并定期举办聚餐会。

（4）1926年2月26日（元宵节前夕），在上海的徐志摩写信给在北京的陆小曼，信中说："新月社一定什么举动也没，风景煞尽的了！"③ 徐志摩人在上海，却如此肯定在北京的新月社连元宵节也不会举办任何活动，可见当时新月社的活动已经不能正常举办。

（5）徐志摩在发表于1926年6月17日的《剧刊始业》一文中说："我今天替剧刊闹场，不由的不记起三年前初办新月社时的热心。最初是'聚餐会'，从聚餐会产生'新月社'，又从新月社产生'七号'的俱乐部，结果大约是'俱不乐部'！这来切题的唯一成绩就只前年四月八日在协和演了一次泰谷尔的《契玦腊》，此后一半是人散，一半是心散，第二篇文章便没有做起。所以在事实上是失败……"④ 遗憾、伤感之意，溢于言表。据此大致可以断定，此时新月社即便仍然存在，也是"人散""心散"，差不多名存实亡了。

（6）1928年3月10日《新月》月刊在上海创刊，徐志摩在发刊词《"新月"的态度》中申明："我们这月刊题名新月，不是因为曾经有过什么新月社，那早已消散。"⑤ 1930年2月，他在给郭有守的信中表示："我本在想重振新月社。"⑥ 一个"早已消散"，一个"想重振新月社"，这两点有力地反驳了新月社1933年才解体的观点，同时说明新月社在1928年3月以前已经解散，直到1930年年初仍未恢复，而我们现在也

---

① 徐志摩：《给新月》，晨光辑注《徐志摩书信》，湖南文艺出版社1986年版，第6页。此信原刊1925年4月2日《晨报副刊》，为《欧游漫录》的第一节，其标题为《给新月》，晨光辑注《徐志摩书信》将标题改为《致新月社朋友》。笔者认为，还是使用此信最初发表时的标题《给新月》为妥，故在正文中将此信标题写作《给新月》。
② 《闻一多全集》第3册，生活·读书·新知三联书店1982年版，第633页。
③ 徐志摩：《爱眉小札》，上海古籍出版社2003年版，第161页。
④ 徐志摩：《剧刊始业》，《晨报副刊·剧刊》第一号，1926年6月17日。
⑤ 徐志摩：《"新月"的态度》，《新月》第一卷第一期。或参见《徐志摩全集·补篇3·散文》，上海书店1994年版，第357页。
⑥ 《致郭有守》，虞坤林编《志摩的信》，学林出版社2004年版，第345页。

看不到1928年后新月社开展活动的记载①。

（7）1971年4月，陈源在致董保中的信中说："可是'新月社'一九二四年在北平开办起，到一九二七年便停办了。'新月书店'一九二八年在上海开办，那时候已经没有'新月社'了。"② 20世纪80年代蒋复璁在回忆徐志摩时也说："泰戈尔来华后，聚餐会更多了，所以即将聚餐扩大为固定的新月社……这个新月社直到以后志摩和小曼结婚南下也就无形解散了。"③ 根据上下文，可知陈源、蒋复璁说的"新月社"指的是1924年挂牌的新月社俱乐部。陈源、蒋复璁都是新月社创始人之一，故到1927年新月社"便停办了""无形解散了"是可信的。

（8）1980年7月21日梁实秋在台湾会见新月派研究者梁锡华，据台湾《中国时报》报道，梁实秋有如下谈话内容："然后他（梁实秋——引者注）开始说起新月成立的经过，他说：新月本来是北海公园的一个俱乐部，由胡适、徐志摩和几个银行家组成，最初只是大家常聚在一起聊天玩玩，当时我在美国没有参加，我回国的时候，因为北方形势不稳，徐志摩、胡适等人到了上海，新月就解散了。"④ 可见，根据所引的梁实秋的谈话内容，新月社解散的时间在"徐志摩、胡适等人到了上海"之时。

将以上资料结合起来，可以看出，1927年创办的新月书店、1928年3月创刊的《新月》月刊及1931年创办的《诗刊》，都与新月社没有直接关系，因为，新月社解体于1926年秋天。

断定新月社解体于1926年秋天，还基于以下考虑：

（1）从1926年7月到10月中旬，徐志摩一直忙于和陆小曼举办订婚、结婚典礼等事宜，比如《晨报副刊·剧刊》上那篇《剧刊终期》，徐志摩只匆匆忙忙写了一半，后一半还是余上沅续完。既然徐志摩当时

---

① 《胡适日记》和徐志摩的来往信函中，多处提到1928年及之后仍然举办有胡适、徐志摩、罗隆基等参加的"聚餐会"，叶公超也说："新月每星期几乎都有次饭局，每次两桌，有胡适之、徐志摩、余上沅、丁西林、潘光旦、刘英士、罗努生、闻一多、梁实秋、饶子离、张滋、张禹九和我。"（叶公超：《新月拾旧——忆徐志摩二三事》，关鸿、魏平主编：《新月怀旧》，学林出版社1997年版，第174页）从出席会餐的人员名单来看，此时的聚餐会，基本上属于平社的主要活动，与新月社无关。

② 陈源：《关于"新月社"——复董保中先生的一封信》，（台北）《传记文学》1971年第4期，第23页。

③ 蒋复璁：《徐志摩先生佚事》，韩石山编：《难忘徐志摩》，昆仑出版社2001年版，第14页。此文原载（台北）《传记文学》第45卷第6期。

④ 林清玄：《揭开历史的新月——梁实秋与梁锡华的谈话》，《中国时报》（中国台湾）1980年7月24日、25日。

如此忙碌，估计没有多少时间和精力顾及新月社——这恐怕是新月社逐渐解体的原因之一。

（2）据梁实秋回忆，1926年10月3日在北京北海董事会参加徐志摩婚礼的人，有梁启超、叶公超、杨今甫、丁西林、任叔永、陈衡哲、陈源、唐有壬、邓以蛰，等等，① 基本上都是新月社成员。可见，当时新月社多数成员在北京，该社尚有开展活动的可能，因之该社此时仍有可能存在，尽管早在1925年一二月时就已经出现经费收缴困难的问题，到1926年6月更是"人散""心散"。

（3）由于胡适、徐志摩是新月社的核心人物，他俩先后离开北京，加剧了新月社的分崩离析。胡适于1926年7月出国，直到1927年年初回国到达上海，徐志摩携陆小曼于1926年10月12日到达上海。

综上推断，新月社解体的大致时间在1926年7—10月，即1926年秋天。

有必要指出，1930年1月、3月鲁迅分别发表《新月社批评家的任务》和《"硬译"与"文学的阶级性"》两文②，后来不少论者据此认为新月社在当时仍存在。然而只要仔细读一下这两篇文章即可知，他在前文中提到的"新月社中的批评家"指的是梁实秋。梁氏在1929年7月发表的《论批评的态度》③ 中，提倡所谓"严正的批评"，攻击"幽默而讽刺的文章"是"粗糙叫嚣的文字"，指责"对于现状不满"的青年只是"说几句尖酸刻薄的俏皮话"；鲁迅在《"硬译"与"文学的阶级性"》中提到的"新月社的声明""新月社的'言论自由'""新月社的'严正态度'"等，指的都是发表于《新月》创刊号上的发刊词《新月的态度》。综述之，在这两篇文章中，鲁迅以"新月社"指称《新月》杂志社（主要包括《新月》月刊的编辑及其主要撰稿人），因而两文中出现"新月社"字样并不能说明新月社在当时仍然存在。

于是，可以整理出新月社大事记如下：

1922年10月，徐志摩留学美国和英国之后回到北京，发起组织"聚餐会"，轮流到各家吃饭聊天，④ 此为新月社的筹备性组织。

---

① 梁实秋：《谈徐志摩》，《梁实秋文集》第2卷，鹭江出版社2002年版，第322页。
② 《新月社批评家的任务》《"硬译"与"文学的阶级性"》均收入《鲁迅全集》第3卷，人民文学出版社1982年版。
③ 梁实秋：《论批评的态度》，《新月》第二卷第五期。
④ 梁锡华：《新月社的问题》，（香港）《晨报》第172期。

1923年3月，新月社成立，并无固定社址，较经常去的是徐志摩居住的北京石虎胡同七号，活动形式主要是聚餐会。

1924年年初，新月社更名为"新月社俱乐部"，简称"俱乐部"或"新月社"。① 俱乐部的开办费是黄子美和徐申如垫付的，租了北京松树胡同七号的房子作为活动场所②，并且公开挂出了"新月社"的牌子。主要活动有新年舞会、元宵灯谜会、中秋赏月会、古琴会、读书会、朗诵会、书画会、排演戏剧等。聚餐会一般每两周举办一次。活动经费主要来自会员交纳的会费。

1924年4月12日，新月社迎接泰戈尔访华，徐志摩任翻译，这是该社第一次以团体名义出现在社会公众面前。

1924年5月8日晚，为庆祝泰戈尔的生日，新月社同人在北京协和医学校礼堂演出戏剧《齐德拉》，主演者为林徽音、张歆海、徐志摩。③ 此外，年底还排演了余上沅的几个小戏。

1925年，由于会员欠交会费，新月社出现经费紧张现象。

1926年2月下旬，新月社的活动已不能正常举办。

1926年春夏，由徐志摩主编的《晨报副刊·诗镌》和《晨报副刊·剧刊》先后创刊，部分新月社社员在这两种刊物上发表作品。

1926年秋天，多数新月社同人（特别是胡适、徐志摩）相继

---

① 1924年5月8日为了给正在中国访问的泰戈尔庆祝生日，新月社成员曾以"新月社俱乐部"名义演出戏剧。又，同时期胡适在日记中也多次提到"俱乐部"（参见《胡适全集》第30卷，安徽教育出版社2003年版，第190、191页）。

② 徐志摩：《给新月》，《晨报副刊》1925年4月2日。从徐志摩在信中的话可知，黄子美、徐申如垫付的是新月社俱乐部的开办费，有论者竟混淆为1923年年初创新月社时的费用。

③ 徐志摩在《这是风刮的》（《晨报副刊》1926年4月10日）和《剧刊始业》（《晨报副刊·剧刊》第一号1926年6月17日）两文中都回忆说，新月社在泰戈尔的生日即4月8日晚于北平协和医学校礼堂演出《齐德拉》。但，泰戈尔到达上海是1924年4月12日上午10点，在《齐德拉》主角徐志摩陪同下到达北平的时间是1924年4月23日（《泰戈尔抵京》，载《申报》1924年4月26日，第3版），所以，《齐德拉》在北平协和医学校演出的时间不可能是1924年4月8日。会不会徐志摩所回忆的时间是农历1924年四月初八，而这一天正是公历5月8日呢？不会。经查万年历，农历1924年四月初八是公元1924年5月11日，而公元1924年5月8日是农历1924年四月初五。又，泰戈尔的生日是5月8日。由此可以推断，徐志摩所回忆的新月社在协和演出《齐德拉》的时间是错误的。后世研究者以误传误，如《徐志摩年谱》等。兹对这一史实予以澄清：新月社于北平协和医学校礼堂演出《齐德拉》的时间应为1924年5月8日晚。

离开北京南下,新月社解体,"新月社俱乐部"的大地毯也被金岳霖搬去自己家中。①

其中,我们有必要辨析最初的新月社和后来的新月俱乐部之间的关系以及各自社址。

1925年3月徐志摩在写给新月社朋友的信中说:

> 新月初起时只是少数人共同的一个想望,那时的新月社也只是一个口头的名称,与现在松树胡同七号那个新月社俱乐部可以说并没有怎样密切的血统关系。②

1926年6月在《剧刊始业》中又说:

> 最初是"聚餐会",从聚餐会产生"新月社",又从新月社产生"七号"的俱乐部……③

可见,最初的新月社与后来的新月社俱乐部既有联系(最初的新月社是后来的新月社俱乐部的前身),又有区别。二者的区别,应该主要在于:前者"只是一个口头的名称",以聚餐会为主,没有明确、固定的社址(经常的活动场所是北京石虎胡同七号,但有时也在胡适、林徽音等主要社员家中),没有明显的文艺倾向性;而后者既有明确、固定的社址(北京松树胡同七号),也有明显的文艺倾向("要做戏剧"),尤其是举办了一些比较具有影响的文艺活动,比如演戏、元宵灯谜,等等。

需要说明的是,1922年10月徐志摩回国后,在北京石虎胡同七号松坡图书馆任职,他是新月社最主要的发起人,因此在新月社尚无正式社址前,聚会大都在他所住的北京石虎胡同七号举办。徐志摩曾作诗《石虎胡同七号》,对当时新月社在石虎胡同七号举办活动的情景作了隐喻性叙述,同时歌吟新月社诸君之间的温情和友爱。此诗可印证新月

---

① 1928年12月11日徐志摩从上海来到北平的金岳霖家,"初进厅老金就打哈哈,原来新月社那方大地毯,现在他家美美的铺着哪"。(《致陆小曼》,虞坤林编《志摩的信》,第94页)。
② 徐志摩:《给新月》,《晨报副刊》1925年4月2日。
③ 徐志摩:《剧刊始业》,《晨报副刊·剧刊》第一号,1926年6月17日。

社刚成立时经常举办活动的地点,的确是石虎胡同七号。

但,饶孟侃回忆说:"徐(志摩)那时已经是个大忙人……他那门前挂着新月社牌子的寓所,石虎胡同七号,早已成为一个名声颇大的文艺沙龙……"①从所引句子上下文看,句中的"那时"应指1925年闻一多留学回国后不久的一段时间——当时已是新月社俱乐部时期,徐志摩已搬到松树胡同七号居住,因此饶孟侃说"那时"徐志摩的寓所是"石虎胡同七号"乃记忆错误。不过,他说徐志摩"门前挂着新月社的牌子",应该是准确的。新月社刚在北平成立的时候,并没有挂牌,因而徐志摩说那时的新月社"只是一个口头的名称"。直到新月社俱乐部成立时租下松树胡同七号,新月社才有了固定社址,并挂出"新月社"的牌子。

第三节 新月社创始人和新月社成员

新月社创始人有哪些?学界的说法也有些混乱,其中一种比较具有代表性的观点认为,新月社是由徐志摩、闻一多、梁实秋、胡适和陈源等创办起来的,程凯华等主编的《中国现代文学辞典》(1988)、陆耀东等主编的《中国现代文学大辞典》(1998)采纳了这种观点。应该指出,这种观点并不准确。

首先,蒋复璁是新月社创始人之一。蒋复璁与徐志摩是表兄弟,两人早在1911年就已经相识。1922年年底徐志摩回国后,与蒋复璁同在北京松坡图书馆任职,两人还同住在石虎胡同七号的好春轩中,朝夕相见,关系很是融洽。徐志摩等人起先经常在好春轩举办聚餐会,后来创办新月社,对此,与徐志摩同住一屋、相互关系又融洽的蒋复璁不可能置身事外。事实上,1975年蒋复璁为徐志摩作传时说:"于是始为酒食谈筵之集会,继乃有新月社之创设;新月社者,当时北平文人之俱乐部也。时余亦厕其列,偶为志摩助理杂务,盖此非其所长,亦非其所乐为也。"②蒋复璁不仅是新月社成员,而且在新月社创办之初曾经处理该社杂务,因而他应该是新月社创始人之一。

---

① 此语出自饶孟侃未刊手稿《关于新月派》,详见王锦厚、陈丽莉编《饶孟侃诗文集》,四川大学出版社1997年版,第423页。
② 蒋复璁:《小传》,《徐志摩选集》,(中国台湾)黎明文化事业股份有限公司1975年版,第11页。

其次，如前所述，新月社筹备于1922年10月徐志摩回国后，成立于1923年3月，而闻一多1922年7月赴美国读书、1925年5月回国，梁实秋在1923年8月赴美国读书、1926年7月回国，出国前两人只是清华学校的年轻学生，在国外读书期间，两人和徐志摩等新月社成员基本上没有联系。他俩怎么能是新月社创始人呢？所以，闻一多、梁实秋不是新月社创始人，新月社创始人应该是徐志摩、胡适、陈源、蒋复璁等。

有必要说明一点，闻一多不是新月社创始人，并不意味着他不是新月社成员。闻一多1925年5月回国时新月社尚未解散，他又在北京工作（任北京艺术专科学校教务长），因而参加过新月社的活动①。特别是，他回国后在写给其弟闻家驷的信中说："我等已正式加入新月社，前日茶叙时遇见社员多人，中有汤尔和、林长民、丁在君（话间谈及舒天）等人。此外则北大及北大外诸名教授大多皆会员也。"② 1946年熊佛西在悼念闻一多的文章中说："不错，你曾加入新月社。"③ 梁实秋也说："一多是参加过的。"由此可以肯定，闻一多的确是新月社成员。不过梁实秋接着说："但是他的印象不大好，因为一多是比较的富于拉丁趣味的文人，而新月社的绅士趣味重些。"④ 新月社是一个成员复杂、见解不统一的松散的社团，所以闻一多的"趣味"与新月社成员不同、不认同新月社比较重的"绅士趣味"，但这并不能说明他不是新月社成员。至于梁实秋，他1926年7月留学回国前"没有参加过北平的新月社"，回国时，正是新月社解体的时间，那么，会不会在他回国后加入了新月社呢？不会，因为在回国后的1926年秋天，他任教于南京，很少在北京，所以他说："我和志摩本不熟识，回国后在酬酢中见过几面"⑤。（由"几面"可见梁实秋和徐志摩很少见面；由"酬酢"二字可见两人是在一般的社交场合见面，而不是在有一定目的性、组织性的新月社活动场所。）1927年梁实秋到上海编辑《时事新报》副刊《青光》之后，才经常与徐志摩等人聚会，是时新月社"早已消散"。概言

---

① 1926年1月23日，闻一多在写给梁实秋的信中说："新月社每两周聚餐一次。志摩也常见。"（《九十 致梁实秋》，《闻一多书信选集》，人民文学出版社1986年版，第205页）可见，闻一多当时时常参加新月社的聚餐会。
② 《闻一多全集》第12卷，湖北人民出版社1993年版，第226页。
③ 熊佛西：《悼闻一多先生》，《文艺复兴》第二卷第一期。
④ 梁实秋：《忆〈新月〉》，方仁念选编《新月派评论资料选》，第13页。
⑤ 梁实秋：《谈徐志摩》，《梁实秋文集》第2卷，第321页。

之，1926年7月留学回国前，梁实秋没有参加过新月社，回国后先是任教于南京，1927年居住于上海，所以他不可能是新月社成员。①

需要指出，偶尔参加新月社活动者未必就是新月社成员②，不常参加新月社活动者未必就不是新月社成员，经常参加新月社活动者大致可看作新月社成员。总之，以参加新月社活动次数的多少来判断其人是否属于新月社成员，是不科学的。③ 所以，尽管闻一多"对新月社的高级气味并不欣赏，所以很快就绝迹不前"④，却不妨碍他成为新月社成员。同理，闻一多是新月社成员，并不意味着1925年闻氏回国后与之交往甚密、聚集在他周围的"清华四子"一定是新月社成员（稍后再详列理由）。

既然闻一多说自己"正式加入新月社"，简单的入社手续应该还是有的，比如交纳少许会费、填表等。那么，是否有一个社员名册呢？新月社重要成员陈源（西滢）说："我也没有见过社员名册，所以谁是社员，谁是客人也无从知道。"⑤ 据一些新月社成员回忆，俱乐部聚餐会每次来的人都有所变化，徐志摩的朋友很多，他随时会邀请一些新朋友到俱乐部来，所以来过的人中究竟哪些是新月社成员，也实在无法搞清。综合一些新月社成员的回忆，可以肯定是新月社成员的，大约有如下一些：

胡适、徐志摩、梁启超、张君劢、徐申如、黄子美、蒋百里、蒋复璁、陈源、林语堂、王赓、叶公超、凌叔华、林徽因、陆小曼、汤尔和、林长民、林宰平、张歆海、陈博生、丁西林、张彭春（仲述）、肖

---

① 鲁迅在《新月社批评家的任务》（《萌芽》第1卷第1期，1930年1月1日）中，以"新月社中的批评家"暗指梁实秋，这一称谓成为后来梁氏被指认为新月社成员的滥觞。从《新月社批评家的任务》的写作背景及当时梁氏发表言论的主要阵地为《新月》月刊来看，文中的"新月社"显然是"《新月》杂志社"的简称。因而鲁迅在文中的称谓不能作为梁实秋是新月社成员的依据。

② 例如郁达夫不是新月社成员，但他曾经参加过新月社于1924年1月5日的聚餐会。详见1924年1月5日胡适日记。

③ 有论者指出："新月社只是一个一般性的社交集合体，它并不是一个文学流派。参加过新月社的人，有的后来并未进入'新月派'，而未参加过新月社的人，有的后来倒进入了'新月派'。以是否参加过新月社来判断其人是否属于'新月派'，是极不科学的。"（张劲：《闻一多与"新月派"辨析》，《贵州社会科学》1988年第12期）笔者认为，类似的道理适用于对新月社成员与非成员的区分。

④ 转引自张劲《闻一多与"新月派"辨析》。

⑤ 陈源：《关于"新月社"——复董保中先生的一封信》，（台北）《传记文学》1971年第4期。

友梅、蒲伯英、邓以蛰①、刘勉己②、金岳霖、任叔永、陈衡哲、杨景任、熊佛西夫妇、余上沅夫妇、陶孟和夫妇、邓叔存、冯友兰、杨金甫（振声）、丁在君、吴之椿、瞿菊农（世英）、彭春③、张奚若、钱端升④；1925年夏加入的"中华戏剧改进社"主要成员闻一多、赵太侔、张禹九（嘉铸）以及"清华四子"（朱湘、饶孟侃、孙大雨、杨子惠）中的饶孟侃。

关于上述名单，尚有几点需要予以辨析、说明：

其一，朱湘不是新月社成员。

理由有：（1）朱湘向来就对徐志摩有很深的成见。朱湘说，1926年筹办《晨报副刊·诗镌》时，"已经看透了那副刊主笔徐志摩是一个假诗人，不过凭借学阀的积势以及读众的浅陋在那里招摇"。⑤《晨报副刊·诗镌》第三号将朱湘最得意的《采莲曲》排在第三篇，位于饶孟侃之后，致使朱湘与徐志摩彻底闹翻，并声称胡适、徐志摩等人是"新诗发达上的一个大阻梗"，很快退出了"诗镌"活动。⑥试想朱湘一直对徐志摩有很深的成见，以"朱湘孤傲、自尊、耿直、狷介、坚韧的性格"⑦，又怎么可能加入以徐志摩为创始人和主要成员的新月社？（2）1992年寒

---

① 闻一多写于1925年8月11日的家信中提到这些新月社成员的姓名（详见《闻一多选集》第二卷之《论文杂文书信》，四川文艺出版社1987年版，第589、599页）。
② 闻一多在致闻家驷的信中说："刘勉己与弟已有来往，昨日来函约为特约投稿员，稿费每千字在二元以上。刘初次遇弟时，甚表敬意。刘亦属新月社。"（《闻一多全集》第12卷，湖北人民出版社1993年版）除闻一多此言外，很少见到有人提到刘勉己为新月社成员。考虑到刘勉己是《晨报副刊》的总编，和徐志摩来往较多，在尚无资料证明刘不是新月社成员之前，暂且认为他是新月社成员。
③ 徐志摩在给陆小曼的信中说："星期中午老金为我召集新月故侣，居然尚有二十余人之多。计开：任叔永夫妇、杨景任、熊佛西夫妇、余上沅夫妇、陶孟和夫妇、邓叔存、冯友兰、杨金甫、丁在君、吴之椿、瞿菊农等，彭春临时赶到。"（《致陆小曼》，虞坤林编《志摩的信》，第94页）信中所列之人，可肯定是新月社成员。胡适、林徽因等其余成员名单，为各类论著所常见，故不一一例证。
④ 1969年8月陈源（西滢）在回答董保中关于新月社成员的问答时说："我与丁西林之外，大约有钱端升（我记得他在新月社请过一次客），张奚若（他与志摩原来在美国同学相识），陶孟和（我在新月社见过他）、杨振声。"（陈源：《关于"新月社"——复董保中先生的一封信》）
⑤ 朱湘：《刘梦苇与新诗形式运动》，方仁念编：《新月派评论资料选》，第205页。
⑥ 王伟、周红：《朱湘霓君》，中国青年出版社1995年版，第12—13页。
⑦ 方族文：《朱湘研究的几个疑点问题》，《安庆师范学院学报》（社会科学版）2004年第6期。

先艾撰文认为，朱湘不是新月派，并提出了四条主要理由。① 由于蹇先艾是当年《晨报副刊·诗镌》八位发起人之一，此论被学界普遍接受。蹇先艾提出的这四条理由，亦可作为朱湘不是新月社成员的参考。

其二，饶孟侃是新月社成员。

（1）1926年1月23日闻一多在给友人的信中说："时相过从的朋友以'四子'为最密。"② 而且，自1925年6月至8月，"清华四子"与闻一多住在相同公寓的另一房，"每天论诗、作诗、写文章"③。在"四子"中，又以饶孟侃和闻一多的关系最密切、性情最为相投（这一点，从闻一多致饶孟侃的书信可以看出）。既然如此，"正式加入新月社"的闻一多介绍饶孟侃加入新月社，应在情理中。（2）事实上，据闻一多之弟闻家驷回忆："子离兄（饶孟侃字子离——引者注）……从参加文学社到新月聚餐会，到创办《晨报副刊·诗镌》、《新月》月刊、《诗》月刊、《学文》月刊，开办新月书店……他几乎都参加了，始终是一位热心分子。"④ 亦即，闻家驷认为，饶孟侃参加过新月社举办的聚餐会。

其三，陈梦家不是新月社成员。

上海文艺出版社出版的《中国新文学大系·史料索引一》指出陈梦家是新月社成员。对此，笔者认为需要予以订正：1927年秋，陈梦家以同等学力考入国立中山第四大学（后改为国立中央大学），与徐志摩相识，并在《新月》上发表作品，但当时新月社"早已消散"，故陈梦家不可能是新月社成员。

其四，沈从文没有加入新月社。

丁玲说，沈从文一贯与新月社、现代评论派有些友谊。⑤ 可能正是由于沈从文与徐志摩等新月社成员"有些友谊"，特别是受到徐志摩的

---

① 蹇先艾提出的四条主要理由是：（1）《晨报副刊·诗镌》只是几位中青年诗人发起的，根本没成立什么诗社，与新月社没有关系；（2）朱湘并没有参加过1926年《晨报副刊·诗镌》编辑工作，仅仅在第一、第二、第三期上发表过评论和诗歌，从第四期起，由于他与徐志摩、闻一多不和，断绝了关系；（3）在思想感情上，朱湘与新月派貌合神离；（4）尤其1928年《新月杂志》创刊以后，该刊几位主持者发表了一系列资产阶级文学论和自由主义的政治主张，而朱湘的思想恰恰与新月派相反（蹇先艾：《朱湘并非新月派》，《花溪》1992年第1期）。
② 《闻一多全集》第3册，生活·读书·新知三联书店1982年版，第633页。
③ 王锦厚、陈丽莉编：《饶孟侃诗文集》，四川大学出版社1997年版，第417页。
④ 闻家驷：《序》，王锦厚、陈丽莉编：《饶孟侃诗文集》，第2页。
⑤ 转引自李辉《沈从文与丁玲》，百花文艺出版社1992年版，第217页。

赏识，沈从文是新月社成员的推断似乎显而易见。新中国成立后，沈从文因为被认定参加新月社而受到压制和批判，《中国新文学大系·史料索引一》在《作家小传》中也指出沈从文是"新月社成员"①。但学者傅国涌却说："虽然青年沈从文曾在《新月》发表文学作品，在新月书店出过好几本小说，受徐志摩等赏识，却不是'新月社'成员，始终是个文学'单干户'。"②经查阅、分析有关史料，笔者认为，沈从文的确没有加入新月社，并不是新月社成员，主要理由有：（1）1925年9月，经新月社成员林宰平引领，沈从文在新月社的院子里第一次见到了正在朗诵诗歌的徐志摩，③此事在学界成为沈从文参加新月社的一个心照不宣的证据。但，沈从文在《谈朗诵诗》中又说："在客厅里读诗供多数人听，这种试验在新月社已有过，成绩如何我不知道。"倘若他是新月社成员，必定不止一次参加包括诗朗诵在内的新月社活动（沈本人当时也写诗，诗朗诵会符合他的兴趣），因而应该了解诗朗诵会的效果，可他却说新月社举办的诗朗诵会"成绩如何我不知道"。唯一合理的解释，就是他很少甚至基本不参加新月社的活动，而根据目前我们掌握的资料来看，除《谈朗诵诗》里谈到的那一次外，实在找不到他参加新月社活动的其他记录。事实上，1925年秋至1926年秋新月社解散，沈从文一方面疲于为生计奔波，另一方面正忙于写稿，与丁玲、胡也频办刊物，④并无多少时间经常性参加新月社活动。何况新月社是一个松散、各种人士混杂的社团，偶尔参加一次或几次该社活动者，自然不能因此视其为其中一员。综而述之，1925年9月沈、徐初识于新月社诗朗诵会的记述，并不能说明沈从文是新月社成员，也不能证明他此后一定会加入新月社。（2）退一步说，倘若1925年9月，沈从文初识徐志摩并得到徐赏识、知遇后加入了新月社，那么他就肯定会在新月社活动上结识胡适。但事实上，沈从文是1929年经徐志摩介绍才认识胡适的，而且"因（胡适——引者注）所搞政治和哲学，我兴趣不高，我写的小说，他也不大看"，两人"私谊好，过从不多"⑤。这样，就只有一个

---

① 《中国新文学大系》编辑委员会编：《中国新文学大系·史料索引一》第十九集，上海文艺出版社1989年版，第452页词条"沈从文"。
② 傅国涌：《沈从文与胡适》，《外滩画报》2005年2月1日。
③ 沈从文：《谈朗诵诗》，《沈从文选集》第5卷，四川人民出版社1983年版，第195页。也可参见《沈从文文集》第11卷，花城出版社1984年版，第249页。
④ 糜华菱：《沈从文年表简编》，《新文学史料》1995年第4期。
⑤ 沈从文：《博物馆工作人员交代社会关系表》，《沈从文全集》第27卷，北岳文艺出版社2002年版，第132页。

可能，即由于沈从文仅仅是和徐志摩等几个新月社成员认识，而并未加入新月社、很少参加新月社的活动，所以，才有直到1929年沈从文通过徐志摩的介绍认识胡适之事。(3) 沈从文被误以为是新月社成员的一个主要原因，恐怕要归于沈从文和新月社成员徐志摩、林徽因等密切的私交特别是有近似的文艺旨趣，比如作品的风格追求形式美、内容远离当前实际生活等。沈与新月社成员徐等私交颇好，这是不容置疑的事实，然而和某些新月社成员私交好就一定是新月社成员吗？由于新月社不是一个纯粹的文学社团，一个作家作品的风格和内容既不是加入新月社的要求，也不是学界区分新月社成员与非成员的标准，那么沈和新月社成员徐等"具有近似的文艺旨趣"，当然不能成为沈是新月社成员的理由。(4) 从1924年到1926年，"他卖文为生，并没有固定的体面的职业。他'乡下人'的学识和流浪作家的实际身份，使他无法真正成为'新月社'——'现代评论'文人群体的一员，而只能是这个由大学教授或文化名人组成的自由主义文人群体的边缘人物"。[①]

应该指出，沈从文不是新月社成员，并不意味着他不属于新月派或者新月诗派。新月社与新月派或者新月诗派，这是区别大于联系的几组概念，关于这一点，详见后文。

第四节　新月社不是文学社团流派

由于学术界至今在文学社团、文学流派的概念界定方面存在较大分歧，笔者不打算套用某种权威或影响深远的界定方法来辨析新月社的属性。我们对概念的界定和使用，不宜拘泥，要避免以模式化、静止的眼光看待概念。实践是检验真理的唯一标准，我们辨析新月社属性应该以文学实践活动为主。因此，结合上述对新月社若干史实考辨所得结论，本节拟通过考察新月社从成立到解体的实践和行为而不是其他，来确认该社的属性。

首先，从新月社始末来看，它举办的主要活动有：聚餐会、新年舞会、元宵灯谜会、中秋赏月会、古琴会、读书会、朗诵会、书画会、排演戏剧等，这些活动充其量只是文艺活动，不是文学活动。而且，除1924年5月8日上演的《齐德拉》以外，新月社的活动都是内部的，

[①] 沈卫威：《胡适周围》，中国工人出版社2003年版，第207页。

基本上没有产生社会影响。

诚然，1926年春夏由徐志摩主编的《晨报副刊·诗镌》和《晨报副刊·剧刊》，其大多数作者是新月社成员。但，首先这两种刊物不是新月社的社刊；其次，在《晨报副刊·诗镌》上发表作品的只是徐志摩、闻一多、饶孟侃等个别新月社成员，在《晨报副刊·剧刊》发表作品的，也只是新月社中对戏剧热心的少数人。遮言之，新月社中大多数成员没有在《晨报副刊·诗镌》《晨报副刊·剧刊》上发表作品，也不参与编辑工作，既然如此，这两种刊物不能代表新月社。否则，胡适、丁西林、陈西滢、陈衡哲、凌叔华、杨振声等新月社成员经常在《现代评论》上发表作品，丁西林还担任过主编，岂不是《现代评论》杂志也代表新月社？

其次，作为一个文学流派，新月派并非因为"曾经有过什么新月社"而得名。因为：（1）新月社解体于1926年秋天，与此后的新月书店、《新月》和《诗刊》，"没有必然的联系"；（2）新月社的名称来自泰戈尔的《新月集》，而"文学史上所说的'新月派'与《新月》杂志的创刊和发行有关系"①。1931年5月，上海《民报》发表文章认为："中国目前三个思想鼎足而立：一，共产；二，《新月》派；三，三民主义。"②该报直接以《新月》指称新月派，足见《新月》在当时影响之大，因故新月派由《新月》而得名，在情理中。

复次，新月社缘起动因是"想做戏"。从新月社大事记来看，直到1925年该社"做戏"的活动，主要是排演戏剧（这也是该社最有影响的活动），参与戏剧文学创作活动者，只有丁西林、余上沅、熊佛西等几个人，此外徐志摩和陆小曼合写了一个三幕剧，因而新月社"做戏"的活动，主要是文艺演出而不是文学创作。

最后，从新月社成员来看，当时参与文学创作活动的，只有徐志摩、凌叔华、丁西林、闻一多等十余人，约占新月社总人数的1/5；其余人当中，有不少当时已停止文学创作，如蒋百里、汤尔和等，有些人尚未开始文学创作，如林徽因直到20世纪30年代初期才开始写诗，有些人基本上终生不曾涉及文学创作，如徐申如、黄子美、王赓等。既然如此，倘若说新月社是一个文学社团、文学流派，那么，这些在当时没

---

① 袁国兴：《1898—1948中国文学场态》，广东人民出版社2005年版，第333页。
② 《罗隆基致胡适信》（1931年5月5日），《胡适来往书信选》（中册），中华书局1979年版，第64页。

写文章甚至一辈子不写文章的人岂非也是文学社社员，也是一个文学流派成员？倘若因为新月社有徐志摩等约 1/5 成员是作家、诗人，而断定该社是文学社团、文学流派，未免过于以偏概全！

综上所述，不论从新月社的主要实践活动、名称由来、缘起、创始人和成员，还是从该社既无明确文学宗旨也无社刊，在当时的文坛没有什么作为、对中国现代文学谈不上有多少影响来看，新月社的属性只能是文艺团体，而不是文学社团或者文学流派。

值得注意的是，就徐志摩而言，创办新月社的初衷是"想做戏"，进而希望新月社"露棱角"、在文艺界打开一条新路，① 也就是说要把新月社办成文学社团。只是事与愿违，1925 年以后，新月社不幸被徐志摩言中，褪变成了一个"有产有业先生女士们的娱乐消遣"场所。徐志摩对新月社的褪变很不满，1925 年 3 月 18 日写信给陆小曼说："安乐是害人的，像我在北平的生活是不可以为常的，假如我新月社的生活继续下去，要不了两年，徐志摩不堕落也堕落了，我的笔尖上再也没有光芒，我的心再也没有新鲜的跳动，那我就完了——'泯然众人'矣！"② 由于对新月社深感失望，1926 年他的兴趣转移到了主编《晨报副刊》，期望通过办报振兴文学。徐志摩的兴趣转移，应该是新月社解体的又一个重要原因，同时也从侧面印证了新月社不是文学社团流派。

---

① 徐志摩：《给新月》，晨光辑注：《徐志摩书信》，湖南文艺出版社 1986 年版，第 8 页。
② 徐志摩：《致陆小曼》，虞坤林编：《志摩的信》，第 41 页。

第二章　新月诗派考论

新月诗派是中国诗歌史上重要的流派，更是新诗史中影响深远的派别。迄今为止，在学界对新月派及其相关问题的研究中，对新月诗派的关注最多、成果最丰硕，研究也最充分、深入。但仔细考量，可发现仍有若干问题模糊不清，或至今存在较大分歧。本章依据相关文献史料，试就这些问题进行辨析和探讨。

第一节　新月诗派名称由来

1935年8月，朱自清在总结新诗第一个十年的发展历史时，把它分为三派："自由诗派，格律诗派，象征诗派。"① 因之学界有将新月诗派称为格律诗派（或新格律诗派）之举。又，王瑶的《中国新文学史稿》、刘绶松的《中国新文学史初稿》、钱理群等著《中国现代文学三十年》，都以"新月派"指称新月诗派，② 这一指称方式影响甚大。但考察自1978年以来研究新月诗派的著作和论文，20世纪90年代以来广为使用的指称还是"新月诗派"。那么，"新月诗派"之名因何而来呢？比较流行的观点有四种：第一种，1980年吴奔星在发表于《文学

---

① 朱自清：《导言》，《中国新文学大系·诗集》，上海良友图书印刷公司1935年版，第8页。
② 王瑶：《中国新文学史稿》（上），上海文艺出版社1982年版，第222—224页；刘绶松：《中国新文学史初稿》（上），人民文学出版社1979年版，第301—302页；钱理群、温儒敏、吴福辉：《中国现代文学三十年》（修订本），北京大学出版社1998年版，第129页。此外，1984年10月，艾青在为《中国新文学大系（1927—1937）》作序时说："二十年代末期、三十年代初期，中国诗坛上出现两个主要的流派，'新月派'和'象征派'。"（艾青：《序》，《中国新文学大系（1927—1937）·诗集》，上海文艺出版社1985年版，第1页）

评论》的文章中指出"'新月诗派'因'新月社'而得名"①，这种观点有相当的代表性，薛绥之、梁锡华即主此说②；第二种，石灵和臧克家认为，新月诗派因《新月》而得名；③第三种，"新月诗派"是从"新月派"派生出来的；④第四种，因1931年陈梦家编的《新月诗选》而得名。⑤除第二种以外，其他三种观点的提倡者并未说明其理由。

我们先来看第二种观点所提出的理由。石灵在发表于1937年1月的《新月诗派》一文中指出：

> 可是新月诗派这名词，还不是由于新月社，而是由于《新月月刊》，因为在《新月》的第一期"我们的态度"那篇文章里，他们告白了《新月月刊》的出版，既非因书店叫"新月"，也不为他们有过新月社的组织。同时新月社没有诗，《新月月刊》才有诗。可见新月诗派的得名，系由于《新月月刊》了。⑥

在这段话中，石灵否定了新月诗派得名于新月社，理由是："新月社没有诗，《新月月刊》才有诗。"由本书第一章可知新月社不是文学社团流派，而只是一个文艺沙龙，因而石灵所言"新月社没有诗""新月诗派这名词，还不是由于新月社"是符合实情的。

石灵在该文中明确指出《晨报副刊·诗镌》是新月诗派的前身，而且，把新月诗派分成以《晨报副刊·诗镌》和《新月》为标志的前后时期。可见，他并不是没有意识到《晨报副刊·诗镌》对新月诗派的重要意义，而是鉴于《新月》比《晨报副刊·诗镌》影响更大，才断定新月诗派得名于《新月》。

那么，新月诗派是否得名于《新月》呢？

---

① 吴奔星：《试论新月诗派》，《文学评论》1980年第2期。
② 薛绥之：《关于"新月派"》，《中国现代文艺丛刊》第三辑，上海文艺出版社1963年版。董保中：《关于新月派》，《明报》月刊第15卷第5期，1980年第5期。
③ 石灵：《新月诗派》，《文学》第8卷第1期，生活书店1937年版；臧克家：《五四以来新诗发展的一个轮廓》，臧克家编选《中国新诗选（1919—1949）》，中国青年出版社1956年第1版、1979年第5次印刷，第14页。
④ 张劲：《闻一多与"新月派"辨析》，《贵州社会科学》1988年第12期。
⑤ 1988年方仁念在《〈新月派评论资料选〉前言》中说："自从1931年陈梦家编了《新月诗选》由新月书店正式出版后，'新月'诗派的名称便自然加到这一伙诗人身上。"（方仁念：《前言》，方仁念选编《新月派评论资料选》，第2页）
⑥ 石灵：《新月诗派》，《文学》1937年第8卷第1期。也可参见方仁念选编《新月派评论资料选》，第35页。

首先，要查考新月诗派名称由来，最有说服力的方法，就是追溯"新月诗派"一词最早出现于何时。据笔者所知，穆木天很可能是最早使用"新月诗派"一词者，他在1934年7月1日出版的《文学》（第3卷第1期）发表的《徐志摩论——他的思想与艺术》中说："代表中间期的，则是'新月'诗派的最大诗人徐志摩了。"蒲风在《五四到现在的中国诗坛鸟瞰》也谈到了"新月派"（新月诗派），虽然他没有注明此文写作时间，但他对中国诗坛状况的"鸟瞰"到1934年1月止，故此文应该写于1934年1月或之后不久。他用"新月派"而不是"新月诗派"来论述徐志摩和陈梦家等新月派诗人，说明他写作此文时"新月诗派"一词尚未出现或通用。而到了1937年1月，已经有以"新月诗派"为题的专论出现（石灵的《新月诗派》），并且论者没有在文中解释这个词，说明这个词已为当时人了解，或者说，这个词在1937年1月前已多次出现。于是可以推断，"新月诗派"这个名词，很可能最早在1934年7月出现。既然如此，"新月诗派"的得名，必与1931年9月《新月诗选》的出版有关。退一步说，倘若新月诗派因《新月》得名，则"新月诗派"一词应该出现在该刊1928年3月创刊后不久，以此推测，在该刊创刊几年后，文学评论界至少会有部分人采用"新月诗派"这个称呼。但是从当时一些评论者（如鲁迅、苏雪林、沈从文等）的作品来看，我们看不到这个称呼，事实上，他们大都以"新月派"指称新月诗派。譬如，《鲁迅全集》中没有出现过"新月诗派"，而"新月派"在鲁迅三篇作品中出现过，最早的作品发表于1930年4月，最晚一次的作品写于1934年12月20日。[①]

其次，《新月》只有创刊后几期和停刊前几期是纯文学性质，"自从第二卷第二期起《新月月刊》的面目和从前不同了"[②]，成为综合性期刊，此后几年内出版的《新月》杂志，文学类文章只占每期文章总数为数不多的分量（详见本书第五章第三节）。又，《新月》发表的文

---

① 这三篇作品依次为：1930年4月发表于《萌芽月刊》第4期的《对于左翼作家联盟的意见——三月二日在左翼作家联盟成立大会讲》；1931年12月11日发表在《十字街头》第1期的《知难行难》；1934年12月20日写成的《〈集外集〉序言》。顺便一提，"新月社"一词在《鲁迅全集》中出现过29次，这批文章也大都写于1930年至1933年。这些情况说明，"新月派"出现的时间比"新月诗派"要早，流传相对要广，但在20世纪30年代初期流传最广的是"新月社"，这应该可以从一定程度上解释，为何一直有不少人用"新月派"指称"新月诗派"，又有些人用"新月社"指称"新月派"或"新月诗派"。

② 《敬告读者》，《新月》第二卷第六、七期合刊。

学作品包括小说、散文、戏剧、文论和诗歌等各种体裁,新诗只占其中较小的分量。由此推断,《新月》中的诗歌作品或诗论,并非在《新月》中篇幅最多、影响最大,因而人们单纯因《新月》而断定形成了一个诗歌流派(新月诗派)的可能性实在不大。

第四种观点认为,新月诗派因1931年陈梦家所编的《新月诗选》得名。虽然陈梦家没有在该书中提到"新月诗派",但这不能排除其他人把《新月诗选》中的诗人统称为"新月诗派"的可能。何况,由于《新月诗选》是"打北京晨报诗镌到新月月刊以及最近出世的诗刊并各人的专集中,挑选出来的"[①],而该书出版不久新月诗派就瓦解了,因之该书可谓新月诗派最后一次集体亮相,或者是对新月诗派的总结。《新月诗选》自1931年9月初版后,几次再版,并且此后该书选入的诗人后来成为学界公认的新月诗派成员。就这几点来看,如果说新月诗派得名于《新月诗选》,应该是合理的。

然而应该注意到,迄今为止,在谈到新月诗派时,仍有不少研究者将之称为"新月派"。这种指称容易将政治思想领域上的"新月派"与"新月诗派"混为一谈,更容易错误地把新月诗派等同于新月派。为了区分二者,如第三种观点所言,于是派生出了"新月诗派"。这种分析和推测,相对而言,也有一定的合理性。

综上所述,笔者认为,新月诗派的名称由来不是单一的,而是有二,即有人因《新月诗选》得到"新月诗派"之名,也有人由"新月派"概念派生出"新月诗派"。这两种新月诗派的名称由来,并行不悖。这个结论,较好地解释了"为什么直到现在学界仍然存在以'新月诗派'或'新月派'指称新月诗派的现象",同时也说明,新月诗派不仅是《新月》的诗派,而且是"新月派"的诗派。

第二节 新月诗派形成和瓦解时间、分期及主要园地

一般认为,新月诗派的形成以1926年4月1日《晨报副刊·诗镌》的创刊为标志。1928年3月《新月》月刊创刊以及陈梦家、方玮德、卞之琳、林徽因等新月诗派后起之秀的崛起,意味着新月诗派进入繁荣期。1931年徐志摩创办《诗刊》、陈梦家选编出版《新月诗选》,

---

① 陈梦家:《〈新月诗选〉序言》,方仁念选编《新月派评论资料选》,第23页。

则表明新月诗派发展到了它的顶峰。随着 20 世纪 30 年代初期《诗刊》《新月》相继停刊，新月派诗人有的逝世（如朱湘、徐志摩），有的转向（戴望舒、卞之琳等转向"现代派"），有的放下了诗笔（如闻一多、陈梦家），新月诗派迅速瓦解。

以上可谓学界对新月诗派历史的共识，笔者认为尚有几点需要辨正和补充：

第一，虽然 1926 年 4 月 1 日《晨报副刊·诗镌》创刊是新月诗派第一次在公众面前集体亮相，标志着这一个新诗流派正式形成，但在此之前的 1925 年年底新月诗派已经开始活动。其理由和有关证据如下：

（1）新月诗派重要成员饶孟侃回忆说："新月派是一个在二十年代初期出现的诗派，最初的成员是一群以闻一多为中心的'清华'同学，其中有朱湘、杨世恩、孙大雨和我。"① 饶孟侃此言有两点值得注意，一是新月诗派形成时"最初的成员是一群以闻一多为中心的'清华'同学"，此处的"清华"，与其说指的是清华学校，不如说指的是"清华文学社"。成立于 1921 年的清华文学社，其主要成员闻一多、朱湘、饶孟侃、孙大雨、杨世恩等也是前期新月诗派的重要成员，因而我们说，清华文学社为后来的新月诗派作了成员上的准备（详后）。此外，由于大部分社员喜欢做诗，所以诗成为清华文学社的中心。该社诗组的计划之一，就是要获得一个尺度批评国内现有的诗歌创作。② 清华文学社诗友们已经开始了新诗探索，这种探索与"五四"自由诗的区别在于，他们更多的是吸取英国浪漫主义和维多利亚时代唯美主义的诗思和灵感，由此引发他们在对"五四"自由诗体予以反思的同时，萌生建立语文体格律诗的构想。③ 孙大雨后来回忆他在清华学校时的生活说：

> 1922 年夏考上清华学校后，我的兴趣朝诗歌方面发展，特别是英文诗歌。我向往雪莱的高渺的激情遐思和密尔顿的崇高浩瀚的气魄意境……向往诗歌里情致的深邃与浩荡，同格律声腔相济相成的幽微与奇横。④

---

① 饶孟侃未刊手稿《关于新月派》，参见王锦厚、陈丽莉编《简谱》，《饶孟侃诗文集》，四川大学出版社 1997 年版，第 423 页。
② 转引自黄昌勇《孙大雨传略（上）》，《新文学史料》1996 年第 2 期。
③ 同上。
④ 孙大雨：《我与诗》，《新民晚报》1989 年 2 月 21 日。

孙大雨在清华文学社时期对英文诗歌的兴趣，使他"向往诗歌里情致的深邃与浩荡，同格律声腔相济相成的幽微与奇横"，至此，新诗格律化的主张已见雏形。此外，清华文学社时期的闻一多，写成《律诗底研究》一文，通过研究旧体诗的格律，试图为新诗谋求出路。因此我们可以说，清华文学社不仅为新月诗派的形成准备了主要成员，还是新月诗派理论主张的渊源。遮言之，新月诗派萌芽于20世纪20年代初期的清华文学社。

（2）沈从文在《谈诗朗诵》①、塞先艾在《〈晨报诗刊〉的始终》②中都提到，1925年下半年，闻一多、朱湘、饶孟侃、杨世恩、孙大雨、刘梦苇、塞先艾等经常聚集在闻一多或者刘梦苇的寓所朗诵诗、论诗和做诗。徐志摩在写于1926年3月30日的《诗刊弁言》中也说："我在早三两天前才知道闻一多的家是一群诗人的乐窝。他们经常会面，彼此互相批评作品，讨论学理。"③容易看出，闻一多等人在1925年年底经常性聚会讨论诗歌，是他们继清华文学社之后的再次聚集。由于有清华文学社奠定的基础，闻一多他们几个诗人经常性聚会讨论并创作格律诗，使新诗格律运动渐成气候，形成了以闻一多为中心的倡导新诗格律化的"清华新月诗人群"。④

（3）在1926年4月1日《晨报副刊·诗镌》创刊以前，新月诗派成员已出版多部注重诗歌形式美的诗集，如1923年闻一多出版的第一部诗集《红烛》，已经显露了注重形式和音节的特征；1925年出版的朱湘的诗集《夏天》，徐志摩的《志摩的诗》，有不少作品显示了某些与

---

① 沈从文：《谈朗诵诗》，《沈从文选集》第5卷，四川人民出版社1983年版，第195页。
② 塞先艾说，1926年春他在北京经人介绍"认识了湖南的刘梦苇，我是久仰他的大名的，因为我在《创造月刊》上读过这位浪漫诗人的《吻的三部曲》，我很佩服他的大胆。有一次在他的屋里，又遇到了闻一多、朱湘和饶孟侃。这几位诗人常常来梦苇的小屋聚会，互相传阅和朗诵他们的新作，间或也讨论一些新诗上的问题，他们正在探寻新诗的形式与格律的道路……梦苇虽然有病，谈诗的情绪仍然很高，他用沙哑的声音对我们说：'一九二二年，朱自清、刘延陵、叶绍钧几位办过一个《诗刊》，可惜到第二年就夭折了！真可惜！我们这几个朋友凑拢来办一个《诗刊》好不好？'大家不约而同地点头赞成"（塞先艾：《〈晨报诗刊〉的始终》，《新文学史料》第三辑，1979年版，第157页）。
③ 徐志摩：《〈诗刊〉弁言》，《晨报副刊·诗镌》第一号，1926年4月1日。
④ 张玲霞在《清华新月诗人》一文中提出了"清华新月诗人群"的定义，论述了他们对中国现代格律诗发展的贡献［参见《清华大学学报》（哲学社会科学版）1995年第4期］。

闻一多不谋而合的、相同或相近的诗学追求。

（4）1925年12月12日，被朱湘称为"新诗形式运动的总先锋"的刘梦苇①在《晨报副刊》发表《中国诗底昨今明》一文。这是一篇重要的诗论。他在这篇文章中提出了新诗格律化三个方面（形式、音节、词句）的要求，与闻一多在《诗的格律》（发表于《晨报副刊·诗镌》1926年5月13日第7号）中提出的著名的新诗"三美"说（音乐美、绘画美、建筑美）大体一致，却比闻一多之说早提出半年。刘梦苇此文应视为新月诗派的理论宣言。

综上所述，可以肯定，新月诗派萌芽于20世纪20年代初的清华文学社，酝酿于1925年，否则，如何解释1925年闻一多、徐志摩等刊发了一些具有明显新格律诗特点的作品？如何解释1925年年底刘梦苇在新诗格律化方面做出的突出的理论贡献？又如何解释1925年下半年闻一多等讨论新诗形式美的经常性的诗人聚会？

第二，关于新月诗派的解体时间，有两种代表性的意见，一是认为1933年6月《新月》停刊标志着新月诗派解体，二是以1934年8月1日《学文》月刊停刊为标志。《学文》月刊是"北上的'新月派'与'京派'的一次成功的合流"②，而它的停刊意味着"新月的活动算是完全终止了"③，《学文》是新月诗派乃至新月派的余晖（详见本书第五章第六节），或者说，是新月诗派的"回光返照"，因此，新月诗派乃至新月派的解体时间应以《学文》停刊为标志。

第三，关于新月诗派衰落或解体的原因，大致有这样几点：（一）闻一多停止新诗创作④；（二）徐志摩遇难早逝；（三）自1931年"九·一八"事变后，新月诗派诗人的政治倾向与艺术个性开始分化，部分成员向"现代"诗派转化⑤；（四）内容贫乏、空虚的新月诗派不能适应时代需要⑥；（五）20世纪30年代中期，新月派与早期京派合流，消弱了新月派的流派特征。这五点原因，都言之有据，但其中不乏有待商榷或补证之处。

---

① 朱湘：《刘梦苇与新诗形式运动》，《文学周报》第7卷，1929年1月。
② 陈子善：《叶公超批评文集·编后记》，珠海出版社1998年版，第272页。
③ 叶公超：《关于新月》，《港台·国外谈中国现代文学作家》，四川文艺出版社1986年版，第166页。
④ 参见司马长风《中国新文学史》中卷，昭明出版社1976年版，第173页。
⑤ 参见《导论》，《现代中国诗选（1917—1949）》，第10页。
⑥ 参见王瑶《中国新文学史稿》上卷，第330页。

第一个原因，闻一多在1928年5月10日出版的《新月》（第一卷第三期）发表《回来》一诗后，基本上不再发表新诗（仅1931年"挤"出了一首《奇迹》），也就是说，1928年5月之后，他基本停止了新诗创作，也没有参与新月诗派此后的活动，因而实在很难讲他与新月诗派的衰落或解体有很大关系。事实上，在他停止创作并不再参与新月诗派活动之后，《新月》仍发表了大量新诗，《诗刊》照样创刊，而且，新月诗派后起之秀也照样崛起。后期新月诗派中的陈梦家、臧克家、方玮德等，虽然受闻一多的影响很大，但他们绝大多数人在闻一多于1929年基本停止新诗创作之后，并没有失去或削弱诗歌创作的热情。再说，闻一多是新月诗派的核心成员之一，他停止写诗，基本上退出诗坛，反而有利于新月诗派的重心集中在徐志摩身上，这是客观上有利于增强新月诗派凝聚力的。

第二个原因，徐志摩之死对新月诗派的打击十分沉重，对新月诗派衰落或解体的影响，是可以肯定的。在新月派中起到"连索"作用的徐志摩，他在整个新月派尤其是新月诗派形成、发展过程中扮演的角色，实在太重要，以致他突然去世后，新月派群龙无首。照理说，比较具有接替徐成为新月诗派核心人物的新月同人，只有闻一多、梁实秋、胡适等人，可闻一多基本退出诗坛，梁实秋、胡适起先热衷谈政治，后来先后离沪北上，他们个人对后期新月诗派的创作基本上没产生过影响；后期新月诗派的"健将"陈梦家乃至方玮德等，无论资历、威望还是在诗坛的影响都尚浅，不能填补徐志摩遇难后出现的空白。在这种情形下，新月诗派走向衰落、解体势在必然。

关于第三个原因，已有论者指出，"九·一八"事变后陈梦家的诗艺观发生变化，出现向现代主义转变的迹象[①]。戴望舒、卞之琳等后期新月诗派成员，不但转向现代主义，甚至成为"现代"诗派的主要成员。

第四个原因中的"原来内容空虚的新月诗派"一语，其"内容空虚"可作两种理解：

第一种理解，是从左翼文学理论的角度作出的评价，即以作品内容是否反映民众实际生活作为唯一的评判标准，于是认为新月诗派作品"内容空虚"。这种看法是片面的。我们不能要求所有中国现代文学流派都千篇一律地反映民众生活。退一步说，即使撇开这种评判标准的片

---

① 参见陈山《陈梦家论》，《中国现代文学研究丛刊》1988年第3期。

面性,第四个原因本身也存在如下逻辑错误:"内容空虚"的新月诗派作品也出现在创刊后不久的《新月》和《诗刊》,为什么新月诗派那时候不衰落、不解体?为什么1931年1月《梦家诗集》出版后一度销路相当好,半年后再版?难道那时候新月诗派作品就没有"内容空虚",就适应时代的需要?

  第二种理解,是从一般文艺批评角度认定新月诗派作品内容空洞无物。关于这一点,应该指出,前期新月诗派的作品,虽然很多以爱情及个人生活感受作为主题,但由于有真实情感灌注其中,它们在内容上大多数是充实的。只是到了后期,新月诗派的作品才出现内容空洞无物,甚至"为赋新词强说愁"。1936年陈梦家在《〈梦家存诗〉自序》中,清楚地叙述了自己早年"为赋新词强说愁"的写诗过程。就连叶公超也说:"'新月'后起的人,把'新月'变成象牙塔,走上艺术至上的道路,而为'新月'带来一种阴影。"[①] 就此而言,"内容空虚的新月诗派不能适应时代需要",的确是新月诗派衰落、解体的原因之一。

  第五个原因所述,符合实情。在编办《学文》月刊期间,新月派部分成员融入早期京派,如沈从文、梁宗岱、孙大雨、叶公超、卞之琳、何其芳、凌叔华、曹葆华等,沈从文甚至成为后期京派主要人物。对此,本书第三章、第五章将有部分内容予以详述。

  第四,关于新月诗派的分期,学界的意见比较统一,一般以《晨报副刊·诗镌》时期(1926年4—6月)为前期,以《新月》创刊至停刊(1928年3月—1933年6月)为后期。前期新月诗派以《晨报副刊·诗镌》为主要园地,后期则以《新月》《诗刊》为主要园地。笔者对此没有异议,唯有两点补充如下:

  其一,新月书店也是后期新月诗派的一个重要发表园地。据统计,新月书店出版的49种书中,有10种是后期新月诗派成员的诗集,如徐志摩的《翡冷翠的夜》和《猛虎集》、陈梦家的《梦家诗集》和《新月诗选》、卞之琳的《三秋草》等。

  其二,在《诗镌》创刊之前,新月诗派还有一个萌芽期和酝酿期。必须提及的是,1991年吴奔星把新月诗派细分作酝酿期(1923—1925)、倡导期(1926年《晨报副刊·诗镌》时期)、发展期(1928—1931)和分化衰落期(1931—1933)四个阶段。[②] 此论有助于厘清新月

---

① 梅新:《叶公超谈"新月"》,《诗学》第一辑,巨人出版社1976年版,第410页。
② 吴奔星:《新月诗派评述》,《益阳师专学报》1991年第1期。

诗派历史演变情况，尤其是按照新月诗派的发展历史将其分作四个阶段这种思路，对后来研究者颇具启发意义。然而在他看来，新月诗派的酝酿期始于1923年成立的新月社。这一点，尚有商榷之必要。本书第一章已论实，新月社成立初期的活动基本上与文学无关，与新诗更是不沾边。吴奔星在文中也谈到这一点。① 既然如此，以新月社成立的时间作为新月诗派酝酿期的起点，是不妥的。

如前文所述，清华文学社为新月诗派的形成准备了主要成员、奠定了新格律诗的理论基础，因之新月诗派的酝酿期应是清华文学社时期。闻一多1923年9月出版的诗集《红烛》，可谓新月诗派酝酿时期所取得的最重要的成绩。1923年闻一多出国留学后，身在海外、心系清华文学社，在写给梁实秋等人的信中，经常询问甚至指导清华文学社，例如，在写于1923年3月22日的信中，闻一多请梁实秋详告杨世恩、胡毅、朱湘等人最近的"development"②。这说明闻一多出国留学后仍然与清华文学社保持比较密切的关系。

第三节　新月诗派成员辨析

与文学社团不同，文学流派一般是后人追封的。文学流派既没有明确的宣言、章程、会刊、组织机构，更不可能有可以查阅的会员名单，因而考订文学流派的成员是文学流派研究经常遇到的难题。幸好前辈学人已经对新月诗派成员的认定做了许多工作。其中，1931年陈梦家选编的《新月诗选》，从《晨报副刊·诗镌》《新月》《诗刊》等刊物和闻一多、徐志摩、朱湘、陈梦家等已出版的诗集中挑选了18位诗人的作品结集成书，由于陈梦家是后期新月诗派的代表，这18位诗人几乎不容置疑地被认定是新月诗派成员，他们是：徐志摩、闻一多、饶孟侃、孙大雨、朱湘、邵洵美、方令孺、林徽因、陈梦家、方玮德、梁镇、卞之琳、俞大纲、沈祖牟、沈从文、杨世恩、朱大枏、刘梦苇。最早以《新月诗选》为依据认定这18位新月诗派诗人的论者，很可能是石灵。在发表于1937年1月的《新月诗派》一文中，石灵明确把徐志

---

① 吴奔星在《新月诗派评述》中说："到1924年上半年……正式挂出新月社的牌子，简称新月俱乐部，与诗尚不沾边。"（《益阳师专学报》1991年第1期）
② 《闻一多选集·论文杂文书信》，四川文艺出版社1987年版，第683页。

摩、闻一多、朱湘划归前期新月诗派,又称孙大雨、陈梦家、林徽因、卞之琳为后期新月诗派诗人。① 然而,对于《新月诗选》中18人组成的新月诗派名单,至今仍然存在一些争议。1946年熊佛西在《悼闻一多先生》中说:"有些人仅将你看成一位新月派的诗人,那就无异说,你是一位专咏风花雪月,而不管人民现实痛苦躲在象牙之塔里的诗人。这我要为你抗议。我认为这是不正确的……与其说你是新月派的诗人,毋宁说你是爱国派的诗人。"② 1988年12月,张劲在《闻一多与"新月派"辨析》中也认为,闻一多不是"新月派";③ 1992年《晨报副刊·诗镌》八位发起人之一的蹇先艾撰文说,朱湘并非新月派。④(按:张劲和蹇先艾在其文章中都以"新月派"指称"新月诗派")近年,也有论者表示支持巴金、饶孟侃关于"沈从文不是新月派"的主张⑤。由此令人不禁要问,究竟是陈梦家提出的18位新月诗派诗人的名单有误,还是张劲、蹇先艾等人的意见不妥呢?

笔者认为,陈梦家选编的《新月诗选》固然为我们认定新月诗派成员提供了一份很不错的参考,却并非标准答案,而且,那种以为新月诗派成员是也只是这18位诗人的看法,是不正确的。

首先,陈梦家选编《新月诗选》的标准是,"仅仅根据自己的直观,选择那些气息相似的"⑥。所谓"气息相似的",主要指艺术技巧和格律方面相似的诗歌。显然,这个选择标准相当宽泛。符合这个标准的诗人有两类:一类是徐志摩等地道的新月诗派成员,另一类是虽非新月诗派成员却写出与新月诗派"气息相似的"诗作的诗人。《新月诗选》中的18位诗人,有可能是这两类诗人中任何一种。换言之,这18人中既包括新月诗派成员,也可能包括非新月诗派成员。

其次,陈梦家选择的只是新月诗派重要成员的代表作,另外有些诗人被公认是新月诗派,他们的作品却没有入选《新月诗选》。比如,蹇先艾、于赓虞都是《晨报副刊·诗镌》发起人之一,也都在《晨报副刊·诗镌》上也发表过4首诗(闻一多也才6首)。1941年,朱自清编

---

① 石灵:《新月诗派》,方仁念选编《新月派评论资料选》,第51页。
② 熊佛西:《悼闻一多先生》,《文艺复兴》1946年第2卷第1期。
③ 张劲:《闻一多与"新月派"》,《贵州社会科学》1988年第12期。
④ 蹇先艾:《朱湘并非新月派》,《花溪》1992年第1期。
⑤ 凌燕萍、刘君卫:《沈从文是新月派吗?》,《中南民族学院学报》(人文社会科学版)2001年第2期。
⑥ 陈梦家:《序言》,《新月诗选》,新月书店1931年版,第20页。

《中国新文学大系·诗集》还选了于赓虞的5首诗,而《新月诗选》中蹇、于的诗却一首也没有,臧克家的诗也没有入选。

最后,陈梦家所选的18位诗人中,徐志摩、闻一多等8人是前期新月诗派,而陈梦家等10人是后期新月诗派。徐志摩、闻一多、朱湘等被选入的前期新月诗派成员,早在20世纪20年代中期就已经诗名显赫,而入选的后期新月诗派成员梁镇、沈祖牟等在20世纪30年代只是默默无闻的青年诗人,梁镇、沈祖牟是陈梦家的同学,因此令人不由觉得,陈梦家在选诗时,其重心一方面偏向成名较早的徐、闻、沈等,另一方面偏向与陈梦家关系密切的方玮德、梁镇等年轻诗人。所选诗作的来源也比较狭窄,即"民国十五年四月至六月北京《晨报副刊》的《诗镌》共十一期,十六年三月起《新月》月刊共三卷,二十年《诗刊》共三期,《死水》(闻著),《志摩的诗》、《翡冷翠的一夜》、《猛虎集》(以上徐著),《梦家诗集》,(以上新月出版),《草莽集》(朱湘著,开明出版),此外有从别处选来的,为数极少"。① 在这几种刊物和诗集中,又明显偏重于《诗刊》(占《新月诗选》收诗总数三分之一强)。既如此,《新月诗选》在诗家选择方面有失客观、公允,在选诗来源方面则有狭窄之嫌。

在上述基础上,我们再来看熊佛西、蹇先艾等否认闻一多、朱湘、沈从文是新月派(新月诗派成员)的评价,显然就不能简单地依据陈梦家选编的《新月诗选》予以否定。

张劲、蹇先艾、饶孟侃等对闻一多、朱湘、沈从文是新月诗派成员的质疑及其理由,限于本书篇幅,这里只择其要点而述之。先看熊佛西的说法,他在悼念闻一多时说,"有些人仅将你看成一位新月派诗人","这是不正确的"。那么,什么才是正确的?从他的表述来看,似乎只有既把闻一多看成新月诗派,而又不仅仅看作新月诗派才是正确的。因为"与其说你是新月派的诗人,毋宁说你是爱国派的诗人"。言下之意,似乎新月诗派诗人都是不爱国的,都是"专咏风花雪月,而不管人民现实痛苦躲在象牙之塔里的诗人"。众所周知,这与历史事实不相符合。因此,熊佛西此言并未引起现代文学研究者的重视。我们再来看张劲等人的观点。张劲的观点可总结为,1928年后闻一多基本上退出了诗坛,因而此后出现的新月诗派与他无关。蹇先艾明确提出:"把一位

---

① 陈梦家:《序言》,《新月诗选》,新月书店1931年版,第20页。按,所引文字中的书名号,系笔者所加。

作家或者诗人列入什么派，按理说，他的政治主张和文学见解肯定和这个派别是一致的或者很相近的，而朱湘的思想恰恰与新月派相反，怎么能把他说是'新月派'呢？"① 钱光培也在《现代诗人朱湘研究》一书中，从朱湘与徐志摩的决裂得出结论：朱湘并非新月派中人，亦非同志者，而是视若路人的反对者。② 可以发现，之所以张劲、蹇先艾等认为闻一多、朱湘不是新月诗派，是因为他们虽看到了前期和后期新月诗派的区别，却忽略了二者之间前后相继的关系。

饶孟侃认为，沈从文的精神气质和作品风格都与徐志摩等新月诗派相差很大，因而不能简单地将沈纳入新月诗派。③ 不容否认，"乡下人"沈从文的精神气质确实与富有英美绅士风情的徐志摩等不同，但是精神气质的不同并不妨碍沈从文参与新诗格律运动的探索和实践，事实上，沈从文20世纪20年代发表的诗歌作品，与徐志摩等新月诗派是"气息相似的"，否则徐志摩为何那么欣赏并积极推荐沈从文的作品？饶孟侃并不是没有看到"徐志摩很看重沈从文的才气"，只不过他本人"当时很不以为然，总觉得沈从文学识低俗"。④ 由此我们看得出来，饶孟侃看不起没有正式接受过高等教育的沈从文，这种对沈的偏见，恐怕也是不少人拒绝承认沈从文是新月诗派成员的一个重要原因。

至于闻一多，1928年以后他的兴趣转向学术研究，这是不争的事实。但这并非意味着他退出了文坛，直到20世纪30年代后期，闻一多仍然写过诗，也有诗歌评论发表，特别是，他和后期新月诗派中的陈梦家、臧克家等关系密切，并指导过他们的诗歌创作，就此而言，同徐志摩一样，他不仅是前期新月诗派，也是后期新月诗派成员。至于朱湘，根据韩石山的考证，1926年4月22日即《晨报副刊·诗镌》刊登《朱湘启事》时，朱湘与徐志摩之间的冲突已起，至5月初，两人关系决裂，而朱湘与闻一多的关系此时也恶化。⑤ 这些都是事实。不过，我们还应该看到，1928年以后朱湘和闻一多的关系有所修好，徐志摩对朱湘的态度也有所改善，1930年徐志摩在《诗刊预告》中公开把朱湘列入约稿对象。更为重要的是，1927年之后，朱湘在颠簸、贫困的生活

---

① 蹇先艾：《朱湘并非新月派》，《花溪》1992年第1期。
② 钱光培：《现代诗人朱湘研究》，燕山出版社1987年版。
③ 凌燕萍、刘君卫：《沈从文是新月派吗?》，《中南民族学院学报》（人文社会科学版）2001年第2期。
④ 同上书，第97页。
⑤ 韩石山：《徐志摩传》，北京十月文艺出版社2001年版，第277、278页。

中仍然没有放弃创作具有明显新月诗派特征的诗作,他对后期新月诗派新秀的影响,不比徐志摩、闻一多逊色多少。所以笔者倾向于认为,朱湘不仅是前期新月诗派主要成员,也是后期新月诗派重要成员。当然,看得出来,熊佛西、塞先艾等并不反对闻、朱是前期新月诗派的看法,他们反对的只是把闻、朱归入后期新月诗派。由此我们获得了一条启示:严格说,我们在谈到新月诗派成员时,应指明其时期,因为多数成员只属于前期新月诗派或者后期新月诗派,只有少数人既属于前期又属于后期新月诗派。

新文学史家秦贤次在《新月诗派及作者列传》一文中认为,"新月诗派中主要诗人、理论家、翻译家"共有33人。[①] 对于秦先生开列的这个33人的名单,笔者不赞同把钱锺书、邢鹏举、费鉴照、梁实秋、叶公超列入新月诗派。其理由很简单,这5人都不曾在新月派刊物上发表过新诗。他们都在《新月》发表过文章,特别是除钱锺书之外,其他人在《新月》发表文章的数量还挺多。但邢鹏举、费鉴照的文章以介绍外国诗人为主;叶公超发表的文章主要是有关海外出版界的消息及《牛津字典的贡献》(第一卷第七期)之类;梁实秋在《新月》时期先是积极撰写文学理论文章,后来与胡适、罗隆基等热衷政论;钱锺书发表在《新月》的文章,虽涉及范围很广,但与诗歌有关的只有《评曹著〈落日颂〉》(第四卷第六期)一篇,他还在叶公超主编的《学文》月刊上发表过文章,可那时新月派已基本解体。这五人在新月派刊物中没有发表过新诗,而秦贤次却把他们列入新月诗派,应该是把他们视为新月诗派中的"理论家、翻译家"。可即便如此,也存在两个问题:第一,他们并不都是理论家,除了梁实秋之外,其他人并未在新月派刊物上提出过有影响的文学理论,而梁实秋固然是新月派理论家,可他提出的主要是古典主义文学理论,而非新诗理论,他的《论诗的大小长短》(《新月》第三卷第十期),几乎无人注意,他的《新诗的格调及其他》(《诗刊》第一期)固然很重要,凡是研究新月诗派的人,一般不会忽略这篇文字,但该文侧重于批评而非理论。第二,这五人后来都成为翻译家,但当时仅梁实秋翻译过一首英诗,除叶公超外,他们也不曾引进对新月诗派产生影响的外国诗歌理论,而叶公超引介现代主义,在1932年之后,是时新月诗派已濒临消散。

---

① 秦贤次:《新月诗派及作者列传》,《诗学》第二辑,巨人出版社1976年版,第399—425页。

根据《新月诗选》《新月诗派及作者列传》以及其他文献资料，笔者整理出"新月诗派前后期成员名单及简况"如下：

表2-1　　　　　　　　　　新月诗派前后期成员名单及简况

姓名	籍贯	毕业院校/专业	是否属于前期新月诗派	是否属于后期新月诗派
徐志摩	浙江海宁	英国剑桥大学/政治经济学	是	是
闻一多	湖北浠水	美国芝加哥美术学院/美术	是	是
孙大雨	浙江诸暨	达德穆学院、耶鲁大学/英国文学	是	是
朱湘	湖南沅陵	清华学校	是	是
沈从文	湖南凤凰		是	是
饶孟侃	江西南昌	清华大学/外国语文学	是	否
刘梦苇	湖南安乡	清华学校	是	否
杨世恩	—	清华学校	是	否
朱大枬	四川重庆	清华学校	是	否
于赓虞	河南平西	燕京大学	是	否
蹇先艾	贵州遵义	北平师范大学	是	否
张鸣琦	—		是	否
邓以蛰	安徽怀宁	美国哥伦比亚大学/哲学、美学	是	否
程侃声	湖北安陆	北平大学农学院	是	否
林徽因	浙江杭州	美国宾夕法尼亚大学、耶鲁大学/美术	否	是
陈梦家	浙江上虞	国立第四中山大学/法律、古文字	否	是
方玮德	安徽桐城	南京中央大学/英国文学	否	是
方令孺	安徽桐城	美国华盛顿州立大学、威斯康星大学/外国文学	否	是
邵洵美	浙江余姚	英国剑桥大学/经济学	否	是
卞之琳	江苏海门	北京大学/英文	否	是

续表

姓名	籍贯	毕业院校/专业	是否属于前期新月诗派	是否属于后期新月诗派
何其芳	四川万县	北京大学/哲学	否	是
臧克家	山东诸城	国立山东大学	否	是
俞大纲	浙江绍兴	光华大学、北京燕京大学/中国文学	否	是
沈祖牟	福建福州	光华大学/经济学	否	是
梁 镇	湖南会同	南京中央大学/外文	否	是
储安平	江苏宜兴	光华大学/英文	否	是
梁宗岱	广东新会	法国/法国文学	否	是
曹葆华	四川乐山	清华大学	否	是
林微音	江苏苏州		否	是
孙毓棠	江苏无锡	清华大学/历史	否	是
闻家驷	湖北浠水	法国/法文	否	是
刘 宇	上海	沪江大学/外文系	否	是
徐 芳	江苏无锡	北京大学/中文	否	是

说明：1. 表中"毕业院校/专业"均指每人1934年8月以前的最后毕业院校及所学专业；
2. 由于确认文学流派成员是一项相当复杂的工作，表中所列名单难免会有遗漏。

表2-1中的名单依据三个条件来确定，只有三个条件都满足者才被认为是前期或者后期新月诗派。这三个条件以及强调这三个条件的理由是：

1. 在新月诗派的主要园地《晨报副刊·诗镌》《新月》《诗刊》发表过一首以上的诗歌作品，或者在新月书店出版过一部以上的新诗集。这一点可资判断作者在诗歌形式审美旨趣和艺术技巧方面是否与新月诗派相似或者一致。

2. 具有诗人身份，并且与众所周知的新月诗派主要成员徐志摩、闻一多、陈梦家等关系较密切。首先，我们说某作者是新月诗派，那么此人必须具有诗人身份。比如，尽管罗隆基主编过《新月》月刊，经常在该刊发表政论文章,我们却不能说他是新月诗派成员。其次,所谓"人以群分,物以类聚"。与新月诗派核心成员徐志摩、闻一多、陈梦家等关系较密切的诗人,很可能是与徐、闻、陈在诗艺方面志趣相投者。即使起先某人对诗歌的看法与徐等人并非志趣相投,经过长期耳濡目染之后,他也容易受到影响。比如,梁镇、沈祖牟起先并不写新诗,与陈梦家成为同学之后交为诗友,他们不但写诗而且在诗歌艺术及创作技巧方面明显受到陈梦家的影响。

3. 满足以上两个条件者,其发表新诗作品的时间,如果是在1925年年底至《晨报副刊·诗镌》终刊期间(1925年8月—1926年6月),则属于前期新月诗派;如果是在《新月》月刊创刊至终刊期间(1928年3月—1933年4月),则属于后期新月诗派;横穿两个时段(1925年8月—1933年4月)者,则属于前期和后期新月诗派(严格说,只有横贯两个时段的诗人才是新月诗派)。这里提出第三个条件,是因为有一个情况不容忽视:刘梦苇、朱大枬等编办《晨报副刊·诗镌》后不久去世,20世纪30年代也有朱湘、徐志摩、方玮德等去世,而且还有不少人像闻一多那样因兴趣转变离开新月诗派。我们在辨认新月诗派成员时,这个情况是必须考虑的。

此外,在辨认新月诗派成员身份时,作为新月诗派同代人的石灵和苏雪林指认的新月诗派成员,值得注意。1937年石灵在《新月诗派》一文中,将大致见于《晨报副刊·诗镌》的诗人称为前期新月诗派,如徐志摩、闻一多和朱湘,大致见于《新月》的诗人称为后期新月诗派,如孙大雨、陈梦家、林徽因、卞之琳。[①] 此后苏雪林在《新月派的诗人》一文中说:"诗刊派和新月派,本属一派,甚难分别。《诗刊》见民国十五年上刊的,《新月》则民国十七年在上海办的。在《新月》投稿多的,就叫他为新月派,该派重要诗人是孙大雨、饶孟侃、陈梦家、林徽因、卞之琳、刘梦苇、蹇先艾、沈从文、孙毓棠等。还有方玮德及其姑母方令孺。"[②] 石灵和苏雪林提到的这些诗人,后来被公认为新月诗派成员。

需要指出,钱理群、温儒敏、吴福辉著《中国现代文学三十年》(修订本)在论及后期新月诗派成员时,有两处误记。书中写道:

[①] 石灵:《新月诗派》,方仁念选编《新月派评论资料选》,第49、51页。
[②] 苏雪林:《新月派的诗人》,《苏雪林文集》第三卷,安徽文艺出版社1996年版,第177页。

后期新月派是前期新月派的继续和发展。它以1928年创刊的《新月》月刊新诗栏及1930年创刊的《诗刊》季刊为主要阵地；其基本成员除前期新月派的徐志摩、饶孟侃、林徽因等老诗人外，主要有陈梦家、方玮德等南京中央大学学生为基干的南京青年诗人群。①

误记一：从引文容易看出，论者认为，林徽因既是"前期新月派"也是"后期新月派"，而事实是，林徽因只能是"后期新月派"。首先，钱理群等著《中国现代文学三十年》（修订本）仍以"新月派"指称新月诗派，书中对前期新月派（即前期新月诗派）的定义为："1927年以前，以北京《晨报副刊》'诗镌'为基本阵地的诗人群。"②姑且不说学界一般认为林徽因直到20世纪30年代初才开始写新诗，单就看目前已出版的林徽因文集③而言，也尚未见到她创作或发表于"1927年以前"的诗作。其次，经查"北京《晨报副刊》'诗镌'"，林徽因（彼时名为林徽音）并未在该刊发表过一个字！事实上，1924年林徽因与未婚夫梁思成一道赴美留学，直到1928年8月才回国，也就是说，在前期新月派（前期新月诗派）活动期间，林徽因一直在美国，那时她着迷于建筑学。所以，林徽因没有参与过"北京《晨报副刊》'诗镌'"的编办，也没有在该刊发表过任何作品。钱理群等著《中国现代文学三十年》一书把尚未写过一首诗、身在美国的林徽因说成"前期新月派老诗人"，是不妥当的。

误记二：《诗刊》季刊也不是1930年创刊。查《诗刊》季刊第一期，其版权页上印着"二十年一月二十日"字样，说明该刊创刊于1931年1月20日，而本书在第五章第四节进一步考证其实际创刊时间为1931年1月中旬。

钱理群等著《中国现代文学三十年》（修订本）是近年国内高校使用最多、影响最广的中国现代文学史教材，故笔者特别指出以上两处误记，以便该书再次修订时予以更正。

因早逝或不久后兴趣转移不再写诗，表2-1中所列成员尚有一些

---

① 钱理群、温儒敏、吴福辉：《中国现代文学三十年》（修订本），北京大学出版社1998年版，第357页。
② 同上书，第129页。
③ 尚未有林徽因全集出版，文集以梁从诫编《林徽因文集》相对最全；此外，近年陈学勇发现了一些林徽因创作于20世纪三四十年代的佚诗文。

成员在中国现代诗歌史上宛如惊鸿掠影一般瞬间即逝，他们当中有些名字在今天已经很陌生，他们的生平有诸多模糊不清或存在争议的疑点。表中某些诗人是否属于新月诗派，目前学界仍有争议。对于这些情况，我们将在第三章确认新月派成员身份时详辨。

第四节　新月诗派与格律诗派的关系

细心的读者可能已经发现，上文不仅强调新月诗派分为前后期，而且不讳言前期新月诗派与后期新月诗派的区别。然则，1931年徐志摩在《〈诗刊〉序语》中说：

> 我们在《新月》月刊的预告中曾经提到前五年载在北京《晨报副镌》上的十一期《诗刊》。那刊物，我们得认是现在这份的前身。①

既然《晨报副刊·诗镌》是《诗刊》的前身，那么聚集在这两个刊物周围的诗人群体当然就是前后相继的关系。这个推断没有错，但它也容易掩盖二者之间的差别，导致不少人把二者视为不可分割的整体，因而笼统地以"格律诗派"或"新格律诗派"命名之。

把新月诗派称为格律诗派，很可能最早出自朱自清，1935年8月他在总结新诗第一个十年（1917—1927）的发展历史时，把它分为三派："自由诗派、格律诗派、象征派。"我们已在前面辨清，朱自清此论出笼时，以"新月派"指称新月诗派的办法早已通行。既然到1935年时"新月派"和"新月诗派"的名称已经出现，为什么朱自清不用这两个名称中的任何一个，而用"格律诗派"？先看几种有代表性的前人的解释。

臧克家说：

> 一些谈新文学发展的人，往往把"新月派"看作是"格律诗

---

① 徐志摩：《〈诗刊〉序语》，《诗刊》第一期。按，《诗刊》第一、第二期扉页和版权页标明的出版日期与实际出版日期，相差较大，本书第五章第四节对《诗刊》各期实际出版日期作了考证，并具体列出，因而本书所有注释均不标明《诗刊》出版日期。

派",认为它是"五四"时期"自由诗"的一个反动。朱自清在《中国新文学大系诗集·导言》的末尾以总结的口吻说:"十年来的新诗不妨分为三派:自由诗派、格律诗派、象征诗派。"这种说法,显然是抛开了它的时代意义和思想内容,专门从形式来看问题。①

新月派研究者梁锡华说:

> 朱自清在《中国新文学大系诗集·导言》论到徐、闻在民国十五年所推行的新诗时,用格律诗派一词而不用新月派,这很能显出他的卓识。②

臧、梁二人的说法不尽相同,但都认为朱自清主张用"格律诗派"一词指称新月诗派。实际情形是否这样呢?否。虽然朱自清上文写于1935年8月11日,而此时"新月诗派"或"新月派"的名称已经出现,但这并不能说明朱自清反对用"新月诗派"或"新月派"这一名称而主张用"格律诗派",因为:

第一,朱自清在文中总结的是第一个十年(1917—1927)诗坛的成就,因此只能说到1927年为止。这期间活跃过的只有以胡适为早期代表的自由诗派、李金发等早期象征诗派和聚集在北京《晨报副刊·诗镌》周围的诗人群,而上海《新月》月刊、《诗刊》和《新月诗选》都还没有出现,也就是说,在第一个十年里"新月诗派"还没有出现。既然如此,朱自清不能也不应该以"新月诗派"或"新月派"来指称1927年以前活跃于诗坛的闻、徐等诗人。

第二,朱自清在文中谈到的格律诗人,既有闻一多、徐志摩、朱湘、饶孟侃,也有刘梦苇和于赓虞,甚至还有刘半农(1891—1934)、陆志韦(1894—1970)。于赓虞1926年春夏就退出了《晨报副刊·诗镌》、脱离新月诗派,刘梦苇病逝于1926年9月9日,他们都与1927年之后的新月诗派没有什么瓜葛。至于刘半农和陆志韦,他们都不是新月诗派。这说明,朱自清所说的"格律诗派",包括闻、徐等前期新月

---

① 臧克家:《"五四"以来新诗发展的一个轮廓》,臧克家编撰《中国新诗选(1919—1949)》,中国青年出版社1956年版,第14页。
② 梁锡华:《关于新月派》,《明报》月刊1980年第15卷第5期,第89页。

诗派和刘半农、陆志韦等在20世纪20年代初探索新诗形式建设的一群诗人，而不是专指新月诗派。

第三，大体说来，文学流派的命名方法有三：一是以地域命名，如"京派""海派"；二是以文学群体聚集的刊物命名，如"语丝派""现代评论派"；三是从文学本体的角度，从作家自身的审美特征和对文坛的独特艺术贡献来划分流派，如"象征派""朦胧诗派"。显然，朱自清是以第三种方法来命名"格律诗派"的。

综上所述，为了避免将1927年之前不是"新月诗派"的诗人和1927年之后的诗人纳入其中，朱自清故意不用"新月诗派"或"新月派"，而用"格律诗派"。

梁锡华指出前引之言后，接着说道：

> 在讲论现代诗发展时，不管用格律诗派、格律派，新格律派或白话格律派，都比用新月派来得高明和合理。①

这个观点在学术界有一定代表性，故有必要在这里予以辩论。梁锡华此言传达了两个意思：（1）他认定朱自清是用"格律诗派"指称新月诗派；（2）他认为"用格律诗派、格律派、新格律派或白话格律派"要比用"新月派"（他称新月诗派为"新月派"），"来得高明和合理"。对于（1），前文已辩驳，可见他误解了朱自清的意思；对于（2），他既混淆了格律诗派与新月诗派，将不属于新月诗派的刘半农和陆志韦硬拉进去，也抹杀了前后期新月诗派之间的区别。

近年已有一些论者看到并指出了前期新月诗派与后期新月诗派在审美和艺术技巧方面的不同。1992年，张玲霞考察新月诗派艺术演变轨迹之后指出，早期新月诗派是现代主义因素杂糅于浪漫主义的主体精神之中，后期新月诗派则兼收并蓄浪漫主义与现代主义，带着更为自觉的意识，与19世纪末20世纪初的世界当代诗歌发展新潮发生联系。②2003年倪素平也撰文认为，后期新月诗派现代主义诗歌在创作上，其散文化倾向一定程度上纠正了前期新月诗派的流弊，形成了自己独特的形式美追求。③暂且抛开这些论者的观点，我们先考察新月诗派的诗学

---

① 梁锡华：《关于新月派》，第89页。
② 张玲霞：《新月诗派艺术演变轨迹的考察》，《中国现代文学研究丛刊》1992年第2期。
③ 倪素平：《后期新月诗派现代主义诗歌的形式美追求》，《阴山学刊》2003年第4期。

主张，不难发现，前期新月诗派呕心沥血寻找的，是"理性节制情感"的美学原则与诗的形式格律化。然而他们倡导的这两点，由于与现实生活情感表现出的矛盾，未被普遍接受，即使在他们本人，也很难真正付诸实施。1943年闻一多在写给臧克家的信中谈到《死水》的技巧问题："我真看不出我的技巧在那里。我只觉得自己是座没有爆发的火山，火烧得我痛，却始终没有能力（就是技巧）炸开那禁锢我的地壳，放射出光和热来。"① 闻一多对诗歌的理想的期望与现实发生了矛盾，使他苦恼地觉得"始终没有能力（就是技巧）炸开那禁锢我的地壳，放射出光和热来"。到了个人情感放纵，阶级矛盾和民族矛盾日益加剧，民族解放运动也日益高涨的20世纪30年代，热烈的狂飙突进式语境使情感突破理性的节制猛烈地冲击着格律形式。前期新月诗派所倡导的格律诗运动及其理智、优雅的审美标准，显得不合时宜，遭到多方面的攻击以致不能推行下去。就前期新月诗派而言，他们在开展新诗格律运动的同时，也带来了致命性的否定自己的因素：形式主义的危机。对此，一些比较有远见的前期新月诗派成员已经发觉，新诗格律运动越是往后发展，内容就越贫乏空洞而徒有整齐的外形。徐志摩在《晨报副刊·诗镌》停刊时就"已经发现了我们所标榜的'格律'可怕的流弊"。因此，大致从《新月》创刊时起，部分前期新月诗派成员开始有意识地避免内容上流于"恶滥"的感伤主义、外形上落入形式主义的窠臼②，他们开始调整诗歌的表达方式，显示出与前期新月诗派明显不同的向现代主义归附的趋势。至后期新月诗派时期，陈梦家明确声称："我们决不坚持非格律不可的论调，因为情绪的空气不允许格律来应用时，还是得听诗的意义不受拘束的自由发展。"③ 尽管我们不能断章取义地认为，陈梦家这句话与闻一多在1926年所说的"格律越严，艺术越有趣味"④相观照，俨然南辕北辙，但还是可以看出陈梦家对格律的态度，比闻一多明显收敛、谨慎。对于后期新月诗派的这种转变，1937年已有人指出："前期（新月诗派）诗人的作品，大半是初期作品形式自由，后来慢慢走上了字句整齐的路；后期（新月诗派）诗人则大半是初期作品

---

① 《一六七 致臧克家》，《闻一多书信选》，第316页。
② 徐志摩：《诗刊放假》，《晨报副刊·诗镌》第11号，1926年6月10日。
③ 陈梦家：《〈新月诗选〉序言》，方仁念选编《新月派评论资料选》，第25页。
④ 闻一多：《律诗底研究》，《闻一多全集》第10卷，湖北人民出版社1993年版，第158页。

字句整齐，后来慢慢走上了形式自由的路。"① 就此而言，我们可以说，后期新月诗派对前期的格律化作出了一定程度的反拨。需要指出的是，这种反拨的过程，很大程度上由陈梦家等后起之秀来完成。因此当我们阅读陈梦家等后期新月诗派的作品时，已经很难看见像前期新月诗派那样对格律和形式的注重，相反，他们的诗歌作品具有较为明显的散文化、戏剧化的现代倾向。因此，倘若以"格律诗派"指称后期新月诗派，无异于张冠李戴。

可见，朱自清所说的"格律诗派"与学术界公认的"新月诗派"，是两个内涵不同的概念。虽然新月诗派中既有人提出格律诗理论（如闻一多），更创作了许多新格律诗，但并不等于说新月诗派与格律诗派之间可以画等号。这可从两个方面来说：从新月诗派来看，前已论述，后期新月诗派的许多诗歌理论和作品，绝非格律诗派所有；单从格律方面来看，格律诗派的"格律"远比新月诗派提倡的"格律"要丰富，新月诗人提出和试验的格律理论，只是格律诗派"格律"的一种，也就是说，单从格律方面而言，新月诗派只是格律诗派的一部分，除了新月诗派提出的格律理论，格律诗派还有其他人提出的格律理论，比如刘半农和陆志韦，乃至20世纪50年代何其芳等提出的"现代格律诗"理论。据此，为了直观起见，我们以"新月诗派、格律诗派之关系示意图"（见图2-1）显示新月诗派与格律诗派的关系。

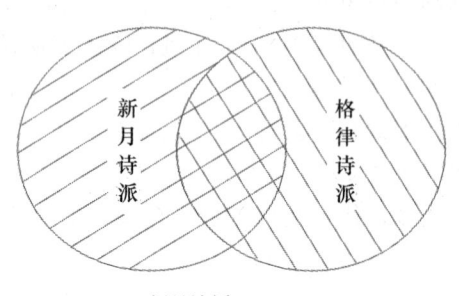

图2-1 新月诗派、格律诗派之关系示意

总结所论，笔者很乐意指出，新月诗派不等同格律诗派，至少不是

---

① 石灵：《新月诗派》，方仁念选编《新月派评论资料选》，第51页。

1935 年朱自清所说的新文学第一个十年的"格律诗派"。如果我们明确了新月诗派与格律诗派之间的上述关系，就容易理解并澄清，为何朱自清不用"新月诗派"而用"格律诗派"，为何学界会有人认为闻一多、朱湘不是新月诗派。通过明确新月诗派与格律诗派之间的关系，我们还可以近似地认为，新月诗派是从格律诗派发展而来的，是 20 世纪新格律诗在 20 年代后期至 30 年代初期的一个发展流变阶段①。

第五节 新月诗派与新月社的关系

一 新月诗派主要园地《晨报副刊·诗镌》与新月社无关

尹在勤说："照我看来，如果没有新月社，就不会有《晨报副刊·诗镌》，也就不会有以后的《新月》月刊、新月书店和上海的《诗刊》，即不会有新月派。"② 此前，薛绥之也说："'新月派'（指新月诗派——引者按）的历史，应从新月社算起。"③ 近年出版的一些《中国现代文学词典》或论著，也说《晨报副刊·诗镌》是新月社创办。事实是否如此呢？《晨报副刊·诗镌》的八位发起人，近半数是新月社成员，特别是《晨报副刊》在当时由新月社主要成员徐志摩主编，难怪人们会有那种认识。不过，参与《晨报副刊·诗镌》编办的蹇先艾 1979 年在《〈晨报诗镌〉的始终》中写道：

> 有一次在他（刘梦苇——引者注）的屋里，又遇到了闻一多、朱湘和饶孟侃。这几位诗人常常来梦苇的小屋聚会，互相传阅和朗诵他们的新作，间或也讨论一些新诗上的问题，他们正在探寻新诗的形式与格律的道路……有一天晚上，我去看他，常去的那几位诗

---

① 有研究者指出，中国新格律诗的探索已有近百年的历史。其历史流变的丰富内涵可以概括为：一面旗帜（格律）、两个诗派（新月诗派、雅园诗派）、三次浪潮（新月诗派开创风气在先，何其芳倡导现代格律诗在中，雅园诗派重振新格律雄风在后）、四种新格律的基本形态（整齐体、简明体、参差体、长短句体）和五个阶段（①1914—1933；②1934—1949；③1950—1977；④1978—1993；⑤1994—2005）。参见周渡、周仲器《新格律诗探索的历史轨迹与时代流向》，《江苏大学学报》（社会科学版）2005 年第 2 期。
② 尹在勤：《新月社的形成——新月派研究之一》，第 61 页。
③ 薛绥之：《关于"新月派"》，《中国现代文艺资料丛刊》第 3 辑，第 238 页。

人也在座……还有两位新客人——于赓虞和朱大枬。梦苇……用沙哑的声音对我们说:"1922年,朱自清、刘延陵、叶绍钧几位办过一个《诗刊》,可惜到第二年就夭折了!真可惜。我们这几个朋友凑拢来办一个《诗刊》好不好?"大家不约而同地点头赞成。只是有两个问题难于结局:一个是印刷费无着;一个是北洋军阀段祺瑞当权,办刊要"呈报"备案。段祺瑞一向视新文学运动为"洪水猛兽",报上去,肯定会石沉大海。因此,大家又皱起眉头来。记不清是哪一个提出的:"我看,不如借哪家报纸副刊的篇幅出一个周刊,这个比较简单,只要副刊的编辑同意就行了。"当时,徐志摩和孙伏园分别主编北京《晨报》和《京报》的副刊;但是《京报》出的周刊相当多,看来是插不进去了。商量的结果决定找徐志摩想办法,徐也是诗人,周刊就由他来编,我们大家供给诗稿。当场公推闻一多和我去同徐志摩联系……我们去联系,徐志摩没有作任何考虑,很爽快地答应了。①

应该足够清楚了,《晨报副刊·诗镌》的创办,其实只是闻一多、饶孟侃、刘梦苇、朱湘等几个诗人集体商量的结果,徐志摩在《晨报副刊·诗镌》创办之初起到的作用,只是"没有作任何考虑,很爽快地答应了"借《晨报副刊》的篇幅出版《诗镌》。徐志摩的说法证实了这点,他说直到《晨报副刊·诗镌》创刊前几天,"才知道闻一多的家是一群新诗人的乐窝,他们常常会面,彼此互相批评作品,讨论学理"。②

那么,是否创刊后的《晨报副刊·诗镌》由徐志摩单独主编呢?该刊第一、第二期由徐志摩主编,第三、第四期由闻一多主编,饶孟侃主编第五期,第六期以后均由徐志摩主编。可见,该刊主要实行轮流主编制,并非一直由徐志摩独掌。即使由徐志摩主编的前几期,实际上负责选稿的也是闻一多,因而闻一多才会在致梁实秋、熊佛西的信中自豪地写道:"余预料《诗镌》之刊行已为新诗辟一第二纪元,其重要当与《新青年》、《新潮》并视,实秋得毋谓我夸乎?"③此外,饶孟侃、刘梦苇、朱大枬等曾协助编辑工作。

该刊的作者,也只有徐、闻、饶等少数几个人是新月社成员,绝大

---

① 饶孟侃:《〈晨报诗镌〉的始终》,《新文学史料》1979年第3辑。
② 徐志摩:《诗刊弁言》,《晨报副刊·诗镌》第一号,1926年4月1日。
③ 闻一多:《闻一多选集·第二卷》,四川文艺出版社1987年版,第701页。

多数不是。而且,当《晨报副刊·诗镌》创刊(1926年4月1日)从而新月诗派集体亮相时,新月社已名存实亡(1926年秋天瓦解)。

综上所述,虽然闻一多、徐志摩、饶孟侃是新月社成员(参见第一章第四节),但是从《晨报副刊·诗镌》的发起到具体编辑出版和主要撰稿人的构成,都与新月社没有什么关系。1992年,蹇先艾在一篇文章中曾经明确谈到这一点:

> 据我所知,1926的《晨报诗刊》,只是几位中青年诗人发起的,根本没有成立任何诗社,与早期(1923年?)北京的部分学者、教授、社会名流因定期聚会而组织的"新月社"没有任何关系。①

既然新月社与《晨报副刊·诗镌》无关,那么,以新月社指称新月诗派乃至将新月派的历史从新月社算起,就是不合理的了。

二 新月诗派与新月社有少数成员重叠

新月社与新月诗派之间的关系,令人觉得模糊不清,一个重要原因是,二者在时间上大致前后相继,且有少数成员重叠。

如本书第一章所证,新月社成立于1923年3月、解体于1926年秋天,而前期新月诗派形成于1925年年底,因而大体上说,新月社解体之后前期新月诗派就形成了,二者在时间上前后相继。但是,这种时间上的前后相继,不能说明新月社是前期新月诗派的前身或者前期新月诗派是由新月社发展而来。

徐志摩、闻一多、饶孟侃等既是新月社成员,也属于前期新月诗派,因而新月社与前期新月诗派有少数成员互相交叉。

需要指出,新月社与前期新月诗派大致存在时间上前后相继、成员上有少数重叠,并不能说明二者的性质相同,因前者为文艺沙龙,而后者是文学流派。此外,由于新月社解体于1926年秋天,故1927年成立的新月书店、1928年3月创刊的《新月》月刊、1931年创刊的《诗刊》都不可能与它有关,也就是说,新月社与后期新月诗派无关。

在以上基础上,我们再来看尹在勤所说的"如果没有新月社,就不会有《晨报副刊·诗镌》,也就不会有以后的《新月》月刊、新月书店

---

① 蹇先艾:《朱湘并非新月派》,《花溪》1992年第1期。

和上海的《诗刊》，即不会有新月派"，可见其不符合事实。新月诗派与新月社之间只存在少数成员重叠的关系。

考虑到迄今仍有人以"新月社"指称"新月诗派"，本节辨析了二者的关系，发现，二者作为与"新月"相关的称呼，既有联系又有区别。它们在主要成员方面有重叠、存在时间方面大致前后相继，因而可以在广义上笼统地归结到"新月"的历史活动之中。但它们的性质不同，尤其是新月社与《晨报副刊·诗镌》及后期新月诗派无关，这是我们在具体指认新月社与新月诗派时必须加以甄别的。

第三章 新月派考论

新月派与新月社、新月诗派之间的关系，原本就错综复杂，加之当事人如梁实秋又极力否认新月派的存在[①]，那么，经过研究者创造性的发挥后，关于新月派的一些问题不仅没有被厘清，反而更加扑朔迷离、歧义纷呈。在下面的讨论中，笔者将依据有关文献资料，试图弄清楚新月派若干基本问题。

第一节 新月派名称由来、起始和瓦解时间

一 新月派名称由来

新月派名称由来，可谓众说纷纭，共有四种代表性的说法：一是得名于新月社；二是得名于新月书店；三是得名于《新月》月刊；四是1926年围绕北京《晨报副刊·诗镌》，集合了一批立志要为新诗创格律的诗人，其中有闻一多、徐志摩、朱湘等人，他们随后还创办了《新月》和《诗刊》，新月派由此得名。

我们分别辨析以上四种说法。

先看第一种。如本书第一章所证，新月社不是文学社团流派，该社

---

① 梁实秋在《忆〈新月〉》中以肯定的语气说"新月根本没有派"，同样的话，1980年7月21日他在台湾会见新月派研究者梁锡华时也说过。1980年梁实秋在为台湾雕龙出版社出版的《新月散文选》所作的《序》中再次写道："常有人使用'新月派'一语，好像那是一个什么帮派。其实，如果有文字登载在《新月》上的作者便是属于新月派，那么这一派的分子也就太复杂了。请看这一部《新月散文选》，其中作者就包括了胡适、徐志摩、岂明、废名、郁达夫、陈西滢、叶公超、沈从文、季羡林……谁能说这些人属于一个派？稍微有一点自尊心的作者，都不愿被人加上一顶帽子。"（梁实秋：《〈新月散文选〉序》，《梁实秋文集》第7卷，鹭江出版社2002年版，第743—744页）

于 1926 年秋天已经解体，此后发生的事情与它无关，因而"新月派"之名不可能因新月社而得。

再看第二种说法。诚然现代文学史上不少文学流派得名于刊物名称，如语丝派因《语丝》杂志而得名、论语派因《论语》而得名，但似乎还没见到因出版社或者书店而得名者。同人刊物可以在编辑方针、选稿等方面，使本刊所发表的文学作品的艺术旨趣保持大体一致，从而形成文学流派，出版社或者书店却难以做到这一点。拿新月书店来说，尽管该书店出版的书籍主要是新月派成员的著作，但倘若有人因此认为在新月书店出版著作的作者形成了一个文学流派，难免令人觉得匪夷所思。因为，新月书店也出版过左翼作家胡也频的短篇小说集《圣徒》和丁玲的短篇小说集《一个人的诞生》。

至于第四种说法，可以看出，实际上说的是"新月诗派"的得名，而非"新月派"。

1929 年鲁迅与梁实秋就"文学阶级性"和"硬译"等问题进行论战时，以"新月社"来指称梁实秋等新月派，这说明，当时还没有出现"新月派"的名称，或者这一名称还没有广泛使用。次年 3 月初，鲁迅在一篇文章中第一次使用"新月派"指称聚集在《新月》周围的自由主义作家①，这很可能是"新月派"一词最早出现在报刊上。这年 6 月 15 日谷荫在一篇文章中写道："在中国思想界上，我们还须考察另一种思想倾向，即资产阶级自由主义的思想系统，亦即是胡适一派的理论，新月派的立场。"② 1931 年 5 月初，上海《民报》发表文章说："中国目前三个思想鼎足而立：一，共产；二，《新月》派；三，三民主义。"③ 文中的"新月"二字是加了指代书刊名称的引号的。考虑到 1931 年 5 月以前出现的以"新月"为名的书刊只有《新月》（《新月诗选》于 1931 年 9 月才出版），我们可以断定这三篇文章里的"新月"指的就是《新月》。鲁迅、谷荫的文章和上海《民报》都出现"新月派"，说明到 1931 年 5 月，"新月派"一词已经被越来越多的作者采用，由此更可见"新月派"一词源自《新月》，尽管起初它主要被当成一个政治思想派别。其实，"新月派"得名于《新月》，也符合现代文

---

① 鲁迅：《对于左翼作家联盟的意见——三月二日在左翼作家联盟成立大会讲》，《萌芽月刊》第四期，1930 年 4 月。
② 谷荫：《中国目前思想底解剖》，《世界文化月刊》第一期，1930 年 9 月 10 日。
③ 《罗隆基致胡适》，1931 年 5 月 5 日，《胡适来往书信选》中册，中华书局 1979 年版，第 63—64 页。

学研究中以一种主要刊物名称来命名一个文学流派的惯例，如语丝派、现代评论派、论语派。何况，一些新月派成员后来也肯定"新月派"的名称来自《新月》。例如，臧克家曾明确指出："'新月派'是从1928年创刊的《新月》月刊得名的。"① 卞之琳也说："'新月派'从《新月》月刊得名……"②

二　新月派的起始和瓦解时间

新月派形成于何时？有三种说法：第一种认为，1923年3月新月社的成立标志着新月派形成；第二种认为，新月派以1926年4月1日《晨报副刊·诗镌》的创刊为起始点；第三种说法则认为，1928年3月10日《新月》月刊的创刊标志着新月派的形成。以下分别予以考辨。

首先，第一种说法混淆了在北京成立的新月社和在上海成立的"新月社"。早在1971年董保中就已指出：北京的新月社与1928年在上海成立的"新月社"是不同的。③ 如本书第一章所证，前者只是一个文艺沙龙，到1926年秋天就解体了。事实上，此后再也没有成立过什么新月社。1928年在上海出现的"新月社"，其实是部分人对《新月》月刊编辑部的别称，如鲁迅《新月社批评家的任务》中的"新月社"。既然1923年成立的新月社只是艺术沙龙，不是文学流派，那么第一种说法不成立。

其次，假如以1928年3月《新月》月刊创刊作为新月派形成的时间，则无法解释《晨报副刊·诗镌》时期闻、徐等诗人倡导的新格律诗运动，更无法解释朱自清把1926年春夏以《晨报副刊·诗镌》为中心的闻一多、徐志摩、朱湘、饶孟侃等诗人群体称为第一个十年的三大诗派之一（格律诗派）。所以，以《新月》创刊时间作为新月派的起点，无异于否定了前期新月诗派的存在。

事实上，众所周知，现代中国的文学社团流派总是以同人刊物作为

---

① 臧克家：《五四以来新诗发展的一个轮廓》，臧克家编撰《中国新诗选（1919—1949）》，第24页。
② 卞之琳：《中国"新诗"的发展与来自西方的影响》，《中外文学研究参考》1985年第1期；此文原为英文讲稿 "The Development of China's 'New Poetry' and the Influence from the West"，原载 Chinese Literature: Essays, Articles, Reviews (CLEAR), Vol. 4, No. 1 (Jan., 1982).
③ 董保中：《秩序和形式的追求——新月社及现代中国的文学活动（1928—1935）》，1971年博士学位论文，第43页。原文是："The Crescent Moon Society in Peking should not be Confused with the Crescent Moon Society formed in Shanghai in 1928".

聚集中心，并与同人刊物同呼吸共命运，它们的形成与消散的时间往往与同人刊物的存亡时间吻合。新月派更是如此。故新月派形成于1926年4月1日《晨报副刊·诗镌》创刊而瓦解于1934年8月1日《学文》月刊停刊。①

第二节 新月派中有"派"

1984年尹在勤在《四川大学学报》发表文章，指出新月派中有派，他认为，以《晨报副刊·诗镌》为园地的新月诗派，可分为以闻一多为代表的一派和以徐志摩为代表的一派，此外，新月派中还有以胡适、梁实秋为代表的一群，他们则是新月派中的右翼。②他看到了新月派内部不是铁板一块，并从具体文学旨趣的不同，把新月派细分为几个支派，这是难能可贵的，也为本节的讨论奠定了基础。

一 新月诗派是新月派的一个分支

尽管早在1937年石灵就已经明确把"新月诗派"列为研究对象，学界中多数人却一直以"新月派"指称"新月诗派"。个中原委，可能与新月诗派在中国现代文学史中不可替代的地位和影响有关。但是这种指称显然以新月派在诗歌上的成就和影响覆盖了散文、小说和戏剧。随着对新月派研究的逐渐深入，这种以新月派诗歌覆盖其他文体的做法，阻碍、限制了研究者的视野和思路，也容易导致人们对新月派的片面了解。前期新月诗派成员蹇先艾曾在一篇文章中，对研究者采用"新月诗派"而不是"新月派"这个称呼，表示赞赏。③毋庸置疑，强调新月派除诗歌以外的其他文体的成就和影响，是必要的也是有意义的。要做到这一点，首先得明确一个观念：新月诗派是新月派的一个支派。关于这个观念，我们在第二章中已约略可见，不过更值得注意的，是何其芳区

---

① 以《晨报副刊·诗镌》创刊作为新月派开始的时间，应该不会引起异议。为何以《学文》月刊杂志的停刊标志新月派解体？请参见本书第五章第六节。
② 尹在勤：《"新月"派中派》，《四川大学学报》（哲学社会科学版）1984年第4期。
③ 蹇先艾在谈到陈山发表在《中国现代文学研究丛刊》上的文章《新月诗派在新诗发展史中的历史地位》时说："他没有用新月派而用新月诗派基本上还说得过去，他的文章的标题就鲜明地提出了新月诗派这个名称。"（参见蹇先艾《朱湘并非新月派》，《花溪》1992年第1期）

分了"新月诗派"和"新月派",他说:

> 据知,新月书店并不是"新月诗派"的所有诗人合办的,而且办的也并不仅是"新月诗派"中的人,包括"新月派"的胡适、梁实秋。①

在何其芳看来,"新月诗派"与"新月派"是不同的,比如"新月派"包括不是"新月诗派"的胡适、梁实秋。

吴奔星也在一篇讨论"新月诗派"的文章中明确区分"新月诗派"与"新月派":

> "新月诗派"虽是从胡适、梁实秋等为代表的"新月派"派生出来的,从政治倾向看,他们之间存在不容否认的密切联系,但从他们各成员的具体情况看,从他们的诗歌所发生的各自不同的社会影响来看,仍有不容抹杀的鲜明区别。②

所以,不能混淆新月诗派与新月派,更不能像以往一些著述那样,将二者不加区别地互相指称。吴奔星还指出新月诗派是从新月派中派生出来的,这就明确了新月诗派是新月派的一个分支。

综合本章已述内容,可绘制出图3-1"新月社、新月诗派、新月派关系"和图3-2"新月社、新月诗派、新月派年表"。

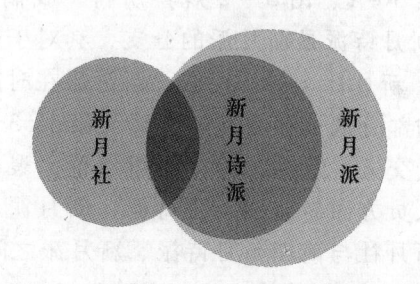

图3-1 新月社、新月诗派、新月派关系

---

① 何其芳:《论新月诗派书》,淮阴师专编《活页文史丛刊》第48期,第1—2页。
② 吴奔星:《试论新月诗派》,《文学评论》1980年第2期。

```
           聚餐会  新月社  新月社俱乐部  前期新月诗派  后期新月诗派
                                        └──────新月派──────┘
    ──────┴─────┴───────┴──────────┴──────────┴─────────→
    1922年年底 1923年3月 1924年年初   1925年年底 1926年秋 1928年3月  1934年8月
```

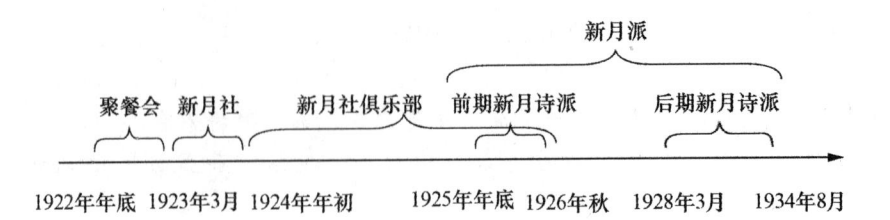

图3-2 新月社、新月诗派、新月派年表

图3-1中的三个圆"新月社""新月诗派""新月派"分别代表新月社、新月诗派、新月派的成员。于是可知：（1）所有新月诗派成员都属于新月派；（2）部分新月派成员是新月社成员，也就是说，有些人既是新月社员也是新月派成员，如徐志摩、胡适、闻一多、林徽因、凌叔华等；（3）部分新月诗派成员是新月社成员，如徐志摩、闻一多、饶孟侃；（4）有些成员既属于新月派，也属于新月诗派，还是新月社成员，如徐志摩、闻一多、林徽因等。此图直观地显示了新月社、新月诗派、新月派成员之间的交叉、重叠现象，从而凸显出新月社、新月诗派、新月派在人事关系上的复杂性。

图3-2显示了"新月"历史从最初的聚餐会到新月社、新月社俱乐部，再到前后期新月诗派及新月派，在时间上大体前后相继。这往往容易使人们产生它们彼此间存在前后相继关系的错觉。其实，结合前面的考辨可知，存在前身与后身这样密切关系的，只有聚餐会与新月社、新月社与新月社俱乐部、前期新月诗派与后期新月诗派。

综合以上对图3-1、图3-2观察所得，我们进一步作出推断：（1）前期和后期新月诗派是新月派的分支，其对于新月派之意义，自然不言而喻；（2）新月社、新月诗派、新月派在时间上大体呈现前后关系，并且三者的部分成员存在互相交叉现象；（3）由（1）和（2）特别是三者成员的交叉、重叠，大体上可以说，聚餐会、新月社和新月社俱乐部，在人员方面为前期新月诗派、新月派作了准备，因此我们不能完全否认新月社与前期新月诗派、新月派之间的关系。

言至此，这里还想从群体构成的角度强调新月派与新月社、新月派与新月诗派之间的关系。新月社成员可以分为四派：一是徐志摩、闻一多、饶孟侃等热爱并致力于新诗创作的"诗歌派"；二是余上沅、丁西林等热爱并致力于推进戏剧的"戏剧派"；三是胡适、张君劢、梁启超等教授、学者组成的"学术派"；四是在新月社俱乐部时期尤为活跃的"交际派"，他们或是实业家、银行家，或是职业政客、军人，或是交际花,参加新月社是为了某些人际关系方面的原因或需求,如徐申如、王赓、陆小曼等。在此后流变中,第一派多数成为前期新月诗派成员,第二派基本上成为新月戏剧派成员,这两类人基本上构成了新月派当中的"纯文学派",如徐志摩;第三派则大多成为新月派当中的"文学功利派",如胡适;第四派则与作为流派的新月诗派乃至新月派没有关系。换言之,新月派成员主要有以下几个来源:(1)新月社中主张文学审美性的社员;(2)新月社中偏重文学功利性的社员;(3)新月诗派。由此可见新月派与新月社、新月诗派之间的复杂关系。

以上所述新月派成员的几个主要来源,显示了新月派在成员构成方面的复杂性,特别是由于新月派成员在文学观念和文体取向方面各取所需,于是形成了不同的新月派的支派。

二 因文学观念不同而派中有"派"

严格说,把胡适划入新月派是有些勉强的。叶公超说:"由于他(指胡适——引者注)在学术上的兴趣是多方面的,所以对'新月'不曾全力照顾。"[①] 徐志摩主编《晨报副刊》时期,胡适基本上没有在《晨报副刊·诗镌》发表过作品(仅发表过一首短诗),换言之,胡适没有参与前期新月诗派倡导的新格律诗运动,即便1927年参与了新月书店的创办、后来曾列名《新月》编辑者之一,他的主要精力也不在文学。相反,胡适似乎一直企图把新月派导向政治功利那一条路。他在《新月》发表的文章,最多的是政论,其次是学术性论文,文学类文章只占很少一部分。他参与新月派活动的动机,似乎主要为了在《新月》发表政论,他对新月派文学事业的兴趣远不及政治。正如论者所言:"胡适始终关心政治,虽不从政,却不能说没有政治上的抱负。徐志摩有政治上的义愤,却没有多少参与政治活动的兴趣。"[②] 在新月派中,徐志摩当然也有他的政治倾向,但显然不能据此否认他对文学审美艺术的追求。旅美学者董保中归纳说:"在文学方面,胡适的观念是实用的,不是审美的,所以激烈地反对格律、形式……胡先生对诗的格律的厌恶直到六十年代还没有改变(请参见梁实秋《胡适先生论诗》,收入《文学姻缘》内),这跟徐、闻、梁完全不同。"[③]

胡适反对新诗格律化,而且他的文学观是功利性的,这两点与倡导

---

① 叶公超:《关于〈新月〉》,台湾《联合报》1980年8月6日。
② 韩石山:《徐志摩传》,北京十月文艺出版社2001年版,第217页。
③ 董保中:《新月社、新月派、新月没有了》,《联合报》1980年9月25日。

新诗格律运动、主张文学审美标准的闻一多、徐志摩,自然是"完全不同"。可董保中认为梁实秋也与胡适"完全不同",这不符合事实。正如尹在勤所言:"如果说,胡适是新月派的政治领袖,那么,梁实秋则是这一群中拖刀上阵的文艺理论主将。"[1]深受英美自由主义思想尤其白璧德新人文主义影响的梁实秋,早在留美时就已成为一个坚定的人性论者。1926年夏天,他提出了"伟大的文学亦不在表现自我,而在表现一个普遍的人性"的观点[2],并有多方发挥[3]。《新月》创刊后,他在上面发表文章,鼓吹文学的人性,希望以人性纠正传统文学的偏失,他的实际做法是以人性否定阶级、反对阶级文学,结果引发了与左翼文学界关于"文学阶级性"的论战。梁实秋以反对者的姿态否定文学的阶级性,也就否定了左翼文学存在的合理性,理所当然遭到左翼文学的批评,并且梁实秋积极主动与左翼文学界论战,可视为当时阶级斗争的一部分。更何况,梁实秋还在《新月》上发表了《论思想统一》等政论文章。因此,梁实秋文学观中的功利性,是显而易见的。在这一方面与他明显不同的人,是沈从文。从1925年活跃于文坛到1934年8月新月派瓦解,沈从文在新月派出版的刊物发表了大量的诗歌、散文、小说等作品。沈从文是新月派,与徐志摩、林徽因等关系密切,他的作品呈现出浓郁的审美艺术特色,沈属于新月派当中的文学审美派。

鲁迅在"文学阶级性"论战中所针对的人主要是梁实秋,他反对、批评的主要是胡适、梁实秋等倾向于功利性文学观的一群作家,而非所有新月派。由此推断,在鲁迅的潜意识里,也是把梁实秋等文学功利派从新月派中区分开来的。这种区分新月派的思路,有利于人们深入、客观地了解新月派。

三 因文体不同而派中有"派"

在新月派文学活动中,新诗创作最活跃、成绩最突出、影响最深远。为了凸显新月派诗歌在中国现代文学史上的地位和影响,现在的研究者更倾向于把诗歌从新月派中分离开来,单列为一个重要的分支,即"新月诗派"。其实新月派的文学活动多种多样,不仅有诗歌,还有散文、小说、文艺理论和戏剧(除了在《晨报副刊》上办过《剧刊》,发表戏剧评论和剧本,还在北京创建过模仿欧洲的带有实验性质的小剧场,《新月》有时也发表剧本、剧

---

[1] 尹在勤:《"新月"派中派》,《四川大学学报》(哲学社会科学版)1984年第4期。
[2] 梁实秋:《现代中国文学之浪漫的趋势》,《晨报副刊》1926年2月15日。
[3] 梁实秋:《文学批评辨》,《晨报副刊》1926年10月27—28日。

评，介绍西方国家戏剧动态等）。因而，在新月派内部，因为对不同文体的兴趣不同，形成了以各种文体及其艺术和审美特色为区分的支派。比如，余上沅、赵太侔、丁西林等以《晨报副刊·剧刊》为主要园地开展的"国剧运动"，形成了与五四时期"文明戏派"不同的"新月戏剧派"，该派活动延续至 20 世纪 30 年代初期。再如，1980 年梁实秋评价说，新月散文属于中国现代散文幼稚与成熟之间的阶段，是新文学运动的一个小小的里程碑。[①] 1989 年中国大陆也有论者论述了徐志摩、方令孺、朱湘、梁遇春等新月派散文，具有"无拘无束地表现自我，对自由对美的执意的追求，浪漫的想象，热烈的情绪等等"特色，并认为新月派散文"在五四运动刚刚兴起不久的二十年代，是有着一定的吸引力的，特别在部分青年当中，还是有不小的影响的……也在文学史上赢得了一席之地"。[②] 此外，新月派的小说家沈从文、"新月才女"凌叔华、林徽因等人的小说，在 20 世纪 20 年代后期至 20 世纪 30 年代文坛的地位和影响，也是有目共睹的。又，梁实秋在《晨报副刊》《新月》《诗刊》发表了不少文学批评和文学理论方面的文章，鼓吹古典主义文学观、介绍白璧德新人文主义，叶公超主编时期的《新月》也发表了卞之琳等人引介象征主义等西方文艺理论的文章，在《新月》刮起了一阵不小的"现代主义"之风，这些人可归属新月理论派。

根据以上所述，绘制图 3-3 "新月派结构"如下：

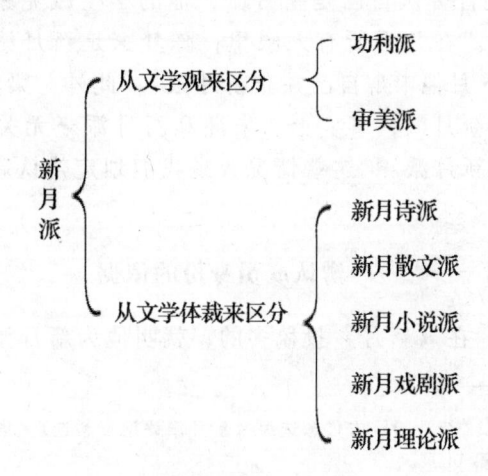

```
           ┌─ 从文学观来区分 ┬─ 功利派
           │                 └─ 审美派
新月派 ────┤
           │                 ┌─ 新月诗派
           │                 ├─ 新月散文派
           └─ 从文学体裁来区分┤── 新月小说派
                             ├─ 新月戏剧派
                             └─ 新月理论派
```

图 3-3 新月派结构

[①] 梁实秋：《〈新月散文选〉序》，《梁实秋文集》第 7 卷，第 743 页。
[②] 王孙：《风飘云逸话新月——编者后记》，《新月散文十八家》，上海文艺出版社 1989 年版，第 393—398、399 页。

当然，以上只是为了研究的方便，才从某些方面强调新月派内部的差别。如果只看到差别、看不到共同点，那就是片面的。事实上，倘若新月派成员只有差别没有相互间的联系和共同点，那么，他们就不可能归属于"新月派"。

第三节　新月派成员身份考辨

以文学流派为研究对象，先得知道哪些人属于该流派，即辨认流派成员身份。然而，究竟新月派成员有哪些？有多少？由于种种原因，我们尚不明确。至于曾受到新月派影响的现代作家和诗人，就更是无从一一查考。尽管如此，闻一多、徐志摩、胡适、梁实秋、陈梦家等，却是目前学界公认的新月派。虽被学界公认是新月派的理论家，20世纪60年代梁实秋却在《忆〈新月〉》中断然否认自己是新月派，甚至否定新月派曾经存在①。1980年香港雕龙出版社出版《新月散文选》，邀请梁实秋为该书作序，梁氏再次说："常有人使用新月派一语，好像那是一个什么帮派……稍微有一点自尊心的作者，都不愿意被人加上一顶帽子。"② 闻一多也曾否认自己是新月派，他的学生臧克家却多次明确说闻一多是新月派。在几乎所有人眼里，陈梦家是新月派后起之秀的代表，可1957年6月他申辩自己并非新月派③。此外，梁实秋说："有人常把朱湘也列入新月派，事实上，朱湘和新月派毫无关系。"④ 蹇先艾也曾否认朱湘是新月派⑤。这些情况，是我们划定辨认新月派成员的依据时需要注意的。

一　辨认成员身份的依据

苏雪林说："在《新月》投稿多的，就叫他为新月派。"⑥ 对此，我

---

① 梁实秋：《忆〈新月〉》，方仁念选编《新月派评论资料选》，华东师范大学出版社1993年版，第11页。
② 梁实秋：《〈新月散文选〉序》，《梁实秋文集》第7卷，第743、744页。
③ 饶孟侃：《作协在整风中广开言路》，《文艺报》1957年6月10日。
④ 梁实秋：《忆〈新月〉》，方仁念选编《新月派评论资料选》，第19页。
⑤ 蹇先艾：《朱湘并非新月派》，《花溪》1992年第1期。
⑥ 苏雪林：《新月派的诗人》，《苏雪林文集》第3卷，安徽文艺出版社1996年版，第177页。

们不敢苟同。有两个原因：第一，如前文所证，新月派由新月诗派、新月小说派、新月散文派、新月戏剧派等多个支派组成，尽管多数新月支派成员是《新月》作者，却也有不少人从不在《新月》发表作品，如新月诗派的孙大雨和《新月》创刊前已病逝的刘梦苇、朱大枬；第二，仅凭作家在某流派代表性刊物上发表作品数量的多少来判定他是否属于某流派，这种方法失于片面、武断，非文学流派研究之正途。那么，应该怎样判定新月派成员流派归属呢？

文学流派是在文学发展过程中一定历史时期内出现的作家群落，由于审美观一致和创作风格相同或相似，自觉或不自觉地形成的文学集团和派别。从基本形态上看，文学流派大体有两种类型：一种有明确的文学纲领、组织和创作实践，即他们是自觉的文学流派，如文学研究会和创造社。另一种类型是不完全具有甚至根本不具有明确的文学主张和组织形式，但在客观上由于创作风格相近而形成的派别。这种半自觉或不自觉的集合体，或者是因为某一个作家的独特风格，吸引了一批模仿者和追随者，逐渐形成了一个有特定核心和共同风格的派别；或者仅仅是由于一定时期内的一些作家创作内容和表现方法相近、作品风格类似而被后人从实践和理论上加以总结，冠以一定的流派名称。这样的流派，在中国文学史上大量存在，如唐代诗坛上以王维、孟浩然为代表的"田园诗派"和以高适、岑参为代表的"边塞诗派"，宋代词坛上的"婉约派"和"豪放派"，近现代文学史上专写才子佳人的"鸳鸯蝴蝶派"。相对而言，确认第一类文学流派成员的身份，比第二类要容易。不妨以文学研究会与新月派为例。文学研究会不仅有明确的宣言、章程、会刊、组织机构，更有严格执行的会员登记制度，留下来的会员登记册，更是给人们确认文学研究会会员提供了确凿的证据，因而属于自觉的文学流派。新月派则属于不自觉的文学派别，它既无明确宣言（《"新月"的态度》可视为该流派的一份宣言，但没有明确标榜新月派），无流派章程，有刊物（《晨报副刊·诗镌》《晨报副刊·剧刊》《新月》《诗刊》等），无组织机构，甚至一些被公认为新月派成员的当事人，始终不承认自己是新月派。这样，我们要确认一个现代作家是不是新月派，可以依据的就只有新月派刊物及其主要作家的审美观和创作风格。由于逐个评定作家的审美观和创作风格，是很费力的事，而且评定者容易犯主观主义错误，为此，我们划出以下几点辨认新月派成员的依据：

①作品明显体现出古典主义审美特征，活跃在20世纪20年代中期

至 30 年代中期中国文坛的作家；

②有可信的文献资料提到他是新月派，如臧克家等明确指出闻一多是新月派；

③本书前几章已认定为新月派支派成员者，如已列入表 2-1 "新月诗派前后期成员名单及简况"者；

④曾担任一种或多种新月派刊物编辑者；

⑤任何一种或多种新月派刊物的主要撰稿人；

⑥学界公认或多数人认同为新月派者。

容易看出，以上六点都符合者，仅有徐志摩、闻一多等少数人，也就是说，绝大多数人并不同时符合以上六点，他们多数只符合几点。例如，朱湘、沈从文符合第一、第三、第五点。但不管怎样，如果有人是新月派，则他必定同时符合第一、第五点。据此，在新月派刊物发表过作品的郁达夫、冰心、巴金及在新月书店出版过小说的丁玲、胡也频等，因其不符合第一点而不能归入新月派。同理，有些人虽符合或近似符合第一点，由于他们不符合第五点，也不能归入新月派，如朱维基在 20 世纪 30 年代的创作风格接近新月派，但他没有在新月派刊物发表过一个字，因而他不是新月派，尽管有人说他是①。至于仅在《晨报副刊·诗镌》发表一首诗的天心，仅在《新月》上发表一首诗的王味辛、谢炳炎、王伯祥、俞艺香、陈铨、罗曼思、平野青、何子聪、萧蛮、安农、雷白韦、胡让之、李广田、曦晨，在《诗刊》发表诗一首的罗慕孙、甘雨纹，由于不符合第五点，都不是新月派。尽管他们发表在新月派刊物上的作品风格与新月诗派相似，但仅凭一首诗，最多只能说是作者模仿或者受新月诗派影响而偶尔为之。退一步说，即便他们能算作新月诗派，由于发表在新月派刊物的作品数量太少，不能在新月诗派占有一席之地，也基本上没有研究价值。

个别用笔名在新月派刊物发表过作品者，由于无法确定其真实身份，也只能排除出新月派，如《晨报副刊·诗镌》作者默深。有些大体可以推知其真实身份的作者，仍将之归入新月派。例如，胡不归在《新月》共发表诗四首，将这四首诗与胡丑发表在《诗刊》的诗对比阅

---

① 20 世纪 30 年代初期，蒲风在一篇评论新月派的文章中说："这个时候，新月派可以说业已两分的，像上述朱维基、邵洵美一派，我们叫做香艳派。另一派，是格律派，以陈梦家、朱湘（1904—1933）为代表。"（方仁念选编《新月派评论资料选》，华东师范大学出版社 1993 年版，第 33 页）当今学界一般采用苏雪林的说法，即因朱维基、邵洵美编办《金屋》月刊，宣扬唯美主义文学，把他们二人称为"颓加荡"派。

读，发现其很可能出自同一人之手，而两位作者同姓，故推测是同人不同名。相同情况的，还有在《新月》发表三首诗、在《诗刊》第4期发表《悼徐志摩先生》一文的程鼎鑫，极有可能就是在《诗刊》发表三首诗的程鼎兴。

其他一些偶尔在新月派刊物发表散文、小说、戏剧等文体作品的作者，也照上述情况分别确定其能否归入新月派。

于是，我们可以得到一份"新月派成员名单"（见《附录一：新月同人简况表》）。必须指出，我们说某人是新月派，仅指他在新月派存在期间曾经是新月派成员。

尽管梁实秋、闻一多、陈梦家等当事人否认自己或他人是新月派，我们仍确认了他们的新月派身份。这是因为：（1）新月派主要是后人追认，它的存在与否，并不以当事人事后对这种追认的态度为转移，因此当事人否认自己或他人是新月派，最多只能作为辨认新月派成员的参考；（2）他们否认自己或他人是新月派，很大程度上迫于意识形态的压力或对新月派有意识形态方面的偏见。闻一多20世纪30年代在青岛大学任教时明确否认自己是新月派，是因为那时新月派在左翼文学攻击下已蒙受"恶名"，以至青岛大学的学生喊出"新月派包办青大"的口号以示指责杨振声、闻一多等，故此时闻一多否认自己是新月派，乃逞一时之气。据陈梦家在1957年的申辩来看[1]，新月派这块"老招牌"已成为他不堪忍受的政治"负重"，所以他要申辩，希望获得非新月派享有的同等政治待遇。至于梁实秋在20世纪60年代、80年代强调自己不是新月派，那是因为，在他看来，新月派就是20世纪30年代左翼文学界强加的一顶"帽子"，因而他不予承认。

由于经我们辨认新月派成员身份的人数达50人，不必也不可能（篇幅限制）对每个人进行详细辨析。在下文中，我们仅选取一些存在争议的新月同人予以考辨其是否具备新月派身份。

二　若干成员身份考辨

1. 胡适不属于新月诗派

梁实秋说胡适是新月派的"精神领袖"，那么胡适当然就是新月派，人们对此没有异议。事实上，胡适参加了几乎所有新月派的活动，广义地说，他是新月派当中的积极分子：胡适参与筹办新月书店办并任

---

[1] 详见陈梦家《作协在整风张广开言路》，《文艺报》1957年6月11日。

董事会主席,后来又参与创办《新月》,且有意于担任社长,还曾经列名《新月》编辑者名单。他在《晨报副刊·诗镌》《新月》和《诗刊》发表过新诗,在《新月》发表大量文章,还在新月书店出版多部著作。因此,他与新月派的关系,实在密切。但他在《新月》发表的文章,最多的是政论,其次是学术论文,这都不属于文学作品。他发表在《晨报副刊·诗镌》(《多谢》,《诗镌》第十一号)、《新月》(《旧梦》,《新月》第一卷第六期)和《诗刊》(《狮子》,《诗刊》第四期)的新诗,其风格与新月诗派不同。当然,胡适"作诗如作文"的诗歌理论主张,也与重视形式的新月诗派南辕北辙。留美时期的闻一多说过这样的话①:

> 感谢实秋报告我中国诗坛底现况。我看了那,几乎气得话都说不出。"始作俑者"的胡先生啊!你在创作界作俑还没有作够吗?又要在批评界作俑?唉!左道日昌,吾曹没有立足之地了!

朱湘也在发表于《晨报副刊·诗镌》的《新诗评》中,措辞严厉地批评胡适的《尝试集》。何其芳更明确指出胡适、梁实秋不是新月诗派。②

2. 梁实秋不是新月诗派成员

同胡适一样,梁实秋属于新月派,这在今天已无争议。与鲁迅之间的论战,使梁实秋被推上"新月社评论家"的位置。不过,长期以来,人们注意到的是他作为新月派理论家的身份和言论,而忽略了他与新月诗派的关系。尚在清华学校时梁实秋就写过新诗,但很快"豹隐"③,虽然此后在美国留学的闻一多常写信和他探讨新诗,他却始终提不起兴趣。留美期间,梁实秋与闻一多同居一室,但两人极少切磋诗艺。1926年《诗镌》创刊,闻一多对之倾注了极大的热情,多次在信中和梁氏讨论新格律诗运动的进展,梁氏基本上不作回应,也没有给《诗镌》撰稿。《新月》创刊后,梁实秋在该刊大量发表文论,除了发表了一首译诗《汤姆欧珊特》(第二卷第六七期合刊)和一篇《论诗的大小长短》(第三卷第十期),基本上不涉及新诗。1931年,在徐志摩几次来信催促下,梁实秋将《新诗的格调及其他》交《诗刊》创刊号

---

① 《三十一 致吴景超、梁实秋》,《闻一多书信选集》,第79页。
② 参见何其芳《论新月诗派书》,淮阴师专编《活页文史丛刊》第48期,第1—2页。
③ 闻一多在《〈冬夜〉评论》中说:"郭沫若君同几位'豹隐'的诗人梁实秋等。"[参见闻一多《〈冬夜〉评论》,《闻一多全集》(三)丁集,第149页]

发表，此后没有再给《诗刊》写一个字。据此综述之，梁实秋与新月诗派的关系，可谓限于撰写新诗评论。从他的诗评来看，他的诗艺观与胡适相近，与新月诗派并不同路。还有一则出自梁实秋本人的话，可以证实他不是新月诗派。梁实秋在《忆〈新月〉》中谈到徐志摩、闻一多等新月诗派时，都是用第三人称，比如"他们是比较注重形式""他们都有意模仿外国诗体"①，这种把自己置身于旁观者的叙述，是梁实秋没有把自己当作新月诗派一员的心理反映。

3. 废名属于新月派小说家，但不属于新月诗派

20世纪70年代末，台湾出版《新月派小说选》。叶公超在"序言"中说："（沈从文、凌叔华、林徽因）都是以描写自己生活环境最熟悉的人事为主，可说有几分写实的意味，而废名却不是的。废名是一个极特殊的作家，他的人物，往往是在他观察过社会、人生之后，以他自己对人生，对文化的感受，综合塑造出来的，是他个人意想中的人物，对他而言，比我们一般人眼中所见的人更真实。废名也是一个文体家，他的散文与诗都别具一格。"② 废名在《新月》发表过三篇小说，把他这些小说收入《新月派小说选》是合理的。叶公超对此亦无异议，因为他把废名视为与沈从文、凌叔华、林徽因并列的新月派小说家。但他同时指出废名与沈、凌、林相比，"散文与诗都别具一格"。他没说明"别具一格"指什么。据笔者理解，"别具一格"指的是废名的新诗和散文明显不同于新月派，也就是说，废名不属于新月诗派和新月散文派。首先，废名与徐志摩、闻一多等新月诗派核心人物根本就不认识，也从未参加过他们的活动。其次，废名认为：新诗是用"散文的文字"写"新诗的内容"。与新月诗派强调的新诗"内容"是理性节制下的情感不同，废名强调的"新诗的内容"是感觉和想象。废名还认为"在新诗的途径上只管抓住韵律的问题不放手，我以为正是张皇心理的表现"。③ 这些主张与新月诗派大相径庭。再次，废名曾在20世纪30年代初尖锐地批评新月诗派，他说："我总觉得徐志摩那一派的人是虚张声势，在白话新诗发展的路上，他们走的是一条岔路，却因为他们自己大

---

① 梁实秋：《忆〈新月〉》，方仁念选编《新月派评论资料选》，第19页。
② 叶公超：《〈新月散文选〉序》，《新月怀旧——叶公超文艺杂谈》，学林出版社1997年版。
③ 冯文炳：《谈新诗》，人民文学出版社1984年版，第24—26页。此书是20世纪三四十年代废名在北京大学任教时的讲义，曾以《谈新诗》为书名，于1944年由北平新民印书馆出版。

吹大擂，弄得像煞有介事似的，因而阻碍了别方面的生机"，而"他们少数人的岔路几乎成为整个新诗的一条冤枉路"。① 最后，废名在北大讲课时编写了讲义《新诗十二讲》，对五四至20世纪30年代的代表性新诗人的创作进行了深入细致的剖析：从胡适（《尝试集》）、沈尹默、刘半农（《扬鞭集》）、鲁迅、周作人（《小河》）、康白情、"湖畔诗人"（冯雪峰、潘漠华、应修人、汪静之）、冰心、郭沫若到卞之琳、林庚、冯至，却没有一个新月派诗人。这种对新月诗人的"遗漏"是有意的，废名后来说："我知道我遗漏了一些好诗，因为我记得我还读过许多好诗，但我的工作可以无遗憾了，我所遗漏的诗也正是说明我的工作。""我所遗漏的诗也正是说明我的工作"，表明他"遗漏"新月派诗人不但是有意为之，而且隐晦地表达了他对新月派不以为然，以至不屑在讲义中评说。

4. 臧克家属于新月派

有人说，臧克家不是新月派，理由有二：其一，陈梦家在选编《新月诗选》时没有把他编进去，而臧克家和陈梦家是"闻门二家"，陈梦家怎么会忘了他呢？其二，他批评过徐志摩乃至新月诗派的诗。

首先，应该肯定一点，即臧克家早期的诗歌创作，不仅受到过闻一多的深刻影响，也受到其他新月诗派成员的影响。1942年9月20日臧克家在《我的诗生活》中写道：

> 我向闻先生和他的诗学习。学习这怎样想象，怎样造句，怎样去安排安放一个字！②

1987年臧克家在一篇文章中说：

> 这时期（臧克家在青岛大学读书时期——引者按），我接触到的是新月派的诗和诗人，自然也受到了影响。我本来就喜欢古典诗歌和民歌，喜欢格律化的作品，像闻先生所要求的"音乐的美""绘画的美""建筑的美"的诗篇，所以一接触到闻先生和徐志摩先生的诗，就似曾相识，一见如故了……譬如梦家，他有才华，诗

---

① 冯文炳：《谈新诗》，第26页。
② 臧克家：《我的诗生活》，《臧克家文集》第四卷，山东文艺出版社1994年版，第547页。

的造诣也不错,我在写作上,受到他的启发和帮助。①

从以上来看,臧克家在接触到"新月派的诗和诗人"之前,就已经具备了与新月诗派相同的古典主义审美趣味和接受新月诗歌的心理准备,因而他喜欢并受到闻一多、徐志摩的影响,就是自然而然的事了。此外,他还在诗歌创作上受到过陈梦家的直接帮助。既然如此,臧克家的成长无疑受到了新月诗派的巨大影响。

其次,臧克家早期的诗歌,如《难民》《失眠》《像粒砂》等,都发表在《新月》上,尽管如前文所述,在《新月》上发表过作品未必就是新月派,但臧克家这些诗大多是经闻一多推荐发表在《新月》的,而且从其对诗歌形式的追求可见新月诗派风格。因此,他这些作品属于新月派诗歌。

据以上两点,可知臧克家属于后期新月诗派,或者说,他是新月派。

我们再来看反对臧克家不是新月派的第一条理由。陈梦家在《新月诗选》里选入了18位诗人,的确没有臧克家;而作为"闻门二家",臧克家、陈梦家之间关系密切,在青岛时,二人经常一起探讨诗艺。因而,所引的第一条反对的理由,似乎是有道理的,但忽略了一点,即陈梦家选编《新月派诗选》是在1931年,该书于1931年9月出版,而1929年臧克家才在青岛《民国日报》副刊"恒河"上正式发表处女作《默静在晚林中》,1930年进青岛大学学习并结识陈梦家,直到1934年才出版第一本诗集,也就是说,在陈梦家选编《新月诗选》时,臧克家还只是初习新诗的作者,基本上没有发表过有影响的诗作。既然如此,陈梦家在《新月诗选》中没有选入臧克家,情有可原。更何况,如我们在第二章所论述,陈梦家的《新月诗选》不能作为辨认新月诗派成员的标准。

再来看反对臧克家是新月派的第二条理由。应该承认,臧克家的确批评过徐志摩。其实,臧克家不仅批评过徐志摩,1956年他还在评论闻一多的诗时,指责他一直尊敬的老师闻一多的诗"受到了生活和思想的限制,他的作品,歌唱风景、爱情,歌唱个人休戚的多,反映那伟大时代斗争的和描写劳动人民生活的却太少了"②。他批评闻、徐的作品,

---

① 臧克家:《悲愤满怀苦吟诗》,《臧克家文集》第四卷,第659页。
② 臧克家:《闻一多的诗》,方仁念选编《新月派评论资料选》,第97页。

指出其不足，属于正常的文学批评。闻一多曾在评论陈梦家、方玮德的诗《悔与回》时，也明确指出过陈、方二人诗歌的缺点，朱湘在《评徐君〈志摩的诗〉》中指出了若干条徐志摩诗歌的缺点，当他与徐志摩决裂后甚至说徐是个"假诗人"。倘若因为臧克家批评过闻、徐等新月派的作品，就能认定他不是新月派，那么，因为闻一多批评过陈梦家、方玮德，朱湘批评过徐志摩，岂非闻一多和朱湘都不是新月派？臧克家批评徐志摩不等于否定新月派，何况他在批评时还对徐志摩的诗艺大加夸赞，徐志摩去世时他还写诗悼念。

所以，上文引录的臧克家不是新月派的两条理由，都不成立。

5. 何其芳、梁宗岱曾属于新月诗派

尽管何其芳成名时（20世纪30年代初期），新月派作为一个文学流派已经消散，但他当初却是以新月派的面貌进入诗坛的——他属于后期新月诗派。依据有五：一是大约1932年，何其芳亲口告诉卞之琳，他学过《新月》诗派；二是何其芳曾以笔名荻荻在《新月》上发表过一首一百多行的诗《莺莺》①，1988年卞之琳评价这首诗说："那当然表现了《新月》诗派初期太不成熟的模式，硬算字数分行、形式内容均齐的'方块诗'"；三是1932年何其芳发表在《红砂碛》上的12首诗，"却基本上堪称道地的《新月》派诗，形式上顺应了这派诗中较为合理的格律趋势，字数整齐匀称中顿数也整齐匀称，个别首（《我埋藏一个梦》）还突破了'方块诗'格式，接近了后来创刊的《现代》杂志发表最多的那样一路自由诗"。此外，何其芳还以笔名荻荻或荻在《诗刊》季刊发表过几首诗；四是何其芳在20世纪50年代初不惮论说"现代格律诗"②；五是20世纪50年代陈梦家说何其芳曾是新月派③。

当然，何其芳早期属于新月诗派，并不意味着他此后一直是新月诗派，而事实上，正如卞之琳所概括：

> 何其芳早期写诗，除继承中国古典诗传统或某些种传统以外，

---

① 卞之琳说："他（何其芳）在北京大学上学期间，虽然已在1931年初（？），在《新月》上用笔名（'荻荻'和'禾止'）发表过诗与小说"（参见卞之琳《何其芳与工作》，《卞之琳文集》中卷，安徽教育出版社2002年版，第287页）。经查《新月》，仅有一篇署名"荻荻"的诗《莺莺》发表在第三卷第七期。

② 这四点依据，均可参见卞之琳《何其芳与诗派》，《卞之琳文集》中卷，第281、282页。此文原载于《人民日报》1988年1月7日。

③ 参见陈梦家《作协在整风中广开言路》，《文艺报》1957年6月10日。

要说也受过西方诗影响,那么他首先直接、间接(通过《新月》诗派)受 19 世纪英国浪漫派及其嫡系后继人的影响,然后才直接、间接(通过《现代》诗风)受了 19 世纪后办期开始的法国象征派和后期象征派的影响。①

言外之意,何其芳正是从新月诗派转向以象征主义为特征的现代派的。

卞之琳曾说他自己和梁宗岱"同被徐志摩引进所谓新月派的小圈子"②,而事实上梁宗岱在《诗刊》季刊(第二期)上发表了与徐志摩的长篇通信《论诗》,以新月诗派理论家的姿态,对前期新月诗派进行了总结性的评价,并且还评价了《诗刊》创刊号刊登的后期新月诗派作者作品,指出其不足。因而卞之琳把梁宗岱归入新月派,是有道理的。不过,与何其芳、卞之琳等后期新月诗派年轻诗人不同,前期新月诗派对梁宗岱几乎没有影响,他是在德国留学期间才开始与徐志摩等后期新月诗派走得比较近,而他在诗艺上,更多地倾向于象征主义,因而他的诗论带有很浓厚的现代主义色彩。

6. 说卞之琳是新月派是合适的

与不少属于新月派且同徐志摩等新月派重要成员交往密切,1949年以后却否认或讳言自己是新月派的作家、诗人不同,卞之琳从来就坦言自己在诗歌创作方面受到过徐志摩、闻一多等新月派的影响,也直言自己曾是新月派。20 世纪 80 年代,卞之琳在一篇文章中说:"我虽然不是闻先生的及门弟子,但……我也面聆过他写诗方面的不少教言。话,我都记不得清了,只感到对我大有教益。"③ 又说:"徐志摩于当年逝世后我又在叶公超接编的《新月》杂志上发表了……《魏尔伦与象征主义》一题,以及选译的波德莱尔十首诗……这些译作的问世,都标志了我和宗岱在诗学上的不期相会,而同被志摩引进所谓'新月派'小圈子,一开头就成为异端。"④ 卞之琳曾是徐志摩、叶公超的正式学生,也在事实上面聆过闻一多"写诗方面的不少教言"。他后来回顾从新月诗派那里学得了谨严的诗法、格律的观念,用"说话的调子""口语"写"干净利落,圆顺洗炼"的诗行。就写诗的技巧而言,他说,"从我国诗人学来的一部分当中",最重要的就是《死水》。而卞之琳早

---

① 卞之琳:《何其芳晚年论诗》,《卞之琳文集》中卷,第 293 页。
② 卞之琳:《人事固多乖巧:纪念梁宗岱》,《卞之琳文集》中卷,第 169 页。
③ 卞之琳:《完成与开端:纪念诗人闻一多八十生辰》,《卞之琳文集》中卷,第 152 页。
④ 卞之琳:《人事固多乖巧:纪念梁宗岱》,《卞之琳文集》中卷,第 169 页。

期的诗作,主要发表在《新月》月刊和《诗刊》季刊,其中就有明显模仿前期新月诗派的《魔鬼的夜歌》和《白石上》等。近年有论者都提出:"正如唐弢所说,他(卞之琳)虽与'新月'有比较密切的关联,他的诗却'能够跳出同侪的圈子,保持了个人的特点'。所以笼统地将他归入新月派并不合适。"① 所谓"他的诗却'能够跳出同侪的圈子,保持了个人的特点'",在论者看来,指的是卞之琳"开笔写诗不久就迅速转向了象征派诗"。大体在20世纪30年代中期,卞之琳转到后期象征派"主知"型诗歌,成为现代派诗歌的主要代表之一,这是不争的事实。但是正如1989年10月袁可嘉所言:"在新诗内部,卞之琳上承'新月'(徐、闻),中出'现代',下启'九叶'。"② 卞之琳曾一度处于新诗流变发展中,他是从新月派转向"现代派"的。换言之,我们说卞之琳是新月派,指的是他曾经是新月派,而并非他一成不变地始终是新月派。

7. 储安平属于新月散文派

储安平(1909—1966?),江苏宜兴人,著名新闻出版家。1932年毕业于上海光华大学英文系③,毕业前后曾出版了政论集《中国问题与名家论见》、短篇小说集《说谎集》等著作。1934—1936年任《中央日报》文学副刊编辑、主笔。1936—1938年留学于英国伦敦大学政治系。抗战爆发后,储提前回国,出任复旦大学教授以及中央政治大学研究员,后任湘西蓝田国立师范学院教授以及多家报纸主笔和编辑等职务。

---

① 陈丙莹:《卞之琳的诗歌》,《新文学史料》2001年第3期,第72页。
② 袁可嘉:《略论卞之琳对新诗艺术的贡献》,袁可嘉等主编《卞之琳与新诗艺术》,河北教育出版社1990年版,第15页。《卞之琳与新诗艺术》还收入了唐湜、辛笛等九叶派诗人论卞之琳的文章,皆倾向认为卞之琳曾是新月派诗人。
③ 1928年秋,储安平从光华大学附中毕业后进入光华大学。对于他在光华读的是什么专业,一直存在争议。戴晴说:"他在光华读的是新闻系,从1928年到1932年。"陈子善认为,"1928年秋,储安平考入光华大学政治系"。而谢泳根据赵家璧在《和靳以在一起的日子》一文中说"储安平是我在光华附中、大学读书时代的同班同学,娶女同学端木新民为妻",作出推断,认为赵家璧是光华大学英国文学系毕业的,以他和储安平是同班同学来看,储安平也应当是英国文学系的学生。据华东师范大学校史档案馆保存的光华大学档案记载,当时光华大学没有设置新闻系,戴晴的说法(新闻系)是错的。直到1930年以后,储安平才表现出对政治的热情和兴趣,因而1928年秋进入光华大学时他选择政治系的可能性不大。赵家璧是储安平在光华大学附中和大学时的同班同学兼好友,既然赵毕业于光华大学英文系,储安平在光华读的就应该是英文系。1929年经国民政府教育部批准立案,光华大学改文、理、商三科为文、理、商三个学院,英文系属文学院,而英文系又分为文学组、西史组。结合储安平在中学时代就已经表现出来的对文学的浓厚兴趣来推断,他是文学院英文系文学组的学生。

抗战胜利后，在重庆短暂编过《客观》周刊，1946年年初离开《客观》周刊，于9月1日在上海创办并主编后来"风行一时"（费孝通语）的《观察》周刊。1948年12月24日，已成为当时中国自由主义知识分子重镇的《观察》周刊，被国民政府查封。1949年11月1日，《观察》在中共重要领导的授意下复刊，储任主编，后曾任《光明日报》主编。1958年因提出"党天下"，被打成"右派"。"文化大革命"期间储遭受迫害，于1966年失踪。

可能由于储安平是20世纪40年代最著名的自由主义知识分子之一，他的名声主要来自他主编的政论刊物《观察》，他本人又擅长政论，很少有人注意到他早期对文学的热情，也很少有人提及他与徐志摩等新月派的关系。

与那个时代绝大多数青年一样，储安平早在中学时期就已经开始了文学创作活动。但他那时对排演戏剧的热情，要大过文学创作，于是就有了他与徐志摩的第一次见面。

储安平在《悼念志摩先生》一文中回忆说：

> 我初次认识他是在五年前的一个春天。那时……在华龙路新月书店三楼谈话，在座有余上沅先生江小鹣先生吴瑞燕女士这一些人。①

余上沅在华龙路新月书店的时间只可能在1927年夏至1928年9月期间，因为1928年9月他已辞去新月书店经理离沪北上②，而新月书店于1927年夏才创办。于是，根据储安平说的"我初次认识他是在五年前的一个春天"，可以确定，他与徐志摩第一次见面的时间是1928年春天。

据储安平回忆，1928年春天，上海市龙华路新月书店三楼的一个房间坐满了人，这群人中有血气方刚的学生，也有二十八九岁的青年男女，大家围住一个肤色白皙、戴一副圆眼镜、身材修长的青年男子，热烈地讨论着。这个青年男子是徐志摩，二十八九岁的青年男女是余上沅、江小鹣和吴瑞燕——这三人中前两人都是新月派当中热衷于戏剧的

---

① 储安平：《悼志摩先生》，《新月》第四卷第一期。
② 《新月》第一卷第七期刊登了"余上沅启事"，内容是余上沅辞去新月书店经理，落款的时间是"十七年九月七日"。

成员。那几个血气方刚的学生，是储安平和光华大学附中热爱文学的几个同学。他们聚在这里讨论如何排演话剧《茶花女》。这是储安平第一次见到徐志摩。当时为避战乱，徐志摩携陆小曼刚由北平来到上海不久，储安平觉得"志摩先生就像一架火炉，大家围着他感到有劲"。①

虽然初次见面，储安平并没有从徐志摩那里受到直接的指导，但是徐志摩给储安平留下了良好的印象。这种良好的印象，为储安平在文学创作和思想倾向方面接受徐志摩的影响，成为新月派的一员奠定了基础。

1927年9月，徐志摩任教于光华大学英文系，次年储安平进入英文系学习，成为徐的学生，这意味着"一次更接近的通气是不消说的"②。此后，两人来往频繁，交情也就逾越了师生关系，成为朋友。

1930年春天，储安平编《今日》杂志，向徐志摩要稿子。当时在北平的志摩来信还惦记着江南的妩媚，储安平在西湖时，曾装了一袋桃花寄给他。

相似的精神气质，使储安平喜爱徐志摩的诗歌和散文，视他为文学导师。为了提高文学修养，储安平曾在北平守候徐，以便当面请教。徐志摩逝世后，储安平坦言自己写散文受到徐的影响：

> 我写散文多少是受着他的影响的。"在相识的一淘里，很少人写散文。"不过，他说："在写作时，我们第一不准偷懒……"对于他这份督促我永远不该忘记。③

储安平说自己永远不敢忘记徐志摩的督促，他也是这样做的。1936年储安平叙说自己写作的态度：

> 我得承认，在每一次习作的时候，我的心情都是十分认真严穆的……我每一篇小说写成了之后，要修改三四次甚至五六次……④

我们现在看储安平写于20世纪30年代的散文，很讲究辞藻，抒情

---

① 储安平：《悼志摩先生》，《新月》第四卷第一期。
② 同上。
③ 同上。
④ 储安平：《〈说谎者〉自序》，张新颖编《储安平文集》（上），东方出版社1998年版，第123页。

的味道较重，隐约可见徐志摩的影子。《小病》《一条河流般的忧郁》《墙》等篇章与徐志摩的《自剖》等风格相似，《豁蒙楼暮色》与徐志摩的《翡冷翠的一夜》有着相同的情调。

由于储安平与徐志摩存在上述关系，他在光华时期所写的散文大多发表在《新月》上就不足为奇了。储安平发表在《新月》的散文共有五篇：《墙》（三卷七期）、《一条河流般的忧郁》（三卷十二期）、《一段行军散记》（四卷七期）、《豁蒙楼暮色》（四卷七期）、《悼志摩先生》（四卷一期）。由于深受徐志摩散文的影响，储安平的这些散文主要书写生命体验和人生思考，带有自传色彩，词藻华丽，意境唯美，虽然数量不是很多，但后来几乎所有人评论《新月》散文创作或者编选《新月》散文作品时，他的散文都是不可少的。在散文的写作上，储安平可以说是新月派的后起之秀。1984年，梁实秋和叶公超在台湾主编《新月散文选》选了储安平的三篇散文，徐志摩和梁实秋这两位公认的《新月》散文大家也不过每人选了四篇，可见对储安平散文的推重①。由此也可以确定，储安平属于新月散文派。

8．林微音属于新月派

虽然林徽音（1935年改名林徽因）在20世纪30年代初期才开始诗和小说创作，却不影响她成为后期新月派重要成员。她的生平事迹和文学创作，已见诸《林徽因传》和《林徽因文集》，在这里提起她，是为了与林微音相区别。由于两个名字看起来很相似，一直以来都有人混淆他们的作品。1931年10月5日徐志摩在《诗刊》的《叙言》中特别声明：

> 本刊的作者林徽音，是一位女士，《声色》与以前的《绿》的作者林微音，是一位男士（现在广州新月书店主任），他们二位的名字是太容易相混了，常常有人认错排印亦常有错误，例如上期林徽音即被误刊为"林薇音"，所以特为声明，免得彼此有掠美或冒牌的嫌疑。②

尽管有徐志摩上述特别声明，将林徽音与林微音相混淆的，仍然大有人在，以至林徽音愤然在《申报》上登报，声明从此改名林徽因。

---

① 谢泳：《储安平与〈观察〉》，中国社会出版社2005年版，第10页。
② 徐志摩：《叙言》，《诗刊》第三期。

即便如此，直到近年还是有不少人（包括一些学者）混淆林微音和林徽音。比如，杨义的《中国现代小说史》中就曾错把林微音当成林徽因；张菊香和张铁荣编撰的《周作人年谱》（新版）在 1930 年 6 月 9 日这一天曾记载"林徽音来访，赠所编《绿》月刊"；陈玉堂所编《近现代人物名号大辞典》（新版）在介绍林徽因时也说她"回国后曾与朱维基等创办文艺杂志《绿》"；陈鸣树主编的《二十世纪中国文学大典》（1897—1929）在 1928 年里记有"林徽因与梁思成结婚。并与朱维基、芳信创办文艺杂志《绿》"。事实上，编辑《绿》月刊的是林微音，而不是林徽因。

由于林微音其人名不见经传，他的一些文学活动被误认为是林徽因所为，而后人提起林微音时，大都因为这一桩"名字风波"，使他担上了掠林徽因之美的嫌疑。这对于林微音来说，实在是冤枉，因为他获得"林微音"这个名字时，林徽因尚未涉足文坛。何况，虽然林微音在文学上的成就不如林徽因，却也不是毫无建树。从一定程度上讲，他不仅对于新月派是有贡献的，乃至对中国现代文学都有过贡献。

林微音，男，生于 1899 年，卒于 1982 年，江苏苏州人，曾用笔名陈代等，主要供职于金融行业，先后担任过新月书店经理（代邵洵美）、新月书店广州分店主任。

林微音曾是 20 世纪 30 年代小有名气的诗人、作家，是海派作家中重要的成员之一。从 20 世纪 20 年代中期开始，林微音在《洪水》《现代》等杂志发表小说，在《申报·自由谈》、上海《语丝》《真美善》《新月》《无轨电车》《现代文学》《文艺月刊》《论语》等报刊发表了不少随笔、杂文。林微音在 20 世纪 30 年代出版四部小说：1930 年由上海北新书局出版了小说集《白蔷薇》，1931 年由上海新月书店出版了小说集《舞》，1933 年由上海良友图书印刷公司出版了小说集《西泠的黄昏》，1934 年由上海四部出版部出版了他影响最大的作品——中篇小说《花厅夫人》。

此外，林微音还一直坚持新诗创作，在徐志摩主编的《诗刊》季刊发表过几首诗。1933 年，林微音和朱维基、芳信、庞薰琹等人在上海成立了"绿社"，并在同年 11 月创办了《诗篇》月刊，以此为阵地，努力介绍、提倡和宣传唯美主义。他是绿社的最初成员之一，曾经高举唯美主义的理论旗帜，并以唯美主义为指导，创作了不少诗歌、散文和小说。

林微音早期的诗歌，明显受到闻一多、徐志摩提倡的格律诗影响，注重音韵和形式上的整齐，但与闻、徐乃至新月诗派后起之秀陈梦家的诗作相比，林微音的诗具有浓重的唯美主义倾向。其诗歌笔力柔旖、风格靡丽，与林徽因的诗作，确有相似之处，难怪当时不少人会把他们二人的诗作混为一谈。由此将他归入后期新月诗派，是妥当的。1933年，林微音与朱维基等成立"绿社"，推崇唯美主义，这标志着他已与后期新月诗派分道扬镳。

第四节　新月派与20世纪二三十年代其他文学社团流派的关系

　　现代文学社团流派的数量远多过古代和近代，据范泉主编的《中国现代文学社团流派辞典》一书所收辞目，文学社团有1035个，文学流派有47个。不同时期影响较大的文学观念、文学思潮几乎都能找到与之相对应的文学社团流派，就此而言，倘若说现代文学社团流派发展史基本上构成了一部现代文学史，亦不为过。基于此，现代文学社团流派研究历来为学术界所重视。遗憾的是，现有的现代文学社团流派研究方法依然存在一些不足。各文学社团流派之间的关系错综复杂，而学界却鲜有辨析。其中，又因新月派与20世纪二三十年代其他文学社团流派的关系扑朔迷离，闹出了不少误会，比如长期以来，人们把新月社和新月派，现代评论派和新月派，京派和新月派混为一谈。直到目前，新月派与清华文学社之关系、与创造社之关系、与现代评论派之关系、与京派之关系，或者模糊不清，或者有较大争议，总之，仍有辨析、梳理的必要。

一　清华文学社：前期新月诗派的渊源

　　近些年，随着新月派成为人们感兴趣的话题之一，"清华四子""新月四子"屡被提及，同时也常被混淆。例如，有人把清华文学社时期的饶孟侃、孙大雨、朱湘、杨世恩称为"新月四子"，还有人以为"清华四子""新月四子"是四个诗人在不同时期的称呼[①]。人们之所以混淆"清华四子"和"新月四子"，是因为尚未辨明清华文学社与前期

[①] 如陈明远在《清华文学社与"新月四子"》（《名人传记（上半月）》2008年第8期）中的说法便如此。

新月诗派的关系。那么，二者究竟有何关系？要回答这个问题，得从清华文学社的创办说起。

1920年12月5日，清华学校1923届学生梁实秋、顾毓琇、翟桓、李迪俊、齐学启、吴锦铨组成"小说研究社"。在闻一多建议下，1921年11月20日，"小说研究社"更名为"清华文学社"，清华文学社正式成立，成员包括闻一多、梁实秋、余上沅、吴景超、谢文炳等人。① 经选举，闻一多为书记，梁实秋为干事，下分小说组、诗歌组、评论组等。诗歌组长由闻一多兼任。闻一多在此时已开始注意到诗歌的形式建设，著有《律诗底研究》一文。1922年5月21日，饶孟侃、孙大雨、朱湘、杨世恩等七个新同学入社。此时，闻一多虽赴美留学，但与饶孟侃、孙大雨、朱湘、杨世恩等常有书信往来。朱湘字子沅，孙大雨号子潜，饶孟侃字子离，杨世恩字子惠，这四个同学合租北京西单梯子胡同的两间屋子，经常在一起吟诗作赋。四人的字号都带有"子"字，与闻一多关系密切，又同为清华文学社诗歌组的后起之秀，所以被闻一多称为"清华四子"。1997年，孙大雨在一篇回忆清华文学社的文章中的说法可证实这点，他说："我与同窗好友朱湘、饶孟侃、杨世恩还被闻一多称之为诗坛上的所谓'清华四子'（朱湘——子沅、饶孟侃——子离、杨世恩——子惠、孙大雨——子潜）。"②

在清华文学社活动期间的1923年3月，徐志摩在北京组织新月社，但此时两个社团之间并无交往。1924年，新月社表现出了改进国剧的热情，泰戈尔访华期间还排演了戏剧《齐德拉》。1925年1月，赵太侔、余上沅、闻一多等在美国筹建"中华戏剧改进社"。鉴于国内的新月社热衷于戏剧，于是由余上沅出面写信给胡适，邀请新月社诸君加入戏剧改进社③。尽管戏剧改进社的"好意"没有被新月社接受，但"闻一多等人却借此与新月社诸人取得了联系，尤其是结交了本来也想办文艺刊物并对戏剧深有兴趣的徐志摩"④。

1925年闻一多回国后，常常和"清华四子"等清华文学社成员在家中组织诗会，朗诵新诗作品，或者探讨诗歌艺术，他的家成为"一群

---

① 梁实秋：《谈闻一多》，《梁实秋怀人丛录》，刘天华、维辛选编《梁实秋怀人丛录》，当代世界出版社2007年版，第59页。
② 孙大雨：《我与梁实秋的一些交往》，《书城》1997年第1期。
③ 《余上沅致胡适（1925年1月18日）》，《胡适来往书信选（上）》，中华书局1979年版，第295—298页。
④ 胡博：《新月派前期的"文学梦"》，《中国现代文学研究丛刊》2004年第21期。

新诗人的安乐窝"①。在一次诗会上，经商量决定，由闻一多、饶孟侃出面，与徐志摩商谈合作，在他主编的《晨报副刊》创办一份诗刊，②这便有了1926年4月1日《晨报副刊·诗镌》的创刊及前期新月诗派的正式形成。

闻一多和"清华四子"在《诗镌》发表新诗理论文章和诗作，是《诗镌》的主要作者，也是前期新月诗派理论的主要提出者，如闻一多在《诗的格律》中提出著名的"三美"主张，朱湘的《新诗评》总结分析了新诗自胡适《尝试集》以来的弊病，饶孟侃的《新诗的音节》《再论新诗的音节》对新诗的音节作出了探索。相反，后来常被人视为新月诗派代表的徐志摩，几乎没有提出过新月诗派的理论主张。因此，可以说，闻一多和"清华四子"是前期新月诗派诗歌理论的建设者，他们构成了前期新月诗派的主体。1926年"清华四子"之一的孙大雨出国留学，剩下的三子（朱、饶、杨）与刘梦苇一道，共同推进新诗的形式建设，被称为"新月四子"。这一时期，"一多常来往的所谓四子"，便是"新月四子"。③

综上，清华文学社的闻一多和"清华四子"为前期新月诗派准备了主要成员和新诗形式建设的理论主张，而且是前期新月诗派主要园地《晨报副刊·诗镌》的发起人和主要撰稿人。据此，我们可以说，清华文学社是前期新月诗派的渊源。

二 创造社：新月派曾经的"同调者"

创造社的前后期与新月派前后期在时间上有一定的重叠，因而难免发生关系。学界对二者关系的探讨极少，这与两个文学社团流派在中国现代文学史上的重要地位不大相称。

1. 20世纪20年代初期，闻一多、梁实秋和徐志摩曾与前期创造社有过一段"蜜月期"，闻、梁甚至与创造社互视为自己人。

1923年前后的诗坛，无疑是浪漫主义的天下。此时，不论闻一多、梁实秋还是徐志摩，都对浪漫主义有着无法言说的亲切感。前期创造社反对文学的功利目的。郭沫若的"艺术本身无所谓目的"，郁达夫的

---

① 徐志摩：《诗刊弁言》，《晨报副刊·诗镌》第一号，1926年4月1日。
② 参见饶孟侃《〈晨报诗镌〉的始终》，《新文学史料》1979年第3辑。
③ 参见梁实秋《谈闻一多》，刘天华、维辛选编《梁实秋怀人丛录》，当代世界出版社2007年版，第94页。

"美的追求是艺术的核心",①表明他们都比较强调文艺特质及其规律。这一点也与闻一多、徐志摩等新月派在20世纪20年代初期的"纯艺术"追求有一定的契合。因此,他们一度与前期创造社走得很近,双方曾有过一段关系密切的"蜜月期"。

1922年春夏,闻一多说:"我生平服膺《女神》几乎五体投地";这年10月,闻一多将《红烛》寄给梁实秋等付印,他要求"纸张字体都照《女神》底样子";12月,闻一多得知郭沫若称赞他和梁实秋作的《〈冬夜〉〈草儿〉评论》后,"欣喜欲狂",不仅引为"同调者",甚至对家人说:"假如全国人民都反对我,只要郭沫若赞成我,我就心满意足了。"②他曾这样描述郭沫若对自己诗歌风格的潜移默化:"我近来的作风有些变更,从前受实秋的影响专求秀丽,如《春之首章》《春之末章》等诗便是。现在则渐趋雄浑、沉劲,有些像沫若。你将来读《园内》时,便可见出。"③闻一多还撰写了《〈女神〉之时代精神》一文,主动投稿给创造社刊物。在这篇文章中,闻一多称赞郭沫若的精神"完全是时代的精神""二十世纪底时代的精神""《女神》真不愧为时代底一个肖子"④。创造社欣然接受了闻一多的示好,立即在《创造周报》发表闻一多的《〈女神〉之时代精神》,由此开始了双方的"蜜月期"。至于梁实秋,他与创造社的几员主将交往更为密切⑤。

在当时,闻、梁不仅与创造社关系密切,而且互相视为自己人。闻一多视郭沫若为"同调者",可为证明。此外,1922年11月26日闻一多在致梁实秋信中明确说:"我们若要抵抗横流,非同别人协力不可。现在可以同我们协力的当然只有《创造》诸人了。"⑥在创造社这方面,尽管没有像闻一多那样视对方为"同调者"、盟友,但是当我们翻看《创造季刊》《创造周报》和《创造月刊》的目录,容易发现,除了创

---

① 郁达夫:《小说论》,《郁达夫文集》第5卷,香港三联书店、花城出版社1982年版,第17页。
② 《闻一多书信选集》,人民文学出版社1986年版,第34、93、113页。
③ 《致闻家驷》(1923年3月25日),《闻一多书信选集》,第145页。
④ 闻一多:《〈女神〉之时代精神》,《创造周报》第4号,1923年6月3日。
⑤ 1921年,梁实秋到上海民厚里看望过郭沫若、成仿吾、郁达夫(参见李正西、任合生编《梁实秋文坛沉浮录》,黄山书社1992年版,第38页);1923年8月梁实秋赴美留学时,郭沫若、成仿吾等到上海浦东码头送行(参见闻黎明、侯菊坤编《闻一多年谱长编》,湖北人民出版社1994年版,第224页);1923年郁达夫曾到清华园拜访过梁实秋(参见《梁实秋文坛沉浮录》,第142页)。
⑥ 《致梁实秋》,《闻一多书信选集》,第103页。

造社自身的核心成员以外,闻一多和梁实秋恐怕是在创造社刊物上发表文字最多的两位作者。梁实秋在《创造》季刊上一次发表五首诗作,而且仅在《创造周报》上就曾六次发表过作品。这对于孤立排外的创造社来说,唯一合理的解释,便是创造社把梁实秋、闻一多看作自己人。实际上,1923年秋,当《创造》季刊面临停刊时,创造社打算把该刊托付给闻、梁代为编办,乃至"实秋已被邀入创造社"①。闻、梁二位甚至参与了创造社对文学研究会的批判。②

再说徐志摩,他与创造社的关系虽然不如闻、梁那么密切,却同样在创造社刊物上发表过作品。而且徐志摩与创造社核心人物之一的郁达夫,是中学时的同班同学,20世纪20年代初期两人同在北京,常有往来,郁达夫甚至曾参加过徐志摩组织的新月社活动。徐志摩留学回国之初,也曾仰慕因《女神》爆得大名的郭沫若,1923年春,他致函两封给成仿吾,信中颇有对郭沫若及创造社的赞颂之辞。第一封信写于当年3月,信中说:"贵社(创造社)诸贤向往已久,在海外每厌新著浅陋,及见沫若诗,始惊华族潜灵,斐然竟露。"接着表达自己追随创造社同人的心意:"今识君等,益喜同志有人,敢不竭驽薄相随,共辟疆土。"第二封信写于4月,谈及郭沫若:"沫若先生回归,至喜,不知有来京意否?"1923年3月,郭沫若从日本九州帝国医科大学毕业,4月初带着妻子和三个孩子回到上海。徐志摩说的,正是这件事。信中又说:"《辛夷集》很精,我颇想作一小评。"③《辛夷集》是郭沫若主编的"辛夷小丛书"第一种,书中收入郭沫若的新诗、散文等共八篇。徐写给成仿吾的这两封信,都发表在《创造周报》第四号上,据此可见创造社颇有收纳刚留学回国的徐志摩于麾下的意思。这年冬,徐志摩曾与胡适、朱经农一起去看望过郭沫若,第二天郭沫若回访,送了一册他编的译诗集给徐。④

---

① 闻一多在写给闻家驷的信中说:"沫若返四川或东渡行医,仿吾往北京,达夫返浙江。如此则《创造》季刊大有停版希望。此次实秋经沪时,彼等欲将编辑事托我与实秋二人代办,实秋未允。实秋已被邀入创造社。"(《闻一多书信选辑(二)》,《新文学史料》1983年第4期)

② 闻一多的《评冬夜》,批评俞平伯的新诗集《冬夜》;梁实秋则批评郑振铎翻译的泰戈尔《飞鸟集》、否定冰心的《繁星》《春水》,这些文学评论文章,虽然不是创造社授意而作,却都与创造社同气相求、遥相呼应。

③ 这两封信可参见韩石山编《徐志摩全集》第六卷书信,第37、38页。

④ 参见徐志摩《西湖记》,韩石山编《徐志摩全集·第五卷小说戏剧日记》,第285—286页。

2. 文学见解和精神气质的不同，导致徐志摩、闻一多、梁实秋不久后与创造社关系破裂。

虽然闻、梁、徐一度与创造社走得比较近，有过一段"蜜月期"，但毕竟他们的文学见解与创造社有较大差异。徐志摩那篇应梁实秋等清华文学社邀请而作的讲演稿《艺术与人生》，主要观点是，艺术是人生的反映，人生为艺术负责，"我们没有艺术正因为我们没有生活"①。如此文学见解，显然更接近创造社的批判对象文学研究会的主张。1923年冬郭沫若回访徐志摩，曾把自己刚出版的译诗集《卷耳集》送徐志摩，徐对郭的诗作没多大兴趣，"只翻开了几首"②。这一年，徐志摩索性加入了文学研究会（会员号93）。

至于闻一多、梁实秋，在与创造社相互唱和之时，并不是没有感到他们与创造社之间难以抹杀的分歧。闻一多在万分服膺《女神》作者的同时，也感到"迩来复读《三叶集》，而知郭沫若与吾人之眼光终有分别，谓彼为主张极端唯美论者终不妥也"。③他还冷眼指出："盖《女神》虽现天才，然其 technique 之粗笨以加矣。"④既然与创造社的文学见解有分歧，他们为何还要与创造社建立密切关系？这是因为，闻一多和梁实秋依附创造社、频频向创造社刊物投稿，这未尝不是借助该社势力及其刊物以达到在文坛"打出一条道"来的文学策略。在发表那篇赞美郭沫若及其《女神》的《〈女神〉之时代精神》之前，闻一多已完成了用犀利的言辞批评郭沫若的《〈女神〉之地方色彩》，但他刻意安排，先发表《〈女神〉之时代精神》，再发表《〈女神〉之地方色彩》。后文对于《女神》缺乏地方色彩、过于欧化的批评是中肯的。虽然这种批评可视为正常的文学评论，但同时也可见闻一多对郭沫若及创造社的态度有所保留。如此，我们就能理解，1923年秋创造社打算把《创造》季刊交托闻、梁，并邀请他们加入创造社，为何闻、梁没有答应。

当然，徐、闻、梁与创造社关系后来破裂，在一定程度上要归因于他们与创造社诸君在教育背景、人生境遇方面有较大差异，以致双方的精神气质不同。关于这点，早在1923年春夏成仿吾为半句诗与徐志摩翻脸这一事件，就已露出端倪。

---

① 徐志摩：《艺术与人生》，初载《创造季刊》第二卷第一期（1923年5月1日），署名徐志摩（全文系英文）。
② 徐志摩：《西湖记》，韩石山编《徐志摩全集·第五卷小说戏剧日记》，第286页。
③ 《致梁实秋、吴景超信》（1922年9月29日），《闻一多书信选集》，第65页。
④ 同上。

1923年5月6日的《努力》周报发表了徐志摩的《坏诗,假诗,形似诗》,徐在文中批评了郭沫若诗中的"泪浪滔滔"。成仿吾为此很生气,先是在《创造周报》第四号公开了先前徐志摩写给自己的两封信(徐在信中称赞郭沫若、成仿吾等),接着公开创造社社员洪为法写给郭沫若的信(为徐志摩批评郭沫若"泪浪滔滔"抱不平),最后是成仿吾写给徐志摩的"翻脸"信,他在信中指责徐:"你自己才是假人。而且你既攻击我们是假人,却还能称赞我们到那般田地,要你才配当'假人'的称号。我所最恨的是假人,我对于假人从来不客气,所以我这回也不客气把你的虚伪在这里暴露了,使天下后世人知道谁是虚伪,谁是假人。我在这里诚恳地劝你以后少做些虚伪。成功不是那么重要的事情。"①徐志摩很快以信加标题的形式,写出长文《天下本无事》,来回应成仿吾。徐志摩依照英美思维习惯,指责成仿吾不经自己允许就发表个人私信,这是"乘着一股嫉伪如仇的义愤……再也不顾常情与友谊"的举动,而自己批评郭沫若的诗,针对的是作品,不是作者,成仿吾不应当将自己对那半句诗的评议,做出离奇的搭题,说成是全在"污辱沫若的人格"。②成、徐间的争辩引起梁实秋注意,他在同年8月6日出版的《创造周报》第十三号发表致成仿吾的一封信。此信虽分别指出了徐、成的偏激之处,却没有触及问题的关键——徐志摩从小就养尊处优,没吃过苦,自然不能理解20世纪20年代初期郭沫若为极度贫困的家庭生活所累,心怀忧戚,又十分善感,因而这时期的诗作中常见"泪浪滔滔"之类的词,如《湘累》中的"泪珠儿要流尽了",《棠棣之花》中的"汪汪泪湖水",《凤凰涅槃》中的"五百年来的眼泪淋漓如烛,流不尽的眼泪",《星空》中的"我也禁不住滔滔流泪"。这种忧愤情绪下的情不自禁,以至"泪浪滔滔",是徐志摩没有体验过的。相应的,以成仿吾的教育背景和生活经历,恐怕也没听说过,未经允许发表他人信件是不道德、不合法的,他也不能接受文学评论只针对作品不对人的观念。何止成仿吾,郭沫若在此后较长时间内都是这样。近十年后,郭沫若在一篇回忆文章中仍耿耿于怀:"还有是'诗哲'徐志摩在《努力》周报上骂了我的'泪浪滔滔'。"③

　　闻一多对于创造社也有不齿之处,他说:"沫若等天才与精神固多

---

① 这几封信以"通信四则"为题发表在《创造周报》第四号(1923年6月3日)。
② 徐志摩:《天下本无事》,初载《晨报副刊》1923年6月10日,又载《时事新报·学灯》1923年6月14日。
③ 郭沫若:《创造十年》,收入《学生时代》,人民文学出版社1982年版,第83页。

可佩服，然其攻击文学研究会至于体无完肤，殊蹈文人相轻之恶习，此我所最不满意于彼辈者也。"① 对于双方不同的精神气质感受最深的，要数徐志摩和梁实秋，他俩曾拜访创造社的郭沫若等主要成员，都对创造社诸君的精神气质感到震惊和难以理解。1923年冬徐志摩和胡适去拜访郭沫若，惊见郭家"陈设亦杂，小孩屡杂期间"，女主人忙于厨房间，男主人郭沫若则"手抱褪褓儿，跣足，敞服，状殊憔悴"。他们在讶异之中仿佛对创造社的作为也颇为释然了，徐志摩在当天的日记中写道："以四手而维持一日刊，一月刊，一季刊，其情况必不愉适，且其生计亦不裕，或竟窘，无怪其以狂叛自居。"② 当时还在美国的闻一多得知此事后质问道："以郭君之才学，在当今新文学界应首屈一指，而穷困至此。世间岂有公理哉？"③ 闻一多之言虽是替郭沫若的境况抱不平，然讶异之情同样溢于言表。徐志摩依据自己与创造社诸人交往的见闻与体会，把他们的精神气质概括为"狂叛"，这种说法与梁实秋如出一辙。梁实秋认为，创造社诸君有着一种"困苦的生活所培养出来的一股狂叛的精神"④。创造社成员这种因教育背景、人生境遇生成的精神气质，与徐志摩、梁实秋等英美派的绅士风度，自然是难以调和的。因此，即便徐、闻、梁曾经和创造社走得很近，也终究不会融入这个文学社团，换言之，二者关系破裂是迟早的事。

3. 新月派出场就激烈批评创造社，却与浪漫主义和唯美主义藕断丝连。

随着闻一多、梁实秋、徐志摩等人的文学活动进一步开展，开始引起文坛注意，他们在文坛开辟一片"自己的园地"的愿望越来越强烈，与创造社的分歧也就越来越明显，越来越无法遮掩。到了1925年，闻、梁、徐与创造社分道扬镳、独立门户，不但条件成熟，而且势在必行。这年3月，闻一多面对创造社等文坛势力的压迫，觉得"非挑衅不可"，遂制定了新的文学策略，即"批评之批评"，"用意在将国内之文艺批评一笔抹杀而代之以正当之观念与标准"⑤。梁实秋很快就把这种策略变成实际行动，他在《晨报副刊》发表长文《现代中国文学之浪漫的趋势》，为新月诗派在《晨报副刊·诗镌》的集体亮相鸣锣开道。

---

① 《致闻家驷》（1923年9月24日），《闻一多书信选集》，第165页。
② 徐志摩：《西湖记》，韩石山编《徐志摩全集·第五卷小说戏剧日记》，第285—286页。
③ 《闻一多书信选辑（二）》，《新文学史料》1983年第4期。
④ 梁实秋：《清华八年》，《梁实秋文坛沉浮录》，第142页。
⑤ 《八十二　致梁实在秋》，《闻一多书信选集》，第192页。

这篇万余字的长文从新诗、翻译、小说、散文和文学批评等各个方面，将当时的中国新文学归结为一场情感泛滥的"浪漫的混乱"，对创造社的浪漫主义颇有指斥。《晨报副刊·诗镌》创刊后，连续三期刊载朱湘的《新诗评》，第一期拿胡适的《尝试集》开刀，直斥为"内容粗浅，艺术幼稚"；第二期对郭沫若的诗有所批评；第三期评康白情的《草儿》，以"康君的努力则是完全失败了"作结，顺带否定了与康白情同道的俞平伯。《诗镌》第七期发表的闻一多的《诗的格律》，开篇就火药味十足地声讨"打着浪漫主义的旗帜来向格律下攻击令的人"。这个被声讨的对象，明眼人都能看出，就是创造社诸人。

1927年，为避北方战乱，新月派的徐志摩等人先后离开北平，在上海及其附近城市重新聚集。1928年3月徐志摩、闻一多等创办《新月》月刊。由徐志摩执笔的发刊词《新月的态度》，高举"健康"与"尊严"的文学原则，横扫当时文坛的十三种流派特征，创造社（前期和后期）符合其中近一半的流派特征（感伤、攻击、唯美、偏激、热狂、标语、主义）。这年7月10日出版的《创造月刊》发表创造社成员彭康的文章《什么是"健康"和"尊严"——〈新月的态度〉底批评》①，回击了新月派的挑战。差不多同时，新月派的梁实秋先后发表《文学的纪律》《文学与革命》等文章，由此引发他与冯乃超、朱镜我等创造社成员以及鲁迅的论战。

如上述，新月派先后两次出场都激烈批评创造社，然而有意思的是，他们当中部分人对于前期创造社的浪漫主义和唯美倾向，却态度暧昧、模棱两可。徐志摩自从1923年春夏的"泪浪滔滔"事件后，与创造社的关系日渐疏远。1925年9月，徐志摩接任《晨报副刊》主编时邀请了一大批社会文化名流为撰稿人，其中却有郭沫若的名字。尽管郭沫若没有回应他，我们由此还是可以看出，徐志摩在经历了"泪浪滔滔"事件之后，仍抱有修补自己与创造社关系的希望。他在新月派时期创作的作品，包括新诗、散文等，仍有不少被文学界视为浪漫主义的和唯美的，比如他的《再别康桥》《翡冷翠的一夜》。与徐志摩此等行径相似的还有朱湘，他的《新诗评》虽然对郭沫若的诗作有所批评，但是在行文中仍然难掩对郭的敬佩赞叹之意。尤其是，朱湘仍然明确赞许郭沫若的浪漫精神。这说明，对于徐志摩、朱湘等部分新月派成员来

---

① 彭康：《什么是"健康"和"尊严"——〈新月的态度〉底批评》，《创造月刊》第1卷第12期，1928年7月10日。

说，要遽然斩断与郭沫若和创造社的关系并不容易，以至在他们这些人笔下总有创造社的影子若隐若现。于是我们也就明白，要截然分清创造社与新月派的关系，同样并不容易，至少依据目前我们掌握的相关文献资料，只能如此。

三 现代评论派：介于前期创造社与新月派之间的"我们"

在20世纪20年代初期的中国，新旧文学之间的较量正在进行中，各种文学社团流派之间的区别尚不明显，换句话说，社团流派之间的身份认同尚不严格，这为兴趣或目标相近的社团流派之间相互缠联与纠结，乃至携手合作，留下了空间。创造社与太平洋社联手创办《现代评论》及由此形成"现代评论派"，便是一个典型的例子。

太平洋社以创刊于1917年3月、停刊于1925年6月的《太平洋》月刊而得名。《太平洋》是一个综合性杂志，以政论为主，文艺为副。《太平洋》的主编先后为李剑农和杨端六。政论的撰稿人有杨端六、周鲠生、李剑农、王世杰等，文艺方面以翻译为主。在《太平洋》上发表文章较多的有陈西滢、燕树棠、陶孟和、丁西林、李仲揆、李大钊、郁达夫、田汉等。从主要撰稿人来看，《太平洋》是以曾留学英美者为主的亲英美的刊物。以《太平洋》为核心的太平洋社也如此，尽管其成员由留学英国和日本的学生组成，但前者居多。与太平洋社不同，创造社是一个留日学生的团体，其创办的刊物以文艺为主。既然如此，两社怎么会联手呢？

1923年郁达夫由上海赴北京大学任教，创造社元气大伤。《创造日》的编辑工作原来由三个人分担着都感到吃力，因郁达夫赴京，剩下郭沫若、成仿吾两个人来做，自然愈见捉襟见肘，于是在1923年11月2日出满第101期便停刊了。此时，《创造周报》《创造季刊》也成了强弩之末，难以继续。而郁达夫却因任教北京大学，得以与王世杰、杨端六等太平洋社主要成员成为同事并认识，于是郁达夫给创造社带来太平洋社的消息说，太平洋社希望把《太平洋》杂志停刊，和创造社合办《创造周报》，前半政治，后半文艺。政治的一半由太平洋社编好后从北京寄到上海，然后由创造社加上文艺的另一半，在上海付印出版。这个建议遭到郭沫若和成仿吾拒绝。他们认为，太平洋社成员大多留学英美，太绅士化，官僚气太重，不好合作。况且，政治在前半部分、文艺在后，意味着把文艺当作政治的附属，他们不能接受。于是，创造社提出另一个建议，《创造周报》由两社轮流编辑，一期政治，另一期文艺。但这个建议使太平洋社认为失去了合作的主要意义（以文艺做调剂推广政论），因而太平洋社没有同意。合作之事便搁浅了。1924年年初，创造社与泰东书局分离，是年2月下旬《创造季刊》停刊，5月19日《创造周报》停刊。正在《创造周报》将要停刊之时，郁达夫赶到上海，在《创造周报》第52期的终刊号里预告说，创造社和太平洋社将要合编一种周刊，这就是1924年12月13日创刊的《现代评论》。

  以上关于创造社与太平洋社合作创办《现代评论》的叙述，凸显了郁达夫在其中起到的不可替代的作用。凸显郁达夫的目的，只是为了强调人事关系对于两社实现联手的重要性。从人事关系来看，有三个关键人物，即成仿吾、郁达夫、杨端六。太平洋社的"主要角色多是湖南人，与成仿吾有同乡之谊"[1]，成仿吾在日本留学时，曾与太平洋社中部分人因同乡关系相识甚至住在一起。郁达夫也因为在北大任教的缘故，与太平洋社的人是同事，过从比较密切。杨端六是英国的留学生，但他以前在日本也留过学，而且与郭沫若等人是校友，在日本时，他们曾聚会[2]，接触频繁。于是，他们三个人成为沟通太平洋社与创造社的桥梁。事实上，两社合作创办《现代评论》，也主要由他们促成。

  但两社能够合作的深刻原因，却是因为彼此志趣有相似之处，可以有限度地互相视为"我们"。前期创造社崇尚自我和自由、独立的创造，而太平洋社颇有英美自由主义色彩，郭沫若于是认为："他们的构成分子大都还有点相当学识的自由主义者……所发表的政论，公平地说，也还算比较开明。"[3] 这就等于创造社在思想上有限度地接受了太平洋社。当然，太平洋社与创造社能够合作，也是因为太平洋社一直致力于社会政治的评论，而1924年的创造社也意识到了纯文艺已经不具有重大意义，希望更多地关注社会。这种对社会事务发表见解的共同愿望，使早期的英美派和留日派终于携起了手。这说明现代社团流派的身份认同，并不是一个严格限于内部的概念，而是在一定情况下容许发生概念的外延。

  1924年12月13日《现代评论》创刊。这是一个综合性刊物，主要撰稿人有：王世杰、唐有壬、陈西滢、胡适、徐志摩、周鲠生、林语堂、燕树棠、郁达夫、彭学沛、皮宗石、钱端升、吴稚晖、杨端六、丁西林、李仲揆（李四光）、张奚若、陶孟和、闻一多、凌叔华、沈从文、蹇先

---

[1] 郭沫若：《创造十年续篇》，《学生时代》，人民文学出版社1979年版，第189页。
[2] 同上书，第157页。
[3] 同上。

艾、杨振声、刘梦苇等。刊物前期主编是王世杰，前两卷的文艺稿件由陈西滢负责（徐志摩曾参与编辑事务），从第三卷始，负责编辑文艺稿件的是杨振声。《现代评论》从第 138 期（1927 年 3 月）开始移至上海出版，由丁西林主编。从筹办到终刊，先后参加过《现代评论》编辑事务的有郁达夫、燕树棠、周鲠生、钱端升、彭学沛、杨肇镰、陈西滢、徐志摩、杨振声、丁西林等，该刊在北京出版期间，事务方面的工作（如发行）曾由沈从文负责。《现代评论》到 1928 年 12 月 19 日终刊。

就《现代评论》的主编、编辑和主要撰稿人而言，需要作出以下辩解：

第一，胡适只是撰稿人，基本上不参与《现代评论》的创办、编辑工作，这与以往人们认为胡适是该刊创始人、主编，有较大出入；① 第二，《现代评论》的编辑人员和主要撰稿人，绝大多数是欧美派，创造社只有郁达夫等个别成员是主要撰稿人。因此，严格说来，《现代评论》虽由创造社与太平洋社联手创办，在刊物中起作用的，主要是太平洋社及后来加入的杨振声、徐志摩等欧美派。

关于以上第二点，倘若与王世杰、杨端六、周鲠生、陶孟和等人的留学背景结合起来考察，将会得出一个有意思的发现，那就是，他们这些大多加入太平洋社的读书人，早期都曾留学日本或赴日考察过，后来留学欧美，这使他们对日本和欧美的文化都有过一定程度的接纳，这多少使他们既能够与留学日本的创造社有互相认同的地方，又与胡适、徐志摩等新月派能达成某种共识。于是，不仅创造社的郁达夫、郭沫若等人对他们表示出了有限度的认同，与他们联手创办《现代评论》，而且连颇受英美文化熏陶的胡适、徐志摩等新月派在一定程度上也视他们为"我们"，把《现代评论》看作属于"我们"的园地，积极投稿。可见，王世杰、杨端六、周鲠生等具有留学日本和欧美双重背景的人，在新月派和前期创造社之间起到了桥梁的作用。这种沟通的一个结果，就是使创造社和新月派都有一部分人被称为"现代评论派"。这等于造成了创造社、新月派分别与现代评论派出现人员交叉，这些交叉者同时具有创造社和现代评论派或者新月派与现代评论派的双重身份，比如具有创造社和现代评论派身份的郁达夫和被称作现代评论派、新月派的胡适、徐志摩。

---

① 笔者查阅胡适这时期的日记和书信，均无他参与创办、主编《现代评论》之记录。有论者指出，胡适并不是《现代评论》的创办人和编辑人（闻学峰：《创办人、编辑人还是撰稿人——胡适与〈现代评论〉的关系再探》，《浙江学刊》2009 年第 4 期）。

这些具有双重身份的人，互相视为"我们"，如此一来，在他们的意识里，创造社与新月派的界线往往变得模糊。郁达夫不仅是《现代评论》主要撰稿人，后来还曾经在新月派的重要刊物《新月》发表过文章，而新月派的闻一多、梁实秋、徐志摩也在创造社刊物发表过作品。尤其闻一多、梁实秋，他们是除前期创造社核心成员之外，在创造社刊物发表文字最多的作者，这对于孤立排外的创造社来说，显然把闻、梁视为"我们"。这些现象，值得注意。过去我们一直以为，创造社和新月派是20世纪20年代至30年代两个截然对立的文学社团流派。从二者的重要成员具有的双重身份来看，现代文学社团流派的身份认同，并不像我们认为的那样严格，而这些作家，也不宜简单地被定性为某个文学社团流派。譬如，闻一多、梁实秋、徐志摩都曾在20世纪20年代初与创造社有过一段"蜜月"期，而郁达夫与新月派的关系，甚至不是"密切"两个字可以概括。①

从创造社方面来看，只有郁达夫等个别社员与现代评论派的关系较为密切，郁曾在《现代评论》上发表作品。而且，创造社没有人担任《现代评论》主编或参与编辑工作。相反，新月派中胡适、徐志摩等人却热衷于《现代评论》。这使得《现代评论》看起来是欧美派的刊物，由于这个缘故，围绕着《现代评论》的这批知识分子，称鲁迅为"语丝派"，自称"现代派"②，鲁迅也称他们为"现代派""现代系"或"现代评论派"③。不管他们自称"现代派"还是鲁迅称其"现代评论派"，都突出了这一派别的欧美知识分子群体的特征，而与创造社没什么关系。《现代评论》原本是太平洋社与创造社联手创办的，为何会出现这种欧美派独掌的局面呢？具体原因，恐怕现在已无人知晓，不过就当时创造社的情形可看出两点：一是创造社多数成员在南方，而《现代评论》在北京，地域的距离使《现代评论》没有对创造社成员产生多少亲和力，与其不同的是，胡适、徐志摩等长期住在北京（直到1927年下半年才去上海）；二是多数创造社成员并没有像郁达夫那样视现代评论派为"我们"。郭沫若后来认为，郁达夫与现代评论派的交往是因为受一时蒙蔽，性情轻率所致，他说："达夫行事尽管有时候过于轻率，

---

① 1927年1月到8月，郁达夫日记中涉及新月派的大约有15处，仅5月以前，与徐志摩的交往有5次，两次不期而遇，三次主动拜访，此外，郁达夫与胡适、陈通伯等也有过多次交往（参见咸立强《郁达夫与新月社》，《寻找归宿的流浪者——创造社研究》，东方出版中心2006年版，第231—236页）。
② 参见鲁迅《两地书·六八》《而已集》中的《辞"大义"》和《革"首领"》等文。
③ 参见鲁迅《两地书·五八》《三闲集·我的态度气量和年纪》《鲁迅书信集》（上卷）。

有时候容易被人利用,但他本质上是一位善良无私的人……他和太平洋社的关系,和新月社的关系,都是这样。"① 当时有不少创造社同人反对郁达夫与新月派交往,其根本原因,还是后期创造社同人严守门户界线,王独清直言不讳地说:"郁达夫和胡适周旋,当时固然同人都不满意,但是那种不满意仅仅是为了自己社团中的人不应该去加入另一个团体。"② 尽管前期创造社与太平洋社合办《现代评论》,由此形成介于创造社与新月派之间的"现代评论派",但后期创造社并没有因此视胡适等新月派为"我们",这种严格的身份认同意识,使创造社失去了与新月派进一步接触乃至合作的机会。

四　京派:新月派的余绪

写这个题目之前,笔者做了点功课。在几个国内知名的学术期刊数据库检索,结果没有一篇论文的标题同时出现"新月派""京派",这大致可说明,极少有人探讨新月派与京派的关系。究其原因,笔者以为有二:一是学术界对于新月派、京派作为自由主义文学流派的定位及其古典主义文学主张,基本上没有争议;二是1933年6月《新月》杂志停刊前后,新月派成员沈从文、林徽因等与周作人、朱光潜等京派融合,学术界对于这段史实也没有异议。遮言之,关于新月派与京派关系,不论从文学主张还是人事关系方面看,似乎都很清楚,没有专题讨论的必要。然而,有一个看似简单却很重要的问题被大家忽略了,即新月派成员如何与京派融合?弄清楚这个融合的过程,显然既有助于深入考察文学社团流派的衍生之由乃至聚散之故,也可寻觅现代作家群体精神和心灵的特殊演变轨迹。

周作人和沈从文,一般被视为京派中的两个核心人物,因此通过周沈的交往尤其是他们在20世纪30年代的交往,可透视新月派与周作人等京派文人的融合。

这里用"融入京派"来描述沈从文等新月派与京派的融合,是因为:(1)在他们入京前,已有以周作人、俞平伯、废名、冯至等围绕文学期刊《骆驼草》形成的前期京派。《骆驼草》存在于1930年5月至11月,周作人为实际主编,是《语丝》的继续,但减退了战斗锋芒而趋于"冲淡"和"闲适"。除了《骆驼草》,在八道湾周作人的"苦

---

① 郭沫若:《论郁达夫》,陈子善、王自立编《回忆郁达夫》,湖南文艺出版社1986年版,第5页。
② 王独清:《创造社——我和它的始终与它底总帐》,黄人影编《创造社论》,光华书局1932年版,第15页。原载于《展开》第一卷第三期,1930年12月20日。

雨斋"以《骆驼草》撰稿者为主的"骆驼同人"聚会、在北平梁思成家里由林徽因组织的著名的"太太客厅"和1933年朱光潜与梁宗岱组织发起的"读诗会",也起到了凝聚文人、催化京派形成的作用。"读诗会"每月一次至两次,参加的人当中,北大有梁宗岱、冯至、孙大雨、罗念生、周作人、叶公超、废名、卞之琳、何其芳、徐芳等;清华有朱自清、俞平伯、李健吾、林庚、曹葆华等;此外,还有冰心、凌叔华、林徽因、周煦良、萧乾、沉樱、杨刚、陈世骧等。沈从文随杨振声来京后,常参加"读诗会"和"太太客厅"。(2)与沈从文游移在新月派边缘不同,他对京派不再是"游移"的态度,而是介入其中,并且很快成为京派代表人物。倘若说,沈从文加入新月派是出于对徐志摩、胡适的报恩思想,是带有"被动性"的,那么,他加入京派则更多是出于对京派文学趣味的欣赏与自觉的文化身份认同。这不仅体现在他很快实际负责了《大公报·文艺副刊》主编,成为该副刊聚会召集人①,还体现在他1933年前后对京派成员周作人等的认识发生了变化。典型的例子是,沈从文在《论冯文炳》一文中批评"北平所谓'北方文坛盟主'周作人、俞平伯等人"文章中"趣味的恶化"。沈氏毫不客气地指出:"此种作品(《莫须有先生传》——引者按),除却供作者个人写作的怪悦,以及二三同好者病的嗜好,在这工作意义上,不过是一种糟蹋了作者精力的工作罢了。"② 这个批评是很严厉的。经考证,《论冯文炳》一文写于1931年7月21日③,是时沈从文还在上海。从这篇文章,

---

① 《周作人日记》1933年9月10日至1934年2月均有记录出席《大公报·文艺副刊》聚会,并且提到聚会由沈从文召集(参见《周作人日记》下册,大象出版社1996年版,第487—526页)。
② 沈从文:《论冯文炳》,《沫沫集》,上海大东书店1934年版,第6—7页。
③ 这篇文章至今尚无确切写作时间,作者仅在文末注"七月二十一日"。经查,文中有一句写道:"另外为周作人提到的那有'神光'的一篇《无题》,同最近在《骆驼草》上发表的《莫须有先生传》,没有结束,不见印出。"(沈从文:《论冯文炳》,《沫沫集》,第5页)冯文炳的《莫须有先生传》最初连载于《骆驼草》第一期至第二十六期(1930年11月3日停刊),共连载12章。沈从文说"最近在《骆驼草》上发表的《莫须有先生传》",说明他写作此文时《骆驼草》已停刊,但距停刊时间(1930年11月3日)不久("最近")。他又说,《莫须有先生传》"没有结束,不见印出"。而实际上,1931年6月10日出版的《青年界》(第一卷第四期)刊登了《莫须有先生传》的第十三章,此后几乎每期都有连载。这说明,沈氏写作《论冯文炳》时,尚未见到在《青年界》连载的《莫须有先生传》的第十三章。于是可推断,《论冯文炳》写于1930年11月3日至1931年6月10日期间或之后一段时间(6月10日出版的《青年界》,沈氏尚需一段时间才能到见到)。于是,结合文末标注的"七月二十一日"可断定,《论冯文炳》写于1931年7月21日。

可以看出他在离开上海前夕（1931年8月离沪去青岛），对周作人等前期京派远离了"朴素的美"和放弃"地方性"持批评态度。文中指出周作人的"普遍的趣味"，其实来自"那种绅士有闲心情"。而"绅士"在沈从文那里，是与他历来自命的"乡下人"相对立的。

　　1933年回到北平后，沈从文不再对周作人等发表批评意见，相反，他对周作人等京派开始同情理解，甚至为之辩护。沈从文态度的变化，自然与他和周作人之间在这段时间里交往密切有很大关系。1933年8月左右，沈从文与友人杨振声离开青岛来到北平。这年9月5日，周作人在日记中写道："杨金甫、沈从文二君来访。"9月14日的日记又载："上午以稿送给沈从文君。"此后，周氏日记不断出现二人通信的记载。到1934年年底，两人的信件往来有55封之多。沈从文主编的《大公报·文艺副刊》，经常发表周作人的文章。沈从文负责召集的"副刊聚会"，每次都邀请周作人参加。后来沈氏对周作人做了比较高的评价，认为他的作品"充满人情温暖的爱，理性明莹嘘廓，如秋天，于事不隔"。[①] 沈从文甚至不能接受其他作家对周作人的批评指责。1934年，巴金从北平回到上海，发表了题为《沉落》的小说，"批评了周作人一类的知识分子"。据巴金回忆："（沈）从文读了《沉落》非常生气，写信来质问我：'写文章难道是为着泄气？！'"沈从文生气的原因不是巴金批评周作人的文艺观，而是不满巴金对周作人的态度，因为"周作人当时是《文艺》副刊的一位主要撰稿人，（沈）从文常常用尊敬的口气谈起他"，"从文认为我不理解周（作人）"。[②] 由此我们不难看出，沈从文对周作人的态度和看法，在1933年回到北平后有了一个很大的转变。这个转变，可视为沈从文由新月派转向了京派。

　　综上，沈从文对周作人态度和看法发生转变以及他融入京派，是他对周作人及其他京城文人文化认同的结果。但是，沈从文等新月派融入京派，并不意味着他们完全消泯了新月派的特征。例如，1934年5月1日创刊的《学文》虽是京派重要刊物，但它的创办人和撰稿人主要来自新月派，这个刊物可谓新月派的余晖（详见本书第五章第六节）。

[①] 沈从文：《从周作人鲁迅作品学习抒情》，《沈从文全集》第16卷，第259页。
[②] 巴金：《怀念沈从文》，吉首大学沈从文研究室编《长河不尽流——怀念沈从文先生》，湖南文艺出版社1989年版，第8页。

第四章　新月派重要成员若干史实考

第一节　徐志摩生平史实新考

前些年有人说："再没有比研究徐志摩更容易的了，他把什么都写下来了，有的在明处，有的在暗处。"① 这话似乎有道理，我们现在能够从徐志摩的日记、书信和文学作品中看到他几乎完整的一生，我们还可以从《徐志摩年谱》和那些回忆徐志摩的文章中了解他的具体事迹。照这样说，我们对徐志摩的生平应该是很清楚的了。但事实是，徐志摩英年早逝，这使得他留下来的自传性质的文字不多，以至后世学者不容易弄清楚他生平的一些细节。人们对于他的生平尤其"出国（留学美英——引者按）前的生活轨迹和成长过程，长期未能给予应有的重视和探讨"②。虽有2008年秦贤次在《新文学史料》杂志发表《徐志摩生平史实考订》一文考订了若干史实，在笔者看来，仍有缺漏，且有的观点尚须商榷。

一　求学杭州府中行实考辨

1. 何时入读杭州府中

1931年12月11日（即志摩遇难一月后），郁达夫撰文《志摩在回忆里》说：

> 大约是在宣统二年（一九一〇）的春季，我离开故乡的小市，

---

① 韩石山：《序》，《徐志摩传》，北京十月文艺出版社2001年版，第1页。
② 陈子善：《徐志摩与沪江大学》，《时代周报》2013年5月23日。

去转入当时的杭府中学读书——上一期似乎是在嘉兴府中读的……①

这应该是徐志摩亲友中最早谈到他入读杭州府中的时间。由于郁达夫曾是徐志摩在杭州府中时的同班同学,此后几乎所有徐志摩年谱和传记,都记载他在宣统二年(1910)春入读杭州府中。例如,1949年出版的陈从周编《徐志摩年谱》载:"一九一〇(宣统二年),庚戌十五岁,春,与表兄沈叔薇(拱垣)同入杭州府中求学。"②赵遐秋《徐志摩传》、宋炳辉《新月下的夜莺徐——志摩传》也认为徐是1910年春入读杭州府中③。

近年,有学者提出异议。2001年出版的韩石山著《徐志摩传》说:"1911年春天,约当农历庚戌年的年底,徐志摩从开智学堂毕业。开春后,考入杭州府中学堂,俗称杭州府中。"④2003年,随着徐志摩在杭州府中所写的《府中日记》首次面世,关于他1911年春入读杭州府中的说法,被普遍接受。这本日记开始于宣统三年正月二十日(1911年2月18日):"正月二十日(阳历二月十八日)今日惟日己未,学堂开校期也。"秦贤次先生据此宣称,"大家已肯定志摩于宣统三年正月廿日(1911年2月18日)考入浙江杭州府中学堂"⑤。

据韩石山《徐志摩传记》,徐志摩于1911年春入读府中。这倒是与秦贤次的说法基本相同。但是《府中日记》从1911年2月18日开始,意味着两种可能的情况:(1)徐志摩从这天开始在杭州府中就读;(2)这天是徐志摩在杭州府中求学的第二年的开学第一天。

韩、秦的说法显然属于前一种。问题在于,《府中日记》开始几天的记录,显示的只是徐志摩为新学期作了一些准备,如拟租顾姓市屋、购买《学堂日记》、杂记簿、信封等,这些不仅不能说明徐志摩初入杭州府中,反而透露出他对此地此校并不陌生。比如,据2月19日《府中日记》,他和沈叔薇、张仕章等一起从硖石赴杭读书。倘若这是徐志

---

① 郁达夫:《志摩在记忆里》,《新月》第四卷第一期。
② 陈从周编:《徐志摩年谱》,1949年间自费印刷本,第6页。此书另有上海书店1981年11月印行的影印本。
③ 参见赵遐秋《徐志摩传》,中国人民大学出版社1989年版,第6页;宋炳辉《新月下的夜莺——徐志摩传》,上海文艺出版社1993年版,第16页。
④ 韩石山:《徐志摩传》,北京十月文艺出版社2001年版,第34页。
⑤ 秦贤次:《徐志摩生平史实考订》,《新文学史料》2008年第2期。

摩第一次去杭州府中读书,以他在徐家是独子及其家境富裕的情况,怎么可能没有亲人相送?再有,到达杭州后,徐志摩曾"谒张夫子献之"。张献之(1877—1945),名张相,清末在杭州府中讲授古文与历史。倘若这是徐志摩第一次去杭州府中读书,又岂会认识杭州府中教师张献之?还有就是,倘若徐志摩1911年春开始在杭州府中读书,为何他本人及其亲友不曾提及?

相反,郁达夫、蒋复璁等徐志摩的亲友曾直接或间接提到过后一种情况。由上文引述的郁达夫悼念徐志摩文章可知,郁达夫入读杭州府中与徐志摩同班的时间,大约在1910年春学期。郁达夫用了"大约"二字,说明这个时间不确定。他在《自传》中有两处比较明确提到这个时间:

《远一程,再远一程——自传之五》:
秋期始业的时候,我就仍旧转入了杭府中学的一年级。

《孤独者——自传之六》:
几只残蝉,刚在告人以秋至的七月里的一个下午,我又带了行李,到了杭州。因为是中途插班进去的学生,所以在宿舍里,在课堂上,都和同班的老学生们,仿佛是两个国家的国民。从嘉兴府中,转到了杭州府中……①

综合这两则材料,郁达夫插入徐志摩所在班级的时间,在1910年秋。清末的杭州府中每年分两个学期即春学期和秋学期。既然郁达夫在1910年秋学期插入徐志摩所在的一年级,也就容易推断,徐志摩开始入读杭州府中的时间是1910年春学期。退一步说,郁达夫在杭州府中的学习仅半年时间,之后转入美国长老会办的教会学校。倘若徐志摩开始入读杭州府中的时间在1911年春,那么此时郁达夫已转入教会学校,两人何来同班同学之说?

何况,徐志摩的表弟蒋复璁也说,徐志摩开始入读杭州府中的时间是1910年春:

前清宣统二年,他在杭州府中读书,我在钱塘高等小学读书,

---

① 郁达夫:《风雨茅庐(郁达夫回忆录)》,华夏出版社2008年版。

杭州故知府林迪臣对于杭州兴学有功，所以他的诞辰，杭州全城学校统统放假，都到孤山他的墓上凭吊，我在那里认识了志摩。①

宣统二年正月（1910年2月），蒋复璁通过钱塘高等小学入学考试后入读该校②。又，据《府中日记》四月廿四日载："惟日壬辰，林太守之生辰也。"③ 于是可知，蒋复璁初识徐志摩的日期是宣统二年四月廿四日（1910年5月12日），此时徐志摩"在杭州府中读书"。

当然，1910年春入读杭州府中的说法要成立，还必须解决一个问题。徐志摩1915年5月毕业于浙江一中（辛亥革命后杭州府中名称）④，那么，岂非徐志摩花了近六年时间才从中学毕业？这不符合学制。真实情况应该是这样的：杭州府中的学制是五年，春季始业，宣统三年五月（1911年6月）改名为"浙江第一中学"⑤，学制四年，秋季始业。"新学制之中学，由五年改为四年，但清末招入者一仍其旧。"⑥ 辛亥革命时，虽然时局动荡，杭州却并未有战事发生，学校仅暂时停课几个月而已⑦。1912年春，学校复课，但毕竟杭州府中曾停办半年，因此徐志摩所在年级于1915年夏毕业，如此既可补足学制（五年），毕业后也可与当年秋季始业的大学预科对接。

2. 有何特别表现

徐志摩自谓"在二十四岁以前，诗，不论新旧，于我是完全没有相干"⑧。这就给一般研究者造成一个错觉，以为青少年时期的徐志摩与文学"是完全没有相干"。因此，坊间诸多《徐志摩传记》对于少年徐

---

① 蒋复璁：《徐志摩先生轶事》，原载台湾《传记文学》第四十五卷第六期，收入韩石山选编《难忘徐志摩》，昆仑出版社2001年版，第13页。
② 参见《蒋复璁口述回忆录》，文芳印刷事务有限公司1990年版，第20—21页。
③ 韩石山编：《徐志摩全集·第五卷小说戏剧日记》，天津人民出版社2005年版，第190页。
④ 关于徐志摩从杭州府中毕业时间的详细考订，参见秦贤次《徐志摩生平史实考订》，《新文学史料》2008年第2期。
⑤ 徐志摩《府中日记》载："五月十六日（阳历六月十三日）今日为浙江第一中学开校之纪念日，照章放假一天。"（韩石山编《徐志摩全集·第五卷小说戏剧日记》，第196页）
⑥ 秦贤次：《徐志摩生平史实考订》，《新文学史料》2008年第2期。
⑦ 陈从周编《徐志摩年谱》（第7页）引邵伯炯《浙江第一中学校沿革略》云："革命事起，浙江各校悉中断，至民国二年春，甫议复课。""二年"，应为民国元年之误，查考茅盾的《我的中学时代》便可知。
⑧ 徐志摩：《猛虎集·序》，新月书店1931年版。

志摩在文学方面的特别表现，语焉不详。其中固然有相关资料缺乏这个客观原因，但仅就资料而言，并非无迹可寻。

首先，我们从徐氏留下的《府中日记》，可知徐志摩在府中阅读课外读物的一些情况。其阅读兴趣明显集中在古今小说。例如：正月廿二日，不仅购《新三国》《新西游记》各一，还在"阅《新西游记》三册"之后，撰写了读后感。再如：正月廿四日记，"晚膳后，阅小说数页……"正月廿五日记，"晚膳后……阅小说……（借潘君小说书三册）"；三月初五日记，"阅小说《三名刺》一册"；四月初一日记，"阅《鲁滨孙漂流记》数页"；四月初七日记，"向三年生江世澄君借得《小说月报》二册阅。载有各种小说，若《香囊记》则言情也；《汽车盗》则侦探也；《薄倖郎》则哀情也；其中情事曲折动目，至膳时始释卷"。郁达夫的回忆，也证实了徐志摩喜爱读小说："（志摩）那样的爱着小说——他平时拿在手里的总是一卷有光纸上印着石印细字的小本子。"①

其次，徐志摩在诗歌创作方面的兴趣开始显现，如1911年四月二十三日至二十八日的日记，几乎都是他学作或抄录的诗词。四月廿二日，他写下语句铿锵的诗篇《感时》：

  进进进，家破国亡不堪问，生斯世兮男儿幸，手执大刀兮誓将敌杀尽，尽尽尽，也难消扬州十日、嘉定屠城恨，进进进。
  追追追，血溅战衣金刀挥，头可断兮决不归，誓将江山一鼓夺回，追追追。
  死死死，不死疆场男儿耻，抛却美妻及爱子，披衣上马去如矢，不得自由毋宁死，死死死。②

这首《感时》，不是寻常的古典诗词格式，文白夹杂，且连续用叠词和排比，气势不俗，总体上隐约可见"分行抒写"的新诗的轮廓。

最后，在浙江一中校刊发表两篇颇见古文功底的文章。1913年7月，在浙江一中校刊《友声》第一期发表《论小说与社会之关系》，这是迄今为止发现的徐志摩最早发表的文章。此文从文风到主要思想，显见仿效梁启超《论小说与群治之关系》（1902），但能够把梁启超"文字间

---

① 郁达夫：《志摩在记忆里》，《新月》第四卷第一期。
② 徐志摩：《府中日记》，韩石山编《徐志摩全集·第五卷小说戏剧日记》，第189—190页。

那种优雅的文白夹杂风格"模仿得惟妙惟肖,亦可见作者深厚的古文功底。1914年5月,徐志摩在《友声》第二期发表《镭锭与地球之历史》和《挽李幹人联》。

二 求学沪江大学行实释疑

1949年陈从周自费印刷的《徐志摩年谱》,最早提到徐志摩入读沪江大学,该书1915年条目称:"秋肄于上海沪江大学,十二月廿九日去天津北洋大学。"① 时间上,将"1916年"误为"1915年",属明显错误,而以"秋"字指称时间亦模糊不确。显然,关于徐志摩入读沪江大学之事,陈从周也不是很清楚,可能来自传闻。由于他未能提供有力证据,1981年11月上海书店出版该书影印本时,在1915年"夏毕业于杭州第一中学"条下,添加"即考入北京大学预科",相应地删去了"秋肄于上海沪江大学,十二月廿九日去天津北洋大学"等内容。此后的赵遐秋版、宋炳辉版、韩石山版《徐志摩传》②,均未提及徐入读沪江大学之事。

香港作家梁锡华凭借"一双神行太保似的腿和一张李翠莲似的嘴"③,从美国马萨诸塞州克拉克大学档案中发现了当年徐志摩提交给克拉克大学的沪江大学成绩单。这张成绩单使得已经沉寂的徐志摩是否曾入读沪江大学之争,在学界再起波澜。

大约在2001年,韩石山发表《徐志摩学历的疑点》一文,怀疑徐志摩提交给克拉克大学的沪江成绩单可能系徐父申如凭声名与财力伪造而成。韩的一个理由是,徐志摩北大同学毛子水在距徐志摩遇难不足二十天即发表的纪念文章《北大求学时代的志摩》,却只字未提徐志摩在沪江的经历。韩石山怀疑:"以徐的交游之广,名望之大,去世后,竟没有一个当年沪江的同学写过悼念文章,或是叙及在该校读书时的轶事,这,不能不说是一件怪事,更增加了这一学历的可疑性。"④ 因此,2001年版韩石山著《徐志摩传》援引陈从周1981年版《徐志摩年谱》

---

① 陈从周:《徐志摩年谱》,1949年自费印刷版,第9页。
② 赵遐秋:《徐志摩传》,中国人民大学出版社1989年版;宋炳辉:《新月下的夜莺——徐志摩传》,上海文艺出版社1993年版;韩石山:《徐志摩传》,北京十月文艺出版社2001年版。2010年版韩石山《徐志摩传》采纳了秦贤次的观点,称:"(徐志摩1915年9月——引者按)就近去了上海的沪江大学读书。"
③ 韩石山:《梁锡华的"放弃"之憾》,《文学自由谈》2005年第6期。
④ 韩石山:《寻访林徽因》,人民文学出版社2001年版。

的说法,称:"1914年夏秋之间,徐志摩中学毕业,考入北大预科。"①韩的"伪造说"受到一些学者批评,2008年秦贤次指责说,"伪造说""污蔑侮辱了徐志摩及沪江大学,真的有失学者厚道"②。

2013年年初,上海理工大学档案馆的工作人员发现并披露了两批直接证明徐志摩曾入读沪江大学的新史料,一批是徐志摩以谱名徐章垿发表在沪江大学校刊《天籁》上的11篇文章,且"天籁社职员表"上标明徐章垿为"汉文主笔"③;另一批是《沪江大学1917年年刊》载有徐章垿照片和个人介绍④。此外,论者还以徐志摩在沪江大学时的同学吴经熊、张仕章为佐证。

至此,徐志摩曾入读沪江大学已可确定。但仍然存在三个有待合理解释的疑点:一是徐志摩何时入读沪江大学,何时离开?二是他读的是预科还是正科?三是克拉克大学档案馆所藏徐志摩在沪江大学的成绩单,是否真实?这三个问题,虽然不能否认徐志摩曾入读沪江大学,却能削弱其可信度,尤其它们涉及的是徐志摩重要的生平史实,颇有考释的必要。

1. 何时入读沪江大学,何时离校

陈从周《徐志摩年谱》记载的时间是1915年秋入学,当年12月29日(入读北洋大学)前离开。曾庆瑞编修《新编徐志摩年谱》1916年条目:"春,转入上海浸信会学院(上海沪江大学前身)……秋,又转入天津北洋大学法科预科。"⑤秦贤次的说法是,"徐志摩系婚后不久,约于1915年12月中即插班进入沪江大学预科一年级","1917年初春,徐志摩鼓励吴经熊一同在上海应考北洋大学第二次招考的法科特别班,并通过考试。1917年2月,徐吴两人同时由沪江大学转入天津北洋大学法科特别班"⑥。而披露徐志摩在沪江大学档案的章华明、吴禹星"综合相关记载、回忆和研究,尤其是梁锡华、秦贤次和本人的考证",肯定"徐志摩求学于沪江的时间应是1915年底至1916年底,前

---

① 韩石山:《徐志摩传》,北京十月文艺出版社2001年版,第36页。
② 秦贤次:《徐志摩生平史实考订》,《新文学史料》2008年第2期。
③ 章华明、吴禹星:《徐志摩于沪江大学》,《新文学史料》2013年第1期。
④ 吴禹星:《沪江大学档案中徐志摩的印迹》,《中国档案》2013年第4期。
⑤ 曾庆瑞编修:《新编徐志摩年谱》,《徐志摩全集》卷五,广西民族出版社1991年版,第442页。
⑥ 秦贤次:《徐志摩生平史实考订》,《新文学史料》2008年第2期。

后约一年时间"。① 各人说法不一,可见一斑。

据秦贤次《徐志摩生平史实考订》:

> 笔者由台北"教育部档案室"的北大档,查出 1915 年 11 月报部的《预科学生一览表》中,有徐章垿与潘应升、赵乃抟等三人同系 1915 年 9 月由上海录取的"备取生",分发在预科第一部英文丙班。②

笔者曾查阅北京大学档案馆和台北"教育部档案室"所藏相关档案,所见确实如秦先生所言。因此可以确信,1915 年 9 月至 11 月,徐志摩在北大预科学习。这个时段与毛子水的回忆大体吻合,他说:"民国四年夏天,志摩(徐章垿)考入北京大学预科。"又说,"他虽然在北大预科二年级的时候转到北洋去"。③ 这句话的意思是,徐志摩在北大预科二年级(即 1916 年)才离开北大。

此外,还有徐志摩致徐蓉初的两封信可为证。这两封信,原无写信年份,仅有月和日。写于"八月二十三日"的信向伯父徐蓉初报告了从上海赴北京的行程,写于"十月七日"的信报告了"侄儿到京以来起居粗适"及在北京购书诸事。④ 坊间的《徐志摩书信》和《徐志摩全集》,大多把这两封信写作年份断为 1914 年。从两封信的内容和写信时间相隔一个多月看,徐志摩此番赴京系长住。倘若两信写于 1914 年,是时他正在浙江一中读书,实无理由弃学长住北京。故,两信应写于 1915 年他从浙江一中毕业后的秋天,而"八月二十三日"的信报告的是徐父申如送徐志摩入北京大学预科读书时父子俩的沿途行程,"十月七日"的信报告的是徐志摩入读北大预科后的生活状况诸事。也就是说,徐志摩在一九一五年八月二十三日(1915 年 10 月 1 日)抵达北京,随后入读北京大学预科,至少直到十月七日(1915 年 10 月 13 日)

---

① 章华明、吴禹星:《徐志摩与沪江大学》,《新文学史料》2013 年第 1 期。章华明最早撰文披露沪江大学校刊《天籁》刊载徐章垿 11 篇文章之事(参见《徐志摩在沪江大学》,《新民晚报》2011 年 7 月 28 日)。吴禹星最早撰文披露《沪江大学 1917 年年刊》中关于徐章垿的介绍(参见《沪江大学档案中徐志摩的印迹》,《中国档案》2013 年第 4 期)。
② 秦贤次:《徐志摩生平史实考订》,《新文学史料》2008 年第 2 期。
③ 毛子水:《北大求学时代的志摩》,《晨报·学园》1931 年 12 月 8 日。
④ 参见韩石山编《徐志摩全集·第六卷书信》,天津人民出版社 2005 年版,第 308、309 页。

仍在该校。

那么，是否如陈从周、秦贤次等所言，徐在1915年12月从北大预科转入沪江大学？不可能。

其一，据1915年印刷的《沪江大学校、道学书院合章》所载校历，该校2月6号寒假、3月1号大学校招考插班生、3月2号开学、6月2号大学校招考新生、6月19号大学校暑假、9月8号大学校补考新生、9月9号大学校开课。① 不论徐志摩以正式新生还是插班生身份考入沪江大学，他都不应该在12月入读该校。

其二，据《沪江大学1917年年刊》，徐志摩所在的年级被称为"The Class of 1920"，也就是按照学制，在1920年毕业的年级。查《沪江大学校、道学书院合章》（1915），沪江大学预科学制一年，正科四年，预科和正科加起来五年。显然，只有徐志摩在1916年入读该校，他和他的年级才会在1920年毕业。徐的同级同学张仕章、方同源、范光荣等，就是在1920年毕业。②

其三，1915年12月5日，徐志摩从北京回到硖石与张幼仪结婚。倘若他这年12月入读沪江大学，就意味着他在新婚当月离开张幼仪孤身赴上海读书，这不符合常理。何况，当时（12月5日）距沪江大学放寒假（2月6日）已不足一个月。

综上，徐志摩入读沪江大学的时间是1916年春。由于笔者尚未找到1916年沪江大学校历，只能对1916年春该校开学时间试作推断。据《沪江大学章程》（1915）和《私立沪江大学一览》（1935—1936）所载校历，沪江大学一般在春节前夕（阴历十二月二十日左右）放寒假，次年元宵节后非周末的某日开学（春学期）。经查万年历，1916年元宵节在2月17日（星期四），于是推知，沪江大学1916年春学期开学日期是2月21日（星期一）。即徐志摩大约在1916年2月21日插班入读沪江大学。这亦可解释，为何1915年12月出版的沪江大学学生刊物《天籁》第3卷第3、4合号没有出现徐志摩的信息，而是从1916年才开始出现。

接下来谈徐志摩何时离开沪江大学入读北洋大学。上文已述，学界对这个离开的时间也是众说纷纭。笔者认为，他从沪江大学转入北洋大

---

① 该书是沪江大学和道学书院章程的合编，1915年上海美华印书馆印刷，其内容包括两校的校历、章程、职员表、课程简表、各年级学生姓名录等。

② 这几人均见载于《沪江大学1917年年刊》中的"The Class of 1920"，亦见载于《私立沪江大学一览》（1936—1937）中的《历届毕业生同学录》。

学就读的时间是 1917 年 2 月。考证如下：

第一，1916 年年底出版的《沪江大学 1917 年年刊》有"The Class of 1920"学生徐章垿的介绍，而 1916 年 12 月出版的沪江大学学生刊物《天籁》第 4 卷第 4 号刊载了署名徐章垿的两篇文章（《贪夫殉财烈士殉名论》和《征人语》），且徐章垿仍担任《天籁》汉文书记兼汉文主笔。这说明，直到 1916 年 12 月，徐志摩还在沪江大学。

第二，从 1917 年开始，《天籁》上不再出现徐志摩的信息，这是因为他已经离开沪江大学，转入北洋大学。徐志摩在沪江大学、北洋大学的同学吴经熊的回忆，可证实徐入读北洋大学是在 1917 年春。据吴经熊回忆，徐、吴二人参加并通过北洋大学在上海举行的入学考试，是在 1916 年冬天。[①] 此时他们还在沪江大学，要等到来年春学期开始，才入读北洋大学。

第三，笔者曾查阅天津大学档案馆藏徐志摩在北洋大学（天津大学前身）的学籍档案，发现学籍档案本上徐章垿名下写着："民国六年七月补习半年期满，经入校试念，及格。"可见，1917 年（民国六年）上半年他在北洋大学"补习"。换言之，他在 1917 年年初入读北洋大学预科，"补习半年期满"后通过该校考试，入读正科。

综上，徐志摩在 1917 年春入读北洋大学（预科）已无疑。查万年历可知，1917 年春节是 1 月 23 日。又，据《国立北洋大学一览》（1924 年）所载"学年历"，有"每年酌放寒假十五日"之规定[②]。于是可推知，北洋大学 1917 年 1 月放寒假，2 月开学。质言之，徐志摩从 1917 年 2 月开始就读北洋大学。

2. 读的是预科还是正科

就笔者所见，仅秦贤次明确说是预科："（徐志摩）插班进入沪江大学预科一年级（《徐志摩生平史实考订》）。"其他人几乎都像陈从周《徐志摩年谱》那样，笼统地说"入读沪江大学"。

据《沪江大学 1917 年年刊》，徐志摩所在的年级被称为"The Class of 1920"，也就是说按照学制，属于 1920 年毕业的年级。又，查《沪江大学校、道学书院合章》（1915），沪江大学预科学制一年，正科四年，每年 9 月为新生始业的开学日期。既然按照学校安排，徐志摩和他

[①] 吴经熊：《超越东西方》，周伟驰译，雷立柏注，社会科学文献出版社 2002 年版，第 51—52 页。

[②] 《国立北洋大学一览》，天津北洋大学 1924 年印刷，第 16 页。

的年级须在 1920 年大学正科毕业，那么就不难推断，他在 1916 年 2 月插班入读的是该校预科，如此，他在 1916 年 6 月预科毕业，9 月入读正科一年级。有两件档案材料可作证明：一是笔者在天津大学档案馆查阅徐志摩在北洋大学（天津大学前身）的学籍档案，学籍档案本上徐章垿名下写着"沪江大学正科修业"，说明他考入北洋大学前确实在沪江大学正科就读；二是 1918 年 12 月 4 日沪江大学美籍校长魏馥兰为徐章垿（Hsu Chang-hsu）出具的成绩单中，有些课程属于预科的，有些属于大学正科一年级（详后）。

3. 克拉克大学档案馆所藏徐志摩在沪江大学的成绩单，是否真实

徐志摩提交给克拉克大学的沪江大学英文成绩单，其实是一份证明，开具的时间是 1918 年 12 月 4 日。开头部分说 Hsu Chang-hsu（徐章垿）从 1915—1916 年求学于沪江大学，文末有校长魏馥兰（F. J. White）的英文签名。这份成绩单涉及 1915 年、1916 年两个年度各 9 门科目，共计 18 门。具体见表 4-1[①]：

表 4-1　　　　　徐志摩在沪江大学成绩

序号	科目	学时（课）	成绩
1915 年			
1	英国文学	3	89
2	英语修辞和作文	5	92
3	中国文学	3	96
4	中国历史	3	97
5	通史	3	91
6	基础物理	3	85
7	平面和球面三角	3	89
8	公民	3	93
9	圣经	2	92
1916 年			
1	英国文学	3	90

[①] 此表据克拉克大学档案馆藏徐志摩在沪江大学成绩单（英文）制作。这份成绩单，可参见吴禹星《沪江大学档案中的徐志摩印迹》，《中国档案》2013 年第 4 期。

续表

序号	科目	学时（课）	成绩
2	英语写作	3	87
3	中国文学	3	97
4	中国历史	3	95
5	英国历史	3	91
6	高级代数	3	84
7	抽象代数	3	89
8	化学实验	4	89
9	圣经	2	94

上文说到，韩石山怀疑这份成绩单系徐父申如托人伪造，此说遭到秦贤次严厉批评。然而，即使"将韩石山的怀疑搁在一边，详加分析，这份成绩单的疑点也是分明存在的。一是从时间上看，这份成绩单是在徐志摩留学之前由校方开具的，明显系'补办'。二是徐志摩1915年12月前后才进沪江，他是如何完成1915年9门科目的？难道是沪江认可了此前徐志摩在北大约三个月的修业，而徐志摩在1916年又补修了部分科目？"因此，研究者断言："按照今天的理解，不排除其中有'友情操作''技术处理'的成分，韩石山是'疑之有理'。"①

这份成绩单无疑是补办的。问题在于：其一，徐在1916年2月才入读沪江大学预科，既然如此，如何解释他在1915年修得的9门课成绩？其二，这份成绩单是否有"友情操作""技术处理"的成分？

经查阅相关资料，1915年9月始业的沪江大学预科开设的课程，共计24门，包括中学国文读本、国语、数学、英语文法、英语读本、英语作论、地理学、中国史、生理学、植物学、初等代数、高等代数、平面三角、立体几何、物理、化学、圣经等②。将之与表4—1对比，可发现表中有几门课系1915年9月始业的沪江大学预科没有开设的课程，如表中1915年的通史、平面和球面三角、公民，1916年的英国历史。

---

① 章华明、吴禹星：《徐志摩与沪江大学》，《新文学史料》2013年第1期。
② 参见《大学校课程表预科》，载《沪江大学校、道学书院合章》，美华印书馆1915年版，第8—12页。

又，查 1915 年该校正科一年级开设的课程①，有通史、平面和球面三角、公民等，且每周学时也与表 4-1 中的一致。因此，结合上文所证可推知，表 4-1 其实混合了徐志摩在沪江大学预科半年（1916 年春学期）和正科半年（1916 年秋学期，正科一年级）所修课程及成绩。至于魏馥兰开具的那份成绩单为何要将 9 门课划入 1915 年，可能是为了符合克拉克大学对徐志摩在沪江大学学习时间（两年）的要求，也可能系纰误。

据表 4-1，共 18 门课，最高分 97，最低分 84，平均分 91。又据 1915 年的《沪江大学章程》，"每年终，国文分数最多者，校长奖洋五元；英语演说最出色者，汪教员奖洋五元；各科均分最多者，本校奖洋五元"。②徐志摩的"中国文学"课，一次 96 分，另一次 97 分，这很有可能是"每年终，国文分数最多者"，而他的各科平均分高达 91，也可能是"各科均分最多者"。换言之，他在沪江大学期间，很可能因为成绩优异，获得过学校奖励。

但是，徐志摩在沪江大学的优异成绩，不可能含有"友情操作""技术处理"的成分，即应当是真实的。有两点为证：

一是徐志摩在中学时以第一名毕业。据《咨浙江巡按使送第一中学校第十次毕业生一览表应准备案文》（第 1396 号，1915 年 5 月 26 日）③，徐章垿排在最前面，由其领衔即系第一名毕业。另外，据《杭州府中学堂寄宿舍规则》第 10 条："班长以期考每班第一名充之，副班长以第二名充之。"徐志摩在中学期间一直担任班长，故可推知其为期考该班第一名。此外，徐志摩在克拉克大学的学习成绩，"总体上仍然算是非常优秀的，因此，在毕业时，徐志摩被授予一等荣誉学士（First Honors）"④。既然徐志摩在杭州府中和克拉克大学的学习成绩都很优秀，他在沪江大学期间取得优异成绩，也就丝毫不奇怪了。

二是据《沪江大学 1917 年年刊》，徐志摩担任"The Class of 1920"的"president"（相当于班长），而且"他除了居于年级合影的中心位

---

① 参见《正科科目》，载《沪江大学校、道学书院合章》，美华印书馆 1915 年版，第 12—13 页。
② 《大学校章程》，载《沪江大学校、道学书院合章》，美华印书馆 1915 年版，第 24 页。
③ 《咨浙江巡按使送第一中学校第十次毕业生一览表应准备案文》，《教育公报》第二卷第二期（1915 年 6 月）"公牍"栏，第 40—41 页。
④ 张宏生：《徐志摩就读美国克拉克大学行实钩沉》，《中国现代文学研究丛刊》2008 年第 1 期。

置,另外还有一个标准的头像出现在年级介绍的页首"①。他能担任"president"并在年刊中受重视,应该与他在沪江大学时学习成绩优异有关。

以上徐志摩早年求学行实的考订说明,他在1918年夏出国留学之前,学习成绩一直优异,不但在府中时期就喜爱阅读小说、开始诗歌创作、发表文章,而且沪江大学时期他对文学的兴趣未减,担任《天籁》的汉文主笔并发表十多篇诗文,他的"英国文学"和"中国文学"两科也一直保持优异成绩。这些早年求学时的兴趣、经历和取得的成绩,为徐志摩后来从事文学活动奠定了基础,同时这也是他在剑桥时期开始迸发出文学创作热情的背景(容另文论述)。

三 何时开始接手《晨报副刊》

坊间流布的各种版本徐志摩传记和年谱,都把徐志摩开始接手《晨报副刊》的时间,定为1925年10月1日。人们之所以定为这个时间,其理由是徐志摩主编的第一期《晨报副刊》在1925年10月1日出版,并且这期还刊登了相当于发刊词的徐志摩撰写的《我为什么来办我想怎么办》。实际上,徐志摩正式开始接手《晨报副刊》的日期,不是1925年10月1日,而是9月29日。因为,前任副刊主任刘勉己在9月26日出版的该刊登载《勉己启事》中说:

> 鄙人现因正张事忙,定于本月二十九日解除副刊主任兼职,嗣后对于副刊,专任选述"社会"周刊稿件,关于副刊日刊各种事务,自本月二十九日起,请径与主任徐志摩先生接洽。
>
> 再晨报副刊向取公开研究态度,此次改革,精神不渝,仍盼海内硕学鼎力匡助为幸。②

刘勉己说得很清楚,他于1925年9月29日正式解除副刊主任一职,而徐志摩也于这一天接手副刊。事实上,正因为徐志摩在9月29日已正式担任《晨报副刊》主任,由他主编的第一期《晨报副刊》才有可能在10月1日出版。而1925年10月1日,不但是徐志摩主编的第一期《晨报副刊》出版日期,也是该刊正式开始革新的日期。对此,

---

① 吴禹星:《沪江大学档案中徐志摩的印迹》,《中国档案》2013年第4期。
② 《勉己启事》,《晨报副刊》1925年9月26日。

晨报社在《本报副镌之提高及革新》启事中说得很清楚：

> 特自十月一日起将旧有副镌重新整顿，提高标准，改革内容……并将现在每日出版之副镌改为每星期出版四日，特约徐志摩君为本社学艺部部长，担任撰述及编定副镌稿件。①

四 不是新诗格律化"始作俑者"

新诗格律化的"始作俑者"是谁？这是中国现代文学史上一个有较大分歧的问题。总结学界对这个问题的各种回答，可得三种答案：

第一种，闻一多说。绝大多数人认定是闻一多"开新格律诗之先河"（见孙昌熙、朱德发主编《中国现代文学史新编》），"他的格律诗理论与实践对包括徐志摩在内的新月派诗人有着重大影响"（见钱理群等著《中国现代文学三十年》），乃至有论者进而说，"这个《诗刊》名义上的主编是徐志摩，而实际上的核心人物是闻一多"（见梁锡华著《徐志摩新传》和尹在勤著《新月派评说》）。

第二种，刘梦苇说。作为当年新诗格律运动主要参与者的朱湘，在1929年年初发表文章澄清说，刘梦苇是"新诗形式运动的总先锋"，并且说"我既然是这个运动当中一个活动的人，内情我又知道得详细，要是在这梦苇受人侮蔑的机会，我不出来说一句公道话，那我就未免对不起死者，也对不起这个运动"。②另一个知情人于赓虞也说："那时候，大家都很推重梦苇，因为他是给诗以整齐的形式的第一人。"③

第三种，徐志摩说。1998年陈学勇先生认为，新诗格律化的"始作俑者"，"与其说是闻一多，不如说是徐志摩"。④

对于第一种答案，至少有两类证据可证实它的真实性。第一类证据是，朱自清在《中国新文学大系（1917—1927）·诗集导言》中说：

> 《诗刊》里闻一多氏影响最大。徐志摩氏虽在努力于"体制的

---

① 《本报副镌之提高及革新》，《晨报》1925年9月26日。
② 朱湘：《刘梦苇与新诗形式运动》，《文学周报》第七卷第一期，1929年1月。
③ 于赓虞：《〈渴慕的玫瑰〉按语》，原载于《世界日报·文学》第4期，1927年4月29日。此据解志熙、王文金编校《于赓虞诗文辑存》（下），河南大学出版社2004年版，第734页。
④ 陈学勇：《识徐志摩的一段佚文》，《中国现代文学研究丛刊》1998年第2期。

输入与试验",却只顾了自家,没有想到用理论来领导别人。

朱自清说的"《诗刊》"显然指《晨报副刊·诗镌》。这两句话表达了如下意思:新诗格律运动中,徐志摩的贡献主要在创作方面("体制的输入与试验"),而闻一多除了创作还"用理论来领导别人"。由于理论一般在创作实践之先,于是人们认为闻一多是新诗格律运动的"始作俑者"。这个认识的得出,还能从徐志摩本人说过的一些话中获得有力佐证。徐志摩在《〈诗刊〉弁言》中说:

> 我在早三两天前才知道闻一多的家是一群新诗人的乐窝,他们常常会面,彼此互相批评作品,讨论学理。①

这段话使人们产生一种印象:早在《晨报副刊·诗镌》创刊之前,闻一多已和"一群新诗人""常常会面,彼此互相批评作品,讨论学理",也就是说,他们已经开始探讨新诗格律理论之后,徐志摩才加入进去,而徐志摩主编的《晨报副刊》只不过为闻一多提供了发布这种理论的讲坛。此外,徐志摩在《〈猛虎集〉序文》中回顾以前的创作时承认:

> 我想这五六年来我们几个写诗的朋友多少受到"死水"的作者的影响。我们的笔本来是最不受羁勒的一匹野马,看到了一多的谨严的作品我方才憬悟到我自己的野性。

徐志摩不仅说他自己写诗受到闻一多的影响,还说其他人("我们几个写诗的朋友")也同样如此。将这点与闻一多在新诗格律理论方面的贡献结合起来,就令人信服地得出"闻一多是新诗格律运动始作俑者"的结论。更何况,还有第二类证据,即事实上新诗格律理论中影响最大的,就是闻一多在《诗的格律》中提出的"三美"说,而他本人也一直致力于新诗格律的探索。

与闻一多说相比,朱湘、于赓虞提出的刘梦苇说可谓和者甚寡,但并不是没有公开赞同者。陈子展在《最近三十年中国文学史》的"文学革命运动"后篇中说:"自刘梦苇起,似乎以为中国旧诗每句字数有

---

① 徐志摩:《〈诗刊〉弁言》,《晨报副刊·诗镌》第一期,1926年4月1日。

定,如四言、五言、七言,于是他想把新诗给它每句一定字数,——例如十字至十二字,也同时用韵。总之,他们作新诗也要讲'格律'!"①

为了证明刘梦苇是新诗格律化的"始作俑者",朱湘提出了两个理由:第一,刘梦苇是"综合这三方面(新诗的音韵、诗行、诗章——引者按)而能一贯的作出最初的成绩来的"人。为了证实这点,朱湘还举例说明。他的例子是刘梦苇发表的《宝剑之悲歌》。朱湘说该诗发表后,他——

> 立刻告诉闻一多,引起他对此诗形式上的注意。后来我又向闻一多极力称赞梦苇《孤鸿集》中的"序诗"的形式音节。以后闻一多同我很是在这一方面下了点工夫。诗刊办了以后,大家都这样作了。②

第二,刘梦苇是《晨报副刊·诗镌》的发起人。

关于朱湘提出的第一个"理由",其实是经不起推敲的。姑且不论在刘梦苇之前是否已经有人"综合这三方面而能一贯的作出最初的成绩来",单看朱湘举的例子,就存在很大的问题。朱湘所谓刘梦苇在报纸上发表的《宝剑之悲歌》,应该是《宝剑底悲痛》,此诗发表于1925年8月28日《晨报副刊·新少年旬刊》第六期。此时刘梦苇从南方来到北京才数月,虽与朱湘结识,但尚未认识这年7月刚从美国留学回国的闻一多。而早在三年前,闻一多就已经意识到以格律改进新诗的必要性,并写下长篇论文《律诗底研究》,更何况,徐志摩在1924年也已经从理论上开始探索新诗形式并写出了《去吧》《沙扬娜拉十八首》《雪花的快乐》等追求格律的新诗,因此,即使朱湘说的"立刻告诉闻一多,引起他对此诗形式上的注意"属实,也不能证明刘梦苇是"新诗形式运动的总先锋"。至于朱湘又说,他向闻一多推荐"梦苇《孤鸿集》中的'序诗'的形式音节",这一点顶多只可以令人相信,"梦苇《孤鸿集》中的'序诗'的形式音节"对闻一多等提倡新格律诗起到了推动作用,而非决定作用。不过,尽管《孤鸿集》后来并未正式出版,朱湘说他向闻一多推荐"梦苇《孤鸿集》中的

---

① 陈子展:《最近三十年中国文学史·文学革命运动》,阿英主编《中国新文学大系·史料索引》,上海良友图书印刷公司1936年版,第211页。
② 朱湘:《刘梦苇与新诗形式运动》,《文学周报》第7卷,1929年1月开明书局合订本。

'序诗'的形式音节",这件事是可信的,因为刘梦苇在 1926 年春的确曾将《孤鸿集》交朱湘代为出版①,因而朱湘肯定看过"梦苇《孤鸿集》中的'序诗'"。

至于朱湘提出的第二个"理由",即刘梦苇是《晨报副刊·诗镌》的发起人,我们需辩证地看待。一方面,他指出刘梦苇是《晨报副刊·诗镌》的发起人,是大致符合事实的。关于这一点,本书第五章第二节将予以详考。但另一方面,我们需要看到,刘梦苇当初只是第一个提议"办一个诗刊",这件事与朱湘说的刘梦苇是"新诗形式运动的总先锋"之间不构成因果关系。何况,根据徐志摩在《〈诗刊〉弁言》中所言,《晨报副刊·诗镌》创刊以前,闻一多等已经"常常会面,彼此互相批评作品,讨论学理",而蹇先艾后来的回忆也证实,在刘梦苇提议创办"一个诗刊"之前,闻一多"他们正在探寻新诗的形式与格律的道路"②。

因此,朱湘提出的刘梦苇说不足为信。后世论者不查,竟径直采用此说。虽然如此,朱湘提出的上述两个"理由"提醒研究者,应该注意到刘梦苇在新诗形式运动方面作出的贡献。除了朱湘强调的两个"理由",其实刘梦苇在新诗形式的理论方面也有建树。刘梦苇发表于 1925 年 12 月 12 日《晨报副刊》上的《中国诗底昨今明》,是一篇重要的诗论,它既具理论价值,也有史料价值,1928 年 4 月《台湾民报》曾予以转载,而且是第一篇被介绍到台湾的新诗论文。这篇文章从中国诗的历史源流,论述了诗歌形式的演变,认为当前不仅应该破坏旧诗,更应该从事新诗本身的建设,同时指出了今后新诗在形式方面总的努力方向。特别是,他在这篇论文里提出新诗格律三个方面(形式、音节、词句)的要求,比较接近闻一多后来在《诗的格律》中提出的著名的"三美说",而发表的时间要比后者早半年。

至于陈学勇提出的徐志摩说,影响尚不大,自 1998 年提出以来,很少有人关注。这恐怕与陈先生所凭的证据主要是一段徐志摩的"佚文"不无关系。

平心而论,陈学勇发现的那一段徐志摩"佚文",不仅对徐志摩研究,而且对中国现代诗歌研究都具有重要史料价值,理应引起相关研究者的重视。不妨摘录该"佚文"如下:

---

① 蹇先艾在《吊一个薄命诗人》一文中透露,《孤鸿集》是由"子沅"即朱湘"催促付印的"。该文初载 1926 年 8 月 27 日出版的《晨报副刊》第 1448 号。
② 蹇先艾:《〈晨报诗刊〉的始终》,《新文学史料》第三辑,1979 年,第 157 页。

……现在所谓新文学是一个混沌的现象，因为没有标准，所以无从评论起，少数的尝试者只是在黑暗中摸索，有想移植欧西文学的准绳，有的只凭着不完全不纯粹的意境做他们下笔的向导。到现在为止，我们应得承认失败，几乎完全的。但这失败的尝试中我们已发见了不少新的字完全受解放（从类似的单音文字到分明的复音文字）以后纯粹的字的音乐（Word Music）。现在的作品，不论诗与散文，还差的远，不是犯含糊病就是犯夹杂病。文字必须先纯粹，方能有文体的纯粹。三殿顶上的黄瓦是一个模子做成的；我们的新语言也得有那纯粹性。瓦块不匀整时，便盖不成成品的屋顶。文字不纯粹时，便做不成像样的文章。

　　这单是讲方式与原料。思想是结构与意匠，那又是一件事。我们得同时做两种工夫：一面造匀整的瓦料，一面打算将来建筑的图样。我们看问题要看彻底，走半路折回头的办法不是男子的气概。你不见现在新体文不曾站得住，许多所谓新文人与新诗人又在那里演什么曲调与词调了吗？……①

　　徐志摩在这段"佚文"中对新诗初期成绩的估价略失偏颇，他说新诗"到现在为止，我们应得承认失败，几乎完全的"，这显然过于绝对化。但是并不妨碍陈学勇把这段"佚文"视为徐志摩是新诗格律化"始作俑者"的"有力证据"，因为"佚文明确说到，新诗需同时下两种工夫，'一面造匀整的瓦料，一面打算将来建筑的图样'是徐志摩第一次把诗和建筑这两个风马牛不相及的概念连在一起"。这说明，"《诗的格律》固然是新诗格律论的集大成者，但它的主要内容在徐志摩的这段佚文中已可见出其胚芽"。② 陈学勇还以闻一多、徐志摩早期的创作实践，来证明徐以格律作诗比闻要早。

　　应该承认，陈先生对"佚文"的解读是有一定道理的，论证也有力。但他忽略了一点，即早在徐志摩写下这段"佚文"的三年前（1922年3月），闻一多就已经写下了研究律诗的长篇论文《律诗底研究》③。在这篇论文中，闻一多研究了律诗的形式、体制和美感特征。

---

① 徐志摩：《〈文字的均齐〉编后语》，《晨报副刊·文学旬刊》第五十三号，1924年11月。
② 陈学勇：《识徐志摩的一段佚文》，《中国现代文学研究丛刊》1998年第2期。
③ 闻一多：《律诗底研究》，孙敦恒编《闻一多集外集》，教育科学出版社1989年版，第139—169页。按，闻一多曾于1922年3月8日写了一首《蜜月著〈律诗底研究〉稿脱赋感》，可见《律诗底研究》的写作时间不会晚于1922年3月8日。

全文的旨意非常明显，作者反复强调律诗，"律诗实是最合艺术原理的抒情诗体""律诗为中国艺术之代表"，旨在倡导新诗应该继承和发扬律诗的优良传统。特别是文中对律诗音节和"均齐"之美的总结，已具备后来著名的《诗的格律》中提出的"三美说"的雏形。在这篇论文里，闻一多显然是通过对传统律诗的研究，来寻求白话诗突破自我的可能①。而且在该文中，闻一多还第一次提到了格律的"原质"。可以说，尽管闻一多直到1925年才真正把这种对新诗形式的理论灌输在作品中，但他作为新诗格律理论的较早探索者的历史地位，却是不应被抹杀的。

再从闻、徐两文的文本存在形式来看，闻一多的《律诗底研究》是长篇专论，论述比较系统、完整，而徐志摩的"佚文"是披露在欧阳兰的书信体短文《文字的匀齐》中。相比之下，因为徐志摩的"佚文"并非专论，只是简要地阐述观点，既无论证，行文态度也不严（如认为"五四"以来的新诗是"几乎完全"的"失败"），因而其说服力自然比闻文逊色。加之它不是单独发表，而是夹在他人文章中，故不易被发现。而事实上，除陈学勇"意外"发现徐氏"佚文"之外，竟无人提及，这也证明了徐氏"佚文"自发表后很少有人知道的事实。然而必须提出，据发掘、整理闻一多《律诗底研究》的袁謇在1986年说，"六十余年来，此文未曾印行，今据手稿复制件加以整理"。②也就是说，1989年9月是闻氏该文第一次公开发表。这说明，与徐志摩"佚文"的遭遇相同，在20世纪二三十年代，闻氏这篇论文也很少有人知晓③，都谈不上对那个时代的诗坛有什么直接影响。虽然如此，我们还是可以肯定，闻文的新诗格律思想和理论比徐文要成熟、系统——这是闻一多后来能够在新诗格律理论上作出最重要贡献的原因。

---

① 闻一多在该文结尾时指出，郭沫若的《女神》并非"输入西方艺术以为创倡中国新诗之资料"，因为"郭君特西人而中语耳"，"不知者或将疑其作为译品"。参见闻一多《律诗底研究》，孙敦恒编《闻一多集外集》，教育科学出版社1989年版，第169页。
② 闻一多：《律诗底研究》，孙敦恒编《闻一多集外集》，教育科学出版社1989年版，第169页。按，据孙敦恒写于1986年10月的"编后记"，可知《闻一多集外集》编定于此时。
③ 1956年臧克家在《闻一多的诗》一文中，为了证明"闻一多是诗人，同时也是新诗的批评家、新诗理论的热心探索者，建设者"，简要地提到这篇《律诗底研究》："远在1920年他的学生时代，就以'诗的音节底研究'为题写过论文。"（臧克家：《闻一多的诗》，方仁念选编《新月派评论资料选》，第91页）既然《律诗底研究》直到1989年才首次出版，臧克家看到是闻一多的手稿或听说过这篇论文，又事隔多年，故他的说法存在两个错误，一是写作时间不是"1920年"，而是1923年，二是论文的题目不是《诗的音节底研究》，而是《律诗底研究》。

至于陈学勇在文中以闻、徐两人早期的创作实践作比较，认为"闻一多的诗集《红烛》和他留美期间的诗作几乎都属自由体，最早具有格律倾向的一首《也许》发表于1925年7月，而此后一段时间内的作品仍多属自由体，直到《诗刊》创办才写出了他颇为得意的新格律体《死水》。徐志摩的诗最初自然也是自由的，但写于1924年初夏的《去吧》《沙扬娜拉十八首》则明显地显露出格律的端倪"。① 这可真是见仁见智。1933年年底苏雪林在《论闻一多的诗》中写道："闻氏第一部诗集《红烛》出版于1923年……这是一部自由诗，但已表现了一个为同时诗人所不注意的精炼的作风。我们可以看出他每首诗都是用异常的气力做成的。这种用气力做诗，成为新诗的趋向，他后来的《死水》更朝着这趋向走，诗刊派的同人也都朝着这趋向走。"② 1956年，臧克家在《闻一多的诗》一文中也说："《红烛》里许多诗篇的意境和字句，出现在《死水》的某些诗里，得到了更完整的熔炼和铸造。"③《红烛》里的作品差不多都是闻一多在清华学校读书时写的，大部分是自由诗。这些诗"已表现了一个为同时诗人所不注意的精炼的作风"，其中包括对诗歌形式的关注，并且这种关注不仅出现在后来被视为格律诗运动代表作之一的《死水》里，也影响到了其他新月诗派成员的创作。

　　所以，套用陈学勇先生的话，若说到新诗格律的倡导，较为符合事实的描述应该是这样：闻一多比新月诗派中其他人更早进行了新诗格律的理论探索，那时的徐志摩尚处于"诗，不论新旧，于我是完全没有相干"④的阶段。在留美期间，立志于"在文学界作生涯"的闻一多一直与国内的清华文学社保持通信，这似乎可以证明清华文学社成员朱湘、饶孟侃、杨世恩、孙大雨等多少会受到闻一多的影响，因而当1925年7月闻一多留美归来，清华文学社的"四子"（子沅、子离、子惠、子潜）很快聚集在闻一多周围，"探寻新诗的形式与格律的道路"。在此一年前，徐志摩也开始了对新诗形式的探索与实践。徐、闻相识并引为同道。徐的气质，加上"跑野马"的文笔，实难担当阐发新诗格律理论的重任。闻一多当仁不让，以鲜明、清晰的表述，总结了包括徐志摩在内的新月诗人们研讨新诗格律的成果，在新诗理论方面，他的影响最

---

① 陈学勇：《识徐志摩的一段佚文》，第255页。
② 苏雪林：《论闻一多的诗》，《现代》第四卷第三期，1934年1月1日。
③ 臧克家：《闻一多的诗》，方仁念选编《新月派评论资料选》，第85页。
④ 徐志摩：《〈猛虎集〉序文》，方仁念选编《新月派评论资料选》，第308页。按，徐志摩在《〈猛虎集〉序文》中说："24岁以前，诗，不论新旧，于我是完全没有相干。"

大。因此，新诗格律化的"始作俑者"应该是闻一多。一个有力的证据，就是早在1922年年初他就写成《律诗底研究》，认识到了格律对新诗发展的重要性。

五　为中华书局主编"新文艺丛书"考述

关于1930年左右徐志摩担任中华书局编辑、主编"新文艺丛书"之事，各种有关徐志摩的传记和年谱极少提及。下文依据相关文献资料尤其是笔者新发现的史料，对这一史实予以考述。

据笔者所见，比较详细记叙徐志摩受聘中华书局主编"新文艺丛书"一事的，是刘海粟，他在《忆徐志摩》一文中提到，徐志摩与陆小曼结婚后徐父申如断绝了对徐志摩的经济接济，"我看在眼里，急在心里，一九二八年赴欧前夕，特地去找陆费伯鸿"，建议陆费氏请徐志摩"编辑一套文学丛书"，时为中华书局老板的陆费伯鸿答应"每月送他二百元编辑费，请他在家看编书好了"。"一批书稿送到徐志摩手中，因为他的审美趣味很高，直到他遇难，也未选到几部合用的稿子。后来，中华书局有的股东提出，子债父还，应当请徐申如先生代还。陆费先生皱眉一笑，没有这样做。"①

刘海粟上述回忆主要透露了三点：第一，他提议让陆费伯鸿出面请徐志摩编一套"文学丛书"（准确的名称是"新文艺丛书"，下同），时间是"一九二八年赴欧前夕"，即1928年夏天；第二，陆费伯鸿答应"每月送他二百元编辑费，请他在家看编书好了"，而从徐志摩死后中华书局股东提出让徐申如代还编辑费来看，陆费伯鸿兑现了他的话；第三，中华书局曾送了一批书稿给徐志摩选编，但"因为他的审美趣味很高，直到他遇难，也未选到几部合用的稿子"。

徐志摩在光华大学时的学生郭子雄写于1935年的《忆志摩》一文，也提到徐志摩帮中华书局编"文学丛书"一事，而且郭子雄本人就是这套丛书的作者之一。因而他的相关叙述可与刘海粟的上述回忆互证。

刘海粟只提到他找陆费伯鸿的时间是"一九二八年赴欧前夕"，并未提到徐志摩接受并开始选编"文学丛书"的时间。郭子雄也没有直接提到这个时间。然而，他在叙述1929年夏因徐志摩之故参观全国美术展览会之事后，说"年初近放寒假的时候，我接到了志摩的一封

---

① 刘海粟：《忆徐志摩》，韩石山编《难忘徐志摩》，昆仑出版社2001年版，第135—136页。

信",他应徐志摩之约"去志摩在福熙路的家里,在一个严冷的冬天"。就是在这次会面时,徐志摩"告诉我中华书局要发展业务,请他编辑《文学丛书》"。① 徐志摩是在1928年年初搬至上海市福熙路(今延安中路)四明村九二三号,而根据郭子雄在文中按照时间先后记事且他于1930年夏赴英国留学直到徐志摩遇难仍未回国,可作出推断,这次徐、郭见面的时间是1930年年初(根据当时一般在每年元旦后不久放寒假及郭子雄"年初近放寒假的时候"一语,似可进一步断定,他们见面的时间是1930年1月),也就是说,1930年年初徐志摩已经着手编辑"文学丛书",这个时间与刘海粟1928年夏向陆费伯鸿建议徐志摩编辑"文学丛书"无冲突。而且,1930年7月21日徐志摩致李祈的一封信,也可证明:

> 我为中华撰新文艺丛书,正缺佳稿。女士一本创作,一本译作,我已预定,盼及早给我,办法卖稿或版税均可。②

郭子雄接着在文中回忆说:

> 他叫我写一本稿,对我说:"弄几个钱来用用也好。"我答应了一本散文,如其能够的话,再来一本翻译……《口供》一书便是我的成就,如果没有他的勉励,决写不出来。③

除了郭子雄这本《口供》,徐志摩主编的"新文艺丛书"还计划出版另外二十多种文学书籍(详后)。因此,刘海粟说"直到他遇难,也未选到几部合用的稿子",此说有误。

笔者曾从旧书市场淘得三本徐志摩主编、中华书局出版的书:谢冰季著《幻罪及其他》,民国十九年十月(1930年10月)初版;伍纯武译《死的胜利》,民国二十年二月(1931年2月)版;邢鹏举的《波多莱尔散文诗》,民国二十一年四月(1932年4月)出版(见图4-1)。

---

① 郭子雄:《忆志摩》,韩石山编《难忘徐志摩》,昆仑出版社2001年版,第122—123页。
② 《致李祈》(一九三○年七月二十一日),韩石山编《徐志摩全集·第六卷书信》,第59页。后来李祈可能没有寄稿给徐志摩,因为,"新文艺丛书"目录中没有李祈的书。另,韩石山将此信写作年份定为1929年,据信推断,实应为1930年。
③ 郭子雄:《忆志摩》,韩石山编《难忘徐志摩》,第122—123页。

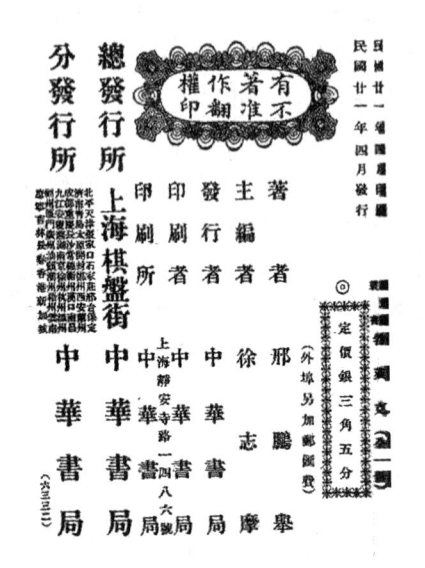

图4-1　《波多莱尔散文诗》版权页　　图4-2　"新文艺丛书"目录广告

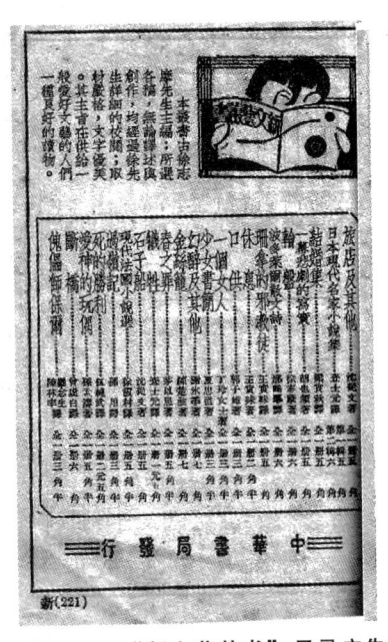

在邢鹏举的《波多莱尔散文诗》一书版权页前，夹了一页徐志摩主编"新文艺丛书"的目录广告（见图4-2），其右上角是一幅版画：一本打开的书遮挡住一个青年女子的头像，那本打开的书上写着"新文艺丛书"。版画的左边是广告词，其文如下：

> 本丛书由徐志摩先生主编：所选各稿，无论艺术与创作，均经过徐先生详细的校阅；取材严格，文字优美。其主旨在于供给一般爱好文艺的人们以一种良好的读物。

广告中列出的书名和作（译）者如下：

《旅店及其他》（沈从文）、《日本现代名家小说集》（查士元译）、《结婚集》（梁实秋译）、《一幕悲剧的写实》（胡也频）、《轮盘》（徐志摩）、《波多莱尔散文诗》（邢鹏举译）、《珊那的邪教徒》（王实味）、《休息》（王实味）、《口供》（郭子雄）、《少女书简》（夏中道）、《幻醉及其他》（谢冰季）、《金丝笼》（陈楚淮）、

第四章 新月派重要成员若干史实考 125

《春之罪》(茅以思)、《牺牲》(查士元译)、《石子船》(沈从文)、《现代法国小说选》(徐霞村译)、《过岭记》(孙用译)、《死的胜利》(伍纯武译)、《爱神的玩偶》(孙孟涛)、《断桥》(曾虚白译)、《傀儡师保尔》(罗念生、陈林牢译)。

还有两种书,上引广告中未录。一是由盛明若翻译的《卡尔与安娜》,民国二十年四月(1931年4月)出版(见图4-3);另外,在1930年4月出版的郭子雄《口供》一书附录"新文艺丛书"广告中,录有丁玲女士著《一个女人》,此书系短篇小说集,1930年作为"新文艺丛书"之一出版。

图4-3 《卡尔与安娜》版权页

据上述,徐志摩编辑出版的"新文艺丛书",计划出版文学书籍二十多种。这些文学书,有现代作家的创作也有外国作家的译作,有长篇小说也有短篇小说,虽以新月派作家为主,却也有左翼作家的作品(如胡也频和丁玲),可见徐志摩主编这套丛书时不持政治和文化方面的偏见,仅以文艺审美为标准。不过,直到1930年10月底,这套丛书仍未出齐。徐志摩在1930年10月26日致刘海粟信中谈及此事：

> 中华新文艺丛书我为收罗稿本已有二十余部，但皆未印得，转瞬满年，成绩一无可见为愧，然非我过也。明年此职，至盼仍赓续。兄如函伯鸿，乞便道及。上半年幸兄与鸿公惠助，得坐享闲福许久，感念未可言宣。但中华总当为尽力选书，决不要做亏赔生意也。①

信中"上半年幸兄与鸿公惠助，得坐享闲福许久，感念未可言宣"一语，证实1930年内徐志摩一直受聘中华书局负责选编"新文艺丛书"，而亦再次证实陆费氏兑现了"每月送他（徐志摩）二百元编辑费，请他在家看编书好了"。

到1930年年底，这套丛书已出版十多种，信中却说"中华新文艺丛书我为收罗稿本已有二十余部，但皆未印得，转瞬满年，成绩一无可见为愧"，这只能视为自责、自谦之语。但此信可以证实，截至写信时（1930年10月26日）徐志摩已选编"新文艺丛书"二十多种。顺便指出，郭子雄在《忆志摩》一文中提到他为《口供》的稿酬一事多次和徐志摩通信，后来徐还写信给郭子雄，"尊著……该换大洋一百元，明后日得便来取"。② 第二天，郭子雄在徐宅取得支款单并在中华书局领取了一百元。这是否说明《口供》一书在此时（1929年冬）已出版？否。郭子雄的散文集《口供》作为徐志摩主编的"新文艺丛书"之一，在1930年4月由中华书局出版。

徐志摩为中华书局主编的"新文艺丛书"，绝大部分在他遇难前出版，但仍有部分在他死后才出版。其原因，据刘海粟说是"因为他的审美趣味很高，直到他遇难，也未选到几部合用的稿子"。说徐志摩"审美趣味很高"以致很难选到"合用的稿子"，这是可信的。当年徐志摩让郭子雄"写一本稿"，以便"弄几个钱来用用也好"时，要求郭子雄"认真写作"，还"再三叮咛，'别粗制滥造'"。可见，徐志摩编"新文艺丛书"的态度是很认真的。此外，如上所引，他在托刘海粟向陆费伯鸿转达"明年此职，至盼仍赓续"之意时，也表示"但中华总当为

---

① 《致刘海粟》（一九三〇年十月二十六日），韩石山编《徐志摩全集·第六卷书信》，第28—29页。
② 《致郭子雄》（一九二九年七月八日），韩石山编《徐志摩全集·第六卷书信》，第394页。

尽力选书，决不要做亏赔生意也"。但徐志摩在编辑这套丛书时要求高，不会是"皆未印得，转瞬满年，成绩一无可见为愧"的主要原因。那么，究竟其主要原因是什么？徐志摩只隐晦地说了句"然非我过也"。此中必有隐情。徐志摩在1929年7月8日致刘海粟信中提到了打算出版梁宗岱一本译诗的事：

> 梁宗岱兄常来函，称与兄甚莫逆，时相过从；此君学行皆超，并且用功，前途甚大，其所译梵乐利诗，印书事颇成问题，兄曾有信来，言及交中华印刷，二月前我交去，中华伯鸿亦允承印，但左舜生忽作梗，言文字太晦，无人能懂，坚不肯受，以致原稿仍存我处，无法出脱，如此颇愧对梁君，今尚想再与伯鸿商量，请为代印若干部，如有损失，归我个人负担，不知成否？①

徐志摩对梁宗岱是很赞赏的，所谓"此君学行皆超，并且用功，前途甚大"，绝非奉承之词。1930年年底徐志摩筹办《诗刊》时专函向梁宗岱约稿，后来《诗刊》第二期上刊登了梁宗岱长达万言的《论诗》，徐志摩称赞说"他（梁宗岱——引者按）的词意的谨严是近今所仅见"。②徐志摩收到梁宗岱"所译梵乐利诗"后，"二月前我交去，中华伯鸿亦允承印，但左舜生忽作梗，言文字太晦，无人能懂，坚不肯受，以致原稿仍存我处，无法出脱"。因而不妨说，就徐志摩个人而言，不论是从他对"新文艺丛书"作者（如梁宗岱）的赞赏来讲，还是从他受朋友（如刘海粟）之托来讲，他都是极愿意让中华书局早日出版"新文艺丛书"的，但是有些书通不过中华书局（如左舜生）的审查，终致"皆未印得"。由于这种缘故，徐志摩在致刘海粟信中表示惭愧之余，又说"然非我过也"。

据笔者见到的"新文艺丛书"来看，在当时获得出版的书绝大多数很快再版，有的甚至在短短数年内重版三四次（如1939年7月，郭子雄的《口供》出版第四版），这从一个方面反映徐志摩不俗的编辑眼光。

---

① 《致刘海粟》（一九二九年七月八日），韩石山编《徐志摩全集·第六卷书信》，第24—25页。
② 徐志摩：《前言》，《诗刊》第二期，1931年4月20日。

第二节　闻一多与新月派关系新辨

关于闻一多与新月派的关系，已有研究者专题讨论过，其中李思乐1980年发表于《齐鲁学刊》的《闻一多与"新月派"》和张劲1988年发表于《贵州社会科学》的《闻一多与新月派辨析》，比较具有代表性。前文立足于政治意识形态，认为闻一多在政治态度上与徐志摩等"新月派"根本对立，因而尽管闻一多参加过一些"新月派"的活动，却不是"新月派"；① 后文从闻一多的文学实践活动出发，通过考察闻一多与新月社、《晨报副刊·诗镌》《新月》《诗刊》和《新月诗选》的关系，认为闻一多只是格律诗派，而与1928年之后的新月派关系不大。② 看得出来，这两篇文章所关注的，是长期来存在争议的一个问题，即闻一多究竟是不是新月派？由于目前学界普遍承认闻一多是新月派诗人，这个问题已不再成为问题。但对于闻一多与新月派的关系，其中仍有若干问题模糊不清乃至存在争议，比如，究竟闻一多在《晨报副刊·诗镌》创办和编辑中起到多大的作用？闻一多和《新月》的关系如何？他和后期新月诗派有无关联？等等。要弄清楚他和新月派的种种关系，就要回到闻一多与新月社、《晨报副刊·诗镌》《新月》《诗刊》《新月诗选》的关系以及他和新月派重要人物的关系等问题上去。

一　闻一多与新月社

通过本书第一章的考证，我们已经知道，新月社成立于1923年3月、解体于1926年秋天。而闻一多自1922年7月出国留学，1925年5月才回国。在他出国前，新月社尚未成立，因而在他留学美国的三年里，不可能参加新月社的活动、不可能加入新月社。从闻一多留学期间的书信和其他文献资料来看，留学期间他与徐志摩等新月社成员基本上没有联系。回国不久，经徐志摩推荐，他任北平艺术专科学校教务长，说明此时已和徐志摩等新月社的人有所来往。大约在1925年7月到8月间，闻一多、赵太侔、张禹九（嘉铸）等"中华戏剧改进社"成员加入新月社。8月11日，闻一多写信告诉闻家驷："我等已正式加入新

---

① 李思乐：《闻一多与"新月派"》，《齐鲁学刊》1980年第6期。
② 张劲：《闻一多与新月派辨析》，《贵州社会科学》1988年第12期。

月社,前日茶叙时遇见社员多人,中有汤尔和、林长民、丁在君(话间谈及舒天)等人。此外则北大及北大外诸名教授大多皆会员也。"①1946年熊佛西在悼念闻一多的文章中说:"不错,你曾加入新月社。"②梁实秋也说:"一多是参加过的。"③ 这说明,闻一多的确加入了新月社,参加过该社的活动。但闻一多加入新月社,并不意味着认同新月社,或者说,并不意味着他在当时具有与新月社多数成员相同的趣味。1923年,获知泰戈尔将访华后,徐志摩等新月社成员异常兴奋,积极在国内开展迎接泰氏访华的宣传工作。当时在美国留学的闻一多写了《泰果尔批评》一文,投寄国内发表。文章提醒人们在欢迎泰戈尔时,"要的是明察的鉴赏,而不是盲目的崇拜",并且还尖锐地指出了泰戈尔的许多缺点。④ 事实上,闻一多加入新月社的目的,很大程度上是希望"中华戏剧改进社"得到新月社的帮助,如建设剧院。由于新月社是一个松散的团体,建设剧院没有如愿。闻一多起初虽然参加过新月社的一些活动,如聚餐会、茶叙等,却很快把兴趣转向了和饶孟侃、朱湘等人探讨新诗。梁实秋后来解释闻一多为何很快失去了对新月社的兴趣:"但是他(对新月社——引者注)的印象不大好,因为一多是比较的富于拉丁趣味的文人,而新月社的绅士趣味重些。"⑤ 可见,虽然闻一多正式加入过新月社并参加过该社的活动,但他与新月社貌合神离。

尽管如此,加入新月社对闻一多还是有影响的。至少,加入新月社拉近了他与徐志摩等后来成为新月派的新月社成员的关系。假如闻一多不是新月社成员,1926年4月徐志摩未必会那么爽快地答应与他及"清华四子"合作创办《诗镌》;1928年《新月》创刊,也未必会把闻一多列入《新月》月刊三个编辑者之一。

二 闻一多与《晨报副刊·诗镌》

关于《晨报副刊·诗镌》的创刊情况,我们将在第五章"新月派传媒考论"中详细讨论,这里先引用一个结论,即《晨报副刊·诗镌》的创办,其实只是闻一多、饶孟侃、刘梦苇、朱湘等几个诗人集体商量的结果。闻一多等新诗人商议要办一份诗歌刊物,而徐志摩当时恰好在

---

① 《闻一多全集》第12卷,湖北人民出版社1993年版,第226页。
② 熊佛西:《悼闻一多先生》,《文艺复兴》1947年第2卷第2期。
③ 梁实秋:《忆新月》,《梁实秋人文回忆录》,岳麓书社1989年版,第107页。
④ 臧克家:《海——一多先生回忆录》,《文艺复兴》1947年第3卷第5期。
⑤ 梁实秋:《忆新月》,《梁实秋人文回忆录》,岳麓书社1989年版,第107页。

主编《晨报副刊》,因而徐"没有作任何考虑,很爽快地答应了"借《晨报副刊》的篇幅出版《诗镌》。当然,我们目前感兴趣的是,闻一多在《晨报副刊·诗镌》编办过程中起到什么样的作用?这就牵涉到闻一多和徐志摩谁对《晨报副刊·诗镌》起主导作用。据笔者所知,学术界对这一个问题的意见,可分两种,一种意见认为徐志摩起主导作用,其理由是,1925年10月以后《晨报副刊》由他主编,而他本人至少在1926年10月以前一直很认真地办这个副刊;另一种意见,认为徐志摩只不过提供了《晨报副刊》每周四的版面给闻一多等编办《诗镌》,而且《诗镌》的编辑工作主要由闻一多负责。

据塞先艾说,《诗镌》在编辑方面最初采取轮流主编制度。参加的人每人编两期。第一、第二期由徐志摩主编,第三、第四期由闻一多主编,饶孟侃编第五期,从第六期以后均交徐志摩主编,轮流主编制取消。[①] 按照塞先艾这个说法,徐志摩总共主编了7期《诗镌》,而闻一多只主编了第三、第四期,也就是说,徐在《诗镌》编办中起主导作用。由于塞先艾是《诗镌》的编辑之一,很难讲他的说法不对。可我们也不能仅凭他的说法,就断定徐志摩在《诗镌》编办中起主导作用。参与了《诗镌》编辑工作并且担任主要撰稿人的饶孟侃、朱湘、朱大柟、刘梦苇、于庚虞、杨子惠等人,在《诗镌》创刊前就与闻一多关系密切、视闻一多为"老大哥",因此在编辑方针乃至具体编辑事务上,他们多少会受到闻一多的影响,而不会受徐志摩的左右。实际上,几乎每期《诗镌》的作者,都限于他们几个人,这说明徐志摩主编那几期《诗镌》时,没有向"外人"约稿,而是尽量刊登"内部"稿子。这一点,与徐对内外稿件一视同仁、不排斥外稿的编辑原则不相符。对此,我们作出的解释是,《诗镌》刚创刊时,徐志摩很大程度上把《诗镌》的编务工作交给闻一多、饶孟侃等人,他自己主要负责《晨报副刊》其他版面的编辑。后来徐志摩在《诗刊放假》中说,《诗镌》的创办和编辑,闻一多、饶孟侃出力最大,[②] 这话说的是事实,而不是徐志摩谦虚之词。

起先闻一多对于创办《诗镌》热情很高,也抱有很大的希望。他亲自为《诗镌》设计了版头:一匹展开双翼的飞马,前蹄跃起,后腿蹬在初升的满月之上,腾空飞向苍穹。满月内用隶书写的"诗镌"二字,

---

[①] 塞先艾:《〈晨报诗刊〉的始终》,《新文学史料》1979年第3期。
[②] 徐志摩:《诗刊放假》,《晨报副刊·诗镌》第11号,1926年6月10日。

显示出这份诗刊将承担起开创新诗新天地的使命,可见闻一多为此颇费心思。闻一多在 1926 年 4 月 15 日致梁实秋、熊佛西的信中,明确把《诗镌》视为自己取得的重要成绩,并为此沾沾自喜,他说:"《诗刊》谅已见到……余料《诗刊》之刊行已为新诗辟一第二纪元,其重要当与《新青年》《新潮》并视,实秋得毋谓我夸乎?"然而,也是在这封信中,他强调:"《诗刊》重要分子当数朱、饶、杨、刘(梦苇)。"①没有提到徐志摩的名字。究其原因,在于闻一多把《诗镌》当成他和"清华四子"的事业,而不是划入徐志摩的名下。这与他们当初找徐志摩,主要是利用徐主编的《晨报副刊》的版面这一点是一致的。

尽管闻一多是少数几个为《诗镌》出力最大的人之一,他对《诗镌》抱有很高的热情、很大的希望,他在《诗镌》发表的作品却相对较少,只发表了 6 首诗、4 篇评论。而且,闻一多发表的作品集中在前面 6 期,大致在第 7 期以后(徐志摩主编),他的名字基本上不再出现在《诗镌》。看得出来,他对《诗镌》的热情在减退。这一点,往往被研究者忽视。闻一多对《诗镌》的热情减退,或许有其客观原因,比如当时他生计艰难、开始对古代文学研究产生兴趣,等等,但他对徐志摩不满应该是主要原因。徐志摩把《晨报副刊》每周四的版面交给闻一多、饶孟侃等办《诗镌》,并不意味着他从此放手不管《诗镌》的编务。而且,这一时期,徐志摩作诗的兴致很高,写了诗,不管好坏,不管是否与闻一多等人的兴趣相同,他都拿到《诗镌》发表。再加上作为《晨报副刊》主编,徐志摩出于各种原因对《诗镌》的编务有所干涉,这些使得闻一多越来越不满,以致忍不住写了一篇题为《诗人的横蛮》的评论,发表在《诗镌》上,后来索性把《诗镌》交给徐主编。闻一多在《诗人的横蛮》中说:

> 在这时代里,连诗人也变横蛮了;做诗不过是用比较斯文的方法来施加横蛮的伎俩。我们的诗人早起听见鸟儿叫了几声,或是上万牲园逛了一逛,或是接到一封情书了……你知道——或许他也知道这都不是什么了不得的事件,够不上为它们就得把安居乐业的人类都给惊动了。但是他一时兴会来了,会把这消息用长短不齐的句子分行写了出来,硬要编辑先生们给它看过几遍,然后又耗费了手民的筋力给它排印了,然后又占据了上千上万的读者的光阴给它读

---

① 《闻一多书信选辑(五)》,《新文学史料》1984 年第 3 期,第 194 页。

完了，最末还要叫世界，不管三七二十一，承认他是一个天才。你看这是不是横蛮？并且他凭空加了世界这些负担，要是那一方面——编辑，手民或读者——对他大意了一点，他便又大发雷霆，骂这世界盲目，冷酷，残忍，蹂躏天才……这种行为不是横蛮是什么？再如果你好心好意对他这作品下一点批评，说他好，那固然算是你没有瞎眼睛，你要是敢说了他半个坏字，那你可触动了太岁，他能咒你到全家都死尽了。试问这不是横蛮是什么？[①]

　　这篇文章发表于1926年5月27日的《诗镌》，当时徐志摩和陆小曼正在热恋中，情书不断，也因此写了一些与情书有关的诗。以徐志摩的个性，"早起听见鸟儿叫了几声，或是上万牲园逛了一逛，或是接到一封情书"后，"一时兴会来了，会把这消息用长短不齐的句子分行写了出来，硬要编辑先生们给它看过几遍，然后又耗费了手民的筋力"在《诗镌》上发表，这些事情肯定是有的。闻一多的指责不无道理。不过，从全文来看，闻一多写这篇文章，并非专门指责徐志摩，他指责的是类似徐志摩那样"横蛮"的诗人。但不管怎样，与徐志摩之间的间隙，是闻一多逐渐失去对《诗镌》的兴趣的重要原因。

　　由于徐志摩并没有像闻一多当初希望的那样，放手把《诗镌》交给自己编辑，这种事与愿违的失望，打击了闻一多对《诗镌》的热情和信心，因而眼见朱湘、于赓虞等一个个离开了《诗镌》，闻一多也心灰意冷，1926年5月后，除了一篇《诗人的横蛮》、一首谈李白诗歌的英译的短评交差，他没有多给《诗镌》一个字。甚至6月10日徐志摩宣告"诗刊放假"、把版面让给"剧刊"，闻一多也没有表示异议。

　　综上所述，如果硬是要区分徐志摩、闻一多二人谁对《诗镌》起主导作用或者由谁主要负责，也只能说，前面6期《诗镌》闻一多出力较多、在编辑上影响较大，后面5期的编辑工作中徐志摩起主导作用。

　　闻一多发表在《诗镌》创刊号的《诗的格律》一文，无疑是新诗发展史上一篇富有建设性的重要诗论。就闻一多与《诗镌》的关系来看，这篇诗论的价值倒不在于它模仿西方象征主义"纯诗"理论提出诗的"音乐的美""绘画的美"和"建筑的美"，而在于此文竖起了新月诗派的旗帜，既对浪漫主义的"自我表现"提出了批评，认为这一类的作品只能"当它作把戏看"，也明确指出了新诗格律化的重要性和

[①] 闻一多：《诗人的横蛮》，《晨报副刊·诗镌》第九号，1926年5月27日。

必然性，从而使《诗镌》在文学史上作为前期新月诗派园地的面貌更加清晰。

三 闻一多与《新月》

近年出版的一些著作或中国现代文学词典，认为《新月》是徐志摩、闻一多、饶孟侃等主编的杂志。叶公超的回忆似乎证实了这种观点，他说："杂志创办后，初期的重心在北平，由徐志摩、闻一多、饶孟侃三个负责编务……"① 但梁实秋的回忆却是："《新月杂志》于十七年三月十日首刊，编辑人员徐志摩、饶子离、闻一多三人。事实上，饶子离任上海政府秘书，整天的忙，一多在南京，负责主编的只是志摩一个人。"②

究竟闻一多有没有主编《新月》呢？

经查，《新月》第1卷和第2卷第2期版权页上"编辑者"写着徐志摩、闻一多、饶孟侃三个人的名字。此后，《新月》的"编辑者"名单中都没有闻一多。就此而言，假如闻一多曾经参与主编《新月》的话，他也只可能主编过第2卷第2期（1929年4月出版）之前的14期，而《新月》直到第4卷第4期（1933年6月）才停刊，因此不能笼统地说闻一多是《新月》的主编之一。

又，对照《闻一多年谱》可知，《新月》创办时，闻一多在南京，他没有也不可能实际参与《新月》的创办和主编工作。梁实秋说："这时期（1927年——引者注）一多百无聊赖，虽然新月书店此时正在创办，一多并未积极参与其事……"又说："一多负着（《新月》——引者注）编辑人之一的名义……"③

虽然直到第2卷第2期，《新月》"编辑者"名单一直有闻一多的名字，可实际上只由徐志摩一个人主编，闻一多只是名义上的编辑。此后，闻一多的兴趣已经转向中国古籍的考订和研究，对《新月》自然不如之前那么热心。与闻一多对《诗镌》的热情相比，他对《新月》比较冷淡。除了梁实秋上述回忆，我们还可以从两封信得到证实。1928年2月，《新月》正在筹备阶段，闻一多在写给左明的信中说："近来

---

① 叶公超：《关于新月》，（台北）《联合日报》1980年8月6日。
② 梁实秋：《谈闻一多》，刘天华、维辛选编《梁实秋怀人丛录》，当代世界出版社2007年版，第94页。
③ 同上。

听说你在《新月》帮忙,生活既有着落,定可安心习作,可喜可贺。"①对于左明在《新月》帮忙一事,闻一多既然是"听说"而知,那他肯定没有参与《新月》的筹备。同年4月,他在致饶孟侃的信中问:"你近来有成绩否?《新月》三期如何应付?"②他既有此一问,可见他没有承担《新月》的编辑事务。由于不再承担《新月》编辑工作,1929年春天他干脆辞去了在《新月》的挂名编辑。

当然,说闻一多对《新月》不大热情、不大关心,并不意味着他和《新月》没有关系。既然是挂名编辑者,闻一多还是为《新月》写了一些稿,并且帮忙拉了一些稿。据梁实秋说,费鉴照、陈楚淮等几个年轻人的稿子,最先都是闻一多介绍来的。后来费鉴照的西方作家作品介绍和翻译、陈楚淮的小品文,成为《新月》的保留栏目和亮点。可见,闻一多对《新月》还是有功劳的。

由于1928年之后闻一多的兴趣转移到了中国古籍考订和研究方面,他暂时退出了文坛,因而对于《新月》创刊号刊登的标举自由主义文学旗帜的《〈新月〉的态度》,以及后来胡适、罗隆基等发起的"人权与约法"等讨论、梁实秋与鲁迅的文学论战,他都没有参与,始终不置一词。就此而言,这些以《新月》为阵地的讨论和论战,与闻一多无关。闻一多在《新月》发表的文章,主要是文学研究尤其文艺典籍研究方面的。1929年,他开始实施一个古籍研究的庞大计划,对新诗暂时失去了兴趣,相应的,他对《新月》的态度也就更加冷淡了,除了发表过《论"悔与回"》《谈商籁体》两篇诗论之外,新诗创作一首也没有。到了1931年,连诗论也不给《新月》了。同年5月20日,罗隆基在致胡适的信中抱怨"一班旧朋友都不肯代《新月》做稿"③,这些"旧朋友"中,就有闻一多。

四 闻一多与《诗刊》《新月诗选》

1931年1月20日创办于上海的《诗刊》,是一份16开大小的季刊。徐志摩、闻一多等把《晨报副刊·诗镌》也叫作《诗刊》,前后两份刊物既是纯粹的新诗刊物,创办人和主要作者又基本相同,因而不少研究者把二者混为一谈。其实,二者有一个明显的区别,那就是,闻一

---

① 《闻一多书信选辑(五)》,《新文学史料》1984年第3期,第196页。
② 同上。
③ 《罗隆基致胡适信》,《胡适来往书信选》(中),中华书局1979年版,第68页。

多与《晨报副刊·诗镌》关系密切,而与《诗刊》基本无涉。《诗刊》的筹备人是徐志摩、陈梦家、邵洵美、方玮德、孙大雨等后来被称为"后期新月诗派"的诗人,"集稿由徐志摩一手包办"。

闻一多不仅没有参与《诗刊》的筹办,甚至连为它写稿的热情都没有。1929 年 11 月底,正在筹办《诗刊》的徐志摩写给梁实秋的一封信中说:

> 一多非得帮忙。近年来新诗多公影响最著,且尽有佳者,多公不当过于韬晦。诗刊始业,焉可无多,即可四行一首,亦在必得。乞为转白,多诗不到,刊即不发。多公奈何以一人而失众望。兄在左右(当时梁实秋、闻一多同在青岛大学任教——引者注),希持鞭以策之。①

在徐志摩"亦在必得"的催逼下,梁实秋"持鞭以策之"下,同时也在沈从文的《评〈死水〉》和陈梦家、方玮德的作品的激励下(见 1930 年 12 月 10 日闻一多致朱湘、饶孟侃的信),闻一多勉强写了一首《奇迹》,发表在《诗刊》第一册,此后再也没有为《诗刊》写任何一个字,甚至徐志摩遇难后《诗刊》出"纪念徐志摩"专号,闻一多连只言片语也没有。关于闻一多对《诗刊》的冷淡,一些研究者认为是因为闻一多与徐志摩"道不同,不与谋",进而有人依据闻一多对《新月》《诗刊》比较冷淡,得出闻一多不是新月派的结论。笔者认为,闻一多对这两份新月派刊物态度冷淡,固然因为他与徐志摩等人志趣不尽相同,但主要的原因,还是当时闻一多已沉浸在中国古典文学的研究中,基本上暂时退出了诗坛。或许由于长期沉浸在学术研究中的缘故,这一时期闻一多的诗兴衰退,他在给友人的信中多次感叹说,即便有时想写诗都写不出来。

《新月诗选》是由陈梦家选编,新月书店 1931 年 9 月出版的一本诗歌选集。陈梦家在这本诗集中选了 18 位诗人的共 80 首诗。闻一多有 5 首诗被选入。这 5 首诗,除《死水》最先发表在《晨报副刊·诗镌》、《奇迹》发表在《诗刊》外,其余 3 首都出自诗集《死水》。陈梦家选编《新月诗选》,按他自己的话说,"是仅仅根据自己的直观,选择那些气息相似的"作品②。所谓"气息相似",主要是就艺术技巧和格律

---

① 《致梁实秋》,韩石山编《徐志摩全集·第六卷书信》,第 415 页。
② 陈梦家:《新月诗选·序言》,新月书店 1931 年版,第 20 页。

而言。从他选编了一些不大注重格律的作品（如卞之琳的作品和徐志摩的部分作品）来看，他更看重艺术技巧。他认为闻一多值得称道的是"影响于近时的新诗形式"以及"苦炼"的"写诗精神"①。遮言之，他认为闻一多对新诗的贡献，主要在于闻氏对新诗形式建设的影响——这当然是有见地的判断。由此也可以看出，尽管当初陈梦家选编《新月诗选》时未必想到后人会把这 18 位诗人划为"新月诗派"，但他在选编时的确看到了这些作品的共同之处。因此，不管闻一多对新月派的几个刊物持怎样的态度，都不影响他作为新月诗派一员的身份，从而不会改变他是新月派的事实。退一步说，倘若以与新月派刊物关系的疏淡或者是否与徐志摩的文学趣味相同作为辨别新月派身份的准则，那么，除了徐志摩、饶孟侃等几个人之外，恐怕连胡适、罗隆基、梁实秋等人也不能算是新月派了。

所以说，尽管闻一多有 5 首诗被选入《新月诗选》，这完全是陈梦家的个人行为，但这一行为确认了闻一多作为新月派特别是新月诗派的身份。起先闻一多本人并没有意识到这一点，后来他被人称作"新月派"时，才猛然察觉，心里颇觉不平。1932 年 6 月 16 日，闻一多在致饶孟侃的信中，谈到青岛大学部分师生强加给他和梁实秋的罪名——"新月派包办青大"，便对"新月派"有一肚子的牢骚："没想到新月派之害人一至于此！"② 1937 年 7 月，臧克家去看望闻一多时，很"冒险也很勇敢地"劝闻一多再写新诗，闻一多爆出一句使听者感到"惊奇"的话："还写什么诗！'新月派'，'新月派'，给你把帽子一戴，什么也不值得看了！"看得出来，虽然闻一多对自己被戴上"新月派"这顶帽子颇有不平之气，却没有否认自己是新月派。当然，闻一多是新月派的事实，也不会因为他上述不平之气而改变。

五　闻一多与新月诗派

这里专门辟出一小节来讨论闻一多与新月诗派，是因为考虑到两点：第一，新月派是一个包含各种文体的笼统的文学流派，新月诗派是它的一个分支，因而要辨析闻一多与新月派的关系，关键在于澄清他与新月诗派的关系；第二，实际上，闻一多在新月时期的文学活动，仅仅限于新诗，没有涉足其他文体。

---

① 陈梦家：《新月诗选·序言》，新月书店 1931 年版，第 24 页。
② 《闻一多书信选辑（五）》，《新文学史料》1984 年第 3 期，第 199 页。

大体以《晨报副刊·诗镌》和《新月》为标志，新月诗派分为前后期。一个众所周知的事实是，闻一多是前期新月诗派格律诗理论的主要倡导者和实践者。他所提出的新诗"三美"的主张，奠定了格律诗派的理论基础。闻一多提出的诗歌理论，比如对新诗形式的过度追求，使新月诗派在当时遭受讥讽，在今天看来，对新诗的发展也产生了一些负面影响，但是其理论承前启后的意义，不能抹杀。朱自清先生说：

  他们要"创格"，要发见"新格式与新音节"。闻一多氏的理论最为详明。他主张"节的匀称""句的匀齐"，主张音尺，重音，韵脚。他说诗该具有音乐的美，绘画的美，建筑的美……有些从前极不顾形式的，也上起规矩来了。①

朱自清肯定了在前期新月诗派中"闻一多氏的理论最为详明"，并且指出闻一多的理论具有相当的影响，因为"有些从前极不顾形式的，也上起规矩来了"。闻一多的诗歌理论对新月诗派具有指导作用，甚至连徐志摩也承认："一多不仅是诗人，他也是最有兴味探讨诗的理论和艺术的一个人。我想这五六年来我们几个写诗的朋友多少都受到《死水》的作者的影响。"②徐志摩说这话的时间是1931年8月，此时他已和陈梦家等创办了《诗刊》。由此推断，在徐看来，包括陈梦家等后期新月诗派在内的新月派诗人，"多少都受到《死水》的作者的影响"。事实上，后期新月诗派中的陈梦家和臧克家都是闻一多的学生，被称为"闻门二家"，他们受闻一多的影响比较深。

2001年，臧克家在《祖国万岁母校千秋》一文中，回顾在青岛大学追随闻一多学习新诗创作、在闻一多"用劲鼓励"下开始发表诗作的经历。文中还说：

  1933年我自费出版第一本诗集《烙印》时，闻先生不仅资助了20块大洋，还为诗集写序，热情地肯定了我的诗"没有一首不具有一种极顶真的生活的意义"，并勉励我"千万不要忘记自己的责任"。③

---

① 朱自清：《〈中国新文学大系·诗集〉导言》，良友图书印刷公司1935年版。
② 徐志摩：《猛虎集·序》，新月书店1931年版。
③ 臧克家：《祖国万岁母校千秋》，《光明日报》2001年9月28日。

此外，闻一多评论陈梦家、方玮德诗集的短文《论〈回与悔〉》，既有对陈、方两个后期新月诗派成员的鼓励，也有客观的批评，拳拳之心，溢于言表。① 而一多对后期新月诗派的指导，由此可见一斑。在新月诗派后期，闻一多对新诗创作不热心，只在《新月》发表诗5首、评论2篇，在《诗刊》只发表过1首诗，由于这个缘故，有些论者认为他不是后期新月诗派。这种仅仅凭作品数量的多少来判定一位作家是否属于某个文学流派的方法，是不科学的。

从闻一多对臧、陈的诗歌创作的指导来看，一多对新月诗派的影响不仅在诗歌理论建设方面，更在于他的诗歌创作实践。尽管1926年以后一多只出版过《死水》一部诗集，但他的诗歌所产生的影响却是深远、广泛的。关于这一点，学界已有相当多的论述，此处不赘述。笔者想指出的是，大体说来，闻一多和徐志摩的诗歌，代表并引领着新月诗派的两种不同却相得益彰的发展方向。

首先，闻诗赞颂艺术的价值和美，表现出对"色彩"的崇拜，而徐诗赞颂大自然，体现出一种英雄崇拜。如闻一多的《色彩》是对超然一切之上的"色彩"的崇拜，《剑匣》是一种艺术之梦幻灭的悲哀。《死水》中铜锈的绿、铁锈的红、油腻的"罗绮"和霉菌的"云霞"，呈现出强烈的色彩对比，给人触目惊心的印象。徐志摩把大自然称为"最伟大的一部书"。在他的不少诗作里，经常出现大海星空、白云流泉、空谷幽兰、落叶秋声等众多美丽的物象景观。《朝雾里的小草花》（《庐山小诗两首》之一）、《五老峰》或精致、或宏伟，表现了诗人优雅健美的情趣。

其次，闻诗大多表达爱国主义的思想感情，而徐诗常常沉浸于个人情感尤其是爱情的抒发。对于这一点，臧克家作了精确的论述：

> 《死水》作者闻一多，虽然曾经是"新月派"的一分子，但他的情况和徐志摩、朱湘等是不同的。一九二七年大革命之后，他对于胡适、徐志摩的文艺观点和生活作风就表示不满。他的诗里贯彻着爱国主义的精神……②

---

① 闻一多：《论〈悔与回〉》，《新月》第三卷第五、六期。
② 臧克家：《五四以来中国新诗发展的一个轮廓——〈中国新诗选〉代序》，《中国新诗选（1917—1949）》，中国青年出版社1956年版，第44—45页。

对徐志摩来说，爱情是他永不枯竭的诗兴的源泉，爱情诗也成为他全部诗作中最有特色的部分。他有时以自己的感情经历为基础，有时则以假想的异性为对象，真挚坦率地表现了对纯真、高尚的爱情的追求和讴歌。《望月》《再休怪我的脸沉》《偶然》等就是这种真情的流露。他表达了为自由恋爱而勇于向旧礼教挑战的决心，斥责"容不得恋爱"的世界（《这是一个懦怯的世界》《决断》《翡冷翠的一夜》）；他也表现爱情生活中的痛苦（《丁当——清新》《落叶小唱》）。有时，徐志摩还在一些诗中把对爱情的追求与改变现实社会的理想联系在一起（《雪花的快乐》）；这些诗篇包含反对封建伦理道德、要求个性解放的积极因素，既热烈又严肃、真挚、自然，没有矫揉造作之弊。个别作品（如《问谁》《最后的那一天》）有宣扬爱情至上、以爱调和一切的倾向。他对爱情题材的偏爱，直接影响了当时情窦初开的一群年轻诗人——刘梦苇、陈梦家、方玮德等的诗作，有不少是以爱情为题材。

最后，闻诗严谨划一、风格沉郁雄浑，徐诗灵活多样、风格明丽清爽。在闻一多的代表作《死水》中，诗人以"一沟绝望的死水"来象征半封建半殖民地的中国社会。诗人认定，这是一沟"清风吹不起半点涟漪"的"死水"，因而就不如爽性多投些"破铜烂铁"和"剩菜残羹"让水中呈现出铜锈的绿、铁锈的红、油腻的"罗绮"和霉菌的"云霞"；让它发酵、变绿、蒸发臭气、孳生花蚊，总之，让它肮脏、腥臭到无以复加。诗人以令人恶心、厌恶的词，来表现对旧中国的失望和厌恶。闻一多本性激烈热情，内心的"火山"几欲冲决而出；然而他又主张在新诗创作上要以理性节制情感，要把"火"压缩在每行字数相同并且押韵的固定形式中，这一"冲"与一"压"之间就形成了他的诗所特有的"沉郁雄浑"的风格。尽管他的学生臧克家等人的诗作，对此作出了突破和扭转，却仍旧看得出沉郁雄浑的痕迹。徐志摩的诗也十分讲究诗形和章法：他的诗虽以四行一节式较多，但从整体上看，节式、章法、句法、韵脚都各有变化，不太拘泥，讲究诗形而能不为其束缚。整饬中有变化，呈现出灵活多样的体式。徐志摩的诗，词藻华丽、浓艳。《她是睡着了》《半夜深巷琵琶》《秋月》都写得妩媚朗丽，有很高的审美价值。特别是《再别康桥》，夕阳中的金柳、潭底倒映的彩虹、水中的青荇、斑斓的星辉……织成了一幅明丽清爽的画面。陈梦家、方玮德、林徽因的抒情诗，有着相似的风格。

在闻一多对新月诗派的影响中，还有两个方面常被人们忽视。

其一，1929年后，闻一多因兴趣转移，基本上不再写新诗，却仍

然关注新诗的发展,特别是热情地督促、鼓励新月诗派成员的创作。1931年12月,他在给饶孟侃的信中写道:

>　　仿佛又热闹起来了。梦家、玮德合著的《悔与回》已由诗刊社出版了。大约等我这篇寄到,正式的诗刊就可以付印。从文写过《评死水》后,又写完一篇《评草莽集》,马上就要见于《新月》。上海的刘宇准备编一本《一九三〇年诗选》,你们大概已经知道。自从老《诗刊》歇业后,三四年来,几曾见过本年十二月这样热闹的一个月份?子离的诗集何妨也乘此赶快送去印?爽兴把这当儿凑成一个新诗的纪念月,好不好?我们可以让书店限期一个月中一准印出来,好在那集子分量不甚多。可是子离这样懒,真叫人急坏了。赶快罢!赶快罢!告诉我你要一个什么样的封面,我爽兴再破一回戒给你画一张。这时机太好了,我真喜得手忙脚乱,不知怎么办!
>　　俗话说时来运转,城墙挡不住。今年新年,是该新诗坛过一个丰富的年。此地有位方令孺女士,方玮德的姑母,能做诗,有东西,有东西,只嫌手腕粗糙点,可是我有办法,我可以指给她一个门径。做诗的,一天天的多起来了,是不可否认的事实。①

　　从这封信来看,闻一多不仅对当时诗坛的情况很熟悉,更对新诗能够有"本年十二月这样热闹的一个月份"而按捺不住地欢欣鼓舞。他不仅督促饶孟侃出版诗集,而且表示要在诗歌创作方面帮助方令孺,"指给她一个门径"。闻一多对新诗创作和新诗人的热心,说明他此时仍对新月诗派产生积极的影响。

　　其二,与上面的情况相反,闻一多的兴趣转向学术研究、与新月派关系相对疏远,促使饶孟侃、陈梦家等年轻诗人后来离开了新月诗派,甚至退出文坛。饶孟侃说,他在主编《新月》时期,为了坚持自己的主张,打算刊物只登文艺创作及学术理论,不陷入政治纷争,为此写信征询闻一多的意见。闻一多完全赞成他的主张,并建议"日后多写作,努力教书,最好一有机会便离开上海"。这个劝告,深深影响了饶孟侃,使他和新月派逐渐疏远。接到信不久,他便和刚从美国归来的朱湘一起去安徽大学教书了。饶孟侃后来说:"这一走不仅与'新月'日益疏远,而且把我的诗兴也带走了,因为从这时起,我已很少写诗、译诗,

---

　　① 《闻一多全集》第12卷,湖北人民出版社1993年版。

并决定绝不出诗集。""整个三十年代,我只写了两首诗给《学文》月刊。这说明我在刚转入三十年代时已经事实上退出文坛了。"①

至于陈梦家、臧克家,与闻一多关系十分密切。据说在闻一多的寓所里的桌子上放着两张照片,他时常指着那两张照片,得意地对客人讲"我左有(陈)梦家,右有(臧)克家"。由此,人们称他们二人为"闻门二家"。陈梦家和臧克家经常拜访闻一多,同闻一多谈史论文。1932年,陈梦家干脆担任了闻一多的助教,时常陪伴在闻一多左右。也就在这个时期,陈梦家在闻一多的指导下,开始了对甲骨文的研究,他的兴趣也转移到了古文字研究方面,逐渐退出了诗坛。

1929年后,闻一多的兴趣转向了中国古籍研究,由诗人变成学者,朱自清认为闻一多这种角色转变的原因,是"他觉得做诗究竟'窄狭',于是乎转向历史、中国文学史"。② 不过,虽然闻一多的兴趣发生转移,后来也基本上退出了诗坛,却不意味着他此后完全与诗歌无涉。事实上,他退出的只不过是新诗创作,而并没有失去对诗歌的热爱和兴趣。他之所以要在"故纸堆里讨生活",不是出于对"故纸堆"的热爱——他告诉臧克家,他"比任何人还恨那故纸堆,但正因恨它,更不能不弄个明白"。③ 因为有前期新月诗派时期对新诗格律化的理论探索和创作实践,他意识到创造崭新的现代"诗的史"或"史的诗"的迫切性和必要性。所以,在青岛大学任教的时候,闻一多开始研究唐诗,后来又从唐诗扩展到《诗经》《楚辞》——从对新诗格律的探索到旧体律诗、古诗的研究,还是从诗到诗,他没有放弃没有离开诗歌。深入研究过唐诗、《诗经》和《楚辞》之后,他认为"在这新时代的文学动向中,最值得揣摩的,是新诗的前途"。而新诗应该"真能放弃传统意识,完全洗心革面,重新做起"。④ 单从这个结论来看,闻一多研究中国古籍、研究旧诗,目的只是揣摩新诗"在这新时代的文学动向",探索新诗的发展前途。闻一多曾对臧克家表述过自己这种与诗歌特别是新诗之间的复杂关系,那时他接受了英国文化界的委托,正在抄选中国的新诗,他说:

---

① 饶孟侃:《关于新月派》,王锦厚、陈丽莉编《饶孟侃诗文集》,四川大学出版社1997年版。
② 朱自清:《闻一多全集·序》,开明书店1948年版。
③ 《致臧克家》(1943年11月25日),姜涛编《闻一多作品新编》,人民文学出版社2009年版,第379—380页。
④ 闻一多:《文学的历史动向》,胡瑜芩选编《闻一多作品精选》,长江文艺出版社2003年版,第369页。

不用讲今天的我是以文学史家自居的,我并不是代表某一派的诗人。唯其曾经一度写过诗,所以现在有揽取这项工作的热心,唯其现在不再写诗了,所以有应付这工作的冷静的头脑而不至于对某种诗有所偏爱或偏恶。我是在新诗之中,又在新诗之外,我想我是颇合乎选家的资格的。①

作为新月诗派乃至新月派的重要代表,一个对中国现代新诗作出过重要贡献的人,无疑"是颇合乎选家的资格的"。就此综观闻一多与新月诗派的关系,他在现代新诗史的位置,正对应了他那句话:"我是在新诗之中,又在新诗之外。"

第三节　闻一多、方令孺恋情考述

事情还得从闻一多"三年不鸣,一鸣惊人"的《奇迹》说起。

1931年1月出版的《诗刊》季刊创刊号,发表了已经几年不写诗的闻一多的长诗《奇迹》,徐志摩以为《奇迹》是他接连不断催稿"挤"出来的②,梁实秋说"志摩误会了,以为这首诗是他挤出来的……实际是一多在这个时候在感情上吹起了一点涟漪,情形并不太严重,因为在情感刚刚生出一个蓓蕾的时候就把它掐死了,但是在内心里当然是有一番折腾,写出诗来仍然是那样的回肠荡气"。③前几年也有研究者追寻闻一多《奇迹》的本事,孙玉石说:"与闻一多其他爱情诗比较起来,这首《奇迹》隐藏度更深一些,它模糊了情感'本事',用象征性的意象和曲折的传达,将自己个性的情感普遍化,现实的情感在有的时候升华为形而上的形态,真爱的追求与永恒美的期盼,高度扭结在一起,给人们多种接受的维度。"④黄昌勇也说:"其实这是一首情

---

① 《致臧克家》(1943年11月25日),姜涛编《闻一多作品新编》,第381页。
② 1930年12月19日徐志摩在致梁实秋信中说:"一多竟然也出了《奇迹》,这一半是我的神通之效,因为我自发心要印《诗刊》以来,常常自己想,一多尤其非得挤他点儿出来,近来睡梦中常常捻紧拳头,大约是在帮着挤多公的《奇迹》!"(《致梁实秋》,虞坤林编《志摩的信》,第383—384页)
③ 梁实秋:《谈闻一多》,《梁实秋文集》第2卷,第543—544页。也可参见闻黎明、侯菊坤编《闻一多年谱长编》,湖北人民出版社1994年版,第394页。
④ 孙玉石:《闻一多〈奇迹〉本事及解读》,《北华大学学报》(社会科学版)2003年第1期。

诗，是诗人当时渴望的爱情的'奇迹'。"① 直到《诗刊》创刊时，徐志摩与闻一多的关系仍不怎么密切，因而徐志摩向闻一多约稿的信，由梁实秋代转。既然如此，徐志摩岂能向闻一多"挤"出诗来？闻一多岂肯听从他"挤"？徐志摩以为《奇迹》是他不断向闻一多催稿"挤"出来的，这显然属于徐个人的主观看法。创作《奇迹》期间，闻一多在青岛大学任教，徐志摩频繁往来于京沪两地，两人很难相见，联系也不多，故徐志摩"误会"闻一多创作出《奇迹》的背景，是完全可能的。与徐相反，当时梁实秋与闻一多同在青岛大学任教，两人又是挚友，在青岛的日子里，几乎朝夕相处，因而梁实秋认为《奇迹》是闻一多"在这时候感情上吹起了一点涟漪"，是可信的。而孙玉石、黄昌勇对《奇迹》一诗的解读，也说明"这是一首情诗"。但当时深受闻一多器重的青岛大学学生臧克家在1979年说，《奇迹》"不易读懂"，其中的"你"究竟是谁，大费猜疑。"……现在，我一连读了几遍，我看闻先生写的是他认为的'美的化身'，象是以女性为代表，这与《红烛》里的《红豆篇》所追求，所热情歌颂的对爱人的爱情，似有相通之处，但又绝然不同，一抽象，一具体，一现实，一象征……这是我个人的猜想，也不一定猜得对。"② 此外还有些人对此诗提出各种相异的解释，不一一列举。我们赞同《奇迹》是一首情诗，它曲折地反映了"一多在这个时候感情上吹起了一点涟漪"。理由有三点：

一是梁实秋上述之言。

二是孙玉石、黄昌勇对《奇迹》本事的探索及解读，说明《奇迹》是一首情诗，此外臧克家很早就看出，《奇迹》"与《红烛》里的《红豆篇》所追求，所热情歌颂的对爱人的爱情，似有相通之处，但又绝然不同，一抽象，一具体，一现实，一象征"。③

三是在青岛大学期间，闻一多与方令孺有过一段短暂、朦胧的恋情，而《奇迹》正是这段恋情激发的结果。那么，凭什么说闻一多、方令孺在青岛大学期间有过恋情呢？依据有四：

第一，闻一多之孙闻黎明，在《闻一多传》和《闻一多年谱长编》（湖北人民出版社1994年版，此书由闻一多次子闻立雕审定）中，两次公开提到方令孺。《闻一多传》评述《奇迹》时称"有人揣测，这诗

---

① 黄昌勇：《桐城名媛——方令孺》，《传记文学》1996年第6期。
② 臧克家：《闻一多先生诗创作的艺术特色》，《诗刊》1979年4月号。
③ 同上。

大约与方令孺有关"。《闻一多年谱长编》介绍《奇迹》时，更点明梁实秋所说闻一多"'情感上吹起了几点涟漪'，大概是先生与中文系讲师方令孺之间的关系"。尽管用词是"大约"和"大概"，十分谨慎，却已可见闻、方恋情之说，不是空穴来风。

第二，经陈子善考证，闻一多在青岛大学期间，为方令孺作了三首诗（《奇迹》《凭藉》《我懂得》）。①

第三，闻一多在青岛大学期间有"艳闻"。

1931年夏，徐志摩从上海寄了封信给在青岛的梁实秋，信中写道：

实秋：
前几天禹九来，知道你又过上海，并且带来青岛的艳闻，我在丧中听到也不禁展颜。下半年又可重叙，好得很，一多务必同来。《诗刊》二期单等青方贡献，足下、一多、令孺，乞于一星期内赶寄予，迟则受罚了。

太侔、今雨、一多诸公均候
志摩二十八日②

这"青岛的艳闻"是否涉及当时在青岛大学文学院执教的几位"新月派"名家？梁实秋对此作了解释：

信里所说的艳闻，一是有情人终于成了眷属，虽然结果不太圆满，一是古井生波而能及时罢手，没有演成悲剧。③

所谓"有情人终于成了眷属，虽然结果不太圆满"，指的显然是青岛大学文学院教授赵太侔与话剧演员俞珊的结合，他们后来劳燕分飞。徐志摩曾在写给陆小曼的信中提到此事："星期四下午又见杨今甫，听了不少关于俞珊的话。好一位小姐，差些一个大学都被闹散了。梁实秋也有不少丑态……"④ "古井生波"又指谁的"艳闻"呢？梁实秋在解释闻一多《奇迹》《凭藉》两首诗的创作时说，《奇迹》"实际是一多

---

① 陈子善：《闻一多集外情诗》，《书城》2008年第1期。
② 《致梁实秋》，虞坤林编《志摩的信》，第385页。
③ 梁实秋：《旧笺拾零·徐志摩的一封信》，《梁实秋文集》第3卷，第503页。
④ 徐志摩1931年6月14日致陆小曼信，虞坤林编《志摩的信》，学林出版社2004年版，第114页。

在这个时候感情上吹起了一点涟漪，情形并不太严重，因为在情感刚刚生出一个蓓蕾的时候就把它掐死了，但是在内心里当然是有一番折腾，写出诗来仍然是那样的回肠荡气"。又说《凭藉》"这首诗是他（闻一多——引者按）在青岛时一阵情感激动下写出来的"。看得出来，另一个"古井生波"的"艳闻"，男主角就是闻一多。那么，女主角是谁呢？

第四，闻一多"艳闻"的女主角是方令孺。

当时与闻一多在青岛大学文学院共事的教师中，仅有一位女性，即教授国文的方令孺[①]。根据梁实秋的《方令孺其人》，闻一多、方令孺的相识颇为有趣，闻一多在青岛大学任文学院院长兼国文系主任，而方

[①] 方令孺是被陈梦家选编进《新月诗选》中的两位女诗人之一，后人称其为"新月"才女。作为"新月"才女之一，方令孺不像林徽因那么引人注目，这里拟对她的一些史实予以考辨。（1）出生于1896年。方令孺的生年，诸种文献资料中有不同说法，主要有两种：公元1896年和1897年，其中又以持1897年说者为多。在中共中央档案馆的方令孺入党报告中，第一页的出生年月一栏有方令孺自己手书"1896"，但其后的入党志愿书开篇即言"我是一八九七年生"，附在入党报告后的一份自传里也说道，"我是一八九七年生在一个古老封建家庭里"。方令孺本人的两种说法，使她的生年扑朔迷离。从一些有关文献资料来看，方令孺在入党报告出生年月中手写的"1896"，应为她出生的实际年份，而此后入党志愿书及自传中又说"我是一八九七年生"，此为虚数纪年，故她应该生于清光绪二十二年（公元1896年）。（2）并非方苞直系后裔。由于方令孺出生于安徽桐城的方姓书香家族，人们（当时和现时）想当然地以为她是桐城古文派方苞的直系后裔。1950年年初，毛泽东在上海接见知识分子代表时，一边握住方令孺的手，一边笑道："桐城派的后代！"其实，方令孺的祖辈与方苞同姓不同宗。与方令孺同姓同宗的人交代说："我的祖先在鲁洪山区以打猎为生，因而当地人又称我们为'猎户方'……当了面，就称我们'鲁洪方'，也叫'小方'。所谓'小方'，是相对于另一户同姓不同宗的'大方'而言。'大方'住在县里，也叫'桂林方'……不像桐城那些大姓，都把祠堂建在县城里，像'桂林方'的方氏祠堂就很堂皇。我们连祠堂也没有，我们只有'享堂'，而且还在乡下。"（舒芜：《舒芜口述自传》，中国社会科学出版社2003年版）"小方"是方令孺的祖先，是住在乡下的小族。而方苞的"始祖号德益，于宋元之际由休宁迁桐城县市凤仪坊"。（苏惇元辑《方望溪先生年谱》，北京图书馆编《北京图书馆藏珍本年谱丛刊》，第89册，1998年版，第509页）因而方苞的祖先不是住在桐城县城的"大方"——方令孺是方苞的直系后裔，也不是出身于桐城大族。可能由于这个缘故，当时有朋友提起方令孺出身桐城方氏大家族时，"她便会脸上绯红，令人再也说不下去"。（梁实秋：《方令孺其人》，《梁实秋文集》第3卷，第497页）或许，因为她清楚自己并非方苞直系后裔，当有人误会时，她不便多作解释，却又觉得不解释就有沽名钓誉之嫌疑，于是感到羞愧吧。不过，方令孺的确出身书香门第。方令孺的祖父方宗诚曾拜桐城派大学问家、文章家方东树为师，而方令孺的父亲方守敦、伯父方守彝，都是桐城派重要人物。由此，虽然方令孺不是方苞直系后裔，绝大多数论及桐城派的文章也都不涉及方令孺，但正如一些研究者所言："方令孺受到方苞桐城学派的影响是不言而喻的。"（黄昌勇：《桐城名媛——方令孺》，《传记文学》1996年第6期）

令孺经人介绍在国文系任教，即闻、方是同一个系的同事；闻一多器重的学生陈梦家与方令孺很疼爱的侄儿方玮德是好朋友，方玮德本人也是闻一多的学生。由于这两层关系，闻一多不仅与方令孺认识，而且还"成了好朋友"。在青岛大学时期，梁实秋、闻一多等七人（杨振声、赵太侔、闻一多、陈季超、刘康甫、邓仲存、梁实秋）经常聚餐、畅谈，闻一多提议邀请方令孺加入，凑成酒中八仙之数。方令孺既为闻一多下属，又是青岛大学"酒中八仙"之"何仙姑"，与闻一多接触日益频繁。两位作家当时独身在青岛，年龄又相仿（方令孺比闻一多大两岁），孤男寡女，志趣相投，互相爱慕，日久生情，也是情理中的事。现存闻一多文字中直接提到方令孺的，据陈子善说："仅有一处，即一九三〇年二月十日致朱湘、饶孟侃信中所述：'此地有位方令孺女士，方玮德的姑母，能做诗，有东西，有东西，只嫌手腕粗糙点，可是我有办法，我可以指给她一个门径。'"① 其实，还有一处提到方令孺——1931年4月闻一多在《论〈悔与回〉》的末段说：

> 玮德原来也在中大，并且我在那里的时候，曾经与我有过一度小小的交涉。若不是令孺给我提醒，几乎全忘掉了……我曾经托令孺向玮德要张相片来，为的是想借以洗刷去记忆的灰尘，使他在我心上的印象再显明起来。这目的马上达到了，因为凑巧她手边有他一张照片——我无法形容我当时的愉快！②

表面上看，闻一多因为欣赏方玮德的诗才，所以向方令孺要方玮德的照片，究其实质，不能排除闻一多因为爱慕方令孺，所以爱屋及乌，对方令孺疼爱的侄儿也有了特殊的感情，以至向方令孺索要玮德的照片。从方令孺处得到一张方玮德的照片时，闻一多竟然"无法形容我当时的愉快！"

从方令孺这方面说，因为她和闻一多之间频繁的交往，以致流言四起。1931年11月，为避流言，方令孺离开青岛前往北平，当时在青岛大学文学院任教的沈从文写信给徐志摩说：

> 方令孺星期二离开此地，这时或已见及你。她这次恐怕不好意

---

① 陈子善：《闻一多集外情诗》，《书城》2008年第1期。
② 闻一多：《论〈悔与回〉》，《新月》第三卷第五、六期合刊。

思再回青岛来，因为其中也有些女人照例的悲剧，她无从同你谈及，但我知道那前前后后，故很觉得她可怜。①

1988年，学者邓明以撰文指出，方令孺离开青岛是因为她1932年生了一场大病，"一九三二年，'九一八'事变发生的第二年，青岛大学爱国学生怀着满腔热情纷纷起来抗议日寇的侵略暴行，国内政局日益动荡不安。方令孺同许多富有民族正义感和爱国心的知识分子一样，为之忧愁、愤激，加上为生计而进行的奔波，不久竟至积郁成疾，患上了甲状腺亢进疾病。由于病势十分凶猛，她只得离开青岛"。② 这一说法后来几乎成为定论。今从上引沈从文致徐志摩信，可确知方令孺是因为她与闻一多之事，而至于方令孺生病，则是她离开青岛之后（1933）的事。

由于种种原因，比如闻一多在家乡有妻儿老小，而方令孺当时虽然与其丈夫已分居但并未离婚，闻、方这段暧昧的恋情始终没有公开，也没有产生影响，因为"情感刚刚生出一个蓓蕾的时候就把它掐死了"。虽然如此，闻、方这段恋情，却是我们在解读闻一多与方令孺这一时期的相关作品时，不宜忽略的。

第四节　陈学勇编《林徽因年谱》补正

林徽因（原名林徽音），是20世纪30年代崛起的与冰心、庐隐齐名的福建籍女作家。她享有"新月才女"的美誉，并被列入1931年出版的《当代中国四千名人录》，当时她才27岁。林徽因写诗歌、散文、小说、戏剧，也写文学评论。她还是中国第一代卓有成就的建筑学家，是中华人民共和国国徽和人民英雄纪念碑的主要设计者之一。近年来，尽管她作为中国现代作家的身份随着她的文集的出版而被人们认识，但她传世的文字并不多，其子梁从诫为辑录《林徽因文集》，连一封不足百字的林徽因致胡适的信也不忍遗漏。然而，随着时间的流逝，她的生平经历、著述思想等有关传记材料，或因历史贻误，或由于个人际遇而未曾留下雪泥鸿爪。时过境迁，查考益难，卒使后人难以明了一些事情

---

① 沈从文1931年11月15日致徐志摩信，虞坤林编《志摩的信》，第199页。
② 邓明以：《方令孺传》，《新文学史料》1988年第1期。

确）3月3日，林长民在法国寄信给林徽因。日后林徽因在原信注写："爹爹赴瑞（士）开国际联盟会，从法归英（寓阿门二十七）。"

图4-4 林徽因与同船游客合影

上引之言，似有疑点。首先，林长民1920年赴欧的目的，并非为了"赴欧考察"。林长民此次出国，乃事出有因。其一，1919年巴黎和会上中国山东问题被通过，林长民率先撰稿在《晨报》上披露内情，疾呼"胶州亡矣，山东亡矣，国不国矣"，并号召"国亡无日，愿合我四万万（民）众誓死图之"，5月4日遂爆发"五四运动"。当局迁怒于林长民，总统徐世昌虽爱其才但也无能为力，索性给他一笔钱，让他远赴欧洲，以避风头。其二，第一次世界大战后，国际间为了避免战争，维护和平，制止侵略行为起见，提议组成一个具有政治约束力的普遍性国际组织。美国总统威尔逊极力鼓吹筹建"国际联盟"（League of Nations）。中国为了响应这一计划，1919年2月11日，汪大燮、林长民等在北京成立"国际联盟同志会"，并推梁启超为理事长，由汪代理，理事另由蔡元培、熊希龄、王宠惠、严修、张謇和林长民等担任，林长民任总务干事，胡适任编辑主任。1920年1月10日，"国际联盟"在巴黎和会召开期间正式成立，总部设在日内瓦。中国则因签约问题，迟至这年6月29日才正式加入。林长民赴英时的头衔就是"中国国际联盟同志会驻英代表"。

其次，《年谱》中所记林长民、林徽因赴欧的时间（"约2月"）和林长民在法国寄信给林徽因的时间（"3月3日"）似有误。理由如下：

（1）赴欧途中，林徽因曾与同船旅客合影（见图4-4），这张照片，在各种版本的《林徽因传》里都可见到。照片中的林徽因和外国妇女都仅穿一件单薄的衣服，说明此时已是春夏之交或夏季。若是在早春2月，即使是在船舱里拍照，她们也不可能穿得那么单薄；

（2）即便林氏父女2月起航，按照当时的航期，也至少要一个月后才能抵达伦敦，而学勇先生说3月3日林长民曾在法国寄信给在伦敦的徽因，恐怕他不会那么神速；

（3）瑞士国际联盟会议是在1921年10月召开，且如上述，中国直到1920年6月29日才正式加入国联，又何来林长民1920年3月"赴瑞（士）开国际联盟会，从法归英"之说？

（4）1920年3月13日的《晨报》刊登了《国民外交协会饯别会林理事长民之演说》的新闻报道，说明此时（3月13日），林长民尚未离开北京；

（5）据《胡适日记》，1920年3月4日晚"林宗孟邀吃饭"，3月6日中午"东兴楼请林宗孟"，3月21日晚"宗孟宅饭"，3月27日早上8点"送林宗孟，与慰慈诸人"。[①] 林宗孟即林长民。这说明直到1920年3月27日，林长民一直在北京，他怎么可能3月3日在法国寄信给林徽因？

从1920年3月间胡适、林长民频繁地一起吃饭来看，可能是因为林即将出国，而3月27日早上8点胡适"送林宗孟，与慰慈诸人"，则是为林长民送行。那么，是否林长民在3月27日起航呢？不是。因为，1920年4月1日张元济的日记里记着"林宗孟挈其女赴英国。与梦、拔同赴舟次送之"。这里的"梦"是高梦旦，"拔"是李拔可。林长民的父亲林孝恂曾是商务印书馆的重要股东，林长民与张元济也有很不错的私谊，所以临行前，张元济等人结伴到码头给赴英的林长民父女送行。因此可断定，林氏父女是4月1日起航赴英，而3月27日胡适为林长民送行，只是林长民离开北京去上海坐船（胡适并没有去上海码头送行）。

还有三则史料可证明林长民父女于1920年4月1日起航赴欧：

其一，由《留法勤工俭学运动》（一）[②] 可知：林长民携林徽因搭乘的是法国邮船Pauliecat（"宝勒茄"轮），于1920年4月1日由沪开

[①] 《胡适日记》，《胡适全集》第29卷，安徽教育出版社2003年版。

[②] 张云侯、殷叙彝、李峻晨主编《留法勤工俭学运动》第一册，上海人民出版社1980年版，第710—716页。

航，船行36天，于5月7日抵马赛，乘客第二天即抵巴黎。

其二，1920年6月14日的《时事新报》刊登了一篇《赴法船中之五四纪念会》，这篇文章说，"宝勒茄"轮上除了赴法俭学学生一百一十余人，还有创立少年中国学会的王光祈等。5月4日船行至地中海之际，船上中国学生发起"五四运动纪念会"，王光祈和林长民分别发表演说。①

其三，1920年5月15日《旅欧周刊》的新闻报道说："本月七日法船宝德加自东方回航抵法。""宝德加"即"宝勒茄"轮的另一种音译。

这三则史料，可以互证，由此我们可以肯定，林长民和林徽因于1920年4月1日由上海起航，5月7日到达法国马赛，然后再乘坐其他交通工具转往英国伦敦。

至于《年谱》云："3月3日，林长民在法国寄信林徽因。日后林徽因在原信注写：'爹爹赴瑞（士）开国际联盟会，从法归英（寓阿门二十七）。'"如果信中标明的写作日期的确是"3月3日"，那么此信应该写于1921年3月3日。

4.《年谱》"1920年 十六岁"条目又云："10月5日，林长民赴意大利开会……约是月，林徽因与在剑桥留学的徐志摩相识（按，陈新华著《林徽因家族》记徐志摩、林徽因相识在1921年年初，有误）。"言外之意，林徽因与徐志摩相识时，徐志摩已经在剑桥留学，这不符合事实。

学勇先生认为徐志摩、林徽因初识于1920年10月，其重要依据是一封林长民写给徐志摩的信，该信全文如下：

志摩足下：

长函敬悉，足下用情之烈，令人感悚，徽亦惶恐不知何以为答，并无丝豪（毫）mockery（引者按：嘲笑），想足下误解耳。星期日（十二月三日）午饭，盼君来谈，并约博生夫妇。友谊长葆，此意幸亮察。

敬颂大安

弟长民顿首 十二月一日

徽音附候②

---

① 《赴法船中之五四纪念会》，《时事新报》1920年6月14日。
② 《林长民致徐志摩》，虞坤宁编《志摩的信》，学林出版社2004年版，第230—231页。

此信写作日期中只有月和日，学勇先生认定是 1920 年 12 月 1 日，此说被广泛采信。然而，以下三点可证此说有误：

第一，经查万年历，1920 年 12 月 1 日是星期三，1920 年 12 月 3 日是星期五，可林长民在信中说，邀请吃午餐的日期是"星期日（十二月三日）"，也就是说，如果此信写于 1920 年 12 月 1 日，那么，林长民在信中约请吃午餐的日期"星期日（十二月三日）"有误，而据常理，林长民不大可能写错日期。

第二，林长民此信是为回应徐志摩向林徽因求爱的"长函"而写，如果林氏此信写于 1920 年 12 月 1 日，则意味着徐志摩在这年 12 月 26 日写信给父母劝说张幼仪来英后才几天，就写下"长函"向另一个女人（林徽因）求爱，这不合常理。

第三，林长民在信中邀请一起吃午餐的，还有"博生夫妇"。博生即陈博生，与林长民素有交情，同属研究系成员。林长民那篇后来激发"五四运动"的名文《外交警报 敬告国民》，就是由时任《晨报》编辑主任的陈博生亲自编发，于 1919 年 5 月 2 日见报。1920 年 11 月，北京《晨报》和上海《时事新报》正大力革新，首度在中国报业上采用"国外特派员"的新方案。从 1920 年 11 月 27 日至 1921 年 1 月 16 日，连续半个多月在《晨报》刊登两报"共同启事"，宣布派往欧美的特派员名单，其中就有驻英国"特派员"陈溥贤（博生）和《时事新报》驻英"特约通讯员"郭虞裳（1921 年春夏与徐志摩、张幼仪夫妇同居剑桥乡下沙士顿）。1920 年 11 月 24 日，陈博生、郭虞裳、张申府等三人与北大校长蔡元培，教授罗文干、陈大齐，学生徐彦之等一同搭乘"高尔地埃"轮由上海出发，12 月 27 日抵法国马赛。陈、郭两人再经巴黎转达伦敦时，已是 1921 年元旦了。既然陈博生到达伦敦，已是 1921 年元月，林长民怎么可能在 1920 年 12 月 1 日的信中邀请尚在海上航程中的"博生夫妇"吃午餐？

所以，林长民这封注明"十二月一日"的信，不可能写于 1920 年 12 月 1 日。那么，这封信写于何时呢？笔者以排除法推断此信写于 1922 年 12 月 1 日。

（1）上文已考辨，此信不可能写于 1920 年 12 月 1 日。

（2）1921 年 12 月 1 日，徐志摩尚在国外留学，而林氏父女此时已回国一月余。既然林氏父女与徐志摩相隔重洋，就不可能约徐志摩"星期日（十二月三日）"共进午餐。故，此信也不可能写于 1921 年 12 月

1日。

（3）据梁实秋回忆，1922年秋天徐志摩回国后，仍执意追求林徽因，时常去松坡图书馆做梁思成与林徽因的不受欢迎的"第三者"，梁思成遂在门上贴一张纸条，上书"Lovers want to be left alone"（情人不愿受干扰）。徐志摩只好怏怏而去。① 此事说明，1922年年底徐志摩仍未放弃追求林徽因。

（4）由此信内容可肯定，林长民写信时，徐志摩、林长民父女和陈博生夫妇都在同一城市或至少彼此住地相隔不远，否则林长民不会在12月1日写信邀请他们12月3日共进午餐。又，据陈学勇编《年谱》，1923年1月初，"梁启超、林长民已有成言，双方家长认定梁思成与林徽因婚姻关系"。既然如此，徐志摩不可能在1923年及之后写长信给林长民向林徽因求爱，故可断定林长民之信更不可能写于1923年12月1日或之后。

综上，林长民这封信只可能写于1922年12月1日。既然如此，这封信就不能"权威""雄辩"地证明林徽因在1920年10月就已经与徐志摩相识。不过，如学勇先生所言，徐志摩与林徽因初次相识，必是因为林徽因之父林长民与徐志摩相识之故。

1921年1月21日林长民写给徐志摩一封短信，邀请陈博生及徐志摩参加以外国人为主的聚会。据林长民1月24日写给徐志摩的信，可知徐志摩的地址是陈博生告诉林长民的。② 由此可知两点：一是此时（1921年1月21日）之前徐志摩已与林长民认识，否则林长民不会邀请徐参加聚会；二是两人关系还不熟悉、密切，否则林长民无须通过陈博生得知徐志摩的地址。据此进一步推出，徐志摩与林长民初次见面的时间，应在1921年1月21日之前不久。

前文已证，林徽因是随父于1920年4月1日起航，5月7日抵达法国马赛，后转至英国伦敦。据《年谱》，1920年8月7日至9月15日，林长民携徽因游历欧洲，9月15日由巴黎返回伦敦。而徐志摩于1920年9月24日与刘叔和同船赴英，10月上旬到达伦敦，入伦敦政治经济学院学习。

综合以上所述，徐志摩、林徽因初次见面的时间，在1920年10月中旬至1921年1月21日期间。

---

① 梁实秋：《赛珍珠与徐志摩》，《梁实秋文集》第5卷，第236页。
② 《林长民致徐志摩》，虞坤宁编《志摩的信》，第229页。

又，1931年年底，林徽因在《悼志摩》中说：

> 我认得他，今年整十年，那时候他在伦敦经济学院，尚未去康桥。我初次遇到他，也就是他初次认识到影响他迁学的狄更生先生。不用说他和我父亲最谈得来，虽然他们年岁上差别不算少，一见面后便互相引为知己。①

于是可知，林徽因初次见到徐志摩，应在1920年或1921年（"我认得他，今年整十年"），而具体时间，"也就是他初次认识到影响他迁学的狄更生先生"的那一天。

徐志摩在《我所知道的康桥》中叙述了他第一次见到狄更生的时间：

> 我在伦敦政治经济学院里混了半年，正感着闷想换路走的时候，我认识了狄更生先生……我第一次会着他是在伦敦国际联盟协会席上，那天林宗孟先生演说，他做主席；第二次是宗孟寓里吃茶，有他。②

结合上述，可以看出，林徽因初次见到徐志摩，正是在有徐志摩、林徽因参加、由林长民演讲的伦敦国际联盟协会会议上。据查，由狄更生做主席、林长民发表演说的伦敦国际联盟协会临时会议，是在1920年11月召开的③。所以，徐志摩、林徽因初次见面的时间，是1920年11月。

又，1932年元旦林徽因为"康桥日记"纠纷致胡适信，说凌叔华送了半册"康桥日记"给她：

> half a book with 128 pages received dated from Nov. 17. 1920 ended with sentence "it was badly planned".

---

① 林徽因：《悼志摩》，梁从诫编《林徽因文集·文学卷》，百花文艺出版社1999年版，第5—6页。原载1931年12月7日《北平晨报》第九版"北晨学园悼志摩专号"。
② 徐志摩：《我所知道的康桥》，《晨报副刊》1926年1月16—25日。
③ 陈新华在《林孝洵、林长民、林徽因》（河北教育出版社2003年版）一书中说，此次伦敦国际联盟协会临时会议在1920年12月召开，实误。而《年谱》将陈新华此书说成是《林徽因家族》，亦误。

而且说：

> 更想不到以后收到半册，而这半册日记正巧断在刚要遇到我的前一两日。①

从林徽因写给胡适信中的上述引言来看，这半册日记开始的日期是1920年11月17日，而这个日期正是徐志摩"刚要遇到我（林徽因）的前一两日"，也就是说，徐志摩与林徽因相识的日期是1920年11月19日左右。这个日期，与前文关于"志摩、徽因初次见面的时间，在1920年10月中旬至1921年1月21日期间"的推断相吻合。而《年谱》说"林徽因与在剑桥留学的徐志摩相识"，此言不准确，因为徐、林相识时徐志摩虽在伦敦，但还没有入读剑桥大学。

5. 林长民曾有一信致徐志摩、郭虞棠，全信如下：

> 志摩、虞棠二兄大鉴：②
> 剑桥偶然相遇，快幸万意，旅馆不便，正出门散步，竟与振飞相左，又甚惘惘。弟已返伦，来月二日再往大陆，日内盼与振飞相见，渠今在何处，能为转达此意并询问如何期约否？二兄如能同约一聚尤盼也。
>
> 长民顿首
> 五月廿五日

此信没有写作年份，不过写于林长民在英国伦敦期间是无疑的。由张幼仪的口述回忆录可知，徐志摩与郭虞棠同居剑桥的时间是1921年5—8月。③也就是说，林长民只能在1921年5月，"剑桥偶然相遇"徐和郭。又，信中说"弟已返伦，来月二日再往大陆"，据《年谱》，林长民于1921年6月2日再度赴欧洲大陆参加瑞士国际联盟会议。所以，此信只可能写于1921年5月25日。

---

① 《致胡适（五）》，梁从诫编《林徽因文集·文学卷》，第326页。
② 《林长民致徐志摩、虞棠》，虞坤林编《志摩的信》，学林出版社2004年版，第230页。
③ 张幼仪口述、张邦梅整理、谭家瑜译：《我和志摩分手的经过》，《文史博览》2001年第1期。

《年谱》在"1921 年 十七岁"条目下，仅述 6 月 2 日及之后事。似应补记 1921 年春林长民赴欧洲大陆并于 5 月在剑桥偶遇徐志摩、郭虞棠之事。否则，何来《年谱》"1921 年 十七岁"条目下"6 月 2 日，林长民再度赴欧洲大陆"之"再度"？

6.《年谱》"1928 年 二十四岁"条目云："8 月 13 日，梁思成、林徽因夫妇由欧洲取道苏联回国，经哈尔滨、沈阳，在大连上船到天津，又换火车抵达北平。"意即林徽因夫妇起程回国的日期是 1928 年 8 月 13 日。接着《年谱》又说："8 月 22 日，梁启超致信梁思顺描述梁思成、林徽因到家情景：'新人到家以来，全家真是喜气洋洋……'"亦知，8 月 22 日前林徽因夫妇已到达北平家中。如此说来，从林徽因起程回国（8 月 13 日）到他们回到北平（8 月 22 日前），在旅途中的时间不超过 11 天。1925 年 3 月 12 日徐志摩从沈阳坐火车赴欧洲时的路线，大致与林徽因夫妇回国路线相同，而徐到达西伯利亚北部城市鄂本思克已是 3 月 18 日，到达德国柏林是 3 月 26 日，也就是说，徐志摩从沈阳乘坐火车至德国柏林，需时约半个月。当时横贯欧亚大陆的交通工具主要是火车，而且林徽因夫妇途中贯穿欧洲和苏联，到达哈尔滨后，还要"经哈尔滨、沈阳，在大连上船到天津，又换火车"，最后才能到达北平。如此漫长的旅程，他们花 11 天时间能完成吗？他们有可能那么神速吗？即使放在今天，这样的旅程也不大可能在 11 天内完成。

据《梁启超年谱》及相关资料可知，梁启超致梁思顺的那封信，的确写于 1921 年 8 月 22 日，那么，《年谱》中"梁思成、林徽因夫妇由欧洲取道苏联回国"的起程日期很可能有误，并非 8 月 13 日，而是之前几天。

第五节 刘梦苇出生日期考辨

刘梦苇，原名刘国钧，笔名有梦苇、孟韦等，湖南省常德市安乡县人。据朱湘说，刘梦苇是新月诗派中最早提出要办一份诗歌刊物的人[①]，而蹇先艾也肯定地说："记得我们在晨报出诗刊的时候，同人中

---

① 朱湘：《刘梦苇与新诗形式运动》，方仁念选编《新月派评论资料选》，第 205 页。

最热心的总要推你（刘梦苇）了。"① 刘梦苇无疑是《晨报副刊·诗镌》的创办人之一，他在《晨报副刊·诗镌》发表了 11 首诗，后来有 5 首被陈梦家选入《新月诗选》。因此，作为前期新月诗派重要成员，刘梦苇应该在中国新诗史上占有一席之地。但由于刘梦苇青年夭亡，很少引起人们的注意，近年有研究者提到他，却连他的出生年月都不能肯定。关于他的出生年份，目前多数说法是 1900 年，其根据是当年刘梦苇友人的回忆文章，大都说他去世时 26 岁，据此从他去世的 1926 年往上推，则其生年当在 1900 年，如《中国文学大词典》和《中国新诗史》都采用了这个年份②。也有人说刘梦苇出生于 1901 年，其依据不一，总结起来有三条。第一条及其推理是：刘梦苇生前的好友蹇先艾在《吊一个薄命的诗人》中说："你有这样一本心血的结晶（指刘梦苇的诗集《孤鸿集》——引者按），这二十五年的人生，总没有空过罢！"③ 蹇先艾此文刊登在 1926 年 9 月 27 日出版的《晨报副刊》上，距刘梦苇病逝日期 1926 年 9 月 9 日④，仅 16 天，因而蹇先艾所记"这二十五年的人生"，不会存在记忆失误。由此推算出，刘梦苇出生于 1901 年。第二条依据是，署名"北川歌子"的诗《哀刘君梦苇》也说"诗人今年二十五"⑤。第三条依据是，周良沛在《中国新诗库》第 4 集（长江文艺出版社 1993 年版）《刘梦苇卷》的"卷首"语中，根据丁玲的回忆，推断刘梦苇出生于 1901 年。从这三条依据来看，1901 年的说法似乎是可信的。但清华大学的解志熙教授近年找到一份刊登了刘梦苇《〈孤鸿集〉自序》的民国期刊，刘梦苇在文中明确说：

> （《孤鸿集》）是从一九二二至一九二六年一月，我十八岁至二十二岁时所写的。

据此推算，他的出生年应是 1904 年，即便刘梦苇说的是虚岁，按照惯

---

① 蹇先艾：《吊一个薄命的诗人》，《晨报副刊》1926 年 9 月 27 日。
② 马良春主编《中国文学大词典》，天津人民出版社 1991 年版，第 223 页；陆耀东：《中国新诗史》第 1 卷，长江文艺出版社 2005 年版，第 370 页。
③ 蹇先艾：《吊一个薄命的诗人》，《晨报副刊》1926 年 9 月 27 日。
④ 徐志摩在《一个启事》中说："杨子惠（宁波人）在七月间得害症死在上海，前六日（九月九日）刘梦苇又在法国医院亡故。"（参见徐志摩《一个启事》，《晨报副刊》1926 年 9 月 15 日。）
⑤ 北川歌子：《哀刘君梦苇》，《世界日报》副刊"文艺"第 26 期，1926 年 10 月 3 日。

例，他也是1905年出生。①

从上述可见，1900年说和1901年说，都是根据刘梦苇的友人的回忆而推算出他的出生年份，尤其是1901年说，有三条依据，而且蹇先艾是刘梦苇生前好友。在没有更可信的证据的情况下，1901年说原本是可以采用的，但刘梦苇在《〈孤鸿集〉自序》中明确说《孤鸿集》"是从一九二二至一九二六年一月，我十八岁至二十二岁时所写的"，那么，他出生于1904年或1905年，比较可信。

在这里，笔者对解志熙的说法，再作两点补证。

首先，解教授说，如果刘梦苇在《〈孤鸿集〉自序》中说的是虚岁，则他出生于1905年。笔者专程为此事询问过湖南省常德市安乡县的朋友，由他请教该县高寿的老人，得到肯定的回答说，在刘梦苇出生那个时代，安乡没有按照虚岁来说年龄的习惯，因此应该排除刘梦苇说的是虚岁的可能性。

其次，据刘梦苇早年同学回忆，刘梦苇因为"日子不大好过"，所以"民国七年，他进北京留法预备学校，想到法国勤工俭学，未几，回长沙进第一师范"②。"民国七年"是1918年，如果刘梦苇"未几，回长沙进第一师范"的时间是1918年，则按照他出生于1901年的说法，此时他已17岁。那时候进北京留法预备学校以及留学法国勤工俭学，尽管没有严格的年龄限制，但一般不接受年龄偏大的学生。事实上，北京留法预备学校接受的，几乎都是12—15岁的少年，如邓小平14岁留法。因而刘梦苇17岁才"进北京留法预备学校"，可能性不大。再说，刘梦苇"进北京留法预备学校"前，已完成了小学和中学的学业，按照当时教育制度，他从开蒙到中学毕业，只需7年时间，倘若他17岁中学毕业，则意味着他10岁才开蒙——这显然是不可能的。因此，1901年说存在破绽。反过来讲，按照刘梦苇出生于1904年的说法，则他14岁中学毕业后进北京留法预备学校，留法失败后，进湖南第一师范学校。也许有人会提出，刘梦苇14岁进湖南第一师范学校会不会年龄太小了？因而怀疑其准确性。这里有两个解释：第一，我们肯定的只是刘梦苇14岁进北京留法预备学校，至于他留法失败后进湖南第一师范学校的时间，只能从"未几"来推测，可能是他进北京留法预备学

---

① 解志熙：《孤鸿遗韵——诗人刘梦苇生平及遗著考述》，《河南大学学报》（哲学社会科学版）2007年第2期。据解教授查考，刘梦苇《〈孤鸿集〉自序》一文发表在《古城周刊》第4期，该刊出版时间不详，估计于1926年下半年或1927年出版。

② 刘达人：《关于诗人刘梦苇》，《开明》第2卷第4期，1929年。

校（1918）之后的同年（1918）或次年（1919），此时刘梦苇14岁或15岁。第二，当时湖南第一师范学校实行先预科一年后才转为正式学生（四年制），也就是说，即便刘梦苇14岁入读湖南第一师范学校的预科班、15岁转为正式学生，就这年龄而言，在湖南第一师范学校也是普遍的。

综上所述，关于刘梦苇的出生年份，1904年说比1901年说更可信。此外，《晨报副刊·诗镌》第六号刊登了一首署名"梦苇"的《生辰哀歌》，该诗情感真挚、哀婉，读来令人揪心——正是刘梦苇"述怀诗"的风格。该诗第一句写道："今天是我这无穷期的漂零人的生辰"，而诗的末尾有"一九二六年四月二十六日"字样，可见，刘梦苇的生日是四月二十六日。所以，刘梦苇应是出生于1904年4月26日。

第五章　新月派传媒考论

　　编办文学刊物、出版文学书籍，是新月派的重要文学活动，这些实践活动与新月派的文学创作、文学传播紧密相关。尤其是在现代中国，报刊等出版发表机构是文学流派滋生和发展的温床，更是文学流派的重要标志，因此，有必要考察新月派传媒。

　　在展开论述前，我们先对"新月派传媒"作一个简要说明。所谓"新月派传媒"，指的是在新月派历史时期（1926年4月1日—1934年8月1日）由新月派编办的同人刊物和创办的出版机构，即《晨报副刊·诗镌》《晨报副刊·剧刊》《新月》月刊、《诗刊》季刊、《学文》月刊以及新月书店。需要说明的是，储安平主编的《文学时代》《中央日报副刊》和凌叔华主编的《武汉日报副刊·现代文艺》以及沈从文主编的《大公报·文艺副刊》，虽由新月派成员主编，但并非新月派同人刊物，故不归入新月派传媒。至于朱维基主编的《诗篇》，有一些新月派旧侣常向该刊投稿，以至左翼文学评论家蒲风（1911—1942）评论说："虽然徐志摩是死了（1931），新月的《诗刊》（季刊）只出一期追悼号（1932），就寿终正寝。而事实上1933年11月出版的《诗篇》（朱维基主编）正是她的化身，不少小徐志摩在大批制造十四行诗……基于他们的艺术至上的什么唯美主义……"[①] 朱维基作为狂热的文学唯美主义者，虽与新月派有近似的地方，以至表面上看"《诗篇》（朱维基主编）正是她的化身"，但朱维基不是新月派，《诗篇》杂志鼓吹和实践的唯美主义也与新月派不同流，因此《诗篇》不能归入新月派传媒。

---

① 蒲风：《五四到现在的诗坛鸟瞰》，《现代中国诗歌论文选》上卷，仿古书店1936年版，第56—57页。

第一节　新月派传媒的生态环境及生存、发展形态

新月派先后创办了《晨报副刊·诗镌》《晨报副刊·剧刊》《新月》和《诗刊》等刊物，从 1926 年 4 月 1 日《晨报副刊·诗镌》创刊到 1934 年 8 月《学文》停刊，新月派传媒存在八年多时间，此时（20 世纪 20 年代末到 30 年代中期）正是中国社会经历重大变革的时期。新月派传媒作为那个时代产生过一定影响的传媒，是人与环境共同作用的产物，其产生、发展的过程不可避免地受到自然、社会、政治、历史、经济等诸多外界环境因素的影响，而其自身也不时折射出时代的特征。那么，作为新月派主办的刊物，伴随中国社会历史发展进程，遭遇的是怎样的生态环境？它们又是如何应对的呢？或者说，新月派传媒是在怎样的生态环境下生存发展的？

一　新月派传媒的生态环境

新月派传媒中，《晨报副刊·诗镌》《晨报副刊·剧刊》《学文》创办于北京，其余都在上海创办①，这并非偶然。

自"五四"新文化运动以来，北京一直是 20 世纪 20 年代中国的政治文化中心，这里聚集了当时几乎所有文化界知名人士，当时著名的报刊差不多全在此地创办，如《京报》《晨报》《现代评论》。1920 年前后，胡适、徐志摩、闻一多等留学归国时落脚的地方，也都在北京。但是情况从 1925 年下半年开始发生变化。首先，频仍的军阀战事及 1926 年北伐军队直逼平津，使北京很可能成为战乱的中心；其次，北洋军阀的统治使向往平静生活的文人们无法再平静：北洋政府积欠薪水，文人学者的经济生活陷入困境。梁实秋后来回忆说："这时节北方还在所谓'军阀'统治之下，北平的国立八校经常的在闹'索薪'风潮，教员的薪奉积欠经年，在请愿、坐索、呼吁之下每个月也只能领到三几成薪水，一般人的生活非常狼狈。"② 在饱受经济压迫的同时，还有精神的

---

① 有人认为叶公超主编时期《新月》编辑部转移到北平，其实《新月》编辑部始终在上海，只是后期在北平米市大街设立了除上海四马路中之外的另外一个发行部（参见《新月》第四卷各期版权页）。
② 梁实秋：《忆〈新月〉》，方仁念选编《新月派评论资料选》，第 12 页。也可参阅《梁实秋文学回忆录》，岳麓书社 1989 年版，第 106 页。

束缚，北洋政府不但禁售新文学作品（如陈独秀的《陈独秀文存》、胡适的《胡适文存》），还焚书、禁演新剧；北洋政府教育总长章士钊，在"整饬学风"的名义下，对作为新思想摇篮的北京各大学进行了种种"整顿"，不仅提倡古文，还重开校园男女之禁，禁止开会集会。北洋政府的种种"倒行逆施"加剧了知识界与政府的对立。这种压抑的文化氛围，令新文学作家在心理上感到窒息气闷。① 比这些更令人难以忍受的是，报刊被查封或任意删改，而且文人被杀害的血案也不断发生。1927年年初，张慰慈向尚在国外的胡适报告说："现在北京一般人的口都已封闭了，什么话都不能说，每天的日报、晚报甚而至于周报，都是充满了空白的地位……这种现象是中国报纸的历史第一次看见……同时一切书信与电报都受到严格的审查。"② 倘若说没有言论自由尚可忍受，那么1926年春天，段祺瑞政府制造了骇人听闻的"三·一八"惨案，北京的读书人度过了被鲁迅称为"民国以来最黑暗的一天"；1926年4月26日《京报》总编邵飘萍被枪杀；1927年4月6日李大钊被处以绞刑……这一系列事件令北京的学者作家们备感生存的威胁。总之，当时"北京已进入恐慌时代"，加上"山雨欲来风满楼"的战争气氛，逼迫着包括新月派同人在内的北京文人纷纷离开新文化的发祥地，南下避难。在这种情形下，创刊不久的《晨报副刊·诗镌》《晨报副刊·剧刊》先后停刊。徐志摩、余上沅、沈从文等陆续南下来到上海。1927年国共分裂后，伴随着大革命转入低潮，许多曾经身处政治斗争第一线的文人也抽身南下，如从北伐前线退回上海的郭沫若、沈雁冰、蒋光慈、阿英等。还有一批留学日本、苏联、欧美的文化人士，如沈端先、成仿吾、刘呐鸥、瞿秋白、梁实秋等。鲁迅于1927年较早抵达上海，而胡适先由北京辗转欧洲和日本，也于1927年抵达上海。一时间，全国各地的文学英才汇集上海，许多文学期刊也纷纷南迁。曾经是新文化战场的北京，其文化中心地位迅速丧失；与此同时，上海崛起为全国经济和文化中心。

当时的上海，租界林立，这种特殊的状况把上海推入了世界经济格局，因而上海较全国其他城市要早步入现代化，它因此迅速发展为中国的金融中心、贸易中心、工业中心、交通中心。同时，各国在上海设置

---

① 司马长风：《中国新文学史》，香港昭明出版社1980年版，第248—258页。
② 张慰慈致胡适，1927年1月16日，《胡适来往书信选》（上），中华书局1979年版，第421页。

租界，也使上海的行政难于统一控制，因而政治活动相对宽松，言论出版相对自由。此外，20世纪20年代后期的上海，虽然没有一所大学可与北京的北大、清华的名望相比，却也因为拥有一批名牌教会大学，如圣约翰大学、沪江大学，以及中国人自办的老资格大学如南洋公学等而感到自豪①。在此情形下，上海以吐纳百家包容万象的气度，一时间出现了多元文化共存、流派纷呈的繁盛局面。不论左翼革命文学，还是自由主义文学，或者民族主义文学，乃至追求艺术品位的艺术文学、专供市民休闲娱乐的通俗文学，都能在这里找到生长的土壤。

据上述，创办于上海的新月书店和《新月》《诗刊》，都能拥有一个相对适合自身生长的文化环境。特别是，起先新月书店的地址在望平街、新月编辑部在法租界法龙路，大致在1929年新月书店迁移至四马路、新月编辑部迁移到九江路四川路转角的中央大厦二楼十九号。新月派同人没有人解释迁移的具体原因，只在《新月编辑部迁移启事》中笼统地说"因内部更事扩充，原有地点不敷应用"。我们现在来看这种迁移，饶有兴趣地发现，新月书店迁移至当时上海市文化和商业气氛最浓的所在（四马路），而新月编辑部却由繁华的法租界搬到了交通方便但相对"清静"的九江路四川路转角。

除了编辑书籍，新月书店还担负新月派期刊和书籍的出版发行任务。它迁移到四马路是颇有意味的。早在19世纪末，四马路（即今天的福州路）就已成为上海新兴的热闹之区的核心。据沪上文人黄协埙在1884年的描述，上海"热闹之处"在"法（租界）以大马路为最，英（租界）以棋盘街、四马路、大马路为最"。而"沪北热闹之区，向以完善街区为巨擘，近则销金之锅，尤在四马路一带"②。所谓"销金之锅"，指的是四马路一带密布的戏院等娱乐场所，由此四马路在当时已形成了不同于其他商业街道的戏园词馆和观戏文化。《点石斋画报》对此有不少记录。到了20世纪20年代中后期，文学中心南移带来了期刊等媒介的大规模迁徙，以致30年代的上海被称为"杂志的麦加"。据估计，当时"全中国约有各种性质的定期刊三百余种，其中倒有百分之八十出版在上海"③。考虑到自19世纪末以来四马路就已经是上海市的文化与商业中心地区，因而这些期刊大都把地址选在四马路，也就不足为

---

① 熊月之主编《上海通史》第1卷，上海人民出版社1999年版，第22页。
② 黄协埙：《淞南梦影录》，上海古籍出版社1989年版，第103、127页。
③ 茅盾《兰》：《所谓杂志年》，《文学》第三卷二期，1934年8月1日。

奇了。有意思的是，一方面在上海四马路一带期刊如雨后春笋一般生长，另一方面书籍出版相对萧条，"文艺书的单行本却少到几乎看不见"①。从表面来看，出版业似乎很发达，仅在四马路一线，就有北新书局、开明书店、现代书局、光明书局、泰东书局、生活书店、中国图书杂志公司、世界书局等几十家出版机构，可"出版界的现状，期刊多而专书少"，而且"这情景是由来已久的"②。其首要原因，当然是20年代末期"国民党反动派的禁书令和图书杂志审查法的推行"③，对图书的苛刻审查，造成出版家营业上的无路可走，"好销的书不好出，好出的书不好销，于是只剩下'杂志'一条路还可捞几个现钱"④。在1930年年底国民党中宣部向中央递交的审查出版物的"内部报告"中，就曾直言不讳、洋洋得意地讲述进步书籍的出版"渐次减少"的一个重要原因："本部以前，对于此类书籍的发行，采取放任主义，少加查禁"，而"在国内一班青年，又多喜新务奇，争相购阅，以为时髦。而各小书店以其有利可图，乃皆相索从事于此种书籍之发行，故有风靡一时、汗牛充栋之况"。"但是最近数月以来，本部审查严密，极力取缔，各小书店已咸具戒心，不敢冒险，以亏血本了。"⑤出版家、书店担心"亏血本"，所以，要么转向以出版杂志为谋生之道，要么出版书籍和编办杂志并举。新月书店正是在这种背景下创办，后来承担了《新月》和《诗刊》的出版发行工作。

很明显，20世纪20年代后期的上海，为《新月》、新月书店提供了一个充满活力的出版氛围，一个潜力巨大的文化消费市场，一个竞争激烈的期刊和书籍出版战场，一个党同伐异、互相借鉴的媒体环境。

应该注意到，至20世纪30年代，上海已发育成比较完善的现代商品社会，立足于此的任何期刊和出版机构，都被纳入也必须遵循现代出版物的生产、流通的规律与方式。在市场体制下，刊物和书籍的编辑出版不仅仅是文化活动，更是一种社会生产。而新月派一伙人如何会经营？何况曾任新月派传媒主编的徐志摩，在刊物编办方面主张"我想怎么办就怎么办"，他为了保持新月派传媒的纯文学性，甚至经常不顾商

---

① 丙（茅盾）：《一年的回顾》，《文学》第三卷六期，1934年12月1日。
② 鲁迅：《花边文学·零食》，《鲁迅全集》第5卷，人民文学出版社1981年版，第498页。
③ 茅盾：《我走过的道路（中）》，人民文学出版社1984年版，第250页。
④ 兰（茅盾）：《所谓杂志年》，《文学》第三卷二期，1934年8月1日。
⑤ 转引自陈之符：《从国民党的内部报告看其文化统治》，《出版史料》1990年第2期。

业利益。所以,《新月》的销售,即使在创刊一年后也"老实说不好"。经营不善,使新月派传媒从创刊伊始就陷入困境,以致经常延期出版,最后不得不停刊。

说到《诗刊》《新月》的停刊,不能忽视读者阅读需求的影响。文学刊物虽然是一种特殊的商品,但正如一切商品的命运都最终取决于消费一样,文学刊物能否发展、能否畅销也取决于读者的阅读需求。20世纪30年代,在普遍的政治文化心理影响之下形成的读者的阅读需求,对文学刊物的发展起到了重要的制约作用。如果说20年代读者的阅读需求还是百花齐放,那么30年代普遍是左翼文学杂志一枝独秀。30年代左翼革命文学杂志受到最广泛的欢迎,是一个不争的事实。王西彦证实:"鲁迅主编的《萌芽》和蒋光慈、钱杏邨主编的《拓荒者》"以及"一大批发表革命文学作品的刊物,如《北斗》《大众文艺》《文学月刊》等等"都很受欢迎。① 既然如此,与鲁迅等左翼作家论战的新月派传媒,自然就相对而言不那么受欢迎。此外,由于在罗隆基主编时期《新月》大肆抨击时政,屡次被国民政府扣留、禁毁,新月杂志编辑部也差点儿被查封。既然如此,可知在30年代的背景下,新月派传媒既面临以左翼文学杂志为主的抢夺读者(消费市场)的激烈竞争,也要应对国民政府的出版检查,因而其生态环境较20年代要严酷。

二　新月派传媒的生存、发展形态

面对上述生态环境,新月派传媒主要采取了以下几种生存、发展的形态②。

(一)传承

新月派传媒无疑具同人性质,这种对于刊物性质的定位,带有鲜明的个性色彩。而富有个性特征的同人期刊,是组织文学社团、形成文学流派必需的,也是传承文学观念的重要方式。自《新青年》以后,不论哪个社团流派的同人期刊,在生存、发展中都传承了某些共同的东西。倘若把几种不同时期但特征相似的现代期刊放在一起来考察,当可管窥一斑。下面我们不妨将大致标志着现代中国不同时期的同人期刊

---

① 王西彦:《船儿摇出大江》,《新文学史料》1984年第2辑。
② 刘增杰认为"对峙、传承、变异、组合"是中国现代文学期刊主要的生存和发展形态(参见刘增杰等纂《中国现代文学期刊史论》,新华出版社2005年版,第16页)。本小节采纳这一说法,并结合新月派传媒予以详论。

《新青年》《现代评论》《新月》《观察》作一些比较①,如表 5-1:

表 5-1 　　四种现代期刊发刊期、停刊期、周期、办刊地、
　　　　　　主编及主要撰稿人

项目 刊物	发刊期	停刊期	周期	地点	编辑	主要撰稿人
新青年	1915 年 9 月 15 日	1921 年 10 月	月刊	1915—1918, 北京 1918—1921, 上海	陈独秀、 胡适等	陈独秀、高一涵、 胡适、傅斯年等
现代 评论	1924 年 12 月 13 日	1928 年 12 月 29 日	周刊	北京	胡适、 陈西滢、 徐志摩	胡适、王士杰、 高一涵、郁达夫、 成仿吾、陈西滢、 徐志摩、丁西林、 闻一多、沈从文、 凌叔华、蹇先艾等
新月	1928 年 3 月 10 日	1933 年 6 月 1 日	月刊	上海	徐志摩、 胡适、 罗隆基	胡适、徐志摩、 丁西林、闻一多、 沈从文、 凌叔华、罗隆基、 储安平、梁实秋、 潘光旦、叶公超
观察	1946 年 9 月 1 日	1948 年 12 月 24 日	周刊	上海	储安平	梁实秋、潘光旦、 叶公超、储安平、 傅斯年等

---

① 自 1920 年 9 月 1 日出版第 8 卷第 1 号之后,《新青年》成为上海共产主义小组的机关刊物,编辑方针相应变为以宣传共产主义、马克思主义为侧重点。"即便如此,由于胡适等人作品的存在,第 8、9 卷的《新青年》,依然具有'统一战线'的表面形式,可以算做此前事业的延续。"(陈平原:《思想史中的文学——〈新青年〉研究(上)》,《中国现代文学研究丛刊》2002 年第 3 期)1923 年 6 月至 1926 年陆续刊行的季刊或不定期的《新青年》,由中国共产党中央委员会创办,不在本章讨论范围内。1949 年 11 月 1 日《观察》复刊后,其风格与复刊前迥然不同,故本章所说的《观察》亦特指 1946 年 9 月 1 日(创刊)至 1948 年 12 月 24 日(停刊)期间。

表 5-2　　　　四种现代期刊创刊原因、刊物宗旨、读者对象情况

比较项 刊物	创刊原因				刊物宗旨			读者对象			
	振奋思想	讨论时局	提供论坛	教育青年	独立	自由	民主	工农兵商	公务人员	文化界和教育界人士	青年学生
新青年	√		√	△	√	△	△			√	△
现代评论		√	√	△	△	√				△	
新月	△		√	△	√	√	△			√	
观察	△	√	△	△	√	√	√	√	△	√	√

表 5-3　　　　　　四种现代期刊主要栏目设置

栏目 刊物	专论		国内外时事		文艺				通信		
	政论	学术	国内	国际	小说	散文	诗歌	戏曲	读者	编者	记者
新青年	√	△		△	△	√	√	√	√	√	√
现代评论	△	√	△	√	△	△	△			√	√
新月	√	△	△		△	△	△		√	√	△
观察	△	√	√	√			△		△	√	

说明：① △ 表示"主要"，√ 表示"次要"；
　　　② 以上表均依据《新青年》《现代评论》《新月》《观察》进行相关统计后制作；
　　　③ 表 5-2 主要依据四种刊物之"发刊词"。

观察以上三张表，我们可以看出，作为新文化运动的主要阵地，《新青年》对其后的期刊《现代评论》《新月》《观察》影响深远。其后的三种期刊，不论从总的精神上还是具体的编办上，都明显带有《新青年》的痕迹。如果说《新青年》开创了现代期刊的传统，则这种传统不仅被后者传承而且得到了发扬。不妨举一个令人印象深刻的事例。1920 年，面对当时人们竞相模仿《新青年》创办杂志的现象，陈独秀表述自家办刊体会：

　　凡是一种杂志，必须是一个人一团体有一种主张不得发表，才

有发行底必要；若是没有一定的个人或团体负责任，东拉人做文章，西请人投稿，像这种"百衲"杂志，实在是没有办的必要，不如拿这人力财力办别的急着要办的事。①

"杂志"之所以名为"杂志"，就在于其不同于书籍内容的"专"，杂志的作者众多、内容也相对驳杂。对此，陈独秀不可能不清楚，但他不赞同"东拉人做文章，西请人投稿"的办刊方式。在他看来，理想的办杂志的方式，差不多就是以出版书籍的方式来办刊。为此，他指出了理想期刊的两个特征：一是"有一种主张不得不发表"，二是"有一定的个人或团体负责任"。这两个特征，其实开启了现代中国同人刊物的两个基本传统，前者凸显同人期刊的精神，后者指向同人刊物的办刊形式。

除了上述两个现代同人期刊的基本传统，总结表5-1、表5-2、表5-3，还有以下几个比较具体的传统：

（1）创刊原因大抵是为了"提供论坛""教育青年"。在动荡的时局中，知识分子深感有"说话"的必要、有"提供一个说话的地方"的必要，而对于青年，更负有教育和使之清醒的责任。此外，鉴于当时"沉闷的气氛"，也有必要"振奋（人们）思想"。

（2）办刊宗旨方面，明确提出"独立""自由""民主"的原则，这一点体现在编辑方针上，便是独立自主的精神。

（3）以文化工作者、教育工作者尤其青年学生为主要读者群体。

（4）创刊地点在全国经济、文化中心——北京、上海。

（5）期刊主要栏目大体包括四部分：专论、国内外时事、文艺、通信。②

上述五个具体传统中，往往被研究者忽视的是第五个，而该传统中，又以"通信"栏目最值得一提。陈平原认为，《新青年》最具创意的栏目设计，非"通信"莫属。这是高明而准确的见解。关于"通信"栏目，从大的方面讲，可成为与"敌""厮杀"的战场、与"友"联盟的桥梁，从小的方面来看，也是实现读编之间、读者之间相互沟通的平

---

① 陈独秀：《随感录七十五·新出版物》，《新青年》第七卷第二号，1920年1月。
② 陈平原在《思想史中的文学——〈新青年〉研究》一文中谈及《新青年》对文学的重视时精辟地指出，《新青年》"如此重视文学"，"也与晚清开创的报刊体例大有关系"（《中国现代文学研究丛刊》2002年第3期）。笔者借花献佛，据此断言，现代同人期刊在栏目设置方面的传统，其实渊源于晚清报刊。

台。也许正是因为看到了"通信"栏目有如此这般的好处,自《新青年》以来它成为多数期刊的"保留栏目"。比如,《观察》周刊设置的"读者投书"栏目,所反映的信息和提出的建议,帮助《观察》社了解下层社会状况,使其能够及时地就事态做出较为客观的判断和反应,也加强了《观察》社和下层社会的联系。①《新月》从第一卷第八期开始设置的栏目"零星","是登载短评和杂感的专栏"②,梁实秋与鲁迅论战的短文,大都刊登在这个栏目,因而"零星"类似《新青年》因"通信"而起的"随感"。但《新月》中最具"通信"特色的栏目,是第三卷第五六期合刊时宣布开始设置的"新月讨论",因为,这个栏目既"是公开我们朋友们讨论问题的信件的地方",也"很诚恳的欢迎本刊的读者来加入我们这个讨论团体","题目是绝对没有范围的;主张是绝对不受拘束的"。③ 正是在这期《新月》的"新月讨论"栏目,发表了闻一多评论陈梦家、方玮德诗歌和胡适评《梦家诗集》的通信,这两封通信,真实地反映了前后两代新月派在新诗艺术方面的不同看法,也显示了新月派的代际传承。遗憾的是,不知为何这个栏目此后没有再出现。

也许是因为以上几种传统,上述四种期刊具有几个方面的相似性:从编辑成员来看,他们彼此间存在一定的交叉,胡适不仅是《新青年》《现代评论》的编辑,也曾经列入《新月》编辑者名单,而徐志摩曾任《现代评论》和《新月》主编。从主要撰稿人员的构成来看,彼此间的交叉更大,胡适是《新青年》《现代评论》和《新月》的主要撰稿人,徐志摩、闻一多、凌叔华、沈从文等同是《现代评论》《新月》主要撰稿人,至于梁实秋、潘光旦、叶公超、储安平等是《新月》和《观察》的主要撰稿人,郁达夫等也曾在《现代评论》《新月》发表文章。这些人大都是欧美留学归来的文人、教授,他们同属于受过西方文明教育的自由主义知识分子。这些沐浴过欧风美雨的知识分子,回国后企图以其独立的自由者的身份参与中国社会现实的变革,但生活在半封建半殖民地的社会里,他们的理想注定是不能实现的。因此,通过他们编办的期刊的兴衰过程来看,都因为坚持"不偏不倚"的原则一度受到广大读者欢迎,又多数因为抨击时政被当局查封。

---

① 参见付祥喜《〈观察〉周刊研究——现代中国自由主义刊物的个案》,硕士学位论文,暨南大学,2003年,第75页。该文收藏于广州市暨南大学图书馆。
② 《编辑余话》,《新月》第一卷第七期。
③ 《新月讨论》,《新月》第三卷第五、六期合刊。

由于所处时期不同，这几种期刊也有各自的侧重点。《新青年》以鼓吹新文化、宣传启蒙为旨，《现代评论》偏重于政治、法律、教育等方面的启蒙，《新月》比较侧重于文艺，借文艺来表达自己对于自由民主信仰的追求，而《观察》则注重政论和新闻报道。这四种期刊，由于它们在各自所处时期产生过巨大影响，因而在事实上把一批自由主义知识分子聚集在期刊周围，由此形成以刊物为中心的政治文化派别。四个派别在人员组成等方面的交叉性、相似性，使它们较为直观地凸显出现代中国自由主义期刊维持前后衔接态势的发展脉络，以及在20世纪20—40年代的精神状态。新月派传媒，就是处在这样一个现代自由主义期刊发展的脉络中，它们不可避免地传承了现代自由主义期刊的传统。

（二）变异

变异本为生物学中关于遗传的术语。我们认为文学期刊在文化生产活动中，像有机体一样具有变异的属性。在本节中，我们强调的变异，既指《新青年》《现代评论》《新月》和《观察》四种期刊在前后相继过程中存在着可遗传的变异，也指期刊内部存在的变异。

就新月派传媒而言，它们在传承《新青年》《现代评论》某些传统的同时，也作出了一些"基因重组"，比如说，新月派传媒主要是文学期刊，而前二者是综合性杂志。新月派传媒的内部变异，只有一种情况，即跨性质变异。《诗镌》《剧刊》和《诗刊》始终保持纯文学性质不变。《新月》在徐志摩主编时期，文学色彩十分浓厚，属于文学期刊；梁实秋接手主编之后，在"编辑余话"中公开表示，《新月》"要谈政治"，刊物的政治色彩开始加重，至罗隆基主编时期，政论文章不仅排在卷首，而且所占篇幅最大，《新月》遂成为以政论为主的综合性期刊；接替罗隆基任《新月》主编的叶公超，使《新月》重新回到文学期刊。《新月》出现这种变异，固然与新月派短暂的政治热情有直接关系，却也是出于期刊生存、发展的需要。大革命失败以后，在民众中，尤其在青年当中普遍产生了一种苦闷、彷徨的情绪，或者说是一种"政治焦虑"，一种政治的郁积——他们这种焦虑或郁积迫使他们需要找寻某种释放和排解的渠道，并且成为一种对期刊的普遍的读者阅读期待。当时热衷谈政治的左翼文学期刊广受欢迎，就说明了这一点。因此，梁实秋、罗隆基主编时期，《新月》谈政治、发生刊物性质变异，从一定程度上看，也是为了迎合青年读者普遍的阅读期待。

(三) 对峙

许多现代期刊,自创刊起就宣称、标榜无党派和不偏不倚的办刊方针。但是在实际操作过程中,任何期刊的编辑在选稿、组稿时都难免要有相对统一的原则,因此不可避免地带上编辑本人的"主观性",而期刊也难免呈现出某种派别的风格、特征。新月派传媒也不例外。具体就20世纪20年代后期至30年代初期的生态环境而言,新月派传媒要想在期刊多如牛毛的北京、上海拥有立足之地,就必须打出自己的特色、树立自己的品牌形象。这种特色、品牌形象的确立,很大程度上是以与左翼文学期刊对峙得以实现的。姑且不论《晨报副刊·诗镌》《晨报副刊·剧刊》与创造社刊物的对峙,单就《新月》来说,它与《萌芽》《十字街头》等左联期刊的对峙,就具有典型意义。过去我们从意识形态的角度看待这两类期刊,着重其对峙,由此突出它们的文学特征,这当然是有道理的;但这种对峙,对于期刊的生存、发展其实也有积极作用。一方面,期刊对峙的最激烈的表现,就是双方组织作者撰文展开论战,论战不仅使期刊能够有效地组织作者、发挥其优势,更重要的是,论战使双方的特征清晰地呈现在读者面前,引起读者关注,增加期刊销售量。《新月》销售量最大的时候,就是胡适在《新月》发起人权与约法之争和梁实秋与鲁迅论战的时期。另一方面,期刊对峙也使对峙双方在互相监督中自我完善,使期刊自身产生紧迫感并激发改进的内驱力。

(四) 组合

在期刊多如牛毛而多数期刊互相对峙、互相竞争的环境下,仅有对峙只会四面树敌、孤军奋战,因而还要有组合。办刊宗旨相同或相近的几种期刊,在一定时段内先后或同时创刊,拥有大体相同的读者群体,宣传相同或相近的政治、文化、艺术主张及旨趣,由此自觉或不自觉地形成一种期刊组合。在中国现代文学期刊中,这种期刊组合,有的以社团为基础,有着比较严密的组织形式,如创造社系列期刊;有的几种期刊间并无业务联系,但它们有一个共同的精神领袖或者宣扬相同或相近的主张,如鲁迅支持、领导的《语丝》《莽原》《奔流》《朝花》《萌芽》《十字街头》《海燕》等;有的组合是以艺术趣味为纽带,如由崇尚西方现代派艺术的几个青年创办的《无轨电车》《新文艺》和《现代》;还有的是因为出版机构而形成,如开明书店的《中学生》《中学生文艺》《新少年》等,邵洵美创办的金屋书店的《金屋》、时代图书公司的《时代》等。但多数现代文学期刊,兼有几种组合方式。新月派传媒就是如此——徐志摩既是新月派传媒的创始人,也是它们共同的

"精神领袖"；它们还依托于出版机构，《晨报副刊·诗镌》《晨报副刊·剧刊》系《晨报》的附刊，《新月》和《诗刊》则由新月书店出版发行；而且，它们在刊物特征上都带有古典主义审美趣味。因此，新月派传媒无疑形成了一个呈线性连属的组合。在这个组合中，《晨报副刊·诗镌》《晨报副刊·剧刊》对新诗形式建设的倡导和重视，在《新月》和《诗刊》中得到传承与发扬，《新月》和《诗刊》并存期间，二者取长补短，在当时新诗界造成较大的声势，彼此扩大影响。

存在于期刊当中的传承、变异、对峙、组合，并不是孤立的，而是传承与变异、对峙与组合形成了两对既对立又统一的矛盾，新月派传媒正是在它们的对立统一中，一面适应另一面改造着自己的生态环境，从而得以生存发展。

第二节 《晨报副刊·诗镌》考论

一 《晨报副刊·诗镌》创刊、停刊及名称由来

（一）《晨报副刊·诗镌》的创刊

1926 年 4 月 1 日，在徐志摩、闻一多等人的积极运作下，《晨报副刊·诗镌》创刊了。关于《晨报副刊·诗镌》的创刊背景，徐志摩在《诗刊弁言》中说："我写那几间屋子（闻一多的阿房——引者按）因为它不仅是一多自己习艺的背景，它们也就是我们这诗刊的背景。"乍一看，此语令人费解。不过，如果联想到徐志摩在《晨报副刊·诗镌》创刊的"早三两天前才知道闻一多的家是一群新诗人的乐窝，他们常常会面，彼此互相批评作品、讨论学理"①，可推断，徐所说的"背景"指的是闻一多和"一群新诗人"经常在"阿房"一起探讨诗艺。也就是说，闻一多和"一群新诗人"（以"清华四子"为主）对新诗的经常性探讨，是《晨报副刊·诗镌》创刊的背景。下面，我们试图考辨三个相关问题。

1. 谁最先提出创办"诗刊"（《晨报副刊：诗镌》）

谁最先提出创办"诗刊"？明确谈到这一点的新月诗派成员有三人，他们是朱湘、于赓虞、蹇先艾。

---

① 徐志摩：《诗刊弁言》，《晨报副刊·诗镌》第一号，1926 年 4 月 1 日。

朱湘说刘梦苇最先提出创办"诗刊"。大约在 1928 年，朱湘在《刘梦苇与新诗形式运动》一文中说："《诗刊》之起是有一天我到梦苇那里去，他说他发起办一个诗的刊物，已经向《晨报副刊》交涉好了。"①

于赓虞说是他自己最先提出创办"诗刊"。20 世纪 30 年代初期，于赓虞在《志摩的诗》一文中说："时候是民国十五年的春天。彼时我想约几位朋友，在北新书局办一个纯粹的诗的杂志，不久被志摩、子沅听说，终于移于《晨报》。"②

蹇先艾说是刘梦苇最先提出创办"诗刊"。1979 年，蹇先艾在《〈晨报诗刊〉的始终》中回忆，《晨报副刊·诗镌》的创办，首先是刘梦苇提议办"一个《诗刊》"，其次经闻一多、饶孟侃、刘梦苇、朱湘、蹇先艾等几个诗人集体商量后，确定要借《晨报副刊》的版面办一份诗歌刊物，而徐志摩当时恰好在主编《晨报副刊》，于是派闻一多和蹇先艾③去找徐志摩商量，徐志摩"没有作任何考虑，很爽快地答应了"借《晨报副刊》的篇幅出版《诗镌》。④

上述三人，都曾参与《诗镌》的创刊，而朱、蹇都说最先提出创办一份"诗刊"的是刘梦苇，于赓虞说是他自己。基于以下理由，我们认为朱、蹇的说法可信，而于赓虞很可能记忆有误：（1）蹇先艾详细地回忆了刘梦苇最先提出创办"诗刊"以及众人商量如何具体办刊的过程，朱湘的说法证实了蹇的话，而于赓虞的记述相对简单，也没有佐证；（2）由蹇先艾的回忆可见，从刘梦苇提出创办"诗刊"到最后定下由蹇和闻一多出面找《晨报副刊》主编徐志摩商量办刊事宜，都合情合理，而按照于赓虞的说法，先是他提出办"诗刊"的打算，"不久被志摩、子沅听说"，"终于移于《晨报》"，事实却是，《诗镌》创刊前，于赓虞只是加入闻一多和"清华四子"诗歌讨论会的一个"新客人"，以他的身份是否方便作出提议乃至他的提议能否被广泛接受，实属可疑；（3）就谁最先提出创办"诗刊"的功劳而言，朱、蹇的说法，都是作为刘梦苇、于赓虞之外的第三者的证词，故于赓虞之言难免有为自己脸上贴金的嫌疑。

---

① 朱湘：《刘梦苇与新诗形式运动》，方仁念选编《新月派评论资料选》，第 205 页。
② 于赓虞：《志摩的诗》，《北平晨报·北晨学园》"哀悼志摩专号"，1931 年 12 月 9 日。
③ 蹇先艾的叔父蹇季常与徐志摩父亲是朋友，而且蹇季常是新月社社员，故蹇先艾与徐志摩在新月社时期就已经相识。
④ 蹇先艾：《〈晨报诗刊〉的始终》，《新文学史料》1979 年第 3 辑。

2. 召开《诗镌》筹备会议的日期

从《诗镌》创刊的经过来看，在创刊号出版前，徐志摩、闻一多他们还专门开过筹备会议，也就是徐志摩在《诗刊弁言》中提到的他第一次去闻一多阿房的那一次。朱湘也曾提到过这次聚会，他说刘梦苇让他帮忙办《诗刊》，他答应了，后来"在闻一多的家中开成立会"。据朱湘说，这次会议的结果是，"会中多数通过《诗刊》的稿件由到场各人轮流担任主编，发行方面由徐志摩担任与晨报馆交涉"。① 于赓虞也说："《诗刊》未发前，在一多家中那一次集会，十分重要，七八个作诗的人的共同意见，是在使诗的内容及形式双方表现出美的力量，成为一种完美的艺术。"② 可见，这次筹备会议，不仅解决了即将创刊的《诗镌》的编辑出版发行等重大问题，更重要的是，与会者还统一了对新诗形式等诗艺的认识，以致徐志摩能代表大家撰写发刊词，因此这次会议对于即将创刊的《诗镌》的确是"十分重要"。但长期以来这次会议被研究者忽略，原因之一，可能是由于当事人没有明确提到召开这次会议的具体时间，后人也没多作考虑。其实，根据徐志摩的《诗刊弁言》，我们就能够考证出这次会议召开的具体日期。

徐志摩在《诗刊弁言》中说："早三两天前才知道闻一多的家是一群新诗人的乐窝，他们常常会面，彼此互相批评作品、讨论学理。上星期六我也去了。"③ 由此可知，徐志摩去闻一多家的时间，是"上星期六"。而经查，《晨报副刊·诗镌》第一号发表《诗刊弁言》时，该文末标有"三月三十日夜深时"，这个时间是徐志摩写完《诗刊弁言》的日期。由于"上星期六"出现在文章卷首，而"三月三十日夜深时"在文章末尾，会不会徐志摩在1926年3月30日前写下"上星期六"那些话，几天后才写完整篇文章呢？倘若这个假设成立，那就是说，"上星期六"的日期在1926年3月30日之前。事实上，这个假设是不成立的。首先，《诗刊弁言》全文不足2000字，以徐志摩的写作能力，不会要花几天时间才能在"夜深时"完成；其次，即将创刊的《诗镌》是周刊，每周四按时出版，3月30日已是星期二，以徐志摩编辑《晨报副刊》时高涨的热情，不会在撰写创刊词时拖延几天时间才完成。所以，根据徐志摩写下"上星期六"一语的日期是1930年3月30日，于

---

① 朱湘：《刘梦苇与新诗形式运动》，方仁念选编《新月派评论资料选》，第205页。
② 于赓虞：《志摩的诗》，《北平晨报·北晨学园》"哀悼志摩专号"，1931年12月9日。
③ 徐志摩：《诗刊弁言》，《晨报副刊·诗镌》第一号，1926年4月1日。

是可推断他去闻一多家的时间是 1926 年 3 月 27 日，即召开《诗镌》筹备会议的时间是 1926 年 3 月 27 日。经查万年历，1926 年 3 月 27 日是星期六，这个时间也与徐志摩 3 月 30 日在《诗刊弁言》中说"早三两天前才知道闻一多的家是一群新诗人的乐窝……上星期六我也去了"相吻合。

3. 闻一多等为何选择《晨报副刊》

首先，《晨报副刊》是《中国日报》副刊的起首老店，对文坛影响颇大。方汉奇先生曾指出五四时期新闻史的主要特征之一是，"以报刊为主要阵地的新文化运动的发生和发展，是贯穿其中的一条主线"。[①] 五四时期如此，即便在整个中国现代史上，报刊都起着不容忽视的促进作用。作为报刊的重要组成部分，副刊与中国现代文学的关系，鲜明地凸显了不同时期文学运动的特征。作为一家私营大报的副刊，《晨报副刊》一直配合呼应其正刊的办报宗旨。在 1918 年 12 月 1 日复刊之际，《晨报副刊》在发刊词中宣称该报的创办"即为此罪恶之政治作，社会作，新闻界之恶梦作"，并以"于政界为詧史，于民众为木铎"自命。加之深浸了新文化新思想的知识分子李大钊、孙伏园、徐志摩等陆续加盟，《晨报副刊》数次率先改革，突破旧式副刊的休闲性质，一变成为传播新文化新思想的园地，"影响于文坛颇大"[②]。1925 年 8 月，徐志摩表示出辞去《晨报副刊》主编而转由闻一多担任之意，闻一多为此很兴奋，在致乃兄信中说："北京《晨报》为国内学术界中最有势力之新闻纸，而《晨报》之《副镌》尤能转移一时之思想。"[③] 既然闻一多对《晨报副刊》的重要性有如此认识，并且早就有意于该刊，后来选择《晨报副刊》就尤为自然了。

其次，在五四时期与现代自由报刊共同成长起来的新一代知识分子，大多认识到了新文学和大众传播媒介（尤其现代自由报刊）之间的千丝万缕的关系，他们认识到，大力倡导新文学，有效地传达他们的文学主张和见解，就必须聚集在颇具时代特色的报纸副刊周围。因此闻一多等要宣传新格律诗及其理论，扩大影响，就必须拥有一份刊物、一块属于自己的园地，而报纸副刊能较好地满足他们这种需求。

再次，依附某影响较大的刊物来办"诗刊"，在当时是不得已的选

---

① 方汉奇：《中国新闻事业通史（第二卷）》，中国人民大学出版社 1996 年版，第 3 页。
② 周作人：《中国新文学大系散文一集·导言》，上海良友图书印刷公司 1935 年版，第 5 页。
③ 《八十九 致闻家騄》，《闻一多书信选集》，人民文学出版社 1986 年版，第 202 页。

择。闻一多等要拥有一份刊物，有两条路可走，一是自己创办刊物。闻一多在留学期间曾与梁实秋等创办了自己的刊物《大江》，但费力很大、影响很小，实践证明，自己创办一份诗歌刊物，短时间内很难产生影响。尤其是1925年3月他们精心策划了一份杂志，拟取名为《雕虫》或《河图》，闻一多已经拟好了前四期的目录，连杂志排印为横行或直行、定价高低、宜否采用外文稿件等细节问题都考虑到了，甚至朱湘预先在《京报》上做了宣传①，最终却因为出版无着而无缘面世。这或许使闻一多等意识到，单靠他们几个刚刚留学回国的青年的力量是不够的。而且，自己创办刊物，"有两个问题难于解决：一个是印刷费无着；一个是北洋军阀段祺瑞当权，办刊要'呈报'备案，段祺瑞一向视新文学运动为'洪水猛兽'，报上去，肯定会石沉大海"。② 因此，就只有走第二条路，即依附某影响较大的刊物，借腹生蛋。

最后，"当时，徐志摩和孙伏园分别主编北京《晨报》和《京报》的副刊；但是《京报》出的周刊相当多，看来是插不进去了。商量的结果决定找徐志摩想办法，徐也是诗人……"③ 当时设有副刊的报刊当然不止《晨报》《京报》两家，但其他报刊的副刊，要么文艺思想观念与闻一多等不同或相反，要么闻一多等与其主编不熟，在这种考虑下，只有《晨报》《京报》的副刊可供选择。《京报》副刊当时已开设了"相当多"的周刊，"看来是插不进去了"，《晨报副刊》自徐志摩主编后，虽然文学性很强，但栏目单调，也没有文学周刊。相比之下，借《晨报副刊》办"诗刊"的可能性要大，何况"徐也是诗人"，而且他的诗歌创作和理论主张与闻一多等相似。

上述四种因素看似偶然，把它们放在一起，就成就了一个必然，即闻一多等选择《晨报副刊》创办诗刊。

复就徐志摩而言，早就想办一份刊物，起先打算办《理想月刊》，随后有了新月社又想办新月周刊或月刊。可后来新月社沦为基本上与文学没什么关系的社交沙龙，"理想的刊物"始终办不起来（尽管主编了《晨报副刊》）。在这种情况下，打算办"诗刊"的闻一多等和徐联系办刊事宜，又重燃起徐志摩实现抱负的新的希望，于是就有了《晨报副刊·诗镌》的诞生。

---

① 闻黎明、侯菊坤编《闻一多年谱长编》，湖北人民出版社1994年版，第260页。
② 骞先艾：《〈晨报诗刊〉的始终》，《新文学史料》1979年第3辑。
③ 同上。

(二)《晨报副刊·诗镌》停刊原因

1926年6月10日《晨报副刊·诗镌》出版第十号时，主编徐志摩宣布"诗刊放假"，轰轰烈烈的《诗镌》在持续70天后突然停刊了！在当时和现在的读者看来，事先徐志摩等人没有透露即将停刊的消息，后来也没有如徐志摩所言"此后仍请诗刊复辟"。《诗镌》停刊就像一部交响乐演奏到高潮时戛然而止，给后人留下一个不断追寻的疑问：《诗镌》为何突然停刊？

先来看徐志摩在《诗刊放假》一文中的解释。他说：

> 诗刊暂停的原由，一为在暑期内同人离京的多，稿事太不便，一为热心戏剧的几个朋友，急于想借本刊地位，来一次集合的宣传的努力，给社会上一个新剧的正确的解释，期望引起他们对于新剧的真纯的兴趣；诗与剧本是艺术中的姐妹行，同人当然愿意暂奉让着个机会。[①]

他上述解释不可谓不真诚，却不能让我们相信那就是"诗刊暂停的原因"。

"在暑期内同人离京的多"，以致"稿事太不便"，乍一看，是那么回事，仔细一想，觉得不对啊——虽然参与《诗镌》编辑工作的杨子惠、孙之潜离京去西湖边乘凉作乐了，却还有部分同人"还在大热天的京城里奋斗"，因而"在暑期内同人离京的多"的后果不至于会导致《诗镌》停刊。再说"稿事太不便"。对于一个刊物来说，缺稿的确是件很头疼的事，甚至是致命的，因而假若《诗镌》是因为"稿事太不便"、没有稿子可登而停刊，是合理的。问题是，徐志摩在《诗刊放假》中说外面"来稿的确是不少，约计至少在二百以上"，而且声称"我们决不存心排外"。也就是说，他们至少还有不少外稿可供刊登，因此《诗镌》不会因为"稿事太不便"、缺稿而停刊。

那么，是不是因为徐志摩说的第二个原由，即要腾出《诗镌》的版面来办《剧刊》呢？

《诗刊放假》中"热心戏剧的几个朋友"应该指余上沅、丁西林等热衷于新剧的原新月社成员。当时他们这一伙人想办一个专门刊登新剧的刊物，以便"来一次集合的宣传的努力，给社会上一个新剧的正确的

[①] 徐志摩：《诗刊放假》，《晨报副刊·诗镌》第十一号，1926年6月10日。

解释，期望引起他们对于新剧的真纯的兴趣"，这是可信的。问题在于，他们要办专门刊登新剧的刊物，就非要创刊才 70 天、正如日中天的《诗镌》停刊让出版面不可吗？《诗镌》突然停刊，另有原因。

第一个原因：闻一多等人倡导的新格律诗运动在《诗镌》时期过于强调诗歌形式、缺少内容的弊病，引起了舆论的纷纷指责，但闻一多等没有正视也无力解决这个问题，因而暂时让出版面给《剧刊》，以期日后解决了问题时再复刊。对于闻一多等早期新月诗派过于强调形式和音节、不注意内容的问题，《诗镌》创刊不久就有人提出了警告。《诗镌》第四号在头题位置刊发了饶孟侃的《新诗的音节》，这是《诗镌》首次刊登关于新诗理论的文章。此文讨论了新诗音节的必要性，提出诗歌要讲究"完美的形体"。吴直由看了该文后致信饶孟侃："从诗变到词在音节上本有解放的意义，可惜后来一班人专喜欢模仿和看轻独创，而在模仿外还加上一层层的束缚，弄得后来还是只顾得到音节'率由旧章'，而失去了解放的意思。"并称"新诗入了正轨以后，便成了一种新诗旧诗之间的东西"，希望新月诗人"不要太过了分"。饶孟侃认为吴的看法是一种"根本的误会"，"确有讨论的必要"，"非得解释清楚不可"，立即作文《再论新诗的音节》予以回应。但令人讶异的是，他没有就此机会对新格律诗运动进行检查，而是笼统地把吴直由指出的格律诗的弊病都推到那些"在诗的基本技术上尚属幼稚""又有音节情绪不能保持均衡的危险"的作者身上，认为"这只能怪他自己不中用，而不能说音节妨碍诗的整体"。① 接着，闻一多也在题为《诗的格律》的长文中，以不容置疑的语气说："棋不能废除规矩，诗也就不能废除格律。""诗的所以能激发情感，完全在他的节奏，节奏便是格律。"他同饶孟侃一样，也把那些对格律诗弊病的批评当成反对格律诗，认为"只有不会跳舞的人才怪脚镣碍事，只有不会做诗的才感觉得格律的束缚。对于不会作诗的，格律是表现的障碍物；对于一个作家，格律便成了表现的利器"。② 他们都没有（也许是不愿意）正视新格律诗运动出现的问题。

徐志摩倒是看到也愿意正视新格律诗运动出现的问题。他在《诗镌》第八号上刊发了一封信反映当时作者及读者对这个问题的质问。在

---

① 饶孟侃：《新诗的音节》，《晨报副刊·诗镌》第四号，1926 年 4 月 22 日；《再论新诗的音节》，《晨报副刊·诗镌》第六号，1926 年 5 月 6 日。
② 闻一多：《诗的格律》，《晨报副刊·诗镌》第七号，1926 年 5 月 13 日。

这篇题为《随便谈谈译诗与做诗》的信中,作者钟天心指出了《诗镌》同人鼓吹的格律诗"形式是比较完满了,音节是比较和谐了,可是内容呢,空了,精神呢,呆了"。并且警告说:"这个病源若不速行医治,我敢说,新诗的死期将至了。"① 徐志摩对这个问题虽然很警惕,特意附了编者言,表示"你的警告我们自命做新诗的都应得用心听"。但他并未提出解决问题、医治"病源"的办法,而只是说:"我对于新诗形式的尝试却并不悲观,虽则我也不能是绝对甚至是相对的乐观。等着看吧。"②

饶孟侃对钟天心的说法大为不满,立即发表《新诗话(二)情绪与格律》一文予以反驳。③ 但他的反驳更多的是对钟天心的嘲讽,而且他以新格律诗中有"情绪"来回应钟关于新格律诗缺乏内容的指责,并没有切中要害。总之,饶孟侃的反驳不仅表明他不愿意正视当时新格律诗出现的问题,而且他也没有从理论上补新格律诗之弊。

所以,尽管徐志摩说"已经发见了我们所标榜的'格律'的可怕的流弊"④,其他倡导者却要么不肯正视、要么只能作一些苍白的辩护。当对格律诗运动的指责越来越多、越来越严厉时,他们大有"束手无策"之感。在此情形下,格律诗运动的主要喉舌《诗镌》让位《剧刊》,表面上是暂时"让贤",其实是金蝉脱壳。

第二个原因:内部分裂、矛盾重重,以至人心涣散、人手缺乏,这是《诗镌》突然停刊的根本原因。

由上面谈到的《诗镌》编辑对待来自读者的对新格律诗的指责可知,徐志摩的态度和闻一多、饶孟侃是不同的。这种不同的态度,固然与各人性格有关(徐一贯自由、宽容,闻、饶则相对保守、严苛),但主要还是徐虽然也提倡并积极实践新格律诗,他对新格律诗的前景却"不能是绝对甚至是相对的乐观",这与绝对乐观的闻、饶不同。有不同就会有分歧。由于对待新格律诗弊病的态度不同,徐与闻、饶之间埋下了分裂的隐患。

此外,闻一多"是比较的富于拉丁趣味的文人",不喜欢徐志摩那样的"绅士趣味",性格不合使他们交往一直不深,由此推断,他们在

---

① 天心:《随便谈谈译诗与做诗》,《晨报副刊·诗镌》第八号,1926年5月20日。
② 徐志摩:《〈随便谈谈译诗与作诗〉附记》,《晨报副刊·诗镌》第八号,1926年5月20日。
③ 饶孟侃:《新诗话(二)情绪与格律》,《晨报副刊·诗镌》第九号,1926年5月27日。
④ 徐志摩:《诗刊放假》,《晨报副刊·诗镌》第十一号,1926年6月10日。

编办《诗镌》的合作方面，不会融洽。事实也如此。如前文所述，《诗镌》的创办，完全是闻一多、饶孟侃等人首倡，他们找徐志摩合作，表面看是各取所需、一拍即合，单就闻一多那一方来看，却是迫不得已。这种合作到底能持续多久？要看他们怎样合作，合作情况如何。据蹇先艾说，《诗镌》在编辑方面最初采取轮流主编制度。参加的人每人编两期。第一、第二期由徐志摩主编，第三、第四期由闻一多主编，饶孟侃编第五期，从第六期以后均交徐志摩主编，轮流主编制取消。尽管第六期后均交由徐志摩主编《诗镌》，但由于前面几期都是闻一多、饶孟侃主编，而且即使在徐志摩主编时期，闻一多和"清华四子"仍然对编辑事务有较大的发言权，这样一来，在一定程度上就会"架空"徐志摩的主编权力。徐志摩接任《晨报副刊》主编时宣告自己的编辑立场是："办法可得完全由我，我爱登什么就登什么。"① 以徐氏如此独立自主的办刊立场，能容忍闻一多等过多干涉《诗镌》编辑权力已属不易，是否能长期容忍呢——答案不言自明。不过，倘若徐志摩想收回《诗镌》编辑权力，而闻一多等却不给，徐志摩怎么办？停办《诗镌》、创办属于自己的《剧刊》应该是个好主意。

也许有人认为上述只是一种推测，笔者想请他耐心读完1979年蹇先艾在《〈晨报诗刊〉的始终》中说过的这段话：

> 在十一期发稿之前，有一天，我在街上遇到徐志摩，他带着幽默的口吻对我说："大家的诗兴已经阑珊，我们的诗刊决定暂时放一下假，把篇幅让给余上沅、赵太侔他们编的《剧刊》。朋友们如有大作，寄到晨报副刊上来刊登，不出专刊了。"他还说他已经把报社这个决定通知了一多、孟侃和梦苇，要我转告于赓虞和朱大柟。②

从蹇先艾这段话来看，徐志摩决定"诗刊放假"，完全是先斩后奏——在徐志摩把停办《诗镌》的消息告诉闻一多、饶孟侃、蹇先艾等人之前，他早已决定《诗镌》"暂时放一下假，把篇幅让给余上沅、赵太侔他们编的《剧刊》"。而且，徐志摩将"诗刊放假"的决定"通知"闻一多等人的方式，也颇有意味。他起先只将此事"通知"闻一

---

① 徐志摩：《我为什么来办我想怎么办》，《晨报副刊》一二八三号，1925年10月1日。
② 蹇先艾：《〈晨报诗刊〉的始终》，《新文学史料》1979年第3辑。

多、饶孟侃和刘梦苇,并对他们说,是报社的决定;后来在街上意外遇到蹇先艾,才顺便告诉他"诗刊放假"的消息,并让他将此消息转告于赓虞和朱大枏,也就是说,他原本没有要把这个消息亲自告诉蹇先艾、于赓虞、朱大枏他们的打算。于是可知,《诗镌》停刊的决定,与闻一多、饶孟侃、蹇先艾等人无关,完全是徐志摩做出的(可能如徐所言,让《诗镌》停刊是报社的决定,但徐既为副刊主编,又主张"我想怎么办就怎么办",即使报社有停办《诗镌》之意,也须经徐同意)。

那么,徐志摩为何要停办《诗镌》?请先看徐志摩在《〈剧刊〉始业》开头写下的几句话:

> 歌德(Goethe)一生轻易不生气,但有一次他真的恼了。他当时是槐马(Weimar)剧院的"总办",什么事都听他指挥,但有一天他突然上了辞职书,措辞十分愤慨。为的是他听说"内庭"要去招一班有名的狗戏到槐马来在他的剧院里开演!这在他是一种莫大的耻辱,绝对不能容忍。什么哈姆雷德、华伦斯丹、衣飞琴妮等出现的圣洁场所,可以随便让狗子们的蹄子给踹一个稀脏![1]

《〈剧刊〉始业》是《剧刊》发刊词。以上所引的这段话置于《〈剧刊〉始业》篇首,和下文没有什么联系,显然也不是出自名言警句,它就那样突兀地摆在篇首,让人莫名其妙。不过,要是我们把这段话中的"歌德"换成徐志摩、把"槐马剧院"换成《诗镌》、把"狗戏"换成追随闻一多等人的诗作,徐志摩这段话的用意就清楚了:

> 徐志摩一生轻易不生气,但有一次他真的恼了。他当时是《诗镌》的"总办",什么事都听他指挥,但有一天他突然上了辞职书,措辞十分愤慨。为的是他听说《诗镌》要由闻一多和他的追随者主编!这在他是一种莫大的耻辱,绝对不能容忍。哈代等伟大诗人出现的圣洁场所,怎么可以随便让狗子们的蹄子给踹一个稀脏!

看得出来,徐志摩对闻一多过多干涉《诗镌》编辑权是忍无可忍了,撰写《诗刊放假》时为了照顾闻一多等人的面子和情绪,徐没有表露出不满,等到《剧刊》创刊时,他终于还是忍不住以歌德之事予

---

[1] 徐志摩:《〈剧刊〉始业》,《晨报副刊·剧刊》第一号,1926年6月17日。

以影射，也算是对为何突然停止《诗镌》、匆忙创办《剧刊》的真相的一个交代。

《诗镌》突然停刊固然不至于使闻一多对徐志摩怀恨在心，但加剧了两人的分裂，以至《新月》创刊后两人虽同为"编辑者"，闻一多却一直不太用心，后来徐志摩主编《诗刊》季刊，也只能通过梁实秋几次向闻一多约稿，闻氏受陈梦家等新诗人的刺激，创作了《奇迹》，交《诗刊》发表。据臧克家回忆，20 世纪 30 年代初期，"一多先生对于《新月》月刊的态度徐志摩的生活态度，表示了极大的不满"。[①]1931 年 11 月徐志摩因飞机失事遇难后，闻一多没有写任何纪念徐的文章。

当然，仅闻、徐之间的矛盾，还不足以使《诗镌》停刊。《诗镌》内部存在其他的分裂和矛盾，而这，导致一些重量级的《诗镌》同人先后离开《诗镌》，《诗镌》大伤元气，难以为继。朱湘和徐志摩、闻一多闹翻并离开《诗镌》是众所周知的例子，尽管徐志摩在《诗刊放假》中只以平和的语气轻描淡写地说朱湘"中途误了卯"，有意模糊了"采莲曲"事件背后曾经的激烈冲突，却仍可看出他们之间的分裂和矛盾。除了朱湘，于赓虞的中途退出，也是个很好的例子。于赓虞后来说：

> 当时《诗刊》的作者，无可讳言的，只锐意求外形之工整与新奇，而忽略了最重要的内容之充实，即如有所表现，也不过如蜻蜓点水似的，未留深的印痕。作诗，到几乎无所表现的时候，那诗就使人无从置言。中外诗史上最灵活的人物，是由于他们的表现的情思呢还是单由于形式之创制，在读诗会里，在《诗刊》上都引起了我这样的疑问。又因在那些朋友中，说我的情调未免过于感伤，而感伤无论是否出自内心，就是不健康的情调，就是无病呻吟。所以，使我于沉思之余，益觉个人在生活上，在诗上，是一个孤独的人。大概在《诗刊》出了六七期以后，我就同它绝了缘。[②]

按照于赓虞的说法，他离开《诗镌》，是因为他的诗作过于感伤的情调，不符合《诗镌》同人的诗学主张，因而受到一些排斥。其实除

[①] 臧克家：《海—回忆一多先生》，《臧克家文集》第 4 卷，山东文艺出版社 1994 年版，第 127 页。

[②] 于赓虞：《〈世纪的脸〉序语》，解志熙、王文金编校：《于赓虞诗文辑存》（上），河南大学出版社 2004 年版，第 309 页。

此之外，应该还有一个原因，那就是，于赓虞在一些文章中表示对《诗镌》过度追求形式不满甚至在文章里提出批评。"道不同不与谋"，离开《诗镌》成为他的选择。他离开《诗镌》一事表明，《诗镌》内部因为新诗形式问题形成的坚持形式主义派和不满派的分裂加剧了。

内部分裂、矛盾重重，使《诗镌》同人不仅不能同心，反而一个个要么彻底和《诗镌》"绝了缘"、要么身在曹营心在汉。《诗镌》同人既不同心，自然人手不足，加上《诗镌》同人几乎全在学校任职，暑假一到，便出现了徐志摩所说的"同人离京的多，稿事太不便"的现象。在这种情况下，又碰上"热心戏剧的几个朋友，急于想借本刊地位"，那么，就让《诗镌》让位、体面地结束吧。

3. 《晨报副刊·诗镌》名称由来

首先应该说明，本书中的"《晨报副刊·诗镌》"及其简称"《诗镌》"，只是为了表述方便，才统一如此。事实上，从《晨报副刊·诗镌》创刊开始，人们对这一刊物的称呼就很混乱，有这样几种：（一）《诗刊》，徐志摩、闻一多等创办者如此称呼，如《诗刊弁言》（徐志摩）、"《诗刊》重要分子当数朱、饶、杨、刘（梦苇）"[①]；（二）《晨报副镌·诗刊》；（三）《晨报诗镌》；（四）《晨报附刊·诗镌》；（五）《晨报副刊·诗镌》。在目前已出版发表的著作论文中，这五种称呼几乎都能见到，如果一时不察，往往以为它们是不同的几种刊物，因此有必要予以辨析，找出最妥恰的一种。要做到这点，还得从"晨报副刊"名称的由来说起。

近代报纸中的副刊本来没有确定的名称，常见的叫法有"报余""余兴""闲话""附张""杂俎""附刊"，等等。1921年10月21日《晨报》"第七版"改版，由鲁迅的学生孙伏园主编。孙伏园请鲁迅为副刊取名。当时《京报》等报纸的副刊都是依附大报，随报赠送。鲁迅认为《晨报》的副刊不必取别的名字，就叫"晨报附刊"。但是当《晨报》总编蒲伯英为副刊题字时，却写成了"晨报副镌"。孙伏园在总编蒲伯英和老师鲁迅间折中，报头用"晨报副镌"，报眉则保留"晨报附刊"这几个字。[②] 所以，就有了"晨报附刊"和"晨报副镌"两种叫法。孙伏园离开"晨报副镌"后，于1924年12月15日创办"京报

---

① 闻一多：《致实秋佛西信》，《闻一多选集》第二卷，四川文艺出版社1987年版，第701页。

② 孙伏园：《鲁迅和当年北京的几个副刊》，《鲁迅先生二三事》，湖南人民出版社1980年版，第65页。

副刊",“副刊"二字出现。1925年10月徐志摩接手主编"晨报副镌",更名为"晨报副刊",并且在相当于发刊词的《我为什么来办我想怎么办》一文里,使用了"晨报副刊"的称呼。"晨报副刊"的叫法逐渐通行,但由于报头上写的其实是"晨报副镌",因而仍然有人使用"晨报副镌"的叫法。1926年4月1日《诗镌》创刊时,徐志摩、闻一多等人确定的刊名是"诗刊",题写刊头的还是那位蒲伯英老先生,不知何故,他把"诗刊"写成了"诗镌",所以呈现在读者面前的《诗镌》版面上,报头是"诗镌"而不是"诗刊",报眉则是"晨报副镌",如图5-1。[①]

图5-1 《晨报副刊·诗镌》报头及报局

徐志摩他们的本意是定刊名为"诗刊",因此徐、闻在文章、书信中以"诗刊"称之。照理说,这份刊物的名称就应该以创办者确定的名称为准,但问题是,1931年年初徐志摩创办的诗歌刊物也叫《诗刊》。前后两个《诗刊》,创刊时间相近、刊物名称和性质相同、主要创办人都是徐志摩,这是很容易混淆的,往往被一些不了解情况的人误以为是同一种刊物。鉴于此,同时考虑到1926年4月创刊的"诗刊"

[①] 程国君这样解释"诗镌"的由来:"'镌',刻,雕镂也。'新月'诗人把'诗刊'名为'诗镌',意在求诗歌的精工,把诗写得精致些,这是题中之意。"(程国君:《新月诗派研究》,长江文艺出版社2003年版,第72页)

报头其实写的是"诗镌",不妨就以"诗镌"称呼。此外,考虑到它只是在《晨报副刊》一周出版一期的副刊,于是将它的全称定为"晨报副刊·诗镌"。

二 《晨报副刊·诗镌》与前期新月诗派
——兼论《晨报副刊·诗镌》的文学史意义

尽管《晨报副刊·诗镌》(简称《诗镌》)存在时间不长,出版了短短的70天就突然停刊,其影响和意义却直到今天仍是文学史家津津乐道的话题。早在《诗镌》创办之初,创办人之一的闻一多就断言其在新诗发展史上具有重要意义,1926年4月15日他在写给友人的信中不无自豪地说:"余预料《诗刊》之刊行已为新诗辟一第二纪元,其重要当与《新青年》、《新潮》并视。"① 当时《诗镌》才出版了两期,闻一多就以"《诗刊》之刊行已为新诗辟一第二纪元"来断言《诗镌》,不能不谓大胆!然而通过此言,可清晰看出闻氏对《诗镌》在新文学史图景中所占地位的充满自信的想象。同时也注意到,闻氏认为《诗镌》的重要意义可以与作为新文学发源地的《新青年》《新潮》相提并论,而现在看来此论有些言过其实。令人讶异的是,至今无人对此提出质疑。比较而言,后人对《诗镌》重要意义的认识与闻氏有所不同,但对《诗镌》重要性的肯定却令人吃惊的一致。1932年一位论者把《诗镌》当作连接新诗发展史上前后两个时期的"关键"。该论者如此阐述《诗镌》的标志性意义:

> 《诗镌》之提倡创造新韵律运动,表面类似反动,实则在新诗建设的路上更前进了一步。当时新诗作品漫无纪律而且粗制滥造,引起反感不少,不但守旧的人对新诗更加唾弃,即一般青年读者也厌倦了。《诗镌》的主张正投合当时读者心理,同时主持《诗镌》的几位作家依照他们自己的主张写出好些作品来,这些诗大都有韵,较多辞藻,形式整齐,读者眼前一新,不期而然地同情于这种倾向了。②

论者把《诗镌》视为新诗发展过程中的标志,与闻一多所说的

---

① 闻一多:《闻一多选集》第二卷,四川文艺出版社1987年版,第701页。
② 余冠英:《新诗的前后两期》,《文学》月刊第二卷第三期,1932年2月29日。

"为新诗辟一第二纪元"应该是同一个意思。这个标志,与1937年石灵提出《诗镌》是新月诗派的前身以及后来论者认为《诗镌》是前期新月诗派形成的标志,却是不可同言而语。前者是就整个新诗而言,后者仅就新月诗派而言。两者之间存在如此区别,凸显了《诗镌》在中国现代文学史上的地位和不容忽视的影响。不过,下文打算详细讨论的,不是《诗镌》在文学史上是不是的确具有一定的地位和影响,而是它这种地位和影响是如何产生的。这就有必要考察《诗镌》与前期新月诗派的关系。报纸副刊与文学流派之间,应该是一种双向互动的关系,换言之,《诗镌》作为《晨报副刊》的周刊,与前期新月诗派之间应该是一种互相影响、互相促进的关系,因而我们从以下两个方面考察《诗镌》与前期新月诗派的关系才能全面、不至于有疏漏:一是考察徐志摩、闻一多等前期新月诗派作为编辑和作者对《诗镌》的影响,二是考察《诗镌》作为报纸副刊这种文艺传播媒体对前期新月诗派的影响。据笔者浏览所及,学界已有的相关成果基本上属于前一方面的研究,对后一方面比较忽视,但这种忽视并不意味着没有人或者很少有人觉察到《诗镌》对前期新月诗派的影响,相反,绝大多数研究者都会在他们的论文或论著中肯定《诗镌》作为前期新月诗派主要园地(阵地),对于新月诗派理论及其作品的远扬起着很好的传播作用,并成就了前期新月派的声名[①]。问题在于,至今尚无人深入分析并令人信服地解释《诗镌》如何影响、为何能够影响前期新月诗派。本节就此作出尝试,以求正于方家。

(一)《晨报副刊·诗镌》对新格律诗的塑造

学界论及《诗镌》与前期新月诗派的关系时,一般只注意前期新月诗派成员对《诗镌》的影响,而对于前期新月诗派致力于倡导的新格律诗的形成,多数研究者关注的只是闻一多、饶孟侃等人的理论建树和徐志摩等人的创作实践,因此在具体研究中,经常把《诗镌》中的文章和诗歌作品单独抽出来进行分析和论述。笔者认为,此举欠妥,理由如下。

现代报纸文艺副刊版面空间内每个单独的文本都是一个开放的单位,我们在这里可以看到丰富的文体对话、互文性交流的景象。文体对话的结果是文体共生,互文性交流使多个文本之间互相诠释,最终使文艺副刊的版面空间呈现出一种文学生态。这种文学生态,是未被秩序

[①] 比如陈小碧《〈晨报副刊诗镌〉与新月诗派先行者》,《福建师范大学福清分校学报》2006年第3期。

化、未经等级化、未被文学史话语定义过的一种文学原生形态，与依据作家文集或从报纸文艺副刊中抽出单篇作品进行研究所得的文学史著作显示的文学景象有所不同。因而就《诗镌》来说，该刊展开的新格律诗文本（作品和理论）固然有单独呈现的一面，但既然它们镶嵌在同一版面，就难免出现由理论参照作品、由作品印证理论的现象，它们相互之间的边界不是封闭的，而是敞开的。进一步说，尽管闻一多、饶孟侃等在《诗镌》创刊前就已经开始了新格律诗的创作实践和理论探讨，然则20世纪20年代后期的新格律诗写作及产生了一定影响的新格律诗运动，本身仍是一种试验行为，尚无固定的创作规范和审美规则可遵循，在此情况下，同期发表在《诗镌》上的关于新格律诗的理论文章，可以说构成了对新格律诗作品的理论支持。这一现象，有些类似当年钱玄同和刘半农在《新青年》上演"双簧戏"。二者的不同处在于，一方由钱、刘二先生亲自登上《新青年》舞台，而另一方却是新格律诗作品和理论文章同时登台《诗镌》。

正如我们所见到的，前期新月诗派的作品基本上全都发表在《诗镌》，产生影响后才由作者本人或他人结集出版。这些作品从原初发表的《诗镌》版面上抽出来结集出版时，作品与原初发表于《诗镌》时所处的时代环境和各种作品本身作为文本具有的纵横方面的对话关系，在文集中消失了。由此看来，《诗镌》作为一种报纸副刊，并不仅仅是前期新月诗派的一个园地，它更是一个有着浓厚历史文化含量的文化载体。也就是说，在此类媒体上发表的文学文本是有文化生命力的。而这种文化生命只有在嵌入版面的空间结构，与前后左右的背景材料发生对话关系时，它才是鲜活的。这样的景象，我们不仅在《诗镌》上可以看到，而且在《京报副刊》《时事新报·学灯》《民国日报·觉悟》上也可以得到生动的观照。

当文学作品在报纸文艺副刊版面上发表时，文本以复合的形式进入文学场。它是在一个复调的文化氛围中推出的。例如，《诗镌》第八号刊载了闻一多、饶孟侃等人的诗作，同时也刊登了天心的文章《随便谈谈译诗与做诗》，此文指出了新格律诗过于注重形式、缺乏内容的弊病。在这篇文章后面，编辑徐志摩还特意附了编者言："……关于论新诗的新方向。你的警告我们自命做新诗的都应得用心听。"将闻一多、饶孟侃等新格律诗倡导者的诗作和天心批评新格律诗的文章排在同一期，本身就是一种有趣味的文学现象，后面又有编辑徐志摩的附言，因而这一期《诗镌》在整体上表达的某种观念也就昭然若揭。我们不知道编者如此排版，是否还隐含其他目的，但就这一期登载的闻一多、饶孟侃等人的诗歌作品本身而论，它们是以一种与读者天心的批评文章、编者徐志摩的附言进行对话的面貌出现在版面上的，这样一来，闻一多、饶孟侃的诗歌作品进入的是一个范围更大的传播圈。而当闻、饶等人的诗歌作品被收入个人诗集，或选入教科书，或被文学史著作作为叙述对象时，作品就从最初在《诗镌》第八号版面发表时的"文学场"中剥离出来，这在某种程度上造成了对作品文化气韵的阉割。

天心对新格律诗的批评引起饶孟侃不满，饶等人立即发表文章反驳。尽管他们之间的争论没有吸引其他人参加，持续时间也不长，但这件事作为发生过的文学史事实，其本身具有一定的时效性对话特征。这样的文学论争是有赖于《诗镌》作为报纸副刊的传播特征才得以发生，并且完成的。诸如此类的只有通过互动式的激发才可能发生的文学史事实，无疑是前期新月诗派文学实践的组成部分，后人的文学史著述只能以线性的方式描述前期新月诗派参与论争的经过，而不能再现其时效性对话特征。

通过以上讨论，一个概括性的论断已经呼之欲出，那就是，《诗镌》对前期新月诗派起到了塑造的作用。我们通过以下几点来印证这个论断：

1. 《诗镌》实现了新月诗人希望领导一种潮流的理想抱负，并成就了他们的声名，使当时许多名不经传的青年诗人一时声名大噪。如当时的刘梦苇、朱湘等。获得声名无疑会刺激新月诗人进行创作和理论探讨的热情，由此推进新格律诗的发展。

2. 《诗镌》作为报纸副刊的周刊，具有新闻媒体传播信息迅速、影响广泛的特点，因而新月诗人对新诗的独特的理论主张能及时被更多的人了解、接受，并不断地被效仿，在当时社会中形成一种新格律诗的潮流，对当时诗歌过于追求自由散漫，起到一种很好的矫正作用，引起人们对新诗艺术的重视。在某种意义上也可说恢复了新诗的声誉，并把对新诗艺术规律探索的水平提到了一个新的高度。

3. 《诗镌》作为前期新月诗派的文化阵地，完全由前期新月诗派掌控，这样他们就可以随心所欲地、大量地发表自己的作品和理论主张，这种发表的自由和便利，极大地激发了诗人的创作热情，在当时出现了创作高潮，也使新月诗人的系统化、明朗化的理论探索能够及时公开发表，从而产生影响。

4. 前期新月诗派倡导的新格律诗为什么会是"麻将牌式"或"豆腐干体"呢？按照闻一多的见解，在每一诗行之中，"音尺排列的次序是不规则的，但是每行必须还他两个'三字尺'两个'二字尺'的总数。这样写来，音节一定铿锵，同时字数也就整齐了。所以整齐的字句是调和的音节必然产生出来的现象"。① 石灵在研究新月诗派的一篇文章中也认为，音尺对称的理论必然会导致"麻将牌式"或"豆腐干体"的产生。他说：

> 甲，音数的限定：因为西洋诗各行的音数有一定，所以他们写诗各行音数也有一定，隔行相等或每行相等。总之规律极严，其极端所至，竟产生了豆腐干诗的特殊称谓，现在我们一提起新月诗派首先唤起的意义，还就是豆腐干诗，其次才是规律严整。②

这些分析自然是成立的，它表明新格律诗内在规律对其具有"麻将牌式"或"豆腐干体"形式的影响。不过，如果我们把"麻将牌式"或"豆腐干体"与《诗镌》作为报纸副刊所具有的特征联系起来进行观察，可以发现只有"麻将牌式"或"豆腐干体"的诗歌才是最适合报纸副刊版面刊载的。首先，报纸副刊版面极其有限，这一点决定了它不能像文学杂志那样刊登长诗，因而短小的诗歌作品比较适合报纸副刊；其次，大凡报纸，都以容纳的信息量大取胜，因而刊载短小的诗歌作品，可以在有限的版面内容纳数量更多的篇目；最后，我们现在翻看当时出版的《诗镌》即可发现，为了使版面整齐美观，《诗镌》乃至《晨报副刊》每版的版面被分割成几个长方形的模块，要刊载的文字只能填进模块中，又加上当时的文字是竖排的、采取从右到左的阅读方式，这样一来，不仅版面上登载的诗歌作品，即使其他短小的文章，也都在外形上像"麻将牌""豆腐干"。因此，我们似乎可以说，只有排成"麻将牌式"或采取"豆腐干体"的诗歌作品才能在有限的报纸版面内登载尽量多的篇章、容纳尽量多的信息，也才能使整个版面整齐、美观大方。退一步说，我们不妨试想一下，为什么那些当年被称为"麻将牌式"或"豆腐干体"的新月诗派作品，收入近年出版的诗集之后就不怎么像"麻将牌"和"豆腐干"了呢？可见，新格律诗之所以是"麻将牌式"或"豆腐干体"，固然由其内在因素所

---

① 闻一多：《诗的格律》，《晨报副刊·诗镌》第七号，1926年5月13日。
② 石灵：《新月诗派》，原载《文学》第八卷第一号，1937年1月。亦可参见方仁念选编《新月派评论资料选》，第40页。

决定，却也离不开《诗镌》对它的外形的塑造。这一点，只有让前期新月诗派及其作品还原到《诗镌》时期，通过观察其文学原生形态才能发现。

（二）《晨报副刊·诗镌》的翻译对前期新月诗派创作的能动促进

前文论及《诗镌》对前期新格律诗的塑造，归根结底还是从《诗镌》作为报纸副刊所具有的特征来展开讨论。其实，《诗镌》的翻译对前期新月诗派也起到了能动的促进作用。

当然，就《诗镌》的翻译对前期新月诗派产生影响这一点而言，现在应该已经不成为问题。发表于《文学评论》2007年第2期的一篇题为《论翻译文学在现代文学史上的地位——以五四时期为例》的文章，就以大量事例和严密的论证指出了翻译文学"直接参与了现代文学历史的构建和民族审美心理风尚的发展"，并认为"翻译文学是中国现代文学的有机组成部分"①。我们在这里提及这一点，是因为察觉到，《诗镌》的翻译对前期新月诗派的影响和作用使其成为"新诗的发生"和嬗变的一个动因，《诗镌》的翻译从而得以参与现代文学史的构建，以至成为中国现代文学的有机组成部分。要说清楚这一点，还得从新诗与翻译的关系说起。

新诗最为直接的艺术资源，无疑是西方诗歌。"五四"时期一位作者不无偏激地指出，"旧诗是不能给我们多大的新生命了。那么，我们还是去找西洋的名著去。荷马的，歌德的，尽可以细细地一读——我们又要搬运西洋货了；其实我们不是甘心'数典忘祖'的，实在因为我们自己的金矿里没有可以尽量研究的东西——至少也要把各国的名诗选集，普遍地一读"。②沈雁冰在《俄国的诗歌》中，列举了几个以翻译著称的诗人，充分肯定"灌输外国的文学入国中，使本国的文学，取材益宏，格式益精，其功正自不可没"③。诗歌翻译对于新诗的发展，具有多方面的意义。它不仅仅体现为各种文本在两种语言之间的转换，为新诗写作提供一个现成的参照系；事实上，它能动地参与了新诗的写作活动：既间接锻炼了写作者的语言表达能力，也测试了现代汉语在诗歌写作上的表现力与可能性——这一点，对于新诗的诗体选择，意义重大。

---

① 秦弓：《论翻译文学在现代文学史上的地位——以五四时期为例》，《文学评论》2007年第2期。
② 董秋芳：《我对中国现时新诗界的感言》，《民国日报·觉悟》1923年11月18日。
③ 沈雁冰：《俄国的诗歌》，《民铎》第3卷第2期，1922年2月1日。

1. 翻译观念的改变激发对新诗本身规律和新诗创作的探索

早期新诗的一个突出现象，就是写作与翻译往往同步进行，密切相关。不少诗人同时也是外国诗歌的翻译者，胡适、周作人、郭沫若、冰心等，莫不如此。不过，"五四"时期的诗歌翻译还显得较为零碎，尤其缺乏从文学观念、文艺思潮和文体建设方面借鉴外国诗歌的意识。多数人翻译诗歌的动机，强调的是诗歌翻译对于精神建设的重要价值，这正体现了五四新文化运动启蒙时代的特征及其影响。也有人因为翻译外国诗歌而受到其影响，试图摆脱白话诗过于直白的流弊。冰心和宗白华等人的"小诗"就是如此。这说明，五四文学革命及以降，一方面强调诗歌翻译的思想价值和政治价值成为主流，另一方面一直存在自觉或不自觉地以借鉴外国诗歌为目的的翻译观念。但是这并非意味着后者对诗歌翻译的理解是正确的。当时曾有人这样描述西方诗歌的接受状态："有一位大学教授教起西洋诗来，说什么是'外国大雅，什么是'外国小雅'，什么是'外国国风'，什么是'洋离骚'……要希望学生'沟通中外'。"[①] 此言虽带有一种漫画式的夸张语调，却从一个侧面折射出当时一些人接受外国诗歌时心态上的自大。以如此封闭的心态面对外国诗歌，自然很难从中汲取有益的养分，更谈不上什么"沟通中外"和借鉴了。当然，以如此封闭的心态"借鉴"外国诗歌不会是多数人，比如周作人很早就注意到，优秀的诗歌翻译不仅仅是思想内容的传达，还必须在诗艺诸方面（所谓"调子及气韵"等）有所作为[②]。不过在他看来，不成熟的现代汉语，显然无法胜任第二个方面的工作，所以造成当时诗歌翻译很困难。他号召新文学作者们致力于创作，提高本土语言的表现力，在此基础上推进翻译活动。在这里，周作人看到了外国诗歌"调子及气韵"等方面的可资借鉴的价值，却忽略了翻译活动的能动性，即翻译反过来同样能够影响创作和本土语言的生长，因而周作人夸大了诗歌翻译的困难、对于诗歌翻译提出了消极的建议，尽管他本人在诗歌翻译和创作的实践上其实并不完全遵循上述思路。我们现在很难说周作人上述诗歌翻译的观念对文艺界产生了多大的影响，却至少可见，直到徐志摩发表对诗歌翻译的个人见解为止，似乎并无有别于周作人的意见出现。

与周作人相对消极的态度不同的是，1924年，当新诗创作从整体上陷入某种低潮的时候，个人创作处于上升阶段的诗人徐志摩采取了一种主

---

① 志希：《古今中外派的学说》，《新潮》第二卷第一号，1919年10月。
② 仲密（周作人）：《译诗的困难》，《晨报》1925年10月25日。

动的应对方式。他选择几首英语短诗,在《晨报副镌》《小说月报》等报刊公开征集这些诗作的汉译,呼吁更多的人来参与译诗的实践:

> 我们想要征求爱文艺的诸君,曾经相识与否,破费一点工夫,做一番更认真的译诗的尝试:用一种不同的文字,翻来最纯粹的灵感的印迹。我们说"更认真的",因为肤浅的或疏忽的甚至亵渎的译品我们不能认是满意的工作;我们也不盼望移植巨制的勇敢;我们所期望的是要从认真的翻译,研究中国文字解放后表现致密的思想与有法度的声调与音节之可能;研究这新发现的达意的工具,究竟有什么程度的弹力性与柔韧性与一般的应变性;究竟比我们旧有的方式是如何的各别;如其较为优胜,优胜在那里?为什么?譬如,苏曼殊的拜轮译不如郭沫若的莪麦译……为什么旧诗格所不能表现的意致的声调,现在还在草创时期的新体即使不能满意的,至少可约略的传达?如其这一点是有凭据的,是可以共认的,我们岂不应该依着新开辟的途径,凭着新放露的光明,各自的同时也是共同的努力,上帝知道前面没有更可喜更可惊更不可信的发现。①

我们之所以不惜篇幅引用徐志摩上述呼吁,是想引起读者对这一段话的重视。在这里,徐氏急切表达的愿望是,要把一种自觉自为的诗歌翻译当作锻造新诗的美学品质、提升现代汉语的艺术表现力的一种有效途径。这个呼吁富有象征意味的地方,不仅在于它标志着现代诗歌翻译走向一个更自觉的阶段,并与新诗的创作实践建立起一种更紧密的互动关系,而且凸显出呼吁者试图把这种诗歌翻译观念转化为一种集体意识的努力。后来的事实证明徐氏这种努力没有白费、希望没有落空——在徐志摩的鼓吹之下,诗歌翻译活动变得更加积极主动。越来越多的"再译"现象,就是其中一个突出的方面。所谓"再译",就是在已有一种或多种汉译的情况下,重新翻译同一首外国诗歌作品。这些再译的诗歌当中,尤为值得注意的是对胡适等白话诗倡导者译诗的再译。譬如,钟无对韦丛芜翻译的朗第洛(H. W. Lang Dellow)的《处女的哀歌》作了重译,译名改成《处女的悲》;天心再译了《相见于不见中》(*Presentin Absence*),此诗共三节,胡适曾译过其中的第三节。徐志摩在读过胡

---

① 徐志摩:《征译诗启》,《小说月报》第十五卷第三号,1924 年 3 月 10 日。又见 1924 年 3 月 22 日《晨报副镌》。

适翻译的波斯诗人荻默的一首诗之后，也忍不住要亲自"操刀"，重新翻译一次。对此，他如此解释：

> 我一时手痒，也尝试了一个翻译，并不敢与胡先生的"比美"，但我却以为翻诗至少是一种有趣的练习。只要原文是名著，我们译的人就只能凭我们各人的"懂多少"，凭我们运用字的能耐，"再现"一次原来的诗意……①

这段话既再次表明了上文所述的徐志摩的诗歌翻译观，同时还表露了徐氏另外一点对诗歌翻译的看法，即"翻译至少是一种有趣的练习"，换言之，诗歌翻译是诗歌创作的练习、是为诗歌创作做准备，进一步说，诗歌翻译也是诗歌创作，是对原诗的诗意的再现。于是看得出来，在徐氏这里，诗歌翻译对新诗创作具有能动的促进作用，二者是一种互动的关系。以这样一种诗歌翻译观念为指导的再译，与其说是诗歌翻译，不如说是以外国诗歌为参照的新诗创作的实验。举一个耐人寻味的例子，歌德的一首四行诗，除徐志摩外，这首诗的译者还有胡适、郭沫若、朱家桦、周开先等，可谓阵容强大，但徐志摩说这首诗"还是没有翻好"②。这自然归因于各人根据自己掌握的不同程度的外语水平和各自对诗意的理解作出了各自差异较大的翻译。歌德此诗多次被再译，表露了译者不约而同以之为实验、作对比研究的意图，也显示了新诗发生和发展历程中的筚路蓝缕。

由于再译诗歌是在诗歌翻译观念发生改变的背景下进行的，势必会激发自文学革命以来一直存在的对新诗本身规律和新诗创作的探索。事实也是如此。在上文引用的徐志摩关于翻译诗歌的呼吁中，已经隐约可见要重新探讨新诗形式和音节问题的意愿。比如这一句话，"我们所期望的是要从认真的翻译，研究中国文字解放后表现致密的思想与有法度的声调与音节之可能"，就提出了要从外国诗歌来研究新诗"声调与音节"。这个建议被不少诗歌翻译者采纳。那时候"再译"的诗歌以及前期新月诗派翻译的、发表在《诗镌》上的外国诗歌，莫不体现了这个建议的影响。有论者直言不讳地指出，新月诗派（前期）曾经刻意仿制西洋诗尤其是英国诗歌，比如闻一多的《收回》和孙大雨的《决绝》

---

① 徐志摩：《荻默的一首诗》，《晨报副镌》1924年11月7日。
② 徐志摩：《葛德的四行诗还是没有翻好》，《晨报副镌》1925年10月8日。

《回答》《老话》，都是商赖体的移植①。

2. 在对诗歌翻译的内容和形式孰轻孰重的争论中，注重形式和音节的新格律诗初现轮廓

尽管诗歌翻译观念的改变激发了对新诗本身规律和新诗创作的探索，在整个20世纪20年代中期以前，诗歌翻译自身纠缠在内容和形式孰轻孰重的争论之中。

在面对如何处理外国诗歌原作的内在形式即格律问题时，茅盾曾提出如下解决方案："凡是有格律的诗，固然也有他从格律所生出来的美，译外国有格律的诗，在理论上，自然是照样也译为有格律的诗，来得好些。但在实际，拘泥于格律，便要妨碍了译诗其他的必要条件。而且格律总不能尽依原诗，反正是部分的模仿，不如不管，而用散文体去翻译。翻译成散文的，不是一定没有韵，要用韵仍旧可以用的。"② 这里表露了其鲜明的态度：当形式和内容发生冲突时，茅盾选择了牺牲原作形式上的美学因素，而成全某种类似于内容的"意义"在两种语言之间的传达。郭沫若的态度和茅盾相仿。③

徐志摩却更看重原作中所蕴含的音乐美。1924年，他借翻译波德莱尔的诗《死尸》之机，以其特有的浪漫激情和奇特突兀的想象，发表了一通关于诗歌音乐性的感慨和议论："……所以诗的真妙处不在他的字义里，却在他不可捉摸的音节里：他刺戟着也不是你的皮肤（那本来就太粗太厚），却是你自己一样不可捉摸的灵魂？……你深信宇宙的底质，人生的底质，一切有形的事物与无形的思想的底质——只是音乐，绝妙的音乐……无一不是音乐做成的，无一不是音乐……庄周说的天籁地籁人籁，全是的。你听不着就该怨你自己的耳轮太笨，或是皮粗，别怨我。"④ 他对诗歌音乐性之重要性的讨论，尽管缺乏一种论理所必需的明晰和述说的冷静，失之于浮夸，却表现出对诗歌艺术本体的感性认识，已不像此前的论者只是干巴巴地谈论"音节""韵"等话题。然而徐志摩此论一出，先后招致鲁迅和刘半农的痛批⑤。尽管鲁、刘

---

① 石灵：《新月诗派》，方仁念选编《新月派评论资料选》，第41页。
② 玄珠（茅盾）：《译诗的一些意见》，《时事新报·文学旬刊》第52期，1922年10月10日。
③ 郭沫若：《答孙铭传君》，《中华新报·创造日》第37期，1923年8月31日。
④ 徐志摩：《〈死尸〉译序》，《语丝》第三期，1924年12月1日。
⑤ 鲁迅和刘半农分别在《语丝》第五期（1924年12月15日）、第十六期（1925年3月2日）上发表《"音乐"？》《徐志摩先生的耳朵》，对徐氏的言论加以尖刻的讽刺。

的话锋主要针对的不是诗歌音乐性本身,事过十年后鲁迅回忆说,自己和徐志摩只不过"开一通玩笑",而且徐志摩那种夸张语调和神秘主义的姿态也的确不大讨人喜欢,但是鲁、刘的痛批从一个侧面反映了当时注重诗歌形式美曲高和寡以及谈论空间的狭窄。然而不管怎样,除了徐志摩,当时还是有其他一些译者更多地在关注形式的"艺术美"的前提下展开相关讨论并付诸翻译实践。尤为重要的是,正是在对诗歌翻译的内容和形式的争论中,诗歌形式的重要性逐渐被越来越多的人认识和接受。此时尽管新格律诗仍未成为一种有影响的诗歌体例,但注重形式和音节的新格律诗的轮廓已经初步显现。1926年以前出版的闻一多的《红烛》、徐志摩的《志摩的诗》,较为典型地体现了早期新格律诗的这种轮廓。

3.《诗镌》的诗歌翻译与前期新月诗派创作互动

前已论述,在徐志摩那里,诗歌翻译对新诗创作具有能动的促进作用,二者互动。从《诗镌》的作者来看,前期新月诗派成员大都集诗歌、翻译者与创作者双重身份于一身,那么,这种互动关系就表现得更加突出。

从闻一多留美期间的书信以及后来有意仿制的《收回》一诗和饶孟侃、孙大雨对商赖体的借鉴可知,前期新月诗派几乎所有成员的诗歌创作都是从模仿外国诗歌尤其是英国诗歌起步,并且日后也没有中断从外国诗歌中汲取"营养"。而按照自己的兴趣和审美标准选择并翻译外国诗歌,是模仿得以进行的必要条件,因此,从一定程度上说,他们翻译诗歌是为了提供可供参照的范文。此外,如前文所说,诗歌翻译对于他们已不再是简单的再现原作,而是一种创作的实验。如此说来,前期新月诗派、诗歌翻译、诗歌创作之间形成一种能动的互动关系。在这种互动关系中,前期新月诗派是诗歌翻译和创作的施动者,始终能够发挥主观能动性,但这一点并不妨碍诗歌翻译的过程和翻译后的作品发挥主体能动性,它们对前期新月诗派特别是对诗歌创作产生影响。由于这个缘故,我们现在读《诗镌》上的诗作时,可以看出明显的英国现代诗歌的痕迹。此外,当我们读同一作者翻译和创作的诗歌时,也不难发现,译作中出现了原作没有的某些因素,而这些因素是他创作的诗歌的特色,这表明诗歌创作同样会对诗歌翻译产生影响。试举一例。如本书第六章第三节所证,徐志摩、梁宗岱都曾翻译过尼采的《威尼斯》一诗,比较徐、梁译作,容易看出它们分别具有徐、梁原创作品的某些风格特征,以至长期来人们视《威尼市》为徐志摩"创作"的作品。

还有一种情况值得注意,即同期甚至同一版《诗镌》往往兼容创作与翻译,比如第六号,在诗人们的创作中夹有一首华兹华斯的译诗。这种兼容现象,直观地显示了前期新月诗派创作与诗歌翻译之间的紧密关系。翻译作品与创作作品同期或同版出现,在编者也许是无意识的行为,客观上却使翻译和创作形成互补、互证的动态关系。这样不仅方便了读者进行比照阅读,从而对前期新月诗派所倡导的新格律诗有了更为明晰的认识,而且创作的诗作与翻译作品大体一致的趣味,也使创作的新格律诗意外地获得了与外国名作几乎等量齐观的荣誉、地位和存在的合理性。另外,从《诗镌》发表的作品来看,诗人们的翻译和写作时间经常重合。这种现象表明,当时不少作者一边翻译,一边创作。两者的互相影响与互相渗透自然不可避免。

以上对《诗镌》诗歌翻译与前期新月诗派创作之间关系的讨论,主要侧重于二者间的良性互动,而事实上,这种互动关系也存在非良性的一面。比如,创作者一味模仿译诗,致使这些作品仿制痕迹过浓而几乎丧失自身创造性。陈梦家选编的《新月诗选》收入孙大雨的七首诗,竟有三首被论者指为移植商赖体(石灵:《新月诗派》)。再如,英国诗对音数有严格的限定,通过一抑一扬二音(或扬扬抑与抑抑扬三音)组成一拍,所以其音数相等即为拍数相等,这是适应于英语发音特征的,一旦翻译成中文后,音数相等未必等于拍数相等。对此,前期新月诗派的诗人们不甚明了或有所忽略,在翻译英国诗时往往以音数与拍数相等来组织文字,并以此融入新格律诗创作中,结果,为了追求音数相等不惜打乱白话语言的流畅性和意义的连贯性,这种刻意的行为往往导致对诗歌形式的追求遮蔽了内容。

第三节 《新月》考论

一 《新月》实际出版日期考[①]

《新月》月刊是新月派系列刊物中最重要的一种,创刊于1928年3月10日,1933年6月1日停刊,存在时间5年3个月,按月刊计算,本该出版63期,实际上只出版了43期,其中相差20期,说明该刊曾一度脱期拖延出版。在徐志摩主编时期、梁实秋主编时期和叶公超主编

---

① 本小节内容采用了王锦泉《〈新月〉月刊出版日期考》(载《活页文史丛刊》,1980年,第51—75页)一文中的一些观点和资料,谨予说明并致谢意。

时期①,《新月》扉页和版权页都标明了出版日期,因此人们引用《新月》刊登的文章时,都转引了这些标明的日期,以之作为刊物出版日期。实际上,其中多数标明的出版日期,只是预定的而不是实际的,个别期标明的出版日期与实际出版日期,相差竟然达六个月。此外,在罗隆基主编时期(第三卷第二期至第四卷第一期),除第四卷第一期扉页和版权页标明了再版日期外,第三卷第三期以后都没有标出版日期,说明在罗氏主编时期,《新月》经常不能按时出版。由于罗氏主编时期《新月》没有标明出版日期,给人们引用这段时期的《新月》带来麻

---

① 现在仍有不少文学词典和论著在介绍《新月》时,说该刊由徐志摩、闻一多、梁实秋等主编。有研究者经考证后指出:"《新月》月刊不但没有主编,而且没有固定的编辑者,编务是'轮流坐庄'办理的。"(倪平:《新月若干史实考证》,《编辑学刊》2004年第6期)《新月》每期的版权页上都只印有"编辑者"名单,没有"主编"名单。究竟哪种说法符合事实,一时难辨。我们不妨来看看《新月》共四卷43期(第一卷至第三卷每卷12期,第四卷出版7期)版权页标注的"编辑者"情况:

(1) 第一卷第一期至第二卷第一期的编辑者为:徐志摩、闻一多、饶孟侃;

(2) 第二卷第二期至第二卷第五期的编辑者为:梁实秋、叶公超、潘光旦、饶孟侃、徐志摩;

(3) 第二卷第六、七期合刊至第三卷第一期的编辑者为梁实秋;

(4) 第三卷第二期至第四卷第一期的编辑者为罗隆基,在此期间,扉页和版权页上都不印出版日期;

(5) 第四卷第二期至第三期的编辑者为叶公超;

(6) 第四卷第四期至1933年6月的第四卷第七期(终刊)的编辑者为叶公超、胡适、梁实秋、余上沅、潘光旦、邵洵美、罗隆基。

从这份名单来看,《新月》不仅没有主编,而且没有固定的编辑者,编务是"轮流坐庄"办理的。但应该指出,根据我国姓氏排名惯例,以排在最前面的人为尊,因而凡是姓名排在最前面的编辑者,应该是对该期《新月》负主要责任的人,换言之,此人在该期《新月》编辑过程中实际担负主编工作。关于这一点,还可以举出一些例证。例如,从1928年3月出版的第一卷第一期至1929年3月出版的第二卷第一期的编辑者为徐志摩、闻一多、饶孟侃,徐志摩的姓名排在最前,他应该是担负主编工作的人,而我们现在从有关文献资料可知,在此期间,《新月》的编辑工作确实主要由徐志摩承担。(梁实秋在《谈闻一多》中说:"《新月》杂志于一九二八年三月十日手刊,编辑人列徐志摩、饶子离、闻一多三个人。事实上饶子离任上海市政府秘书,整天的忙,一多在南京,负责主编的只是志摩一个人。"《梁实秋文集》第2卷,第538页)再如,1932年11月的第四卷第四期至1933年6月的第四卷第七期(终刊)的编辑者虽为叶公超、胡适、梁实秋、余上沅、潘光旦、邵洵美、罗隆基,但此时胡适在北京、梁实秋在青岛、罗隆基在天津,邵洵美虽在上海却忙于经营自己的时代图书公司,并且,据叶公超回忆,此时《新月》编务几乎完全由他一人承担。据此,我们大体可以列出一个曾经主要负责过《新月》编辑工作的人员名单(按刊物出版时间先后排列):徐志摩、梁实秋、罗隆基、叶公超。我们甚至还可以进一步推断,每期《新月》版权页所列出的"编辑者"其实就是编辑委员会名单,排在前面的人就是该期《新月》的执行编辑。

烦，甚至导致引用该刊中的文章时，标注的出版日期出现混乱。因此，有必要对《新月》实际出版日期进行考证。

新月书店一周纪念
阳历六月十六日
赠送书券
（每满五角赠券一角）

余上沅启事
启者上沅现已辞去新月书店经理及编辑主任嗣后一切事务请径向负责人接洽为盼 此启
十七年九月七日

图 5-2 "新月书店一周纪念"　　图 5-3 余上沅启事

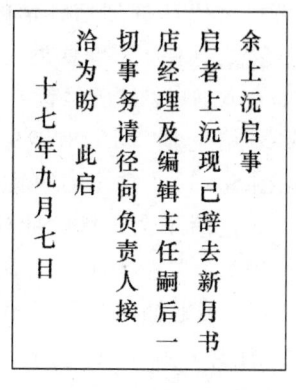

（一）第一卷实际出版日期考

第一卷从第一期（1928 年 3 月 10 日）①至第九期（1928 年 10 月 10 日），都能在每月 10 日按时出版。

由于创刊前准备充分，创刊号按时出版自然是没有疑问的。

第一卷第二期（1928 年 4 月 10 日）刊登了《真善美》第一卷第十二号和《贡献旬刊》第二卷第四期的出版广告，前者出版日期是 1928 年 4 月 16 日（"十七年四月十六日"），后者是 1928 年 4 月 5 日（"十七年四月五日"）。倘若刊登了这两份杂志最新版广告的《新月》第一卷第二期的出版日期，比这两份杂志要迟太多，这两份广告就没有多大意义了。由此反证这一期《新月》的出版是按时的。此外，《新月》第一卷第三期发表了胡适的《庐山游记》，此文写于 1928 年 4 月 20 日。倘若《新月》第一卷第二期出版的日期在 4 月 20 日之后，则以胡适在新月派中的威望，他这篇文章应该刊登在第一卷第二期，而不是等到下一期才发表。同理，第一卷第四期发表了闻一多写于"五月二十六日"的《先拉飞主义》，倘若第一卷第三期（1928 年 5 月 10 日）在 5 月 26 日后出版，则闻一多这篇文章，也该刊登在第一卷第三期。

---

① 《新月》版权页标明的出版日期，基本上与扉页标注的出版日期一致，但也有不一致的，而且版权页标明的，有些只是再版日期。考虑到这一情况，本章括号中的这个日期，绝大多数是《新月》版权页标明的日期，也有个别是扉页上标明的出版时间。

第一卷第四期（1928年6月10日）上有一张插页，刊登了"新月书店一周纪念"广告（见图5-2）。这说明第一卷第四期《新月》必须在6月16日前出版。此外，第一卷第五期刊登了陆侃如题为《论山海经的著作时代》的通信，信的开头说："顷见新月第四期载大作商民族一文，读之甚佩。"落款处注明的写信时间是"十九日，六月"，说明陆侃如在6月19日已经读到了《新月》第一卷第四期。

第一卷第七期（1928年9月10日）上，刊登了一则"余上沅启事"（见图5-3）。这个启事说明，第一卷第七期《新月》必须在1928年9月7日之后不久出版。此外，第一卷第八期发表了徐景贤的《徐光启著述考略》，文末标注"一九二八，九，十二，写完，时旅寓徐汇师范中"。假如第七期缺少稿子不能按时出版，这篇于9月12日写完的论文，就应当发表在第七期而不是第八期，由此说明第七期没有出现稿荒。

第八期（1928年10月10日）的"编辑余话"云：

> 本期因为匀出了两万字的地位给新添的书报春秋零星海外出版界三栏，所以有许多长篇稿件都限于篇幅不能刊登。我们留下的长篇续稿，有潘光旦先生的《自然淘汰与中华民族性》和饶孟侃先生的《梧桐雨》；此外还有闻一多先生一篇小说《履历片》——闻先生的处女作——及好几篇别的稿件，都因为寄来的太晚，要等下期才能发表。
>
> 沈从文先生的《阿丽思中国游记》……我们为避免稿件过于冗长，决定以后……不再在本刊上披露……但是沈先生的小说我们还有得读，因为他答应以后在本刊上每期都另写一篇短篇小说，这是我们可以预告的。

可见，此时《新月》的稿件不是太少，而是太多，不仅第八期没有出现稿荒，连第九期（1928年11月10日）也不会缺稿。

但是，第十期（1928年12月10日）发表了胡适翻译的《米格儿》，文末注："一九二八，十二，十一，初译。"比版权页标明的日期晚一天。第十一期（1929年1月10日）发表了胡适的《入声考》，文中"后记"末注："一九二九，一，十六，胡适。"比版权页标明的出版日期晚六天。第十二期（1929年2月10日）发表彭基相的《真与假》，文末注："基相识于安庆城内，十八年二月五日。"即使彭基相于

2月5日写完的这篇文章，当天就邮寄，也需几天后才能到达上海的《新月》编辑部，故第十二期的实际出版日期在2月10日之后。由此看来，第一卷第十、第十一、第十二期都没能按时出版。那么，这三期实际出版日期何在呢？

《春潮》月刊第一卷第四期刊登了《新月》第一卷第十二期的目录广告，而这一期《春潮》的实际出版日期是1929年3月底①。《小说月报》第十二卷第三十号（1929年3月10日）上也刊登了《新月》第一卷第十二期的目录广告。当时上海的刊物在别的刊物刊登目录广告，都是预告性质的，极少有刊物出版以后才刊登广告。据此推断，《新月》第一卷第十二期的实际出版日期应在1929年3月底。

又，《新月》第一卷第十期、第十二期分别刊登了《红与黑》杂志第一、第三期的目录广告，第十期上的《红与黑》第一期出版日期是1929年1月10日，与《新月》第一卷第十期版权页标出的出版日期1928年12月10日相差一个月，而《红与黑》第三期出版日期是1928年3月10日，与《新月》第一卷第十二期实际出版日期1929年3月底同月。根据当时上海刊物在别的刊物登载目录广告的常规，以及《红与黑》提前一个月在《新月》刊登广告的前例，《红与黑》第三期的广告本应该登在1929年2月出版的《新月》上，事实却是登在1929年3月底出版的《新月》上，据此可推断，《新月》第一卷第十期的实际出版日期是1929年1月。根据已推出的第十二期实际出版于1929年3月底，可进一步推出，第十一期实际出版日期是1929年2月。概言之，自第一卷第十期至十二期，《新月》实际出版日期比版权页标明出版日期（原定）愆期一个月。这个推断结果，也与《新月》编辑在第二卷第一期"编辑后言"中的以下陈述相吻合：

> 《新月》的第一卷已经出齐，本期是二卷的第一期。因为连着过新旧新年种种的不便，本刊已经愆期了一个月，这一时要赶补过来怕不容易，此后能不再愆已是好的了。

据《新月》编辑说，至第二卷第一期，"本刊已经愆期了一个月"，与上文推论吻合。同时也应注意到，愆期一个月的原因，不是稿荒或别

---

① 《春潮》月刊第一卷第四期"编辑室的话"有云："应在二月十五日出版的第四期，三月底才出。"

的，而是因为"连着过新旧新年种种的不便"。第十、第十一、第十二期出版的时间，正是1929年元旦和春节期间，因为连续过阳历年和春节的缘故，这三期没能够按时出版。

顺便提一下，《新月》第一卷第十期版权页中，"新月月刊第一卷第十号"误印成"新月月刊第一卷第九号"；第十二期版权页上的出版日期，本应为"一九二九年二月十日初版"，却印成了"一九二九年二三月十日初版"，这是读者在引用时须注意的。

（二）第二卷实际出版日期考

由于第一卷愆期一个月，而第一卷第十二期的实际出版日期在1929年3月底，第二卷第一期（1929年3月10日）的实际出版日期，应推迟至1929年4月下旬。以此类推，第二卷第二期（1929年4月10日）的实际出版日期，在1929年5月。至于是5月上旬还是中旬或下旬呢？这一期登载了后来掀起"人权与约法"运动的胡适的名文《人权与约法》，文末标注："十八，五，六。"说明胡适于1929年5月6日写完此文。当时，胡适在北平，即使他在5月6日当天邮寄这篇文章，也需几天时间才能到达上海的新月编辑部，因而第二卷第二期的出版时间不会早于1929年5月上旬。第三期刊登了徐志摩的一首诗《生活》，诗末标注"五月二十九日"，说明此诗写于1929年5月29日。倘若第二期的实际出版时间在5月29日或之后，则以徐志摩在《新月》编辑中的地位和影响，他这首诗就应该在第二期发表。合理的解释是，5月29日徐志摩写下此诗时，《新月》第二卷第二期已经出版，因而只好排在下一期。于是可知，第二卷第二期的实际出版日期，在1929年5月中旬至29日之间。又，编辑徐志摩看到书店送来《新月》第二卷第二期样稿中《帝国主义与文化》一文中关于"曲译"与"直译"的妙论，忍不住技痒，写了篇《说"曲译"》，连同《帝国主义与文化》一起发表在第二期"书报春秋"栏目。① 在第二卷第二期即将付印的情况下，编辑徐志摩尚能作一篇《说"曲译"》一起发表，说明当时尽管第二期已定稿，却还不是很急着要出版，时间尚宽裕。而上期（第一期）实际在4月下旬出版，如果第二期实际出版时间在5月中旬，徐志摩岂能有时间写《说"曲译"》并在这一期发表？因此，第二期实际出版时间在5月下旬。

第三期（1929年5月10日）发表了梁实秋的《论思想统一》，文

---

① 摩（徐志摩）：《说"曲译"》，《新月》第二卷第二期。

末注:"实秋六月六日",说明第三期实际出版时间在 1929 年 6 月 6 日后。第四期(1929 年 6 月 10 日)刊登了胡适的《我们什么时候才可有宪法?》,文末注:"十八,七,廿。"说明第四期实际在 1929 年 7 月 20 日后出版。于是,以第二期实际于 5 月下旬出版进行类推,第三期实际出版日期为 6 月下旬。由于胡适的《我们什么时候才可有宪法?》直到 7 月 20 日才写完,第四期实际出版日期在 8 月上旬。

第五期(1929 年 7 月 10 日)刊登了梁实秋翻译 P. E. 穆尔的《资产与法律》,文末注:"实秋,九月十三日",说明这一期实际上在 1929 年 9 月 13 日后出版。考虑到第六、七期合刊实际出版时间(后文将考证)与 9 月 13 日相差近 4 个月,假设第五期在 9 月下旬出版,则中间仍相隔 3 个月,而就当时情况看,《新月》除常脱期外,状况尚良好,故排除了第五期实际在 9 月下旬出版的可能,而断定为 10 月出版。那么,有没有可能是在 10 月中旬或之后出版呢?第二卷第六、七期合刊上刊登了费鉴照的"现代诗人"两则,第一则写于 1929 年 10 月初旬,第二则写于 10 月 14 日,如果第五期在 10 月中旬出版,就将刊登费鉴照这两篇文章,事实是推迟至第六七期合刊发表,说明第五期实际出版日期是 1929 年 10 月上旬。

上海望平街新月书店大廉价

本、外埠于十九年一月十三、三十一日截止

图 5-4 封底广告

第六、七期合刊(1929 年 9 月 10 日)刊登了冰心的小说《第一次宴会》,文末注:"十一,二十,一九二九,北平协和医院。"说明这篇小说是 1929 年 11 月 20 日才写完的。同期刊登的罗隆基的《告压迫言论自由者》,文末标注:"十二月一日",即 1929 年 12 月 1 日。还有梁实秋的《汤姆欧珊特》,文末亦标注:"十二月十日初稿",即 1929 年 12 月 10 日初稿。由此可以断定,这一期合刊的实际出版时间在 1929 年 12 月 10 日之后。又,合刊的扉页有"恭贺新禧""本刊同人鞠躬"等祝贺新年的话,说明这一期的实际出版时间,不仅在 12 月 10 日后,更在 1930 年元旦之前或之后几天。究竟在 1930 年元旦前还是后几天呢?我们来看合刊封底刊登的广告(见图 5-4)。

如果合刊实际出版的时间在 1930 年 1 月 13 日后,则图 5-4 所示新月书店广告就失去了作用。同理,合刊实际出版时间也不会在元旦前，否则距离新月书店开展廉价酬宾活动的开始日期1月13日太远。所以，第二卷第六、七期合刊实际出版日期是1930年1月上旬。合刊上刊登的《敬告读者》里说："本刊自发行以来差不多快有两年了。"以编者说这话的时间1930年1月上旬计算，的确是创刊"快两年了"（1928年3月10日—1930年1月上旬）。此外，1930年1月20日刘公任致胡适信也可证明第五、六期合刊的这个实际出版时间，刘公任在信中说："《新月》第五、六期合刊本，我托人买过，不曾买到。特向您揩油，请赠一本给我为感。"① 刘公任是胡适在中国公学时的学生，信中说他正和同学在上海的中国公学筹办刊物《贯彻》，也就是说这封信写于上海。信里注明了写信时间"一月二十日"，即1930年1月20日。刘公任在信中说的"《新月》第五、六期合刊本"显然是"《新月》第六、七期合刊本"之误，因为《新月》只在第三卷出版过第五、六期合刊，那已是1931年。因而刘公任托人购买未得而向胡适索要《新月》第六、七期合刊本，说明这期合刊于1930年1月20日之前不久出版。

第八期（1929年10月10日）登载了胡适翻译哈特的《扑克坦赶出的人》，文末注："十九，二，三夜。"即此文译于1930年2月3日夜，由此推断，这一期《新月》的实际出版时间应在2月3日后。又，1930年2月3日是正月初五，也就是说，2月上旬正是春节期间。根据常理，第八期不会在这段时间出版，故其出版时间在2月中旬或下旬。考虑到因为过年，《新月》的编辑出版工作受影响，在2月下旬出版的可能性较大。

第九期的出版时间，当然绝对不会是版权页上标明的"一九二九年十月初版"，否则无法解释梁实秋刊登在这一期上的两篇文章：《答鲁迅》一文是针对鲁迅发表在《萌芽》月刊"三月号"（1930年3月1日）上的《"硬译"与"文学的阶级性"》一文，这说明《答鲁迅》是1930年3月1日后写的；而《资本家的走狗》是针对《拓荒者》第二期（1930年2月）发表的冯乃超的《阶级社会的艺术》一文。由此可以肯定，《新月》第二卷第九期实际出版时间在1930年3月1日后。鲁迅写于1930年4月19日的《"丧家的""资本家的乏走狗"》，又是针对梁实秋发表在《新月》第二卷第九期的《资本家的走狗》一文，也

---

① 《刘公任致胡适》（1930年1月20日），《胡适来往书信选》（中），中华书局1979年版，第3页。

就是说，最迟 4 月 19 日，鲁迅已经见到了《新月》第二卷第九期。于是可以肯定，第二卷第九期《新月》实际出版日期必定在 1930 年 3 月 1 日至 4 月 19 日之间。考虑到前一期（第八期）实际上在 2 月下旬才出版，第九期的实际出版时间在 3 月下旬。

第十期（1929 年 12 月 10 日）卷首刊登胡适的《我们走哪条路？》，此文"缘起"中说："这篇文字是四月十二夜提出讨论的。""缘起"的末尾标注："十九，四，十三，胡适"，由此可以肯定，这一期《新月》的实际出版日期在 1930 年 4 月 13 日之后。同期还发表了邢鹏举的译作《勃莱克》（下），文末注："民国十九年四月十五日脱稿于光华。"这一期实际出版时间，最快也在 4 月下旬。

第十一期（1930 年 1 月 10 日）刊登了费鉴照的《现代英国桂冠诗人——白理基士》，文末注："四月二十八日草于武汉大学。"作者又补记："上文草竟，阅报知诗人已于本年四月二十一日在乞尔斯威寓所病逝，桂冠诗人之继任者为梅司菲尔。作者补识"据此可断定。这一期《新月》的实际出版日期在 1930 年 4 月 28 日后。又，这一期还刊登了梁实秋的《鲁迅与牛》，这是对鲁迅发表在《萌芽》第五期（1930 年 5 月 1 日）上的《"丧家的""资本家的乏走狗"》进行回击的文章。所以，第二卷第十一期《新月》实际出版日期，必须在 1930 年 5 月 1 日后。考虑到上一期（十期）在 4 月下旬才出版，第十一期实际出版日期最快也应在 5 月下旬。

第十二期（1930 年 2 月 10 日）卷首刊登了罗隆基的政论《我们要什么样的政治制度》，文末标注："十九，六，五。"说明，这一期的实际出版日期在 1930 年 6 月 5 日后。必须注意到，这一期的版权页标明的出版日期是"一九三〇年六月初版"，这个日期与扉页标注的"民国十九年二月十日"不一致。依据罗隆基的那篇政论写于 1930 年 6 月 5 日，而第十一期实际在 5 月底出版，那么，第十二期在 6 月初出版是不可能的，因此，版权页上标明的"一九三〇年六月初版"是拟定出版日期。但既已拟定出版日期，实际出版的时间就不会拖太久，应在 1930 年 6 月中下旬。

（三）第三卷实际出版日期考

第三卷第一期（1930 年 3 月 10 日）是特大号，所需编辑出版时间必定比以往的刊期要长。这一期卷尾刊登了胡适回答梁漱溟的信，落款处标注："胡适，十九，七，廿九。"说明这一期《新月》实际出版日期在 1930 年 7 月 29 日后。这一期卷首还刊登了罗隆基的政论《论共产主义——共产主义理论上的批评》，文末标注："九，一日。"这篇政论究竟写于哪一年的9月1日呢？罗隆基在这篇文章中引用了陈独秀等在《我们的政治意见书》中的一段话，而《我们的政治意见书》是1929年12月15日出版的，因此，罗隆基写作《论共产主义——共产主义理论上的批评》的时间，只能是1930年9月1日。由此可以进一步肯定，第三卷第一期《新月》实际出版日期在9月1日后。又，如前述，这一期是特大号，需要更长的编辑出版时间，但是假设10月才出版，则与前期（第二卷第十二期）实际出版日期相距将近四个月（意味着这年7、8、9月都没有出版刊物），当时《新月》编辑部并未面临严重事故，编辑出版这份特大号不必花四个月时间，因而第三卷第一期实际出版日期应在1930年9月。

第二期（1930年4月10日）刊登了谢冰季的小说《鞭策》，文末注："一九二九，九，十五。"说明这一期《新月》实际出版日期必在1930年9月15日后。而"零星"栏目发表的子季的《两句不同的格言》和《胡汉民先生的和平论》，前者针对南京考试院院长戴季陶"在今年双十节的申报上""亲笔写的四句格言"，后者针对胡汉民在国庆日的《申报》上所作的《和平论》，说明子季的这两篇文章写于1930年10月10日后。由此推断，这一期《新月》实际出版时间，最快在1930年10月下旬。

从第三期开始，《新月》改由罗隆基主编，此前先后由徐志摩、梁实秋主编。也是从这一期开始，《新月》的扉页和版权页不再标明出版日期，而只有卷数和期数。这一期卷首刊登了胡适《九年的家乡教育——四十自述的一章》，文末注："十九，十一，廿一夜。"说明，这一期的实际出版日期，在1930年11月21日后。那么，会不会在12月以后出版呢？这一期封底刊登了《白屋吴生诗稿》的优待券，其"本券说明"中云："本券有效期。自二十年一月一日起至二（三？）月底止。逾期作废。"注意到，其中"二月底止"的"二"字中间给加了一条歪斜的横线，于是"二"看起来像"三"，如果这条歪斜的横线不是印刷错误，则必是排字工后来临时有意加上的，这样一来，优待券的有效期，就从1931年1月1日延至3月底。为什么排字工要临时加上这一条横线呢？因为，这一期《新月》不能按照拟定时间出版，为了避免离上海较远的外埠读者看到这期《新月》时，或将优待券寄返新月书店购书时，该优待券已"逾期作废"，编者只好匆忙把截止日期拖后了一个月。为什么这期《新月》会延期出版呢？一是主编由梁实秋改为罗隆基，需要交接的时间；二是已接任主编的罗隆基被上海市公安局拘捕一日，这些，多少会影响这一期《新月》的出版。

然而，笔者注意到，这一期刊登罗隆基的名文《我的被捕的经过与反感》，文中说他被捕的时间是"十一月四日"，文末也注"十九年十一月"，此文系罗被捕的"十一月四日"后所写。但是，罗隆基在文中曾引用一段"十二月一日国府做纪念周的时候，你们的上级同志"说过的一段话。这就令人奇怪，罗隆基"十九年十一月"写的文章里，怎么可能引用"十二月一日国府纪念周""上级同志"的讲话内容？根据同年内公历先于农历一段时间的常识并查询万年历，我们对此作出的解释是，罗氏笔下的"十九年十一月"及他被捕的日期"十一月四日"，都是农历时间，而"十二月一日国府做纪念周"的"十二月一日"是公历时间，即罗隆基在农历一九三〇年十一月四日（1930年12月23日）被捕，此后写下《我的被捕的经过与反感》，以农历时间记下写作日期"十九年十一月"，文中引用国府纪念周某人讲话时，直接转引了他讲话的日期12月1日。其实，罗隆基在这里提到的"十二月一日国府做纪念周"，鲁彦也在1931年3月3日后写的《政治家的态度》中提到，他说："旧年十二月一日，南京国民政府举行纪念周。"① 经查，当时国民政府举行纪念周的时间，的确是1930年12月1日。于是，据罗隆基1930年12月23日下午被捕，释放后写下《我的被捕的经过与感想》，以及前述推论，可得出第三期的出版时间是1931年12月底。

第四期卷首刊登胡适《从拜神到无神——四十自述》，文末注："十九，十二，廿五，在北京。"随后刊登王造时的《中国问题的物质背景》，文末注："民国廿年，一月，一日誊完。"胡适写于1930年12月25日的自传，邮寄抵达位于上海的《新月》编辑部及主编罗隆基手上时，最快也在1931年1月上旬了（当时京沪通信，须七天才能抵达），即使立即排版印刷，第四期实际出版时间也已是1月中旬。另外，这一期还刊登了《梦家诗集》出版广告和《诗刊创刊号目次》。《梦家诗集》出版于1931年1月、《诗刊》创刊于1931年1月20日，由此也看得出来，这一期《新月》出版日期在1931年1月。又，1931年4月22日罗隆基在写给胡适的信中说："二月初将五期稿交萧先生"②，说明2月初时第五期的《新月》样稿已编辑校对完毕，由此推断，第四期应

---

① 鲁彦：《政治家的态度》，《新月》第三卷第五、六期。
② 《罗隆基致胡适》（1931年4月22日），《胡适来往书信选》（中册），第61页。

在1月中旬出版。还有两封信中透露的关于《新月》的内容可证明这个实际出版日期。一是1931年1月18日胡适致陈布雷信,为了替《新月》开脱,胡适在信中说他"托井羊先生带上《新月》二卷全部及三卷已出之三期各两份,一份赠与先生,一份乞转赠介石先生"。① 说明,此时《新月》仅出版至第三卷第三期,也就是说,第四期尚未出版或刚刚出版但尚未到达胡适手中。1931年2月24日王造时致信胡适中说,他的《中国问题的分析》之第一章(即《中国问题的物质背景》)"已载(《新月》)第三卷第四期,想已看见"。② 可知,此时(1931年2月24日)之前《新月》第三卷第四期已出版。我们推断的第四期实际出版时间(1931年1月中旬),是符合这两封信中内容的。

第五六期是合刊,这一期刊登了王造时的长篇政论《中国社会原来如此》,文末注:"一九三一,二月,一日。"这一期开辟"新月讨论"专栏,编者在作一番说明后,文末注:"二月廿八日编者附记。"同时刊登的胡适的《评"梦家诗集"》,文末注:"胡适,廿,二,九夜。""零星"栏目登载鲁彦的《政治家的态度》,文章提到:

> 三月三日我们又在报纸上看见一个突如其来这样惊人的消息:中常会通过训政范围确立约法案。同时读到下面这个提案的原文……

鲁彦提到的《中常会通过训政范围确立约法案》是发生在1931年3月初的事情。因而鲁彦这篇文章,是1931年3月3日后写的。

综上所述,第五、六期的出版日期,在1931年3月3日后。

1931年1月,新月书店经理萧克木离沪赴北平与胡适谈新月书店事宜③,由于未能安排妥当店中事务,导致《新月》出版延期。同年3月27日,罗隆基在给胡适信中就此事解释说:

> 《在上海》一文收到了,《新月》七期可以登出。萧先生北平一行,五、六期合刊竟又延期。校对稿放在书店中,编辑部和印刷

---

① 《胡适致陈布雷》(1931年1月18日),《胡适来往书信选》(中册),第40页。
② 《王造时致胡适》(1931年2月24日),《胡适来往书信选》(中册),第49页。
③ 1931年1月21日胡适日记:"萧克木来谈《新月》事。"见《胡适日记全编》(6),安徽教育出版社2001年版,第37页。

局不接头，店中人又不问，所以无形中又延迟了，恨事。①

4月22日，罗隆基再次致信胡适：

  《新月》五、六号质量都差，负责人自己亦十分不满意。五、六期本非合刊。二月初将五期稿交萧先生，后来萧先生离沪，校对稿压在书店，到三月初才发现。时间来不及没法，临时加三万字稿，改成合刊。这是书店改组中意外的事端，以后想不至再有此项事发生。②

  应该注意到，从罗隆基的话来看，第五、六期本非合刊，只因萧克木离沪时没把有关事宜安排好，导致3月初才发现第五期校对稿。本应在1931年2月出版的第五期，直到3月初还没出版，只好临时将第五期和本应3月出版的第六期改成合刊。这样一来，第五、六期合刊的出版日期，最快也要在3月底。但在3月27日致胡适的信里，罗隆基说"萧先生北平一行，五、六期合刊竟又延期"，可见因"五、六期合刊竟又延期"，直到此时（3月27日）这一期合刊也还没有出版。虽然尚未出版，但这期合刊的稿子已定，否则罗隆基不会说胡适的《在上海》拟定于第七期刊发。也就是说，罗隆基3月27日写信给胡适时，第五、六期合刊即将出版。4月22日罗隆基再次致信胡适，说"《新月》五、六号质量都差，负责人自己亦十分不满意"。说明，此时第五、六期合刊已出版。因此，第五、六期合刊出版于1931年4月中上旬。

  第七期卷首刊登胡适《在上海——四十自述的第四章》，文末注："廿，三，十八，北京。"同期发表何家槐的小说《湖上》，文末注："一九三一，三，十七初稿于吴淞。"葆华的诗《告诉你》末尾亦注："四月二日于清华园。"在"零星"栏目中，努生（罗隆基）的时评《人权，不能留在约法里？》开头说："四月九日，劳动大学章渊若院长在上海《时事新报》时论专栏里发表一篇《约法刍议》大文章。"努生又在后面的一篇时评《上海民会选举》中说："上海市国民会议代表选举的选民册，在四月十二日，已审查公布。其结果如下……"通过这些文章透露的时间，及第五、六期出版于1931年4月中上旬，可以推断出，

---

 ① 《罗隆基致胡适》（1931年3月27日），《胡适来往书信选》（中册），第54—55页。
 ② 《罗隆基致胡适》（1931年4月22日），《胡适来往书信选》（中册），第61页。

第七期的出版日期是 1931 年 5 月上旬。这个时间，也可从 1931 年 5 月 20 日罗隆基在致胡适、信中问胡适"《月刊》七期收到否？"①得到印证。

第八期刊登沈从文的小说《道德与智慧》，文末注："廿年四月廿七完成"，说明这期《新月》不可能在 1931 年 4 月出版。"零星"栏目刊登载努生的时评《我们不主张天赋人权》，文中说："五月四日上海某报上，有篇《五四运动谈》的文章，里面有这样几句……"说明努生这篇时评是在 1931 年 5 月 4 日后写的。又，此时罗隆基已与印刷厂订有合同，《新月》必须在每月 30 日前出版（见下文），所以，第八期的出版日期应在 1931 年 5 月底。

1931 年 5 月 20 日罗隆基写给徐志摩的信，可以证实以上对第三卷第七、八期出版日期的考证是正确的。罗隆基在这封信中说："《月刊》七期已出版，较五六期合刊进步一点。八期一星期内又可出版。"从这句话来看，罗隆基写信时（5 月 20 日），《新月》第七期已出版——这与上述推断"第七期的出版日期是 1931 年 5 月上旬"吻合；第八期已筹备就绪，写此信的 5 月 20 日之"一星期内又可出版"——这与上述推论"第八期的出版日期应在 1931 年 5 月底"吻合。

还需要注意，罗隆基在此信中继续对徐志摩说：

> 我已与印局订有合同，每月十二前交稿，卅前出书，任何方面延期，即须受罚。延期事今后想不重发生。②

尽管从这句话仍不能肯定此后每期《新月》出版的具体日期，但可以相信，罗隆基和印刷厂此后都会尽力保证《新月》按月交样稿和出版。这是我们推断此后《新月》出版日期要注意的。

第九期刊登王造时写于"一九三一，六月四日"的《昨日中国的政治》，说明这期的出版必在 1931 年 6 月 4 日后。这期还登载了《村治》第二卷第二期（1931 年 6 月 18 日出版）目录广告。按照当时上海刊物互登广告的惯例，《村治》的这个目录广告可说明，《新月》第九期的实际出版时间在 1931 年 6 月 18 日前后。又，罗隆基在 5 月 20 日写给胡适的信中写道：

---

① 《罗隆基致胡适》（1931 年 5 月 20 日），《胡适来往书信选》（中册），第 68 页。
② 《罗隆基致徐志摩》，虞坤林编《志摩的信》，第 227 页。

先生《自传》的第五章,请早日寄下,以便排印在第九期,千万请在六月二十号前寄到。

罗隆基给"早日寄下"加了着重号,又强调"千万请在六月二十号前寄到",说明他已确定第九期的定稿时间是 6 月 20 日。而罗隆基 7 月 6 日致胡适信中又说:"《月刊》九期依然按期出版了。"① 说明,第九期没有延期,而是在 6 月 30 日前出版。

综合上述,第九期《新月》的出版日期在 1931 年 6 月下旬。

第十一期刊登了罗隆基写的时评《什么是法治》,文中引用了 7 月 24 日北平中文报纸的新闻和 7 月 26 日《申报》专栏关于《新月》第八期被政府没收的消息,说明 1931 年 7 月 24 日前,《新月》第八期不仅已经出版并寄达北平,而且引起北平当局的注意而没收刊物、查封北平书店、逮捕店员。这与本书推断第八期于 1931 年 5 月底出版,不存在矛盾。

第十期刊登王造时《三千年来一大变局》,文末注:"一九三一,七月,六日。"而第九期于 6 月下旬出版,故第十期出版于 1931 年 7 月下旬。罗隆基在这年 8 月 6 日致胡适信中说"十册出版了"②,亦证明 8 月 6 日前第十期已出版。

第十一期扉页后刊登了《新月诗选》和《猛虎集》出版的新书广告,《猛虎集》初版于 1931 年 8 月,《新月诗选》初版于 1931 年 9 月,故第十一期《新月》出版于 8 月下旬。这一期刊登的王造时的时评《由"真命天子"到"流氓皇帝"》,文末注的"一九三一,八月,十三日",也证实了这一点。

此外,1931 年 9 月 9 日徐志摩写了一封信给胡适,信中说:

《新月》又出乱子了。隆基在本期《新月》的《什么是法治》,又犯了忌讳,昨付寄的四百本《新月》当时被扣,并且声言明抄店……③

罗隆基的《什么是法治》发表在《新月》第十一期。从徐志摩信中的话来看,刊登了罗隆基这篇"出乱子"的文章的《新月》,在徐志

---

① 《罗隆基致胡适》(1931 年 7 月 6 日),《胡适来往书信选》(中),第 75 页。
② 《罗隆基致胡适》(1931 年 8 月 6 日),《胡适来往书信选》(中),第 76 页。
③ 《致胡适》,虞坤宁编《志摩的信》,第 303 页。

摩写信的 9 月 9 日之前刚出版不久（"昨付寄四百本"），于是可知，第十一期的出版日期在 1931 年 9 月 8 日之前数天，即 8 月下旬。

第十二期卷首刊登罗隆基的政论《告日本国民和中国的当局》，文中说：

> 日本武力侵占东三省，是由来已久的计划，他们目前毅然决然来实施这个计划……
> 如今，日本进兵东三省……
> 在九月十八日以前的数日，日本动员出兵的消息，已遍载东西洋报纸……十八日事件发生以后，国人平地霹雳，震惊失色……

说明，罗氏写此文时，震惊中外的"九·一八"事变已发生，即此时已是 1931 年 9 月 18 日后数日。

文中又说：

> 到了今日（二十八日），国联已拒绝调停，日本尚在进兵的时候，报上登载外交当局的谈话……

由上可进一步得出，罗氏写此文的日期是 1931 年 9 月 28 日。故，很可能因为第十一期刊登的罗隆基《什么是法治》"犯了忌讳"，以致第十二期《新月》没有按照罗隆基与印刷厂的合同按时出版，而是延期至 10 月出版。

（四）第四卷实际出版日期考

1931 年 11 月 19 日，徐志摩因飞机失事逝世。为了悼念这位新月派"人人的朋友"[①]，《新月》第四卷第一期以特大号的形式出版"志摩纪念号"。这一期中纪念徐志摩的多数文章写于 1931 年 12 月，如胡适的《追悼志摩》写于"二十年，十二月，三夜"，郁达夫的《志摩在回忆里》写于"一九三一年十二月十九日"，但这期《新月》并非 1931 年 12 月底出版，而是还要推后。储安平发表在这一期的《一段行军散记》，文末注："一九三二年一月"，而陆小曼刊登在这一期《新月》的《哭摩》里说："一转眼，你已经离开了我一个多月了……"即陆小曼

[①] 徐志摩逝世后，方令孺写下《"志摩是人人的朋友"》（《新月》第四卷第一期）以表哀悼。

写此文的时间，应是 1931 年 12 月底或 1932 年 1 月初。《新月》第四卷第一期会不会在 2 月或 2 月后出版呢？不会。这一期刊登了"徐志摩先生遗诗第四集《云游》"出版预告，说《云游》"定于一月间出版"，而实际上直到 1932 年 7 月《云游》才由新月书店出版。延期六个月，是因为日本发动了侵略上海的"一·二八"事变。同理，《新月》的出版也必定会因为受到上海"一·二八"事变影响而延期，关于这点，《新月》第四卷第二期刊登的"新月书店启事"可作证明。新月书店在这则启事中说，新月书店"印书的印刷所适位于闸北两军（中日——引者按）争冲的地方"，结果"所有将竣而未出版的书，也就统被焚毁"。即使这些"统被焚毁"的书不包括《新月》第四卷第一期，也因"本店遭此损失"而多少会耽搁它的按时出版。

那么，第四卷第一期究竟实际出版于何时？据上所述，可知其出版时间在 1932 年 1 月或之后。

1931 年 12 月 15 日胡适曾有一信致周作人，信中云：

> 你能替《新月》做纪念志摩的文字，那是再好没有的了。十五或稍迟都不妨。我有快信去给邵洵美，请他改迟一期，四卷一号仍照常出版，二号作为志摩专号，那就更从容了。依大势看来，他大概可同意。①

虽然"纪念徐志摩专号"后来没有如胡适信中建议的"改迟一期""二号作为志摩专号"，但他既有此建议并且邵洵美"大概可同意"，估计《新月》第四卷第一期不会在 1932 年 1 月出版。刊登在这期《新月》的储安平的《悼志摩先生》一文透露的时间，可作证明。

《悼志摩先生》的文末并未标出时间，但这篇文章无疑是储安平在徐志摩死后所作，并且他在文中回顾与志摩之间的交往时说：

> 我初次认识他是在五年前的一个春天。那时……在华龙路新月书店三楼谈话，在座有余上沅先生江小鹣先生吴瑞燕女士这一些人。

本书第三章第三节已证，储安平"初次认识"徐志摩的"五年前的一个春天"，就是指 1928 年春天，由此可确定，储安平写这篇文章的

---

① 《胡适致周作人》（1931 年 12 月 15 日），《胡适来往书信选》（中），第 91 页。

时间是 1932 年。

又，储安平在《悼志摩先生》一文末尾说：

    三月江南又是一片好春天。在今夜，在这十六分外圆的月亮下，凭我向往对他的一宗刻实的信心，写下这短短的两千字纪念他。

根据上下文以及人们写作怀人文章的惯例，可断定储安平写此文时的季节是"三月"。

  综上所述，储安平《悼志摩先生》一文写于 1932 年 3 月。那么，刊登了这篇文章的《新月》第四卷第一期的实际出版时间，只能是在 1932 年春夏了。

  顺便指出，韩湘眉登在这期的《志摩最后的一夜》，文末标注的"廿一年十二月十日于南京"，显然系误记，应为"廿年十二月十日于南京"。

  由于罗隆基北上编《益世报》，从第四卷第二期（1932 年 9 月 1 日）开始，《新月》改由叶公超主编。更换主编需要交接时间，又受上海"一·二八"事变的影响，本已不能正常出版的《新月》第四卷第二期出版延期更长。这期版权页标注"二十一年九月一日出版"，与第四卷第一期出版时间相差近半年，应为实际出版日期。

  第三期（1932 年 10 月 1 日）刊登余上沅的《历史剧的语言》，文末标注"廿一，九，十二"；平伯的《戒坛琐记》，文末标注"二一，九，八，灯下"。第四期（1932 年 11 月 1 日）刊登胡适的《我怎样到外国去——四十自述的第六章》，文末注："一九三二，九，廿七夜。"又刊登了林语堂主编的《论语》半月刊第四期出版广告，云："第四期已于十一月一日出版。"此外，陈梦家于 1932 年 10 月写的《纪念志摩》，"原定在第四期发表，但因脱稿稍迟未及随版印付，不得已只可搁置到本期（第四卷第五期——引者按）发表"。① 也就是说，当陈梦家这篇写于 10 月的文章抵达《新月》编辑手中时，第四期已出版。可见，这两期（第三、第四期）的出版是按时的，与版权页标明的出版日期一致。

  从第四期（1932 年 11 月 1 日）开始，编辑者改成叶公超、胡适、梁实秋、余上沅、潘光旦、邵洵美、罗隆基，但实际上编辑事务大多由叶公超独自完成，加上徐志摩逝世后，新月派大伤元气，新月派同人对《新月》大都失去了兴趣，因而稿荒在所难免。

---

① 详见陈梦家《纪念志摩》，《新月》第四卷第五期，文前有编者附记。

第五期（1932年11月1日）刊登了梁实秋致叶公超的一封公开信《论翻译的一封信》，信中指出了鲁迅翻译蒲力汗诺夫的《艺术论》的错误，文末标注"梁实秋十一月廿日青岛"，说明此信写于1932年11月20日。又，这期封底刊登了《申报月刊》"第一卷第五号要目"广告，而这期《申报月刊》是1932年11月15日出版的。所以，《新月》第四卷第五期的实际出版日期，不是版权页标明的"二十一年十一月一日"（1932年11月1日），而是1932年12月。

第七期（1933年6月1日）刊登了郑振铎致叶公超的信《郑振铎先生来信》，信中说："读四卷六期《新月》上所刊的批评《插图本中国文学史第二册》一文，有不能已于言者。"信末注："郑振铎启四月二十二日。"可见，1933年4月22日前，郑振铎已见到了《新月》第四卷第六期，这与第四卷第六期版权页标明的"二十二年三月一日出版"，不构成时间上的矛盾。事实上，从这最后两期《新月》刊登的文章的写作日期来看，尽管它们的出版存在延期现象，但实际出版日期与版权页标明的日期是一致的。遮言之，《新月》的确是在1933年6月1日出版第四卷第七期后停刊，尽管在长达五年多的时间里，它经常愆期出版。

综上所述，得到《〈新月〉各期出版日期与实际出版日期对照表》（见本书附录二）。

二　《新月》发表文章数量统计及分析

关于《新月》月刊的性质，改革开放以前人们大都认为它是一份以政论为主的杂志，20世纪90年代以来，学界倾向于认为它是综合性杂志，但在实际研究中，人们又往往把它当成文学期刊。《新月》的刊物性质究竟是什么？在本节中，我们拟对《新月》做实证研究，即统计该刊登载的各种文章数量，并结合具体的文章的内容予以分析，以便澄清《新月》若干史实。

文中所指《新月》发表的各种文章，包括中外文学作品（小说、散文、诗歌、戏剧），也包含文艺理论（即文论），还包含非文学作品（哲学论文、外国国家情况介绍、外国作家和诗人评介等），但不包含《新月》"编辑余话""敬告读者""书报春秋""海外出版界"和新月书店新书广告。以下统计表以各卷各期刊登的文章内容作为参考，统计范围为《新月》第一卷至第四卷共43期，参考文本为上海书店1988年10月出版的《新月》影印本。

（一）《新月》各种文体文学作品数量对比

从各卷各期目录来看，《新月》基本上没有明确的栏目划分，但编者大致按照文体不同来编排目次。第三卷第十二期刊登了《新月月刊第三卷总目录》，将《新月》第三卷各期分为十个栏目：论著、诗、小说、戏剧、传记、小品、讨论、零星、书报春秋、通讯。其中，"论著"包括文论、政论和其他论文（如潘光旦的《人文选择与中华民族》，第三卷第二期），"小品"的文体比较一致——主要是散文，最为驳杂的要数"零星"，这一栏目既有短小的政论，也有精辟的文论（如梁实秋的《文学的严重性》，第三卷第四期），甚至还有读后感和随笔。"通讯"最初是以"××通信"（如"东京通信"）的形式报道国外见闻，后来改为"通讯"，主要登载读者来信。尽管"书报春秋""海外出版界"和新月书店新书广告在第三、第四卷每期必有，但是其内容驳杂，新月书店新书广告还经常重复刊登，鉴于此，特别是考虑到这三项以推销书籍、为新书做广告为目的，本书在统计《新月》登载的各种文章数量时，没有把它们计算在内（至于其中一些篇章可谓精美，如书评，亦容另文讨论）。

表 5-4　　　　　　《新月》登载各种文章数量　　　　　　单位：篇

类别\卷	诗歌	小说	戏剧	散文	文学论文	政论	译文	译诗	外国作家、诗人评介	外国文论	外国介绍（非文学）
第一卷	26	22	12	8	23	3	11	19	15	7	21
第二卷	32	22	6	8	20	20	18	10	7	1	5
第三卷	39	21	6	15	18	29	14	2	5	2	10
第四卷	34	12	5	24	11	0	9	9	5	1	4
总计	131	77	29	55	72	52	52	40	32	11	40

说明：1. "诗歌""小说""戏剧""散文""文学论文""政论"均系中国人撰写的文章，其余则为译文或直接与外国有关的文章；同题连载的文章，以每期连载内容为一篇计算；"诗歌"的数量按照标题计算，即组诗不是以一首计算，而是以其包含的子标题的多少来计算。

2. "文学论文"以文学理论文章为主，但也包含部分文学研究论文，如胡适的《考证〈红楼梦〉的新材料》（第一卷第一期）；《新月》专栏"零星"中的短文，按照内容不同，分别归入不同类别，比如该栏目在第三卷第八期登载了三篇短文，《"不满现状"便怎么样呢?》归入"政论"、《歌德与中国小说》归入"西方作家、诗人评介"、《文学与道德》归入"文学论文"。

3. "外国文论"主要包含国人对外国文学的研究论文，由于该类文章数量太少，外国作者撰写的文学研究论文也归入这一类。

表 5-4 的名称之所以叫"总表"，一是该表系对《新月》各卷各期文章的总的鸟瞰，二是本节其他统计图表都是在表 5-4 基础上获得。

我们先来看《新月》登载各种文体文学作品的数量变化情况。

从文体来看，《新月》登载的文章，文体丰富，包含了几乎所有文体，但并非所有文体一视同仁、没有侧重，在"文学作品"中，诗歌数量最多，每卷里诗歌的数量保持在26首以上（共131首），其次是小说（77篇）、散文（55篇）、政论（52篇）以及译文（52篇）。这大体上说明，《新月》作者最热衷的体裁是诗歌，其次是小说，再次是散文；由于《新月》编辑和多数作者曾留学英美国家，留学背景使他们有能力也有兴趣重视翻译、介绍外国作品，故译文的数量不菲。

依据表5-4，对《新月》登载的各种文体文学作品数量进行对比，可作图5-5如下：

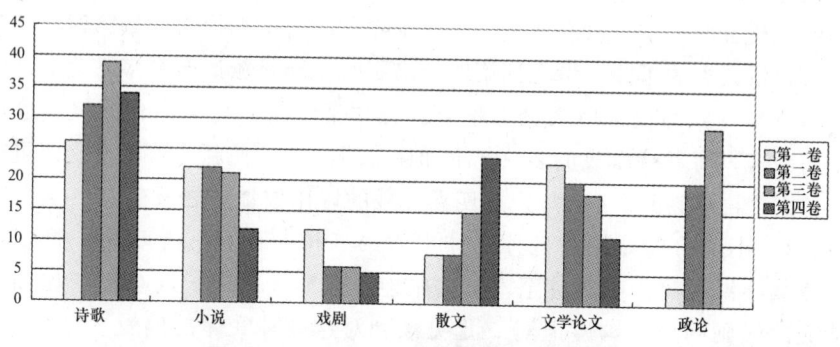

图5-5 《新月》各文体文章数量对比

说明：本表中"文学论文"包含文学研究论文，严格说，这类论文以及"政论"不是文学作品，但为了作相关比较研究的需要，以上图表中也把它们列出。

下面，我们结合《新月》具体文本来考察图5-5。

1. 如前述，诗歌类文学作品在几种文体中数量最多，其中一个重要的原因，应该是新月诗人的新诗大都是短小的"豆腐干诗"[①]，因为短小精悍所以占篇幅不大，这样编者就可以在篇幅有限的情况下发表更多数量的诗歌作品。当然，另外一个不可忽视的原因，是编辑重视并力图振兴诗歌。《新月》编辑徐志摩、闻一多等本人就是著名诗人，自然在编辑过程中对诗歌特别是"气质相投"的诗歌作品青睐有加。

我们注意到，图5-5显示，从第一卷至第四卷，诗歌作品数量大

---

① 1934年朱自清在《〈中国新文学大系·诗集〉导言》中把徐志摩、闻一多、朱湘等早期新月诗派的诗作称为"豆腐干诗"。（参见朱自清编《中国新文学大系·诗集》，上海良友图书印刷公司1935年版，第1页）

致反映了从1928年到1933年新诗创作的繁荣景象。特别是第三卷发表的诗歌有39首，与第一卷发表26首相比增加了50%。然而，至第三卷出版时（1930年、1931年），前期新月派诗人中有的已经转移兴趣、基本上不写诗（如闻一多），有的则英年早逝（如杨子惠、刘梦苇、朱湘），因之令人不禁要问：第三卷发表的诗歌数量何以不减反增呢？答案在于陈梦家、方玮德、沈葆华、梁镇等后期新月诗派新秀的加入。从第三卷第二期开始，基本上《新月》每期都发表这些新秀的诗作，数量在三首以上，特别是几乎每期都有陈梦家的诗作。陈梦家等新秀的加入，不仅为新月诗派注入了新鲜血液，也使这一诗歌流派在20世纪30年代初期呈现出了蓬勃发展的景象。不过，我们同时也应注意到，《新月》第四卷登载的诗歌数量比第三卷有所减少。第四卷与第三卷在诗歌栏目的编辑人员方面基本上没有变化，因而排除了因为主编换人导致第四卷登载诗歌数量减少的可能。考虑到第四卷出版时，新月派诸君大多已北上，无暇为《新月》写稿，后来徐志摩撞机身亡又使新月诗派大伤元气，这里不妨断言，新月诗派成员多数北上和徐志摩早逝，使新月诗派遭受沉重打击，因之由盛转衰，《新月》第四卷登载的诗作数量随之减少。

2. 小说的总篇数在各种文体中占第二位，而且，《新月》每期至少登载小说一篇，有时甚至不惜篇幅连续数期登载中长篇小说（比如沈从文的《阿丽思中国游记》），足见该刊对这一种文体的偏爱。

从第一卷至第四卷，尽管《新月》登载小说的数量比较平稳、保持在20篇以上，却也呈现出微略递减的趋势，这是否显示了新月派小说作者整体创作热情有所衰退？

3. 自第二卷以后，散文的数量以近200%的速度增加，这也许令人费解，但只要翻阅一遍《新月》第三、第四卷各期目录，即可释然。首先，从第三卷第一期开始，《新月》陆续连载胡适《四十自述》的部分章节，这些章节都是回忆性质的散文，文笔朴实无华，情感真挚。受胡适自传《四十自述》的影响，一些作者纷纷在《新月》上发表文章追忆往事。其次，为纪念徐志摩而出版的"志摩纪念号"（第四卷第一期）登载了12篇纪念文章，这是第四卷中散文数量剧增的重要原因。

4. 《新月》登载文学论文共72篇，基本上每期至少登载1篇。如前述，此处所谓"文学论文"，以文学理论作品为主，但也包含部分文学研究论文。由此推断，《新月》不仅重视文学理论，也关注一般性的文学研究，这对中国文学研究的发展具有重要意义。特别是胡适所作的几篇重要的中国古典文学方面的考证文章，都是在《新月》发表并产生影响的。

5. 除第二、第三卷以外，在第一、四卷，政论文章不受重视，所占篇幅微不足道，因此可以说，第一、四卷的主编徐志摩、叶公超等不喜好谈政治。第二、三卷中政论文章数量急剧增加，显然是罗隆基参与主编甚至单独主编《新月》的结果。实际上，即便是第二、三卷登载的政论文章，也大多数是罗隆基、胡适、梁实秋所撰写，据统计，仅罗隆基一人就在《新月》发表政论文章近二十篇。这说明绝大多数《新月》作家没有明显议政意识。

即使就第二、三卷登载的各种文体文章数量而言，政论文章数量也只占每卷文章总量的20%，文学作品所占百分比仍然是最大的，这一点澄清了那些认为《新月》第二、三卷以政论为主、《新月》是政论刊物的误会。①

（二）《新月》文学作品与其他文章数量之比较

上文已述，即使就第二、三卷登载的各种文体文章数量而言，政论文章数量也只占每卷文章总量的20%，文学作品所占百分比仍然是最大的。是否在《新月》登载的文章总量中，文学作品占的百分比最大？换言之，是否《新月》以刊登文学作品为主？倘若回答是肯定的，那么《新月》就是文学杂志，而不是长期来人们所认为的它是一本综合性杂志。为了寻求答案，我们以表5-4为基础，制作表5-5如下：

表5-5　　　　　《新月》文学作品与其他各类文章数量　　　　单位：篇

卷 \ 类别	文学作品	其他各类文章/文论、外国作家诗人评介、外国文论总量	文章总量
第一卷	98	69/45	167
第二卷	96	53/28	149
第三卷	97	64/25	161
第四卷	93	21/17	114
总计	384	207/115	591

---

① 近年仍有不少论者认为《新月》是一份综合性杂志或者政治性杂志，如陆耀东、孙伯党、唐达晖主编的《中国现代文学大词典》在"新月社"词条下说道："1928年3月创办综合性杂志《新月》月刊。"（高等教育出版社1998年版，第486页）潘荣华、杨芳则说："《新月》杂志……初为文艺性刊物，自1929年4月第2卷第2期起……成为中国近代颇具影响的政治性刊物。"（《从〈新月〉看胡适的人权主张》，《安徽农业大学学报》（社会科学版），1999年第1期）

观察表 5-5 可知，从第一卷到第四卷，每卷文学作品数量维持在 93—98 篇（首），起伏甚微，平均每卷登载文学作品 96 篇（首）；每卷其他文章数量最少 21 篇，最多 69 篇，变化较大，平均每卷登载其他文章 52 篇，约为平均每卷登载的文学作品数量的 1/2。据此推断，与其他文章相比较，《新月》每卷登载的文学作品不仅数量上占优势，而且相对稳定。这种情况的存在，应该不是偶然的，而是该刊编辑对文学作品的特别关注所导致。于是可以得到一个结论：多数《新月》编辑始终有意识地要把该刊办成一种主要发表文学作品的杂志。关于这个结论，我们还可以找到两个佐证：其一，尽管《新月》主编更换较频繁，但他们绝大多数要么是作家、要么是诗人或戏剧家，这种身份决定了他们主编的《新月》以文学为主；其二，《新月》发刊词《"新月"的态度》中列举了"现代刊物"存在的 13 种"态度"或"思想"，如"感伤派""颓废派""唯美派"，等等。不难看出，这 13 种"态度""思想"，其实就是新月派所反对的存在于当时文坛的 13 种文学思想观念，因而虽然《"新月"的态度》中没有明确说，我们还是可以看出，徐志摩等创办《新月》之初，有志于扫除这 13 种文学思想、提倡"人生的尊严与健康"，从而振兴现代文学，既然如此，多数编辑有意把《新月》办成一份文学杂志乃理所当然。

以上观察的角度是每卷《新月》登载的文学作品与其他文章数量。如果我们把《新月》登载的文学作品总量与其他各类文章的总量作对比，则可得知：文学作品占《新月》登载的文章总量的 65%，其他各类文章只占 35%。也就是说，文学类文章数量超过《新月》刊登的文章总数一半多，这一点可说明《新月》是一份以登载文学作品为主的杂志。这里所谓"文学作品"包括"诗歌""小说""散文""戏剧"和"译诗""译文"，如果把"文学论文""外国作家、诗人评介"和"外国文论"也算入文学作品的话，文学类文章总量（499 篇/首）在《新月》登载的文章总量（591 篇/首）中占绝对多数，而其他文章总量（92 篇）只占很小的比例，如图 5-6 所示，文学类文章占《新月》登载的文章总量的 84%，而非文学类文章只占 16%，这表明，《新月》所登载的文章主要涉及文学类。

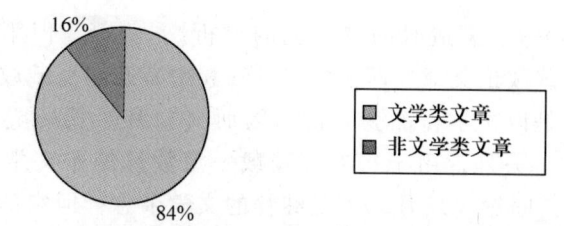

图 5-6 文学类文章和非文学类文章所占文章总量百分比

总结以上，可得到一个结论：不论从主观上（编辑有意识地偏重于文学）还是客观上（文学作品占《新月》登载的文章总量的绝大多数、绝大多数文章为文学类）来看，《新月》刊登的文章都是以文学为主，因此，《新月》应该是一份文学杂志。有论者说："即以新月派后期主要传播媒介《新月》论，它也不是一个纯粹的文艺性刊物，而是一个综合性的文化刊物。"①《新月》是一个综合性文化刊物，这是长期以来人们对这个刊物的普遍认识。倘若《新月》是一个综合性文化刊物，那么，如何解释该刊每卷登载的文章以文学作品占绝大多数？

当我们粗略翻阅《新月》时，容易产生一个错觉，即就每一期《新月》（特别是第三卷）而言，"在《新月》发表的全部理论文章、杂感、短评中，谈文学、文艺的，只占极少篇幅，余者则泛及政治、思想、社会、法律、伦理、道德、民族、历史等各领域里的问题"。于是以为这一个"综合性文化刊物"。然而，当我们不是翻阅每一期，而是以卷为单位来统计该刊发表的各类文章数量，也就是说，从整体上看《新月》各类文章的数量而不是看其局部，则会得到以上图表，并发现"在《新月》发表的全部理论文章、杂感、短评"以及"泛及政治、思想、社会、法律、伦理、道德、民族、历史等各领域里的问题"的文章数量，其实只占《新月》文章总量的较小部分。以少数否定多数、以不谈文学和文艺的小部分文章来遮盖大部分的文学作品，进而认定《新月》是一个综合性文化刊物，这合理吗？

综上所述，尽管第二、三卷几乎每期都有一两篇政论文章，如胡适的《人权与约法》、罗隆基的《专家政治》、黄肇年译的《共产主义的历史的研究》、胡适的《我们什么时候才可有宪法？》、罗隆基的《论人权告压迫言论自由者》《我对党务上的"尽情批评"》、梁实秋的《孙中

---

① 陈安湖主编《中国现代文学社团流派史》，华中师范大学出版社 1997 年版，第 400 页。

山先生的论自由》、王造时的《政党的分析》，等等，但第一、四卷基本上都没有登载政论文章，即使第二、三卷中有几期登载政论文章相对多一些，也还是以文学作品为主的，因而《新月》第一卷至第四卷都不是政论刊物。另外，由于每期都登载一定数量的非文学性文章（即"其他文章"），固然《新月》不是纯粹的文学杂志，但它的确是一份文学杂志，而非综合性文化杂志。

（三）《新月》中的中国文学作品与外国文学作品数量之比较

表5-4中的"诗歌""小说""散文""戏剧"的作者都是中国人，可谓"中国文学作品"，而"译诗""译文"主要为新月派诸君翻译的外国小说、诗歌、戏剧和散文，故统称为"外国文学作品"。依据表5-4，绘制表5-6如下：

表5-6　　《新月》所载中国文学作品与外国文学作品数量　　单位：篇

卷＼类别	诗歌	小说	戏剧	散文	译文	译诗	文学作品总数量
第一卷	26	22	12	8	11	19	98
第二卷	32	22	6	8	18	10	96
第三卷	39	21	6	15	14	2	97
第四卷	34	12	5	24	9	9	93
总计	131	77	29	55	52	40	384

表5-6显示：

（1）每卷文学作品总量相对均衡，保持在93—98篇（首）；

（2）译诗的数量在各种文体外国文学作品中所占比例最大，这说明即使在文学翻译作品中，诗歌仍是《新月》偏爱的文体；

（3）从每卷的情况来看，中国文学作品的数量远远多过外国文学作品；

（4）依据表5-6，对《新月》杂志的文学作品进行分类，中国文学作品为292篇/首，外国文学作品为92/首，组诗以其所含诗歌数目计算，于是得到图5-7"中国文学作品与外国文学作品数量在文学作品总量中所占百分比"。

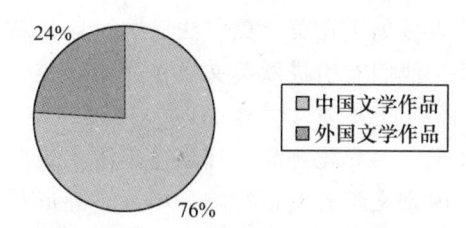

图 5-7 中国文学作品与外国文学作品数量在文学作品总量中所占百分比

图 5-7 显示，中国文学作品所占文学作品总量的比例为 76%，外国文学作品所占文学作品总量的比例为 24%。这说明，作为以文学作品为主而非以译作为本，而且不以外国文学作品为特色的杂志，《新月》在版面有限的情况下，特别重视、鼓励本国作家创作，但是也看重外国文学作品的翻译引进。聚集在《新月》周围的新月派作家是具有让中国文学与国际接轨的意识的，他们具有比较开阔的文学视界。

（四）外国文学作品按国家分类后的数量图表

为接近事实本身，准确理解《新月》在翻译引进外国文学作品方面的意图以及编辑思想，表 5-7 试图将外国文学作品按国别（或民族/作者）进一步细分。

表 5-7　　各种文体外国文学作品按国家分类后数量　　单位：篇

类别 卷	诗歌	小说	戏剧	散文	外国文学作品总量	外国作家、诗人评介	外国文论	与外国文学相关的文章总计
英国	7	10	6	2	25	24	6	55
美国	18	7	1	3	29	3	4	36
法国	9	5	1	0	15	1	1	17
日本	0	2	0	0	2	6	0	8
印度	0	0	0	0	0	1	0	1
德国	3	0	0	0	3	2	0	5
合计	37	24	8	5	74	37	11	122

通过表 5-7 可以看到，在《新月》刊登的翻译或引介的外国文学作品数量中，位列前五名的国家依次是英国、美国、法国、德国、日本，可见《新月》对外国文学作品的翻译引进呈多元化的状态，但这

些翻译或引介作品明显集中在英、美、法三国，这与新月派成员大都留学欧美有直接关系，他们有引进欧美文学作品的兴趣，更有这个能力。

《新月》在翻译引进外国文学作品时，目光的焦点聚集在英、美、法三国，虽然也呈现出多元化迹象，却显得单薄，这对新月派吸收借鉴这三国以外的其他国家文学有消极影响，不利于其成员多元化知识结构的形成。

再从文体角度来看表5－7，《新月》翻译引进的外国文学作品按照不同文体数量排列，依次为：诗歌（37首）、小说（24篇）、戏剧（8部）、散文（5篇），这个排列秩序与中国文学作品按照不同文体数量排列的秩序一致，说明《新月》对不同文体中外文学作品的重视情况是一致的，即最重视诗歌，其次是小说，再次是戏剧，最后是散文。是否《新月》编者具有这种明确的文体意识呢？从笔者掌握的有关文献资料，看不出来。或许有人会据此认为，这种对文体方面的不同态度反映了新月派的集体文体意识或者集体文体无意识。笔者不同意这样看，不同意把《新月》对不同文体的态度看作新月派一派所独有。笔者认为，对小说、诗歌这两种文体的重视乃至偏爱，是自五四文学革命以来存在的普遍现象，事实上，中国现代文学当中也以这两种文体作品数量最多、所取得的成就最高。

另外值得注意的是，"外国作家、诗人评介"的数量居然有37篇，涉及英、美、法、德、日、印度等当时世界上主要国家的作家和诗人。这表明，《新月》作为一份由留学英美的自由主义知识分子编办的杂志，很重视介绍外国作家、诗人，具有相当宽阔的世界文学视野。相比之下，"外国文论"的数量显得微薄（11篇），而且这微薄的几篇文论也集中在英、美、法三国。这一点，与其说反映了《新月》作者及编者相对不重视对外国文学的研究，不如说他们大多不具备深入研究外国文学的学识和能力。即使像梁实秋这样的"新月社的评论家"（鲁迅语），在论述雪莱等人的作品时，也是一般性介绍多过有见地的评论。

还有一点值得一提，《新月》引进外国文学作品和介绍外国作家诗人，就国家而言集中在英、美、法三国，就单个的作家、诗人来看，集中在莎士比亚、波莱特、雪莱、哈代等少数著名作家诗人，这多少反映了《新月》对外国文学的兴趣所在，却也透露了该刊在对外国作家、诗人、戏剧家及其作品的翻译介绍方面，主要凭一己爱好，并没有明确的规划意识。

三 《新月》作者群及其个体命运

（一）《新月》作者群

《新月》创刊伊始，就在发刊词里明确表达了主办者的办刊理念，与过去常见的那些具有同人性质的文艺刊物不一样。它宣称"成见不是我们的，我们先不问风是在那一个方向吹。功利也不是我们的，我们不计较稻穗的饱满是在哪一天"。[①] 事实说明，这一理念在《新月》中得到了贯彻。并且，编者还一再强调这一理念，比如在第二卷第六、七期合刊《敬告读者》里，编者坦言："我们并没有固定的体例，我们是有什么人便登什么文章，有什么角色便唱什么戏。"作为一份同人杂志，其作者主要是同人，可贵的是，《新月》并没有像创造社刊物那样排斥异己，而是不抱成见，以相对开放的态度对待外来稿件。所以，我们纵观各期《新月》的作者，可见群英荟萃，基本上云集了当时中国大多数优秀作家、诗人、批评家和翻译家。在这些人里面，既有早已成名的胡适、徐志摩、陈西滢、郁达夫、冰心等作家和余上沅、丁西林等戏剧家，也有崭露头角或正在走红的作家，如小说家沈从文、诗人陈梦家、文艺批评家梁实秋、政论家罗隆基，同时也有名不见经传的青年学生，如吴世昌等，此外，还有基本上专事翻译的饶孟侃、赵景深等，皆可谓一时之选。尽管如此，我们还是要指出两点：一是新月派无疑占《新月》作者的绝大多数，甚至有好几期的作者全是新月派同人，这说明《新月》编者对待外稿的相对开放的姿态，并不影响这份杂志体现新月派旨趣、成为新月派意志的体现者；二是郁达夫、冰心、巴金等非新月派，虽然在《新月》发表作品却最多不过三篇，况且，现代作家偶尔在非本流派、社团的刊物上发表作品，是很正常的，比如说徐志摩就在创造社的刊物上发表过多篇文章，因此郁达夫、冰心、巴金等在《新月》发表过作品，并不意味着他们赞同或属于新月派，当然也就不能把他们纳入《新月》作者群予以讨论。

《新月》的作者队伍大致可以分成三部分，每一部分又可分成不同的层次。第一部分是核心作者群，由徐志摩、闻一多、饶孟侃、梁实秋、胡适、叶公超、邵洵美、罗隆基等具有编者和主要撰稿人身份的人员构成，这部分作者不仅其作品是形成《新月》杂志风格的基础，而且通过编辑《新月》，对刊物的性质、内容等起决定性作用。从始到

[①] 徐志摩：《"新月"的态度》，《新月》第一卷第一期。

终，他们参与或介入《新月》，使《新月》明显带有他们个人的印痕。从对文学主体价值认识的不同，可以把这部分作者分为徐志摩、闻一多、饶孟侃、叶公超等纯文学派和胡适、梁实秋、罗隆基等文学功利派。在这两派主掌时期，《新月》呈现出不同的特征。大致以第二卷第六、七期发表《敬告读者》为分水岭，此前为纯文学派把持，"兴趣趋向于文艺的人占大多数，所以新月月刊也就几乎成为一种纯文艺的杂志"，此后直到倾向纯文学派的叶公超接手主编（第四卷第二期开始），一直为文学功利派控制，《新月》谈政治了，每一期都有一两篇关于时局或一般政治的文章。这两派之间的势力消长情况，以及掩盖在"共同的理想""志同道合"之下的内部矛盾与分化，不仅直接对《新月》乃至新月派的发展、解体产生影响，而且构成了《新月》作者群生动的文化历史图景。依据与《新月》关系的亲疏程度不同，第一部分的作者又可分为徐志摩、梁实秋、叶公超、饶孟侃等与《新月》关系密切的一类，和胡适、闻一多等与《新月》关系疏远的一类。第一类不仅实际上担任过《新月》主编，而且也是《新月》实际上的主要撰稿人，因而可以说，《新月》主要体现了第一类作者的文学意志，真正在《新月》发挥作用的，也只是第一类。第二类中的胡适起先只是应付性地在《新月》发表几篇考证性质的文章，后来发表了《人权与约法》等政论，文章数量并不多，尽管也曾名列"编辑者"名单，但并未参与《新月》具体编辑事务。第一卷的"编辑者"名单中闻一多排第二，仅次于徐志摩，然而闻一多对《新月》编务"并不热心"，撰稿也不积极，1929年年初离开上海后，基本上与《新月》脱离了关系。

第二部分为第一部分作者在上海的朋友、同事和学生。如徐志摩的同事余上沅，学生方玮德、陈梦家、卞之琳等，以及与罗隆基一样有志于发表政治言论的他的朋友王造时等。

第三部分为文艺观、学术思想和政治主张与《新月》趋同，赞成或支持《新月》的宗旨和主张的文化人。如何家槐、俞平伯、浩文、费鉴照等。

在《新月》杂志中，发文（诗歌1首以1篇计算，文章连载以每期连载篇数计算）9篇（首）以上者有16人，基本上都是新月派主要成员：梁实秋48篇，徐志摩43篇，罗隆基34篇，胡适31篇，沈从文24篇，饶孟侃23篇，陈梦家19篇，潘光旦16篇，闻一多14篇，叶公超14篇，顾仲彝13篇，方玮德12篇，彭基相10篇，刘英士10篇，陈楚淮9篇，余上沅9篇。若按文学作品体裁统计，发表小说较多者有沈从文（22篇）、凌叔华（8篇）；诗歌有徐志摩（21首）、陈梦家（19首）、饶孟侃（18首）、方玮德（12首）、闻一多（9首）、曹葆华（7首）、胡不归（5首）、卞之琳（4首）、沈祖伟（4首）、林徽因（3首）、臧克家（3首）；散文有何家槐（7篇）、徐志摩（5篇）、储安平（4篇）；戏剧有陈楚淮（9篇）、余上沅（7篇）、顾仲彝（7篇）；文学评论有梁实秋（17篇）、徐志摩（5篇）。若按学科统计，《新月》作者呈现出"术业有专攻"的局面，关于这一点，鲁迅曾在文章中指出自己对《新月》作者的印象，他说："徐志摩先生的诗、沈从文、凌叔华先生的小说，陈西滢（陈源）先生的闲话，梁实秋先生的批评，潘光旦的优生学……"①的确，徐志摩等新月诗派的诗，沈从文、凌叔华的小说，梁实秋的文学批评，胡适、罗隆基的政论，余上沅、陈楚淮的戏剧，何家槐的散文（小品文），潘光旦的优生学，彭基相的哲学，费鉴照的外国诗人介绍，叶公超的海外出版界介绍，共同形成了《新月》的专业特色，并奠定了这份杂志在读者心目中丰富多彩的印象。

《新月》在稿件录用方面相对开放，较少采用新月派以外的来稿，不仅于此，《新月》各栏目乃至《新月》发表的各文体、各专业文章的作者，都相对稳定，由此可见，《新月》的作者群基本稳定。以下对《新月》主要作者简况作出分析：

首先，从年龄结构来看，《新月》作者群大致分作三代人。胡适年龄最大，至《新月》时期，他早已是誉满全国的学人，对于其他作者而言，他属于前辈，是为第一代。徐志摩、闻一多、梁实秋、饶孟侃、罗隆基、余上沅、陈楚淮、潘光旦等年龄相近，大致同辈，他们之间或者曾为同窗（如闻一多与梁实秋）、或者在某方面志同道合（如徐、闻、饶等为前期新月诗派），是为第二代。陈梦家、沈从文、方玮德、曹葆华、何家槐等为第三代。然则年龄并未在这三代人之间产生严重代沟，事实上，作为第一代的胡适，与第二代中的多数人有着良好的友谊，比如他跟徐志摩不仅是好朋友，甚至在书信中常以兄弟相称，胡适与罗隆基在《新月》时期的关系也颇密切。更为重要的是，前两代人早年曾留学英美，甚至是校友，《新月》时期他们多数人执教于上海的高校，互为同事，并且大都与第三代存在师生关系，如陈梦家、方玮德、曹葆华是徐志摩的学生。以第一、第二代作者留学英美的受教育背

---

① 鲁迅：《"硬译"与"文学的阶级性"》，《鲁迅梁实秋论战实录》，华龄出版社1997年版，第201页。

景，与第三代几乎不曾出国留学相观照，他们在受教育背景和知识结构方面存在差异，然而第三代却能师承前两代，继续以《新月》为阵地打出自由主义文学的旗号，这呈现了中国自由主义作家之间代代传承的关系。1929年后，随着闻一多、胡适等先后离沪北上，第二代中多数人也相继离开了上海，第三代作者便加入《新月》，不仅成为重要撰稿人，还担负起一些重要栏目的编辑工作，既为《新月》作者群注入了新鲜血液，更使《新月》呈现中兴之势。

其次，从《新月》作者群的职业分布来看，几乎无一例外，全是当时中国第一流大学的教授和学生；身为教授者一般还兼有编办报纸杂志、出版书籍等其他职业，如邵洵美除了创办《金屋月刊》《论语》半月刊，还是金屋书店、时代印刷公司的老板。不过，除了个别人如余上沅曾任上海市政府市长秘书以外，无人是政府官员。这种职业状况，使他们能够比较独立、自主地为《新月》写作。同时也使他们疏远大众，对下层民众的生活缺乏了解，他们的作品不能替广大贫苦百姓代言，《新月》的读者限于具有一定文化程度的知识阶层。

复次，从专业分布来看，除个别人如赵景深学的是纺织学、丁西林是生物学家外，绝大多数是人文社会科学的学人，特别是以从事外国文学、政治经济学、中国文学、哲学研究者居多。

最后，从对政治的热情来看，除了胡适、罗隆基、王造时等少数人热衷议政外，多数《新月》作者对政治冷淡，至少他们对文学的热情远大于政治，甚至不少人有意疏远政治。这一点，应该说，从一定程度上决定了《新月》乃至新月派主要是一个文学刊物或者文学流派，而非政论刊物、政治党派。

（二）《新月》作者的个体命运

尽管《新月》作者围绕该刊聚集成为一个以欧美派知识分子为主体的群体，但这个群体是相当松散的。以《新月》作者群与创造社系列刊物或左联刊物的作者群相比照，《新月》作者群内部很不统一，比较松散。1929年年底《新月》编辑者在《敬告读者》中明确说："我们办月刊的几个人，本来没有什么组织，一直到现在还是很散漫的几个朋友的集合……"① 相去几十年后，梁实秋在一篇回忆《新月》的文章中，也有相同意思的表述②。《新月》作者的这种松散和相对自由，很

---

① 《敬告读者》，《新月》第二卷第六、七期合刊。
② 梁实秋：《忆〈新月〉》，方仁念选编《新月派评论资料选》，第14页。

大程度上放大了这个作者群的内部分化。如上述,《新月》作者中的第一部分,又分为徐志摩、闻一多、饶孟侃、叶公超等纯文学派和胡适、梁实秋、罗隆基等文学功利派。这两派作者之间的差别,直接导致了《新月》办刊色彩由重文学转向重政治,后来又重新重文学,在这个转变过程中,虽然两派人没有互相攻评也不至于水火不相容,却各自为政,而且基本上没有互相配合。比如,梁实秋与鲁迅等左联论战时,就没有得到徐志摩等纯文学派的声援,以致事隔数十年后梁实秋回忆此事,仍旧耿耿于怀,他说当时"我是独力作战,《新月》的朋友并没有一个人挺身出来支持我"①。胡适、罗隆基等发起"人权运动"时,也只有他们几个热衷政论的作者在《新月》上发表政治文章,其他多数作者并不附和。

  实际上,《新月》作者因为对文学和政治的态度不同而分成纯文学派和文学功利派,这一点意味着《新月》作者群的分化是不可避免的。在重文学的徐志摩主编《新月》时期,胡适只在《新月》上发表了几篇学术论文,而在《新月》政治色彩最浓的罗隆基主编时期,徐志摩等同人不仅先后离开上海北上,而且很少为《新月》写稿,以致1931年5月20日罗隆基在给徐志摩的信中抱怨说:"半年来,一多、实秋、英士、子离、上沅、公超、西滢、叔华等先生都没有稿来,你的来稿亦可说太少。"② 叶公超接编《新月》后,文学色彩重归浓厚,胡适、罗隆基等功利派基本上不再为《新月》写稿,不但脱离了《新月》的编辑事务,人也离沪北上。连徐志摩也把精力放在了主编《诗刊》上。可以说,到了叶公超主编时期,先前那批以徐志摩、梁实秋、胡适等为核心的《新月》作者,实际上已经从《新月》分裂出去,仍聚集在《新月》周围维持残局的,主要是陈梦家、梁镇等新月派后起之秀。

  我们现在对《新月》作者群作一个纵向的整体观察,不难发现,大体上从1929年开始,《新月》作者群内部的分化趋势越来越明显。先是闻一多转向古籍研究,基本上退出文坛,随后是《新月》政治色彩变得浓厚,纯文学派和文学功利派的矛盾加剧,接着是被视为新月派精神领袖的胡适举家北迁,将精力转移至编办《独立评论》。1931年年底徐志摩遇难对《新月》、对新月派都造成直接而重大损失,罗隆基辞去《新月》主编之后北上天津,此后致力于政治斗争;而在《新月》上发表大量诗歌的后期新月诗派,大体于1931年后向现代主义转变的倾向

---

① 梁实秋:《忆〈新月〉》,方仁念选编《新月派评论资料选》,第14页。
② 《罗隆基致徐志摩》,虞坤宁编《志摩的信》,第227页。

越来越明显……种种迹象表明，《新月》作者群在分化瓦解，他们分道扬镳，走上各自的人生道路。但他们没有料到的是，曾经的《新月》作者的身份，会使他们此后的个体命运，不可避免地带上了悲剧色彩。

坦率地说，每次想到《新月》作者的个体命运，笔者总是忍不住扼腕叹息。对于那时和当下的多数人来讲，他们就像从浩瀚的夜空划过的流星，虽然曾经发出耀眼的光芒，却在那样一闪即逝后默默无闻，没有引起人们多少注意。没错，他们的曾经存在，如鲁迅所言"于我如浮云！"这，究竟是他们个体命运使然，还是一切早已注定？他们多数人为何只能以昙花一现乃至悲剧收场呢？我们先列举几位英年早逝的《新月》作者。

徐志摩遇难时年仅 35 岁，闻一多遭暗杀时 47 岁，他们的情况乃众所周知，此处不赘述。

梁遇春（1906—1932），福建省闽侯人。1924 年进北京大学英文系，并开始翻译西方文学作品和进行散文创作，署名梁遇春，曾用笔名"秋心""驭聪""蔼一"等。从 1926 年开始，他的散文陆续发表在《语丝》《奔流》《骆驼草》《现代文学》《新月》等刊物上，其中绝大部分收入《春醪集》（1930）和《泪与笑》（1934）出版。1928 年梁遇春大学毕业后任教于上海暨南大学，1929 年返回北京大学于图书馆工作。1932 年因染急性猩红热，猝然病逝，死时年仅 26 岁。

方玮德（1908—1935），字重质，安徽省嗣城县人。1929 年考入南京中央大学外文系，攻读英国文学，对中国李白、俄国托尔斯泰、英国拜伦极为崇拜，从此对文学产生极大的兴趣，倾注全力深究探索，求师访友。与同校学生陈梦家结为诗友，互相切磋琢磨。同年徐志摩应中央大学学长之聘，任外文系教授，讲授欧美诗歌。方玮德深受徐志摩教授的诗作和诗歌理论影响，开始新诗的创作，并发表了许多诗作。1930 年前后，以陈梦家、方玮德等几位新秀为核心，在南京集合了一批诗人，如方令孺、宗白华等，结成"小文会"，互相交流创作经验。这些"小文会"的成员，再加上在《新月》月刊发表诗歌的中央大学学生沈祖牟、梁镇、俞大纲、孙洵侯和积极为《诗刊》撰稿的林徽因、卞之琳、孙毓棠、曹葆华等诗人，形成了新月派诗派第二代诗人，而陈梦家和方玮德两人成为这一诗人群中的重要代表。这段时期的方玮德，驰骋才思，涉笔远阔，诗多俊伟，新诗创作到一个小盛期。然而，因病入膏肓，1935 年夏方玮德溘然长逝，终年 27 岁。

方玮德逝世时，长辈和同辈各人写了哀辞祭文，表示沉重悼念。吴宓写的挽诗："文学家声远，先儒教泽敷。巍然向发祖，卓尔青袍姑。

冢子能承缵,一门足楷模。玉山欣明照,悠悠泪成珠。"北京《晨报·学园》为了悼念方玮德,连刊"玮德纪念专刊"两天,并印成《玮德纪念专刊》单行本。写诗祭文者有:黎宪初《哭玮德》、方令孺《悼玮德》、宗白华《昙花一现》、林徽因《吊玮德》、陈梦家《送玮德》、孙毓棠《送玮德》、闻一多《悼玮德》、卞之琳《纪念玮德》、靳以《纪念玮德》、卢奄构《纪念玮德》、高植《忆玮德》、方璞德《五弟给大碍》、方琦德《追念玮德》、瞿冰森《忆玮德》等。

沈祖牟(1909—1947),又名沈丹来,用过"宗某""萧萧""绿匀""绿匀山馆主人"等笔名,福州市人,世居福州宫巷,为沈葆桢的嫡系玄孙。1925年,与爱国师生集体脱离圣约翰大学后,转入光华大学,曾师从徐志摩。因"旧学根底深厚,使他的新诗一开始就别具一格,深得徐志摩、闻一多赏识"。[①]沈祖牟早期的诗作多数是抒情短章,以生活感受为题材,追求技巧的精湛和感情的纯真。如收入《新月》《诗刊》《新月诗选》的《瓶花》《港口的黄昏》《清晨》《摆脱》《信》等。20世纪30年代是沈祖牟创作的兴盛时期,他的诗作除了发表在《新月》《诗刊》以外,大多发表在福建省的报刊上,如《异军》《文学社》《南天诗刊》《国光日报·纵横》《小民报·新村》《福建民报·南风》等。1932年,他在厦门集资创办《南天诗刊》,并任主编。

沈祖牟在《新月》发表的作品不多,只有四首新诗,但有两首被陈梦家选入《新月诗选》,并在《〈新月诗选〉序言》里赞道:"梁镇、俞大纲、沈祖牟的几首诗,技巧的熟练和意境的纯粹,决不是我们的夸张。""大纲、祖牟全有旧诗的根柢,他们的词藻是相信得过,都是经过拣练的。大纲的诗清,祖牟的诗安稳。"[②]

沈祖牟生前广交文化界人士,除了徐志摩,他还与文学界前辈鲁迅、郁达夫有过交往,与后期新月诗派成员陈梦家、卞之琳、方令孺、方玮德等常有书信来往。1947年10月11日病逝,逝世时年仅36岁。

梁镇(1905—1934),湖南会同县人。1929年毕业于南京中央大学外文系,是闻一多的学生。曾任商务印书馆编辑、国立师范大学讲师。著名的诗有《默示》《晚歌》等,译作有《俄罗斯文学》《从清晨到夜半》。1934年,梁镇病逝,年仅29岁。

[①] 沈祖牟传记资料,详见沈孟璎、沈丹昆《诗人·藏书家·古籍研究家——我们的父亲沈祖牟》,政协福州市委文史资料委员会编《福州文史资料选辑》第二十一辑(文化篇),2002年,第469—478页。

[②] 陈梦家:《新月诗选·序言》,新月书店1931年版,第29页。

除以上早逝的几位《新月》作者以外，新月派还有其他几名重要成员，也是英年早逝。我们不妨把他们与英年早逝的《新月》作者放在一起考察。

朱大枬（1907—1930），重庆巴县人。1923年与蹇先艾、李健吾组织"曦社"，创办刊物《爝火》。1924年入交通大学，1926年参与《晨报副刊·诗镌》编辑工作，在该刊发表诗作，成为前期新月诗派成员。1928年与人合写《灾梨集》，由北平文化书社出版。著名诗歌有《黄河哀歌》《笑》《感慨太多》《落日颂》等。1930年，朱大枬病逝，年仅24岁。

刘梦苇（1904—1926），原名刘国钧，笔名有"梦苇""孟韦"等，湖南省常德市安乡县人。1920年入长沙一师学习，曾与沈仲九等组织无政府主义组织"安社"。1923年发表《吻之三部曲》成名，有诗集《青春之花》《孤鸿》。1926年逝世时仅22岁。

杨子惠（1904—1926），原名杨世恩，新月派早期诗人。他和孙大雨（子潜）为清华大学同班同学，与朱湘（子沅）、饶孟侃（子离）等并称为"清华四子"，都是闻一多、梁实秋为首的清华文学社成员，也都是1925年所办《晨报副刊·诗镌》主要撰稿人。著名诗歌有《她》《"回来了"》《铁树开花》。1926年7月18日杨子惠病逝后，由友人唐亮等搜集其作品结集为《子惠琐集》①。杨子惠逝世时22岁。

朱湘（1904—1933），字子沅，新月诗派著名诗人。安徽太湖人，出生败落之家。父母早亡，由嫂薛琪英和大哥抚养大。1927年清华学校毕业后到美国劳伦斯大学与芝加哥大学留学，攻读西方文学，1930年春回国后任教安徽大学，任外国文学系主任，1932年辞职。1933年自杀，年仅29岁。朱湘有诗集《夏天》《草莽集》和《石门集》，散文集《中书集》《三是集》《朱湘书信集》《海外寄霓君》和《望北斗集》，译著《番石榴集》等，评论《评徐君志摩的诗》《闻一多君的诗》等。

以上英年早逝的"新月"作者，死时最年长的是闻一多（47岁），最年轻的是刘梦苇、杨子惠（22岁），平均寿命28岁，这真是令人触

---

① 关于杨子惠这部《子惠琐集》，似未有人提到过，故这里稍加介绍。据唐亮在序言中说，杨子惠病逝的日期是"今年七月十八日下午四点"，该序末注"唐亮 十五年十二月"，因此可知，杨子惠病逝的准确日期是1926年7月18日，而《子惠琐集》印刷成书的时间是1926年12月左右。据唐亮所言，该集子所收的，主要是杨子惠生前发表在《清华文艺》和《晨报副刊》上的诗作，从该集子目录来看，收诗文共12首（篇），依次为：《安眠》《她》《"回来啦"》《铁树开花》《她》《电杆的归去辞》《赠言》《让我安然归去》《或人的恋爱》《创世纪略》《离国前一日》《热河东陵的旅行》。《子惠琐集》并未公开出版，而只是由杨子惠生前好友子沅（朱湘）、懋德、唐亮"印赠给子惠的亲友以志哀念"。

目惊心！而十人中居然有九人是新月诗派的诗人，其中徐志摩、闻一多、朱湘更是新月诗派的重镇。

与"新月"作者英年早逝同样令人费解的是，曾经在文坛叱咤风云的许多《新月》作者，因为种种原因，后来竟然纷纷放弃文学，改行从事与文学无关的职业。例如：1929年后胡适的议政热情高涨，热衷在《新月》上发表时评和政论；闻一多则转向古籍研究，基本不再涉足文学创作，由此影响了他的学生、新月派后起之秀陈梦家，于1936年后放弃文学致力于古文字研究；饶孟侃、孙大雨后来主要从事英语教育和翻译；林徽因的文学创作热情在20世纪30年代"喷涌"后，沉醉于建筑学；方令孺于20世纪30年代中期后致力于中学教育；沈从文于新中国成立后改行从事中国古代服饰研究，基本上不再有文学新作出现；1949年以后邵洵美晚景凄凉，靠翻译维持生活。

那些1949年以后还健在、仍然进行文学创作的《新月》作者，多数在他们生命的最后一二十年里，命途多舛。在"反右"运动、"文化大革命"中被打成"右派"（如储安平、罗隆基），被批斗、监禁、劳动改造。虽然有少数人支撑着活了下来，后来平反，但多数人没挺过来，他们以各种方式过早地结束了生命（如邵洵美、储安平）。

考察《新月》作者的个体命运，令我们内心无法不阴郁。如果说朱湘等人英年早逝，是当时动荡的社会背景下作家生存条件恶劣使然，那么，那些活下来的《新月》作者放弃文学创作和受到批判，则是因为"新月派"这顶帽子使他们遭受了不能承受的生命之重。

1. 诗人之死，谁是凶手

诗人之死，从来就不是中国文学史的重要内容，却从来都是人们议论纷纷并感到困惑的话题。随便翻开一本诗歌史，就会发现，诗人的生命多从喜剧开始，以悲剧结束。这使我们忍不住追问：诗人之死，谁是凶手？

我们首先注意到，英年早逝的新月诗人，大都在逝世前夕过着经济拮据的生活。刘梦苇、杨子惠的身后事，居然是一班诗友凑钱才得以料理，由此可见其生前的贫穷。徐志摩和陆小曼结婚后，徐志摩的父亲徐申如断绝了对徐志摩的经济接济，而"陆小曼因体弱久病，染上了阿芙蓉癖，加上生活懒散，不理家政，以致日常生活入不敷出"。[①] 徐志摩必须频繁往返京沪两地上课，"到北平后就借住在米粮库胡同胡适家

[①] 赵家璧：《回忆徐志摩和志摩全集——纪念诗人徐志摩逝世五十周年》，《我亲历的文坛往事·忆名师》，人民文学出版社2004年版，第567页。

里","他把在两个大学教书所得,留下三十元大洋外,全部汇沪充小曼家用"。① 1931年6月14日,他在给陆小曼的信中说:"第二是钱的问题,我是着急得睡不着。"徐志摩请求陆小曼节制开销,并说"我靠薪水度日,当然梦想不到积钱,唯一的希冀即是少债"。② 1931年11月1日,他写信给郭子雄说:"我在此号称教书,而教员已三月不得经费,人心涣然,前途黯淡。"③ 发此信的时间,离徐志摩撞机出事之日不到20天,可见他当时经济拮据的狼狈相。何家槐寄了一首诗给赵景深主编的《青年世界》,曾经两次去信向赵景深要稿费。④ 一首诗的稿费能有多少钱?可见他需要钱的迫切!至于朱湘1933年自杀,与他长期找不到工作导致的经济拮据有直接关系。曾和朱湘同在安徽大学教书的苏雪林,在《沉江诗人朱湘》一文里,回忆了朱湘在失业后两次到武汉大学找自己的情形——

> 一日,朱湘忽来珞珈山访我,头发蓬乱,形容憔悴。与在安大时判若两人。坐定,询问近况之下,他嗫嚅其词的说:失业已久,光景异常困难,意欲我介绍他来武大教书。送他走后,即找武大外文系主任方浪商谈此事。方说:是朱湘吗?这人现在神经失常,已成废人。武大初改制时,原想聘他来任外文系主任,他坚决拒绝。现在连一名普通教授,我们都不敢请他了……
> 我没办法,写信答覆诗人说:武大外文系并不缺人,请他另觅发展之地。过了数月,诗人又来了珞珈山。这一次的情形更形潦倒,脸儿又黑又瘦,头发像一蓬乱草,那一身藏青色的敝旧西装大概已进了当铺,身上穿一件破旧布长袍,宽博得与他那瘦削的身体毫不相称,令人不得要想起欧文拊掌录那位村塾先生。我请他到学校合作社吃了一顿便饭,又替他买了一包香烟。他以似乎"抢"的姿势,将那包香烟抢去向怀中一藏,要吸的时候,取出一枝点燃了,余烟仍返怀中。看他那种郑重的样子,实觉可笑。可怜的诗人,不仅三月不知肉味,恐怕也有半年不知烟味哩!
> 饭后返我的住所,他又提起来武大……暂时谋个四五十元一月

---

① 赵家璧:《回忆徐志摩和志摩全集——纪念诗人徐志摩逝世五十周年》,《我亲历的文坛往事·忆名师》,人民文学出版社2004年版,第568页。
② 《致陆小曼》,虞坤林编《志摩的信》,第113页。
③ 《致郭子雄》,虞坤林编《志摩的信》,第344页。
④ 赵景深:《何家槐》,《文坛忆旧》,上海书店影印1983年版,第33页。

的职员干干也好，因为他实在支持不下去了。我只有告诉他，对他实在爱莫能助……诗人闻之，似颇失望。说既如此，我只好到上海去找赵景深，但手中一文皆无，没办法动身奈何？我问他需要多少，我愿意借给他。他只向我要了五十元，请他多拿些，无论如何不肯。诗人的风骨始终是嶙峋的，虽处穷途而不失其志！①

1987年凌叔华回忆说，朱湘投江前曾到武汉大学找过她，当时朱湘"形容憔悴，他嗫嚅其词地表示已走投无路"②。朱湘两次为找工作之事来武汉大学找苏雪林和凌叔华，两次都无功而返，诗人一次比一次穷困潦倒，生活状况一次比一次恶劣。苏雪林、凌叔华笔下的朱湘，与《晨报副刊·诗镌》时期意气风发、狂狷的朱湘，判若两人。

五四运动以降至新中国成立，是风云变幻的三十年，也是战乱频仍、社会动荡不安的三十年。1905年清政府废除科举制度以前，尽管社会没有创造或提供给读书人一个优越的生活环境，可他们至少还可以为了"学而优则仕"的理想去参加科举考试，以之改变命运、改善生活，因而读书人尚能够忍受痛苦。1905年清廷废除科举后，读书人几乎在一夜间失去了奋斗目标，更为重要的是，此后的清廷和北洋政府乃至"四·一二"政变后的蒋介石国民政府，都没有为读书人提供一种稳定、合适的生活条件。特别是，按照20世纪20年代中后期已经初步形成的按字数计算稿酬的办法，那些把主要精力花在写"豆腐干体"新诗的新月诗人，仅靠稿酬，根本无法保障基本的生活。1925年年初在文坛崭露头角的沈从文，靠卖文为生，以致经常捉襟见肘，1928年任教于上海中国公学后，生活才得到改善，但他这份工作很快因为胡适辞去中国公学校长而自动放弃。尽管当时沈从文已是名满全国的青年小说家，可以拿到数目可观的版税，他在经济上却仍然不宽裕，乃至贫困。1928年11月沈从文写信给徐志摩，让新月书店预付稿酬，说："最低程度我总得将我家中人在挨饿情形中救济一下。"又说："因穷于对付生活，身体转坏，脾气亦坏。文章一字不能写。"③可见他当时之穷困状况及贫穷带来的恶劣影响。

---

① 苏雪林：《沉江诗人朱湘》，《文坛话旧》，传记文学出版社1967年版，第80—81页。
② 郑丽园：《如梦如歌——英伦八访文坛耆宿凌叔华》，陈学勇编《凌叔华文存》（下卷），四川文艺出版社1998年版，第966页。
③ 《沈从文致徐志摩》，虞坤林编《志摩的信》，第198页。虞坤林把此信写作日期断为1927年，实误，应为1928年11月4日。

生活在 20 世纪二三十年代的作家，只有少数能在教育、出版等行业找到足以安身、养家糊口的工作，因而多数人面临着经济拮据的生活状况。加上当时动荡不安的社会格局，世道欺诈，君子道消，小人道长，人心由不平而激昂，由激昂而轻生。"新月"早逝作家的轻生，主要表现在两点：一是不爱惜身体，以致体弱多病，如刘梦苇、朱大枏、方玮德都有体弱的痼疾；二是自杀或有自杀倾向，如跳河自杀的朱湘，和本来多病却故意不知自爱而"成天沉溺在烟酒之中"的朱大枏。

自古以来，文人多穷困。赵景深回忆 20 世纪二三十年代文人的生活状况说：

> 文人差不多与穷字是连在一起的……我们的生活比乞丐好不了多少，只是多了一件长衫。战时内地"九十九涨价论"（唯独文章不涨价）正说明了这种情形。现今的稿酬总赶不上排工。①

稿酬是极不稳定的收入，在当时战乱频繁、政局动荡的社会，靠卖文为生的《新月》作者，注定要挣扎在贫困线上。经济拮据加剧生存压力，从而导致生活状况恶劣，严重影响身心健康，这恐怕是"新月"作者英年早逝的重要原因。

倘若说生活状况恶劣，摧残他们的身体，那么，精神压抑、颓废，吞噬了他们的生存意志。据说朱大枏逝世前两年，因为他对现实不满，生活更加颓废，蓄着长发，穿一件长袍，成天沉溺在烟酒之中。② 徐志摩出事前几年的生活，"不仅是极平凡，简直是到了枯窘的深处"。他说："我觉得我已是满头的血水，能不低头已算是好的。"③ 徐志摩于1931 年 7 月 8 日、10 月 29 日写给陆小曼的家信，是"看了会叫人心酸的那种绝望的哀鸣"④。

1982 年，蹇先艾在忆及朱大枏的早逝时感叹地说："万恶的旧社会，就这样扼杀了一个有天才的青年作家。"⑤ 这话自然没有错，但也

---

① 赵景深：《何家槐》，《文坛忆旧》，上海书店影印 1983 年版，第 33 页。
② 参见蹇先艾《记朱大枏》，方仁念选编《新月派评论资料选》，华东师范大学出版社 1993 年版，第 211 页。
③ 徐志摩：《〈猛虎集〉序文》，方仁念选编《新月派评论资料选》，第 309 页。
④ 赵家璧：《回忆徐志摩和志摩全集——纪念诗人逝世五十周年》，《我亲历的文坛往事 忆名师》，人民文学出版社 2004 年版，第 566 页。
⑤ 蹇先艾：《记朱大枏》，第 211 页。

使人不禁要问：生活在"万恶的旧社会"、经济拮据的其他青年作家，为何没有英年早逝呢？看来，经济困窘只是"诗人之死"一方面的原因。

刘梦苇、杨子惠疾病缠身而夭，徐志摩意外事故而亡，朱湘沉江自绝，闻一多遭特务暗杀，在其表面原因之外，有着不足为外人道也的文学方面的原因。我们隐约感觉到，在诗人之死与诗歌创作之间，在肉体的毁灭与文本所体现的思想之间，存在着无可规避的辩证。姑且不说徐志摩遇难前对韩湘眉说起飞机出事后陆小曼作"风流寡妇"的玩笑①，只要看看徐志摩1931年诗作中经常表露出"想飞"的离绝人寰的意识，就可理解后来陈梦家为何把《想飞》一诗视为徐志摩的谶语。而刘梦苇述怀诗中对生的厌倦、对死的向往，读来令人揪心：

> 我对于这世界无所留恋，/人间的关系原本就浅浅。/今生呀，以不了了我心愿，/相见于黄泉之下啊，再见！/呕，呕尽它罢：一切的苦恨，/吐，吐尽它罢：一切的悲愤！/誓不将我这满腹的牢骚，/带了去污辱死后的精灵。(《呕吐之晨》)

刘梦苇生前好友于赓虞，尽管后来疏离了新月派，但他对生的虚无性和死的必然性的深刻体会与追逐，较为典型地体现了新月诗人一度执迷于颓废意识。1930年前，对生的虚无性和死的必然性的反复书写，成为于赓虞这一时期的唯一旨趣。翻开他这时期创作的两本诗集《髅骷上的蔷薇》《魔鬼的舞蹈》，随处可见此意：

> 这宇宙是冷落，空虚之坟墓，好花业已凋零。/走遍了山海，古城，终是惨败于冬风的英雄，/沧海桑田，故官废墟，只是一幕惨变的幻境。(《髅骷上的蔷薇·毁灭》)

刘梦苇的多数诗作，仅从标题就大体可见其旨趣，如《只我歌颂地狱》《空梦》《死》《微笑之尸》《地狱里的春思》。

虽然新月诗人之早逝，仅朱湘属于自杀，因而可资谈论的自杀案例并不多，但是这并不意味着自绝于世的诱惑，不曾影响其他新月派诗人。在新月诗人的作品世界里，当刘梦苇唱着《生辰的哀歌》、于赓虞

---

① 韩湘眉：《志摩最后的一夜》，《新月》第四卷第一期。

沉迷于骷髅幽灵和恶魔的意象,当沈从文回忆着为情殉身的湘西男女,死成为比生更有力的存在方式,尽管这种存在方式往往受到人们误解,它却把批判或探问指向现代中国人神秘的灵魂深处。

闻一多的《也许》《忘掉她》《死》《李白之死》,朱湘的《葬我》《死之胜利》乃至陈梦家的《葬歌》中,都表达了对死的憧憬、对生的鄙弃。就连对自由、爱和理想充满浪漫主义激情的徐志摩,也不例外。1925年诗人与陆小曼热恋时,曾在诗中表示要与情人共赴"死亡之约"。他在遇难前一年写下的《爱的灵感》①中,描述了一个奄奄一息的女子躺在床上,向自己的情人诉说着从恋爱到死亡这一短暂的生命历程。从最初的痴情苦恋到不受时空限制的永恒的爱,其间诗人多次直书自己对死亡与爱情之关系的独特感受:

> 死,我是早已望见了的。/那天爱的结打上我的/心头,我就望见死,那个/美丽的永恒的世界;死,/我甘愿的投向,因为它/是光明与自由的诞生。

这是诗人对"死"的礼赞,对永恒的爱的不惜代价的追求。但是倘若把诗人对死亡的向往仅仅理解为"不惜代价"追求男欢女爱,就无疑将诗人的意旨庸俗化了。在诗里,当那女子把对爱人的爱扩展到永恒时,她的爱上升为具有哲学意义的博爱。她不仅"把每一个老年灾民/不问他是老人是老妇/当作生身父母一样看/每一个儿女当作自身骨血",更关键的是她以自己全身心的爱为基础,将爱情引申到一个与世俗相对的世界。那是一个"爱你,但永不能接近你。/爱你,但从不要享受你"的世界。当她把自己的爱的情感上升到一种神灵的境界时,与之相应的便是对肉体欢娱的鄙弃。年轻女子的恋爱经历了一个心灵蜕变的过程,这一过程以世俗的男欢女爱开始,以肉体的死亡、博爱的永恒为结局,于是死亡被赋予了一种比生更深刻的意义。那就是,死在诗中体现的是一种更为理想的爱的永生,是生命中"真我"的永恒的延续。因此,诗人在此诗结尾写道:

> 现在我/真,真可以死了,我要你/这样抱着我直到我去,/直

---

① 徐志摩:《爱的灵感》,《诗刊》第一期。此诗末注"十二月二十五日晚六时完成",即此诗写于1930年12月25日。

到我的眼再不睁开，/直到我飞，飞，飞去太空，/散成沙，散成光，散成风，/啊苦痛，但苦痛是短的，/是暂时的；快乐是长的，/爱是不死的；/我，我要睡……

与闻一多认为死亡只是"睡觉"、把死写得美丽轻易，朱湘把死写成浪漫而"永久恬静的安睡"不同，在徐志摩的大多数诗作中，爱与死经常相连。从情感的角度看，死是爱的最高形式，从哲学的角度看，死是生存的唯一实在——在这种辩证关系背后，隐藏着徐志摩对人与宇宙、肉体的消失与诗歌艺术的永恒之间关系的思考与探寻。

由于新月诗人普遍抱有向往死亡、厌弃生存的心理，我们就不难理解为何他们多数英年早逝，尽管致使其死亡的直接原因各有不同。而他们这种心理的产生，显然源于现实与理想的激烈冲突。1928年于赓虞曾这样解释自己的诗作"过于哀凄""颓废"的原因：

个人既然是几千年来的现社会的奴隶，但又不甘心，所以在挣扎的搏斗，生出了无名的惨痛的暗影，将灵性慢慢的剥削，图饰，几乎成一架惨色的髅骨。在这样情形之下，又遇着病痛的情爱的袭击，见到梦苇之死，更使我感到生命之空幻，悲惨，人与人之冷漠，高傲，卑劣。因此我成了一个多感的人。[1]

一方面，他们追求完美和理想，另一方面，"个人既然是几千年来的现社会的奴隶，但又不甘心，所以在挣扎的搏斗"，现实的丑恶和理想可望不可即，使他们"生出了无名的惨痛的暗影，将灵性慢慢的剥削，图饰，几乎成一架惨色的髅骨"，他们的心境是很矛盾、痛苦的。多数时候，他们希望通过振奋来消解内心的矛盾和痛苦，于是写下大量热情洋溢、意志高昂的诗歌，但20世纪20年代后期越来越严峻的生活与政治文化环境，迫使他们无法逃避丑恶的现实，他们需要寻求解脱，最终的解脱便是死亡。因此，无论是转至故纸堆中寻求解脱而后重新走出书斋遭暗杀的闻一多，还是爱情道上失意的徐志摩、方玮德，终生挨苦的朱湘，或是贫病交加的刘梦苇、杨子惠，都视死亡为离弃现实的世

---

[1] 于赓虞：《关于三本书》，原载《世界日报副刊蔷薇》第72期，1928年8月7日。收入解志熙、王文金编校《于赓虞诗文辑存》（下），河南大学出版社2004年版，第686—687页。

外桃源，那是他们心目中没有挫折、没有贫苦、没有丑恶的天堂。

2. 体弱多病使作品呈现出病态美，更吞噬了他们年轻的生命

中国文学史里的作家诗人，年少时才华出众却因疾病早夭的例子，可谓不胜枚举——从古代诗人李贺到新月诗派的刘梦苇、朱大枬等，再到因精神错乱杀妻自戕的顾城、卧轨自杀的海子，莫不令人欷歔！当然，有关疾病与文学的关系，自然不是什么新鲜的话题。苏珊·桑塔格在《疾病的隐喻》中，专门分析了将结核病与创造性行为联系在一起的罗曼蒂克成见，认为疾病激活了文学创作意识①。我们从现在来看20世纪20年代，不难发现，感伤、激越的文学空气，为文学青年提供了一种激动不安的主体机制。1931年沈从文在一篇文章中说："把生活欲望，冲突，意识于作品中，由作品显示一个人的灵魂的苦闷与纠纷，是中国十年来文学其所以为青年人热烈欢迎的理由。只要作者表现的是自己的那样一面，总可以得到若干青年读者最衷心的接受。"② 对强烈的精神的追求，似乎成为那时候一种普遍的诗学自觉。同当时其他文学青年一样，新月诗人需要"强大的精神刺激"来创作。"强大的精神刺激"的确带来了文学创作的灵感，因此提升了新月诗派作品的整体文学水平，但也导致了疾病的发作，对于那些本来就体弱多病的作者，情况更是不妙。据不完全统计，新月派中长期体弱多病者，竟然占1/3强！刘梦苇和方玮德因体弱需长期服药，储安平自幼多病，林徽因几次险些因肺病丧命。当然，最重要的不是真实"疾病"的有无，而是"疾病"背后的情绪波动、易感、多思、不安。这种起伏变幻不定的情感，在险恶、困难的社会环境中，容易滋生出无限的挫败、自卑感。在这种心态下写出来的作品，不可避免地呈现出一种病态美。刘梦苇和于赓虞的诗作，可谓典型，他们甚至不厌其烦地刻意在诗中用"孤雁""死神""梦魇""魔鬼"等凄凉、阴森、恐怖的意象，营造悲哀、凄惨的气氛。这的确有点"为赋新词强说愁"。长此以往，他们原本体弱多病的身体，健康每况愈下，竟至丢了卿卿性命！

3. 新月派：不能承受的生命之重

新月诗人因社会和个人体弱多病等原因早逝，破除了我们对于诗歌完美的臆想：诗歌不一定诞生于曼妙的仙境，它有可能诞生于病态的社会、逼仄的角落，诞生于一个困顿而多病的愁苦诗人手中。除此之外，

---

① 苏珊·桑塔格：《疾病的隐喻》，程巍译，上海译文出版社2003年版，第35页。
② 沈从文：《论朱湘的诗》，方仁念选编《新月派评论资料选》，第197页。

还有一个问题需要解决,为什么1929年后越来越多的《新月》作者退出文坛,以致20世纪30年代中期新月派分崩瓦解?笔者认为,原因之一是"新月派"惹的祸。

闻一多、梁实秋很反感被别人称作"新月派"。1932年6月16日,闻一多在致饶孟侃信中,对于青岛大学部分师生加于他(包括梁实秋)的罪名——"新月派包办青大",便有满肚子的牢骚:"没想到新月派之害人一至于此。"1937年7月,当闻一多的学生臧克家去清华园里看望老师,并很"冒险也很勇敢地"劝搁笔多年的闻一多先生再写新诗的时候,闻一多满腹愤慨地爆出一句使听者感到"惊奇"的话:"还写什么诗!'新月派','新月派',给你把帽子一戴,什么也就不值一看了!"臧克家听了此话,先是"恍然",然后"凄然"。① 闻一多为何对自己被戴上"新月派"这顶帽子,如此愤慨?也许熊佛西写于1946年、陈梦家写于1957年、梁实秋写于20世纪60年代的几段话,可以帮我们找到答案。

1946年熊佛西在《悼闻一多先生》一文中说:

> 有些人仅将你看成一位"新月派"的诗人,那就无异说,你是一位专咏风花雪月,而不管人民现实痛苦躲在象牙之塔里的诗人。这我要为你抗议。我认为这是不正确的。你比新月派的诗人伟大,你比他们更爱国,更爱人民,更了解人民。不错,你曾加入过新月社,但你之加入新月社完全是由于你和徐志摩私人的感情关系,你的人格和文格都和他们不相同。你比他们更伟大,更懂得现实,与其说你是新月派的诗人,毋宁说你是爱国派的诗人。②

熊佛西尽力区分闻一多与"新月派的诗人",固然在于他认为"你比新月派的诗人伟大,你比他们更爱国,更爱人民,更了解人民",而这的确也是事实,但在熊佛西眼里,新月派诗人都是"专咏风花雪月,而不管人民现实痛苦躲在象牙之塔里的诗人"。像他这种对新月派的看法,在当时很可能具有代表性。闻一多那么反感被戴上"新月派"帽子,应该与当时人们对新月派的这种看法有关。

1957年陈梦家申辩说:

---

① 臧克家:《海——一多先生回忆录》,《文艺复兴》第3卷第5期,1947年5月。
② 熊佛西:《悼闻一多先生》,《文艺复兴》第二卷第一期,1946年1月。

现在还有人喜欢把过去的招牌挂在别人头上，比如"新月派"诗人陈某某等。我很不愿意别人老把过去的招牌挂在我头上，而且这招牌对于我也不合适，当时我只不过是喜欢写诗，和"新月派"诗人接近罢了。有一些诗人像何其芳等比我更接近"新月派"，却因为他改造了思想，入了党，而不再给他挂这块招牌，我虽然没有入党，也不能老挂着这块招牌。①

20世纪60年代，梁实秋也说：

《新月》不过是近数十年来无数的刊物中之一，在三四年的销行之后便停刊了，并没有什么特别值得称述的。不过办这杂志的一伙人，常被人称作为"新月派"，好象是一个有组织的团体，好象是有什么共同的主张，其实这不是事实。我有时候也被人称为"新月派"之一员，我觉得啼笑皆非。如果我永久的缄默，不加以辩白，恐怕这一段事实将不会被人知道。这是我写这一段回忆的主要动机。胡适之先生曾不止一次的述说："狮子老虎永远是独来独往的，只有狐狸和狗才成群结伙！"办新月杂志的一伙人，不屑于变狐变狗。"新月派"这一顶帽子是自命为左派的人所制造的，后来也就常被其他的人所使用。当然，在使用这顶帽子的时候，恶意的时候比较多，以为一顶帽子即可以把人压个半死。②

在为1980年出版的《新月散文选》作序时，梁实秋又说：

请看这一部《新月散文选》，其中作者就包括了胡适、徐志摩、岂明、废名、郁达夫、陈西滢、叶公超、沈从文、季羡林……等，谁能说这些人属于一个派？稍微有一点自尊心的作者，都不愿被人加上一顶帽子。③

近八十年后的今天，我们无法体会、明了20世纪30年代人们对新

---

① 陈梦家：《作协在整风中广开言路》，《文艺报》1957年6月10日。
② 梁实秋：《忆〈新月〉》，方仁念选编《新月派评论资料选》，第11页。
③ 梁实秋：《〈新月散文选〉序》，雕龙出版社1980年版。

月派的普遍态度，但是从以上闻、陈、梁的陈述来看，这三位公认的新月派深以被称为"新月派"为耻！在他们看来，"新月派"是别有用心的人（如左派）强加给他们的一顶侮辱性的帽子。尽管尚不能断言因此导致闻一多、陈梦家在20世纪30年代退出文坛，但从他们对"新月派"的嫌恶来看，那时他们有意疏远新月派，却是无疑的。由此我们发现，其实自20世纪30年代以降，绝大多数新月派成员都有意或无意地与"新月派"保持距离，这固然一方面是新月派作为一个松散的文学流派所致，但另一方面也不能排除进入30年代后新月派名声不好的消极影响。所谓"新月派名声不好"，就是上引闻一多说的"新月派之害人"、熊佛西说的新月诗派是"专咏风花雪月，而不管人民现实痛苦躲在象牙之塔里的诗人"、陈梦家说的"招牌"、梁实秋之所谓左派恶意的对新月派的批判与指摘。由于资料缺乏，我们很难明确新月派何时、因何原因开始蒙受如此恶名。使我们诧异的是，新月派蒙受指责的理由，竟然与其作品优劣没有关系，而似乎仅仅因为新月派崇尚"纯文学"，疏远社会现实而导致它背负了来自社会的批判和谴责。

至少一定程度上是因为"新月派名声不好"，1930年以后，不少新月派重要成员不仅疏远了与新月派的关系，有些甚至退出了文坛。比如1936年出版《梦家存诗》后陈梦家退出诗坛，而饶孟侃于1930年8月去安徽大学教书，他后来说："这一走不仅与'新月'日益疏远，而且把我的诗性也带走了，因为从这时起，我已很少写诗、译诗，并决定绝不出诗集。""整个三十年代，我只写了两首诗给《学文》月刊。这说明我在刚转入三十年代时已经事实上退出文坛了。"① 类似的还有蹇先艾。1979年10月蹇先艾回忆当初退出诗坛的原因：

> 三十年代，为了糊口，我的时间大部分花费在教书上，并在北京一个图书馆工作，业余学写点小说和散文，从此就停止写诗了。归纳起来，我不写诗的原因有三：一是我发觉我根本没有写诗的才能；二是摸索了几年，我决定不了写新诗到底应当采取什么体裁，也就是说，并没有找到途径；三是"五四"中期和我一起写诗的师友已经凋谢殆尽了。我每每默念陆机的《叹逝赋》中的那两句话"亲落落而日稀，友靡靡而愈索"，也就没有心肠再提笔写新

---

① 南江涛：《"奇迹"诗人饶孟侃》，《成都日报》2006年2月6日。

诗了。①

塞先艾自述的退出诗坛的原因，在新月派中具有代表性。大体从1929年下半年开始，聚集于上海的新月派同人，闻一多、梁实秋、沈从文、方令孺、陈梦家、臧克家等先后赴青岛大学任教或求学，胡适、罗隆基北上，徐志摩穿梭于京沪两地——如此情况，呈现出新月派人事逐渐萧条的景象。1931年年底徐志摩遇难后，新月派同人之间更加疏远，乃至有不少人退出或部分退出文坛。考察他们退出或部分退出文坛的原因，第一是像闻一多、陈梦家那样因为兴趣转移；第二是如前述"新月派名声不好"的影响；第三是生计所迫。1936年4月，塞先艾在《我与文学》中说明自己为何放弃写诗转向写小说，他说：

> 一九三〇年以后，因为生活的转变，家庭的重担挑到肩头上，过着非常单调机械的日子，烟土披里诗意早已逃走无踪；写诗不成，只好以全力来学写小说了。②

此言与塞氏1979年10月的表述"三十年代，为了糊口，我的时间大部分花费在教书上，并在北京一个图书馆工作，业余学写点小说和散文，从此就停止写诗了"相吻合。新月派多数成员生计艰难的情况，前文已述。为了生计，他们当中部分人不得不离开上海乃至放弃文学。

第四，新月文学在1930年代面临内忧外患。所谓新月文学在20世纪30年代面临的外患，指它与主流文学不相宜、受到排斥打压的处境。"内忧"则如塞先艾所言，一是"摸索了几年，我决定不了写新诗到底应当采取什么体裁，也就是说，并没有找到途径"，当时新月文学没有找到一条由古典主义向现代主义过渡的"途径"；二是"'五四'中期和我一起写诗的师友已经凋谢殆尽"，闻一多基本退出文坛、徐志摩遇难以及卞之琳为代表的后期新月诗派又转向现代主义阵营。

由上述，可以想象，闻一多、塞先艾等退出或部分退出新月派时的心情，肯定是无奈而沮丧的。另外一些《新月》作者，如沈从文、林徽因等，虽仍然活跃在20世纪三四十年代的文坛，但进入50年代之

---

① 塞先艾：《我与新诗——"五四"琐忆之三》，《山花》1979年第12期。
② 塞先艾：《我与文学》，中国现代文学馆编《塞先艾代表作》，华夏出版社1999年版，第325—326页。原载于1936年4月初版的《城下集》（上海开明书店出版）。

后，也相继放弃了文学创作，转向其他行业。1980年11月24日沈从文在美国纽约圣若望大学讲演时，以肯定的语气澄清外界传说他放弃文学是因为"在新中国成立后，备受虐待、受压迫，不能自由写作"，他说："这是不正确的。"他说自己在新中国成立以后放弃文学，是因为"我不能适应新的要求，要求不同了，所以我就转到研究历史文物方面"。① 虽然如此，我们仍然不能忽略1940年代后期主流文学对于"新月派"沈从文的指责（如郭沫若对沈从文的点名批判）、1949年年初北京大学学生贴出标语"打倒新月派、现代评论派、第三条路线的沈从文"②，以致沈从文割腕、吞煤油自杀（未成），当然也不应该忽视20世纪80年代沈从文作为著名现代作家被"发现"以前，埋没了近30年的原因。

也许1957年饶孟侃在作协整风运动中写下的这段话，会给我们带来更多对新月派个体成员命运的思考和启示，同时也有助于我们管窥当年新月文学受到排斥打压的处境：

> 在重庆的刘盛亚通知我有个军委的同志要来看我，并约好了时间，但那天一直等了很久，那同志没来。后来刘盛亚说是被川大副校长谢文炳挡回去了，他说我是"新月派"的骨干分子，一脑子封建思想。在重庆文艺界开会，我一发言，甚至把录音机都放在我的身边，给我的压力很大。
>
> 我到北京后参加了国庆观礼，写过一首诗给陈梦家、罗念生等同志看过，据说这首诗又传给别的诗人，结果下落不明。我同党没有什么界限，我希望党群之间不要有什么界限。③

在"压力"之下，很多曾经的"新月派"（《新月》作者）希望摘下"新月派"这顶帽子。

虽然1930年代中期以后，不少《新月》作者不仅离开了《新月》、退出或部分退出了文坛，但是在1949年社会转型之际，《新月》作者中绝大多数人却选择留在大陆，只有胡适、凌叔华、梁实秋等少数人寓居海外或随国民党去了台湾。这个现象值得深思。当时他们绝大多数人

---

① 沈从文：《从新文学转到历史文物》，《新文学史料》1982年第1期。
② 李扬：《沈从文的最后四十年》，中国文史出版社2006年版，第44页。
③ 饶孟侃：《作协在整风中广开言路》，《文艺报》1957年6月10日。

具备离开大陆的条件，但他们没有离开。他们对于时局的变化有自己的看法，对于国民党和即将掌握全国政权的共产党也有清晰的认识。不论他们留下来是出于什么样的动机，他们毕竟留下来了，仅此一点，就没理由怀疑他们对国家的赤诚、对新生的共产党领导下的政府的期望和信心。①

令人遗憾的是，他们对国家的赤诚和对新中国的信心，并没有得到当权者的理解。具体说，他们被当权者误解乃至曲解，以致"反右运动"期间，因为曾是新月派，他们当中多数人被打成"右派"。林徽因于1955年4月1日病逝而得以幸免，逝世前却也因为与梁思成一起遭受全国建筑界批判而"凄凉不堪"，以至最后拒绝吃药②。连已经基本上退出文坛、专心致志研究古代服饰的沈从文，也被北大学生贴上"打倒现代评论派、新月派沈从文"的大字报。罗隆基和1957年提出"党天下"的储安平被打成"大右派"。到了1966年"文化大革命"爆发，邵洵美、陈梦家、储安平等曾经的《新月》作者，选择自杀来表达自己被误解的抗议③，他们用生命捍卫尊严④。

---

① 试举一个耐人寻味的对比：人民解放军准备攻取北平城前夕，蒋介石派飞机到解放军的清华园投炸弹；而毛泽东却亲自起草急令，派代表登门请求梁思成、林徽因夫妇在地图上标出北平重要的古建筑，以便攻城时避免炮火。据说解放军走后，梁思成、林徽因夫妇激动得紧紧拥抱，欢呼懂文化的"义师"来了！蒋介石、毛泽东对待文化（如北平古建筑）的不同态度，无疑是林徽因等新月派留下来的重要原因。1949年1月30日林徽因致信沈从文的夫人张兆和，谈及清华园的气氛："这里的气氛和城里完全两样，生活极为安定愉快……人人都是乐观的，怀着希望照样工作。"（陈学勇编《林徽因年谱》，《林徽因寻真——林徽因生平创作丛考》，中华书局2004年，第276页。）
② 陈学勇编：《林徽因年谱》，《林徽因寻真——林徽因生平创作丛考》，第291页。
③ 1966年储安平失踪后，他的生死成谜。1998年5月，国内最早研究储安平的学者谢泳在《储安平评传》中写道："关于储安平的死，现在还是一个谜，他的家人也不知道他的最终结局，我曾和他的女儿说起过这件事，她也说不清楚。有人说他是在北京一个地方跳河死了，还有一种说法是他在天津跳海了，也有说他是在青岛跳的海，也有人说他在新疆改造时，逃到苏联去了，前几年还有人写文章说他没有死，而是在江苏某地一个山上当了和尚。这些说法，都是传说，没有一点文献材料为证。所以我们现在只能说，储安平是不知所终，我个人以储安平的个性和他的经历推断，他是有自杀可能的。"（谢泳：《储安平评传》，《储安平：一条河流般的忧郁》，中国青年出版社1999年版，第59页）考虑到1958年被打成"大右派"后，储安平面临自身和家庭的变故，精神崩溃，曾几次企图自杀这一事实，笔者赞同谢泳关于储安平1966年自杀身亡的推断。
④ 1966年8月24日傍晚，陈梦家在被"斗争"后，离开考古所，来到住在附近的一位朋友家中。他告诉朋友说："我不能再让别人把我当猴子耍了。"当晚他写下遗书，服大量安眠药自杀。由于安眠药量不足，他没有死。十天后（9月3日）陈梦家自缢而死。

《新月》作者之死，特别是以各种方式自杀，在旁人看来，大抵都是悲剧。当年朱湘投江自沉后，梁实秋说："诗人活着时是一则笑话，死后能成为神圣的也很渺茫。"仅就梁实秋此言来看，仿佛朱湘沉江就是为了"成为神圣"。所谓"成为神圣"，暗指屈原因沉江"尸谏"而流芳百世。尽管朱湘自沉江河确实因为生活遭遇绝境，但其从容就死，不是效仿屈原，也不是单纯的解脱，而是为了让自己的生命之诗有一个悲壮辉煌的结句！

　　然而，那些不曾自杀的《新月》作者尤其新月诗人，为什么总是命运多舛？为什么越是敏感多思、心灵丰富的作家，越是容易过早地走上那条不归路呢？

　　倘若对新月派的历史作一个纵向观察，可发现，自从它跻身中国现代文坛之日开始，这个作家群体的心灵就是芸芸众生中最敏感的，他们甚至一生都沉浸在生与死的潮水中，体验着对死的恐惧或渴慕、对生的厌恶与离弃，这加剧了他们遭受误解和打压的处境，又因为新月派以"革命文学"对立面出现、曾经公开与左联作家论战，就更能见出这一个流派迅速分化瓦解乃至《新月》作者的悲剧性命运。

第四节　《诗刊》若干出版问题考述

一　创刊缘由

　　关于《诗刊》季刊创刊缘由，徐志摩的说法有些含糊，他先是简略回顾了《晨报副刊·诗镌》的创办，认为《晨报副刊·诗镌》是《诗刊》的前身，又说当初的"那一点子精神"，"是值得纪念的"，接着写道："现在我们这少数朋友，隔了五六年，重复感到以诗会友的兴趣，想再来一次集合的研求。因为我们有共同的信念。"① 也就是说，他们创办《诗刊》的缘由，是为了继承《晨报副刊·诗镌》的"那一点子精神"，想再来一次对新诗的"集合的研求"。这个创刊缘由，有些空泛，尚不能使我们明白《诗刊》创刊的具体原因。

　　刘群在其博士学位论文中提出："从时间上看，《诗刊》是在《新月》'行进'过程中出世的"，因而"它的诞生显然与《新月》办刊方

---

① 徐志摩：《序语》，《诗刊》第一期，1931年1月。

向的改变这一背景不无关联"。① 这一说法指涉了《诗刊》创刊与《新月》办刊方向改变之间的微妙关系，遗憾的是，刘群没有指出"《新月》办刊方向的改变"具体何指。从上下文看，他所指的，应该是1929年后《新月》脱离文艺方向、热衷于谈政治。但徐志摩因为对《新月》谈政治不满而萌发另办刊物的想法，不是在热衷谈政治的罗隆基主编时期，也不是在梁实秋主编时期，而恰好是在徐志摩本人主编时期。1929年7月21日，徐志摩在给学生李祁的信里流露出"'新月'诸公皆热心政治，似不屑治文艺，我亦不便强作主张"的无奈与失落，不由"颇想另组几个朋友出一纯文艺期刊"。② 最迟在徐志摩写这封信时，他已经产生了"颇想另组几个朋友出一纯文艺期刊"的念头，而梁实秋主编《新月》开始于1929年9月、罗隆基主编《新月》始于1930年4月，这说明，徐志摩最初萌发在《新月》之外另办纯文艺刊物的念头，与梁实秋、罗隆基主编《新月》无关，但与梁实秋、胡适有直接关系。徐志摩在那封7月21日写给李祁的信中说，"我编《新月》，早已不满同人之意"，他还举了两个例子。例子之一是梁实秋对徐志摩编发的外稿《观音花》"大谓不然，言与《新月》宗旨有径庭处，适之似亦附和，此一事也"。另一个例子是，"《X光室》及译文我一齐送登二期，梁君又反对，言创作不见其佳，译文恐有错处……胡先生亦谓《X光室》莫名其妙"。徐志摩虽然没有就这两件事与梁、胡争辩，但心里很不满，"适《新月》董事会另有决议，我遂不管编辑事"。③

翻看1929年7月21日之前出版的《新月》，我们容易发现，《新月》谈政治，最先开始于第二卷第二期（实际于1929年5月下旬出版），这一期《新月》上刊登了后来引发"人权运动"的胡适撰写的《人权与约法》以及罗隆基的《专家政治》。此后，连续几期《新月》至少刊登一篇他们二人的政论文章。值得注意的是，第二卷第二期之后几期，《新月》的编辑者名单由徐志摩、闻一多、饶孟侃改成了梁实秋、叶公超、潘光旦、饶孟侃、徐志摩，徐志摩的名字由排最前，变成排最后，这种"编辑者"名单的变化，显示出新月派中热衷于谈政治者开始掌握《新月》编辑权，而主张文艺者开始淡出《新月》的编辑

---

① 刘群：《新月社研究》（博士学位论文），第258页。
② 《致李祁》（一九二九年七月二十一日），韩石山编《徐志摩全集·第六卷书信》，第59页。
③ 同上书，第58—59页。

工作。第二卷第五期《新月》出版后，徐志摩干脆辞去了《新月》编辑职务。

我们将《新月》从第二卷第二期开始刊登政论，同徐志摩在编辑者名单中排名的变化结合起来看，可以断定，徐志摩那个打算在《新月》之外另办纯文艺刊物的念头，与此有直接关系。然而，徐志摩说的"'新月'诸公皆热心政治，似不屑治文艺，我亦不便强作主张"，除了指《新月》开始变成政论性、非文艺期刊，应该还指胡适等人开始"热心政治"，他们不仅在《新月》上发表政论，还组织了一个以讨论时局为主的平社，这使专注文艺的徐志摩感到失望，"颇想另组几个朋友出一纯文艺期刊"。当然，此时徐志摩还只是想到要另出版一份"纯文艺刊物"，他的想法尚不具体，比如，出版什么内容为主的文艺期刊？以什么作刊名？他没有想法。事实上，1929年至1931年，徐志摩在这段时间过得很不愉快，与陆小曼婚后的日子可以说是"深蕴着'不足与外人道'的苦闷"。为了贴补陆小曼的高消费生活，徐志摩身兼中华书局的编辑及两校教席，每个星期往返于京沪路上，为家庭生计而奔波焦虑。一向对待生活热情如火的徐志摩禁不住发出了自己这两年的生活"不仅是极平凡，简直是到了枯窘的深处，跟着诗的产量也尽'向瘦小里耗'"①的悲叹。要不是在南京中央大学，徐志摩结识了曾受惠于闻一多的就读该校的年轻诗人陈梦家、方玮德，也许他那个"另组几个朋友出一纯文艺期刊"的念头，永远不会付诸实施。他这样叙述陈梦家、方玮德对于振兴他的"诗心"和编办纯文学刊物《诗刊》的促进作用：

> 要不是去年在中大认识了梦家和玮德两个年青的诗人，他们对于诗的热情在无形中又鼓动了我奄奄的诗心，第二次又印《诗刊》，我对于诗的兴味，我信，可以消沉到几乎完全没有……我希望这是我的一个真的复活的机会。②

1931年秋天，陈梦家带着"令孺九姑和玮德的愿望"③到上海，告诉徐志摩，他们想要再办一个《诗刊》，于是徐志摩"另组几个朋友出

---

① 徐志摩：《〈猛虎集〉序》，韩石山编《徐志摩全集·第三卷散文(3)》，第394页。
② 同上。
③ 陈梦家：《纪念志摩》，《新月》第四卷第五期。

一纯文艺期刊"的念头,有了"一个真的复活的机会",他顿时"乐极了,马上发信去四处收稿",连不写诗的叶公超都接到了他信心百倍的来信,宣称"诗刊已出场,我的锣鼓敲得不含糊"。

以上所述,需要强调一点,即《诗刊》的创刊有三点须注意的背景,一是新月派成员胡适等热衷政治并在《新月》发表政论,使徐志摩早在1929年7月就已有在《新月》之外另办一份纯文艺刊物的愿望,但徐此后两年疲于为生计奔命,未能如愿;二是陈梦家、方玮德"鼓动了"徐志摩"奄奄的诗心";三是陈梦家、方玮德、方令孺等想办一个《诗刊》。综合这三点,我们可以说,《诗刊》创刊是徐志摩和陈梦家等"小文会"① 不谋而合、一拍即合的结果。

二 创刊经过

1930年秋天,陈梦家到上海和徐志摩商定创办《诗刊》后,立即着手创刊号稿件的征集。在这方面,陈梦家、邵洵美、徐志摩出力最多,又以徐志摩最为积极。他"乐极了,马上发信去四处收稿",闻一多、叶公超、梁实秋等写诗和不写诗的新月派诸位,都收到了他直接或转达的约稿信。

所谓"大军未行,粮草先行"。《诗刊》创刊尚在筹备中,徐志摩、陈梦家等筹办者,先在报刊上刊登了《诗刊》创刊的广告。1930年10月24日,徐志摩给时任青岛大学外文系教授兼主任的梁实秋去信:"《诗刊》广告,想已瞥及,一多兄与秋郎不可不挥毫以长声势。不拘短长,定期出席。"② 笔者曾以为,此信中提到的"《诗刊》广告"登在《新月》上。经查,刊登《诗刊》广告最早的一期《新月》,是第三卷第四期。这一期《新月》未注明出版时间,不过这一期发表的胡适的《从拜神到无神——〈四十自述〉的第三章》文末标注该文写毕时间为"十九,十二,廿五",即1930年12月25日;又,同期发表的陈梦家的诗《再看见你》,也标注了写作时间"十九年十一月二十五夜",即1930年11月25日。也就是说,刊登《诗刊》广告的第三卷第四期《新月》,是在1930年12月25日之后出版的。因此,徐志摩在信中提

---

① 陈梦家在《〈玮德诗文集〉跋》中说:"其时徐志摩先生每礼拜来中大讲两次课,常可见到玮德和九姑令孺女士和表兄宗白华先生也在南京,还有亡友六合田津生兄,我们几个算是小文会,各个写诗兴致正浓,写了不少诗。"(收入方玮德《玮德诗文集》,时代图书公司1936年版;或上海书店影印本1992年版,第175—176页)
② 《致梁实秋》,虞坤林编《志摩的信》,第379页。

到的"《诗刊》广告",应当刊登在 1930 年 10 月 24 日前的其他报纸杂志上。通过前述徐志摩致梁实秋信的内容来看,此时徐尚为《诗刊》向梁实秋、闻一多约稿,纸故"《诗刊》"广告是《诗刊》创刊的预告,不包含创刊号目录。在报纸杂志上刊登《诗刊》创刊预告,对于吸引读者及文坛注意,扩大刊物影响,是有益的,也是必要的。

到 1930 年 11 月,《诗刊》创刊的筹备基本就绪,但直到月底仍未出版,其中一个重要原因,就是闻一多的稿件未到。徐志摩只好再次致信梁实秋,并请梁代为催促闻一多赐稿。信中说:

> 《诗刊》以中大新诗人陈梦家、方玮德二子最为热心努力,近有长作亦颇不易,我辈已属老朽,职在勉励已耳。兄能撰文,为之狂喜,恳信到即动手,务于至迟十日前寄到。文不想多刊,第一期有兄一文已足,此外皆诗……一多非得帮忙,近年新诗,多公影响最著,且尽佳者,多公不当过于韬晦,《诗刊》始业,焉可无多,即四行一首,亦在必得,乞为转白,多诗不到,刊即不发,多公奈何以一人而失众望?兄在左右,并希持鞭以策之,况本非驽,特懒怠耳,稍一振厥,行见长空万里也。①

徐志摩认为,在创刊号上刊登闻一多的诗作,对《诗刊》来说至关重要,"多诗不到,刊即不发"。12 月 19 日,徐志摩终于盼来了从青岛寄来的诗作,立即给梁实秋写信表达喜悦之情:

> 十多日来,无日不盼青岛的青鸟来,今早从南京归来,居然盼到了(指收到了梁实秋从青岛寄来的讨论新诗的信——引者按)。喜悦之至,非立即写信道谢不可。《诗刊》印得成了!②

由于收到了梁实秋的文章,而且从梁实秋处得知闻一多写下了长诗《奇迹》,徐志摩"喜悦之至",并让闻一多电汇《奇迹》,如此,《诗刊》自然"印得成了"——1931 年 1 月 20 日,《诗刊》创刊号出版。

对于徐志摩等创办《诗刊》,新月派中凡是写新诗或对新诗有研究的人,基本上都是支持、鼓励的。梁实秋虽不是诗人,却也以通信形式

---

① 《致梁实秋》,虞坤林编《志摩的信》,第 380 页。
② 同上书,第 383 页。

写了《新诗的格调及其他》一文交付《诗刊》发表；叶公超没有直接给《诗刊》赞助稿件，但是他肯定了徐志摩为《诗刊》"拉稿的本领""不含糊"。闻一多的态度，却容易给人不积极、反应冷淡的印象。徐志摩说："一多竟然也出了《奇迹》，这一半是我的神通之效，因为我自发心要印《诗刊》以来，常常自己想，一多尤其非得挤他点儿出来，近来睡梦中常常捻紧拳头，大约是在帮着挤多公的《奇迹》。"① 言外之意，闻一多交给《诗刊》的诗作《奇迹》，是他徐志摩"挤出来的"。徐志摩这话误解闻一多了。其实，《诗刊》的创办尤其是陈梦家、方玮德等年轻诗人的不俗表现，让早已埋首古籍的闻一多按捺不住自己久违的诗情，他的兴奋甚至并不亚于徐志摩。闻一多不但自己"花了四天工夫，旷了两堂课"，"破例"写出了令人"回肠荡气"，"不仅是他三年来的唯一的诗作，也可说是他最后的一篇"长诗《奇迹》，鼎力支持《诗刊》创刊号，而且他于1930年12月10日在给朱湘、饶孟侃的信中，更是起劲督促新月诗人集合做成"新诗的纪念月"，为"新诗坛过一个丰富的年"，声称自己写完了这首诗，还想继续写，说不定自己"第二个'叫春'的时期就要到了"。② 《诗刊》刊登了陈梦家的十四行诗（Sonnet，闻一多译为"商籁体"）《太湖之夜》一诗之后，闻一多认为其"初次的尝试还不能算成功"，于是又在1931年2月19日给陈写信，阐发了自己对商籁体的重要看法。可见，虽然1929年后闻一多埋头于古籍研究，却并没有忘却诗歌。再加上受"《诗刊》复活的消息"的鼓舞，"三年不做诗的一多，也鼓起兴致写了一首《奇迹》"。

1931年1月20日，共86页的《诗刊》季刊创刊号在上海面世，版权页上印着：

> 每季出版一册，每册三角五分，全年一元四角，与《新月》月刊连定者每年一元，出版者诗社，发行者上海新月书店。

创刊号由陈梦家、邵洵美、徐志摩组稿，孙大雨、邵洵美、徐志摩负责编选，陈梦家与新月书店职员萧克木负责校对。这一期发表的诗文有：具有创刊词性质的《序语》1篇，诗歌18首，诗论1篇。

---

① 《致梁实秋》，虞坤林编《志摩的信》，第384页。
② 《致朱湘、饶孟侃》（1930年12月10日），《闻一多选集》第二卷，四川文艺出版社1987年版，第709—710页。

创刊号为 24 开本，封面套红印刷，其正面是一名端坐的裸体女子，上端则有一只回头放声歌唱的夜莺，这个封面图案的设计和《诗刊》的美编均出自上海滩有名的画家张光宇、张振宇兄弟之手，是邵洵美请来的。有论者把这个封面，与徐志摩所宣称的下面这一段话联系起来：

> 我只要你们记得有一种天教歌唱的鸟不至呕血不住口，它的歌里有它独自知道的别一个世界的愉快，也有它独自知道的悲哀与伤痛的鲜明；诗人也是一种痴鸟，他把他的柔软的心窝紧抵着蔷薇的花刺，口里不住的唱着星月的光辉与人类的希望，非到他的心血滴出来把白花染成大红他不住口。他的痛苦与快乐是浑成的一片。①

这位论者因此得出一个见解：

> 可以想见，《诗刊》让"新月"诗人们重新聚集一处，再次在诗的国度里扬起鼓涨的风帆，他们"在相似或相近的气息之下察着同样以严正态度认真写诗的精神"，不但抒写"一个故事，一点感想"，更给予人们"一片霞，一园花，有各样的颜色与姿态，具有各样香味，作各种变化，是那么细碎又是那么整个的美"。②

笔者赞同论者的上述见解。不过，笔者还认为，《诗刊》封面所绘回头放声歌唱的夜莺，是对上引徐志摩宣称的那一段话的直观表达。在英美国家，夜莺作为一种叫声婉转优美的鸟，常被比喻成诗歌的化身，因而徐志摩以夜莺比喻诗人，与《诗刊》封面上的夜莺相互呼应。此外，我们又想起了《新月》的封面，是深蓝的夜空中挂着一轮金黄的满月——《新月》和《诗刊》这两种主要由徐志摩创办的新月派传媒，它们的封面都以夜晚为背景。从《新月》"那纤弱的一弯分明象征着，怀抱着未来的圆满"，到"希冀（《诗刊》）早晚可以放露一点小小的光"，他们对当时文坛如黑夜般的混乱，对诗歌光明的未来的憧憬与自信，从《新月》和《诗刊》的封面设计，可窥一斑。

---

① 徐志摩：《〈猛虎集〉序文》，方仁念选编《新月派评论资料选》，第 310 页。
② 刘群：《新月社研究》（博士学位论文），第 261 页。

三　编辑出版情况

尽管《诗刊》印行后，"我们当时竟连能否继续一点都未敢自信"，第一期却"似乎颇得到读者们的一些同情的注意"[1]，销路不错，稍后还出了再版。这种销路不错的状况，一直延续到第二期。不过，由于刊登了梁宗岱从德国寄来的万余言的长篇诗论，《诗刊》第二期"凭空增加了不少的页数"，再加上虽然通货膨胀导致纸价和排印费上涨，《诗刊》却不能相应提价，同时"又得要精印封面考究纸张"，订全年又是特价，于是第二期《诗刊》的出版不得不做了赔本的生意，卖到4000本都还难以弥补亏空，因此付印后，负责《诗刊》发行的新月书店经理和总编辑都曾向徐志摩提出"口头的抗议"，建议"此后的篇幅非得想法节省一点"[2]。

为了保证《诗刊》能生存下去，徐志摩不得不听从新月书店方面的意见，这样一来，《诗刊》篇幅限制与大量录用稿件之间产生了矛盾，这个矛盾使他忍不住在第三期"叙言"中大倒苦水——《诗刊》已经在读者中引起了广泛关注，虽然是同人刊物，却也引来了来自国内如黑龙江、四川、广东等地的投稿，甚至还有日本、法国、德国等国外来稿。面对大量优秀来稿，权衡再三，主编徐志摩只好放弃了约定的散文稿，保留了"不能再有删弃"的新月诗人的一千三百行诗歌，即便如此，第三期《诗刊》也厚达一百多页。对此，他说："书店即使亏本，我们也只能转请他们原谅的了。"[3] 毕竟是一介书生，在文学理想与经济利益发生冲突时，他选择牺牲经济利益来维护文学理想。这种书生气，恐怕是新月派系列刊物都办不长久的一个重要原因。

《诗刊》第一、第二期绝大部分版面刊登新月诗人的诗作，每期只有一篇诗论文章，为了弥补这一缺憾，主编徐志摩计划在第三期"让出一半或更多的地位来给关于诗艺的论文"，约定的作者既有五四白话诗的鼻祖胡适、新月派文艺理论家梁实秋，更有新月诗论的老将闻一多，甚至还有徐志摩十分赏识的孙大雨和梁宗岱等。他还表示欢迎外来稿件，"同时我们更希望有外来的教益"。《诗刊》是同人刊物，虽然徐志摩宣称"我们更希望有外来教益"，实际上，从《诗刊》目录上的作者来看，几乎清一色是新月派，因而徐志摩此言流于一种姿态，并没有付诸实践。

---

[1] 徐志摩：《前言》，《诗刊》第二期。
[2] 徐志摩：《叙言》，《诗刊》第三期。
[3] 徐志摩：《前言》，《诗刊》第二期。

如果收到的"关于诗艺的论文"有"相当的质量",则打算出版一本"论诗的专号"。对于这个打算,徐志摩是认真的,他甚至列出了八个论文题材。列举论文题材,既是对"诗论专号"内容的限定,更是诗歌讨论方向的引导。这说明徐志摩打算有意识地推进后期新月诗派理论的发展。再从这八个题材所涉及的范围看,既有诗人的创作经验,也有关于新诗形式的继续探讨,还有新诗如何对待旧诗传统、如何处理新诗与散文的关系等。可以预料,一旦面世,这将是一本集新月诗论之大成的具有很高价值的诗歌理论专刊。遗憾的是,1931 年 11 月 19 日徐志摩因飞机失事逝世,出版"诗歌论专号"的计划,成了永远停留纸面的设想。

有研究者认为,1931 年 9 月徐志摩将《诗刊》编辑工作移交陈梦家、邵洵美负责①。而笔者认为,徐志摩并没有把编辑工作交给邵洵美或陈梦家,其理由如下:

第一,《诗刊》第三期版权页标明"二十年十月五日出版",也就是说,第三期直到 1931 年 10 月 5 日才出版;而刊登在这期的《叙言》是徐志摩撰写的,从其内容可知,这期由他主编。因此,直到 1931 年 10 月 5 日第三期出版,徐志摩并没有把主编移交其他人。

第二,1931 年下半年,由于任教于北京大学等高校,徐志摩多数时间住在北平,虽然数次回上海探亲,但他继续从事《诗刊》编务工作已多有不便。正是考虑到这点,徐在《诗刊》第三期《叙言》公布了两个收稿人和通信地址,第一个是"邵洵美 上海二马路中央大厦一九号",第二个是"徐志摩 北平米粮库四号"。直到第三期才公布两个收稿人和通信地址,这足以说明:直到第三期出版之后,邵洵美才开始负责接收来稿。(倘若在此之前邵洵美收到来稿后转寄徐志摩编辑,则与其如此颇费周折,又何必公布两个收稿人和通信地址呢?)那么,邵洵美有没有参与编辑?据目前的资料,他应该没有。一是因为邵洵美忙于经营时代图书公司,二是徐志摩很看重《诗刊》,而且常回上海,没必要让其他人过多参与编辑事务。至于为何第三期《叙言》中公布

---

① 近年来有研究者认为,徐志摩把《诗刊》编辑权交给陈梦家、邵洵美的时间是 1931 年 9 月(参见王俊义《论新月诗人陈梦家》,硕士学位论文,导师付中丁,内蒙古师范大学,2004 年,第 3 页)。倘若此时间无误,则意味着 1931 年 10 月 5 日出版的《诗刊》第三期由陈梦家、邵洵美主编。但是,从徐志摩发表在第三期《诗刊》的《叙言》来看,负责这一期编务的,主要还是他本人,也看不出他有把《诗刊》编辑权交给陈梦家等人的意思。

了邵洵美的通信地址，则是因为当时长住上海而较有地位和影响的新月同人，几乎只有他——是时胡适在北平，闻一多、梁实秋在青岛。这也说明：直到第三期出版之后，徐志摩仍旧没有把《诗刊》移交陈梦家主编。否则，他为何不公布陈梦家的通信地址？

第三，1931年12月，陈梦家在为《诗刊》第四期撰写的《叙语》中说："三期的《诗刊》刚露出一点嫩芽，对花园起始照管的人听了上帝的昐咐飞上天去，他在那里？"所谓"对花园起始照管的人"，就是徐志摩。也就是说，按照陈梦家的说法，"三期的《诗刊》刚露出一点嫩芽"，徐志摩就死了（"听了上帝的昐咐飞上天去"）。此说颇可疑。倘若陈梦家所说无误，则直到徐志摩遇难的1931年11月19日，《诗刊》第三期尚未编辑就绪（"刚露出一点嫩芽"）。实际上这是不可能的，因为第三期已在徐志摩遇难一个月以前出版。由此也可推断，陈梦家话中的"三期的《诗刊》"有误，应为"四期的《诗刊》"。也就是说，陈梦家那句话，不能证明他承担了第三期的编辑工作。

第四，徐志摩在为第三期撰写的《叙言》中，只提到了目录中排名较前的孙大雨、林徽因、陈梦家、卞之琳的诗作，而对于排在较后的程鼎兴、梁宗岱的诗作不置一辞。特别是梁宗岱，虽然徐志摩在为《诗刊》创刊号撰写的《序语》中透露出对他的重视，但徐竟然对梁在第三期发表了五首风格独特的诗不置一辞，这是令人诧异的。合理的解释是，程鼎兴、梁宗岱的诗作都是在徐志摩这篇《叙言》已经写好后加进《诗刊》的。类似的情况，在第二期也出现过，乃至在现代文学期刊中都是常见的。

徐志摩逝世后，《诗刊》勉力出版了第四期亦即最后一期（1932年7月30日出版），由陈梦家编辑并撰写了《叙语》，封面则是戴着标志性黑框眼镜的徐志摩漫画像，内页还有徐志摩的一幅遗像。由于"稿件关系和付印期的急迫"，原定的"志摩专号"变成"志摩纪念号"，又由于"中日事变的发生"，新月诗人不可避免受影响，"心神不得安定，一时都没有新的制作"，只好将存稿22首（篇）同期发表。

《新月》第四卷第四期（1932年11月1日出版）刊登了《诗刊》第四期的出版广告，以醒目的字体标明"编辑者邵洵美"，这就引出一个疑问：如果邵洵美是"编辑者"，那么如何解释《诗刊》第四期陈梦家撰写的《叙语》？到底他们谁才是第四期的编辑者？难道，他们两人都是？

先看邵洵美。大约自1931年4月20日左右开始，邵洵美正式接任新月书店经理（参见本书第五章第五节），而《新月》从第四卷第二期开始改由邵洵美担任出版者,《新月》也由邵氏的时代印刷厂印刷。因此,《诗刊》第四期由邵洵美编辑,似乎是可能的。但此时邵洵美除了负责新月书店经理事务和《新月》出版工作,还负责时代图书公司旗下数种刊物的编辑出版事宜,因而受精力和时间所限,由他负责《诗刊》第四期的编辑事务的可能性不大。

再看陈梦家。1931年冬天,陈梦家曾为了参加悼念徐志摩仪式赴上海,1932年他在《纪念志摩》一文中写道:"我不敢想去年冬天为什么再去上海,看不见他了,我看见的是多少朋友在他灵前的哀泣。"[1]正是这次在上海时,邵洵美让陈梦家把徐志摩的诗作收集起来编印,这也就是徐志摩的第四本诗集《云游》。据此推断,应该也是在这时候,陈梦家担负起了编辑《诗刊》第四期的任务。正是由于第四期由陈梦家负责编辑,所以也由他撰写了第四期的《叙语》。当第四期编辑事务大体完成后,"心神不得安定"的陈梦家进入燕京大学宗教学院学习神学。也就是说,1931年12月编定《诗刊》第四期后,陈梦家便基本上没有再与这期刊物发生联系,而第四期的最后工作,是由新月书店经理、负责《诗刊》印刷事宜的邵洵美完成的。就此而言,虽然《诗刊》第四期由陈梦家编辑,说邵洵美是"编辑者"亦无不可。

需注意,直到第四期出版为止,陈梦家、邵洵美等并没有停刊的打算,陈梦家在《诗刊》第四期《叙语》里说,由于收到哀悼徐志摩的来稿太多,"有些是免不了割爱,我们敬请投稿者的恕谅","这以后,我们尽量采用外来稿件",既然有"以后""我们尽量采用外来稿件"的打算,表明《诗刊》仍将继续编办。徐志摩遇难后,新月诗派内部就《诗刊》续编还是暂停的问题产生了分歧与争论。孙大雨主张暂停,陈梦家曾就《诗刊》暂停还是续编之事询问胡适的意见。陈梦家主张继续编办并倾向于把刊物移到青岛,由闻一多主编,自己则从旁协助。但后来因闻一多正"努力开掘唐代文化",并未接手。尽管陈梦家"偏向于继续编下去",以免"对不起辛苦开创的志摩先生"[2],但续编之事仍不了了之。至于停刊的原因,固然有种种,却主要因为徐志摩遇难。这正应验了陈梦家那句话:

---

[1] 陈梦家:《纪念志摩》,《新月》第四卷第五期。

[2] 1931年12月20日、29日和1932年4月25日,陈梦家在写给胡适的信里都曾谈到停办还是续编《诗刊》之事。参见《陈梦家致胡适》,耿云志主编《胡适遗稿及秘藏书信》第35册,黄山书社1994年版,第509、511—513页。

> 诗刊的复活或许是偶然的，但是要没有他（徐志摩），怕诗刊只有枯死。①

《诗刊》共发表诗作106首，译诗16首，诗论3篇。《诗刊》没有明确的栏目划分，大致按照"叙言"（另有"序言""前言""叙语"等名称，内容为说明本期编辑出版情况）、"诗作""译诗""诗论"四部分来编排，它是一个发表新月诗人作品的园地。相比《晨报副刊·诗镌》时期受报纸篇幅限制，不能发表长诗的不足，作为一份诗歌专刊，《诗刊》发表了新月诗人的一些长篇佳作，如闻一多的《奇迹》、徐志摩"在沪宁路来回颠簸中"写成的长达四百零三行的叙事诗《爱的灵感——奉适之》、孙大雨"精心结构的诗作"《自己的写照》、陈梦家与方玮德的唱和之作《悔与回》以及孙大雨、徐志摩所译的莎士比亚诗剧等。

在《诗刊》创刊以前，《晨报副刊·诗镌》作为报纸副刊，固然不能发表长诗，即便《新月》，也因其先是文艺期刊、后来大量刊登政论而不可能登长诗。因此可以说，《诗刊》的出版，使新月诗人快捷地发表长诗成为可能。

值得特别提出的是，经对照相关资料，我们发现，《诗刊》第一至四期版权页标明的出版日期，前两期并非实际出版日期，而后两期是可信的。以下予以考证。

（一）《诗刊》实际创刊于1931年1月中旬

绝大多数著述采用《诗刊》第一期版权页标明的出版时间，将《诗刊》创刊时间定为1931年1月20日，而《民国珍稀缺版期刊·上海》在介绍《诗刊》时，认为该刊创刊于1930年12月。

经查，徐志摩在刊载于《诗刊》第一期的《序语》文末标注有"志摩僭拟，十二月二十八日"字样。从内容来看，此《序语》可谓由主编撰写的出版说明，涉及对本期诗作的简短评价和推荐，故该文一般在本期稿件定稿后才写作。简言之，徐志摩这篇《序语》写作于《诗刊》第一期出版前夕。也就是说，《诗刊》第一期是在1930年12月28日后一段时间出版的。那么，究竟第一期是1930年12月28日后哪一天出版呢？刊物出版时间的确定有两种方式，一是以定稿日期为准，二是以印刷厂出成品的日期为准。倘若按照前一种方式，则似乎可认为，《诗刊》第一期于1930年12月28日出版；倘若按照第二种方式，则出

---

① 陈梦家：《叙语》，《诗刊》第四期，第2页。

版时间在 1931 年 1 月。如果这个出版的时间是 1931 年 1 月 20 日，那就意味着，从定稿到送印刷厂排印、校对、印刷，其间耗时 22 天。仅排印等印刷过程就耗时 22 天，是不是因为当时上海印刷技术较差呢？有研究者指出："经过几年的积蓄和培育，上海获得了雄厚的出版文化力量和先进大印刷技术。1927—1937 年间上海表现出了出版文化的高频律动和白热化的喷涌，进入了无比兴旺的黄金时代。"① 当时有人对上海印刷业进行调查后说："在全国中它是最拥有多量的印刷工具者。"② 既然如此，完全可以排除因印刷技术导致《诗刊》第一期定稿 22 天后才出版的可能性。会不会是徐志摩等编者人为地耽搁了时间呢？由前文可知，到 1930 年 11 月，《诗刊》创刊号的筹备已经基本就绪，徐志摩心急如焚地等待闻一多的稿件以便尽快创刊。他岂能在《诗刊》已定稿，连相当于创刊词的"序语"都写好了的情况下，还要有意无意地耽搁 22 天才出版该刊？所以，若说《诗刊》创刊于 1931 年 1 月 20 日，这个创刊日期，令人怀疑其准确性。

另外，《新月》最早刊登《诗刊》创刊号目录广告，是第三卷第四期，而这期《新月》的实际出版日期是 1931 年 1 月中旬，这也说明《诗刊》创刊号的实际出版日期在 1931 年 1 月中旬，而不是 1 月 20 日。

综合以上所述，如果不以定稿日期作为出版时间，参照当时上海市出版印刷期刊所需的一般时间，又考虑到《诗刊》创刊前已经筹备就绪、徐志摩急着尽快创刊，《诗刊》第一期实际出版日期应是 1931 年 1 月中旬。

（二）《诗刊》第二期实际出版日期是 1931 年 5 月上旬

《诗刊》第二期版权页标明"二十年四月二十日出版"，这个出版时间，被人们不加怀疑地接受。笔者认为，《诗刊》第二期的实际出版日期是 1931 年 5 月上旬。原因及推理如下：

《诗刊》第二期刊登了梁宗岱的《论诗》，文末注"弟宗岱，一九三一，三，二一于德国海德堡之尼罗河畔"；志摩的《猛虎》一诗，诗末注"五月一日"，林徽因的《谁爱这不息的变换》一诗，诗末注"香山四月二十日"；罗慕华的《画家》一诗，诗末注"一九三一年四月廿一日北平"；徐志摩写的《前言》（出版编辑说明），该文末标注"志摩，硖石，四月三十日"。这些足以说明，《诗刊》第二期的实际出版

---

① 刘增人等纂：《中国现代文学期刊史论》，新华出版社 2005 年版，第 168 页。
② 上海通社编：《上海研究资料》（初集），中华书局 1935 年版，第 399 页。

日期，必定在1931年4月30日之后，而不是如版权页上标明的1931年4月20日。仅就罗慕华的《画家》一诗于1931年4月21日写于北平来看，即使他写下此诗当天就邮寄给在上海的《诗刊》社，徐志摩也需几天后才能收到。所以，《诗刊》第二期的实际出版时间，必定在1931年4月20日之后。此外，经查万年历，农历一九三一年四月三十日，是公历1931年5月15日，亦即在4月20日之后，因此即使徐志摩在《前言》文末标注的"四月三十日"是农历，《诗刊》第二期的出版时间，也不可能是1931年4月20日，而是5月15日。又，据陈从周编《徐志摩年谱》，《猛虎》作于1931年5月1日，而为《诗刊》第二期写的《前言》作于1931年4月30日，二者均为志摩在家乡浙江省海宁市硖石时所作，也就是说，直到1931年5月1日，他还因母丧停留在硖石老家守孝，即便他第二天就赶回上海，《诗刊》第二期的出版时间也已经是5月了。那么，《诗刊》第二期究竟是在1931年5月哪个时段出版呢？

查《新月》月刊，最早刊登《诗刊》第二期目录广告的，是第三卷第七期（实际出版日期1931年5月上旬）。最迟在刊登了《诗刊》第二期目录广告的第三卷第七期《新月》出版时，《诗刊》第二期已经出版。所以，《诗刊》第二期实际出版日期是1931年5月上旬。

应该指出，尽管从《诗刊》第二期刊登的《前言》来看，这一期仍然是徐志摩主编，但相对第二、第三期而言，陈梦家、邵洵美等对这一期的编务出力较大。因为，1931年4月23日（农历三月初六日）徐志摩的母亲病故，此前徐志摩已赶回硖石老家，直到为其母守孝断七之后的6月初，他才回到上海。在此期间，《诗刊》编务必是委托陈梦家、邵洵美等。所以，第二期《诗刊》的后期出版事宜，是由陈梦家、邵洵美等完成的，与徐志摩基本无涉。

（三）《诗刊》第三、第四期版权页标明的出版日期是可信的

如前证，直到第三期出版后，邵洵美才分担《诗刊》编辑工作。第三期版权页上标出的日期是"二十年十月五日出版"，这个日期应该与实际出版日期相同或相差无几。因为：（1）虽然"九一八"事变对《诗刊》的出版造成一定影响，但是这个出版日期（1931年10月5日）离第二期实际出版日期（1931年5月上旬）已有五个月之久；（2）有一件实物可作佐证。上海复旦大学图书馆收藏的原版《诗刊》第三期扉页，有读者"冠武禅"的售书留念，其复印件如图5-8。据图，"冠武禅"的售书留念全文如下：

今年寒假回家的前天 花大洋三角三分买自花牌楼书店　冠武
禅　一九三一

"花牌楼书店"是 20 世纪 30 年代南京市著名的书店，以出版发行为主，但也代销报刊和书籍。这件实物资料证明：1931 年寒假前夕，《诗刊》第三期已出现在南京的书市。

至于第四期出版时间，我们之所以认为其版权页标明的可信，是因为三个理由：理由一，陈梦家在第四期《叙语》中说"三期（误，应为四期——引者按）的《诗刊》刚露出一点嫩芽"，徐志摩就"听了上帝的吩咐飞上天去"。1931 年 12 月 1 日，陈梦家写信给胡适，请胡适寄徐志摩遗稿以便编辑出版《徐志摩文集》，信末附言"诗刊稿存平不办，亦请汇寄。诗刊仍拟出版"。① 这说明，徐志摩在遇难前已经着手第四期《诗刊》的编辑，并把该期编辑稿存放在北平寓所。关于这一点，与第二个理由互证。理由二，刊登在《诗刊》第四期的陈梦家《叙语》文末标出"陈梦家　二十年十二月"，即此文写定于 1931 年 12 月，同期刊登的胡适的《通讯》，信末也注"胡适二十，十二，九"，说明此信完成于 1931 年 12 月 9 日。也就是说，至 1931 年 12 月，第四期《诗刊》基本上已经编辑就绪。但第四期版权页标出的出版时间是"二十一年七月三十日"

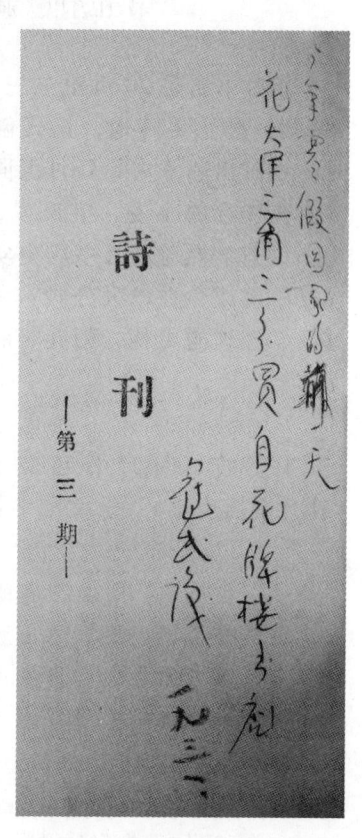

图 5-8　冠武禅售书留念影印件

（1932 年 7 月 30 日），这说明，尽管早在 1931 年 12 月第四期《诗刊》基本上已经编辑就绪，却由于种种原因，直到 1932 年 7 月 30 日才出版，考虑到徐志摩遇难后新月派同人"感情确实受了不可弥补的创

---

① 《陈梦家致胡适》，耿云志主编《胡适遗稿及秘藏书信》第 35 册，第 507 页。

痛","中日事变之后,心神不得安定,一时都没有新的制作"①,第四期延迟至 1932 年 7 月 30 日才出版,也是合理的。理由三,《新月》第四卷第二期(实际出版日期为 1932 年 9 月 1 日)刊登了《诗刊》第四期的目录广告,说明此时《诗刊》第四期已出版。

第五节　新月书店若干问题考辨

新月书店是 20 世纪二三十年代新月派出版书籍、发行《新月》和《诗刊》的重要阵地,正式创办于 1927 年 7 月 1 日,结束于 1933 年 9 月,不仅出版了大量新月派同人著作(译著),还出版过丁玲、胡也频等左翼作家的小说,应该说,这家书店在当时是比较有影响的出版机构。目前学界对新月书店史实已有梳理考辨,但是仍然有不少基本问题模糊不清或存在较大分歧②。其中,关于新月书店创办原因、开始运营时间、经理的更替、创办时股金数额等尤需加以重新考辨。

一　创办原因

1927 年 6 月 27 日和 28 日《申报》接连刊登宣告新月书店成立的《新月书店启事》,全文如下:

> 我们许多朋友,有的写了书没有适当的地方印行,有的搁了笔已经好久了。要鼓励出版事业,我们发起组织新月书店,一方面印书,一方面代售。预备出版的书,都经过严格的审查,贩来代售的书,也经过郑重的考虑。如果因此能在教育和文化上有点贡献,那

---

① 陈梦家:《叙语》,《诗刊》第四期,第 1、3 页。
② 关于新月书店的研究主要有:瞿光熙在《新月社·新月派·新月书店》(收入瞿氏著《中国现代文学史札记》,上海文艺出版社 1984 年版)一文中对新月书店的成立、规模、出书情况等做了综合性描述;陈子善《关于新月派的新史料》(收入王晓明主编《二十世纪中国文学史论》第 2 卷,东方出版中心 1997 年版)借助新发现的一批有关新月书店成立开张时的珍贵史料,详细说明了新月书店开张创办时的经过;倪平的《新月派的两个支柱:书店、月刊的起讫》(《中国现代文学研究丛刊》2005 年第 6 期)综合一些相关当事人的回忆性资料,对新月书店的成立时间、创办人、任职经理、新月书店的结束作了比较明确的考证,但没有讨论新月书店具体的出版经营情况;刘群在《关于新月书店经历更替的史实考察》(《中国现代文学研究丛刊》2008 年第 6 期)厘定了新月书店几任经理更替的具体情况。其中,有些论者的考证值得商榷,或者不确,故关于新月书店若干史实,有重新考辨的必要。

就是我们的荣幸了。

创办人	胡适	宋春舫	张歆海	张禹九
徐志摩	徐新六	吴德生	余上沅	同启

这份启事交代了新月书店的开办原因是，一方面要印自己的书（"我们许多朋友，有的写了书没有适当的地方印行"），另一方面为了代售著作，以便参与现代出版事业的发展，为新文化运动贡献新月人的力量。除此以外，还有拿不上台面的原因，那就是通过新月书店出版书籍，增加个人收入，改善生活。当时新月同人的经济情况，普遍拮据。余上沅偕妻到达上海时，长期没找到工作，只好借住在新月书店的楼上；1928 年 1 月 28 日胡适致信徐志摩宣布辞去新月书店董事一职，要求索回他入股的钱，他说："我是一个穷书生，一百块钱是一件大事……"[①] 可见当时他的经济条件也不宽裕。由于父亲是地方富绅，徐志摩本是新月同人中最不为钱犯愁的一个，但因为他与陆小曼结婚，父亲断绝了对他的经济援助。迁居上海后，徐志摩必须自力更生赚钱维持家庭生活，遭遇前所未有的缺钱。1927 年 1 月 7 日，在给胡适的信中，徐志摩说："生活费省是省，每月二百元总得有不是？另寻不相干的差事我又是不来的。"[②] 由于缺钱，他与陆小曼居无定所，先后住在福建路的通裕旅馆、梅白路 643 号宋春舫家、环龙路花园别墅 H 号、福熙路四明村 923 号……初到上海的新月同人，一方面缺钱，另一方面又保持文人的清高，"另寻不相干的差事我又是不来的"。在这种情况下，加之当时上海正出现创办文艺书店的"小高潮"，如果创办书店，既可出版同人书籍，也可通过书店赢利，适当补贴家用——这也是新月书店除了印"我们许多朋友"的书，还要代售他人书籍的原因。

二 开始运营的时间

陈从周在 1949 年自费出版的《徐志摩年谱》中说：1927 年"春与胡适之邵洵美等筹设新月书店于上海"[③]，这一说法后来被不少著作沿用。2002 年出版的《邵洵美传》还说："1927 年春"，"在上海办起了新月书店"[④]。倪平在《新月派的两个支柱：书店、月刊的起讫》中认为，新月

[①] 《胡适致徐志摩》，虞坤林编《志摩的信》，学林出版社 2004 年版，第 279 页。

[②] 《致胡适》，虞坤林编《志摩的信》，第 278 页。

[③] 陈从周编：《徐志摩年谱》，1949 年作者自费印行，上海书店 1981 年影印，第 66 页。

[④] 林淇：《邵洵美传》，上海人民出版社 2002 年版，第 35 页。

书店组成并开始运转是在 1927 年 5 月，他为此提出了五点根据，刘群在博士学位论文《新月社研究》中对此没有提出异议。笔者认为，新月书店正式成立的时间是确定无疑的，即 1927 年 7 月 1 日。1927 年 6 月 29 日、30 日和 7 月 1 日，《申报》连续三天刊登《新月书店开张启事》：

> 本店设在上海华龙路法国公园附近麦赛而蒂罗路一五九号，定于七月一号正式开张。略备茶点，欢迎各界参观，尚希莅临赐教为盼。

7 月 2 日，新月书店开张次日，梁实秋主编的《时事新报·青光》刊出署名"严家迈"的《新月书店参观记》，详细报道了刚开张的新月书店情形，文中说："胡适之，徐志摩等所办之新月书店，本月一日开张，广告上有'略备茶点，欢迎参观之句'。"与《申报》刊登的《新月书店开张启事》中的新月书店开张时间相同。

本节打算辨析的，是新月书店开始运营的时间。倪平、刘群都认为是 1927 年 5 月。刘群没有提出新的理由，下面就倪平提出的五点根据①，分别予以辨析：

（1）1992 年上海交大版《余上沅研究专集》中的陈衡粹撰《余上沅小传》说：余上沅"大革命失败后，到上海与胡适、邵洵美、徐志摩、梁实秋、饶孟侃等筹办新月书店"。"大革命失败后"的时间概念一般是指 1927 年 5 月以后。

辨析：众所周知，"大革命失败"虽以 1927 年蒋介石发动"四·一二"反革命政变为重要内容，但"大革命失败"的标志是 7 月 15 日汪精卫在武汉召开分共会议，也就是说，"大革命失败"的时间概念，并非"一般是指 1927 年 5 月以后"，而是 7 月 15 日之后。

（2）梁实秋在《悼念余上沅》中说："十六年春，我们先后在北京结婚，旋即相继挈妇南返，比邻而居。不匝月，北伐军至，烽火连天，乃相率搭乘太古轮走避上海，真乃患难之交。北伐胜利，东南大学改为中央大学，上沅、歆海、寅恪与我皆在不予续聘之列。"1927 年 4 月 18 日宣布南京国民政府成立，接着是东南大学改为中央大学，接着是中央大学不再续聘梁、余等人，接着是梁、余等人决定不再回南京去。从这

---

① 倪平提出的五点依据，均见倪平《新月派的两个支柱：书店、月刊的起讫》，《中国现代文学研究丛刊》2005 年第 6 期。

样的日程推算,梁、余参与组成新月书店必在1927年5月。

辨析:北伐军攻占北京是在1927年6月中旬,故梁、余此时已离京。据陈衡粹回忆:

> 上沅与我和实秋夫妇从北京南下,一同到东南大学任教……1927年后,上沅、实秋均非当局欢迎之人,又同船到了上海,另找饭碗。①

由上可知,余上沅、梁实秋夫妇先是从北京到东南大学任教,南京国民政府成立后,"东南大学改为中央大学,上沅、歆海、寅恪与我皆在不予续聘之列",只好一起去上海"另找饭碗",其时间是1927年。既然如此,何来"中央大学不再续聘梁、余等人,接着是梁、余等人决定不再回南京去"之说?

又,梁实秋说:

> 一九二七年春,国民革命军北伐,占领南京。当时局势很乱,我和季淑方在新婚,匆匆由南京逃到上海。偕行的是余上沅夫妇。②

梁实秋、余上沅夫妇由南京抵达上海,是在1927年春。既然他们1927年春已到达上海,为何"必在"5月(初夏)才参与新月书店的创办?

(3) 1927年2月起,随着北伐军北进,上海工人和海宁一带工农被发动了起来。徐志摩老家是富户,受到了侵扰。4月1日他在给一位英国朋友的信中称:"中国全国正在迅速陷入一个可怕的噩梦中,其中所有的只是理性的死灭和性的猖狂。""今天是什么人掌权呢?无知工人,职业恶棍,加上大部分二十岁以下的少男少女。"徐志摩所说的这种局面要到"四·一二"政变后才被镇压下去。徐志摩有合适的环境和合适的心情去办新月书店,一般应在5月间。

辨析:作者引用徐志摩的话,得出"徐志摩有合适的环境和合适的心情去办新月书店,一般应在5月间"的结论。令人忍不住要问的是,

---

① 陈衡粹:《实秋忌辰周年祭》,陈子善编《回忆梁实秋》,吉林文史出版社1992年版,第9页。
② 梁实秋:《谈徐志摩》,《梁实秋文集》第二卷,鹭江出版社2002年版,第337页。

如果徐志摩所说的那种局面没有被镇压下去，他就真的没有"合适的环境和合适的心情去办新月书店"吗？那种局面在当时的上海市基本上不存在，这是不争的事实。因此，那种局面有没有被镇压下去，对徐志摩创办新月书店不构成多大影响。退一步说，即使徐志摩要等那种局面被镇压下去，才"有合适的环境和合适的心情去办新月书店"，也使人不禁又要问：为什么徐志摩有"合适的环境和合适的心情去办新月书店"的时间，"一般应在5月"呢？难道6月或7月他就没有"合适的环境和合适的心情去办"吗？

（4）胡适是1927年5月20日归国到上海的。他是新月书店最后拍板的人。

辨析：胡适是"新月书店最后拍板的人"，此说不知有没有根据？根据何在？

胡适的确是1927年5月20日乘船抵达上海。此前他因参加中英庚款会议待在欧洲。从欧洲达日本后，他听从顾颉刚、丁文江、高梦旦等朋友的建议，在日本停留三周，选择了上海作为生活的新起点。由此可见，胡适是听从顾颉刚、丁文江、高梦旦等朋友的建议，才选择去上海的①，与新月书店的开办无关。从新月书店招募的股金来看，胡适也不是唯一的最大的股东，既然如此，他凭什么"是新月书店最后拍板的人"呢？即使胡适"是新月书店最后拍板的人"，也可以在国外通过书信、电报等方式告诉上海的徐志摩等他对于开办新月书店的态度，而没有必要等到他本人抵到上海后才能"最后拍板"。

（5）新月书店5月组成并开始运转后，6月29日、30日、7月1日在《申报》上连续刊登《新月书店开张启事》称："定于七月一日正式开张。"

辨析：1927年6月21日上海《时事新报·青光》发表了"小圃"写的《新月书店》，文中说：

---

① 1926年7月胡适离京赴英国参加庚款咨询委员会会议。1927年4月24日，周游了英、法等国的胡适到达日本横滨。当胡适到达日本后，轮船公司转来丁文江的信，考虑到国内政治不稳定，丁希望胡适尽量拖延滞留日本的时间。不日，他又收到好友高梦旦的信，高在信中说"时局混乱已极"，劝胡适"如在日本有讲授机会或可研究哲学史材料，少住数月，实为最好之事，尚望三思"（高梦旦：《致胡适》，1927年4月26日，《胡适来往书信选》上册，第427页）。顾颉刚也来信劝胡适"万勿回北京去"（顾颉刚：《致胡适》，1927年4月28日，《胡适来往书信选》上册，第428页）。

　　　　胡适之、徐志摩等创办之新月书店，闻已租定法界麦赛尔蒂罗路一五九号为店址，现已付印之新书约十余种，正在整理待印者尚有四十余种之多……

　　从这则广告可知，在1927年6月21日前，新月书店不仅筹备就绪，而且已经开始运营，"现已付印之新书约十余种，正在整理待印者尚有四十余种之多"。倘若事实如倪平所推断，新月书店开始运转的时间是1927年5月，那就意味着在短短的一个多月时间（5月—6月21日）里，新月书店不仅已经出版了十多种书，而且编辑、校对完毕等待印刷的也有"四十余种之多"，如此编辑出版速度，不仅在当时上海未见，在国际出版史上，也是少见的。合理的解释应该是，要么这则广告夸大其词，要么新月书店实际开始运营的时间在5月之前。据陈子善先生考证，这则关于新月书店开张的广告，是梁实秋写的①，因而所说之事，应当无误。据此种种，可断定，新月书店开始运营的时间，在1927年5月前。

　　那么，究竟是5月前的哪个月呢？从目前有关资料，尚不能断定是哪一个月，不过，徐志摩写于1927年元旦的日记，其中有这样一句话："愿新的希望，跟着新的年产生，愿旧的烦闷跟旧的年死去。新月决定办，曼的身体最叫我愁。"② 考虑到《新月》月刊创刊于1928年3月，而徐志摩写下这句话的时间离新月书店正式开办相隔六个月，他说的"'新月'决定办"指的很可能是决定要办新月书店。于是可知，早在1927年1月，徐志摩就有了创办新月书店的打算。就此推断，新月书店可能在1927年3月或4月开始运营，因而才能到6月下旬时，已出版书籍十多种、待印刷的书稿四十多种。

三　闻一多、梁实秋与新月书店

　　闻一多、梁实秋是不是新月书店创办人？
　　陈衡粹在《余上沅小传》中说是"胡适、邵洵美、徐志摩、梁实

---

① 陈子善：《关于新月派的新史料》，王晓明主编《二十世纪中国文学史论》第二卷，东方出版中心1997年版，第211页。此文又以《新发现的新月派史料》为题收陈子善《文人事》，浙江文艺出版社1998年版。
② 《徐志摩日记四种》，1927年1月1日，虞坤林编《徐志摩未刊日记（外四种）》，北京图书馆出版社2003年版，第224页。

沅辞去新月书店经理一职后，先由潘孟翘任职一段时间，才交由张禹九任经理，梁实秋的回忆省略了潘孟翘。关于潘孟翘曾任新月书店经理一事，后来谢家崧回忆说：

> 近年来有些文艺研究史料说新月书店的第一任经理是张禹九（嘉铸），是错误的。笔者是新月书店股东和创业人员之一，对这一事实自应予以纠正。张禹九也曾担任过新月书店的经理，但时间是 1931 年，在潘孟翘（潘光旦之兄）后，那时新月书店发行所已从望平街迁到福州路了。①

《福州路文化街》一书也说新月书店"经理兼总编辑余上沅，后由潘孟翘、张禹九继任经理"②。潘孟翘原为上海某钱庄的一名职员，因为其弟潘光旦的关系，潘孟翘得以在余上沅辞职后继任新月书店经理。潘孟翘之后才是张禹九。但后来代替张禹九行使经理职权的，除了梁实秋说的"谢先生"（谢家崧），又增加了萧克木，以致谢家崧、萧克木产生纷争。胡适在 1930 年 7 月 25 的日记中写道：

> 新月书店开董事会。店事现托给萧克木与谢汝明两人，而他们两人便不能相容，谢攻萧最力，甚至捏造股东清查委员会名义，遍发信给往来户头，要搜求证据来毁萧。两个人便不能合作，此真是中国人之劣根性！③

谢汝明就是谢家崧。由于"两人便不能相容"，纷争的结果，是萧克木独掌了经理职权。但"萧克木是一个学生出身的青年人"④，不擅经营书店。1931 年春，萧克木离沪赴北平与胡适谈新月书店事宜，由于未能安排妥当店中事务，导致《新月》出版延期。为此，当时任《新月》主编的罗隆基两次写信给胡适，埋怨萧克木⑤。1931 年 7 月 5

---

① 谢家裕：《新月社始末我见》，《古旧书讯》1985 年第 2 期。
② 胡远杰主编：《福州路文化街》，文汇出版社 2001 年版，第 195 页。
③ 胡适日记，1930 年 7 月 25 日，《胡适日记全编》（5），安徽教育出版社 2001 年版，第 738 页。
④ 谢家裕：《我记忆中的新月书店》，《古旧书讯》1983 年第 1 期。
⑤ 参见罗隆基致胡适，1931 年 3 月 27 日、4 月 22 日，《胡适来往书信选》（中册），中华书局 1979 年版，第 54—55、61 页。

日，邵洵美给胡适信中谈新月书店经营事时说：

> 六月底结帐，萧克木经理期内，外版书籍代售竟会亏本！依道理讲，应当挣几千块钱呢。现在另函上沅，讨论办法，在这里附带说一句。①

而徐志摩同年 8 月 25 日给胡适的信中也说：

> 新月的希望全看这一年的光景。萧克木任内确有不少疮孔，我们对他那一番信任至少是枉费的。用人真是不易。②

通过以上罗隆基、邵洵美和徐志摩的言论来看，最迟在 1931 年 6 月底萧克木已不担负新月书店经理，那么，到底他是什么时候离职的呢？倪平和刘群都没有考证也没有说出一个具体时间。当然，他们也没有引用以下三则重要的史料——

胡适在 1931 年 1 月 12 日的日记中写道：

> "新月"董事在中社集会，光旦等来了，我也列席。这回决定请陆品琴为经理，克木为营业主任，隆基为编辑主任。

在这年 1 月 21 日的日记中，胡适又写道：

> 克木来谈"新月"事。

在这年 3 月 13 日的日记中，胡适再次说：

> 新月书店萧克木自上海来，我与志摩、上沅都怪他卤莽，不应在此时辞职。邵洵美有长信给志摩说"新月"改组计划。③

上引胡适日记显示，1931 年 1 月 12 日新月书店董事会开会决定，

---

① 邵洵美致胡适，1931 年 7 月 5 日，《胡适来往书信选》（中册），第 74 页。
② 《致胡适》，虞坤林编《志摩的信》，第 299 页。
③ 这三则史料分别参见《胡适全集》第 32 卷，安徽教育出版社 2003 年版，第 8、35、88 页。

由"陆品琴为经理，克木为营业主任，隆基为编辑主任"。很可能是因为听说了董事会任命陆品琴（新月书店股东）为新月书店经理的决定，1月21日，萧克木从上海来到北平找胡适"谈'新月'事"；萧克木对董事会的决定不满，因而于3月13日专程来北平面见胡适、徐志摩等，提出辞职。由于1931年期间《新月》均由罗隆基主编，与萧克木无直接关系，上引胡适日记中的"新月"只能是新月书店。明确这点之后，可断定，3月13日萧克木向胡适等辞去的，是新月书店经理，而不是《新月》杂志编务或新月书店营业主任。这个推断的另一个依据是，虽然1月21日董事会开会决定由陆品琴任新月书店经理，萧克木任营业部主任，但实际上这个决定并没有执行。因为，这年2月和3月新月书店经理事务仍由萧克木负责。罗隆基致胡适的以下两封信说明了这点。

由于萧克木1月下旬离沪赴北平与胡适谈新月书店事宜之前没有安排妥当店中事务，导致《新月》出版延期。这年3月27日，罗隆基在给胡适信中说到此事：

> 萧先生北平一行，五、六期合刊竟又延期。校对稿放在书店中，编辑部和印刷局不接头，店中人又不问，所以无形中又延迟了，恨事。①

4月22日，罗隆基再次致信胡适：

> 二月初将五期稿交萧先生，后来萧先生离沪，校对稿压在书店，到三月初才发现。时间来不及没法，临时加三万字稿，改成合刊。这是书店改组中意外的事端，以后想不至再有此项事发生。②

由于萧克木去北平前没有妥善安排好《新月》出版事宜，竟然导致刊物出版延期，特别是罗隆基提到，先是第五期后来是第五、六期合刊校对稿放在书店，竟然接连两次没有人过问，以致《新月》出版两次延期，罗隆基在信中因此对萧克木颇有责怪之意，这表明在2月和3月里，新月书店除了萧克木，没有其他的负责人，换言之，经董事会决定聘请的陆品琴并没有走马上任，而萧克木也没有改任营业部主任。

---

① 罗隆基致胡适，1931年3月27日，《胡适来往书信选》（中册），第54—55页。
② 罗隆基致胡适，1931年4月22日，《胡适来往书信选》（中册），第61页。

综上所述，萧克木辞去新月书店经理的时间，是1931年3月13日。接替萧克木任新月书店经理的是邵洵美，因而牵出了以下问题——

(二) 邵洵美与新月书店

萧克木实际担负新月书店经理事务，这是书店董事会开会决定的，但由于他经营不善，致使新月书店遭受了损失。董事会本来打算请陆品琴来任经理，却不知什么原因，他并没有接任。这应该是徐志摩请邵洵美来担任新月书店经理①的原因。

但是，请邵洵美担任新月书店经理这件事的酝酿，却在3月13日萧克木向胡适、徐志摩等辞职之前，因为胡适在这天的日记中提到"邵洵美有长信给志摩说'新月'改组计划"，也就是说，在萧克木提出辞职前，不仅徐志摩已有意让邵洵美出任经理，而且邵也有了愿意接受的表示，邵甚至还写长信向在北平的徐志摩陈述改组新月书店的计划。萧克木提出辞职，显然与此有关，否则他为何不在1月21日面见胡适时提出辞职？

虽然在萧克木提出辞职之前，已有让邵洵美接任新月书店经理的打算，但毕竟萧仍在任上而邵并未实际接手，所以，邵洵美正式接手新月书店经理的时间，不在萧克木提出辞职之前。但是也不能以萧克木提出辞职的时间作为邵洵美开始就任的时间，因为，萧克木只是向书店的两位重要股东胡适、徐志摩提出辞职，他辞职一事还须经董事会通过，何况邵洵美接任经理也须董事会通过才算正式任命。

那么，邵洵美什么时候正式就任新月书店经理呢？邵洵美的元配夫人盛佩玉说，张禹九来请邵加入新月书店是在1929年②，倪平经考证后认为是在1931年四五月间邵洵美就任新月书店经理③，刘群经细查文献资料后推断，"更确切地说大致应在1931年4月底5月初"④。而笔者则将这个时间进一步确定在1931年4月20日左右。笔者依据的材料及其分析是：

其一，罗隆基在1931年5月20日致胡适信中说：

---

① 曾长期在邵洵美手下工作的章克标回忆说："志摩说服洵美协助一同办好新月书店，要洵美在经济上想办法，洵美情面难却，答允就新月书店经理之职。洵美可说是为了志摩的缘故而加入新月书店的。"参见陈福康、蒋山青编《章克标文集》(下)，上海社会科学院出版社2003年版，第148页。

② 盛佩玉著，邵阳、吴立岚编注《盛佩玉的回忆：盛氏家族·邵洵美与我》，人民文学出版社2004年版，第10页。

③ 倪平：《新月派的两个支柱：书店、月刊的起讫》，第273页。

④ 刘群：《关于新月书店经理更替的史实考察》，《中国现代文学研究丛刊》2008年第6期。

新月书店事，我倒不十分悲观。前几月都不得在改组期中，一月来改组才有点眉目。《现代文化丛书》答应撰稿者有三十五人，多半在暑期中或暑期后可交稿。即令出书三十五本，较三年来出五十本，自系进步。希望北方的股东，给上海的几个人一个试验的时期。就以《文化丛书》计划说，亦不是一、二个月的工夫能够发生实效的。营业方面，洵美说今后时有报告北来。洵美接任不过一月，店中秩序比从前的确好一点，最少，办事上手续清楚些……只要有书出来，我相信，新月书店的营业较从前容易发展一点，希望北方的先生们忍耐着以观后效。

信中说，"前几月都不得在改组期中，一月来改组才有点眉目"，显然指的是邵洵美接任新月书店经理后新月书店的"改组"，由此可推断，邵洵美就职的时间大约是1931年4月或5月初，接着罗隆基又说"洵美接任不过一月"，罗写信的时间是1931年5月20日，因而可确定，邵洵美在4月20日左右接手。

其二，1931年5月17日，徐志摩给郭子雄信中也说道："新月书店颇见竭蹶，新由洵美加入，更图再起。"① 虽然徐志摩并没有说明"洵美加入"的具体时间，但他用了一个"新"字，意味着"洵美加入"的时间在他写这封信不久前，而从语意来看，这个"新"完全可以换成"刚"，这样，就更可印证洵美在4月20日左右接手新月书店。

其三，即使前两点的分析仍须商榷，前文所引的罗隆基和徐志摩的信，也可证明盛佩玉回忆的时间（1929）是错误的。而倪平和刘群的考证结论，与章克标的回忆有出入。曾在30年代担任邵洵美助手的章克标在《世纪挥手》中说："1931年4月，邵洵美受任了新月书店经理的职位，这是事实……"② 章克标说的"1931年4月"这个时间，与笔者认为的"1931年4月20日左右"基本一致。

但萧克木3月13日提出辞职、邵洵美4月20日左右正式就职，这是否就意味着中间有一个多月时间里新月书店无经理？当然不是。3月13日—4月20日期间，是萧、邵二人交接工作的过渡时期，在此期间，作为后任者的邵洵美已经担负起了新月书店经理的实际事务。1931年春新月书店拟出版"中国文化丛刊"，3月27日，罗隆基在致胡适信中

---

① 《致胡适》，虞坤林编《志摩的信》，学林出版社2004年版，第299页。
② 章克标：《世纪挥手》，陈福康、蒋山青编《章克标文集》（下），第148页。

说：" 《丛刊》稿费可以预支，刻下由洵美垫款"①，说明此时洵美已经接管新月书店经理的实际事务。

（三）林微音与新月书店

邵洵美出任新月书店经理，乃"受命于危难之际"。平心而论，在新月派作家中，邵洵美是较少书生气、少数懂得经营书店者之一，徐志摩等请他担任新月书店经理，的确是明智之举。他没有辜负徐志摩等人的期望，通过各种措施改善经营方法，提高书店收入②，很快使新月书店大有起色，在北平开设了新月书店分店，由谢家崧负责。但邵洵美此时开办有时代图书公司及主编好几种刊物，无暇花太多时间在新月书店，便让林微音代理一些工作，因而林微音也被人称为经理。谢家崧的《新月社始末我见》中说：

> 1932年（林微音）虽曾由邵洵美的介绍在新月书店任过几个月的经理，但他不是新月社的成员。③

章克标在《世纪挥手》中说：

> 1931年4月，邵洵美受任了新月书店经理的职位，这是事实，虽然实际上是他委托了林微音去做实际工作，代他到书店坐班的。④

由于林微音其人其事欠详，我们似乎无从知道他代任新月书店经理的时间和卸任时间。倪平、刘群也避而不谈这个时间。其实，这个时间是有迹可寻的。首先，根据谢家崧、章克标的上述回忆，特别是盛佩玉说"接办了新月书店，洵美叫林微音去做经理"，可以断定，由于邵洵

---

① 《罗隆基致胡适》（1931年3月27日），《胡适来往书信选》（中册），第55页。
② 关于邵洵美对新月书店的经营，从他致胡适信中可见一斑。1931年7月5日邵洵美在给胡适的信中说："董事会决议一切旧有版税暂行欠宕，所以第二次的四百元便只能作为《白话文学史》中卷版税预支，不知你的意思以为怎样？要是赞同的，那么，请你在赶《现代文化总论》外，再将《白话文学史》中卷亦赶了出来。一举两得，岂不很好。"而为《白话文学史》上卷重版事，邵洵美从营业上着想，有两个提议，一是将上卷分作两册，二是以三十二开纸印，三是每册售洋九角或八角五分，"这样一来，书店成本可降低，而卖价又可稍涨，何乐不为！"[《胡适来往书信选》（中册），第74页]。
③ 谢家裕：《我记忆中的新月书店》，《古旧书讯》1983年第1期。
④ 章克标：《世纪挥手》，陈福康、蒋山青编《章克标文集》（下），第148页。

美太忙，不能每天或经常坐镇新月书店处理日常工作，他接任新月书店经理后，就让林微音去代行其事。而从前文已知，邵洵美就任新月书店经理的时间是1931年4月20日左右，因此林微音代任新月书店经理的时间，也大致是1931年4月20日左右。那么，是否此后一直由林代理新月书店呢？倪平、刘群的论文只说林代替邵任新月书店经理，这样就给人留下林一直代邵任此职的印象。事实上，林微音只代理了几个月就离开了上海。笔者这么说的依据是，徐志摩在发表于《诗刊》第三期的《叙言》中，为了澄清林徽音不是林微音，说：

> 本刊的作者林徽音，是一位女士，《声色》与以前的《绿》的作者林微音，是一位男士（现在广州新月分店主任）。

《诗刊》第三期的出版日期是1931年10月5日。也就是说，徐志摩写这篇《叙言》的时间，在1931年10月5日之前不久。而徐志摩写这篇《叙言》时，林微音是"现在广州新月分店主任"。因此，至迟在1931年10月5日，林微音已辞去新月书店代理经理赴广州任新月书店分店主任。至于他为何辞职，也许由盛佩玉的回忆可见一斑，她说："接办了新月书店，洵美叫林微音去做经理，但他工作能力不强，不大称职。"① 由于"工作能力不强，不大称职"，林微音便改任广州新月书店分店主任。

我们注意到，从谢家崧《新月社始末之我见》一文来看，他所谓"新月社"其实相当于新月派，也就是说，他认为林微音不是新月派，这与事实不符。本书第三章已考述，林微音不仅曾代理新月书店经理，后来还担任新月书店广州分店主任，并且在徐志摩主编的《诗刊》季刊上发表过诗作《声色》《绿》等，1931年新月书店还出版过他的小说集《舞》，因此他应该属于新月派。② 尽管在他帮邵洵美代理新月书店经理事务期间，"他工作能力不强，不大称职"，但既然邵洵美的新月书店经理相关事务，曾由他代劳过几个月，那么林微音对于新月书店还

---

① 盛佩玉：《盛氏家族·邵洵美与我》，人民文学出版社2004年版，第125页。
② 关于林微音生平及其是否属于新月派，详见本书第三章第三节"新月派成员身份考辨"。

是有贡献的。①

五　新月书店开办时股金数额

新月书店的开办资金来源于招募所得的股金，书店正式开张后，又陆续加入了一些股份。

新月书店开办时实行股份制，而关于书店的股本额，当事人的回忆不尽一致。梁实秋的说法就有三种，一为两千元，二为四千元，三为五千元。在《谈徐志摩》中他说：

> 新月书店的成立，当然是志摩奔走最力。邀集股本不过两千元左右，大股一百元，小股五十元（现任台湾银行董事长张滋闿先生是一百元的大股东之一），在环龙路环龙别墅租下了一幢房屋。②

在《〈新月〉前后》一文中梁的说法与此相同：

> 大概是胡适之先生的意思，醵资集股要有限制，大股百元，小股五十元，表示民主经营的精神，一共筹到了两千元。我是小股东，只出了五十元。③

但在《忆〈新月〉》中梁实秋又说：

> 这书店的成本只有四千元，一百元一股，五十元半股，每人最多不能超过两股，固然收了"节制资本"之效，可是大家谁也不愿多负责了。我只认了半股。④

1987年，梁实秋在回答丘彦明女士提问时说：

---

① 据本书《附录三：〈新月〉广告中的新月书店新书目录》和1929年出版的《新月书店书目》（新月书店出版）统计，新月书店在六年多时间共出版书籍约125种，而邵洵美接手后的1931年至1933年间出书近50种，约占总数目一半，这个统计还不包括各种重版书籍。这些既然是邵洵美对新月书店的贡献，也或多或少体现了林微音对新月书店的贡献，更何况，他后来还担任了新月书店广州分店主任。
② 梁实秋：《谈徐志摩》，《梁实秋文集》第2卷，鹭江出版社2002年版，第338页。
③ 梁实秋：《〈新月〉前后》，《梁实秋文学回忆录》，岳麓书社1989年版，第187页。
④ 梁实秋：《忆〈新月〉》，《梁实秋文学回忆录》，第113页。

> 当时大家认股，大股一百元，小股五十元，凑足近五千元，"新月书店"就在望平街开张了，后迁至四马路。我是属较为贫穷的一类，只认股五十元。①

而据也是书店股东之一的谢家崧回忆：

> 新月书店当时原定资金为五千元，以五十股为定额，每股一百元，但成立时并未收足，仅有三十余股。②

当时招到的股金总额，梁实秋有三种说法，两千元、四千元和五千元；而谢家崧说，原定五千元，实际收到三千余元（"仅有三十余股"）。尽管两人对股金总额的说法不同，但梁、谢二人都提到了一百元为一股，五十元为半股，因而可肯定其为实情。如此说来，我们只需知道入股人数（"每人最多不能超过两股"），就可以推算出股金总额。当时入股者名单，据梁实秋回忆说：

> 参加业务的股东有胡适之先生、志摩、上沅、丁西林、叶公超、潘光旦、刘英士、罗努生、闻一多、饶子离、张禹九和我。③

梁实秋在这里提到的都是他熟悉、与他关系密切的人，还有一些可以确定为股东者，他没有提到，比如新月书店创始人宋春舫、张歆海、徐新六、吴德生④。此外，林淇著《邵洵美传》说在书店开办之初，邵洵美是股东之一，尽管他只是个清水股东。⑤而谢家崧自称是股东之一⑥。再加上梁实秋提到的"一百元的大股东"张滋闿⑦。另外，当时新任民国政府教育部长的蒋梦麟，作为胡适的挚友，应邀入股："新月

---

① 梁实秋：《"有文章惊海内"——答丘彦明女士问》，《梁实秋文集》第5卷，第533页。此文原载于台北《联合文学》第31期，1987年5月10日。
② 谢家崧：《我记忆中的新月书店》，《古旧书讯》1983年第1期。
③ 梁实秋：《谈徐志摩》，《梁实秋文集》第2卷，第338页。
④ 《新月书店启事》，《申报》1927年6月27日和28日。
⑤ 林淇：《邵洵美传》，上海人民出版社2002年版，第40页。
⑥ 谢家崧：《我记忆中的新月书店》，《古旧书讯》1983年第1期。
⑦ 梁实秋：《谈徐志摩》，《梁实秋文集》第2卷，第338页。

书店股子，弟准认两股，洋二百元，当嘱会记汇奉。"① 于是，即便以每人认购一股计算，这 20 人所购股金也达两千元。当然，不能排除其中有些人像梁实秋那样只购半股，但徐志摩、邵洵美、胡适及宋春舫、张歆海、徐新六、吴德生、蒋梦麟都购两股（每人最多购两股），以此计算，则股金总额达 2800 元。而且，还有人会像胡适那样以妻儿的名义入股。这样估算，新月书店开办时筹集到的股金，不低于 3000 元（后来胡适以江东秀、张慰慈、胡思杜的名义各入一百元②）。这与谢家崧的说法三千余元一致。谢家崧既是股东之一，还曾帮张禹九代理新月书店经理，而梁实秋只是小股东，对新月书店财务未必清楚，故谢家崧的回忆相对可信。

第六节 《学文》月刊：新月派的余晖

关于《学文》月刊，似乎没有进一步研究的余地了，它的创刊停刊时间等版本信息在每期版权页都有标注，创刊停刊的经过也有叶公超、卞之琳、常风等当事人的相关回忆文章可供参考。不过，细究起来，发现还有不少问题尚须解决。比如说，学界一般认为《学文》月刊犹如《骆驼草》《大公报·文艺副刊》《水晶》《文学杂志》都属于京派。假如《学文》月刊属于京派，那么如何解释叶公超、周作人、卞之琳等当事人认定《学文》月刊是"《新月》的继承"？如何解释《学文》月刊的编者和撰稿人几乎全是新月派？如何解释《学文》月刊中诗文的总体风格与《新月》相似？假如《学文》月刊属于新月派，那么，又如何解释前期京派代表人物周作人、沈从文、杨振声、李健吾等曾参加《学文》月刊的筹办或者担任撰稿人？诸如此类的问题，有的至今悬而未解，有的存在较大争议。无须多言，《学文》月刊仍有进一步研究的必要。

---

① 《蒋梦麟致胡适信》，曹伯言整理《胡适日记全编 1928—1930》第 5 册，安徽教育出版社 2001 年版，第 324 页。
② 1928 年 1 月 28 日胡适致信徐志摩，要求退出新月书店董事会，并请求退还"我前次招来的三股——江冬秀、张慰慈、胡思杜"（参见《胡适致徐志摩》，虞坤林编《志摩的信》，第 279 页）。

一　《学文》月刊是新月派刊物

尽管《学文》月刊与早期京派成员如周作人、沈从文、林徽因等有一些关系，却和新月派关系密切，它是新月派刊物。理由及证据如下：

（一）《学文》月刊是"新月的继承"

首先，《新月》第四卷基本上都由叶公超主编，而《学文》月刊也由叶公超主编（实际上由叶公超、闻一多合编），余上沅为发行人，封面由林徽因设计。

其次，《学文》月刊撰稿人基本上全是后期《新月》撰稿人，如《学文》第一卷第一期的作者有饶孟侃、孙洵侯、林徽因、孙毓棠、杨振声、李健吾、季羡林、卞之琳、闻一多，他们都曾在《新月》发表过作品。

最后，从《学文》月刊的创刊缘由、名称、宗旨、栏目来看，都与新月派传媒有着十分密切的关系。

《学文》月刊创刊，与《新月》停刊有直接关系。1933年6月《新月》停刊，同年9月新月书店转让给商务印书馆，导致聚集在北平的新月派成员失去了重要的文学园地。根据叶公超的回忆，"当初一起办《新月》的一伙朋友……由于《新月》杂志和新月书店由于种种原因已经停办，彼此都觉得非常可惜；民国二十二年底，大伙在胡适家聚会聊天，谈到在《新月》时期合作无间的朋友，为什么不能继续同心协力创办一份新杂志的问题"。[①] 这个提议立即得到其他一些新月派赞同。据常风回忆，1934年1月他拜谒叶公超时，叶公超提及与闻一多商量创办刊物的事："半年来他和闻一多先生好几次谈起，最好自己办个刊物，找熟识的朋友们自己筹钱自己出版，办个同人杂志。他还和梁实秋、余上沅两位谈过，他们也都赞成。"[②] 1934年2月13日中午，余上沅在欧美同学会请梁实秋吃饭，并邀请了胡适、闻一多、叶公超、杨振声、吴世昌、陈梦家、林伯遵等，商量办一个月刊，作为"新月的继承者"。席间，大家就这个杂志的名称讨论了很久，叶公超提议"寰中"，吴世昌提议"寻常"，闻一多提议"畸零"，胡适也提了几个，最后决定用"学文月刊"。[③] 3月1日，闻一多致信饶孟侃，告诉他："刊物已

[①] 叶公超：《我与〈学文〉》，原载1977年10月16日台北《联合报》副刊；收入陈子善编《叶公超批评文集》，珠海出版社1998年版，第255页。

[②] 常风：《回忆叶公超先生》，《新文学史料》1994年第1期。

[③] 胡适：《胡适全集》第32卷，安徽教育出版社2003年版，第309页。

改名《学文》月刊",取意"行有余力则以学文",因其"在态度上较谦逊",并说"本星期日我与公超联名请客,许多琐细的事,届时可作最后决定"。① 果然,3月4日(星期日)闻一多、叶公超等再次聚会,商定了《学文》月刊创刊诸事宜。

《学文》月刊的办刊宗旨,继承了《新月》。叶公超在《〈新月小说选〉序》一文中谈及《学文》月刊时说:"自文学革命以来,当一切左倾势力的洪流汹涌之际,它(指《学文》月刊——引者注)是唯一坚守自由纯正原则的一支砥柱。这也就是我在《新月》停刊不久之后,创办《学文》月刊的原动力。"② 将文学和政治区分开来,坚持文学的独立性,坚持纯文学的立场,这不仅是《学文》月刊的基本宗旨,其实也是整个新月派传媒的办刊宗旨。《晨报副刊·诗镌》发刊词《诗刊弁言》《新月》发刊词《新月的态度》等,无不体现了这一点。叶公超在《我和〈学文〉》中的说法更具体:

> 当时一起办《新月》的一群朋友,都还很年轻,写作和办杂志,谈不上有任何政治作用;但是,我们这般人受的都是英美教育,对苏俄共产主义文艺政策,本无好感。因此,对上海一些左翼作家走上共产党路线一点,大家都十分反对,一致认为对我国未来新文艺发展具有莫大的不良影响。要反抗他们,挽救新文艺的命运,似乎不能没有一份杂志。《学文》月刊的创刊,可以说是继《新月》之后,代表了我们对文艺的主张和希望。③

他的意思很明白,《学文》月刊不但继承了《新月》自由纯正的宗旨,而且反抗左翼文学,"挽救新文艺的命运","代表了我们对文艺的主张和希望"。因此,《学文》月刊的栏目设置也与《新月》差不多,偏重文学创作,但不忽视文艺理论。④ 尤其是,《学文》月刊"不从事

---

① 闻一多在信中说:"刊物已改名《学文》月刊(行有余力则以学文,在态度上较谦虚)。"(《一一五 致饶孟侃》,《闻一多书信选集》,人民文学出版社1986年版,第241页)
② 叶公超:《〈新月小说选〉序》,《叶公超批评文集》,第254页。
③ 叶公超:《我与〈学文〉》,《叶公超批评文集》,第255—256页。
④ 据笔者对总共4期《学文》月刊所作统计,每期刊发的创作篇数大约比理论文章多一倍。具体为:第一期(创作8篇,理论3篇),第二期(创作9篇,理论4篇),第三期(创作7篇,理论4篇),第四期(创作10篇,理论5篇)。

论争"①，没有刊载任何文学评论，更没有政论或时事文章，这在京派与海派之争处于高潮之际是颇为引人注目的现象。也从一定程度上说明，《学文》月刊与京派保持一定的距离（京派与海派曾发生论争）。

众所周知，新月派以新诗和小说见长，因此新月派传媒偏重于诗歌和小说。《学文》月刊也如此，不仅每期都刊登一定数量的新月诗派作品，而且诗歌栏目排在最前面，然后是理论、小说、戏剧、散文。这"已成为《学文》月刊特色之一"②。

（二）周作人、俞平伯、朱自清、朱光潜等京派成员并未参与《学文》月刊事务

之所以人们以为《学文》月刊属于京派刊物，主要原因有三：一是京派重要成员周作人、朱自清曾参与《学文》月刊创刊筹备工作；二是杨振声、李健吾、废名等京派成员在《学文》月刊发表过文章；三是《学文》月刊主编叶公超及撰稿人沈从文、林徽因等与京派过从甚密乃至本身就是京派成员。以下试作辩驳。

从《周作人日记》来看，最早提到《学文》月刊是1934年5月6日：

> 平伯来，午，同往同和居，应文学社之招。主人闻一多、余上沅、叶公超三君通通未到，共二席，下午三时回家。③

《学文》月刊创刊于1934年5月1日，而实际付印日期还要早。闻一多在这年4月24日致饶孟侃的信中提到："《学文》月刊毕竟付印了，原拟五月一日出版，现恐须稍迟数日。"④ 也就是说，在4月24日闻一多写信时《学文》月刊已经定稿并交付印刷。闻一多担心出版日期在原定的5月1日之后，而据季羡林在《清华园日记》中说，他于5

---

① 卞之琳：《窗子内外：忆林徽因》，《卞之琳文集》中卷，安徽教育出版社2002年版，第181页。
② 叶公超：《我与〈学文〉》，《叶公超批评文集》，第257页。
③ 周作人：《周作人日记》（影印本）下卷，大象出版社1996年版，第613页。张菊香、张铁荣编《周作人年谱》记载："5月6日，与俞平伯同往同和居，应文学社之招宴，主人为闻一多、余上沅、叶公超，共二席。"（见张菊香、张铁荣编《周作人年谱》，天津人民出版社2000年版，第446页）影印本中的"文学社"应当为"学文社"之误。引文中标点系笔者所加。
④ 闻一多：《闻一多全集》12卷，湖北人民出版社1993年版，第275页。

月3日看到《学文》的广告，5月4日叶公超送了三本《学文》月刊给他。① 可见，周作人、俞平伯虽在北平，却直到《学文》月刊创刊号出版之后才应邀参加学文社的宴会，他俩并未参与创刊筹备工作。

1934年2月4日，朱自清的日记中记载了叶公超来访，"又谓梁实秋拟办杂志"②，2月7日的日记中记载了"晚一多、公超来，约加入办杂志事，应之"③。但是，从后面一段时间的日记来看，朱自清实际上并未参与"办杂志事"。朱自清在1934年6月18日的日记中说，"上午赴一多处，适公超亦在，谈学文事，觉他们有见地"。④ 可见《学文》月刊办刊事务由叶、闻二人商量决定，朱自清只是碰巧遇到叶、闻在"谈学文事"。从朱自清这段日记的口吻，也不难看出他作为局外人的态度。何况，叶公超、闻一多等《学文》月刊筹办者也不曾提及朱自清实际参与其事。至于京派成员杨振声、季羡林等在《学文》月刊发表过文章，由于数量极少，每人最多一篇，他们显然不能算作是《学文》月刊主要或重要的撰稿人。

叶公超在《我和〈学文〉》中特别提到，朱孟实加入《学文》月刊的阵容，"使《学文》月刊增色匪浅"。朱孟实即朱光潜。叶的这种说法颇奇怪，因为朱光潜并没有在《学文》月刊上发表任何文章，也不见资料记载朱光潜参与《学文》月刊的编办事务。考虑到此文系叶在四十多年后的回忆录，估计他是记错了。

最后再说叶公超、沈从文、林徽因等《学文》月刊核心人物与京派有比较频繁的来往，这是事实。沈从文主编的《大公报·文艺副刊》和林徽因的"太太客厅"是京派的重要聚集地。但这种情况只能说明现代作家身份的多重性、身份认同的复杂性，而不能成为《学文》月刊属于京派刊物的证据。

其实，早在1934年茅盾就十分敏锐地看出了《学文》月刊的背景：

> 我们文坛上自来就有以刊物名称区分派别的习惯。所谓"新月派"就是这样被叫出来的。倘使所谓"新月派"者是一个"客观的存在"，那么，我们觉得《学文》月刊是属于这一方面的最近的

---

① 季羡林：《清华园日记》，辽宁美术出版社2002年版，第122页。
② 朱自清：《朱自清全集》9卷，江苏教育出版社1996年版，第279页。
③ 同上书，第280页。
④ 同上书，第299页。

表现。①

即使在左翼文学家茅盾眼中,《学文》月刊也是新月派文人活动的一个延续。对于左翼作家的这种看法,叶公超也是赞同的。1978年中国台湾地区的雕龙出版社在《新月小说选》一书中同时收入《新月》和《学文》月刊发表的小说时,叶公超不仅不反对,还帮忙解释:"不仅其(《学文》月刊——引者注)作者多是《新月》的,而作品,就文学的观点言也是一致的。"②

二 从《学文》月刊看后期新月派的分化

说到新月派的分化解体,人们一般会想到1933年6月《新月》停刊及之后新月书店转让给商务印书馆。其实,此后新月派并未从此解体,而是聚集在北平并围绕在《学文》月刊周围。随着1934年8月《学文》月刊停刊,这个文学流派才从文坛消失。那么,它是如何消失的呢?或者说,后期新月派怎样分化解体?对于这个问题,虽有论者涉及却语焉不详。本节将以《学文》月刊为中心来解决这个问题。

1928年3月创刊时的《新月》杂志,以发表文学创作和理论主张为主。自1929年5月(第二卷第二期)开始,《新月》连续刊登了胡适《人权与约法》、罗隆基《专家政治》、梁实秋《论思想统一》等文章,显露出"议政"倾向,此后不但政论文的篇幅增加,而且编排秩序也比较靠前。到1929年9月,为了配合胡适、罗隆基等组建的平社议政活动,《新月》第二卷第六、七期合刊登载《敬告读者》一文,宣告:"不错,我们是谈政治了,我们以后还要继续的谈",计划"以后每期都希望于原有的各种文章之外再有一两篇关于现在时局或一般政治的文章"。这标志着新月派分化过程的开端,从此新月派分化成主张"议政"和"治文学"两派。罗隆基主编时期《新月》的"议政"行为不仅与坚持"纯文学"立场的徐志摩等人相异趣,还直接导致《新月》被国民党当局查禁,使新月派同人感到"切肤之痛"③。徐志摩在1929年7月就"颇想另组几个朋友出一纯文艺月刊,因《新月》诸公

---

① 惕若(茅盾):《〈东流〉及其他》,《文学》第3卷第4期,1934年10月1日。
② 叶公超:《〈新月小说选〉序》,陈子善编《叶公超批评文集》,第254页。
③ 梁实秋:《忆〈新月〉》,陈子善编《梁实秋文学回忆录》,岳麓书社1989年版,第112页。

皆热心政治,似不屑治文艺,我亦不便强作主张也"。① 其结果是,1931年1月20日徐志摩在《新月》之外另创一个纯文学杂志《诗刊》。与此类似,1932年5月胡适创办《独立评论》。这两种在《新月》之外"另起炉灶"的杂志的创办,标志着新月派中"治文学"和"议政"两派正式分道扬镳。② 这两派的正式分化,对《新月》及新月派造成负面影响。1931年5月20日,罗隆基在致胡适信中说:"一班旧朋友,除先生的文章照样寄来外,都不肯代《新月》做稿。志摩、实秋、一多、公超、上沅、子离、西滢、叔华、从文这一班人都没有稿来。"③ "稿荒"现象直到叶公超接手主编《新月》仍未好转,经常不能按时出版。据叶公超回忆:"《新月》停刊前最后三四期,除少数几位朋友投稿外,所有文章几乎全由我一人执笔。"④

由于《诗刊》《新月》相继停刊,主张"治文学"的新月派失去了发表作品的园地,于是有了《学文》月刊的创办。因此可以说,《学文》月刊在当时起到了继《新月》之后聚合新月派的作用。但这份杂志聚合的主要是当时在北大清华且主张"治文学"的新月派。也就是说,《学文》月刊聚集的新月派人数远不及《新月》。遮言之,从《新月》时期到《学文》月刊时期,先是"议政"派从新月派分离出去,接着是因为各种原因未能聚集在北平及附近的成员脱离了新月派。即便聚集在《学文》月刊周围的新月派,也出现了诸多转化:

(一)后期新月诗派向"现代"诗派转化

尚在《诗刊》时期,孙大雨的诗歌作品受艾略特影响,已表露出了现代主义因素。《学文》月刊发表的新诗作品,更加明显地表现出向现代主义诗歌转变的特征。何其芳的《初夏》、孙毓棠的《野狗》、刘振典的《假使》、卢寿枏的《早》《杨柳结》等明显表现出对象征主义诗歌艺术的借鉴。

1932年5月出版的《现代》杂志标志着"现代"诗派兴起。在《学文》月刊的新诗作者中,卞之琳、何其芳、陈江帆、刘振典等的现代主义倾向越来越明显,成为"现代"诗派的重要成员,饶孟侃也对现代主义诗歌颇为关注。

---

① 《致李祁女士》,韩石山编《徐志摩全集·第六卷书信》,天津人民出版社2005年版,第59页。
② 参见高恒文《京派文人:学院派的风采》,上海教育出版社2000年版,第37页。
③ 《罗隆基致胡适》,《胡适往来书信选》(中),中华书局1979年版,第68页。
④ 叶公超:《我与〈学文〉》,《叶公超批评文集》,第257页。

而叶公超，作为把艾略特介绍到中国的第一人①，不仅自己翻译宣传艾略特，还积极扶持、鼓励新月诗派成员接受、翻译艾略特作品。其中最值得称道的，是叶公超直接推动和促成了他在清华大学任教时的学生赵萝蕤翻译艾略特的长诗《荒原》，并提供了重要帮助。而叶的另一位学生卞之琳则应老师的要求翻译艾略特的诗学论文《传统与个人才能》。继这篇重要的现代主义诗学论文之后，《学文》月刊刊登了曹葆华翻译的威尔逊《诗的法典》。叶公超在《学文》第三期的《编辑后记》中，特意强调了这两篇论文的重要性。专门研究波德莱尔的闻家驷在《学文》月刊发表了《波德莱尔——几种颜色不同的爱》和《波德莱尔与女人》。尚不清楚曹葆华和闻家驷的译文是不是《学文》月刊编辑的约稿，但曹葆华当时正在清华大学研究生院就读，他的翻译很可能得到了师辈的指导。曹葆华后来翻译瑞恰慈的诗歌理论受到叶公超的鼓励，他所译《科学与诗》一书在1937年出版时，叶公超欣然为之作序。叶在序言中说："我希望曹先生能继续翻译瑞恰慈的著作，因为我相信国内现在最缺乏的，不是浪漫主义，不是写实主义，不是象征主义，而是这种分析文学作品的理论。"②而闻家驷是闻一多之弟，他从事波德莱尔理论译介，多受乃兄鼓励。当时主编《学文》月刊的闻一多还让赵萝蕤翻译了一篇外国文艺理论文章《诗的名称与性质》③，发表在第四期。从这些可以看出，《学文》月刊编者有意识地进行了现代主义诗歌理论的翻译和介绍，这对于后期新月诗派中部分成员转向"现代"派，客观上起到了引导的作用。

综上，可以说，《学文》月刊登载的新诗创作与艾略特、威尔逊等现代主义大师的诗学论文，为后期新月诗派向现代主义诗歌转变提供了理论与实践的园地。艾略特的《荒原》经赵萝蕤翻译介绍到中国，对当时的知识界特别是青年诗人的创作产生了巨大的影响。《荒原》的汉译本刚一出版，《西洋文学》杂志上就发表了邢光祖的文章称"赵女士的这册译本是我国翻译界的'荒原'上的奇葩"。④艾略特的

---

① 1962年叶公超在"深夜怀友"中说："艾略特（T. S. Eliot）也是当时极为著名的诗人和批评家。我在英国时，常和他见面，跟他很熟。大概第一个介绍艾氏的诗与诗论给中国的，就是我。"（关鸿等编《新月怀旧——叶公超文艺杂谈》，学林出版社1997年版，第179页）
② 叶公超：《曹葆华译〈科学与诗〉序》，《叶公超批评文集》，第148页。
③ 参见赵萝蕤《怀念叶公超老师》，陈子善编《叶公超批评文集》，第1页。
④ 转引自董洪川《叶公超与T. S. 艾略特在中国的传播与接受》，《外国文学研究》2004年第4期。

《传统与个人才能》影响了卞之琳1930年代的诗歌创作。卞之琳后来说，这篇文章以及之前他翻译的一些现代主义诗论和作品，"不仅多少影响了我自己在30年代的诗风，而且大致对三四十年代一部分比较能经得起时间考验的新诗篇的产生起过一定的作用"①。卞之琳承认："写《荒原》以及其短作的托·斯·艾略特对于我前期中间阶段的写法不无关系。"②

（二）新月派小说、散文和戏剧作家融入京派

后期新月派成员中比较活跃的有沈从文、林徽因、叶公超、闻一多、胡适、梁实秋、余上沅、凌淑华、陈梦家、曹葆华、饶孟侃、何其芳、卞之琳、徐芳等，这些人大多数是京派，占了京派"半壁江山"。后期新月派与京派在成员上出现如此多的重叠，难怪人们难以辨明这两个流派的关系。后期京派重要成员朱光潜误以为新月派及其《新月》杂志是京派的一个阶段，他说："京派在'新月'时期最盛，自从诗人徐志摩死于飞机失事之后，就日渐衰落。"③而学者陈子善也以为《学文》月刊由新月派和京派联合编办。不过，陈先生指出《学文》月刊是"北上的'新月派'与'京派'的一次成功的合流"④，却颇有见地。因为，《学文》月刊的创办为后期新月派小说、散文、戏剧家融入京派提供了契机。典型的例子莫过于废名。

废名的小说《桥》发表在《学文》月刊第二期。在此之前，《桥》的上卷曾陆续发表在京派刊物《骆驼草》上，1932年由开明书店出版，下卷则从《新月》第四卷第五期开始登载，前面有一段编者的话：

> 废名先生所著《桥》，上卷已由开明书店出版，本期书报春秋内有灌婴君的介绍与批评。这是下卷的一二章。我们希望废名先生以后陆续在这里发表那未完的部分。⑤

《新月》第四卷后面几期由叶公超主编，而且有些稿子都由他自己编写，据此可断定，这段编者的话出自叶公超之手，显示出叶公超对

---

① 卞之琳：《赤子心与自我戏剧化：追念叶公超》，《卞之琳文集》中卷，安徽教育出版社2002年版，第188页。
② 卞之琳：《雕虫纪历·序》，人民文学出版社1979年版，第16页。
③ 商金林编：《朱光潜自传》，江苏文艺出版社1998年版，第6页。
④ 陈子善：《叶公超批评文集·编后记》，第272页。
⑤ 《新月》第4卷第5期。

《桥》很看重。由于《新月》不久之后停刊,叶公超便在《学文》月刊上登载了《桥》的"荷花"一节。后期新月派废名的一部小说,竟然像接力赛一样先后由京派刊物《骆驼草》、新月派刊物《新月》和《学文》刊发,此事反映了这两个文学流派的旨趣有趋同的地方。关于这一点,已有学者予以指出。温儒敏曾概括京派有三个方面的共性,即多写乡土中国和平民现实的题材、从容节制的古典式审美趋向和创作了比较成熟的小说样式。[①] 粗略地说,京派的这三个共性,用来概括新月派尤其新月派小说,也是可以的。新月派和京派在文学旨趣方面的相同或相似之处,正是后期新月派大批融入京派的主要原因。关于这点,从《学文》与京派刊物在刊物性质(纯文学)、栏目设置、主要撰稿人等方面有着惊人相似,也可以看出来。

由于文学旨趣相似,京派成员对《学文》普遍持认可态度。林徽因是后期新月派的重要成员。她的小说《九十九度中》在《学文》第一期发表后,京派作家李健吾评价很高,认为这篇小说"最富有现代性"[②]。这个"最富现代性"指林徽因在小说中使用了意识流手法。徐志摩早在20世纪20年代末期就尝试这种"现代"写作方法。他的《轮盘》就是一篇意识流小说,卞之琳认为《轮盘》"不但有一点像凯瑟琳·曼斯斐尔德现代小说,而还有一点维吉妮亚·伍尔夫意识流小说的味道"[③]。林徽因在《九十九度中》对意识流手法的使用,比徐志摩要成熟。而京派作家李健吾对这种写作手法表示赞赏,从一定程度上表明了京派对后期新月派小说创作的认可。后来林徽因积极参加京派活动,曾担任《大公报》文艺奖的评委。

1931年,在北京大学中文系读书的徐芳过去曾在《新月》发表过新诗,《学文》创刊后,又在该刊发表了独幕剧《李莉莉》。后来她经常出席朱光潜召集的"读诗会",在叶公超、胡适等人支持、鼓励下,在《大公报·文艺副刊》等京派刊物发表了多篇剧作和诗歌,1937年曾编辑《中央日报·诗歌副刊》,是最年轻的京派成员。

说到20世纪30年代朱光潜召集的"读诗会",人们很容易想到著

---

① 参见温儒敏《沈从文与"京派"文学》,《文学史的视野》,人民文学出版社2004年版,第196—211页。
② 李健吾:《〈九十九度中〉——林徽因女士作》,张大明编《李健吾创作评论选集》,人民文学出版社1984年版,第454页。
③ 卞之琳:《〈徐志摩选集〉序》,《卞之琳文集》中卷,安徽教育出版社2002年版,第322页。

名的"太太客厅"。林徽因在 30 年代主持的"太太客厅",凝聚着当时北平的优秀知识分子,形成了一个独特的新月派与京派共同的交往平台。这些知识分子的研究和创作领域虽不尽相同,但正是由于各自处于不同的文化领域,涉及的面和层次比较广、比较深,彼此思想的融会交流才有利于开阔视野,擦出思维的火花。在这个"私人空间"里,新月派与京派成员平等交流,真诚的友谊带来了精神力量,相同或相似的文学旨趣使他们融为一个群体。林徽因和经常参加"太太客厅"活动的沈从文迅速融入京派,并成为核心人物。

学文社(即《学文》月刊编辑部)经常举办的聚会,也为新月派融入京派创造了条件。周作人在这时期的日记中多次提到,他和俞平伯应邀参加学文社的宴会或议稿会。

现在,我们再回到陈子善所说的《学文》月刊是"北上的'新月派'与'京派'的一次成功的合流",便当相信,《学文》月刊在《新月》停刊后重新聚集了后期新月派成员,同时加强了与周作人、朱光潜等京派成员的联系,为新月派成员融入京派作家群提供了契机。

当然,并非所有新月派都融入了京派。除卞之琳、何其芳等转入"现代"诗派之外,胡适后来出任驻美大使,成了中国自由主义知识分子参政的一个典型代表。罗隆基、闻一多、潘光旦等人"议政"热情高涨,全面抗战爆发以后,他们以群体的形象出现在"民盟"大旗下追求着民主宪政的理想。而由于梁实秋参加过京派的一些活动,有人认为他也融入了京派,而实际上从他 1935 年在北平创办的《自由评论》周刊来看,与京派风格相去甚远。新月派戏剧家余上沅似乎与京派保持一定的距离,他在 20 世纪三四十年代主持戏剧专门学校,致力于培养戏剧人才。至于后期新月诗派的代表陈梦家,1934 年转向了古文字学和考古学研究,后来成为受到史学界推崇的考古学家。

眼看着新月派分化解体,梁实秋曾在《学文》月刊停刊半年后(1935 年年初)试图创办《学文》季刊来力挽狂澜[1],但新月派分化解体的大局已定,《学文》季刊胎死腹中。计划创办《学文》季刊,反映了梁实秋等后期新月派曾有过东山再起的愿望,这份杂志"成了梁实秋和新月派同人无法实现的梦想,也留给后人以想象的空间"[2]。虽然如

---

[1] 梁实秋 1935 年 3 月 16 日写给王平陵的信中提及筹办《学文季刊》之事,并附梁实秋亲拟的《〈学文季刊〉计划》(参见陈子善《梁实秋与胎死腹中的学文季刊》,《东方早报》2010 年 6 月 27 日)。

[2] 陈子善:《梁实秋与胎死腹中的学文季刊》。

此，新月派作为一种精神被一些知识分子继承下来。姑且不说京派对新月派主张的某些延续，即便当年闻一多、徐志摩等新月老诗人对新诗技艺的锤炼，也在现代主义退潮后的卞之琳、何其芳那里有所体现——1950年代何其芳、卞之琳提出了"现代格律诗"[①]的话题，可以说延续和推进了新月诗派对诗歌形式的探索。曾在《新月》发表诗意葱茏的散文而被看作"新月派后起之秀"的储安平，当时"他虽不谈政治，且多是写作文艺作品，但《新月》的精神贯注了他，为他15年后创办《观察》，打下了精神基础"[②]。

[①] 关于何、卞二人在1950年代提出"现代格律诗"，除了参考其相关文章，还可参见王光明《现代汉诗的百年演变》（下），河北人民出版社2003年版，第400—408页。

[②] 沈卫威：《论胡适关于人权与约法的论争》，《民国档案》1994年第1期。

第六章　新月派佚作考录

20世纪80年代以来，随着史料工作逐渐受到重视，中国现代文学史料的发掘、整理成为寻找新的学术生长点的关键所在。在此情形下，出版了一些新月派作家的全集，比如安徽教育出版社出版的44卷本《胡适全集》、北岳文艺出版社出版的32卷本《沈从文全集》、天津人民出版社出版的韩石山编的8卷本《徐志摩全集》；新月派作家的文集也整理出版了不少，如梁从诫编的《林徽因文集·文学卷》、陈学勇编的《凌叔华文存》（上、下）。这些全集、文集，增收了一些近年学界挖掘、整理的新月派佚作，因而其编者或出版社认为有理由称为或视为"全集"。一些学者却发现"全集不全"，怀疑整理出版"全集"的可行性与合理性。

2004年10月13日—16日，由河南大学文学院、《文学评论》编辑部、洛阳师范学院中文系联合举办的"史料的新发现与文学史的再审视"学术研讨会在河南开封、洛阳两地隆重召开。全集、文集、选集的编撰问题成为这次会议讨论的中心话题之一，陈子善（华东师范大学）、王文彬（安徽大学）、张桂兴（山东师范大学）等学者，重点分析了改革开放以来出版的全集中"全集不全"的现象。2006年，陈学勇以自己编《凌叔华文存》《林徽因文集》的亲身经历，感叹说："编作家'全集'谈何容易的事！"[1]的确，中国现代作家作品散布在若干种报纸杂志或各种版本的著作中，且不说搜寻颇费工夫，即便有现存的文本，也还需要在校勘、注释上花大力气（仅花力气不够，更得兼有多年学养、专门知识）。就新月派作家作品而言，由于历史原因，相关史料不仅没有得到较好的保存，学界在这方面的发掘、整理也不够。本章主要考录笔者搜集、发掘的若干新月派作家散佚作品，以期能对研究者有所裨益。

---

[1] 陈学勇：《"全集"不易全——补徐志摩一段重要佚文》，《山西文学》2006年第2期。

第一节 《梦家诗集》版本再考

郑蕾发表在《新文学史料》2008年第1期的《〈梦家诗集〉版本考》一文，拨云拔雾，细心爬梳《梦家诗集》各种版本，是一篇有价值的考证文章。见到同道者取得如此成果，笔者颇感欣慰。然而仔细研读郑蕾此文后，觉得关于《梦家诗集》版本的若干问题，尚有再次考证之必要。

一 《梦家诗集》版本沿革

1931年1月《梦家诗集》由新月书店出版，这是陈梦家的第一个诗集，也是《梦家诗集》的初版本。1933年3月，新月书店出版《梦家诗集》第三版。此后出版的《梦家诗集》或《梦家存诗》，都以1931年初版本和1933年第三版本为底本，具体如下：（1）1936年陈梦家从初版本《梦家诗集》中选诗6首，《铁马集》中选诗12首，再加上新作5首，共23首编成《梦家存诗》，是年3月由上海时代图书公司出版；（2）1987年9月上海书店影印了《梦家诗集》第三版；（3）1997年浙江文艺出版社根据《梦家诗集》第三版，出版了《梦家诗集》，但与第三版比较，少了《女人摩西的杖》；（4）2000年人民文学出版社根据《梦家诗集》初版本，出版了同名诗集；（5）2006年中华书局出版的《梦家诗集》则较为全面地收录了陈梦家的诗作，除《梦家诗集》《铁马集》和《梦家存诗》之外，还有不少集外的诗篇。这一版本中的《梦家诗集》部分则是根据1997年浙江文艺出版社出版的《梦家诗集》编成。为直观显示《梦家诗集》各版本之间的沿革关系，制图如下：

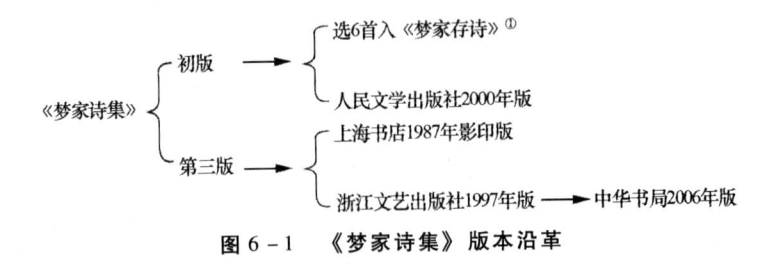

图6-1 《梦家诗集》版本沿革

---

① 1936年陈梦家在《〈梦家存诗〉自序》中说："这二十三首诗是我七年写诗的总帐。前六首选自《梦家诗集》……"（参见陈梦家《〈梦家存诗〉自序》，方仁念选编《新月派评论资料选》，第314页）

二 初版与第三版及其汇校

《梦家诗集》初版于 1931 年 1 月，在此前出版的《新月》第三卷第三期（实际出版于 1930 年 12 月底），刊登了"《梦家诗集》出版"的广告，云：

> ……作者最近选出四十一首诗，由新月书店发行，将或有所影响于诗的新风格。全集共分四卷，大部分是抒情诗，末了有几首值得注意用另一方法写的长诗，均系作者最近的创作，未曾发表过的……

看得出来，早在 1930 年 12 月，陈梦家已经完成了《梦家诗集》的选编，1931 年 1 月是《梦家诗集》的确切出版时间，并且在出版时，诗集的分卷（四卷）和所选诗的数量（41 首），没有作出改变或调整。

"末了有几首值得注意用另一方法写的长诗"，应指第四卷的《都市的颂歌》《再看见你》和《悔与回》，这几首长诗，有明显的象征主义倾向，也透出了 T. S. 艾略特的"荒原"意识，的确是"用另一方法写的"。但并非"未曾发表过"。《都市的颂歌》与上述"《梦家诗集》出版"广告刊登在同期《新月》，《再看见你》发表在《新月》第三卷第四期，而《悔与回》发表于 1931 年 1 月出版的《诗刊》季刊创刊号。

《梦家诗集》出版后，很受欢迎，于 1933 年 3 月出版第三版。为方便对这两个版本进行汇校，列出其不同处如表 6-1：

表 6-1　　　　《梦家诗集》初版与第三版比较

版本 卷次	初版	第三版
第一卷	13 首；第 9 首为《心事》	12 首，缺《序诗》； 第 9 首为《给薇》
第二卷	第 15 首为《神威》；第 16 首为《一幕悲剧》	第 15 首为《露天的舞蹈》； 第 16 首为《只是轻烟》
第三卷		
第四卷		
第五卷	无	13 首[①]

[①] 陈梦家在《再版自序》中说："再版另加二十年春至夏所作诗十二首，别为一卷。"而实际上排了 13 首诗，陈梦家的说法及该版本的目录都遗漏了《城上的星》一诗。

由于后来的版本大多据第三版，初版本中的《序诗》《神威》《心事》《一幕悲剧》这四首诗，除人民文学出版社 2000 年版之外，都没有收入。

如郑蕾在《〈梦家诗集〉版本考》中所指出，1933 年的第三版《梦家诗集》，其内容和目次亦有出入。第五卷也就是陈梦家在《再版自序》中注明添加的 12 首诗"别为一卷"，实际上是 13 首，还有一首《城上的星》未被编目。而 1997 年浙江文艺出版社在编辑《梦家诗集》时，原《梦家诗集》的第五卷，虽然在目次中补上了《城上的星》，却将《女人摩西的杖》遗漏，仍为 12 首诗。① 不过，《女人摩西的杖》不是如郑蕾所言"最初发表于新月书店出版的 1931 年 1 月《诗刊》创刊号"，而是最初发表在 1931 年 4 月 20 日（实际于 5 月上旬）出版的《诗刊》第二期。

三　再版本

郑蕾在《〈梦家诗集〉版本考》一文中，对《梦家诗集》的再版表示存疑：

> 《梦家诗集》有初版和三版，第二版一直未见端倪。不仅各大图书馆都没有第二版的藏书记录，在第三版的版权页也只写有"一九三一年一月初版"和"一九三三年三月三版"，而未提及第二版的信息。在《新月》杂志上，只有第一版和第三版的广告，也始终未见第二版的踪迹。而《再版自序》理应为第二版所作，其日期也是"二十年六月"，即一九三一年，也就是初版出版后的五个月，三版出版则是两年后的事情了。在 1997 年浙江文艺出版社出版的《梦家诗集》前，有编者的说明，称"1931 年 7 月新月书店再版"，是否根据《再版自序》的日期而作猜测，也未可得知。第二版是否非新月书店出版？第二版下落何处？或者三版是否就是再版而被误排？究竟有无第二版？在未见原书之前，只能存疑。②

由于探索第二版出版日期未果，郑蕾提出了两种猜测：其一，第二版是否非新月书店出版？其二，第三版是否就是再版而被误排？笔者以

---

① 郑蕾：《〈梦家诗集〉版本考》，《新文学史料》2008 年第 1 期。
② 同上。

为，这两种猜测都不成立，理由如下：

第一，当时新月派特别是新月诗派的作品基本上由新月书店出版，因而由其他出版机构出版第二版的可能性不大；

第二，《新月》月刊刊登的新书广告，只有由新月书店出版的，才不标注也不必每次都标注"新月书店出版"字样，而刊登在《新月》第三卷第十一期的"《梦家诗集》再版"广告，没有标注任何出版机构，故再版本是新月书店出版的；

第三，退一步说，即便第二版不是由新月书店出版，当时也应该有人提到，而全国大小图书馆中可能有一两家保存了这个版本，事实却是没有；

第四，既然《新月》月刊上明确刊登了"《梦家诗集》再版"广告，而陈梦家在《铁马集·附记》中也明确提到《梦家诗集》再版的情况，再版本的存在是无疑的；

第五，倘若"第三版就是再版而被误排"，那么，第三版的时间1933年3月，与初版时间相隔两年零两个月，以《梦家诗集》初版"出世刚六个月，就售完了"的畅销情况，怎么可能再版本要拖延到两年之后才出版？何况1931年8月出版的《新月》上已经刊登了"《梦家诗集》再版"的广告。

那么，究竟《梦家诗集》再版于何时？

笔者查阅全国各大高校图书馆的藏书记录，的确没有《梦家诗集》第二版；而《梦家诗集》第三版的版权页，也只写着"一九三一年一月初版、一九三三年三月第三版"。但是在《新月》杂志上，却并非如郑蕾说的"只有第一版和第三版的广告，也始终未见第二版踪迹"。《新月》第三卷第十一期刊登了《梦家诗集》再版的广告：

再版

梦家诗集

陈梦家　著

梦家诗集，出世刚六个月，就售完了。他写诗的态度醇正，内容与技巧的完美，已得大众相当的认识。现在再版本又出来了。著者此番将原集详为增删，又多加了一卷新作，有未曾发表的。这一卷新作，比以前表现得更要纯练深刻，要知道新诗已经走到了什么程度，一读这本书，说不定会使你惊喜。

《新月》第三卷第十一期没有标明出版日期，不过这一期发表了王造时写于 1931 年 8 月 13 日的《由"真命天子"到"流氓皇帝"》一文，也就是说，这一期《新月》出版的时间不会早于 1931 年 8 月中旬。就此来看，《梦家诗集》再版的时间，不会迟于 1931 年 8 月中旬。又，再版广告中提到"梦家诗集，出世刚六个月，就售完了"，说明这本书很畅销，而陈梦家的夫人赵萝蕤也回忆说，《梦家诗集》初版后很受欢迎，很快再版①，由此推断，因为《梦家诗集》初版本于 1931 年 6 月就卖完了（"出世六个月，就售完了"），受出版利润的刺激，再版的时间不会拖延，以此结合前述"《梦家诗集》再版的时间，不会迟于 1931 年 8 月中旬"的推断，可推出《梦家诗集》再版的时间是 1931 年 6 月或 7 月或 8 月上旬。但第三版保留的《再版自序》写作时间是"二十年六月"（1931 年 6 月），而《潘彼得的梦》（《梦家诗集》第三版中写作时间最晚的诗）写于 1931 年 6 月 20 日，也就是说，《梦家诗集》再版本选编的诗歌写作日期，截至 1931 年 6 月 20 日，6 月 20 日之后就已经进入排字、校对等印刷流程。以《梦家诗集》初版畅销情况以及当时上海印刷出版书籍所需的常规时间来看，再版本不可能要在编定（6 月 20 日）近两个月后的 8 月上旬才能出版。因此，《梦家诗集》再版的时间只可能是 1931 年 6 月或 7 月。剩下的问题，在于究竟是 6 月还是 7 月再版。

　　在《铁马集》的"附记"里，陈梦家写下这样一段话：

　　　　民国十九年冬季选取十八十九两年的诗四十首，交由新月书店出版，题名《梦家诗集》。二十年六月再版时，又补入了二十年上半年所作十六首诗。②

　　这段话明确说，《梦家诗集》初版于 1931 年 1 月（"民国十九年冬季选取"诗，次年 1 月出版），而再版的时间是"二十年六月"。浙江文艺出版社 1997 年版的编者在"前言"中说"1931 年 7 月新月书店再版"，编者没说理由，估计是依据第三版中《再版自序》的写作时间（1931 年 6 月）推测。

　　根据以上考证，《梦家诗集》再版于 1931 年 6 月，再版时，陈梦家

---

① 赵萝蕤：《忆梦家》，《新文学史料》1979 年第 3 辑。
② 陈梦家：《铁马集·附记》，上海书店 1992 年版。

不仅写了《再版自序》，而且"再版另加二十年春至夏所作诗十二首，别为一卷"①。1933年3月出版第三版时，没有作任何改动，只是对再版本进行了重新印刷。

顺便提及，陈梦家在1931年2月写给胡适的一封信，道出了他想再版《梦家诗集》的原因，信中说：

> 适之先生：
> 信收到。先得感谢你热诚的精细的批评。本来，我不想这册匆匆印出来的诗有什么影响，你的来信，倒使我于惭愧之余，更思努力了。错字太多，实在因为印得太匆促，又在年底，而我也没有好好校正过，说是你已为我有更精详的校阅，费心把你那本校正过的诗集寄来，我已经在今晨另邮寄一册了。我盼望，你能否代我设法教书店在最近期内容替我重印一册校正本，就根据你的校正的，而另外我自己也有发觉不妥的，及其他友好的意见，详为更正，并想增删几首。那序诗，原先想不要的，印好了我无法，以后一定删掉它。至于该要删掉的几首，是二卷内末了的《琵琶》《神威》《一幕悲剧》等三首，也是早先通知书店删去而未删去的。因《琵琶》一首在技巧上尚未圆熟，其他二首皆十四行，实又未符商籁体的格式，最后写了一首短诗《白马湖》，一首二十四行的《供》，一首商籁体的《太湖之夜》，预备添补进去，不知你的意见如何？有没有要删去的地方。这些我麻烦你给我一个详细的指教。再因为也有店省钱，没有多登广告，你可否能为我在北方介绍一下。至于重印的事，更希望向书店提到。②

四　关于初版本与再版本几种说法的考订

1. 初版诗作总数问题　《新月》第三卷第三期刊登的"《梦家诗集》出版"广告中说："作者最近选出四十一首诗，由新月书店发行"；而陈梦家在《铁马集》的"附记"里说："民国十九年冬季选取十八十九两年的诗四十首，交由新月书店出版。"经查，初版《梦家诗集》，

---

① 陈梦家：《再版自序》，《梦家诗集》，上海书店1987年版，第3页。
② 《陈梦家致胡适》（1931年2月13日），耿云志主编《胡适遗稿及秘藏书信》第三十五卷，黄山书社1994年版，第501页。

共刊诗41首，故《新月》中"《梦家诗集》出版"广告中的说法为确。陈梦家在《铁马集》"附记"里提出的40首诗的说法，可能受再版和三版本中第一卷至第四卷只收入40首诗（再版和三版没有初版第一卷中的《序诗》）的影响，以致误记。

2. 再版另加诗作问题　1931年6月，陈梦家在《再版自序》中说："再版另加二十年春至夏所作诗十二首，别为一卷。"几年后，他又在《铁马集》"附记"中说："二十年六月再版时，又补入了二十年上半年所作十六首诗。"先说再版中加入1931年上半年所作的诗12首，后又说是16首，前后不一致。经查据再版本重印的《梦家诗集》第三版，同时根据陈梦家的以上陈述，可知第五卷全是新加入的1931年上半年作的诗。而目录中第五卷收诗12首诗，这与陈梦家在《再版自序》中的说法相符。但实际上，书中目录少录了《城上的星》一诗（排在诗集中第五卷第一首与第二首之间），所以第五卷实际上收入1931年上半年的诗共13首。就此来看，是否陈梦家在《再版自序》和《铁马集》"附记"中的说法都有误呢？笔者对此作出的解释是：梦家在《再版自序》中提到的"二十年春至夏所作诗十二首"仅指"别为一卷"的第五卷中的诗，而《铁马集》"附记"中说的"补入了二十年上半年所作十六首诗"，是就整本诗集而言，换言之，这里说的1931年上半年作的16首诗，既包括再版本第五卷的全部诗13首（因第五卷全是1931年上半年所作），也包括三首被插入第五卷之外的诗。

那么，被插入第五卷之外的、作于1931年上半年的是哪三首诗呢？

经汇校初版本与第三版可知，第三版中第一卷的《给薇》、第二卷的《露天的舞蹈》《只是轻烟》取代了初版中三首诗，因而《给薇》《露天的舞蹈》《只是轻烟》这三首诗，最有可能就是《铁马集》"附记"所说"补入了二十年上半年所作十六首诗"中的三首。但《只是轻烟》发表于《新月》第三卷第四期，发表时该诗后注有"十二月十四夜小营"。这一期《新月》还发表了陈梦家的另一首诗《再看见你》，诗后注明"十九年十一月二十五夜半南京小营三〇四"，说明此诗写于1930年11月25日夜半，据此可推出，《只是轻烟》的写作时间是1930年12月14日夜。

第三版中《给薇》的末尾标注有"五月二十三日"，但该诗选入《梦家诗集》前，不曾发表过。这首诗具体作于哪一年的5月23日？

陈梦家开始新诗创作的时间是1928年年初，于是可以肯定，这首诗的写作时间在1928年年初至1931年6月这个时间段内，换言之，该诗有可能写作于1928、1929、1930、1931年的5月23日。但从这首诗的创作水平和风格之成熟来看，不会是初涉诗歌创作的1928、1929年写的；而且，从陈梦家发表在各种报纸杂志的诗作来看，直到1930年他才有意识地标注诗作的写作时间及地点。综合这两点，可推断出，《给薇》的写作时间是1930年5月23日或1931年的5月23日。

在第三版中，《露天的舞踊》诗末注"三月二十晨前三〇四"字样，说明该诗于3月20日在南京小营三〇四写的。究竟是哪一年的3月20日？

《新月》第二卷第十二期发表了陈梦家《寄万里洞的亲人》，该诗末尾标注"十九年三月黄花节，大石桥"。大石桥是上海市地名，由此可断定，1930年3月中旬陈梦家在上海，而《露天的舞踊》是3月20日写于南京小营"三〇四"，于是排除了该诗写于1930年3月20日的可能性。又，这首诗风格成熟，不应是作于初涉诗坛的1929年3月20日，因此推断，《露天的舞踊》的写作时间是1931年3月20日。从陈梦家1931年上半年创作的诗作来看，他这半年里一直住在南京小营三〇四，因而《露天的舞踊》写于1931年"三月二十晨前三〇四"，也与这一事实相符。

综上所述，《只是轻烟》作于1930年12月14日，《露天的舞踊》作于1931年3月20日，《给薇》作于1930或1931年5月23日。与被取代的初版中的三首诗（《神威》《一幕悲剧》《心事》）相比较，这三首诗技巧圆熟，也比较符合诗集的整体风格。在《梦家诗集》再版时，陈梦家除了"另加二十年春至夏所作诗十二（十三）首，别为一卷（第五卷）"，还以《只是轻烟》《露天的舞踊》《给薇》替代了初版中的三首诗，因而他在《铁马集》"附记"中说"补入了二十年上半年所作十六首诗"。至于《只是轻烟》并非"二十年上半年所作"，而《给薇》也不能确定是否作于1931年5月23日，这个情况，与上述考订并不矛盾。因为，再版本补入的16首诗中，至少有14首是1931年上半年所作，陈梦家在《铁马集》"附记"中笼统地把添加的16首诗称为"二十年上半年所作"，也是合理的。

第二节　梁宗岱译莎士比亚十四行诗汇校

作为诗人的梁宗岱创作的新诗并不多，相对比较多的是译诗。1930

年代初期的梁宗岱，与徐志摩、卞之琳、陈梦家等走得很近，在《诗刊》季刊上发表过讨论新诗的文章，其文艺观倾向于后期新月诗派。可以说，在后期新月诗派中，梁宗岱以西方诗歌翻译见长，并因此奠定了他一生的事业——1949年以后，他成为著名翻译家，人民文学出版社1978年出版的《莎士比亚全集·第十一卷》，就是由梁宗岱独力翻译完成。"第十一卷"收入的主要是莎士比亚的十四行诗。梁宗岱早年就对莎士比亚的十四行诗（他习惯把十四行诗Sonnet译为"商籁"）情有独钟，早在1930年代后期，他就已经译完了莎士比亚十四行诗的大部分。1942年前后，广西华胥出版社出版了多种梁宗岱的译著，在梁宗岱译著表上有一项预告："莎士比亚商籁（准备中）"，但这本"莎士比亚商籁"最终没有出版。"文化大革命"期间，梁宗岱手稿被毁，以致早在30年代后期已翻译完毕的莎士比亚十四行诗未能面世，这十分令人遗憾！"文化大革命"结束后，梁宗岱重译莎士比亚十四行诗，收入1978年人民文学出版社出版的《莎士比亚全集·第十一卷》。

多年来，那些梁宗岱于1930年代后期译成的莎士比亚十四行诗，因其手稿在"文化大革命"期间被毁而令研究者扼腕叹息。那些译诗，是研究梁宗岱早期翻译的重要文献。有幸的是，笔者碰巧在20世纪三四十年代出版的《中央日报》上看到了那些诗的一部分。将其与梁宗岱"文化大革命"后翻译的莎士比亚十四行诗对照，发现二者相异处极大，俨然是不同作者所译。兹将不同时期梁宗岱翻译的莎士亚十四行诗，列表汇校如下：

表6-2　　　　两种版本的梁译莎士比亚十四行诗汇校（一）

商籁①	一八②
我怎么能够把你比作夏天？	我怎么能够把你比作夏天？
你不独比他可爱也比他温婉；	你不独比它可爱也比它温婉：
狂风把六月宠爱的嫩蕊作践，	狂风把五月宠爱的嫩蕊作践，
夏天出卖货的期限又未免太短：	夏天出货的期限又未免太短：

---

① 梁宗岱译、莎士比亚作：《商籁》，《中央日报·诗刊》1937年6月26日第三张第一版。
② 梁宗岱：《莎士比亚十四行诗·一八》，《梁宗岱文集Ⅲ·译诗卷》，中央编译出版社2003年版，第139页。此《梁宗岱文集》中莎士比亚译诗，均出自1978年人民文学出版社出版的《莎士比亚全集·第十一卷》。

续表

商籁	一八
骄阳底眼睛看时照得太酷烈， 他那炳耀眼的金颜又常遭掩蔽； 给机缘或无常的天道所催折， 没有芳艳不终于哀残或销毁。	天上的眼睛看时照得太酷烈， 它那炳耀眼的金颜又常遭掩蔽； 被机缘或无常的天道所催折， 没有芳艳不终于雕残或销毁。
但你底长夏将永远不会凋射， 或者会损失你这晔晔的红芳， 或死在他底阴影里把你揄揶。 当你在不朽的诗里与诗同长。	但是你的长夏永远不会雕落， 也不会损失你这皎洁的红芳， 或死神夸口你在他的影里漂泊， 当你在不朽的诗里与时同长。
只要一天有人类，或人有眼睛， 这诗将长在，并且赐给你生命。	只要一天有人类，或人有眼睛， 这诗将长存，并且赐给你生命。

表6-3　　两种版本的梁译莎士比亚十四行诗汇校（二）

（一）原集第七十三首①	七三②
在我身上你也许会看见秋天， 如黄叶，或全落，或只疏疏几张 挂在瑟缩的枯枝上索索抖颤， 荒废的歌坛，那里百鸟曾和唱。	在我身上你或许会看见秋天， 如黄叶，或尽脱，或只三三两两 挂在瑟缩的枯枝上索索抖颤—— 荒废的歌坛，那里百鸟曾合唱。
在我身上你也许会看见暮霭， 当日落后它在西方徐徐消灭； 黑夜，死底异身，渐渐把它埋葬； 严静的安息锁住纷纭的万物。	在我身上你或许会看见暮霭， 在它日落后向西方徐徐消退； 黑夜，死的化身，渐渐把它赶开； 严静的安息笼住纷纭的万类。
在我身上你也许会看见余烬， 当它懒懒地卧在青春底寒灰， 惨淡的灵床上早晚终要断魂，	在我身上你或许会看见余烬， 它在青春的寒灰里奄奄一息， 在惨淡的灵床上早晚要断魂，

---

① 梁宗岱译、莎士比亚作：《十四行诗两首·（一）原集第七十三首》，《中央日报·平明》1939年12月21日。
② 梁宗岱：《莎士比亚十四行诗·七三》，《梁宗岱文集Ⅲ·译诗卷》，第176页。

续表

（一）原集第七十三首	七三
给那滋养过它的烈焰所销毁。	给那滋养过它的烈焰所销毁。
看见了这些，你底爱就要加强	看见了这些，你的爱就会加强
珍惜那转瞬便辞你，溘然长往。	因为他转瞬要辞你溘然长往。
（二）原集第七十四首①	七四②
但是放心罢：当那无情的拘票	但是放心吧：当那无情的拘票
终于丝毫不宽假地把我带走，	终于丝毫不宽假地把我带走，
我底生命将依然在诗里长保，	我的生命在诗里将依然长保，
永远底纪念品，永远和你相守。	永生的纪念品，永久和你相守。

表6-4　　两种版本的梁译莎士比亚十四行诗汇校（三）

当你重温这些诗，就等于重温	当你重读这些诗，就等于重读
我献给你的至纯无二的生命；	我献给你的至纯无二的生命；
尘土只能有尘土，那是它底份；	尘土只能有它的份，那就是尘土；
灵魂却属你，这才是我底真身。	灵魂却属你，这才是我的真身。
所以你不过失掉生命的糟粕，	所以你不过失掉生命的糟粕，
（当我肉体死后），恶蛆们底食饵，	（当我肉体死后），恶蛆们底食饵，
一个无赖底刀下怯懦的收获，	无赖的刀下一个怯懦的俘虏，
太卑贱的秽物，不配被你记忆。	太卑贱的秽物，不配被你记忆。
它唯一的价值就在它底内蕴，	它唯一的价值就在它的内蕴，
那就是这诗，它们将和你共存。	那就是这诗：这诗将和它长存。

---

① 梁宗岱译、莎士比亚作：《十四行诗两首·（二）原集第七十四首》，《中央日报·平明》1939年12月21日。
② 梁宗岱：《莎士比亚十四行诗·七四》，《梁宗岱文集Ⅲ·译诗卷》，第176—177页。

将同一个作者在不同时期对同一种文学作品的翻译，予以汇校，是一件有意思的事。从以上梁宗岱分别于 20 世纪 30 年代和 70 年代的译作，可以看出几点：（1）在不同时期，对相同原句的理解有所不同，如第八首第五句，在 30 年代译为"骄阳底眼睛"，在 70 年代译为"天上的眼睛"，第十一句"死在他底阴影里把你揶揄"，在 70 年代却译成"死神夸口你在他的影里漂泊"，意思完全不同；（2）语言使用习惯发生了变化，比如 30 年代常用语气词"底"，而 70 年代统一用"的"，另外，句式也有变化；（3）总体上，70 年代的翻译与 30 年代相比，70 年代的翻译，达意更准确、清晰，语言更流畅，也更具诗歌的内蕴性，比如"转瞬要辞你溘然长往"，显然比"珍惜那转瞬便辞你，溘然长往"要好。

梁宗岱译于 20 世纪 30 年代的上述作品在发表时，严格地把十四行诗分作四段（在行数上按照"4＋4＋4＋2"分段，如表）。据查，与这些译诗发表于同一版面的其他诗歌，都不曾分段，这说明，按"4＋4＋4＋2"方式分四段，是译者梁宗岱原稿所有，并非编辑所加。从《梁宗岱文集》来看，梁宗岱译于 70 年代的莎士比亚十四行诗都没有分段（表中的分段，是为了使之与 30 年代的译作逐行对照）。

据查，国内（包括港台地区）坊间出版的英文版《莎士比亚全集》中莎氏的十四行诗，多数没有分段，仅最后两行诗退后两个字符。这与梁宗岱在 30 年代翻译的莎氏十四行诗中将之分四段，明显不同。同时，我们注意到，梁宗岱其他一些十四行诗，如《商籁》第二、第四、第五、六首，都按照"4＋4＋3＋3"方式分作四段，而卞之琳和冯至的十四行诗，几乎全都作如此分段。这样，就令人发问：究竟哪种分段法最符合莎氏原意？哪种分段法最符合译者梁氏本意？

1931 年 2 月 19 日闻一多在分析陈梦家的商籁体诗（十四行诗）时，对这种诗体的分段作出总结：

最严格的商籁体，应以前八行为一段，后六行为一段；八行中又以每四行为一小段，六行中或以每三行为一小段，或以前四行为一小段，末二行为一小段。总计全篇的四小段，（我讲的依然是商籁体，不是八股！）第一段起，第二段承，第三段转，第四段合……总之，一首理想的商籁体，应该是一个三百六十度的圆形；

最忌的是一条直线。①

在对十四行诗不大了解的今人看来，闻一多这个总结说得有些含糊不清。我们将之与著名语言学家王力在《现代诗律学》一书中对商籁体的阐述结合起来，就清楚了。商籁源自意大利，共十四行，有四种分段法：四段（4+4+3+3）、三段（4+4+6）、两段（8+6）、一段（14）。在后来发展中，意大利式分四段；法国式的前半是两个四行，后半是两个三行；英国式的前半是八行，后半是六行。中国的商籁，差不多是按照法国式即四段（4+4+3+3）写的。②闻一多所说的"全篇的四小段"，就包括两种分段方法，一种是法国式即"4+4+3+3"，另一种是英国式即"4+4+4+2"。卞之琳、冯至和梁宗岱的十四行诗写作，显然主要受法国式影响。但是，并非所有英国式都按照"4+4+4+2"分段，事实上，只有莎士比亚体（Sharkespearn sonnet）才如此：全诗共十四行，分为四段，前三段是三个"英雄四步"（五步分行），末一段是一个"英雄偶体"（五步的两行）。

梁宗岱在德国留学期间，对西方古典诗艺颇有造诣，深谙十四行诗上述分段情况。因此，他发表于20世纪30年代的几首翻译莎士比亚的十四行诗，均以四段（"4+4+4+2"）呈现。考虑到梁宗岱的其他十四行诗大都采取"4+4+3+3"式分段，我们应该可以肯定，梁宗岱在翻译或仿作十四行诗时，是按照"4+4+3+3"分为四段的，因为只有这样才能使其在"起""承""转""合"之间，形成"一个三百六十度的圆形"，而不是笼统地只作一段，全篇形成"一条直线"。至于他30年代翻译的莎士比亚十四行诗以"4+4+4+2"分做四段，则是他忠于莎氏原作旨意的结果。

由于无法见到1970年代梁宗岱先生交给人民文学出版社的译莎氏十四行诗原稿，笔者不敢断言，梁先生70年代的原稿也是按照"4+4+4+2"分四段，只是后来编成书时才统作一段。但既然现在我们已经明白30年代时梁宗岱主张按照莎氏十四行诗原意以"4+4+4+2"分四段，是否以后重版梁译莎氏十四行诗译作时，应该遵从梁宗岱本人当初的意愿呢？

---

① 闻一多：《谈商籁体》，《新月》第三卷第五、六期合刊。
② 王力：《现代诗律学》，中国人民大学出版社2004年版，第104—105页。

第三节　徐志摩《威尼市》为译作考

徐志摩的《威尼市》一诗，一直被当成他创作的作品收入诗集中，比如近年出版的《徐志摩全集》（韩石山编，天津人民出版社 2005 年出版，第 66—67 页），便把该诗收入第四卷"诗歌"。① 其实，这首诗系徐志摩翻译自尼采的《威尼斯》，并非徐氏创作。

徐志摩大约在 1922 年 9 月写下《威尼市》，发表在 1923 年 4 月 28 日出版的《时事新报·学灯》。"威尼市"，现在通译为"威尼斯"，意大利名城。经查，梁宗岱翻译的尼采之诗《威尼斯》，与徐志摩的《威尼市》无论从题材还是行文，都存在惊人的相似。为了直观地对比二者间的相似，列表 6-5 如下：

表 6-5　徐志摩《威尼市》与梁宗岱《威尼斯》对比分析

徐志摩：威尼市	梁宗岱：威尼斯	对比分析
我站在桥上， 这甜熟的黄昏，	倚着桥栏。 我站在昏黄的夜里，	相同：我、桥、黄昏 不同：徐诗主语"我"在前句，梁诗在后句
远处来的箫声和琴音—— 点儿，线儿， 圆形，方形，长形，	歌声远远传来；	相同：远处的歌声 不同：徐诗更具体、形象
尽是灿烂的黄金， 倾泻在波涴里， 澄蓝而凝匀。	滴滴的金泻在 粼粼的水面上，	相同：把水面上夕阳的光辉喻为"泻"在江面的金 不同：徐诗写出了光在水面的状态
歌声，游艇，灯烛的辉莹， 梦寐似生，——絪缊 幻景似消泯， 在流水的胸前—— 鲜妍，绻缱——流，流， 流入沉沉的黄昏。	画艇、光波、音乐—— 醉一般地在暮霭里流着……	相同：音乐、游船、光、流入黄昏、如梦的感觉 不同：徐诗铺华，梁诗简练
		两首诗都分两节，而且连分节处都相同
我灵魂的弦琴，	我的灵魂是张弦琴，	差不多完全相同
感受了无形的冲动， 怔忡，惺忪，悄悄地吟弄，	给无形的手指轻弹， 对自己偷唱	相同：无形的手指、偷唱 不同：徐诗更柔美

---

① 较早出版的《徐志摩全集》也把《威尼市》收入徐志摩创作的诗歌卷，如《徐志摩全集补编（1—4）》（上海书店 1994 年版）、顾永棣编《徐志摩诗全集》（浙江文学出版社 1987 年版）。

续表

徐志摩：威尼市	梁宗岱：威尼斯	对比分析
一支红朵蜡的新曲，	一支画艇的歌，	相同：一支歌 不同：红朵蜡、画艇
出咽的香浓； 但这微妙的心琴哟，	为什么彩色的福乐颤抖着。	不同：语意不同；句式不同（徐诗为感叹，梁诗为设问）
有谁领略， 有谁能听！	——有人在听么？	相同：有没有人听 不同：徐诗为感叹，梁诗为疑问

由以上对比表看得出来，两首诗的标题相同，几乎每句的意象都相同，所达到的效果基本相同，甚至有些诗行中的动词也相同，最大的不同是句式，如最后一行，徐诗为感叹句，而梁诗为疑问句。因此，笔者断定，徐志摩的《威尼市》系翻译尼采的《威尼斯》，而非他创作。

事实上，尽管徐志摩在留学期间交游广泛，但他并未去过意大利的威尼斯，而且，1922年7月他在狄更生的介绍下拜访了仰慕已久的哈代，经麦雷安排，又拜访了曼殊斐儿，8月从英国起程回国，这说明，在《威尼市》问世的1922年9月前后一段时间，他没有去过威尼斯。那么，有没有可能这首诗是徐志摩凭他人讲述或依靠想象写出来的呢？即使他能凭想象得出真切的对威尼斯的感受，他的感受乃至诗的行文，也不大可能碰巧与梁宗岱翻译的尼采的《威尼斯》如出一辙。

有没有可能徐志摩的《威尼市》是受到梁宗岱所译《威尼斯》的影响而作呢？不可能。因为，梁宗岱这首诗翻译于1930年代，此时徐志摩的《威尼市》发表已近十年。

第四节　新月派作家佚作存目

在现代作家文集的整理、出版中，往往出现一种困扰编辑者的矛盾，一方面编辑者总是希望能将作家作品"一网打尽"、尽收集中，另一方面由于种种原因，现代作家的作品仿佛难以穷尽，总能陆续被发掘出来，致使"全集难全"、文集也难窥全貌。就新月派作家而言，由于历史原因，他们的作品集就更加难"全"。虽然绝大多数新月派作家早在《新月》时期就已出版作品集，个别人甚至还出版了近似全集的文存，如《胡适文存》，全集的出版，却在20世纪80年代才出现。作为新月派最具代表性的作家，胡适、闻一多、徐志摩和沈从文，他们的各种文集乃至全集，如今在坊间已有多种版本。其他多数新月派作家作品，虽无全集，却也有各种文集。这些新月派出版物，既是多年来学术界在新月派研究方面取得的重要成果之一，也为推进新月派研究提供了有力的支撑。不过同时也要看到，已有的新月派作家全集和文集，都漏收了一些有价值的作品，这种遗珠之憾理当弥补。此外，那些早逝的新月派作家，有的生前没有出版过作品集，随着时间流逝，他们的一些作品湮埋在历史尘埃中，不为人所知。如前期新月诗派中的杨子惠和刘梦苇才二十多岁就因病去世，他们生前和身后都没有出版过作品集，由于他们的作品长期未得搜集整理，大多已湮没不闻。近年来，有学者发现了一些新月派作家佚作，如解志熙发现了一批刘梦苇、沈从文的佚作①，陈子善挖掘了胡适、徐志摩、梁实秋、叶公超、陈梦家等新月派的诸多佚文佚诗和信札②。尽管如此，仍有不少新月派佚作有待挖掘整理。有鉴于此，本节将披露和整理新月派作家佚作③，既以此表明本书前述章节以这批佚作作为新材料，更希望这些新月派佚作能引起相关研究者注意，从而推进学界对新月派的研究。这批新月派佚作数量庞大，限于本书篇幅，以下仅列出作者、作品题目、发表时的刊物名称和发表时间等信息（笔者在《新月派散佚作品辑考》中披露和整理研究这批佚作，故下文相关详细考证，请参见此书）。

一　徐志摩散佚诗文和书信

1. 诗歌

1933年7月6日出版的《中央日报》文学副刊"中央公园"刊登了署名"徐志摩遗诗"的《远山》一诗。

2. 译文

1928年4月21日《中央日报》副刊《文艺思想》（第三张第四版）刊登了一篇署名"陆小曼"的译文《萤火虫》，该文译自英国作家

---

① 详见解志熙《考文叙事录——中国现代文学文献校读论丛》，中华书局2009年版；《文学史的"诗与真"——中国现代文学文献校读论集》，北京大学出版社2013年版。
② 详见陈子善《钩沉新月——发现梁实秋及其他》，中华书局2013年版。
③ 本节中的新月派作家佚作包括几种具体情况：已出版全集者，其佚作指的是全集未收的作品，如《胡适全集》《徐志摩全集》《沈从全集》集外作品；未出全集却有文存者，其佚作指的是文存未收的作品，如《凌叔华文存》《于赓虞诗文辑存》集外作品；尚未出版全集和文存但曾出版文集者，以收罗最广泛的文集为准，如《臧克家文集》《卞之琳文集》《储安平文集》等；生前和身后未曾出版过作品集者，其佚作指的是那些没有收进选本或极少为人所知的作品，如刘梦苇、方玮德早年发表的作品。

理查德·加尼特（Richard Garnett）的 *The Twilight of the Gods*，一千余字。这个"陆小曼"是不是徐志摩的夫人陆小曼呢？考虑到陆小曼在当时是有名的才女，曾与徐志摩合作写出五幕剧《卡昆冈》，而后来传世的《爱眉小札》也体现出了陆小曼具有扎实的文字功底，我们推断这篇译作《萤火虫》的作者就是徐志摩的夫人陆小曼。而更有力的证据，是该文末刊登了"志摩附注"。据《萤火虫》的行文风格和文末"志摩附注"可断定，《萤火虫》一文主要由徐志摩翻译。译文《萤火虫》及其附注可谓徐志摩佚文。

3. 书信

坊间收入徐志摩书信的各种全集、书信集，相对较全的有：《徐志摩全集》书信卷（香港商务印书馆1983年版）、《徐志摩书信》（晨光辑注，湖南文艺出版社1986年版）、《徐志摩日记书信精选》（顾永棣编选，四川文艺出版社1991年版）、《志摩的信》（虞坤林编，学林出版社2004年版）、《徐志摩全集》书信卷（韩石山编，天津人民出版社2005年版）、《徐志摩书信集》（韩石山编，天津人民出版社2006年版）、《轻轻的我走了：徐志摩书信集》（傅光明编，中国三峡出版社2006年版），但均未收入以下几封信：

（1）1926年6月24日致丁在君信

信中说"通伯淑华已定本星期六订婚，七月十四结婚"，"通伯淑华"显然指陈通伯（西滢）和凌叔华，他们二人结婚时间是1926年7月14日，因而可断定此信写于1926年7月14日之前。又，信末标注写信日期"六月二十四日"。故，可断定此信写于1926年6月24日。

（2）1927年秋致江绍原信

原件无写作时间。徐志摩在信中透露了两点涉及写信时间的信息：一是他在信中说此时他家在花园别墅，也就是在法国公园后门对面；二是这段时间江绍原有去广东的打算（"听说你广东去不了"）。除了浙江海宁硖石的老家之外，徐志摩的"家"，1922年年底至1924年年初在北京松坡图书馆，1924年年初至1926年秋在北京石虎胡同七号的新月社俱乐部，1926年秋携陆小曼抵上海后居无定所，先后住在福建路的通裕旅馆、梅白路643号宋春舫家、环龙路花园别墅H号、福熙路四明村923号，1930年后徐志摩离沪赴北平任教（住在胡适家），其时他的"家"仍在上海。他们住在福建路的通裕旅馆的时间大约是1926年秋冬，1927年左右搬到梅白路643号宋春舫家，1928年1月搬到福熙路四明村923号。据信中内容可知，这封信应该写于徐志摩住在上海环龙路花园别墅 H 号期间。而江绍原于 1927 年秋冬赴广东省广州市任教。于是，可推知，这封信写于 1927 年秋天。这个时间也与信中说"前半月在叶处见一留学生"相吻合，因 1927 年 6 月底、7 月初叶公超正与徐志摩等筹办新月书店，徐、叶都是股东①。

（3）致陶太太（沈性仁）信四封

徐志摩曾与沈性仁合作翻译英国詹姆·司蒂芬斯（James Stephens）的长篇小说《玛丽玛丽》。沈性仁（1895—1943）为陶孟和的夫人。陶孟和夫妇是徐志摩的好友，但坊间各种《徐志摩书信集》和《徐志摩全集》中均未见徐志摩写给沈性仁的信。笔者在北京拍卖行见到的徐志摩致陶太太（沈性仁）四封信，兹据所断写作时间先后依次考录如下：

①1925 年 9 月 28 日致陶太太信

此信内容是徐志摩请陶太太（沈性仁）代为招待来宾事宜。徐在信中称陶孟和为"陶老爷"，信末又说"志摩叩头"，言辞随意、亲切，可见徐志摩与沈性仁关系密切。写信的日期应该是 1925 年 9 月 28 日。

②为《晨报副刊》向陶太太约稿信

此信用毛笔书写于带底图的黄色信笺上，共两页。据徐志摩在信中为"副刊"向沈性仁约稿，可断定此信写于徐志摩主编《晨报副刊》期间（1925 年 10 月—1926 年 9 月）。

③1926 年 9 月 3 日致陶太太信

徐志摩在信中与沈性仁商量《玛丽玛丽》的出版事宜。

④1927 年 3 月 9 日致陶太太信

信中谈到陆小曼及信末有陆小曼附名；信中言及"南方天冷""北京花窖中红梅想已艳放，北海溜冰或已开始"，又说："《赣第德》已译完"，可知此信写于 1927 年 3 月 9 日。

（4）1930 年 12 月 27 日和 1931 年 1 月 3 日致胡适信封

徐志摩与胡适是关系十分密切的朋友，查各种《徐志摩书信集》或《徐志摩全集》，以韩石山编《徐志摩全集·第六卷书信》收入徐志摩致胡适信最多，有 55 封，然而想来这个数字也只是冰山一角。近年笔者发现两封徐志摩致胡适佚信，所述的大约是 1930 年 12 月徐志摩从上海赴北平诸事。第一封信写作日期标注"星六"，经笔者考证，应该写于 1930 年 12 月 27 日，信中叙及徐志摩将从上海出发去南京。第二封谈到徐志摩刚抵达天津且次日到达北平，并请胡适打电话告诉金岳霖，

---

① 参见本书第五章第五节关于新月书店股东的考证。

经笔者考证，此信写于 1931 年 1 月 3 日。

二 方玮德诗文补遗

陈梦家编的《玮德诗文集》（1936 年 3 月由上海时代图书公司出版，列为"新诗库第一集第一种"），收入了方玮德大部分的作品，是迄今为止比较全的方玮德诗文集（上海书店于 1992 年影印出版此书）。但以下几篇方玮德的诗文，系《玮德诗文集》和其他方玮德的集子未收，且无人提及。

1. 古诗文和新诗

（1）古体诗《大禹赞并序》《即事》《题日本油画琵琶湖山寺秋月图》，发表在《学生文艺丛刊》第二集（1923 年 11 月由上海大东书局出版）。

（2）古文《艺菊赠友人李刚吾》，发表在《学生文艺丛刊》第一卷第三集（1925 年 3 月四版）。作者署名均为"桐城竞爽中学方玮德"，显见是方玮德在安徽桐城竞爽中学读书时所作。

（3）新诗《爬山虎》，刊载于 1933 年 8 月 10 日出版的《中央日报》副刊《中央公园》。

（4）新诗《观音门》，刊载于 1933 年 7 月 14 日出版的《中央日报》副刊《中央公园》。

（5）新诗《灯塔》，发表在《灯塔》第一卷第一期（1934 年 1 月出版）。

2. 论文和译文

（1）《歌德全人生之意义》，发表在《国闻周报》第九卷第九期。

（2）《关于〈诗人歌德的死〉》，发表在《新月》第四卷第四期。

（3）《灯塔守者》，波兰作家显克微支原著、方玮德译，发表在《灯塔》第一卷第一期（1934 年 1 月出版）。

三 刘梦苇遗作补述

由于刘梦苇在人世生活的 22 年里，经济十分拮据，又因他早逝（1926 年 9 月病逝），生前未及出版诗集和文集。从他逝世至今，也未见他的诗集、文集出版。作为前期新月诗派的重要成员，刘梦苇在新文学史著作中乃至新月诗派研究里往往被一笔带过，"这对于他是不公平也不合实际的"。鉴于此，在刘梦苇去世 80 周年之际，学者解志熙撰文考述刘梦苇生平事迹和遗作,后来又作一文考述新发现的刘梦苇诗作。① 这两篇文章披露了一些刘梦苇遗作,据解先生说,"遗作的搜集已粗具规模:计有诗作 57 首又 3 个残篇、小说集 1 部、剧作 2 部,此外还有诗论及杂文数篇。"虽尚未结集出版,却已是"对不幸早逝的诗人之灵是莫大的告慰"。②

除了解志熙先生已搜集到那些作品,笔者另外发现了一些诗文和书信,现在罗列于下,权且充当一个补述。

1. 新诗

（1）《最后之梦》,《创造》第二卷第二号（1923 年 3 月出版）。

（2）《爱苗》,《京报·妇女周刊》1925 年第 42 期。

（3）《美丽的姑娘》,《京报·妇女周刊》1925 年第 38 期。

（4）《泪雨淋淋》,《京报·文学周刊》1925 年 8 月第 26 期。

（5）《龙蟠山的黄昏》,《京报·民众文艺周刊》1925 年第 13 期。

2. 小说

《人间的书信》,《社会杂志》第一卷第五号（1931 年 5 月 15 日出版）。

3. 书信

《致孙伏园信》,《京报副刊》1925 年第 108 期。此信发表在孙伏园主编的《京报副刊》"青年必读书"栏目,题为"七四 刘梦苇先生",信的落款为"刘梦苇"。

四　朱大枬诗文补遗

多数新月诗人英年早逝,有的在二十几岁就病死了,朱大枬（1907—1930 年,四川巴县人）便是其中之一。虽然在人世间只活了短短 24 年,朱大枬却留下一批可称优秀的文学作品。这些作品,除了为人们熟知的发表在《晨报副刊》上的那些之外,尚有如下:

（1）《寄行路者》,《莽原》1925 年第 29 期。

（2）《议论》,《莽原》1925 年第 23 期。

（3）《渠们的悲哀》,《莽原》1925 年第 22 期。

---

① 解志熙这两篇研究刘梦苇的文章分别是:《孤鸿遗韵——诗人刘梦苇生平与遗作考述》,《孤鸿遗韵再拾——刘梦苇另一些诗作失而复得记》。两文均收入解志熙《考文叙事录——中国现代文学文献校读论丛》（中华书局 2009 年版）。

② 解志熙:《孤鸿遗韵再拾——刘梦苇另一些诗作失而复得记》,《考文叙事录——中国现代文学文献校读论丛》,中华书局 2009 年版,第 83 页。

（4）《一场小小的悲剧》，《莽原》1925 年第 25 期。

（5）《门的辩解》，《莽原》1925 年第 28 期。

（6）《在十字架上……》，《莽原》1925 年第 30 期。

（7）《听说，想起（三）》，《莽原》1925 年第 13 期。

（8）《听说，想起（四）》，《莽原》1925 年第 14 期。

（9）《听说，想起（五—七）》，《莽原》1925 年第 15 期。

（10）《听说，想起（八—十）》，《莽原》1925 年第 16 期。

（11）《听说，想起（十一）》，《莽原》1925 年第 17 期。

（12）《听说，想起（十二）》，《莽原》1925 年第 19 期。

（13）《听说，想起（十四）》，《莽原》1925 年第 14 期。

（14）《数理文学之一斑》，《莽原》1925 年第 20 期。

（15）《血的嘴唇的歌》，《莽原》1925 年第 32 期。

（16）《宁静的时候》，《京报副刊》1925 年第 44 期。

（17）《乡下人遇到官的故事》，俄国沙尔太可夫著，《东方杂志》1925 年第 25 卷第 24 号。

（18）《森林的微笑语》，俄国科洛伦科著，《东方杂志》1926 年第 26 卷第 3 号。

五 方令孺诗文补遗

关于方令孺，实在有太多的话可以说，这不单因为迄今为止学术界对她的研究很少，也由于她是新月派中比较特别的一个。姑且不说她是新月派中为数极少的后来成为共产主义者的作家，仅就其文学创作而言，诚如学者所言："方令孺和林徽因并称两位新月女诗人，她们生前却都没有出版过诗集。林徽因虽想出而因时局未果，方令孺连出的想法也没有，实在数量太少，凑不成一册。这是因为她的诗歌实在太少，且还有散落遗失的，难以成集。"[①] 方令孺在 20 世纪 30 年代以新月诗派女诗人的身份登上文坛，却被后世学者视为"作为散文家的方令孺"[②]。的确，就文学创作成绩而言，她的散文成就更高。由于这个缘故，坊间常见出版方令孺的散文集。方令孺在生前唯一的一本散文集（也是最早出版的）是 1945 年由文化生活出版社出版的《信》，列入巴金主编的"文学丛刊"第七辑，书中收录了 8 篇散文，分别是《信》《你们都是

[①] 陈学勇：《凄婉的方令孺》，《文汇报》2008 年 11 月 29 日第 7 版"笔会"。

[②] 朱寿桐：《新月派的绅士风情》，江苏文艺出版社 1995 年版，第 255 页。

傻子啊》《琅琊山游记》《游日杂记》《南京的骨董迷》《家》《悼玮德》和《忆江南》。1977年方令孺逝世后，有3种散文集出版，分别是《方令孺散文集》（台北洪范书店1980年版）、《方令孺散文选集》（上海文艺出版社1982年版）、《方令孺散文选集》（百花文艺出版社1992年版）。台北洪范书店本收入10篇散文，4首诗，1篇译文，全都是1949年前的作品；上海文艺出版社本收入22篇散文和17首诗，其中，1949年前10篇，1949年后12篇，基本将1949年前后方令孺的主要作品都收录进来；百花文艺出版社本只收散文，共选散文20篇，其中1949年前12篇，1949年后的8篇。

多年致力于新月派女作家研究的陈学勇在《新文学史料》2013年第2期发表《方令孺的前期集外诗和后期集外文》一文，披露了一些集外诗文。笔者发现，尚有一些方令孺诗文为各种版本的诗文集未收，而学界也不曾提及或极少有人注意到，故撰文予以补录并考订其中一些诗文的写作时间。

1. 诗歌

方令孺的诗作不多，她的诗歌创作活动主要在1930年代初期，如刊载在1932年出版的《诗刊》第4期的《枕江阁》《她像》《任你》及刊载于《学文》第1卷第3期的《月夜在鸡鸣寺》；20世纪30年代中期以后，方几乎不再写诗；1949年以后，写了一些歌颂时代、英雄的新诗和应酬性质的古体诗。这些诗，大多数发表在影响不大的报纸杂志上，极少为人们所知。

（1）七律《和二兄海棠巢诗》

方令孺最早的作品发表于何时？学界有不同看法。而实际上，1923年10月出版的《学衡》第22期第3—4页刊登了署名"方令孺"的一首七律《和二兄海棠巢诗》，这应该是方令孺最早发表的诗歌作品，自然也显示了她早年在诗歌方面不俗的造诣。

（2）英译诗《去罢!》

方令孺在1929年春夏英译徐志摩诗作《去罢!》，刊登在《威斯康星大学学生日报》上。

（3）现代诗《大跃进的时代》《欢呼》

方令孺在20世纪50年代曾访问朝鲜，写下新诗《凤凰在烈火中诞生》，后来到杭州任职的时候，正值"大跃进运动"开展得如火如荼。为了融入时代潮流，她写下一些反映"大跃进运动"的诗歌，除了上海文艺出版社出版的《方令孺散文选集》收入的《李双双颂》《巴拿马英雄儿女在前进》等之外，尚有《大跃进的时代》《欢呼》二诗。

（4）现代诗《无题》

方令孺的学生裘樟松披露了她从未发表的一首现代诗，取名《无题》①。

2. 散文

方令孺的散文，除了众所周知的《志摩是人人的朋友》《琅琊山游记》《悼玮德》《家》《去看日本的红叶》《忆江南》《游日杂记》《听雨》等之外，尚有以下数篇几乎无人提及。

（1）《听今年第一声子规》，初载重庆《时事新报》"学灯"副刊第一七五期（1938年5月5日），转载于《半月文萃》1942年第一卷第二期。文中说"这还是今年第一次听到"子规声，据此推断，《听今年第一声子规》一文写于1938年春，是时方令孺在重庆。

（2）陈学勇说"《听到孩子到临的欢欣》（《创作月刊》一九四二年一卷第三期"②，而实际上，此文初载于《创作月刊》第一卷第四、五期合刊（1942年10月15日）。由文末标注的"三十一年四月嘉陵江畔"可知，方令孺在1942年4月写下这篇散文，当时她在重庆北碚的复旦大学中文系任教。

（3）《浙江省的几首好民歌》《当好大跃进的歌手》《最新最美的诗篇》。写于1958年的《浙江省的几首好民歌》、1959年的《当好大跃进的歌手》《最新最美的诗篇》，便是方令孺融入时代主潮的明证。这些文章，少则千字，多则数千字。如《最新最美的诗篇》，是为《浙江大跃进民歌选》（东海文艺出版社1960年版）所作的"序"，长达十二页，约五千字③。如果要了解方令孺在20世纪五六十年代的散文创作及其思想，这些文章是不错的材料。

六 于赓虞集外译诗

"恶魔诗人"于赓虞是前期新月诗派重要成员，由于他很少参加社会文化活动，尽管曾名噪一时，但学界对他的评论不多，而于赓虞的诗集《晨曦之前》（上海北新书局1926年版）、《髑髅上的蔷薇》（北京古城书社1927年版）、《世纪的脸》（上海北新书局1934年版）等出版时

---

① 裘樟松：《方令孺先生轶事》，《点滴》2010年第2期。
② 陈学勇：《方令孺的前期集外诗和后期集外文》，《新文学史料》2013年第2期。
③ 桑农：《方令孺的一篇佚文》，《文汇读书周报》2007年11月16日。

的印刷数量也不多，以至1934年朱自清编《中国新文学大系·诗集》时，为买不到于赓虞的诗集发愁。20世纪30年代尚且已少见于赓虞的诗集，1949年以后，于赓虞其人其诗逐渐鲜为人知。新时期以来，随着新月派重新受到学界关注，曾为新月派诗人的于赓虞开始被人提及。由于相关研究资料缺乏，对于赓虞的深入研究尚待时日。2004年9月，解志熙、王文金二先生编校的《于赓虞诗文辑存》（河南大学出版社出版，下文简称《辑存》）刊行，使学界首次拥有一套了解、研究于赓虞的完整、可靠的文本。《辑存》显然并未对于赓虞的诗文"一网打尽"，虽然下卷附录了《疑乎于赓虞佚文辑存》和《待辑于赓虞作品存目》，但全书没有辑录于赓虞发表的译诗（仅书末附录的王文金编《于赓虞年谱简编》有提及）。

于赓虞的译诗活动，主要集中在1944年。1943年于赓虞任西北大学文学院院长，同时受聘于西北师范学院英文系。可能由于兼任英文教师的缘故，1944年他翻译了但丁《神曲》第一部《地狱曲》等西方诗歌经典，其中《神曲》第一部《地狱曲》在1944年5月15日—12月15日出版的《时与潮文艺》上连载。其他译诗尚有：《斐塔克诗四章》，载1942年8月1日陕南城固出版的《建进月刊》第3—4期合刊；《云雀曲》（华士渥斯作），载《甘肃民国日报·文艺》第1期（1944年6月9日）；《雪莱与吉茨（上）》，《甘肃民国日报·生路》第1027期（1945年7月11日）①；《给绿克丝》（腊夫蕾斯作，波西译）、《给荻亚奈》（海蕾克作，波西译），载《兰州和平日报·笔阵》第4期（1946年11月18日）。②

除了上述作品，笔者在1944年3月22日出版的《文艺先锋》第4卷第3期第30—32页上，发现了以《春之歌》为总题的近十首译诗，分别是《静默的爱人》（两首）、《商籁体两章》《爱情与康柏丝》《爱的诀别》《商籁体四章》《生命》和《人生》。署名于赓虞。均未收《辑存》，也极少有人提及。

---

① 《雪莱与吉茨（上）》为总题，包括四首译作，即《西风歌》（雪莱）、《奥西曼狄亚》（雪莱）、《云》（雪莱）、《夜莺歌》（吉茨）。《雪莱与吉茨（下）》不见发表。
② 王贺在《中国现代文学研究丛刊》上提及这些于赓虞的译诗（《"恶魔诗人"之后——于赓虞的异域抒写及边地言行》，《中国现代文学研究丛刊》2012年第3期），可惜没有披露全诗。

七 臧克家佚诗四首、挽联一则

在中国诗歌史、文学史乃至文化史上都弥足珍贵的《臧克家全集》，皇皇十二大卷，总计六百余万言，收入臧老1925年至2001年间的各类作品。2002年，《臧克家全集》由时代文艺出版社出版，2003年12月获第六届国家图书奖提名奖。然而，全集难"全"，难免有遗珠之憾。经查1930年出版的《中央日报·文艺周刊》、1948年出版的《文潮月刊》等文献，笔者发现，有4首诗和1则挽联没有收入《臧克家全集》。

1. 现代诗

（1）《战神已在等候》，发表于1931年12月17日出版的《中央日报》副刊"文艺周刊"第九十五号，作者署名"臧克家"。从诗末标注的时间来看，这首诗创作于1931年12月上旬或中旬（12月17日前）。

（2）《小小歌妓》，发表于1934年5月31日出版的《中央日报》副刊"文艺周刊"，作者署名"臧克家"。

（3）《客人》（外一章），发表于《文潮月刊》四卷二期（1948年1月1日出版）。包括两首现代诗，即《客人》和《你来了》，作者署名"臧克家"。

2. 挽联

1948年8月30日，上海全国文协和清华同学会联合举行了朱自清先生逝世追悼会。参加追悼会的有朱自清生前好友、学生、敬仰朱自清的文学青年及亲属共一百多人。诗人臧克家参加了追悼会，他送的挽联是：

> 许多不成话的"生命"，都在无耻地活着，阴险的活着，一个个肥头肥脑。象你这祥一个好人，刻苦努力，严肃的工作，结果是贫病以死。[①]

八 凌叔华佚文、佚信

1949年后在中国大陆出版的凌叔华文集不多，据笔者所知，仅见1998年12月由四川文艺出版社出版的陈学勇编的《凌叔华文存》（上、

[①] 转引自徐重庆《关于在上海召开的朱自清追悼会》，《新文学史料》1980年第1期。

下),郑实选编的《凌叔华文集》(北京燕山出版社 1998 年版)、林呐、徐柏容、诸孝正编《凌叔华散文集》(百花文艺出版社 2009 年版)等。迄今为止国内最完整的凌叔华文集,仍是陈学勇编的《凌叔华文存》。为了"搜尽凌叔华文字",当年陈学勇先生"连未予公开发表的信函也不忍遗珠",尽管如此,"仍有部分作品,限于能力、精力、财力,知其篇名却不得一睹"。① 陈学勇还指出,《大公报》(港版)和《华商报》上有一批凌叔华介绍中国文化的随笔,未曾收入,希望将来找到后一并付梓。事隔十年后,学勇先生出版了《中国儿女——凌叔华佚作·年谱》(上海书店 2008 年版),首次披露了他找到的凌叔华佚作。然而,尚有疏漏。譬如,林呐等编《凌叔华散文集》收入的《八月节》《一件喜事》,系陈学勇本未收。此外,笔者在 1948 年的《中央日报》上看到三篇署名"叔华"的短篇童话故事,应为凌叔华佚作,其他报刊杂志亦见个别篇章。

1. 佚文

(1)《稻草、煤和豆》,《中央日报·儿童周刊》1948 年 10 月 9 日第 5 版,作者署名"叔华"。

(2)《呆子杰克》,《中央日报·儿童周刊》1948 年 11 月 13 日第 5 版,作者署名"叔华"。

(3)《雅特城的钟》,《中央日报·儿童周刊》1948 年 11 月 13 日第 5 版,作者署名"叔华"。

(4)《一个故事》,《月报》第一卷第三期(1937 年 3 月 15 日出版),作者署名"凌叔华"。

(5)《慰劳汉阳伤兵》,《抗战半月刊》第一卷第六期,作者署名"凌叔华"。

(6)《接近战区及被轰炸区域的儿童说的话》,《新民族》第二卷第十八期(1938 年出版),作者署名"凌叔华"。

(7)《由广州湾到柳州记》,《妇女新运》第四卷第八期(1942 年 10 月出版),作者署名"凌叔华"。

2. 佚信

(1)1944 年 9 月 27 日致 ×× 信

《现代女作家书简》,《风雨谈》第 11 期(1944 年出版),其中摘

---

① 陈学勇:《后记》,陈学勇编《凌叔华文存》(下),四川文艺出版社 1998 年版,第 18—19 页。

录了凌叔华的致××信。

（2）1985年3月10日致赵家璧信

1987年赵家璧在《徐志摩托凌叔华写传》一文中，部分摘录了1985年3月10日凌叔华回复自己的信。凌叔华在复信中提到了徐志摩"八宝箱"的去向，信末还附录了一首"打油诗"[①]。

九 卞之琳散佚诗文存目

江弱水、青乔编《卞之琳文集》（上、中、下）（安徽教育出版社2002年版），是迄今为止收录卞之琳诗文最完整的《卞之琳文集》。但以下卞之琳佚文佚诗，未收入江弱水、青乔编《卞之琳文集》和其他各种《卞之琳文集》或《卞之琳诗集》：[②]

1. 《小诗四首》，《学生文艺丛刊》第3卷第5集（1926年7月出版）；

2. 《流年》，《骆驼草》第17期（1930年9月1日出版），署名"大雪"（卞之琳笔名之一）；

3. 《我的〈印诗小记〉》，郑振铎等编《我与文学》，上海生活书店1934年版，第144—147页；

4. 《年画》，北平《水星》1卷4期，1935年1月，第386—388页；

5. 《五个东北工人》，重庆《群众》2卷14期，1938年5月1日；

6. 《钢盔的新内容》，延安《文艺突击》第1期，1938年9月中旬；

7. 《晋东南麦色青青》（系列通讯12篇，其中已有9篇收入江弱水、青乔编《卞之琳文集》，尚有3篇未收入。这3篇通讯，参见重庆《文艺战线》1卷3、4、5期，第13—16页、第26—32页、第32—36页）；

8. 《从我们在前方从事文艺工作的经验说起》（与吴伯箫合写），延安《文艺突击》第1卷2期，1939年6月25日，第91—93页；

---

① 参见赵家璧《徐志摩托凌叔华写传》，上海鲁迅纪念馆编《赵家璧文集》第3卷，上海文艺出版社2008年版，第357页。

② 笔者于2006—2009年攻读博士期间陆续发现这些篇目。最近，见到解志熙《文学史的"诗与真"——中国现代文学文献校读论集》（北京大学出版社2013年版）一书披露了20篇卞之琳佚文佚简。故，下文披露的卞之琳佚作篇目，与解先生的发现有所重叠。

9.《日华亲善》，香港《大公报·文艺》第 628 期（1939 年 6 月 1 日）；

10.《渔猎》，香港《大公报·文艺》1939 年 6 月 6 日；

11.《又坐了一次火车》，香港《星岛日报·星座》第 418 期（1939 年 9 月 30 日）；

12.《读诗与写诗》，香港《大公报·文艺》第 1035 期（1942 年 2 月 20 日）。此文系卞之琳在西南联大冬青文艺社讲稿，由杜运燮记录；

13.《×××礼赞》，《月刊》第 1 卷第 2 期（1945 年 12 月 10 日）；①

14.《开讲英国诗联想到的一些体验》，《文艺报》1 卷 4 期（1949 年 11 月 10 日），第 31—32 页；

15.《新文学与西洋文学》，《世界文学季刊》第 1 卷第 1 期（1945 年）；

16.《纪念"五四"——在文艺方面》，《北大周刊》36 期 4 版（1950 年 5 月 4 日）；

17.《学习英文文学的问题》，《胜利一周年》（《文艺报》《人民文学》等五刊物联合特刊），1950 年 10 月，第 70—72 页；

18.《两种光景的交替》，《北大校刊》1951 年 5 月 31 日，第 7—8 页（未订正稿曾以《江南农村两种景象的交替》为题，刊于 1951 年 4 月 10 日出版的《新观察》2 卷 7 期）；

19.《土地改革展示了两种文化的消长》，《文艺报》3 卷 12 期（1951 年 4 月 10 日）；

20.《下乡生活五个月》，《文艺报》1953 年 9 月 30 日；

21.《推荐苏联电影〈奥瑟罗〉》，《大众电影》1958 年第 3 期，1958 年 2 月 11 日；

22.《评英国电影〈王子复仇记〉》（哈姆雷特），《大众电影》1958 年 16 期，8 月 26 日，第 12—13 页；

23.《评李广田新著〈春城集〉》，《文学研究》1958 年第 4 期，1958 年 12 月，第 119—121 页；

24.《十年来的外国文学翻译与研究工作》（与叶水夫、袁可嘉、陈燊合写），《文学评论》1959 年第 5 期，第 41—77 页；

25.《略论巴尔扎克和托尔斯泰创作中的思想表现》，《文学评论》

---

① 据解志熙《文学史的"诗与真"——中国现代文学文献校读论集》，此文初载《生活导报》第 22 期（1943 年 4 月 24 日）。

1960 年第 3 期，第 4—25 页；

26.《分与合之间：关于西方现代文学和现代主义文学》，中国社会科学院外国文学研究所编《外国文学研究专刊》一辑，1979 年 9 月，第 2—13 页；

27. The Development of China's 'New Poetry' and the Influence from the West，英文论文，发表于美国《中国文学》（Chinese Literature：Essays，Articles，Reviews）第 4 卷第 1 期，1982 年 1 月出版，第 152—157 页。后由蔡田明译成中文、陈圣生校，发表于《中外文学研究参考》（双月刊），1985 年第 1 期，第 14—18 页；

28.《野猪田》，《人民文学》，1983 年第 4 期，第 84—94 页；

29.《应〈人民文学〉黎焕颐约谈新诗问题信》（编者题为《为新诗争出好作品》），《文学报》1983 年 9 月 1 日；

30.《有来有往——略评新编〈中国现代作家与外国文学〉》，《文艺报》1986 年 1 月 4 日，第 3 版；

31.《吴兴华的诗与译诗》，《中国现代文学丛刊》1986 年第 2 期，第 272—276 页；

32.《吴世昌谢世志哀》，（原稿题首标有"罗音室主"，为编者删略），《光明日报》1986 年 9 月 21 日，第 4 版；

33.《徐志摩遗札三件随记》，《万叶散文丛书》第 3 辑《霞》，人民日报出版社 1986 年版，第 49—54 页；

34.《普鲁斯特小说巨著的中译名还需斟酌》，《中国翻译》1988 年第 6 期，1988 年 11 月 15 日，第 25—29 页。

十　《胡适全集》佚文、佚诗、佚信[①]

"积十年之功，耗资数百万元，精心组织的《胡适全集》"于 2003 年 6 月由安徽教育出版社隆重出版。据当年一家媒体说，那是"迄今为止首次出版的最为系统、全面、权威的胡适著译作品全集，亦是 20 世纪以来中国学术文化名人著述规模最大的出版工程"[②]。这套 44 卷本的

[①] 本节的写作参考、吸纳、总结了朱正、吴元康、钦鸿、周宁、张兵、刘鼎铭等、张泽麟等自 2003 年以来公开发表的关于《胡适全集》缺佚的文章（大多发表在《博览群书》《民国档案》《新文学史料》《书摘》《复旦学报》《历史档案》等刊物），由于他们指出的内容有不少互相交叉和重复，为避免本节引文烦琐，下文不一一指出各人贡献，在此一并致谢。

[②]《胡适全集出版广告》，2003 年 12 月 4 日《光明日报》B4 版。

《胡适全集》（以下统称《全集》）面市以来，受到读者的广泛关注和好评，为研究胡适乃至中国近现代文学提供了一份颇有价值而便捷的资料。然而，正如编者在出版说明中所说，"虽力求谨慎精审，但限于种种主客观因素，书中差误在所难免"。近几年，已有朱正等学者发现并指出了《全集》存在的若干问题。兹就迄今为止一些读者、研究者在报纸杂志上指出的和笔者个人发现的《全集》佚文、佚诗、佚信，分别予以考订、补正。

虽然几乎所有编作家个人文集者，都渴望将作家的文字"一网打尽"，以便能冠之以"全集"名称，事实却往往是"全集难全"，以至"全集不全"。《全集》亦不能例外。《全集》第43、第44两卷是《胡适著译年表》，照理说，其中所列，应该与《全集》收入的诗文、书信等一致，然而，经校对，事实并非如此。于是就有许多《胡适著译年表》指出而《全集》中却找不到的篇章。当然，也有一些是《胡适著译年表》没有提到而《全集》不曾收入的篇章。以下就此将《全集》佚文、佚诗和佚信分成两类考补如下：

（一）《胡适著译年表》指出而《全集》没有收入

A. 佚文

1.《第八届教育联合会开幕纪》，《申报》1922年10月14日。据《全集》第43卷，胡适10月17日作《记第八届教育联合会讨论新学制的经过》一文，收入《全集》第20卷。此文提到了胡适在第八届教育联合会开幕式发言中的一点，即新学制，但其他几点未提及。而《申报》1922年10月14日所载的《第八届教育联合会开幕纪》，完整记录了胡适当时的发言，《全集》未收。

2. 胡适1930年1月28日日记："今日章希吕来，我写了一篇《胡适文存》第十三版自序给他带去。"这篇《自序》在第43卷《胡适著译年表》中也有提到，而《全集》没有收入。北京大学出版社出版的《胡适文集》第二册中收入了。

3.《全集》第22卷"整理说明"中说，1941年胡适写成《观念系统的冲突》一文，1948年胡适将该文标题改为《民主与反民主观念体系的冲突》，1949年又把标题改为《民主与极权的冲突》，内容作了较大改动。编者特别强调，考虑到这两篇文章异题异文，故均收入《全集》，前篇置于1941年，后篇置于1949年。可是，在《全集》中却找不到这两篇文章。《全集》第44卷《胡适著译系年》（二）第195页"胡适著译系年1941年"内，倒是有《民主与极权的冲突》篇目，而该卷第 311 页"胡适著译系年 1948 年"内,也有《民主与反民主观念体系的冲突》篇目。

4.《全集》第 44 卷《胡适著译年表》中指出了 1948 年 9 月胡适作《争取学术独立的十年计划》,《全集》中却没有收入此文。据查,《争取学术独立的十年计划》发表于《中央日报》1948 年 9 月 28 日第二版。

B. 佚诗

5.《全集》第 43 卷《胡适著译年表》指出了 1937 年 4 月胡适作《题陈援庵先生所藏,程易畴题程子陶画雪塑弥勒》,《全集》没有收入这首古体诗。此诗最初发表于《中央日报》1937 年 5 月 1 日第十二版。

C. 佚信

6. 1928 年 3 月 6 日致吴稚晖信,《全集》未收。这一年二三月间,胡适写了两封信给吴稚晖,2 月 28 日的一封,《全集》收了(第 23 卷第 555—557 页),3 月 6 日的信却未收。胡适在 3 月 6 日的信中对吴稚晖支持蒋介石的"四·一二"反革命大屠杀一事持批评的态度。这一封信颇具史料价值,在《全集》里却找不到。中华书局 1979 年版《胡适来往书信选》上册(第 468—470 页)倒是有收入。

7. 1931 年 12 月 5 日致周作人信,谈的是周作人的《志摩纪念》一文在《新月》月刊发表的事。《胡适来往书信选》中册(第 91 页)有收入。

8. 1938 年 10 月初致王世杰的电稿,谈不久前举行的慕尼黑会议(电文中写的是"敏兴四巨头会议")这件大事。《胡适来往书信选》中册(第 382—383 页)有收入。

9. 1948 年 5 月 24 日、6 月 6 日致夏勤信,内容是关于营救北大被捕学生孟宪功事。《全集》第 25 卷第 325 页提到胡适 5 月 24 日致夏勤信,不久收到夏勤的复信,因而 6 月 6 日胡适再次复信给夏勤。《胡适来往书信选》下册(第 404 页)有收入 5 月 24 日、6 月 6 日的信,《全集》未收。

(二)《胡适著译年表》没有提到而《全集》也没有收入

A. 佚文

10.《胡适为谢中〈予之宗教观〉一文所加按语》,《留美学生季报》民国六年秋季第三号,1917 年 9 月发行。是时《留美学生季报》由胡适总编。谢中在该号发表《予之宗教观》一文,胡适为其加上按语。该按语对谢文提出了若干商榷意见,从中折射出胡适早年对待宗教的态度。

11.《陶孟和代理英文部主任通告》,《北京大学日刊》1917 年 12 月 16 日。

12.《文艺理论研究》2005 年第 3 期刊载了胡适的《中国的小说》一文,这是新发现的胡适的一篇轶文。据范劲考证,它是胡适于 1926 年在欧洲的一次演讲词,国内系首次译出并发表。又有研究者认为,《中国的小说》一文"是作者小说史观的一次系统表达,不但可以填补胡适思想研究中的一个空白,而且在学术史上有着重要的意义……(《中国的小说》)也暴露了他的小说史观中的某些思想局限性"。[1] 如此有价值的一篇文论,《全集》竟然不见提及也没有收入。

13.《英文教授会启事》,《北京大学日刊》1918 年 4 月 10 日。

14.《胡适之先生谈片》(几伊自北京寄稿),载上海《时事新报·学灯》1919 年 2 月 11 日。胡适和记者几伊主要谈的是文学革命,谈及白话文时颇有新意,故这则材料虽是答记者问,对于进一步了解胡适白话文学观,却有一定的史料价值。

15.《胡适教授致本日刊函》,《北京大学日刊》1919 年 3 月 11 日。

16.《月刊收稿预告》,《北京大学日刊》1919 年 3 月 25 日。

17.《李守常、程演生、陈独秀、徐宝璜、胡适、高一涵启事》,《北京大学日刊》1919 年 4 月 25 日。

18.《与胡适之博士谈话》(澹庐问胡君答),载《学灯》1919 年 5 月 8 日。澹庐即俞颂华,近代著名新闻工作者,时任《学灯》主编。1919 年 5 月初胡适在上海迎接杜威,还参与过上海市民、工人、学生举行的大游行,故该谈话当作于此时。谈话中说到白话文问题时,胡适说:"用白话文必须要文法,所以大学国文科正在着手去做呢。我始终未曾提言文一致四个字来同人讨论。我的主张,简单地说来,就是希望有国语的文学和那文学的国语,有国语做标准,不必去强求那不可能的言文一致了。"此语可见胡适对于文言与白话关系的看法。

19.《胡适启事》,《北京大学日刊》1919 年 5 月 22 日。

20.《致本校全体教职员诸君函》,《北京大学日刊》1919 年 6 月 4 日。此为营救 6 月 3 日被军警逮捕的北大学生而紧急召开全体教职工会议的通知,对于研究"五四"运动颇具史料价值。

---

[1] 张兵:《新发现的胡适佚文〈中国的小说〉及其意义》,《复旦学报》(社会科学版) 2006 年第 1 期。

21.《杜威博士小传》,载《新中国》第一卷第二号,1919年6月15日。这是杜威访华期间,胡适为介绍、宣传乃师杜威所作。

22.《新生入学试验之试题》,《北京大学日刊》1919年7月23日。据1919年7月12日《北京大学日刊》发表的《本校纪事》云:"本校本届考取新生入学试验日期已迫,兹将入学试验委员会出题暨阅卷委员名录登布于左:……入学试验委员会出题委员会名录(民国八年七月):……英文(预)胡适之",据此断定该试题系胡适所出应为英文本预科的试题。

23.《英文教授会主任布告》,《北京大学日刊》1919年9月23日。胡适于1917年12月11日当选为英文教授会主任,而据北大校规,教授会主任每届任期两年,故此时英文教授会主任仍是胡适,而此布告系胡适所撰写。

24.《续继山西之两大会》,《申报》1919年10月19日。1919年10月13日下午,胡适在山西师范学校做题为《国语的文学》的演讲,此文系《申报》记者记录的胡适演讲大意。

25.《代理教务长启事》,《北京大学日刊》1919年10月27日;《教务长布告》,《北京大学日刊》10月29日。1919年期间北大教务长是马寅初,但他因病请假,声明自10月27日起由胡适暂时代任教务长[①]。然后10月27日胡适在《北京大学日刊》发表声明说,他只代理两个星期。故,10月29日的《教务长布告》应为胡适所发。此后(10月27日)两星期内,凡是刊于《北京大学日刊》的《教务长布告》,均为胡适所发。

26.《胡适之在鲁演讲记》,载长沙《大公报》1920年1月11日。胡适此篇演讲作于1919年12月26日,地点在山东省议会,主要是语言文字统一的规律这个角度论证白话文的必要性。

27.《关于新文学的两个问答》(真心),载长沙《大公报》1920年1月16日。真心为该报"研究"栏的编辑。1919年12月1日,他曾到北京大学拜会胡适,双方就新旧诗问题和白话文问题作了谈话。对于了解1920年前后社会对新诗和白话文的普遍看法以及胡适对此的态度,这篇谈话是不可多得的珍贵文献。

28.《北京大学教职员会总务会议主席姚憾启事》,《北京大学日刊》1920年12月24日。姚憾是马叙伦的别号。马叙伦时为北京大学

---

① 《北京大学史料》第二卷第一册,第190页。

教职员会推举出席的北京小学以上学校教职员联合会的北大代表之一，因有人借事攻击，马提出辞职。胡适作此函挽留。①

29.《记我的两个朋友任叔永先生与陈衡哲女士的订婚》（适），载《学灯》1920年8月26日"特别记载"栏。任、陈订婚会举行于8月22日，此纪念文又登在8月26日《学灯》上，因此该文当作于8月22日至26日之间。任叔永即任鸿隽，近代著名科学家及社会活动家，曾长期担任中国科学社社长。陈衡哲留美归国后，任教北大，系20世纪20年代与冰心、凌叔华齐名的女性小说家，20年代后期转向历史研究，曾在《新月》发表过历史学论文。此纪念文揭示出胡、任、陈三人早期关系中许多不为人所知的内幕，也反映了胡适对新式订婚的推崇。

30.《全国校友会开会志盛》，载天津《大公报》1921年5月2日。1921年4月30日，旅津全国学校校友会举行成立大会。此为胡适在会上的演讲。胡适曾在当天日记中记载该演讲的大意，但与此文记录的演说辞存在较多差异。

31.《皖军阀罗织党狱》，载上海《民国日报》1921年5月15日。1921年5月初，安徽督军张文生以过激党罪名逮捕安徽省立第二中学校长王仁峰，又通缉皖省教育界知名人士蔡晓舟等人，引起旅居京沪等地皖人强烈反对。胡适遂与高一涵、程洪钟、王星拱、李辛白等皖籍在京人士联名通电反对。

32.《再志新人物的新式婚姻》，载《晨报》1921年6月8日。6月6日，《晨报》发表《新人物之新式婚姻》新闻一则，将赵元任与杨步伟结婚地点弄错了。胡适作为证婚人之一，特致函《晨报》编辑部予以更正。

33.《门罗博士与中国教育》，载长沙《大公报》1921年10月4日。1921年9月23日，北京实际教育调查社开会，正在中国访问的美国著名教育家门罗博士与会。此为胡适于会中所作发言的大意。

34.《北大举行开学典礼之大讲演》，载《晨报》1921年10月13日。10月11日，北大举行开学典礼。《全集》第20册收有胡适此次讲演词，但与《晨报》1921年10月13日刊登的，多有不同。从胡适当天日记来看，《晨报》刊载的演讲词，较《全集》所收录的，更能反映胡适演辞的实际。

35.《在教育界饯别孟禄博士宴会上的发言》，陈宝泉、陶知行、胡

---

① 曹伯言整理：《胡适日记全编》第三册，安徽教育出版社2001年版，第72页。

适编《孟禄的中国教育讨论》，上海中华书局1922年版，第155—157页。

36.《昨日北大英文俱进会之讲演》，载《晨报》1922年2月11日。2月10日，北大英文系一年级学生所组织之英文俱进会举行演讲。胡适到场，并作题为《美国大学学生之学校生活》的演讲。此为胡适演说的大要。

37.《北大新闻记者同志会成立》，载《晨报》1922年2月14日。2月12日，北大新闻记者同志会举行成立大会，胡适到会并作此演讲。

38.《中华教育改进社社员酬酢忙》，载《晨报》1922年7月11日。1922年7月上旬，中华教育改进社在济南举行年会。7月7日，济南报界宴请该社社员。此为胡适于宴会上的演讲。

39.《王、萧两代表之长篇报告》，载长沙《大公报》1922年9月1日。1922年8月，湖南省议会代表王克家、萧堃抵京，宣传联省自治的主张。8月22日，两人举行宴会，招待京城名流。胡适代表来宾在宴会上答辞，其内容见于《王、萧两代表之长篇报告》一文。

40.《来函照登》，载《晨报》1922年9月16日。9月12日《晨报》发表《安徽教育厅长之逐鹿》一文，称安徽教育厅长杨乃康势在必去，"乃有筹备高等工业之刘贻燕，见猎心喜，派人到京运动旅京皖事改进会致电许省长，促其代理……"胡适、高一涵、王星拱以其失实，乃有此函。

41.《〈散文名著选〉序言》。这是1922年胡适为柴思义（Lewis Chase）选编的《散文名著选》所作的序言。1922年前后的《胡适日记》曾提到柴思义，当时他任教于北京高校。胡适在这篇"序言"中提到了燕京大学等北京高校的英语教学情况。

42.《旅京皖人反对苏齐》，载《晨报》1923年1月23日。1922年10月皖南镇守使马联甲升任安徽督理后，与安徽省长许世英再次发生冲突。江苏督军齐燮元公开袒马抑许，引起胡适等皖籍名流的愤慨，因而于1923年1月21日发表此则联名通电。

43.《胡适与安徽议员刘吉甫关于安徽教育经费发现事的谈话》。《皖省教费发现问题》，载1924年2月23日《时事新报》。

44.《速记录》，载《善后会议公报》第二期，1925年2月发行。1925年2月9日，善后会议召开预备会议，讨论主要由胡适起草的《善后会议议事细则草案》。此为胡适就草案中议长选举规则所作的说明。

45.《胡适等为维护教育经费独立反对安徽军阀马联甲联名通电》。

最早以《胡适等驱除害马电》载 1923 年 3 月 6 日《民国日报》；另见《旅京皖人请罢马联甲》，载 1923 年 3 月 7 日《时报》。

46.《胡适果辞去善后会员耶》，载长沙《大公报》1925 年 3 月 12 日。1925 年 2 月 4 日段祺瑞明令全国停止军事行动。2 月 22 日河南胡、憨两军再战，本日为星期日，23 日传至北京为星期一。1925 年 3 月初，胡适就不出席善后会议对中美社记者的谈话，此为长沙《大公报》转述报道。

47.《倪道烺果难逃出法纲欤？》，载长沙《大公报》1925 年 3 月 16 日。1921 年安徽凤阳关监督倪道烺谋任省长，与前来省议会请愿的学生发生冲突。倪唆使军警镇压，致学生姜高琦重伤而死。此案后经江西南昌地方检察厅侦办，并由京师总检察厅行文通缉，但一直没有下文。1925 年政局变动，倪道烺到京活动，企图开脱罪责。胡适等人为此致函时任司法总长的章士钊，进行质问。

48.《世界丛书条例》，《北京大学日刊》1920 年 3 月 26 日。1920 年年初，胡适等人策划出版一套世界丛书，商定由商务印书馆担任发行。1 月 26 日，胡适为该丛书拟定条例。

49.《胡适、陶行知等改造安徽省教育会联名宣言》。最早于 1921 年 8 月 27 日以《皖教育会根本改造之沪闻》为题载《时事新报》；11 月 30 日以《有主张改造教育会者》载《新申报》；12 月 7 日以《改造皖教育会宣言》为题，载《民国日报》。

50.《英文学系主任启事》，《北京大学日刊》1921 年 10 月 8 日。1921 年 3 月 1 日，杨荫庆在《北京大学日刊》发布启事：因胡适已痊愈，本人解除代理英文学系主任一职。直至 1922 年 4 月英文学系系主任改选，胡适一直担任英文学系主任。因此，该启事可确定为胡适所发布。

51.《筹振俄灾之大鼓吹》，《申报》1922 年 2 月 18 日。1921 年苏俄持续大旱，影响民生。为募巨款接济，胡适与熊希龄等人竭力联络。此电系致上海慈善组织并转殷实实业家。

52.《本届招考预科新生入学试验各项题目·英文》，《北京大学日刊》1922 年 8 月 5 日。据胡适日记，本届预科新生入学试验英文考题是他在 7 月 13 日所拟。[①]

53.《英文学系指导书》，《北京大学日刊》1922 年 10 月 6 日。据

---

① 曹伯言整理：《胡适日记全编》第三册，第 728、739 页。

胡适1922年9月30日日记，该指导书系胡适于9月30日写定。①

54.《日福田博士在北大讲演》，《申报》1922年10月8日。福田德三博士是日本东京商科大学教授，1922年10月4日，于北大讲演"马克思主义的根本思想"。福田开讲前，由胡适作为主持人代表校长蔡元培作介绍。

55.《日福田博士在北大讲演》（续），《申报》1922年10月9日。10月4日，福田德三演讲完毕后，胡适作演讲总结。

56.《我们为什么应该加入双十节的国民裁兵大会》，《北京大学日刊》1922年10月9日。1922年10月8日，北大师生为裁兵运动于第三院开预备会，胡适于会上作题为《我们为什么应该加入双十节的国民裁兵大会》的演讲。

57.《教务处布告》，《北京大学日刊》1922年10月10日。该布告系以教务处名义所发，现据胡适1922年10月9日日记，该布告系胡适10月8日所拟②。

58.《旅京皖人通电》，《申报》1922年10月25日。1921年安徽省第三届省议会选举，因出现伪造选册现象，按规定其选举无效。故，胡适、高一涵等在京皖籍人士联名通电。

59.《国学入门书目》，载《努力周报》增刊《读书杂志》第7期，1923年2月出版。

60.《序言》，美国W. C. Bagley著、杨荫庆等人合译《巴格莱氏教育学》，北京共和书局，1923年4月版。

61.《初级中学略读书目举例》《高级中学国语课程纲要》，新学制课程标准起草委员会编《新学制课程标准纲要》，1923年6月刻印。

62.《〈戴东原在中国哲学史上的位置〉前言》（胡适），《读书杂志》第17期，1924年1月6日发行。1923年12月19日，胡适在《戴东原在中国哲学史上的位置》一文前附言，解释写作此文系受陶知行（即陶行知）之请求，并说明已有长文（即《戴东原的哲学》）来更好地完成套知行之托。据此可见，胡适在《戴东原在中国哲学史上的位置》一文前附言，表明此文系《戴东原的哲学》的前身，后者是前者的扩展。因而，胡适所加的这个前言，是不应该删除的。

63.《太戈尔生日之盛会》，《申报》1924年5月12日。太戈尔即

---

① 曹伯言整理：《胡适日记全编》第三册，第814页。
② 同上书，第823页。

印度大文豪泰戈尔。1924年春夏之交来华访问。5月8日，为庆祝其64岁生日，新月社特在该日开会为泰氏祝寿，并于当晚在北京协和剧院上演泰戈尔的英文短剧《腊齐缺》。《太戈尔生日之盛会》一文中记录了胡适在演出开始前的致辞。

64.《太戈尔在京最后之讲演》，《申报》1924年5月15日。5月12日泰戈尔在京作最后一场讲演。《太戈尔在京最后之讲演》中记录了胡适在泰戈尔开演前所作的讲话。

65.《志胡适过奉时谈话》，载1924年7月26日《盛京时报》。

66.《胡适讲演"新文化运动"》，载1924年8月2日《盛京时报》。在讲演中，胡适将新文化运动分为"三个主义"，即"对于固有文化，加上新的估价""估价之后，加以改革""新文化在精神不在形式"。研究新文化运动者，不可不注意此说。

67.《戴震的求理方法》（杨世清），《晨报副刊》1924年12月16日。1924年上半年，胡适在北京大学开设了"清代思想史"课程。学生杨世清在笔记中记录了胡适授课时的一段讲词。

68.《一九二五哲学系师生联欢会纪事》，《北京大学日刊》1925年5月22日。1925年5月17日下午，即将毕业的哲学系学生与老师开联欢会，胡适对即将毕业学生赠语。

69.《国立各校教职员致各校长函》，《北京大学日刊》1925年6月16日。"五卅"运动初起，胡适态度较为积极，对接济上海罢工工人尤具热心。6月15日，他与沈兼士、李四光等联名上书北京各高校长，要求各校长从学校经费中提出若干支援罢工的工人。

70.《旅鄂湘校欢迎胡适之周鲠生两博士之讲演》，长沙《大公报》1925年10月6日。1925年10月2日，胡适受旅鄂湖南中学校长蒋元龙之邀，至该校演讲。此则报道中记录了胡适当时演讲的大致内容，他讲的题目是"学校市与道德教育"。

71.《胡适之昨在美专演讲》，《申报》1925年10月16日。

72.《胡适之博士在徽社演讲记》，《申报》1925年10月19日。

73.《胡适之演讲庚款问题》，《申报》1926年4月29日。1926年4月28日，上海妇女会、基督教妇女协会等团体联合请胡适演讲。此文大体可见当时胡适演讲内容。

74.《广学会昨日之欢迎会》，《申报》1926年5月4日。此消息引述胡适5月3日在广学会的演讲词，但胡适当时系用英语演说，可能系《申报》记者译成华语，故文中引述的胡适之演讲词，系文言。

75. 为《吴稚晖的人生观》一书所作的引论。《吴稚晖的人生观》系一小册子，主要内容是吴于《太平洋》第 4 卷第 1 号（1923 年 8 月 5 日）至第 5 号（1924 年 3 月 5 日）发表的《一个新信仰的宇宙观及人生观》长文。该书上海中山书店 1926 年 5 月初版，1927 年 5 月再版，1928 年 10 月重印。

76.《国学研究所昨开恳亲会》，《晨报》1926 年 6 月 8 日。1926 年 6 月 6 日，北京大学国学研究所举行恳亲会，兼为胡适送行。胡适即兴作演讲。

77.《胡适对英庚之谈话》，《晨报》1926 年 6 月 20 日。复旦社记者采访胡适，询问英国庚款的用途，胡适答记者问。

78.《胡适对北大两团体临别赠言》，《晨报》1926 年 7 月 1 日。1926 年 6 月 29 日晚，北京大学学术研究会与国语演说会两团体开会，欢送胡适游欧。此为胡适在欢送会上的演讲。

79.《〈女儿国〉跋》，陆衣言编校《女儿国》，上海文明书局 1926 年 8 月初版。《女儿国》系《镜花园》中一章。

80.《胡适启事》，《北京大学日刊》1926 年 9 月 4 日。1926 年 7 月，胡适取道东北及苏联，前往英国。这是他抵达伦敦后寄给《北京大学日刊》的启事，通告国内亲友，他已安全抵达伦敦。该启事落款日期是"8，7，1926"，说明 1926 年 8 月 7 日他已达伦敦。

81.《胡适之在留学生宴会演说》，《申报》1926 年 10 月 12 日。1926 年 10 月 9 日，留英中国学生在伦敦举行宴会，庆祝双十节，胡适到场并演说。此系路透社电文中胡适演说的大要。

82. 在日本东京就"四一二"政变后中国政治形势答日本记者问。参见 Nationalist Split Is Healthy Sign Declares Hu Shih, The China Press（汉译《大陆报》）May 7, 1927。1927 年 4 月中旬，胡适自美起程归国，4 月 24 日抵达日本，其时国内发生了"四一二"政变等一系列重大事件。此为胡适在东京对记者发表的谈话，谈话时间约在 1927 年 4 月底。

83.《北大同学会成立大会》，上海《民国日报》1927 年 10 月 25 日。1927 年 10 月 23 日，北京大学同学会在上海交通大学开成立大会。胡适到场并演讲。

84.《胡适之在光华谈话》，上海《民国日报》1927 年 10 月 29 日。1927 年 10 月 28 日，上海光华大学学生会编辑委员会举行茶话会，胡适到场并演讲。演讲中，胡适要求青年学生"培植分析精神，少谈些笼统的主义，多谈些切实际的问题"。

85.《〈中国近三百年的四个思想家〉说明》,《贡献旬刊》第六期,1928年1月25日发行。《中国近三百年的四个思想家》是胡适所作长文,《全集》有收入。但,胡适在文前的说明,却给删掉了。

86.《胡适之博士的教育意见》,《中央日报》1928年2月28日。1928年2月25日,胡适赴苏州女中实验小学参观,教职员开会欢迎,并于会场上回答教职工提问。胡适在回答中提到以白话教育儿童问题。

87.《总商会图书馆昨请名人演讲》,《申报》1928年4月16日。文中记录胡适部分演讲词,其内容是庐山传说与实证的考据,此文可作为胡适《庐山游记》(《新月》第一卷第三期)一文的互证。

88.《中公学生开会欢迎新校长》,《申报》1928年5月2日。1928年4月27日,胡适被中国公学(设于上海)董事会推为校长,4月30日,他赴校中考察,受到学生热烈欢迎。此文记录他对学生训话大略。

89.《梅兰芳与中国戏剧》。据梅绍武说,胡适此文原于1930年载于美国旧金山一位名叫欧内斯特·K.莫(Ernest K. Moy)的中国戏剧爱好者编纂的《梅兰芳沿岸演出》(The Pacific Coast Tour of Mei Lan-fang)一书。①

90.《记者附识》,《每周评论》第30号"通信"栏。据吴元康考证,此"记者附识"应为胡适所写。②

91.《胡适在太平洋国际学会第四届大会上的演说》,载《申报》1931年10月22日。

92. 1932年12月4日至6日,在南方访问的胡适应邀访问长沙,期间先后发表两次演说,一为12月4日在长沙中山堂的演讲,曾以《我们所应走的路》为题连载发表于长沙《大公报》;一为12月5日在省立湖南大学的演讲,曾以《我们对新旧文化应取的途径》为题连载发表于长沙《大公报》。

93.《胡适蒋廷黻否认新职,王云五辞职说决不确》,《中央日报》1947年3月11日,第4版。

94.《学生留洋有否必要,会中意见分成两派,王云五胡适认系浪费,翁灏李石曾表反对》,《中央日报》1947年10月16日,第4版。

95.《大学即研究院》,《中央日报》1947年10月19日,第3版。

---

① 梅绍武:《胡适的一篇佚文:〈梅兰芳和中国戏剧〉》,《书摘》2003年第6期。
② 吴元康:《〈每周评论〉上一则〈记者附识〉应为胡适所撰》,《安徽史学》2006年第6期。

96.《斯大林征服世界战略下的中国》,《外交季刊》1952年第3期。此文在《胡适日记》(《全集》第34卷第250页)中曾提及,但《全集》未收该文。

B. 佚诗

97.《不死》,载1924年10月25日《申报》附刊《平民周刊》。全诗如下:

> 明天就死又何妨!
> 只打起精神做事,
> 就同你永远不死一样!

C. 佚信

98.《为调和新文化阵营内部矛盾致张东荪函》(1919年3月20日),上海《时事新报·学灯》"通讯"栏,1919年3月24日。

99.《致陶行知电》,1919年3月,谈接待杜威来中国的事。参见《胡适遗稿及秘藏书信》(黄山书社1994年版)第20卷,第82页。

100.《与丹翁说话》,载上海《晶报·毛瑟架》1919年11月18日。胡适在此信中为新诗辩护,希望丹翁(即《晶报》编辑张丹斧)"承认我们有大胆'尝试'的权利"。但,胡适此信并未说服张丹斧,不仅如此,甚至连张根水等也参与到了讨伐胡适,掀起了一场"纯粹的新诗决做不好"的与胡适的论争。由此可见胡适此信的重要意义。

101.《致胡晋接》,《安徽省立第二师范学校杂志》第七期"通讯"栏。该刊系年刊,1920年编辑印行,现藏安徽省图书馆近代文献部。原信发表时并无收信人,经吴元康先生考证,收信人应为"绩溪经解三胡"之一的胡晋接[①]。然,吴先生没有考证或说明此信写作日期。

将此信与《复胡晋接》(见条目102)对照阅读,发现,在此信中胡适请收信人帮忙找几种安徽绩溪胡氏先贤的传记或著作,而在《复胡晋接》中,胡适感谢收信人帮他找到了这些书,于是可知,此信写于《复胡晋接》之前。而《复胡晋接》写作日期可断定是1920年8月2日,刊登《致胡晋接》的《安徽省立第二师范学校杂志》第七期是1920年印行的,该刊又是年刊,所以可推断,《致胡晋接》写于1919

[①] 吴元康整理:《胡适关于安徽清代学人及文献之佚函二通》,《文献季刊》2007年第3期,第151—152页。

年年底。

102.《复胡晋接》,《黄山钟》第一期"通讯"栏。该刊 1921 年冬月印行,年刊。亦藏安徽省图书馆。此信发表时无标题,之所以署为《复胡晋接》,是因为胡适在此信中说:

> 前承先生钞寄胡氏两先生的家传,都已收到了。春乔先生的传,有国史本传,现载《耆献类微》内,我已有了。

显见,胡晋接收到胡适上述请求找胡氏先贤传记或著作的信后,"钞寄胡氏两先生的家传"给胡适,既然承胡适之托,寄书给胡适,那么胡晋接照理应该在寄书时一并寄信给胡适,而且他还在信里问,是否要寄"春乔先生"的传记,所以,胡适才有上引之言。于是可断定,这封信是胡适写给胡晋接的复信。

信末说:

> 我为战乱所阻,至昨夜(八月一夜)始到南京,今日上课,百忙中草此奉谢,即祝先生署中安好。

可知,胡适此信些于"八月二日"。究竟是哪年的 8 月 2 日呢?由信中说,胡适"因战乱所阻止""到南京",结合《胡适日记》和《黄山钟》第一期出版时间,可以断定,此信写于 1920 年,即 1920 年 8 月 2 日。

103.《致钢和泰》,共五封,现收藏于哈佛大学燕京图书馆善本部的《钢和泰档案》中,均为英文。《全集》第 40、第 41 卷所收均为英文信,但未见收入胡适致钢和泰的五封信,其他胡适文集、书信集也未收。据发现这五封信的王邦维先生说:"胡适现存的 1921 年至 1937 年的日记,直接提到钢和泰的就有约四十条。胡适在他其他的著作和谈话中,也不止一次地提到过他与钢和泰的交往,极为推崇钢和泰的学问。"[①] 因而,这五封信,既是胡适与钢和泰交往的证据,也是研究胡适与英美学术界交游的珍贵资料,乃至对于研究钢和泰对中国现代学术之影响,亦有帮助。

---

① 王邦维:《哈佛燕京图书馆所藏胡适的几封英文书信》,《北京大学学报》(哲学社会科学版)2007 年第 2 期。王邦维在该文中摘录了胡适致刚和泰的五封信(英文)。

104.《通信》,《小说月报》第十四卷第四号,1923 年 4 月版。1923 年 2 月 24 日胡适致函顾颉刚,表明自己对白话文"欧化"倾向的态度是"不得已而为之"。这封信,对于了解和研究白话文运动,颇具价值。

105.《胡教授之来函》,《北京大学日刊》1923 年 10 月 15 日。1923 年 10 月 10 日胡适在沧州旅馆写信致蒋梦麟等,表示不能回校上课,特别是信中提到"我仔细想了许久,现决定把努力周报停刊了"。

106.《胡适等为倪道烺案致章士钊函》(1924 年 12 月),《胡适之请惩倪道烺》,载 1924 年 12 月 12 日《民国日报》。

107.《胡适等请释熊克武》,《申报》1925 年 12 月 4 日。熊锦帆即熊克武,系胡适早年就学于中国公学时的同学,1925 年 10 月 3 日在广州被蒋介石逮捕,被捕前任建国川 35 军总司令,国民党元老之一。胡适时在上海。该电系 11 月 19 日拟就,12 月 3 日始发出,因该电置于 12 月 4 日《申报》的"本埠新闻"栏内,电文前尚称"昨有胡适等请释熊克武电"。

108.《处置英国庚教问题之商榷》,《申报》1926 年 3 月 28 日。1925 年 6 月,英国国会通过法案,决定退还庚子赔款,随后组成 11 人的咨询委员会。中方委员为胡适、王景春、丁文江 3 人。1926 年春,英方三委员来华调查。中国教育界对英方处置庚款的拟议办法顾虑重重,时为上海南洋大学校长的凌竹铭特函中方三委员表示意见。此即王、丁、胡 3 人联名复函。从胡适 1926 年 3 月一直在上海等情况判断,该函当作于 3 月。

109. 1931 年 12 月 8 日致沈性仁信:"性仁女士:谢谢你的信,广告是此间分店中人所拟,误将'玛丽'的合译字样删去,我已去函令他们更正了。我虽不问分店的事,但我可担保他们删去是无心的错误。听冬秀说你的身体见好了,我们都很高兴。盼望你安心静养。小诗一首,寄呈贤伉俪指正。适之,廿,十二,八。"信中的"玛丽"即徐志摩于沈性仁合译的《玛丽玛丽》,此书于 1927 年 8 月由新月书店出版,而信中的"广告"应指新月书店分店为《玛丽玛丽》所作的广告。胡适在信中寄给沈性仁的"小诗一首"指信后所附《狮子》。

110.《胡"老大哥"谈"粗人"》,《语丝》第五卷第九期,1929 年 5 月 6 日发行。此文本引录胡适致章铁民、汪静之函一封。当时章、汪失和、互相指责,1929 年 4 月 3 日胡适致信双方,试图调解。

111.《再答胡适之先生》(铁民),《语丝》第五卷第十五期,1929

年6月17日发行。章铁民在此文中引录了一封胡适4月20日致章铁民信，说的仍是章、汪失和之事。

112.《复张元济》，1930年7月13日。此信原件现藏于上海市档案馆。全文如下：

菊生先生：
我译的白朗宁的诗，只有二篇曾发表过，今抄出奉上。尚有一篇，系早年用古文译的，一时检不出了。
又闻一多徐志摩二君有译白朗宁夫人的情诗二篇，闻君译了二十一首，徐君作解释，皆甚用功，也送上。
胡适。十九，七，十三

之所以断定这封信是复张元济信，是因为《张元济书札〈增订本〉》"致胡适"中有一信（编号71），全文如下：

前日覆上寸函，计蒙詧及。《新月》第一卷一、二册均已寄到，即以寄与来函询问之美国人，聊撑门面。承假合装钜册，谨缴上，乞詧收。

敬颂适之先生晨安
弟张元济顿首
七月十五日

经查《新月》第一卷第一、二期，发表有徐志摩、闻一多译白朗宁夫人情诗，说明张元济7月15日写给胡适的信，就是在收到胡适7月13日信及《新月》时所作。于是可知，张元济在信中提到的"前日覆上寸函"，必定是7月13日写信给胡适商借胡适翻译的白朗宁夫人情诗。既然如此，胡适7月13日写给张元济的信，就只能是一封回函。据此也可见该信原委。

113.《致顾廷龙信》（只残存第一页），时日待查，关于《水经注》研究的事。参见《胡适遗稿及秘藏书信》第20册，第311页。

114.《致蒋梦麟》，时日待查，关于中华教育文化基金董事会开会的事。参见《胡适遗稿及秘藏书信》第20册，第207页。

115.《致陈之迈信》，时日待查，内容是批评国民党的"党治"的。参见《胡适遗稿及秘藏书信》第20册，第30页。

116.《唐有壬转罗文干电》，时日待查，谈的是军事与外交问题。参见《胡适遗稿及秘藏书信》第20册，第291页。

117. Hu Shih to Miss Chakin，1944年10月10日。参见北京大学图书馆编《北京大学图书馆藏胡适未刊书信日记》①，清华大学出版社2003年版，第181页。

118. Hu Shih to Chien Tuan–sheng（Telegram）。参见北京大学图书馆编《北京大学图书馆藏胡适未刊书信日记》，第181页。

119.《致郑天挺电》，1948年4月7日，谈推荐范旭东先生奖金候选人的事。参见《胡适遗稿及秘藏书信》第20册，第193页。

D. 题记、眉批和校语

120. 1949年胡适仓促离开北平时，留下102箱书籍和物品，大部分为书籍，1958年胡适遗言将之赠送北大图书馆。20世纪90年代初，楼宇烈先生整理北大图书馆收藏的胡适的有关禅宗史书籍，计有20余种，将其中有胡适题记和眉批、校语的书籍15种辑出，共得130余则，撰成《胡适禅籍题记、眉批选》一文，发表在《胡适研究丛刊》第一辑②。胡适一生藏书甚丰，并且看书时喜欢直接在书中写题记、眉批和校语，有些长达数百言，多数寥寥数语，而言简意赅，是研究胡适思想、寻绎其学术研究思路的珍贵资料。《全集》不见收入任何胡适题记、眉批和校语。

除了上述佚文、佚诗、佚信及漏收题记、眉批和校语之外，《全集》还存在较严重的重文、误文、漏文现象。比如，仅朱正先生就在《全集》中发现重文69处，③而有研究者也发现，《全集》第12卷收录《宿命论者的屠格涅夫》一文，其实作者不是胡适，而是胡適④。对于《全集》这样44卷的皇皇巨著而言，偶尔出现重文或别的错误，情有可

---

① 顺便指出，《全集》收入了北京大学图书馆编《北京大学图书馆藏胡适未刊书信日记》相关文献，而《北京大学图书馆藏胡适未刊书信日记》一书虽为原件影印本，又经"专家"审校，却仍有多处纰误。例如，该书收入的《中华教育文化基金董事会热带病研究所致胡适》一信，其实是"热带病研究所"向"中华教育文化基金董事会"申请经费的公函，而并非中华教育文化基金董事会热带病研究所致胡适的信；又如，该书第一部分"澄衷中学日记"，实应为"澄衷学堂日记"，因胡适入学时的"澄衷"为学堂，而非中学。

② 楼宇烈：《胡适禅籍题记、眉批选》，《胡适研究丛刊》第一辑，北京大学出版社1995年版。

③ 据朱正《胡适全集中的重复》（《博览群书》2005年第4期）一文统计。

④ 徐改平：《谈〈胡适全集〉误收的一篇文章》，《学术界》2007年第3期。

原，但如果反复出现乃至失误数目庞大，就不是"令人遗憾"所能概括了。但愿《全集》重印时，能考虑到它存在的这些问题，使我们及后世研究者真正拥有一套尽量准确、完整的《胡适全集》！

十一 《储安平集》未收作品存目

储安平的文学活动，集中于他在光华大学读书时期[①]和 1930 年代任《中央日报》文学副刊主笔时期。在这两个时期，他对诗歌、散文、小说和戏剧等文体创作都有涉猎，此后基本上停止了文学创作，集中精力编办期刊和撰写政论。

作为民国时期著名报人，储安平生前没出版过全集，甚至连文集也较少出版。他唯一的一部小说集《说谎者》，由上海良友图书公司 1936 年出版，这部小说集基本上收集了他全部的中短篇小说；1936 年开明书店出版的小册子《给弟弟们的信》，收集了部分散文；1946 年和 1947 年，《英国采风录》由商务印书馆分别在重庆和上海印行；1949 年编辑《英人·法人·中国人》一书，由《观察》社印行。储安平在 1950 年代写过两本新疆旅行通讯，《新疆新面貌》由作家出版社 1957 年出版，《玛纳斯河垦区》由中国青年出版社 1957 年出版。另外，储安平还有大量的文学作品和政论等，分散发表在《新月》《中央日报》《文学时代》《客观》周刊、《观察》周刊等报刊上。

截至今日，仍不见有储安平的全集出版，文集仅见张新颖编的《储安平文集（上、下）》（东方出版中心 1998 年版）和张竞无编《储安平集》（作为"民国三大报人文集"之一，东方出版中心 2011 年版）。张新颖编的这部文集，收录了储安平已出版的著作篇目，而散见于各种报刊的文章，则只收入了"最能体现储安平信仰、思想、性格和工作作风的……《客观》和《观察》上的文章"。因而，张新颖坦言说："很显然，这部文集并不完备。"[②] 张竞无编《储安平集》在编排上作了一些调整，增收了部分张新颖因故未收的篇目。比较而言，张竞无编《储安平集》是目前能见到的收录最完备的，坊间有人称为"储安平全集"。但这部"全集"并不全，尚有储安平发表在《光华周刊》《申报》《大公报》《文艺月刊》《北新》《流沙》半月刊、《文学时代》和《中央日

[①] 关于储安平在光华时期的活动，参见韩戍《储安平光华大学时期生平考论（一九二八——一九三二）》，《传记文学》（台湾）2012 年 10 月号。

[②] 张新颖：《编者说明》，《储安平文集》（上），东方出版中心 1998 年版，第 2、3 页。

报》上的大量文章，都没有收入。尤其是储安平1928—1929年编辑《光华周刊》、1933—1935年任职《中央日报》副刊时发表在该刊的文章，对于了解储安平早年文学思想以及后来如何从热衷于文学创作转向政论，具有重要的文献史料价值。

令人不解的是，不论张新颖还是张竞无编的"储安平文集"，都没有收入《给弟弟们的信》（仅收入《给弟弟们的信》中的《幸福》）。《给弟弟们的信》原名"给小读者的信"，最初共有12篇，写于1932年储安平在故乡宜兴的庚桑洞养病期间，分别为《论做人》《团体生活》《国家大事》《好问》《春天》《生活的和谐》《论政治人格》《吃亏》《论涵养》《幸福》《行》《顾之何益》。1935年任《中央日报》副刊编辑期间，又补充了《但求无过不求有功》《动与静》和《帽子哲学》三篇。1936年，为筹措去英国留学的费用，交上海开明书店出版，按书店要求更名为《给弟弟们的信》。该书交开明书店出版前，国民党元老吴稚晖欣然为之作"序"。吴稚晖在"序"中说："他（指储安平——引者按）是一个江东少年里最伟大的文豪，但他伟大之处，不单单文章做得好，亦不单单他的学问渊博，我们老头子都崇拜他的，还有他的人格伟大！他如何伟大起来的呢？就是修养的得法……"储安平觉得吴稚晖对自己的赞扬过誉，在该书出版时删去了这篇"序"，增添了一篇"自序"。同时删去的，还有《论涵养》一文。《论涵养》最初发表在邵洵美主编的《人言周刊》第二卷第十一期。储安平在此文中，以自己的亲身经历为例，主张人的一生都要在道德涵养上下工夫，甚至应该打不还手、骂不还口，理性对待别人的批评。可能考虑到以自己为例，颇有自我标榜的嫌疑，所以他删去了这一篇文章。1936年《给弟弟们的信》出版后，一直没有再版，直到近年才由南昌大学的张国功先生将此书与《英人·法人·中国人》合并整理再版（江西教育出版社2012年版），书名为《给弟弟们的信 英人·法人·中国人》。这一个合并的再版本，没有收入《论涵养》和吴稚晖的"序"。

此外，张新颖和张竞无编的《储安平文集》都收入了储安平在《客观》周刊"客观一周"专栏的几乎所有文章，却漏收了储安平发表在《客观》第十五期的《动荡的国民党》一文。

光华附中时代的储安平，已经开始了文艺创作，至少发表了三篇作品，这就是收在《储安平集》里的《关于睡庙求医的故事》《布洛克及其名作〈十二个〉》和独幕剧《血之沸腾》。升入光华大学后，储安平先后担任学生刊物《光华周刊》的副主任、主任，曾实际执行《光华周刊》编务。1928年，在《光华周刊》发表《多方面的发展》（第四卷第一期）、《灰雾之消散》（第四卷第四期）和《我们的级长——潘炳麟君!》（安平执笔，第四卷第四期）、《两个少女与我》（第四卷第五期）、《批评及骂与周刊及周刊之今后》（第四卷第六期）、《给海外朋友们的信》（1929年第六卷第三期）等文章，以评论为主，显示出了他对时事的关注和政论方面的早慧。

1933年从光华大学毕业后不久，储安平担任《中央日报》文学副刊主笔，1935年开始担任主编，直到1936年去英国留学。此外，1935年他还主编了《文学时代》杂志，此刊是邵洵美的上海时代图书公司七大杂志之一。1933年7月6日至1934年6月31日，储安平担任《中央日报》文学副刊《中央公园》编辑。1934年6月之后，储安平结束了《中央公园》的编辑工作，专心编辑《中央日报》的《文学周刊》以及《中央日报》副刊。由于储安平与新月派后起之秀们关系密切，在此期间《中央公园》刊登了不少陈梦家、何家槐、方玮德等新月派后起之秀的作品，《文学时代》也在小说方面聚集了沈从文、凌叔华等，在诗歌方面则聚集了沈祖牟、孙洵侯、陈梦家、臧克家、李惟建、方玮德等。

储安平发表在《中央日报》上的大量文章，直到近年才有人注意到[1]。这些文章以通讯和时评为主，还包括书评、文论、消息、散文、译著以及"编辑后记"等，短小精悍，语言简练流畅。张新颖和张竞无编的"储安平文集"都没有收入。储安平编辑《中央日报》副刊期间，对该刊进行了一些"改革"，其中被人们忽略而实际上很值得注意的是，从1934年10月18日至1935年1月开辟了"小文章"栏目，刊载篇幅在几百字内的短小杂文。这个栏目不仅发表外界稿子，还刊发了由编辑储安平自己撰写的小杂文，据统计，他发文约23篇，对当时的社会经济、文化和教育等均有涉及。十多则"编辑后记"，是了解储安平早期编辑思想的有价值的文献史料。

1936年夏，储安平作为《中央日报》特派记者赴德国柏林采访"世运会"，不仅写了大量从多个角度报道"世运会"的新闻消息，还附以新闻摄影。此后，他在欧美游历，以中国学人的眼光，描述沿途见

---

[1] 参见华东师范大学中文系文学与传媒专业硕士生张慧的学位论文《〈中央日报副刊〉与储安平》（2009年4月通过答辩，导师陈子善）；赵丽华《民国官营体制与话语空间——〈中央日报〉副刊研究（1928—1949）》，中国传媒大学出版社2012年版。

闻，夹叙夹议。这些游记以《欧游杂记》为题在《中央日报》连载，曾引起一些反响。抗日战争全面爆发后，储安平感于德日两国的侵略本质，翻译了法国塔布衣夫人的《敲诈或战争》，从1938年6月开始在《中央日报》连载。

鉴于张竞无编《储安平集》未收入的作品数量庞大，且至今尚无人比较全面地整理披露过，笔者以表格形式罗列其目录如表6-4：

表6-4　　　　　　　　《储安平集》未收作品目录

作者	标题	刊物	发表时间	文章类别
储安平	多方面的发展	光华周刊	第四卷第一期	时评
储安平	灰雾之消散	光华周刊	第四卷第四期	时评
安平执笔	我们的级长——潘炳麟君！	光华周刊	第四卷第四期	散文
储安平	两个少女与我	光华周刊	第四卷第五期	散文
储安平	批评及骂与周刊及周刊之今后	光华周刊	第四卷第六期	时评
储安平	给海外朋友们的信	光华周刊	第六卷第三期	书信
储安平	论涵养	人言周刊	第二卷第十一期	评论
储安平	动荡的国民党	客观	第十五期	政论
储安平	运动员在竞赛期间所需要之营养	公教学校（旬刊）	第二卷第二十一期（1936年9月）；初载于1936年8月26日《中央日报》	"世运会"通讯
储安平	小约翰求偶记	文艺月刊	第八卷第五期（1936年5月1日）	短篇小说
储安平	论报业	新经济	第五卷第三期（1941年）	政论
储安平	陀思妥耶夫斯基论	中央日报	1931-1-29　第九版	翻译，文论
储安平	幸福	中央日报	1933-7-8　第八版	散文
储安平	论《幻灭》——一本木刻的恋爱	中央日报	1933-7-25　第八版	文论
储安平	再论《幻灭》	中央日报	1933-7-27　第八版	文论
储安平	"中央公园"致幽默大师林及论语社诸贤	中央日报	1933-8-17　第八版	散文

续表

作者	标题	刊物	发表时间	文章类别
储安平	无题	中央日报	1933-9-8 第八版	新诗
储安平	论司堡剌孟锡泼	中央日报	1933-10-10 第五版	文论
储安平	论魔术	中央日报	1933-10-12 第五版	杂文
储安平	文艺年鉴与文艺商品	中央日报	1933-10-13 第五版	杂文
储安平	说《挤》篇	中央日报	1933-10-19 第五版	杂文
储安平	春蚕小说与春蚕电影，借此一谈中国电影	中央日报	1933-10-23 第八版	文论
安平	致方玮德信	中央日报	1933-10-27	书信
储安平	论文学者	中央日报	1934-7-5 第十二版	文论
储安平	傅斯年的反中医论	中央日报	1934-8-11 第十一版	通讯
储安平	"八难"	中央日报	1934-9-7 第十一版	评论
储安平	省自为政的统制经济	中央日报	1934-9-10 第十一版	评论
储安平	蒋梦麟等的修正学制提案	中央日报	1934-9-11 第十一版	评论
储安平	托儿事业亟待提倡	中央日报	1934-9-13 第十一版	评论
储安平	"教育破产的救济方法还是教育"	中央日报	1934-9-12 第十一版	评论
储安平	南昌新运已见实效	中央日报	1934-9-14 第十一版	通讯
储安平	勃克夫人论现代中国文人及其作品平议	中央日报	1934-10-18 第十一版	文论
安平	世界从此永远和平	中央日报	1934-11-12 第十一版"小文章"	杂文
安平	胡适谈失业问题	中央日报	1934-11-11 第十一版"小文章"	杂文
安平	还有一个问题	中央日报	1934-11-14 第十一版"小文章"	杂文
安平	中英庚款会征求民众读物	中央日报	1934-11-16 第十一版"小文章"	杂文
安平	唯物辩证法论战	中央日报	1934-11-19 第十一版"小文章"	杂文
安平	津浦三等车应设卧铺	中央日报	1934-11-18 第十一版"小文章"	杂文

续表

作者	标题	刊物	发表时间	文章类别
安平	个人能力与社会需要	中央日报	1934-11-21 第十一版"小文章"	杂文
安平	防空演习	中央日报	1934-11-23 第十一版"小文章"	杂文
安平	南京女中的"贤妻良母"辩论	中央日报	1934-11-28 第十一版"小文章"	杂文
安平	学生跳舞禁止了以后又该怎么办？	中央日报	1934-11-30 第十一版"小文章"	杂文
储安平	希望政府接收两洞	中央日报	1934-12-2 第十版	时评
安平	再从禁止学生跳舞说起	中央日报	1934-12-3 第十一版"小文章"	杂文
安平	公务员与运动	中央日报	1934-12-7 第十一版"小文章"	杂文
安平	交通警察	中央日报	1934-12-9 第十一版"小文章"	杂文
安平	介绍职业与职业何在	中央日报	1934-12-6 第十一版"小文章"	杂文
安平	荣宗敬先生的西北之行	中央日报	1934-12-5 第十一版"小文章"	杂文
安平	"但求无过"与"不求有功"	中央日报	1934-12-13 第十一版"小文章"	杂文
安平	为梅兰芳先生说一句公平话	中央日报	1934-12-12 第十一版"小文章"	杂文
安平	新生活结婚	中央日报	1934-12-14 第十一版"小文章"	杂文
安平	"南京的文学界"	中央日报	1934-12-23 第十一版"小文章"	杂文
安平	"截留胡适"	中央日报	1935-1-16 第十一版"小文章"	杂文
安平	无题	中央日报	1935-1-17 第十一版"小文章"	杂文
安平	读者，作者，编者	中央日报	1935-2-20 第十一版	散文
安平	中国新文学大系	中央日报	1935-3-8 第十一版	散文
安平	编者后记	中央日报	1935-3-25 第十一版	
安平	方玮德先生噩耗	中央日报	1935-5-13 第十一版	书信
安平	编辑后记	中央日报	1935-6-20 第十一版	
安平	编辑后记	中央日报	1935-6-21 第十一版	

续表

作者	标题	刊物	发表时间	文章类别
安平	编辑后记	中央日报	1935-6-22 第十一版	
安平	编辑后记	中央日报	1935-6-24 第十一版	
安平	编辑后记	中央日报	1935-6-27 第十一版	
安平	编辑后记	中央日报	1935-6-28 第十一版	
安平	编辑后记	中央日报	1935-7-3 第十一版	
安平	编辑后记	中央日报	1935-7-25 第十一版	
安平	编辑后记	中央日报	1935-8-9 第十一版	
安平	编辑后记	中央日报	1935-8-25 第十一版	
安平	编辑后记	中央日报	1935-10-14 第十一版	
安平	记田汉先生	中央日报	1935-12-21 第十版	散文
安平	编辑后记	中央日报	1936-2-14 第十一版	
安平	在柏林下车,吾国选手,整队步出月台情形	中央日报	1936-8-9 第九版之《中央画刊》第二十期"世运专页"	消息并摄影
安平	吾国选手抵柏林时,侨德同胞赴车站欢迎情形	中央日报	1936-8-9 第九版之《中央画刊》第二十期"世运专页"	消息并摄影
安平	我国自由车选手向浩华君小影	中央日报	1936-8-19 第十二版之《中央画刊》第二十三期	消息并摄影
安平	在柏林市中心喷水池旁悬挂之各国国旗	中央日报	1936-8-19 第十二版之《中央画刊》第二十三期	消息并摄影
安平	大会会场内之石像	中央日报	1936-8-19 第十二版之《中央画刊》第二十三期	消息并摄影
储安平	世运大会闭幕盛况,我国此次参加各项比赛竟致全军覆没,今后应努力提倡体育,冀将来吐气扬眉,代表团九月一日返国	中央日报	1936-8-18 第八版	消息并摄影
储安平	国际运动学员营全景	中央日报	1936-8-19 第十二版之《中央画刊》第二十三期	消息并摄影
储安平	柏林市中心之旗亭	中央日报	1936-8-19 第十二版之《中央画刊》第二十三期	消息并摄影
储安平	篮球队之作战情况	中央日报	1936-8-19 第十二版之《中央画刊》第二十三期	消息
储安平	吾世运选手团之船上风光	中央日报	1936-8-16 第九版之《中央画刊》第二十二期	消息并摄影

续表

作者	标题	刊物	发表时间	文章类别
储安平	大会期间马路上之汽车	中央日报	1936-8-27 第十二版之"世运漫画专页"	消息并图片
储安平	游泳	中央日报	1936-8-27 第十二版之"世运漫画专页"	消息并图片
储安平	此画描写今日之柏林，无处非世运会会旗	中央日报	1936-8-27 第十二版之"世运漫画专页"	消息并图片
储安平	骑马	中央日报	1936-8-27 第十二版之"世运漫画专页"	消息并图片
储安平	欢呼队	中央日报	1936-8-27 第十二版之"世运漫画专页"	消息并图片
储安平	曲棍球	中央日报	1936-8-27 第十二版之"世运漫画专页"	消息并图片
储安平	大会期运交通警察之威权	中央日报	1936-8-27 第十二版之"世运漫画专页"	消息并图片
安平	足球	中央日报	1936-8-27 第十二版之"世运漫画专页"	消息并图片
安平	马球	中央日报	1936-8-27 第十二版之"世运漫画专页"	消息并图片
安平	撑竿跳	中央日报	1936-8-27 第十二版之"世运漫画专页"	消息并图片
安平	游泳池畔之情况	中央日报	1936-8-27 第十二版之"世运漫画专页"	消息并图片
安平	铁链	中央日报	1936-8-27 第十二版之"世运漫画专页"	消息并图片
安平	比剑	中央日报	1936-8-27 第十二版之"世运漫画专页"	消息并图片
安平	世运新村服务之"希特勒青年"	中央日报	1936-8-27 第十二版之"世运漫画专页"	消息并图片
安平	白种黄种黑种棕色种都在喊："我要金的"（指第一名），"我要银的"（指第二名）	中央日报	1936-8-27 第十二版之"世运漫画专页"	消息并图片
安平	大会会场中之军乐队	中央日报	1936-8-27 第十二版之"世运漫画专页"	消息并图片
安平	划船	中央日报	1936-8-27 第十二版之"世运漫画专页"	消息并图片
安平	世运大会闭幕之钟声	中央日报	1936-8-30 第九版之《中央画刊》第二十六期	消息并摄影
储安平	世运之欢乐夜	中央日报	1936-8-30 第九版之《中央画刊》第二十六期	消息并摄影
储安平	红海日出图	中央日报	1936-9-16 第十二版之《中央画刊》第三十一期	消息并摄影
储安平	威尼斯之水国风光	中央日报	1936-9-20 第九版之《中央画刊》第三十一期	摄影

续表

作者	标题	刊物	发表时间	文章类别
安平	欧行杂记之七：晕船的味儿	中央日报	1936-9-24 第十二版	散文
安平	欧行杂记之七：晕船的味儿（续）	中央日报	1936-9-25 第十二版	散文
安平	欧行杂记之八：晕船的防止	中央日报	1936-9-26 第十二版	散文
安平	欧行杂记之十：孟买	中央日报	1936-9-29 第十二版	散文
安平	欧行杂记之十一：马苏华	中央日报	1936-10-1 第十二版	散文
安平	欧洲的两大壁垒——彷徨苦闷中的英国	中央日报	1936-10-1 第四版	政论
安平	欧洲的两大壁垒——彷徨苦闷中的英国（续）	中央日报	1936-10-2 第五版	政论
安平	谈"不干涉"（安平自伦敦通信）	中央日报	1936-10-3 第五版	政论
安平	欧行杂记之十二：过苏彝士运河（上）	中央日报	1936-10-4 第十二版	散文
安平	欧行杂记之十三：过苏彝士运河（下）	中央日报	1936-10-5 第十二版	散文
安平	欧行杂记之十四：早操	中央日报	1936-10-8 第十二版	散文
安平	欧行杂记之十五：船中杂项（续）	中央日报	1936-10-10 第十二版	散文
安平	威尼斯圣马哥广场之皇宫	中央日报	1936-10-11 第五版	摄影
安平	欧行杂记之十五：船中杂项（续）	中央日报	1936-10-12 第十二版	散文
安平	欧行杂记之十五：船中杂项（续）	中央日报	1936-10-13 第十二版	散文
安平	欧行杂记之十五：船中杂项（续）	中央日报	1936-10-15 第十二版	散文
安平	欧行杂记之十五：船中杂项（续）	中央日报	1936-10-16 第十二版	散文
安平	欧行杂记之十五：船中杂项（续）	中央日报	1936-10-17 第十二版	散文
安平	欧行杂记之十五：船中杂项（续）	中央日报	1936-10-18 第十二版	散文
安平	欧行杂记之十五：船中杂项（续）	中央日报	1936-10-19 第十二版	散文
安平	德国与巴尔干半岛的经济关系（伦敦通信）	中央日报	1936-10-19 第五版	通讯
安平	欧行杂记之十六：海行告终	中央日报	1936-10-20 第十二版	散文

续表

作者	标题	刊物	发表时间	文章类别
安平	欧行杂记之十六：海行告终（续）	中央日报	1936-10-20 第十二版	散文
安平	德国进攻苏俄的战略第一步占领列宁格勒（安平自伦敦通信）（未完）	中央日报	1936-10-27 第五版	通讯
安平	德国进攻苏俄的战略（续），第一步占领列宁格勒	中央日报	1936-10-28 第五版	通讯
储安平	爱丁堡暮思	中央日报	1936-10-29 第十二版	散文
安平	德国进攻苏俄的战略（续），第一步占领列宁格勒（安平自伦敦通信）	中央日报	1936-10-29 第五版	通讯
安平	进攻苏俄与大德意志帝国之幻梦，"德国进攻苏俄的战略"之二（安平自伦敦通信）	中央日报	1936-10-30 第五版	通讯
安平	欧行杂记第三辑：从柏林到伦敦（一）离德之前（上）	中央日报	1936-11-8 第十二版	游记
安平	欧行杂记第三辑：从柏林到伦敦（一）离德之前（下）	中央日报	1936-11-9 第十二版	游记
安平	欧行杂记第三辑，向陌生的世界里闯去	中央日报	1936-11-14 第十二版	游记
安平	欧行杂记第四辑，一个德国人	中央日报	1936-11-15 第十二版	游记
安平	欧行杂记第五辑，在口痕	中央日报	1936-11-16 第十二版	游记
安平	欧行杂记第六辑：在阿克	中央日报	1936-11-17 第十二版	游记
安平	欧行杂记第七辑：此境杂事	中央日报	1936-11-19 第十二版	游记
安平	欧行杂记第八辑：到奥斯登	中央日报	1936-11-20 第十二版	游记
安平	奥国复辟问题（安平欧洲通信）	中央日报	1936-11-21 第五版	通讯
安平	德政府招待外交团	中央日报	1936-11-25 第十二版之《中央画刊》第五十期	特写并摄影
安平	比国的趋向（欧洲通信）	中央日报	1936-11-28 第五版	通讯
安平	英国会守卫兵装束仍沿古风	中央日报	1936-12-13 第九版之《中央画刊》第五十五期	特写并摄影
安平	波罗的海中往来不绝德国大商船	中央日报	1936-12-13 第九版之《中央画刊》第五十五期	特写并摄影
安平	阿比西尼亚皇后及皇子哈拉公爵，最近在伦敦居留之影	中央日报	1936-12-13 第九版之《中央画刊》第五十五期	特写并摄影

续表

作者	标题	刊物	发表时间	文章类别
安平	现已逊位之英皇爱德华八世,举行第一次宣告国会开幕礼情形	中央日报	1936-12-13 第九版之《中央画刊》第五十五期	特写并摄影
储安平	德国的体育训练	中央日报	1936-12-28 第八版	通讯
安平	英国史上之一页,爱德华八世退位记	中央日报	1937-1-6 第五版	通讯
安平	多瑙河流域的经济问题	中央日报	1937-2-5 第五版	评论
安平	多瑙河流域的经济问题（续）	中央日报	1937-2-6 第五版	评论
安平	法国的新健康运动记法国的"公余与运动协会"	中央日报	1937-2-15 第八版	通讯
安平	捷克境内德少数民族问题	中央日报	1937-4-14 第五版	时评
安平	High Leigh 小记	中央日报	1937-5-17 第九版	报告文学
安平	由英王加冕大说到英国的社会生活	中央日报	1937-5-17 第五版	时评
安平	巴黎博览会会场俯视	中央日报	1937-5-26 第十二版	消息
储安平	英皇乔治六世加冕记（上）	中央日报	1937-5-29 第六版	消息
储安平	英皇乔治六世加冕记（下）	中央日报	1937-5-30 第六版	消息
储安平	巴黎夜话	中央日报	1937-7-14 第五版	散文
储安平	巴黎夜话	中央日报	1937-7-16 第五版	散文
储安平	巴黎夜话	中央日报	1937-7-17 第五版	散文
储安平	巴黎夜话	中央日报	1937-7-17 第五版	散文
储安平	巴黎夜话	中央日报	1937-7-24 第五版	散文
储安平	巴黎夜话	中央日报	1937-7-29 第五版	散文
安平	弥漫全英的反日空气	中央日报	1937-11-1 第三版	消息
安平	反日空气弥漫全区,抵制日货运动勃起	中央日报	1937-11-10 第二版	消息
安平	国际新局势	中央日报	1937-11-25 第一版	通讯
安平	国际新局势	中央日报	1937-11-26 第一版	通讯

续表

作者	标题	刊物	发表时间	文章类别
安平	敲诈或战争（一）——塔布依夫人原著，安平译述	中央日报	1938-6-14 第三版	译著
安平	敲诈或战争（二），法国塔布依夫人原著，安平译述，意国对国联的鄙夷	中央日报	1938-6-15 第三版	译著
安平	敲诈或战争（三），法国塔布依夫人原著，安平译述	中央日报	1938-6-16 第三版	译著
安平	敲诈或战争（四），法国塔布依夫人原著，安平译述	中央日报	1938-6-18 第三版	译著
安平	敲诈或战争（五），法国塔布依夫人原著，安平译述	中央日报	1938-6-20 第三版	译著
安平	我们的编辑态度	中央日报	1938-6-20 第四版	译著
安平	敲诈或战争（六），法国塔布依夫人原著，安平译述	中央日报	1938-6-21 第三版	译著
安平	"帝国"之梦——塔布依夫人著《敲诈或战争》之七，第二章"帝国"之梦	中央日报	1938-6-23 第四版	译著
安平	"帝国"之梦——塔布依夫人著《敲诈或战斗》之八	中央日报	1938-6-24 第三版	译著
安平	"帝国"之梦，塔布依夫人著《敲诈或战争》之九	中央日报	1938-6-25 第四版	译著
安平	"帝国"之梦——塔布依夫人著《敲诈或战争》之十，德国和西班牙	中央日报	1938-6-26 第四版	译著
安平	打倒传统主义，塔布依夫人著《敲诈或战争》之十一，第三章，打倒传统主宰	中央日报	1938-6-27 第三版	译著
安平	打倒传统主义，塔布依夫人著《敲诈或战争》之十二	中央日报	1938-6-28 第三版	译著
安平	打倒传统主义，塔布依夫人著《敲诈或战争》之十三	中央日报	1938-6-29 第三版	译著
安平	打倒传统主义，塔布依夫人著《敲诈或战争》之十四	中央日报	1938-7-1 第三版	译著

续表

作者	标题	刊物	发表时间	文章类别
安平	打倒传统主义,塔布依夫人著《敲诈或战争》之十五	中央日报	1938-7-2 第三版	译著
安平	打倒传统主义,塔布依夫人著《敲诈或战争》之十六	中央日报	1938-7-4 第三版	译著
安平	打倒传统主义,塔布依夫人著《敲诈或战争》之十七	中央日报	1938-7-5 第三版	译著
安平	寄小读者——明天正午十二时	中央日报	1938-7-6 第三版	书信
储安平	一年,一.永远忘不掉的一天	中央日报	1938-7-7 第五版	散文
储安平	一年,三.英国的反日氛围	中央日报	1938-7-7 第六版	散文
储安平	一年,四.直觉的同情	中央日报	1938-7-7 第六版	散文
储安平	一年,五.海外的爱国心	中央日报	1938-7-7 第六版	散文
储安平	事在人为.行重于言——归国难感之一	中央日报	1938-7-10 第三版	散文
安平	进兵莱茵的秘密——塔布依夫人著《敲诈或战争》之十八	中央日报	1938-7-16 第四版	译著
安平	进兵莱茵的秘密——塔布依夫人著《敲诈或战争》之十九	中央日报	1938-7-17 第四版	译著
安平	进兵莱茵的秘密——塔布依夫人著《敲诈或战争》之二十	中央日报	1938-7-18 第四版	译著
安平	罗马柏林轴心——依塔布依夫人著《敲诈或战争》之二十一	中央日报	1938-7-19 第四版	译著
安平	罗马伯林轴心,塔布依夫人著《敲诈或战争》二十二	中央日报	1938-7-20 第四版	译著
安平	战斗的伙伴——塔布依夫人著《敲诈或战争》之二十三	中央日报	1938-7-22 第四版	译著
安平	战斗的伙伴——塔布依夫人著《敲诈或战争》之二十四	中央日报	1938-7-23 第四版	译著
安平	战斗的伙伴——塔布依夫人著《敲诈或战争》之二十五	中央日报	1938-7-24 第三版	译著
安平	外强中干的德意,塔布依夫人著《敲诈或战争》之二十六	中央日报	1938-7-26 第四版	译著
安平	外强中干的德意,塔布依夫人著《敲诈或战争》之二十七	中央日报	1938-7-28 第四版	译著
安平	外强中干的德意,塔布依夫人著《敲诈或战争》之二十八	中央日报	1938-7-29 第三版	译著
安平	战争或和平,塔布依夫人著《敲诈或战争》之二十九	中央日报	1938-7-30 第三版	译著
安平	战争或和平,塔布依夫人著《敲诈或战争》之三十	中央日报	1938-7-31 第四版	译著

续表

作者	标题	刊物	发表时间	文章类别
储安平	大江行（一）	中央日报	1938-8-22 第三版	报告文学
储安平	大江行（二）	中央日报	1938-8-23 第三版	报告文学
安平	金汤一般的武汉	中央日报	1938-10-3 第三版	时评
安平	战地的文化服务	中央日报	1938-10-9 第三版	通讯
储安平	英人·法人·西班牙人	中央日报	1939-2-18 第三版	报告文学
储安平	英人·法人·西班牙人 第二篇，英人：行动人	中央日报	1939-2-19 第三版	报告文学
储安平	英人·法人·西班牙人 第三篇，法人	中央日报	1939-2-20 第三版	报告文学
安平	记参政会	中央日报	1939-2-22 第三版	消息
储安平	德国与东南欧——东南欧德国心目中的大仓库	中央日报	1939-3-23 第三版	通讯
储安平	德国的泥脚一个幻想——经济自足上篇	中央日报	1939-3-31 第三版	通讯
储安平	人民状况——读蒋主席最近的一篇演词后作	中央日报	1945-12-10 第三版	政论
安平	中大心理学系	中央日报	1947-8-8 第四版	消息

参考文献

一 1949年以前出版的期刊

1. 《新青年》(1915—1920)。
2. 《现代评论》周刊。
3. 《晨报副刊》(1925—1926),人民出版社1981年影印本。
4. 《诗刊》季刊,新月书店发行。
5. 《新月》月刊(1928—1933),新月书店发行,上海书店1988年10月影印本。
6. 《学文》月刊。
7. 《中央日报·中央园地》(1933—1936)。

二 1949年以前出版的著作

1. 徐志摩:《志摩的诗》,新月书店1928年版。
2. 徐志摩:《猛虎集》,新月书店1931年版。
3. 徐志摩:《自剖》,新月书店1928年版。
4. 徐志摩:《翡冷翠的一夜》,现代评论社1927年版。
5. 徐志摩:《云游》,新月书店1932年版。
6. 闻一多:《死水》,新月书店1928年版。
7. 闻一多:《闻一多全集》,开明书店1948年版。
8. 梁实秋:《白璧德与新人文主义》,新月书店1929年版。
9. 梁实秋:《浪漫的与古典的》,新月书店1927年版。
10. 梁实秋:《文学的纪律》,新月书店1928年版。
11. 梁实秋:《偏见集》,正中书局1934年版。

12. 朱湘：《草莽集》，开明书店 1927 年版。
13. 朱湘：《石门集》，商务印书馆 1934 年版。
14. 朱湘：《文学闲谈》，北新书局 1933 年版。
15. 朱湘：《夏天》，商务印书馆 1925 年版。
16. 胡适：《胡适留学日记》（藏晖室札记），上海亚东图书馆 1939 年版。
17. 胡适：《胡适文存》，上海亚东图书馆 1930 年版。
18. 余上沅编《国剧运动》，新月书店 1927 年版。
19. 余上沅：《戏剧论集》，北新书局 1927 年版。
20. 余上沅：《上沅剧本甲集》，商务印书馆 1934 年版。
21. 陈梦家：《梦家诗集》，新月书店 1931 年版。
22. 陈梦家编：《新月诗选》，新月书店 1931 年版。
23. 陈梦家：《铁马集》，开明书店 1934 年版。
24. 陈梦家：《梦家存诗》，时代图书公司 1936 年版。
25. 陈梦家编：《玮德诗文集》，时代图书公司 1936 年版。
26. 于赓虞：《世纪的脸》，北新书局 1934 年版。
27. 宋春舫：《宋春舫论剧》第 1 集，中华书局 1923 年版。
28. 凌叔华：《花之寺》，新月书店 1928 年版。
29. 向培良：《中国戏剧概评》，上海泰东图书局 1928 年版。
30. 熊佛西：《佛西论剧》，北京朴社 1928 年版。
31. 刘西渭：《咀华集》，上海文化生活出版社 1936 年版，花城出版社 1984 年重印。
32. 戴望舒：《望舒草》，现代书局 1933 年版。
33. 朱自清编：《中国新文学大系·诗集》，上海良友图书出版公司 1935 年版。
34. 丁西林：《西林独幕剧》，新月书店 1931 年版。
35. 郑振铎编：《中国新文学大系·文学论争集》，上海良友图书出版公司 1935 年版。

三 1949 年以后出版的著作

（一）文集与资料选

1. 徐志摩：《徐志摩书信》（晨光辑注），湖南文艺出版社 1983 年版。

2. 徐志摩：《爱眉小札及其续编》，浙江文艺出版社 1989 年版。
3. 虞坤林编：《徐志摩未刊日记（外四种）》，北京图书馆出版社 2003 年版。
4. 虞坤林编：《志摩的信》，学林出版社 2004 年版。
5. 韩石山编：《徐志摩全集》（第 1—8 卷），天津人民出版社 2005 年版。
6. 胡适：《胡适往来书信选》（上），中华书局 1979 年版。
7. 胡适：《胡适全集》（第 1—44 卷），安徽教育出版社 2003 年版。
8. 沈从文：《沈从文文集》，花城出版社、香港三联书店 1984 年版。
9. 沈从文：《沈从文全集》，北岳出版社 2002 年版。
10. 梁实秋：《梁实秋文集》，鹭江出版社 2002 年版。
11. 陈子善编：《梁实秋文学回忆录》，岳麓书社 1989 年版。
12. 梁实秋：《梁实秋怀人丛录》，中国广播电视出版社 1991 年版。
13. 闻一多：《闻一多选集》，四川文艺出版社 1987 年版。
14. 闻一多：《闻一多书信选集》，人民文学出版社 1986 年版。
15. 陈梦家：《梦家室存文》，中华书局 2006 年版。
16. 丁西林：《丁西林剧作全集》，中国戏剧出版社 1985 年版。
17. 苏雪林：《苏雪林文集》第三卷，安徽文艺出版社 1996 年版。
18. 卞之琳：《雕虫纪历》，人民文学出版社 1979 年版。
19. 江弱水、青侨编：《卞之琳文集》（上、中、下），安徽教育出版社 2002 年版。
20. 洪振国编：《朱湘译诗集》，湖南人民出版社 1986 年版。
21. 罗皑岚、柳无忌、罗念生著，罗念生编：《二罗一柳忆朱湘》，三联书店 1985 年版。
22. 陈学勇编：《凌叔华文存》（上、下），四川文艺出版社 1998 年版。
23. 梁从诫编：《林徽因文集·文学卷》，百花文艺出版社 1999 年版。
24. 臧克家：《臧克家全集》，时代文艺出版社 2002 年版。
25. 方令孺：《方令孺散文集》，洪范书店 1980 年版。
26. 方令孺：《方令孺散文选集》，上海文艺出版社 1982 年版。
27. 方令孺：《方令孺散文选集》，百花文艺出版社 1992 年版。
28. 张新颖编：《储安平文集》（上、下），东方出版中心 1998 年版。
29. 张竞无编：《储安平集》，东方出版中心 2011 年版。
30. 余上沅：《余上沅戏剧论文集》，长江文艺出版社 1986 年版。
31. 解志熙、王文金编校：《于赓虞诗文辑存》（上、下），河南大学出版社 2004 年版。
32. 蹇先艾：《蹇先艾文集》，贵州人民出版社 2004 年版。
33. 王锦厚、陈丽莉编：《饶孟侃诗文集》，四川大学出版社 1997 年版。
34. 余太山编：《孙毓棠诗集》，商务印书馆 2013 年版。
35. 梁宗岱：《梁宗岱文集 III·译诗卷》，中央编译出版社 2003 年版。
36. 黎照编：《鲁迅梁实秋论战实录》，华龄出版社 1997 年版。
37. 王孙编：《新月散文十八家》，上海文艺出版社 1989 年版。
38. 蓝棣之编：《新月派诗选》，人民文学出版社 1989 年版。
39. 方仁念选编：《新月派评论资料选》，华东师范大学出版社 1993 年版。

（二）传记、年谱与回忆录

40. 韩石山：《徐志摩传》，北京十月文艺出版社 2001 年版。
41. 韩石山编：《难忘徐志摩》，昆仑出版社 2001 年版。
42. 宋益乔：《新月才子》，山东书画出版社 2000 年版。
43. 谢泳：《储安平与〈观察〉》，中国社会出版社 2005 年版。
44. 格里德：《胡适与中国的文艺复兴》，江苏人民出版社 1989 年版。
45. 房向东：《鲁迅与他"骂"过的人》，上海书店出版社 1996 年版。
46. 陈从周编：《徐志摩年谱》，上海书店 1981 年影印版。
47. 陈学勇：《林徽因寻真——林徽因生平创作丛考·林徽因年谱》，中华书局 2004 年版。
48. 叶公超：《新月怀旧——叶公超文艺杂谈》，学林出版社 1997 年版。
49. 痖弦、梅新：《叶公超谈"新月"》，《诗学》第一、二、三辑，台北巨人出版社 1976 年版。
50. 徐半梅：《话剧创始期回忆录》，中国戏剧出版社 1957 年版。

（三）论著

51. 陈敬之：《"新月"及其重要作家》，成文出版社有限公司 1980 年版。
52. 尹在勤：《新月派评说》，陕西人民出版社 1985 年版。
53. 朱寿桐：《新月派的绅士风情》，江苏文艺出版社 1995 年版。
54. 周晓明：《多源与多元：从中国留学族到新月派》，华中师范大学出版社 2001 年版。
55. 钱光培、向远：《现代诗人及流派琐谈》，人民文学出版社 1982

年版。

56. 陆耀东：《二十年代的中国各流派诗人论》，中国社会科学出版社 1985 年版。
57. 贾植芳主编：《中国现代文学社团流派》（上、下卷），江苏教育出版社 1989 年版。
58. 陈安湖：《中国现代文学社团流派史》，华中师范大学出版社 1997 年版。
59. 章清：《"胡适派学人群"与现代中国自由主义》，上海古籍出版社 2004 年版。
60. 杨义：《京派海派综论（图志本）》，中国社会科学出版社 2003 年版。
61. 咸立强：《寻找归宿的流浪者——创造社研究》，东方出版社 2006 年版。
62. 金理：《从兰社到〈现代〉——以施蛰存、戴望舒、杜衡及刘呐鸥为核心的社团研究》，东方出版社 2006 年版。
63. 钱光培：《现代诗人朱湘研究》，北京燕山出版社 1987 年版。
64. 苏志宏：《闻一多新论》，中央编译出版社 1999 年版。
65. 程新：《港台·国外谈中国现代文学作家》，四川文学出版社 1986 年版。
66. 孙玉石：《中国现代诗歌艺术》，人民文学出版社 1992 年版。
67. 陈白尘、董健：《中国现代戏剧史稿》，中国戏剧出版社 1989 年版。
68. 孙庆升：《中国现代戏剧思潮史》，北京大学出版社 1994 年版。
69. 黄会林：《中国现代话剧文学史略》，安徽教育出版社 1990 年版。
70. 余秋雨：《戏剧理论史稿》，上海文艺出版社 1983 年版。
71. 王瑶：《中国新文学史稿》，上海文艺出版社 1982 年版。
72. 孔范今：《二十世纪中国文学史》，山东文艺出版社 1999 年版。
73. 司马长风：《中国新文学史》，香港昭明出版社有限公司 1980 年版。
74. 黄修己：《中国现代文学发展史》，中国青年出版社 1989 年版。
75. 朱寿桐：《中国现代主义文学史》，江苏教育出版社 1998 年版。
76. 钱理群、温儒敏、吴福辉：《中国现代文学三十年》（修订本），上海文艺出版社 1998 年版。
77. 费正清：《剑桥中华民国史》（1912—1949），中国社会科学出版社 1994 年版。
78. 陈平原、钱理群、黄子平：《论"二十世纪中国文学"》，人民文学

79. 陈思和：《中国新文学整体观》，上海文艺出版社 2001 年版。
80. 裴毅然：《二十世纪中国文学人性史论》，上海书店出版社 2000 年版。
81. 王晓明编：《二十世纪中国文学史论》，东方出版中心 1997 年版。
82. 廖超慧：《中国现代文学思潮论争史》，武汉出版社 1997 年版。
83. 刘炎生：《中国现代文学论争史》，广东人民出版社 1999 年版。
84. 刘再复、林岗：《罪与文学》，牛津出版社 2002 年版。
85. 李思孝：《从古典主义到现代主义——欧洲近代文艺思潮》，首都师范大学出版社 1997 年版。
86. 王文彬编：《中国报纸的副刊》，中国文史出版社 1988 年版。
87. 苏雪林：《二三十年代作家与作品》，广东出版社 1979 年版。
88. 张桃洲：《现代汉语的诗性空间：新诗话语研究》，北京大学出版社 2005 年版。
89. 陈学勇：《林徽因寻真——林徽因生平创作丛考》，中华书局 2004 年版。
90. 解志熙：《考文叙事录——中国现代文学文献校读论丛》，中华书局 2009 年版。
91. 解志熙：《文学史的"诗与真"——中国现代文学文献校读论集》，北京大学出版社 2013 年版。
92. 陈子善：《钩沉新月——发现梁实秋及其他》，中华书局 2013 年版。

四　博士学位论文·博士后出站报告·硕士学位论文[①]

（一）博士学位论文

1. 董保中：《秩序和形式的追求——新月社及现代中国的文学活动（1928—1935）》，哥伦比亚大学，1971 年。［Tung Constantine，*The Search for order and Form: The Crescent Moon Society and the Literary*

[①] 所录新月派及其相关内容为题的"博士学位论文·博士后出站报告·硕士学位论文"，时间上截至 2014 年 2 月，其内容仅录文学方面的（另有历史学、新闻传播学等学科方面的论文，因其并非本书主要参考文献，不表）。

  Movement of Modern China, 1928—1935, Unpulished Ph. D. Dissertation, Columbia University, 1971.]

2. 朴新柱：《新月派新诗研究》，"国立"台湾师范大学国文研究所文，1988年。
3. 朱寿桐：《论新月派的绅士文化倾向》，导师叶子铭，南京大学，1993年。
4. 黄昌勇：《新月派研究》，导师陈鸣树，复旦大学，1994年。
5. 周晓明：《多源与多元——从中国留学族到新月派》，导师黄曼君，华中师范大学，1998年。
6. 陈伟佳：《从新诗的草创到新月派研究》，香港新亚研究所文学组，1998年。
7. 张涛甫：《〈晨报副刊〉研究》，导师陈思和，复旦大学，2001年。
8. 胡博：《对峙与互补——论新月派在新文学整体格局中的地位与影响》，导师孔范今，山东大学，2001年。
9. 程国君：《诗美的探寻——"新月"诗派诗歌艺术美研究》，导师孙党伯，武汉大学，2002年。
10. 白春超：《再生与流变——现代中国文学中的古典主义》，导师刘增杰，河南大学，2003年。
11. 刘群：《新月社研究》，导师陈思和，复旦大学，2007年。
12. 叶红：《生成与走势：新月诗派研究》，导师罗振亚，东北师范大学，2010年。
13. 史习斌：《〈新月〉月刊研究——一种自由媒介与文化现象的综合透视》，导师周晓明，华中师范大学，2010年。
14. 黄红春：《新月派文学观念研究》，导师颜敏，江西师范大学，2013年。

（二）博士后出站报告

15. 胡博：《"新月派"的报刊书店与文学梦》，中国社会科学院，2004年。

（三）硕士学位论文

16. 王宏志：《新月诗派研究》，香港大学，1981年11月。[Wong Wang Chi, *The Crescent School in Twentieth Century Chinese Poetry: A Critical Study*, M. Phil. Thesis, University of Hong kong, 1981.]

17. 李瑞兰：《徐志摩诗研究》，香港能仁书院中国文学研究所，1985年6月。
18. 闫桂萍：《生命之悲与艺术之美——论新月诗人朱湘》，西南师范大学，2004年6月。
19. 黄宪作：《新格律诗研究》，台北私立文化大学中国文学研究所，1991年6月。
20. 金尚浩：《徐志摩诗研究》，台北私立逢甲大学中国文学研究所，1992年6月。
21. 吴芳芳：《〈新月〉杂志之研究》，台北"国立"台湾师范大学国文研究所，1992年6月。
22. 丁旭辉：《徐志摩新诗研究》，台北"国立"台湾师范大学国文研究所，1994年6月。
23. 徐海英：《情绪的体操——论新月派小说的诗化倾向》，辽宁师范大学，2001年。
24. 侯群雄：《一份杂志和一个群体——从〈新月〉介入》，中国人民大学，2002年5月。
25. 陈庆泓：《在解构中重构新月理想》，安徽大学，2004年5月。
26. 王俊义：《论新月诗人陈梦家》，内蒙古师范大学，2004年6月。
27. 孙颖：《理性与迷狂制约下的后期新月诗派》，吉林大学，2005年6月。
28. 吴凑春：《新月诗派——一个绕不过去的文学话题》，南昌大学，2006年2月。
29. 陈丹：《从诗学角度管窥——〈新月〉月刊上的诗歌翻译》，广东外语外贸大学，2006年6月。
30. 姜青松：《〈新月〉：纸上"沙龙"》，青岛大学，2007年10月。
31. 付爱：《新月社诗歌翻译选材研究》，四川外语学院，2010年5月。
32. 姬玉：《〈新月〉月刊小说研究》，河北大学，2010年6月。
33. 田晓英：《论〈新月〉之变》，湖南大学，2010年11月。
34. 王宣人：《"同人园地"里的"新月态度"——〈新月〉杂志"书报春秋"研究》，青岛大学，2011年6月。
35. 郑玉芳：《〈新月〉、〈诗刊〉写作群及现代特征研究》，福建师范大学，2012年2月。
36. 金鑫：《新月——中国现代自由主义文学话语的兴衰》，辽宁大学，2012年5月。

五　英文著作

1. Marian Galik, *Liang Chi-chao and Chinese New Humanism*, *The Genesis of Modern Chinese Literature Criticism*, 1917-1930 (London: Curzon Press, 1980).
2. J. David Hoeveler, Jr., *The New Humanism: A Critique of Modem America*, 1900-1940 (Charlotesville: University Press of Virginia, 1977).
3. Irving Babbit, *Rousseaund Romanticism* (Austin: University of Texas Press, 1977).
4. T. S. Eliot, *The Humanism of Irving Babbit*, For Lancelot Andrewes Essays, (London).
5. Irving Babbitt, *The Masters of Modern French Criticism* (Boston: Houghton Mifflin Company, 1928).
6. Michel Hockx, *Questions of Style: Literary Societies and Literary Journals in Modern China*, 1911-1937 (Leiden: Brill, 2003).
7. Wang-chi Wong, *The Crescent School in Twentieth Century Chinese Poetry: a Critical Study*, HKU, Master of Paper, 1982.

附录一:新月同人简况表

姓名	籍贯	生卒年	国内毕业学校	留学及国家学校	专业	职业（1925—1934年）	是否新月社成员	是否新月派成员	前期新月诗派还是后期
徐志摩	浙江海宁	1897—1931	沪江大学、北京大学	英国剑桥大学	政治经济学	先后任北京大学、光华大学、东吴大学、大夏大学教授	是	是	前后期
朱湘	安徽太湖	1904—1933	清华学校	美国罗伦斯大学、芝加哥大学和俄亥阿大学	文学	曾任安徽大学外国文学系主任,后长期失业	否	是	前后期
胡适	安徽绩溪	1891—1962	清华大学	美国	哲学	中国公校校长、北京大学教授	是	是	否
梁实秋	北京	1903—1987	清华学校	美国科罗拉多大学、哈佛大学	文学	先后任东南大学和暨南大学教师、青岛大学外文系主任兼图书馆长	否	是	前期

续表

姓名	籍贯	生卒年	国内毕业学校	留学及国家学校	专业	职业（1925—1934年）	是否新月社成员	是否新月派成员	前期新月诗派还是后期
余上沅	湖北沙市	1897—1970	北京大学	英国卡内基大学；美国哥伦比亚大学	戏剧	上海暨南大学、光华大学兼职教授	是	是	否
叶公超	广东番禺	1904—1981	南开大学	英国剑桥大学	英国文学	上海暨南大学教授、外文系主任	否	是	前后期
饶孟侃	江西南昌	1902—1967	清华大学	——	外国语文学	安徽大学、浙江大学教授	是	是	前后期
孙大雨	浙江诸暨	1907—1997	清华学校	达德穆学院、耶鲁大学	英国文学	武汉大学教师	是	是	前后期
闻一多	湖北浠水	1899—1946	清华学校	美国芝加哥美术学院	美术	武汉大学、青岛大学教授	是	是	前期后期
刘梦苇	湖南安乡	1900—1926	长沙第一师范学校	——	——	上海某中学学生	否	是	前期
朱大枏	重庆巴县	1907—1930	北京交通大学	——	运输系		否	是	前期
杨世恩（子惠）		1904—1926	清华学校				否	是	前期
于赓虞	河南西平	1902—1963	燕京大学	1935年赴英国伦敦留学	国文	中学语文教员	否	是	前期

续表

姓名	籍贯	生卒年	国内毕业学校	留学及国家学校	专业	职业（1925—1934年）	是否新月社成员	是否新月派成员	前期新月诗派还是后期
蹇先艾	贵州遵义	1906—1994	北大法学院	—	经济	北平松坡图书馆编纂主任	否	是	前期
沈从文	湖南凤凰	1902—1988	—	—	—	中国公学、武汉大学、青岛大学教师	否	是	前期后期
孙毓棠	江苏无锡	1911—1985	清华大学	日本东京帝国大学	历史	河北省立女子师范学院、清华大学教师	否	是	后期
卞之琳	江苏海门	1910—2000	北京大学	英国	中文	南开大学副教授	否	是	后期
陈梦家	浙江上虞	1911—1966	国立第四中山大学、燕京大学	—	法政科、神学、古文字学	南京大学法政科学生，燕京大学宗教学院学习神学；1934年，入燕京大学攻读为古文字研究生	否	是	后期
臧克家	山东诸城	1905—	国立山东大学	—	—	山东大学学生、临清中学教师	否	是	后期
方玮德	安徽桐城	1908—1935	南京中央大学	—	外国文学	厦门集美学校教师	否	是	后期

续表

姓名	籍贯	生卒年	国内毕业学校	留学及国家学校	专业	职业（1925—1934年）	是否新月社成员	是否新月派成员	前期新月诗派还是后期
林徽因	浙江杭州	1904—1955	北京培华女子中学	美国宾夕法尼亚大学、耶鲁大学	美术	东北大学副教授	是	是	后期
方令孺	安徽桐城	1897—1976		美国华盛顿州立大学、威斯康星大学	外国文学	青岛大学讲师	否	是	后期
邵洵美	浙江余姚	1906—1968	上海南洋路矿学校	英国剑桥大学		开办金屋书店，创《金屋》月刊	否	是	后期
梁镇	湖南会同	1905—1934	南京中央大学	——	外文	商务印书馆编辑、国立师范大学讲师	否	是	后期
沈祖牟	福建福州	1909—1947	光华大学	——	经济学	光华大学学生	否	是	后期
程鼎鑫（兴?）	湖北安陆	1908—1999	北平大学		农学	学生；北平大学农学院农艺系助教	否	是	后期
李惟建			清华大学				否	是	否
储安平	江苏宜兴	1910—?	光华大学	英国伦敦大学	政治经济学	复旦大学教授	否	是	后期
梁宗岱	广东新会	1903—1983	岭南大学	法国	法国文学	任北京大学法文系主任兼教授，同时兼任清华大学讲师	否	是	后期

续表

姓名	籍贯	生卒年	国内毕业学校	留学及国家学校	专业	职业（1925—1934年）	是否新月社成员	是否新月派成员	前期新月诗派还是后期
张鸣琦	天津	1907—1957					否	是	是
曹葆华	四川乐山	1906—1978	清华大学		外国语文学	清华大学研究院研究生	否	是	后期
何其芳	四川万县	1912—1977	清华、北大	——	哲学		否	是	后期
王希仁							否	是	后期
徐芳	江苏无锡	1912—?	北京大学	——	中国现代文学	北京大学学生	否	是	后期
闻家驷	湖北浠水	1905—1997	汉口法文学校	法国	法文	任教北京大学	否	是	后期
刘宇							否	是	后期
邢鹏举		1908—1950					否	是	否
赵太侔	山东益都	1889—1968	北京大学	美国哥伦比亚大学	西洋文学	国立山东大学筹委、青岛大学文学院教授、校长	是	是	否
王造时	江西安福	1903—1971	清华大学	美国威斯康星大学、英国任伦敦经济学院	政治学	光华大学文学院院长兼政治系主任，教授	否	是	否

续表

姓名	籍贯	生卒年	国内毕业学校	留学及国家学校	专业	职业（1925—1934年）	是否新月社成员	是否新月派成员	前期新月诗派还是后期
刘英士	江苏海门	1899—1985	南京河海工程学校	美国哥伦比亚大学	法学	东吴大学、中国公学教授	是	是	否
焦菊隐	天津	1905—1975	燕京大学	——		北平第二中学校长，中华戏曲学校任校长	否	是	否
凌叔华	北京	1900—1990	燕京大学	——	外国文学	武汉大学、燕京大学学生	是	是	否
废名	湖北黄梅	1901—1967	北平大学北大学院	——	英国文学	北大中文系讲师	否	是	否
高植	安徽合肥	1911—1960	南京中央大学	——		中央政治大学学生	否	是	否
庐隐	福建闽侯	1898—1934	北京高等女子师范		国文系	上海大夏大学讲师、北京市立女子高中校长	否	是	否

续表

姓名	籍贯	生卒年	国内毕业学校	留学及国家学校	专业	职业（1925—1934年）	是否新月社成员	是否新月派成员	前期新月诗派还是后期
靳以	天津	1909—1959	复旦大学	——	国际贸易	复旦大学学生	否	是	否
何家槐	浙江义乌	1911—1969	中国公学、暨南大学	——	政治经济学、中文、外文	中国公学、暨南大学学生	否	是	否
罗隆基	江西安福	1896—1965	清华学校	美国威斯康辛大学、哥伦比亚大学	政治学	光华大学政治系主任	否	是	否
陈西滢	江苏无锡	1896—1970		英国爱丁堡大学、伦敦大学	政治经济学	北大教授、武汉大学文学院院长	是	是	否
费鉴照				英国			否	是	否
李青崖	湖南湘阴	1886—1969	复旦大学	比利时列日大学	理工	中央、复旦、大夏大学学生	否	是	否
赵景深	四川宜宾	1902—1985	天津棉业专门学校	——	纺织	上海公学、上海大学、复旦大学学生	是	是	否
熊佛西	江西丰城	1900—1965	燕京大学	美国哥伦比亚大学	戏剧	北京艺专、北大艺术学院学生	是	是	否

附录一：新月同人简况表　367

续表

姓名	籍贯	生卒年	国内毕业学校	留学及国家学校	专业	职业（1925—1934年）	是否新月社成员	是否新月派成员	前期新月诗派还是后期
丁西林	江苏泰兴	1893—1974	上海交通部工业学校	英国伯明翰大学	物理学和数学	北大教授、中央研究院物理研究所所长	是	是	否
张君劢	江苏宝山	1887—1968	南京高等学堂	日本早稻田大学、德国柏林大学	政治学	北京大学和燕京大学教授；国社党中央总务委员会、国民参政会参政员	是	否	否
张嘉铸							是	是	否
宋春舫	浙江吴兴	1892—1938	上海盛约翰大学	瑞士日内瓦大学	戏剧	北大、东吴大学、青岛大学教授	是	否	否
张彭春	天津	1893—1957		美国克拉克大学、哥伦比亚大学	戏剧、文学	清华教授、南开大学教授、美国芝加哥大学教师	是	否	否
王赓	江苏无锡	1895—1942	清华学校	美国密西根大学、哥伦比亚大学、普林斯顿大学、西点军校	军事	北洋陆军部、交通部护路军副司令并晋升少将	是	否	否
冯友兰	河南唐河	1895—1990	北京大学	美国哥伦比亚大学	哲学	清华大学文学院院长	是	否	否

续表

姓名	籍贯	生卒年	国内毕业学校	留学及国家学校	专业	职业（1925—1934年）	是否新月社成员	是否新月派成员	前期新月诗派还是后期
瞿世英	江苏武进	1901—1976	燕京大学	美国哈佛大学	哲学	清华大学、北京大学、上海自治学院、北京师范大学教授	是	否	否
吴景超	安徽徽州	1901—1968	清华学校	美国明尼苏达大学、芝加哥大学	社会学	金陵大学社会学系教授兼系主任；清华大学教授	是	否	否
顾一樵	江苏无锡	1902—2002	清华学校	美国麻省理工学院	电机科学	浙江大学工学院教授、主任	是	否	否
任叔永（鸿隽）	重庆垫江	1886—1961	上海中国公学	美国康乃尔大学和哥伦比亚大学	化学	曾任北京大学教授、中基会干事长、四川大学校长	是	否	否
陈衡哲	江苏武进	1890—1976	清华学堂	美国纽约瓦沙女子大学；芝加哥大学	西洋史，兼修西洋文学	先后在北大、川大、东南大学任教授	是	否	否
徐申如	浙江海宁	1872—1944	——	——	——	实业家	是	否	否
张歆海	浙江海盐	1898—1972	清华学校	美国哈佛大学	英国文学	清华大学教授	是	否	否

附录一:新月同人简况表 369

续表

姓名	籍贯	生卒年	国内毕业学校	留学及国家学校	专业	职业(1925—1934年)	是否新月社成员	是否新月派成员	前期新月诗派还是后期
陆小曼	江苏武进	1903—1965	法国圣心学堂	——	——	——	是	否	否
梁启超	广东新会	1873—1929	——	——		清华大学教授、南开大学国立京师图书馆和北京图书馆馆长	是	否	否
林宰平	福建闽侯	1879—1960				北京大学教师	是	否	否
蒋百里	浙江海宁	1882—1938	求是书院	先后留学日本和德国	军事、政治学	曾任吴佩孚部总参谋长，后投蒋介石部	是	否	否
蒋复璁	浙江海宁	1898—1990	北京大学	德国柏林大学	哲学	松坡图书馆编辑，北大兼职教师	是	否	否
林语堂	福建漳州	1895—1976	上海圣约翰大学	美国哈佛大学；德国莱比锡大学	文学、语言学	北京大学、北京女子师范大学、厦门大学；外交部秘书	是	否	否
汤尔和	浙江杭州	1878—1940		日本		曾任北洋政府和南京国民政府要员	是	否	否

续表

姓名	籍贯	生卒年	国内毕业学校	留学及国家学校	专业	职业（1925—1934年）	是否新月社成员	是否新月派成员	前期新月诗派还是后期
陈博生	福建闽县	1891—1957		日本早稻田大学	经济学	1925年开始任《晨报》总编，1930年任社长	是	否	否
刘勉己							是	否	否
肖友梅	广东中山	1884—1940			音乐		是	否	否
蒲伯英	四川广安	1875—1934	——	日本		民初曾任众议院议员，后任《晨报》总编	是	否	否
金岳霖	浙江诸暨	1895—1984	清华学堂	美国宾夕法尼亚大学、哥伦比亚大学	哲学	清华大学教授	是	否	否
杨景任							是	否	否
张若奚	陕西朝邑	1889—1973	上海理化专修学堂	美国哥伦比亚大学	政治学	大学院高等教育处处长；南京中央大学教授；清华大学教授；北大兼职教师	是	否	否

附录一:新月同人简况表　371

续表

姓名	籍贯	生卒年	国内毕业学校	留学及国家学校	专业	职业（1925—1934年）	是否新月社成员	是否新月派成员	前期新月诗派还是后期
丁在君（丁文江）	江苏泰兴	1887—1936		英国剑桥大学、格拉斯哥大学	动物学、地质学	北京大学教授	是	否	否
陶孟和	天津	1887—1960	南开学校第一届师范	日本东京高等师范学校；伦敦大学经济政治学院	历史地理；社会学、经济学	北京大学教授，后任文学院院长、教务长	是	否	否
邓以蛰（叔存）	安徽怀宁	1892—1973		美国哥伦比亚大学	哲学	北京大学、厦门大学、清华大学教授	是	否	否
杨金甫（振声）	山东蓬莱	1890—1956	北京大学	美国哥伦比亚大学、哈佛大学	教育学	北京大学、燕京大学、清华大学教授；1930年任青岛大学校长	是	否	否
吴之椿	湖北沙市		武昌文华大学	美国	政治学	武汉国民政府外交部秘书，武汉大学、清华大学教授，中英庚款委员会委员	是	否	否
瞿菊农	江苏武进	1901—1976	燕京大学	美国哈佛大学	教育学	曾任清华大学、北京大学、上海自治学院、北京师范大学、北京女子师范大学教授	是	否	否

续表

姓名	籍贯	生卒年	国内毕业学校	留学及国家学校	专业	职业（1925—1934年）	是否新月社成员	是否新月派成员	前期新月诗派还是后期
彭春									
钱端升	上海	1900—1990	清华学校	美国北达科他州立大学、哈佛大学	法学	北京大学、清华大学、南京中央大学教师	是	否	否
蹇季常	贵州遵义						是	否	否

说明：（1）虽然本表尽量收录所有新月同人，但挂一漏万，难免有遗漏；

（2）表中填"——"表示该成员无此项内容，空白则表示此项内容未能查考。

附录二:《新月》各期出版日期与实际出版日期对照表[1]

卷次	期次	扉页、版权页出版日期	实际出版日期
第一卷	第一期	1928年3月10日	1928年3月10日
	第二期	1928年4月10日	1928年4月10日
	第三期	1928年5月10日	1928年5月10日
	第四期	1928年6月10日	1928年6月10日
	第五期	1928年7月10日	1928年7月10日
	第六期	1928年8月10日	1928年8月10日
	第七期	1928年9月10日	1928年9月10日
	第八期	1928年10月10日	1928年10月10日
	第九期	1928年11月10日	1928年11月10日
	第十期	1928年12月10日	1929年1月
	第十一期	1929年1月10日	1929年2月
	第十二期	1929年2月10日	1929年3月底
第二卷	第一期	1929年3月10日	1929年4月下旬
	第二期	1929年4月10日	1929年5月下旬
	第三期	1929年5月10日	1929年6月下旬
	第四期	1929年6月10日	1929年8月上旬
	第五期	1929年7月10日	1929年10月上旬
	第六、七期合刊	1929年9月10日	1930年1月上旬
	第八期	1929年10月10日	1930年2月下旬
	第九期	1929年11月10日	1930年3月下旬
	第十期	1929年12月10日	1930年4月下旬
	第十一期	1930年1月10日	1930年5月下旬
	第十二期	1930年2月10日、6月初	1930年6月中下旬

---

[1] 凡是《新月》杂志中扉页、版权页标明的出版日期与实际出版日期有出入者,或不曾标明出版日期者,此表中均以黑体字显示。

续表

卷次	期次	扉页、版权页出版日期	实际出版日期
第三卷	第一期	1930 年 3 月 10 日	1930 年 9 月
	第二期	1930 年 4 月 10 日	1930 年 10 月下旬
	第三期		1930 年 12 月底
	第四期		1931 年 1 月中旬
	第五、六期合刊		1931 年 4 月中上旬
	第七期		1931 年 5 月上旬
	第八期		1931 年 5 月底
	第九期		1931 年 6 月下旬
	第十期		1931 年 7 月下旬
	第十一期		1931 年 8 月下旬
	第十二期		1931 年 10 月
第四卷	第一期		1932 年春夏
	第二期	1932 年 9 月 1 日	1932 年 9 月 1 日
	第三期	1932 年 10 月 1 日	1932 年 10 月 1 日
	第四期	1932 年 11 月 1 日	1932 年 11 月 1 日
	第五期	1932 年 11 月 1 日	1932 年 12 月
	第六期	1933 年 3 月 1 日	1933 年 3 月 1 日
	第七期	1933 年 6 月 1 日	1933 年 6 月 1 日

附录三：《新月》广告中的新月书店新书目录

卷数	期数	书目信息			备注
^	^	作者	书名	属性	
第一卷	第一期	胡也频	圣徒	短篇小说集	
		陈春随	留西外史	长篇小说	
		陈衡哲（女）	雨点	短篇小说集	
		陈学昭（女）	寸草心	散文集	
		沈从文	好管闲事的人	短篇小说集	
		沈从文	阿丽思中国游记	长篇小说	
		胡适	庐山游记	史学论文	
		徐志摩、陆小曼（女）	卞昆冈	五幕剧	
		董修甲	市宪议	政治学论著	
		郭斌佳	历史哲学	史学论著	译著
		余上沅	国剧运动	戏剧论文集	选编
		世界室主人	苏俄评论	政论集	选编
		[法]塞亨利著、胡鸿勋译	资本主义发展史	政治学著作	译著
		陈耀东	国民外交常识	论著	
		潘光旦	小青之分析	文学论著	
		[瑞典]珂罗崛伦著、陆佩如译	左传伪考	史学论著	译著
	第二期	沈从文	蜜柑	短篇小说集	
		凌叔华（女）	花之寺	小说	
		[爱尔兰]詹姆士·司登分思著，徐志摩、沈性仁合译	玛丽玛丽	长篇小说	译著
		[德]歌德著、西滢译	少年歌德之创造	长篇小说	译著
		潘光旦	中国之家庭问题	社会学论著	
		潘光旦	人文生物学论丛	论文集	
		胡适	白话文学史	文学史著	
		西滢	西滢闲话	散文集	
		秋郎	骂人的艺术	散文集	

续表

卷数	期数	书目信息				备注
^	^	作者	书名	属性	^
第一卷	第三期	徐志摩	翡冷翠的一夜	散文集	
^	^	徐志摩	巴黎的鳞爪	散文集	
^	^	徐志摩	志摩的诗	诗集	
^	^	徐志摩	自剖	散文	
^	^	梁实秋	浪漫的与古典的	文论集	
^	^	梁实秋	文学的纪律	文论集	
^	^	闻一多	死水	诗集	
^	^	叶崇智、闻一多	近世英美诗选	诗集	选译
^	^	[英]莎士比亚著、邓以蛰译	若邈久妮新弹词	戏剧	译著
^	第四期	朱言钧	理性批评派的哲学家纳尔松	哲学	论著
^	第五期	陈诠	天问	长篇小说	
^	^	彭基相	法国十八世纪思想史	哲学	论著
^	第六期	小眉	妇女的将来与将来的妇女	社会学	译著
^	^	叶公超	近代英美短篇散文选	散文	选译
^	第七期	梁实秋	阿伯拉与哀绿绮思的情书	散文	译著
^	第八期	卫聚贤	古史研究	史学论著	
第二卷	第一期	刘英士	欧洲的向外发展	国际关系论著	
^	第三期	[英]Sheridan著、伍光建译	造谣学校	戏剧	译著
^	^	[英]Gold Smith著、伍光建译	诡姻缘	戏剧	译著
^	^	[美]白璧德著、吴宓等译、梁实秋选编	白璧德与人文主义	文论集	译著
^	第六、七期合刊	[法]腊皮虚著、赵少侯译	迷眼的沙子	戏剧	译著
^	^	[美]亨丁顿著、潘光旦译	自然淘汰法与中华民族性	社会学	译著
^	^	胡适、罗隆基	人权论集	政论集	
^	第九期	[美]拉斯基著、黄肇年译	共产主义论	政治学论著	译著
^	^	潘光旦	日德民族性之比较的研究	社会学论著	
^	^	海士著、蒋廷黻译	族国主义论丛	史学论著	译著

续表

卷数	期数	书目信息			
		作者	书名	属性	备注
第二卷	第九期	余上沅	可钦佩的克莱敦	戏剧	译著
		邢鹏举	何侃生与倪珂兰	小说集	译著
		梁实秋译、叶公超校	潘彼得	小说	译著
	第十期	[英]莎士比亚著、顾仲彝译	威尼斯商人	戏剧	译著
		林颂河	塘沽工人调查	社会学	
第三卷	第三期	吴芳洁	白屋吴生诗稿	诗集	
	第四期	陈梦家	梦家诗集	诗集	
		潘光旦	读书问题	随笔集	
	第八期	丁玲	一个人的诞生	短篇小说集	
		沈从文	从文子集	短篇小说集	
		丁西林	西林独幕剧	戏剧集	
		张寿林	清照词	文论集	
	第十一期	徐志摩	猛虎集	诗集	
	第十二期	陈梦家	新月诗选	诗集	选编
		熊佛西	佛西论剧	戏剧论集	
		纪伯伦著、冰心（女）译	先知	小说	译著
		杜佐周	小学教育问题	教育学论著	
		张忠绂	英日同盟	政论著	
		疑吾志骞	约法问题	政论集	
第四卷	第一期	董任坚	大学教育论丛	教育学论集	
		胡适、罗隆基等	中国问题	政论集	
		乔治哀利奥特著、梁实秋译	织工马南传	小说	译著
		林微音	舞	短篇小说集	
		何家槐	何家槐小说初集	短篇小说集	
		顾一樵	岳飞及其他	戏剧、评论	
		徐志摩著、陈梦家编	云游	诗集	
		储安平	中日问题与各家论见	政论集	选编

续表

卷数	期数	书目信息			备注
^^^	^^^	作者	书名	属性	^^^
第四卷	第一期	王造时	救亡两大政策	政论集	
^^^	^^^	罗隆基	政治论文	政论集	
^^^	^^^	王造时	国际联盟与中日问题	政论集	
^^^	第二期	吴泽霖	现代种族	社会学	现代文化丛书
^^^	^^^	张东荪	现代伦理学	哲学	现代文化丛书
^^^	^^^	梅汝璈	现代法学	法学	现代文化丛书
^^^	^^^	桂质良	现代精神病学	医学	现代文化丛书
^^^	^^^	河清儒	现代职业	社会学	现代文化丛书
^^^	第三期	高桥清吾著、王英生译	政治学概论	政治学	译著
^^^	^^^	潘光旦	人文史观	人文科学	
^^^	^^^	余楠秋	学生问题	教育学	
^^^	^^^	爱士分著、崔留珍译	国际金融争霸论	经济学	
^^^	^^^	费鉴照	现代英国诗人	诗论	
^^^	^^^	卞之琳	群鸦集	诗集	
^^^	^^^	李青崖	坛外集	诗集	
^^^	^^^	程尔著、林徽音译	旧恋的新欢	小说	译著
^^^	^^^	吴景超	现代人口	社会学	现代文化丛书
^^^	^^^	廖芸翱	现代交通	交通学	现代文化丛书
^^^	^^^	王化成	现代国际公法	法学	现代文化丛书
^^^	^^^	余青松	现代天文	天文学	现代文化丛书
^^^	^^^	王造时	现代政党	政治学	现代文化丛书
^^^	^^^	潘光旦	现代婚姻	社会学	现代文化丛书
^^^	^^^	全增嘏	现代哲学	哲学	现代文化丛书

续表

卷数	期数	书目信息			
		作者	书名	属性	备注
第四卷	第三期	董任坚	现代大学教育	教育学	现代文化丛书
		邵洵美	现代诗	诗论	现代文化丛书
		胡适	淮南王书	史学	现代文化丛书
	第五期	曹葆华	落日颂	诗集	
		曹葆华	灵炎	诗集	
	第六期	李青崖	上海	短篇小说集	
		伍光建	诡姻缘	戏剧	译著
		赵少侯	迷眼的沙子	戏剧	译著
		袁牧之	两个角色演底戏	戏剧	
	第七期	沈有乾	现代逻辑	哲学	现代文化丛书
		宋春舫	一幅喜神	戏剧	
		吴小石	中国文学史·上篇	文学史著	
		顾敦鍒	中国议会史	政治史著	

注：本表根据 1988 年 10 月上海书店影印本《新月》第 1—4 卷共 43 期中的新月书店新书广告辑录。

承担了繁杂的家务，使我得以潜心做学问，她还参与了本书的部分校对工作，人生得此贤妻，夫复何求！

"文章千古事，得失寸心知"。这本书主要就新月派若干史实予以考证，还有许多问题有待进一步研究。比如，在原有的框架设计中，我专列了近十章试图探讨新月派聚合解体原因、新月派散文、新月派小说和新月派文学思想等，但因资料缺乏，再加上本书篇幅有限，只好在以后的研究中专门论述。

付祥喜

2014年10月于广州大学城榕轩寓所